围屋里的阳光

曾文玉 著

江西高校出版社
JIANGXI UNIVERSITIES AND COLLEGES PRESS

图书在版编目(CIP)数据

围屋里的阳光/曾文玉著. ——南昌:江西高校出版社,2019.11（2022.2 重印）
ISBN 978-7-5493-9119-6

Ⅰ.①围… Ⅱ.①曾… Ⅲ.①长篇小说—中国—当代 Ⅳ.①I247.5

中国版本图书馆 CIP 数据核字(2019)第 228623 号

出版发行	江西高校出版社
社　　址	江西省南昌市洪都北大道 96 号
总编室电话	(0791)88504319
销售电话	(0791)88522516
网　　址	www.juacp.com
印　　刷	天津画中画印刷有限公司
经　　销	全国新华书店
开　　本	700mm×1000mm　1/16
印　　张	28.75
字　　数	470 千字
版　　次	2019 年 11 月第 1 版 2022 年 2 月第 2 次印刷
书　　号	ISBN 978-7-5493-9119-6
定　　价	88.00 元

赣版权登字 -07-2019-879

版权所有　侵权必究

图书若有印装问题,请随时向本社印制部(0791-88513257)退换

前　言

　　过去，客家人都建围屋，聚族而居。围屋大多呈"日"字形，或者"回"字形。大户人家的围屋，外墙厚重坚实，有的青砖堆砌，有的石头堆砌，外墙刷上混了桐油的石灰浆，内墙刷的是含有糯米、鸡蛋清的浆。外层房屋一般高三层或者四层，四个边角是炮台楼，比周围的房屋要高一层，窗户很小，还有枪炮眼。

　　一般老百姓的围屋，只能是黄土夯筑或者泥砖堆砌，当然没有那么坚固，但是，炮台楼也是一样的不马虎。

　　走进围屋的大门，分别是前厅、中厅、上厅。前厅的门楼上，一般会堆放老人的寿木；中厅里有天井，下雨天的时候，这里是重要的排水的地方；上厅也是祖厅，全族人年节以及红白喜事的祭祀，都在这里。

　　围屋都是非常规矩的。只有大门一道门可以进去，炮台楼边上或许有侧门，但是，侧门都是从里面反闩上的。

　　围屋外面，会有一块大的晒谷坪。除了粮食，这里可以晾晒各种东西，非常方便。

　　再远处，就是一方水塘。水塘不但可以养鱼养鸭，最重要的是可以蓄水。积蓄的水可以浇灌庄稼，还可以在火情发生的时候灭火。

　　围屋都是依山而建。依山面水，坐南朝北，这是符合客家人的风水习俗的。围屋后面的山，是"龙头山"，山上的树木除了造桥修路做公益事业，是不可以随意砍伐的。所以，有围屋的地方，山上必定是树木参天,葱葱茏茏。

现在,剩下的还算完整的老围屋,已经是凤毛麟角。大多数黄土夯筑的或者泥砖堆砌的围屋,都已经倾圮,只剩下一堆残砖剩瓦。

那些客家人曾经心心念念的风俗习惯,也渐渐消失。随着人们生活节奏的加快,都是怎么方便就怎么来。水烟筒,偏襟衫,银铃帽子,绣花鞋,绣花布袋,还有舂米的石碓、石磨、石狮子、大竹篮、晒东西的竹席子、竹椅竹凳……现在,黄布龙、狮子、香火龙,也都悄悄立在老屋的屋角了。

客家人的饮食习惯还保留着一些过去的东西,如糯米黄酒、灰水粄、艾粄,以及中医传承下来的艾灸、药浴,一些治疗水痘、麻疹、结石的偏方。

但是,不管时代怎样发展,怀旧的情结始终萦绕心中。那淡淡的一缕乡愁,那幽幽的一丝乡土味道,从心田上,从骨子里,慢慢渗透出来,润湿了人们的双眼。

回首过去的艰难困苦,珍视今天的幸福快乐,期盼我们的祖祖辈辈,一年四季,无论身在何地,都祥和、安康。

目录 / CONTENTS

第一章　　　/001
第二章　　　/006
第三章　　　/011
第四章　　　/016
第五章　　　/021
第六章　　　/026
第七章　　　/031
第八章　　　/036
第九章　　　/042
第十章　　　/047
第十一章　　/052
第十二章　　/057
第十三章　　/062
第十四章　　/067
第十五章　　/073
第十六章　　/078
第十七章　　/083
第十八章　　/088
第十九章　　/094
第二十章　　/099
第二十一章　/105
第二十二章　/110
第二十三章　/115
第二十四章　/120

第二十五章　　　/125

第二十六章　　　/130

第二十七章　　　/135

第二十八章　　　/140

第二十九章　　　/145

第三十章　　/150

第三十一章　　　/155

第三十二章　　　/161

第三十三章　　　/166

第三十四章　　　/172

第三十五章　　　/177

第三十六章　　　/182

第三十七章　　　/187

第三十八章　　　/192

第三十九章　　　/197

第四十章　　/202

第四十一章　　　/207

第四十二章　　　/212

第四十三章　　　/217

第四十四章　　　/222

第四十五章　　　/227

第四十六章　　　/233

第四十七章　　　/238

第四十八章　　　/243

第四十九章　　/248

第五十章　　/254

第五十一章　　/259

第五十二章　　/264

第五十三章　　/269

第五十四章　　/274

第五十五章　　/279

第五十六章　　/285

第五十七章　　/290

第五十八章　　/296

第五十九章　　/302

第六十章　　/307

第六十一章　　/312

第六十二章　　/318

第六十三章　　/323

第六十四章　　/328

第六十五章　　/333

第六十六章　　/337

第六十七章　　/342

第六十八章　　/348

第六十九章　　/353

第七十章　　/358

第七十一章　　/363

第七十二章　　/368

第七十三章	/373
第七十四章	/378
第七十五章	/383
第七十六章	/388
第七十七章	/392
第七十八章	/398
第七十九章	/403
第八十章	/408
第八十一章	/413
第八十二章	/417
第八十三章	/422
第八十四章	/430
第八十五章	/435
第八十六章	/439

后记　　/445

第 一 章

六月五日。

初夏的燠热还没有完全弥散,山间的夜晚仍然清凉。一弯新月静静地挂在山尖,像一把锃亮的弯刀,闪着寒芒,能剜去人们心头所有的烦恼苦痛。

万籁俱寂,我悄悄迈出了庙宇的门槛,抬头看了看黑魆魆的群山,又回头看了看身后黑魆魆的观音庙。在这死一般静寂的山间,我分明能感受到我犀利的双目,可以撕破黑暗,在时光的缝隙中遥想过去,洞穿未来;我更能强烈地感受到,在这万物静止的山间,我温热的躯体内血流澎湃,正展示着我旺盛的生命力。——这座破败的观音庙,已经很久没有人来上香,里面随时扑簌簌落下尘土,可以想见神灵在非常时期的无可奈何。

我悄悄地走到庙宇旁边的一间破屋子前。门虚掩着,——从冬至春,门都虚掩着。这扇破旧的木板门,总是开着拳头大的一点缝隙。

靠东头的木板床上,躺着一个二十多岁的男子。他只盖着一床薄薄的破棉被,蜷缩着身体。我虽然近在咫尺,却几乎听不到他的呼吸。

我在门口踯躅了一会儿,正要离去,却听得木板床"吱呀呀"响了几声。他喃喃地叫道:"雪融儿,雪融儿,雪……融……儿……"

那迷糊之中的温柔与亲切,令我感动莫名。——我已经不知道有多少年没有感动过了。往常,我听到他在叫我,就会立刻蹦跶过去,或是蜷缩在他的脚边,蹭蹭他的脚脖子,或是钻进他的破棉被里,偎在他的身边,感受着他的体温,懒洋洋地假寐。

现在,我却望了望他躺着熟睡的背影,无暇撒欢,扭头就迈出了门槛。

我的肚子太饿了,肚皮瘪瘪的,已经两三天没有吃到东西了。

山上曾经郁郁葱葱的草木,现在都化作了村民灶膛里的灰烬——除了庙宇背后的老槐树。鸟兽没有了家园,纷纷遁去了影踪。我常常在庙宇周围逡巡半天,也见不到半只鸟儿的影子。松鼠躲在高高的槐树尖,看着它们欢快地蹦来跳去,我的肚子就更饿。

幸好田野里的稻子已经灌浆了,青蛙们放肆地呱啦呱啦,似乎丝毫不介意太阳明天将从哪里升起。暗黑的天宇下时时处处都隐藏着诱惑,我可以去碰碰运气。

庙宇旁边屋子里的木板床上,那个男子侧了个身,似乎感觉天亮了,夏日带着热气的阳光照进了屋子,他心中一惊,蓦然坐起,不禁懊恼自责:怎么就贪睡了!于是他急忙披衣起床。洗漱完毕,他顺手打了一桶水走进灶间,生了火;倒了一瓢水灌进水壶,然后把水壶放在灶台上,就迈出门槛,叫道:"雪融儿,雪融儿……"

我正趴在佛像的脚上打盹,对他的呼唤置若罔闻。

他见我睡得香,就转身出了庙门。刚刚出门,一个年轻貌美、亭亭玉立的女子就出现在他面前。

他一怔。

女子却落落大方,笑问道:"这里就是观音山吧?我来上香呢。如果我没有猜错,你就是李春生吧?"

女子如此面生,他不知道她是谁。她明亮的双眸闪着动人的光彩,微微上翘的嘴唇十分好看,齐肩的小辫子,雪白的衬衣合体大方,淡绿色的长裤显得更加高挑……

"春生,我是东方闻莺啊!怎么,我认识你,你却不认识我了?"女子笑道。

他万分窘迫,心脏狂跳不已,说话竟然也结结巴巴:"呃——我,我,我是……呃,你,是,是,是……"

女子粲然一笑,正要回答,后面一声"喵呜——",男子忽然感觉脚脖子一阵痒痒,忍受不住,低头正要叫猫咪别闹,女子大笑,甩下一长串银铃般的脆响,倏忽不见。

男子惶急,使劲要摆脱我的纠缠,结果脚一蹬,忽感剧痛,人也完全清醒。他起身,木然地坐在床上。

低头看了看脚脖子,竟然擦破了皮!他揉了揉,带着愠色看着我——

我闹醒了主人,怕主人责怪,甩甩尾巴,悠然出门去了。

出家人的心中,早已空明澄澈,心如止水,又何来红尘惦念?他不禁苦笑。

他趿拉着草鞋,在水池边洗了个痛快。他感觉清醒了,就拎了几只竹筐,把已经晒干的药草塞进竹筐,然后把竹筐小心地摆放在窄窄的独轮车上,往山下走去。

阳光如金子一般,照得天地温暖敞亮。这样的温度,使得万物都在蓬勃生长。我看着他的背影迅速地消失在下山的羊肠小道上,心中不禁一阵叹息。

春生走到柳林镇集市的时候,已经是日上三竿。他脸上微微见汗,顾不得擦去,就连忙去平常熟悉的早茶店买了两个米果,囫囵吃了。他把独轮车推到十字街口的药店门口,小心停放下,抬起竹筐走进去。过了一会儿,他拎着空竹筐出来了,依旧把竹筐放在独轮车上,回头向店家交代了一声,然后就漫无目的地在集市上瞎逛。

师傅教导的法门正确吗?他心中嘀咕。但是不管对不对,自己都要去尝试一下。不去尝试,怎么能确定呢?

他在集市上转悠了好几圈,并没有收获,不禁一声叹息,暗自嘲笑痴傻。他低垂着头,径自走向药草店,准备收拾东西回去。

忽然,一个小盒子"咣当咣当"几声响,滴溜溜转了几圈,径直落在他脚边。他抬头一看,不禁傻了。

眼前站着一个女子,面容姣好,亭亭玉立,齐肩的小辫子,雪白的衬衫,淡绿色的长裤,只是没有问候他,而是眼睛直勾勾地盯着地面上的盒子。

春生心跳不已!师傅啊师傅,你老人家在天之灵,终于让我开窍了!

他极力抑制住内心的汹涌澎湃,目光回避她那光彩照人的双眸,弯下腰,轻轻捡拾起那盒子,然后轻轻吹去盒子上的尘土,慢慢递到那女子的面前。

那女子先是愕然,随即粲然一笑,双手接过盒子,说道:"谢谢你!"

春生见她背着一个大包袱,手上还提着两个箱子,看上去沉甸甸的,于是问道:"你是走亲戚,还是……我来帮你吧!"

他也不管她愿意不愿意,就从她手中夺过箱子,说道:"你去哪里?我送你一程。"他还待伸手要去拿她的包袱,她摇摇头,身子敏捷地一闪,笑道:"不必了!我能行!我这个人不娇气的。"说着,她伸手要拿回箱子。

春生有些困窘,连忙说道:"我不是坏人……我就是想帮帮你……"

女子看了他一眼,咯咯笑道:"你这人……你这人心肠真好!我要到柳林镇卫生院去。我也不知道卫生院在哪里。这里是柳林镇集市,卫生院也应该不远了吧?"

春生悄悄瞄了一眼,回想清晨的梦境,分明听得她说她叫"东方闻莺"。是"文英"还是"闻莺"?他低头仔细想了想,梦里应该是"闻莺"没错了。

春生合着她的脚步,往卫生院疾步走去。她没有说自己是谁,只是东张西望,对集市上的所见所闻东问西问。

不知怎的,昨晚折腾了一晚上,总算填饱了肚子。平时我并不喜欢青蛙虫子,现在却顾不了这么多了。饿极了,就什么都不忌讳了。

只是我的肚子十分不舒服,像是有一千条毛毛虫在肠胃里蠕动,慢慢咬噬,慢慢吃掉我的心肺,最后只剩下毛囊。——死后要下阿鼻地狱?我只知道,我们这类生灵,是永生永世不会成为人类的……管他呢!

我伏在庙宇破旧的门槛上,懒洋洋的。太阳渐渐热辣,没有风。在这样的青天白日,这样的朗朗乾坤,我的眸子仍然犀利无比。我绿色的眼珠如璀璨的宝石,洞悉人间的一切。

柳林镇卫生院就在集市的东头。春生和那个女子快步走进大门,里面的一个男工作人员看见了,连忙热情地出来迎接,只是他看见女子背后跟着的春生,满脸的笑意顿时消失了。当然,只是短暂消失。

那人笑道:"你就是东方闻莺同志吧?我接到上级领导的通知,就一直在想,你什么时候能到呢……"他连忙伸手拿下女子的包袱,回头笑道:"跟我来!本来院长说让你住楼下,我说,你是女孩子,住楼上比较好。"

东方闻莺回头看了看春生,见他一直没有吭声,连忙说道:"谢谢你!我来吧!真是麻烦你了!"说着,她要去拿他手中的箱子。

那个工作人员闻言立刻转身,伸手从春生手中夺过箱子,笑道:"你回去吧!这里有我就行!"

春生怔了一下,随即笑道:"好!好!那好,我就先回去了!东方——闻莺……同志……"

东方闻莺"咯咯"笑道:"我叫东方闻莺,你叫什么名字呢?"

春生看见那个工作人员眼睛里似笑非笑,满含着冷意,随即微微一笑,说道:"出家人并不在意姓名。"

我看着主人的身影慢慢从集市挪移回来。那如烟的惆怅,一路迤逦至观音山,在热辣辣的太阳的烘烤下,慢慢向空中升腾。

柳林镇卫生院的二楼,虽然说房屋有些破旧,但是整洁干净。

"屋子早就收拾好了,你看,楼上干净清爽,楼梯间还有铁门……"那个工作人员把箱子包袱放在凳子上,笑道。

东方闻莺十分感激,自言自语道:"我只是见习医生,住这么好的房子,是不是不合适……"她看着他,问道:"哦,你住哪里呢?你是哪个科室的?

你瞧,我都还没有问你的名字呢……"

那个工作人员笑道:"我是柳林镇政府的刘爱国。从今往后,你不管有什么事情,有什么需要,有什么困难,只管跟我说!你从上海来,从大城市来到咱们这样的小地方,不容易啊!你的思想觉悟,你的思想境界,不是一般人能比的!所以,像你这样高级别的重要人才……"

东方闻莺连忙打断他的话,笑道:"刘——刘同志,谢谢你帮我拿东西。如果我有什么需要,我会跟院长说。那么麻烦你,我真是不好意思。政府里工作也繁忙,我就不打扰你了,我……"

刘爱国"哈哈"笑了两声,说道:"没事!我今天的工作,就是帮你安顿下来!都是自己人,客气什么呢!来来来,我帮你收拾一下。坐了那么久的车,累了吧?你歇着,我来收拾!你看,床板、桌凳,昨天就都洗干净了……"说完他还特意伸手摸了几遍,向东方闻莺摊开手掌,雪白的手掌,白皙修长的五指,(这在男人之中并不多见)表示没有任何灰尘。

他把凳子拾掇到她面前,请她坐下。

虽然山间比平地清凉一些,但是近午时分,还是显得热气腾腾。我在庙宇门槛上感觉到太阳的烘烤,十分不舒服,就掉转头,跃上案桌。香炉里的灰烬有些洒落在桌面,粘在我的爪子上。我擦了擦,就趴在佛像前的蒲团上,眯上了眼睛。

在蒙蒙眬眬的似睡非睡中,我听到了主人的脚步,轻轻地迈了进来。他跪在蒲团上,伸指轻轻抚摸我的背脊,低声问道:"雪融儿,你早就知道,对不对?"

我不理睬他,只管假寐。

要是换作往常,他见我这样懒懒的,并不理会他,他就会站起身,伫立一会儿,然后该干吗就干吗去了。可是今天,他显得心烦意乱。自从他跟了师傅,他很少像现在这样自寻烦恼。

他没有立刻站起身,而是继续跪在蒲团上,伸指抚摸着我毛茸茸的背脊,轻声问道:"雪融儿……我该怎么办?我到底该怎么办才好呢?如果师傅他老人家还在,我就不用像现在这样没有主心骨了……雪融儿,我相信,你是知道的……如果你不肯现在告诉我,就给我托一个梦,好吗?……"

他一直在我的耳边絮絮聒聒,搅扰我的清梦,令我心烦意乱。我不禁皱眉,伸爪揉了揉脸,腾地起身,跳上了佛像的肩膀,蜷缩着身子,半眯着眼睛。我看着他微白的脸上微红,又微汗,顿觉百无聊赖,于是冷冷地看了他一眼,并不理睬他。

他对于我的万分冷漠似乎有一些伤心。他疾步上前,指着我的鼻子恼道:"你这家伙……"

我更加烦躁,立刻往后一蹿,消失在他的视线中。

第 二 章

刘爱国长得白白净净,看起来十指滴水不沾,干活却是麻利。他迅速摆放好床铺,把桌椅靠墙摆正,连蚊帐架子都升起来了。他手腕上锃亮的手表,东方闻莺一眼就看见了。——这可以说是身份的标志,谁见了,都知道他是公家的人。

而且东方闻莺很快就知道,他是镇政府的办公室主任。主任亲自为自己做这些杂活,她有些不安。

房间简洁,很快就收拾好了。刘爱国笑道:"你坐着,我去给你拿热水瓶。"

东方闻莺连忙站起身,说道:"我自己去拿吧!让刘主任前前后后地忙个不停,怪不好意思的。"

刘爱国拦住她,笑道:"没事!没事!大家都是同志,应该的!应该的!啊!你累了,先歇着。"说完就风一样出门去了。

可能是走得急,在门口他差点和一个小护士撞了个满怀。那个小护士吃了一惊,急忙闪躲,然后诧异地看着他的背影,似乎惊魂未定。待他的脚步声消失在楼下,她才走到门口,对东方闻莺笑道:"你是新来的东方医生吧?院长做完了手术,马上就回来了。"

东方闻莺连忙站起身,走出来,问道:"院长在哪儿呢?我得跟他报个到呢。"

小护士伸手指了指,说道:"喏,从你这里过去第三间,就是院长的屋子。你在这里等就好了,他一会儿就上来。"

东方闻莺站在走廊上张望了好一会儿,才听到楼梯上响起了"笃,笃,笃"十分缓慢而均匀的脚步声。然后,一个花白脑袋从拐角处慢慢探上来。她看见一张僵尸一样毫无表情的面孔,目光似乎正对着她,却丝毫没有看见她。

她连忙叫道:"院长——"

那人却没有立刻回应,脸上仍然石刻一般,脚下"笃,笃,笃"钟摆似的慢慢踱过来。

东方闻莺有些尴尬,于是脸上堆满笑意,提高声音叫道:"院长!院长——"

那个花白脑袋似乎终于看见了她,脸上的肌肉仍然没有动,只是喉咙里"嗯"了一声。待到走近了,他才停下脚步,问道:"来了?"他也没有等她回答,继续说道:"嗯,来了就好。"说完,花白脑袋径自往自己房间走去。

东方闻莺有些错愕,但是刚才小护士说,院长刚刚做完手术,也许是累了吧!于是她连忙疾步上前,说道:"院长,您刚刚做完手术,请先休息吧!等您有空了,我再向您请教。"

院长闻言停住脚步,缓慢转过身来,盯着她的眼睛,说道:"不敢当。算起来,我们卫生院就数你文化最高,连我,都得向你学习哩!"

东方闻莺发现,院长看起来年过半百,眼神却十分犀利——还有,他的言辞也十分犀利。她顿时紧张起来。

"不不不!我虽然是大学毕业,却什么临床经验都没有……还希望院长不吝赐教。"她惶恐地说。

院长敛去双目中犀利的光芒,慢慢说道:"有文化就是有文化,连说话都文绉绉的。不错!希望你不会辜负国家的培养。"

东方闻莺连忙说道:"我会努力学习的!请院长多多指导!"

院长伸指轻轻按了按太阳穴,说道:"你先去后勤科张主任那里报个到,需要什么,就跟他讲。咱们柳林镇是个小地方,多有不便,各方面条件比不得上海。你呀,要多多担待啊!"

东方闻莺见院长脸上终于和缓,心中暗自松了一口气。她说道:"柳林镇已经很好了!当然,以后,条件也会更好的。我去后勤科报到了,谢谢院长!"她刚刚转身,就看见刘爱国大踏步而来,双眉紧皱。

他径直走到院长面前,斥道:"张院长!我分明跟你说过,东方闻莺同志作为上海知青,六月五日就会来我们柳林镇报到,请你为她做好生活上的所有准备。你不会忘了吧?!"

院长的双目又恢复刚才犀利的样子,他冷冷地盯着刘爱国,说道:"刘主任,上级下达的文件,我从来不敢怠慢。我们卫生院的大小事情,我都清清楚楚,什么时候出过岔子?你这么能干,连医生的工作都包了,要不要到我们卫生院来当主任啊?"

刘爱国脸色一白,顿时说不出话来。

东方闻莺也顿感尴尬,张开嘴,不知道说什么好。

院长换了温和的语气,目光落在东方闻莺脸上,说道:"东方医生,我叫小护士阿兰替你挑了一只热水瓶,不知道是否合你心意。她昨晚值班,今天母亲生病住院,又没歇着,热水瓶可能还在她的屋子里。你去看看吧。"

东方闻莺连忙说道:"谢谢院长!那我去了!"说完,她粲然一笑,风一样旋下楼梯,向左急行二十几步,就到了后勤科。

张主任也是一个年过半百的人,从那花白头发和细密的皱纹,可以想见岁月在他身上同样是毫不留情。但是医生有职业优势,他保养得好,耳不聋眼不花,思维清晰敏捷,一点都不昏聩。

他拿出几张表,叫东方闻莺填。

东方闻莺认真地填着表,其中有一张是全院职工的信息表。她瞄了一眼,果然,全卫生院十三人,有六个是中专学历,剩下的要么是中学毕业的,要么是顶替父母的职位,院长也是中专学历,但是他去省城进修过几次。

张主任拿着东方闻莺填好的各张表,仔细检查了三遍,核对清楚,确认准确无误,才收起来,小心地放进抽屉里。然后,他说:"东方医生,那个热水瓶,本来院长是叫我去买的,因为我们卫生院已经没有多余的热水瓶了。我只是想,你们上海来的女孩子喜欢什么样的款式,我们这样的老头子是猜不到的,所以,就叫小护士阿兰去挑了一只。至于其他的床板、桌椅,只能用卫生院原有的——这个是不成文的规定,经费有限,希望你能谅解。"

东方闻莺笑道:"没事!我虽然从大城市来,却一点儿都不挑剔。请大家不要对我区别对待,这样我会有思想负担的。"她俯下身子,悄悄问道:"主任,问你一件事情。"

张主任见她神秘兮兮,有些诧异,盯着她姣好的面容,问道:"什么事?你尽管说,我一定知无不言,言无不尽。"

东方闻莺见他慈眉善目,和张院长的冷漠犀利完全不同,心中稍宽,于是问道:"以后,我跟谁学习呢?谁指导我呢?"

张主任和蔼地笑了,没有直接回答,却反问道:"你希望是谁呢?你希望是谁就直接说,说不定我可以去跟院长吹吹风。"

东方闻莺笑道:"张主任的医术,肯定也是炉火纯青。我就跟你学,怎么样？"

张主任敛了笑容，说道："上海来的知青都像你这么爱开玩笑？我才疏学浅，教不了你。再说，你就是想跟我学，我也不敢收你。"

东方闻莺一怔，想不到他会说出这样的话，于是小心地问道："为什么？"

张主任却答非所问："小护士阿兰，她母亲生病住院，就在后面的住院部一楼。一会儿，我叫她把热水瓶拿过来给你。"

热水瓶……

东方闻莺蓦然想起刚才刘爱国对张院长的责问。一个热水瓶而已，其实自己并不在意它到底是红色、黄色还是绿色，是松竹梅图案还是荷花图案还是别的。于是她说道："我自己去拿吧！叫阿兰就可以吗？我是说，她的全名是……"

柳林镇卫生院就三栋屋子，像一个"日"字形，跟当地许多人家的围屋一样，结构简单而结实。一层是各个科室的门诊，二层是堆放各种东西的屋子，中间一排是职工住房，后面是住院部，侧面是厨房、洗澡间、厕所等。

阿兰正在给母亲换药水。她母亲脸色灰白，在药力的作用下，已经安静地睡去，看上去并不痛苦。床头上方垂着一个玻璃点滴瓶，床头柜上放着打完点滴的空瓶、药袋、水杯等杂物。

东方闻莺在门口看着这一切，心中恻然，不忍心打扰她。

良久，阿兰收拾完空点滴瓶，正要拿去处理，见她站着，微微一怔，随即微笑道："你是新来的东方医生吧？"

东方闻莺微笑着点点头，问道："你妈妈还好吧？"

阿兰走近两步，说道："已经稳定了。我阿妈有结石，以前吃过草药，打下来几颗。但是后来结石又长……昨天晚上，她疼得在地上打滚。刚才，是院长给我阿妈做的手术……"

东方闻莺稍微放下了心。结石手术，应该不难，手术后的痊愈，也不是难事。于是她安慰道："别担心，你阿妈很快就会好的。结石取完了，就没事了。"

阿兰脸上的笑容微微一顿，随即说道："嗯，应该没事了。哦，你的热水瓶还在我的屋子里。院长叫我去挑的，他说，年轻人的眼光，应该比较接近。我也不知道是否合你心意，只是不要嫌丑才好。"

东方闻莺笑道："我这人不挑剔。谢谢你，也谢谢大家，什么都为我准备好了,这样的大家庭,真是温暖。"

阿兰住在一楼的角落里。二楼是后面盖的,难怪看上去崭新又干净。一楼是老房子,墙体上的石灰都斑斑驳驳的,屋角很潮湿,虽然已经是入夏,也难掩霉味。

阿兰掇了凳子,拿抹布仔细擦了,请东方闻莺坐下,然后拿水杯装了热水,递给她。

东方闻莺心中有些五味杂陈。她缓缓摩挲着水杯,问道:"我们年纪相仿,就叫名字吧!阿兰,你来卫生院多久了?一直在这里工作吗?"

阿兰"呵呵"一笑,伸出三个指头,说道:"三年。叫名字吗?你叫我名字我倒是没关系,只是,你是上海来的知青,知识水平比我们高,我可不敢叫你名字,不然别人会骂我不懂规矩。"

东方闻莺故意努了努嘴,装作不高兴,说道:"我虽然初来乍到,却把大家当作兄弟姐妹。你这样把我当外人,我不喜欢。我不管,反正,从今天起,你就是我的小妹妹!"

阿兰"扑哧"一笑,说道:"我这是哪辈子修来的福气,得了你这样一个神仙般的姐姐。"于是她拿过一个纸壳箱,轻轻拆开,里面是一个淡绿色的铁壳热水瓶。

东方闻莺看见热水瓶身有小猫戏蝶的图案,笑了,赞道:"真好看!不错不错!"

阿兰笑道:"你喜欢就好!这样我也就不用担心了!"

东方闻莺摩挲着热水瓶上的小猫戏蝶图案,想起刚才的种种,于是问道:"阿兰,那个镇政府的刘主任……他,经常来医院说事儿吗?"

阿兰有些惊慌,连忙说道:"没,没有呀!他就今天才来……哦,不对,一个月前好像也来了,拿了文件过来,说上海派了一些知青到咱们县,柳林镇分了一个,就是你。我还听说,你是刘主任他爹老刘主任特意向县长要来的。说是咱们卫生院,一个大学生都没有。全卫生院的医疗水平,连集市上那个民间药草店都不如……"

东方闻莺更加诧异,问道:"老刘主任?县里哪个部门的主任?"

阿兰看着她,小心地说:"是县政府办公室的主任。"

东方闻莺想了想,集市上的药草店?好像没有见到,于是问道:"集市上的药草店吗?我来的时候,没有看见呢。在哪里?是谁开的?店家的医疗水平很高吗?"

第 三 章

上午李春生去送的药草,也无非是蕲艾、菖蒲、鱼腥草、五指草、车前草、鹅不食草之类的普通药草。当然,入夏了,蛇药也是十分重要的。

他进去的时候,李志兴——灸草堂的店主,正在给一个老人做艾灸。

李春生只是简单地打了一个招呼:"叔公,我把药草放里面了。"

李志兴看了他一眼,点头道:"嗯,好。"

店里的小伙计满生,接过他手里的竹筐,把药草搬进后堂,然后塞给他一些钱。观音庙久无香客,早已断炊——活人尚且没有吃食,又有谁管得了几尊泥塑菩萨呢。

春生照例把票子塞回满生手中,只拿了几个毫子就要出门去。

李志兴叫道:"春生,你等会儿。"他回头对满生说道:"满生,锅里还有几个米果、两个鸡蛋,给春生拿去。"

春生头也没回,说道:"不用了,我刚才吃过了。"

李志兴看着他的背影,提高了声音:"你这孩子,跟我较劲呢?!"

李春生停住脚步,回头答道:"没有!我是真的吃过了!刚才在街角早茶店,买了两个米果。叔公要是不信,可以去问。"

李志兴还是不高兴,说道:"那你也得拿着。长辈给你东西,你都得拿着。"

李春生皱了皱眉,说道:"我还有事儿要办,不好拿,拿着也不方便。下次不管叔公给我多少,我全都收着,好吧?"

李志兴还要说什么的时候,春生的身影已经出去了。满生手里拿着鸡蛋和米果追了出去,可是大街上早已不见了他的踪影。

满生叹了口气,摇摇头,说道:"瞧他那样儿!咱们灸草堂可从来没有赶他呀!他心里装着咱们灸草堂的疙瘩,可不是做人的道理呀!他骨子里不是我们本地人,在这里生养了二十多年都不亲!哼!……不管我们怎么招呼,就是拒人千里之外。哼!——唉!倔得很!"

正在接受艾灸的老人问道:"他还在观音山住着,不肯下来吗?"

李志兴手中拿着燃着的艾草,一边仔细点着穴位,一边说道:"唉!我们灸草堂是治病救人的地方,从来不管那些你争我斗……唉!还是不说了。"

老人摇摇头,说道:"他是被他师傅连累了。现在这样僧不僧俗不俗的,叫啥事儿呀,啧啧啧……"

李志兴叹了一口气,说道:"大家也别歪曲人家。春生的心性我还不知道?他虽然是外地人,却在我们这里生养了二十多年,即使骨子里还不是我们雁栖围屋的李姓,血肉里也是姓我们的李字了。那孩子向来重情重义,他是不想某些人老借着他师傅那碴儿说事儿,给我们添麻烦。"

东方闻莺起床的时候,整个人昏昏沉沉、稀里糊涂的。陌生的房间,薄薄的木板床,硬硬的硌得脊背疼。这些都还不算什么,可怕的是一晚上木板都在"吱呀吱呀"响,叫她怪难为情的。这样的房间,隔音效果当然不好,她怕别人听了去,烦恼得很。所以她尽量避免翻身,可是夜晚的寂静中掺杂着许多细碎的声响,以及白天接触的几个人物的难以捉摸的音容,又使她忍不住辗转反侧。

离开上海的时候,妈妈千叮咛万嘱咐:"到了地方上,一切要遵从地方上的习俗,不要逞强。入乡随俗得早,自己也可以省去许多麻烦。不管男女老幼,都要亲切对待,因为,在你的人生中,你永远也预料不到,在你最需要帮助的时候,谁会站出来帮助你。上海的知青,下放到祖国各地的,不知道有多少。哭时笑时,也只有天地知道。你去几年,好好历练,我们等你回来。你在那么远的地方,一定要好好的……"

既来之,则安之。好,我当然会好好的,妈妈。

她在梳小辫子的时候,才发现自己箱子里只有一面小圆镜。应该买一面大一些的镜子才好,毕竟,现在是要参加工作了,马马虎虎可不好。在人们的心目中,医生总是老的好,姜是老的辣嘛。黄毛丫头人们已经不太信任,衣装上要是不严整,人家更不会放在眼里。

昨天那个来传话的小护士——对,去找她。

真巧,东方闻莺刚刚下楼,就看到她拎着热水瓶回来。

"东方医生早!"她甜甜地笑道。

"早!真是不好意思,昨天忘了问你,我该怎么称呼你呢?"东方闻莺也笑道。

"叫我阿青就好了。"她笑道,"你打开水了吗?要不要我帮你?"

东方闻莺摇摇头,笑道:"不用不用!我可以自己去的。待会儿你上班吗?"

阿青说道:"不用,今天我值夜班。你有什么事情尽管说,我刚好闲着呢。"

东方闻莺说道:"也没什么事。我听说街市上的米果好吃,想去尝尝。你带我一起去好不好? 我请客。"

这时候,后勤科的张主任拿着一个公文包,慢悠悠地走过来,说道:"东方医生,我知道米果店在哪里。我带你去,你请客。"

阿青"咯咯"笑了,说道:"别听信主任的话。他呀,要去县里开会呢。最近种痘的孩子多了,麻疹病例也多了。"她又对张主任说:"主任,你再这样磨磨蹭蹭的,班车开走了,你就要走路去咯!"

东方闻莺笑道:"主任快去吧! 等你回来,你桌上就会有两个米果的!"

张主任笑道:"阿青,你瞧瞧! 大城市来的姑娘,就是不一样!"

东方闻莺看着他远去的背影,问道:"阿青,县里水痘和麻疹病例多了? 这两种病都不好治,我们卫生院能行吗?"

阿青牵着她的手,说道:"西医不行的话,中医可以。每年春末夏初,都有水痘和麻疹的病例。往常,老百姓都是到集市上的灸草堂去看的。"

东方闻莺很是诧异,问道:"不是来我们卫生院? 灸草堂能治好吗?"

阿青点点头,说道:"灸草堂有专门治疗水痘和麻疹的秘方,一般都能治好,最近几年,镇里都没有水痘和麻疹的死亡病例。你呀,就把心放肚子里。"

东方闻莺不禁将信将疑。她当然知道,民间有中医能手,但是治疗水痘和麻疹技术,还有待提高。现在,西医还没有百分之百的把握,柳林镇的民间郎中,就研制出了治疗水痘和麻疹的秘方了?

两人来到街角的米果店,老板娘端上来两盘米果。一盘是艾草的,叫艾粄;一盘是韭菜的,叫灰水粄。两个盘子里的米果都是绿油油的,带着淡淡的植物香味。东方闻莺夹了一个艾粄,吃了,说道:"这个不错。艾草做米果,我听说过,今天是第一次吃。这个灰水,灰水,灰——是什么?"

阿青笑道:"草木灰呀!"

东方闻莺闻言,立刻把米果放回盘中,惊道:"草木灰? 哎呀! 草木灰能吃吗?"

阿青夹了一个灰水粄,大口大口地吃了,笑道:"当然能吃! 做粄的时候,先烧一大锅滚水,把豆腐架子架在锅上,用白布包着草木灰,一般是用做豆腐的白布包着草木灰,放在架子上,然后用勺子舀了沸水,浇在布包上,就得到了灰水。其实就是碱水。再把泡了一晚上的米放进灰水里,拉到石磨上去磨浆,在大锅里煮熟了,反复揉圆了,再去蒸,就做成了米果。喏,好吃着呢!"

东方闻莺心中还是犹疑,不敢吃。她问道:"要获得碱水,直接用碱粉不就行了?我看,这里也有包子馒头店,不都是用碱粉嘛。"

阿青却说道:"包子店不用碱粉,是用面娘。"她见东方闻莺仍然不放心,说:"没事的!这是客家人千百年来流传下来的老法子,世世代代都这么吃,从来没事儿。"

东方闻莺凝视着盘子里的灰水粄,说道:"从植物中获得碱,这法子倒是方便。"

阿青又吃了一个灰水粄,说道:"并不是所有植物的草木灰都可以。比如松树、杉树就不行。只有少数几种植物的草木灰才可以,比如豆秆、茶子壳、桐子壳……"

东方闻莺低头想了想,难道这里的水酸性较强?客家人是酸性体质?

她凝视着两个盘子里的米果,慢慢伸了筷子夹了一个灰水粄,放进嘴里,细细品尝。果然,好吃!浓浓的韭菜香味,还有——灰水味道?

从早茶店里出来后,东方闻莺叫阿青带她去看看那家著名的药草店。

柳林镇的集市并不大,没走几步就到了十字街口。顺着阿青的手指看去,一块破旧的木板门楣上赫然写着"灸草堂"三个大字,黑底黄字,字迹苍劲有力,显示着深厚的书法功底。

东方闻莺凝视着那三个大字,心中犹疑要不要进去一探。她不知道官方和民间是否有往来?西医和中医是否有往来?虽然,医院也有中医科。

阿青好像看出了她的心思,笑道:"既然来了,我们就进去看看。店家是李叔公,人挺好的。平时,我们散步散着散着,就到了这里,李叔公就招呼我们进去喝茶。"

两扇厚重的朱红油漆的门已经破旧。满屋子的药草味道年深月久,似乎已经渗透到了屋子的每个角落。

满生笑道:"阿青,今天不上班啊?哟!这位是——"

阿青笑道:"这位是我们卫生院新来的东方医生。满生,你们店里的茶好喝,我又来了,怎么着?叔公,我又来了!"

李叔公正坐着捣鼓一个玻璃瓶子,瓶子里装着药草,看那深褐色的药水,应该是泡了好久了。他抬起头,笑眯眯地说道:"阿青,你会来咱们店里喝茶,叔公高兴!你们不来,叔公就不高兴!怎么着?"他看着东方闻莺,说:"你就是新来的上海姑娘?不错不错!咱们柳林镇,也有大学生了!这是咱们柳林镇百姓的福气啊!"他扭头对满生吩咐:"满生,人家东方医生第一次来,还让人家站着啊?"

满生正盯着东方闻莺,眼珠一下都没有转动。听见师傅吩咐,他才回过神来,连忙说:"哎呀!东方医生,快坐!快坐!你到我们店里,可是蓬荜生辉呀!"他提了茶壶,筛了两杯,递给两个姑娘。

阿青抿着嘴笑道:"满生,你知道什么叫蓬荜生辉?蓬荜生辉是什么意思呢?"

满生的脸微微有些红,说道:"不知道。不过,每次我跟师傅到县里人家那里喝茶,人家都这么说,可见是一句极好的话。对吧,东方医生?"

东方闻莺笑了。她低头仔细闻了闻茶,似乎有红枣、枸杞、金银花之类——可惜自己对中医不太熟悉。她站起身,走到李叔公面前,说道:"叔公——我也叫你叔公,好不好?"

满生笑道:"当然好了!我师傅就喜欢大家叫他叔公。"

李叔公把手中的玻璃瓶收拾干净,说道:"你要是不嫌这辈分,就叫叔公吧!我当然乐意了。你呀!一个月前,全柳林镇都知道,你要来卫生院了。"

东方闻莺诧异地看着阿青。阿青说道:"昨天那个刘主任,刘爱国,叫我们不要怠慢了你。"

东方闻莺有些尴尬,说道:"昨天他帮我拿东西的时候,我才知道他叫刘爱国,是主任。"

阿青端详着桌上的玻璃瓶子,问道:"叔公,这是擦什么的药酒?"

东方闻莺忽然想起刚才阿青提到水痘和麻疹的病例增多的事情,问道:"叔公,听说最近县里水痘和麻疹的患儿增多,连卫生院后勤科的张主任都去县里开会了。你们这里收到过病患吗?"

叔公点点头,说道:"有。水痘、麻疹,这是人的一生中大多要经历的。发过病,就好了,一辈子安稳。早点发比晚点发好,年纪越小痊愈得越快。"

第 四 章

东方闻莺看着桌子上的瓶瓶罐罐,说道:"叔公,我学的是西医,对中医并不太懂。故事书上说,当年康熙皇帝得了天花,是苏麻喇姑用几把芨芨草治好的。你也是用芨芨草给病人服用吗?"

"这个——"李叔公正要回答,门口一阵孩子的啼哭,打断了他的话。

满生迎了出去,一会儿就抱进一个十二三岁的男孩子。大家见他身上全是泥土,脚脖子上流着血,还粘着一个黑乎乎的东西。不一会儿,孩子的奶奶跟了进来,叫道:"叔公,快!快!蚂蟥要钻进胜子的脚了!快帮他把蚂蟥弄出来!"

满生把孩子平放在竹榻上,东方闻莺和阿青连忙过去,察看孩子的伤情。只见一条黑乎乎的蚂蟥,身子已经钻进去了大半,只剩下一点点尾巴了。就这么一小截尾巴,还在蠕动,还在使劲往肉里钻。伤口淌着血,一直流到了脚底。孩子可能是因为极度惊恐,大声哭叫。

东方闻莺连忙说道:"满生,快拿酒精!"

满生一愣,回答道:"酒……酒精?我们店里没有酒精,只有药酒!"

阿青说道:"叔公,烟筒水在哪里?我来给他擦。"

李叔公递给她一个小玻璃瓶,阿青接过了,拿棉花蘸了烟筒水,仔细地擦在蚂蟥咬的伤口周围。

东方闻莺不知道烟筒水是什么东西,只闻到一股浓烈的水烟味道,禁不住伸手捂住了鼻子。她悄悄回头看了一眼李叔公,见他神色淡然,完全不着急不紧张,心想:这是什么灵丹妙药,能治疗蚂蟥的咬伤?

孩子的奶奶拽住孩子的双手,免得他胡乱挥舞,安慰着:"别哭别哭!蚂蟥就快出来了!"

果然,只一会儿工夫,蚂蟥就停止了蠕动。满生小心翼翼地拽住蚂蟥的尾巴,慢慢把它揪了出来。然后,阿青用棉签仔细地吸干了伤口上的血迹,柔声安慰道:"没事了!蚂蟥出来了!"

那孩子立刻止住了哭叫,坐了起来。

李叔公笑眯眯地问道:"你这小子,又去田里摸泥鳅了?"

满生笑道:"泥鳅没有摸到,倒摸到了蚂蟥!嘿嘿!好大一条!看你小子以后还敢不敢调皮!"

那孩子脸上还有些懊丧,用袖子揩了揩眼泪,看着桌子上的蚂蟥,就要拍打。

孩子奶奶连忙拦住他:"使不得!使不得!你要是把蚂蟥拍烂,它就要变成无数条蚂蟥了!"

满生拿了一张黄纸,卷起来,点燃了,把蚂蟥烧了。然后他对男孩子说:"没事了!它再也不会害人了!"

大家看着祖孙俩出了店门,东方闻莺问道:"刚才那个,是叫烟筒水?烟筒水是什么东西?"

满生说道:"就是男人们抽水烟后,留在烟筒里的水。它可以治疗蚂蟥咬伤,也可以治一些无名肿毒。"

东方闻莺更加诧异,问道:"水烟?是鸦片吗?"

李叔公解释道:"鸦片早在一百多年前就被林则徐销毁了。这是一般的烟丝,因为是放在水烟筒上抽的。当然,这种水烟筒,也跟老早抽鸦片的水烟筒是一样的,所以叫水烟。"

东方闻莺愕然。就是粘在水烟筒上的烟垢吗?那也能治病?除了吓唬蚂蟥,还可以治疗无名肿毒?简直是匪夷所思!

浓烈的烟油味道还在店内弥散,东方闻莺感觉很不舒服。虽然,作为一名医生,药品的味道接触过许许多多,偶尔也接触到中草药,但是这么让人难忘的味道还是第一次。换句话说,这么肮脏的东西,居然被用作了药材!她心中情不自禁地激烈翻腾。还有锅底灰、童子尿,今后还可能会知道许许多多闻所未闻的东西,都会被用在临床上,民间中医真是想尽了一切办法。

柳林镇离沙塘县城并不算远,但是骑自行车要半个小时。坐车并不方便,自行车也是稀罕物件,公家的人才有。

刘爱国骑自行车到了百货公司,就径直去了化妆品组。这里有一些女孩子用的头饰、发夹、蝴蝶结、彩带、小圆镜,齐齐整整,各有几个品种;雪花膏、香水什么的,冬天才有,现在估计是收起来了。

他在柜台前端详了好久,最后选了一个最大号的镜子。这是一面椭圆镜,一尺多高,半尺宽,粉色的边框,一个飞天仙女的裙摆底座,十分漂亮。

服务员收了钱,仔细地包好镜子,笑眯眯地说道:"同志,你真有眼光!

这款镜子最漂亮,是我们百货公司刚进的货,现在就快卖完了。来买镜子的呀,都是年轻小伙,买给对象的。"

刘爱国一怔,白皙的脸上微微一红,说道:"哦,是这样吗?我是买给我妹妹的,是送给她的生日礼物。"

服务员笑道:"哦?这样啊!这么漂亮的镜子,你妹妹肯定十分喜欢!"

出了百货公司的门,他拿着这个包着心爱的镜子的纸壳,发现不能揣在怀里,因为实在太大了,也不能放在自行车后座上,怕掉了摔了。于是,他右手攥着,左手单手握紧车把,向县政府家属房骑去。

刘建业,县政府的老刘主任,此时正坐在阳台的藤椅上看报纸。阳台不大,一张藤椅几乎就占了三分之一的空间。窗台上的吊兰青翠欲滴,细长柔美的叶子垂下来,时不时拂着他的肩膀;几盆小小的太阳花,正开得灿烂;角落里还有两个大的旧的废弃脸盆,种着小葱和蒜苗。

普通,低调,却显示着屋子主人不俗的情趣。

瓷杯里的茶水,热热的刚好。那黄绿色清亮的茶汤,表示这是柳林镇有名的手工绿茶。

张县长也爱喝这样的手工绿茶,实惠又好喝,到柳林镇雁栖围屋下乡视察的时候,顺便就买了几斤。他向来不铺张,不奢侈,不讲排场;"兰室生香",他喜欢吊兰,好养,好看。老刘向他要了几株,插在花盆里,很快就养活了。他爱坐在阳台窄小的空间里看报纸,老刘也喜欢坐在阳台窄小的空间里看报纸。十几年来,百姓对张县长的勤于政务、勤俭内敛和勤奋朴素有口皆碑。老刘跟了他十几年,也是这样向他看齐的。

外面的热气慢慢侵入阳台,包裹住人的身心。但是,"心静自然凉",有茶,有报纸,心里却感觉不到热。

爱民背着书包回家了。她探头瞅了瞅阳台上,嘴角微微一翘,笑了。她把书包放进房间,到客厅倒了杯凉开水,一仰脖就喝了个干净。正要去阳台,大门"吱呀"一声开了,哥哥右手拿着一个纸包,进来了。

"这么早就回来了?你不会是逃课了吧?"刘爱国看着妹妹,边走进来边严肃地问道。

"我要是敢逃课,我们尊敬伟大的爸爸,还不拿菜刀劈了我。"爱民不屑地回敬道。

刘爱国把手中的东西放在玻璃茶几上,也拿了水杯,打开茶叶罐子,用小勺子挖了一些绿茶,放进水杯,然后拿起热水瓶,慢慢往水杯里注入开水。水杯里立刻泛起了黄绿色,一股清新浓郁的茶香就扑入鼻尖。他喝了一小口,问道:"都还不到中午你就回来了,难道是你们老师偷懒了?"

爱民嘴一撇,说道:"今天是周末,你跟爸爸都放假,我们还要补课!我们今天考试,考完就放学了,不可以吗?"

爱国语重心长地说:"你不要顽皮任性。马上就要毕业了,到时候考不好,毕不了业,别找爸爸帮忙啊!丢人!"

"要是毕业考试不及格,自己去补考。还有,补考费自己去想办法,做工也好,收破烂换钱也好,反正,我不管!你哥哥也不能给!"严厉的话语从阳台穿透进来,似乎没有丝毫回旋的余地。

可能是外面实在热气蒸人,刘建业拿着茶杯进来了,慢慢坐下。刘爱国给父亲续了水,也坐下。

"别门缝里看人!哼!"爱民坐在父亲身边,仰起笑脸,说道:"爸,毕业后,我想去沙塘县中学!"

刘建业瞪了女儿一眼,说道:"有本事自己去!我可不会给你出面的!"

爱国立刻呼应道:"就是!当初我一毕业,就主动向组织申请下乡锻炼。你倒好!一毕业就想着去县里的重点中学!你是高干子弟呀?啊?"

父亲和哥哥一唱一和,这让爱民很不满。她瞪了一眼哥哥,说道:"你就别跟我装了!哼!我还不知道你?!哼!"

刘建业斥责女儿:"你是怎么跟哥哥说话的?没大没小!你这样没有规矩,将来怎么找婆家呀?谁敢娶你?都是你叔祖母给宠坏了!"说完,他把报纸扔在茶几上。

"爸爸!我怎么就没大没小没有规矩了?是他先没有哥哥的样子,处处欺负我,不肯让我!我要是嫁不出去,就到柳林镇观音山守寺庙去!哼!"爱民气极了,父亲向来偏袒哥哥,重男轻女!

因为懊恼,她手中的水杯没有拿稳,开水泼洒出来,正落在纸包上。

"你!你怎么毛手毛脚的!"爱国一惊,连忙伸手来拿纸包。

爱民也是吃了一惊,左手立刻放下水杯,右手以迅雷不及掩耳之势夺过纸包。她小心翼翼地揭掉洇湿的纸,慢慢打开纸包,发现纸包里竟然是一面镜子!粉色的边框,飞天仙女裙摆的底座,十分漂亮!她立刻兴奋地叫道:"哥哥,这是给我买的镜子?哈哈!真漂亮!"

她正要拿着镜子回房间,爱国一把抢过镜子,说道:"不是给你的。"

爱民诧异,问道:"怎么,你有对象了?干吗不早点告诉我,害我空欢喜

一场！"

爱国脸上红一阵白一阵,说道:"没有!我是替人家买的!我回县城,顺便给人家带的!"

爱民注视着父亲,希望从父亲脸上寻找到答案。但是父亲脸上没有任何表情。她着急了,问道:"爸爸,到底怎么回事嘛?"

刘建业意味深长地看了一眼儿子,说道:"你做事沉稳一点好吧?"

爱国小心翼翼地擦拭着镜子上的水迹,回答道:"爸爸,那个卫生院的张耿之,以为自己去省城进修了几次,就天下无敌了!真是可笑!他在乡下待久了,坐井观天,都不知道天外有天!"

刘建业注视着儿子,说道:"你是在说张院长,还是在说你自己呢?"

爱国辩解道:"爸爸!张耿之那脾气,你又不是不知道!我……"

刘建业看着儿子,严肃地说:"你别一口一个张耿之张耿之!他比你老子我年纪还大,人前人后,你都要尊称人家张院长!给上海知青东方闻莺安排工作食宿,是张院长的事儿,你瞎掺和什么呀?手伸得太长,不怕人家忌讳!做人可不能这样啊!"

父亲就是身在县城,也有孙悟空的火眼金睛,对在柳林镇工作的儿子的一举一动明察秋毫。但是爱国还是很不服气,嘟囔道:"他从来都不给我好脸色,不把我放在眼里。他都当了几十年院长,早该让贤了嘛……"

爱民睁大眼睛看着父子俩,又看看哥哥手中的镜子,心里顿时乐了。

"张院长姓张,张县长也姓张,虽然都是姓张,不是同村,也没有任何亲戚朋友关系,张县长却对张院长十分熟悉,而且十分赏识。难道他们两家有什么渊源?……"刘建业似乎在自言自语。

刘爱国听了父亲的话,更加烦恼,说道:"爸爸,那你就调查清楚,看看他们俩到底是什么关系。这样别别扭扭的,我……"

刘建业说道:"爱国,你已经工作三年了,做事可不能毛毛躁躁。人际关系一旦破裂,就很难修补了。你千万不能轻举妄动啊!……"

父亲的话总是对的。刘爱国无言以对。

看着他俩低头喝茶不再言语,爱民问道:"爸爸,那个东方闻莺,漂亮吗?"

刘建业没有回答女儿,站起身进屋子里去了。

爱民努嘴瞪着父亲的背影,只好问哥哥:"哥哥,这面镜子,是送给东方闻莺的吧?她是我未来的嫂子吗?能让哥哥鞍前马后操心的姑娘,一定是……"

爱国一言不发,拿着镜子,站起身,径直进屋里去了。

第 五 章

上了几天班,卫生院并没有什么病人。东方闻莺大多数时候是在看医书。她跟院长请求了几次,院长总算答应带她这个徒弟。院长把书柜上的处方单交给她,叫她好好看看。东方闻莺看着这些处方单,钉得整整齐齐,就像账本一般。这是院长从医三十年以来写的处方单,有些纸张已经泛黄,但是整洁清晰。

她一直都在值班室待着,细心地做着笔记。她知道,这是一个医务工作者一生的经验积累。对于临床经验匮乏的她来说,大有裨益。

正午热气蒸腾的时候,她就摇着蒲扇——这是后勤科张主任给她的。张主任特意叫熟人去弄了一把,人家专程送过来了。扇子看起来普通,却实用。

大家对自己都这样好,东方闻莺心中十分感动。起先,妈妈还担心她会吃苦头,现在看来,这些担心都是多余的。她花了一晚上的时间,给妈妈写了封长信,告诉她,自己一切安好。

她在值班室研究院长写的处方的时候,阿兰进来了。阿兰的母亲已经回家静养身体去了。但是,接连几天,阿兰的神色有些憔悴。现在,她站在东方闻莺身边,似乎有话想说,却欲言又止。

东方闻莺笑着请她坐下,问道:"这几天你都心事重重,到底怎么了?"

阿兰犹豫片刻,才坐下来,拉着她的手,说道:"东方医生,一个人得了肿瘤的话,还有治吗?如果能治,还能活多久?"

东方闻莺吃了一惊,问道:"你是说——你妈妈得了肿瘤?"

阿兰点点头。

东方闻莺问道:"你妈妈得了什么肿瘤?什么时候发现的?"

阿兰说道:"上次张院长给我妈妈做结石清除手术的时候,发现了好几颗子宫肌瘤,有些已经颜色发黑——看来阿妈的腹部剧烈疼痛,不单单是结石了;而且子宫脏器的病变,还危及了其他脏器——他当时征求我的意见,我说,院长你比我懂,你决定吧!不管你做出什么样的决定,我都接受。他观察清楚后,想深思熟虑后再决定,但是,麻醉药效不会太久,实在等不及,他就把子宫摘除了。做完手术后,他单独跟我说了好久。意思就是说,关于肿瘤的治疗,目前还没有很好的办法,也没有特效药,只能走一步算一步——这不是推脱责任……当时他低垂着头,很为难的样子……"

东方闻莺见阿兰的眼睛里溢出泪珠,连忙从衣兜里掏出手帕,递给她。

身为医生,东方闻莺当然知道,如果肿瘤是恶性的,就意味着绝症。她妈妈还能坚持多久,谁都不知道,也不能保证。

东方闻莺问道:"那,你打算怎么办呢?"

阿兰拭去泪珠,说道:"前几年我妈妈就月经不正常,我问了好些人,都说更年期妇女都会这样,也就从来没有往肿瘤方面去想。早点治疗的话,说不定就不会是绝症了……张院长说,除了打镇痛针,没有其他办法。就是去了县城人民医院,也是这样。东方医生,上海的医院能治疗肿瘤吗?"

东方闻莺心头沉重,摇摇头,说道:"没有。就是国外先进的医院,也还没有特效药。"

阿兰心中十分绝望,说道:"我爸爸去世得早……我爸爸生下来的时候,就心脏不好。医生说,心脏二尖瓣狭窄,是娘胎里带来的缺陷,这种心脏缺陷,医院还做不了手术。妈妈叫我好好读书,做一名医生,将来一家人就不会受病痛之苦了。现在,我已经是医生了,却救不了妈妈……"

东方闻莺想起那天张院长手术完回到自己房间的时候,似乎心都空了,叫了他几句都没有听见,眼睛里也看不到她,原来是这样啊。看着阿兰绝望的样子,她说道:"这样,我给我们老师写封信问问。"

阿兰点点头。

东方闻莺拿着一摞处方单,迈着沉重的脚步,慢慢上了楼梯,回到自己的屋子。她正要关门,忽然身后有熟悉的声音叫道:"东方医生!东方医生!"

她回过头,见刘爱国手里拿个纸包,气喘吁吁地跑过来。她停住,问道:"刘主任,有事吗?"

刘爱国跑到她面前,说道:"进屋里说吧!"

东方闻莺一怔,正想叫他停下,就在门口说,可是他已经闪身进去了。她只好跟进去,问道:"什么事?"

刘爱国把纸包递给她,说道:"听说你几天前去集市买镜子没有买到,周末我回县城,刚好看到有合适的,就替你买了,不知道是否合你心意。"

东方闻莺一愣,笑道:"哎哟!连这个你都听说了?"她伸手接过纸包,慢慢拆开。

刘爱国心中有些紧张,双眼满含期待地看着她。

东方闻莺拆开纸包,仔细端详着镜子,笑道:"不错!挺漂亮的!"

刘爱国松了一口气,笑道:"你喜欢就好!我没有买过女孩子的东西,不知道你喜欢什么颜色,还担心买错了!"

东方闻莺笑道:"挺好的!谢谢你!多少钱呀,我给你钱……"她说着就要去拿钱包。

刘爱国连忙摇摇手,说道:"不不不!我这是送给你的!不要钱!……"

东方闻莺拿了钱包,要给他,说道:"这怎么行!你大老远的给我带了,当然要给你钱。你不收钱,我怎么好意思收你的镜子……"

刘爱国还是不肯收。东方闻莺急了,说道:"那我不能要你的镜子,只好还给你了……"

刘爱国十分无奈,想起父亲的话,凡事急不得,只好收下了。东方闻莺说道:"谢谢你!你看,院长给了我好多处方单,学习任务有点重啊……"

这是要下逐客令了,刘爱国有些失望,但是,他很快镇定下来,认真地说道:"东方医生,你初来乍到,我有些话要对你说。我觉得,这是对同志负责,对你负责。"

东方闻莺手中还拿着镜子,说道:"你请说,我愿闻其详。"

刘爱国说道:"咱们柳林镇医疗条件有限,医务工作者的医术水平更是有限。但是,人命关天,在使用一些土方法的时候,还是要谨慎。很多老百姓不但是文盲,更是医盲,什么草药都敢用,还乱用。这里不是上海,你还是小心点,出了医疗事故,谁都担待不了。"

东方闻莺见他说得认真,点点头,说道:"你说得有道理,我记住了。还有吗?"

刘爱国严肃地说:"我可没有危言耸听,这是事实。前年,鸡公山的村民上山去采摘茶叶,结果把茶叶煮水后喝了死了!七窍流血死了!谁能想到,那是断肠草!断肠草的叶子和茶叶的叶子一模一样,村民不会识别,就这么喝死了。也是前年,野猪嶂的妇女,婚后七八年没有生育,吃了多少箩担的药,终于怀上了,一家人谢天谢地谢祖宗,高兴得不得了。她怀孕快十个月了,眼看就要生产了。因为脚指头长了一个鸡眼,有些疼痛,怕生完孩子后影响坐月子,就拿了药酒去擦。那是治疗跌打的药酒,结果才擦了两次,孩子就生下来了,男孩!却是死胎!一家人哭天抢地,肠子都悔青了!有什么办法?……"

东方闻莺心头沉重,作为医生,这样的事情,她当然也听说过不少。别说农村,大城市中乱用药、用错药也是有的。

刘爱国说道:"每次出了人命,死者家属就到我们政府来哭闹。我们政府工作者,也回天无力呀!……还有更可气可恨的,生病了不是第一时间到医院治疗,却到观音山寺庙里去求神拜佛,求一撮香灰治病!"

东方闻莺听他提起观音山,猛然想起刚来那天那个穿着灰色道服的年轻男子,于是问道:"我刚来那天,那个帮我拿箱子的,是什么人?"

刘爱国鄙夷地说道:"他呀!他就是臭名昭著的黄老仙的徒弟李春生!他是抗日战争时期被人家用箩筐挑过来,在雁栖围屋的老叔公李志兴家里养大的。李春生误认黄老仙为师傅,黄老仙招摇撞骗,不走正道。李志兴开着个灸草堂,店里正缺人手,他也不忍心看着李春生误入歧途,就招回在店里当伙计。本来,李春生在店里干得好好的,后来黄老仙害死了人,李春生也被大家唾弃,待不下去了,就去了观音山当和尚了。你呀!你初来乍到,要小心点儿!"

山间起风了,"呼——呼——",我虽然还在佛像脚边假寐,却已经清清楚楚地感觉到风刮起来了。观音塑像身上的尘土,霎时扑簌簌往下落。我不禁打了个喷嚏。更可气的是,一只小麻雀溜进来,在庙宇内转了几圈,"噗"!一滴鸟屎不偏不倚,正落在我的耳朵上!

臭死了!我十分懊恼!想要去找那家伙算账,它却叽叽喳喳叫着飞出门去了。活在世上,烦心事儿还真不少!

我伸爪摸摸耳朵,结果爪子上全是鸟屎,臭得一塌糊涂!我只好一跃而下,迈出门槛,走到水池边,在流水处仔细清洗。洗了好久,那臭味儿还是无法散去。我喷了几下鼻子,低头看了看溪水,忽然看见清澈的溪水中,映着我美丽的影子。腹部的雪白,纤尘不染;背部的黄色,十分纯粹。虽然不是金黄,不像金子的黄色那么金贵,也不是明黄,不像龙袍的明黄那么尊贵,但是,这种土黄,是田野山坡土地的黄。

雪白是我的灵魂展示,土黄是我的生命遗传。

还有,我修长的身躯,健硕的体型,任何时候都得到人们美的称赞——虽然我不是贵种。

我生活在山野间,从来没有安逸,这样也锻炼了我的敏锐和坚韧。来如风,去无影,在嘈杂的烟尘中觅一安静的栖息之所,度过我平凡的一生。

然而,起风了。狂风会带来暴雨,能摧毁安宁祥和的一切。而我,只能静静地等待这一切发生,坦然接受。

我感觉喉咙在冒烟,渴极了,于是低头舔了舔流水。山间的泉水清冷却甘甜,我忍不住多喝了几口。

白天不是我宣泄喜怒哀乐的时间,烈日下的人间也不是我能纵情遨游的世界。于是我又慢慢踱进寺庙,轻轻跃上佛像的脚边,缓缓趴下,慢慢闭上眼睛。

寺庙里久无香烛的飨祀,地底下的霉味就渐渐浮泛上来,墙角甚至都长了青苔,屋顶也露出了几茎野草。——莫非,所有地上活蹦乱跳的生灵,死后都化作静默无言的野草吗?……

午后,热气不断卷裹进庙宇内。我分明可以感觉到热风从门槛上冲进来,扑上菩萨的莲花宝座,擦过菩萨的脚指头、手指头,最后扑上菩萨的面颊和额头。

像大锅里烧开的水,热气袅袅蒸腾。我感觉自己整个身体,都要在这腾腾的热气中被煮化了。生命来了,自然会去,我向来不在意。

慢慢地,慢慢地,眼前烟雾缭绕,我似乎走进了一间厨房。我以为主人在做饭,却不料烟雾陡然散尽,是满屋的寒冷。

尽管伸手不见五指,但是凭着本能,我还是能准确地跳到窗台,看见漆黑的夜空洋洋洒洒地正飘着雪花。好冷!雪花落在瓦面,顿时凝结成了冰。不知道过了多久,瓦面上的冰层厚起来,屋檐也垂下了长长的冰凌。

身体的冰冷顿时激发了心里的冰冷,我感觉自己好饿,得去找吃食。否则,我怕挨不到明天,就会被冻死。

去厨房,或者去粮仓。

我先去了粮仓。我静静地蛰伏在窗台的角落,黑暗很好地掩护了我的身影。我屏住呼吸,瞪大眼睛,竖起耳朵,不敢有丝毫的松懈。

不知道过了多久,墙角的麻袋里有了窸窸窣窣的声音。我顿时兴奋起来,身体微微弓起,随时做好跳跃的准备。

没过多久,窸窸窣窣的声音更响了,我还听到"吱——"一声放肆的叫。我立刻扑过去——

我的身体立刻被什么东西缠住了,然后,脖子迅速被勒紧,发不出任何声音!

我大惊!我做梦都没有想到,这里会有这样致命的陷阱!人们只痛恨老鼠,老鼠们毫无顾忌地抢夺他们的食粮,却从来对我们爱重有加。就算没有爱重,也绝不会设下陷阱谋害他们可以依赖的朋友!

我渐渐失去了意识。在最后的蒙眬中,我看见他们烧起了大火。灶膛内火光熊熊,大锅里沸水翻腾。

我被他们细心地剥皮,开膛破肚,涮洗干净之后,扔进了大锅。

一盆香喷喷的猫肉,在温暖的空气中,在谈笑风生中,就这么消失了,只剩下满屋子袅娜着的浓郁的香气。

第 六 章

东方闻莺花了几天时间才把院长的处方单看完,又仔细琢磨了几天,心中尚有一些疑团。她是个勤奋的姑娘,也是个爱学习的姑娘。她只要心存疑问,就会去向院长请教。

她想起了前些天刘爱国说的话。既然医院里的病人并不多,我们尚有时间的余裕,就可以抽一些病例,到百姓当中去,宣传科普知识。这样,也就不会再发生百姓乱用药、用错药的悲剧了。她把自己的想法跟院长说了。

院长正在办公室内潜心看医书,见她进来,看了她一眼,再听了她的话,脸上的严肃敛去了不少。他放下手中的笔,说道:"我们卫生院,先前也有中医科,后来发现,老百姓大都去灸草堂看病,中医科也就渐渐地形同虚设,再后来就干脆撤掉了。为什么?难道我们科班出身的医生,医术水平还不如民间郎中吗?"

东方闻莺一怔。是呀!为什么?

院长请她坐下,随后把身体后仰靠在藤椅背上,跷起了二郎腿,双手十指交叉,慢慢说道:"每次分配到我们卫生院的中医科医生,都是年轻人。年轻人缺少临床经验,对于书本,学的恐怕也仅仅是皮毛,所以老百姓对于刚出道的医生,还不太信任;而灸草堂,已经经营了近百年,所以老百姓信任中医,不管大病小病,就都去灸草堂。"

而事实上,老百姓对于发热高烧要做手术的时候,还是会去医院;平时小毛病或者需要调养的问题,就去灸草堂。

起先,东方闻莺还问后勤科张主任:"为什么老百姓生病了都去灸草堂,不来卫生院?"张主任笑笑说:"人家爱去哪里就去哪里,咱们卫生院多来一个病人,工资不会增加一分,少来一个病人,工资也不会减少一分,怕什么?再说,病人少说明老百姓身体素质好呀!难道,你还希望病人多呀?"

东方闻莺哭笑不得。

而更令她哭笑不得的是,刘爱国隔三岔五就跑来卫生院,给她送这送那。这不,前几天,他兴致勃勃地送来两盆兰花,说是"兰室生香"。他说:"兰花味道清雅,又好养,你只要浇一些水,不让土壤太过干燥就行。医生不是最讲究空气清新吗?屋子里放盆兰花,空气里始终不会有尘土气息,更不会有霉味,可以百病不生。许多人家里都养兰花,比如张县长家,阳台上种着兰花,客厅里摆着兰花,卧室里放着兰花。当然,我们家也一样。我家还有一些描兰花的画册,如果你有兴趣,我可以借给你看。"

现在,他提着一个竹篮子,兴冲冲地旋上楼梯,疾步到东方闻莺的门口,叫道:"东方医生!你快来看!看我给你带什么来了?"

一个编织精巧的竹篮子里,装着嫣红如醉的杨梅,白里透红红里透白的桃子,还有黄灿灿的李子,果香四溢,十分诱人。

刘爱国笑道:"东方医生,杨梅和桃子对你来说,算不上是稀罕物。但是,这个玉皇李,是我们沙塘县柳林镇独有!外面就是有,也绝对没有我们这里的品质好!你要是不信,可以尝一尝!"

东方闻莺知道难以拒绝,想说自己不吃这些,分明跟阿青去集市上买过——唉!自己的一举一动,就像风知道后立刻告诉了他一样。阿青不会说这些,但是,刘爱国就像长着千里眼,再远都看得清清楚楚。哎呀!已经有人在打趣,说柳林镇的刘主任喜欢谁谁谁了,但是,人家毕竟没有明确表态,自己又如何拒绝?就像打乒乓球,人家还没有发球过来,你能如何反拍回去呢?只是同志之间来往嘛,如果自己态度生硬,未免显得自己矫情。

她笑了笑,转身又要去拿钱包付钱,刘爱国连忙拦住她:"别!别!别!这是我们家亲戚送的,我又不是二贩子,哪能要你的钱呢?同志之间,至于这么生分吗?"于是,他拿起一颗李子,递给她,说道:"你尝尝!"

这样黄灿灿的李子,集市上没有见到过。于是她接过来,细心地尝了一口。清,脆,甜!这还真和记忆中的李子不一样!

刘爱国一直盯着她的美丽的面庞,捕捉任何一个细微的表情,见她脸上漾起笑意,心中也乐开了花。他笑道:"好吃吧?没有骗你吧?"

东方闻莺笑道:"我尝尝就行。你还是拿回去,给你家人吃吧!"

刘爱国笑道:"哎!我亲戚家多得是!我的家人,都吃腻了!这些,都是给你的!"说完,他闪身进来,把竹篮子放在桌子上。

他走到门口,迈过去两步,像是要离去,又折回身,认真地劝道:"东方医生,你要小心啊!老百姓不懂事儿——我是说,老百姓不懂医学,容易出岔子。比如,孩子整晚整晚不睡觉哭闹,他们不找医生,而是拿了老头的破裤衩,用竹竿举着,像摇旗子一样摇来摇去,说是孩子的魂被鬼神掳去了,要想方设法招回来……你看!多愚昧呀!是不是?还有,小孩子中暑了,要赶紧到卫生院来检查,尽早打针输液降温不是?他们却偏偏不这样做。老太太把墙角的屋瓦放进灶膛里,在火堆里烧红了,然后放在盛着滚水的澡盆里,再用那澡盆里的水给孩子洗澡。你说,屋瓦能治疗中暑吗?要是泥土都能治病,还要医生干吗呢?国家花那么多人力财力培养医生干吗呢?我真是搞不懂!我们政府工作人员劝都不听,还说我们外行……"

每次他来,都有这样骇人听闻的言辞,都有这样匪夷所思的故事。当然,这样的情况也应该属实。作为医务工作者,她也十分揪心。

东方闻莺认真地听了,然后认真地回答道:"好,这些我都知道了。真是谢谢你,你回去吧!以后别给我送东西了!你老是给我送这送那,我感觉自己受不起!我会有思想负担的。"

这是要拒人于千里之外了吗?刘爱国一怔,心情有些激动,他双手在胸前挥舞了几下,平时的能说会道顿时跑到了爪哇国,结结巴巴地说道:"你,你——你这是太见外了!呃,呃,你在卫生院工作,我在人民政府做事,我们是同志,都是同志!……你,你怎么就说出这样的话来呢?……"他伸手挠了挠头,很是窘迫,白皙的面庞泛起微红。他想解释清楚,否则自己不甘心,于是又说道:"你呀你呀你,一点点小东西,你就有思想负担!你就说什么受不起!你有什么思想负担?为什么受不起?啊?这又不是贿赂!这能算贿赂吗?算违反工作纪律了吗?啊?唉!我真是搞不懂……"

东方闻莺笑道:"刘主任,别这样!我的意思是……"

刘爱国毕竟在政府历练了三年,发现情况不对,不能把话题困在死胡同里!如果现在就说僵了,以后再要转圜,就十分困难了!得从现在找到突围之路，开拓新的局面，于是他脑筋急剧旋转，迅速理清思路，找到突破口！他连忙打断她的话："我知道你的意思。同志之间，要常来常往。常来常往，彼此之间能增进了解，能更好地开展工作。比如我跟你说了那么多老百姓对医药知识一无所知的事情。这些，既是你们卫生院医务工作者的事情，也是我们政府工作人员的事情！只有我们齐心协力，才能把工作做得更好！你说，是不是？……"

东方闻莺还待要解释，刘爱国却摆了两下手，笑道："东方医生，我送你的东西没有毒！你就好好收下！我没有坏心思，你就放一百个心好了！好了好了！我走了！政府办公室那边还有很多事情要处理，我得回去了！再见！啊，再见再见！……"

他一边说，一边迈开长腿，一溜烟下楼去了。

这时，后勤科张主任慢慢地从张院长的房间探出头来，叫了声："东方医生！东方医生！"

东方闻莺见他笑眯眯地看着自己，苦笑了一下，走了过来，说道："张主任，过来吃东西。"她伸头探了一下张院长的屋子，见他仍然捧着一本泛黄的书本在看着，又叫道："院长，过来吃东西！"

等她转身，阿青、阿兰，不知什么时候已经上来了，真是跟鬼一样精。她们俩嘻嘻笑着，准备大快朵颐。

张主任一边吃着李子，一边笑道："这样好吃的玉皇李，还真是他刘主任才找得出来。李子，我本来是从来不吃的，怕酸。桃子倒是挺甜……"说完他意味深长地看了一眼东方闻莺，打趣道："东方医生，都说投桃报李，人家刘主任又是送桃又是送李的，你打算回报人家啥呀？"

东方闻莺嗔道："张主任，你要是胡说八道，我就不让你吃了啊！"

阿青嚼着杨梅，笑道："主任真是的，有吃你就吃吧，干吗那么多废话！"

阿兰也说道："就是！这话要是让院长听见，你就是比他大一岁，他也不饶你！叫你灰头土脸！"

张主任"啧啧啧"了几声，摇摇头，笑道："吓死大伯！"

东方闻莺一怔，看着她们俩。

阿青笑道："刘主任老是往你这儿跑，这不是'司马昭之心，路人皆知'吗？政府的人都在问东问西，向我们确认。院长说，谁要是胡说八道，飞短流长，就从卫生院滚出去。人家东方医生自己没有说的事儿，谁都不许瞎说。"

张院长却没有过来。东方闻莺细想，自从自己来到卫生院，他似乎从来就没有笑过。每天板着脸，生硬得很，搞得大家都怕他。他的眼睛里，似乎从来看不见同事。就是在给病人诊病的时候，眼睛里看见的也只是病人的患病之处，从不看病人的面容和表情。

东方闻莺跟阿青、阿兰甚至张主任偶尔谈起此事，阿青和阿兰就说，院长他就这个样子，我们从进卫生院参加工作开始，他就这样。但是，他从来不对我们凶，也不耍脾气，可见他心肠是好的。张主任笑道："我跟院长共事几十年了，他就那样，别理他。我个人看他啊，不笑的话，长相还可以；一笑的话，能寒碜死人。所以他就是不爱笑，怕别人说他丑，但是别的毛病没有。你们能摊上这样的领导，要谢天谢地阿弥陀佛了。"

阿青和阿兰笑得肚子疼，两人捂着嘴，不敢笑大声，怕院长听见。

东方闻莺笑道："咱们卫生院幸亏有张主任，不然，整天死气沉沉，没有生气，跟冷宫一般。"

张主任一本正经地说："你们笑什么？我说的是实话！天大的实话！人家大人带孩子来打针，小孩子一看见护士手中的针筒，就吓得鬼哭狼嚎，死活不肯打针，屋顶都能掀翻。护士就说，你再哭！你再哭！你再哭就叫张院长给你打针了！孩子立马就不敢哭，乖乖让护士打针！"

东方闻莺笑得弯下腰，喘不过气来。

可是张院长，东方闻莺每天看着他像僵尸一样从自己房间门口走过来走过去，心里总不免犯嘀咕。这是为什么呢？作为医生，心情始终沉静，能更好地钻研学术，能更好地给病人诊断，这是不错。但是，在工作之余，为什么不能让生命生动一些呢？

还有，在他的人生中，也并没有不堪回首的过往，工作中也没有不能原谅的失误。据张主任说，他的家人，也都平平顺顺，妻贤子孝，他妻子还是一个大美人呢。

院长对于自己学术方面的指导，细心而且耐心。有些问题他自己也搞不清楚的时候，他就诚实地说，他也不清楚。

虽然他没有很高的学历，但是，也算是一个不错的导师。

东方闻莺挑了一些大的桃子、李子、杨梅，小心翼翼地在竹篮子里摆好，走到院长房间门口，轻轻敲了敲门，叫了一声："院长！"

张院长仍然埋头看书，对于外面的声音，置若罔闻。

东方闻莺提高了声音，叫道："院长！"

一连叫了几声,他方才抬起头,愕然地看着她。

东方闻莺走进去,把竹篮子轻轻放在桌上,笑道:"院长,你总是这么认真。我叫你过来你不过来吃,我就送过来了。挺好吃的,你尝尝。"

院长脸上依然没有任何表情,说道:"这些东西,我小时候吃得多。你还是拿回去自己吃吧!"

东方闻莺笑道:"水果你吃完了,篮子我就拿回去。"

院长站起身,拿了一个盘子,把水果捡进盘子,说:"以后别给我送吃的,我怕胖。"说着把篮子递给她。

东方闻莺接过篮子,笑道:"水果能吃胖吗?再说,你也不胖呀!"

第 七 章

卫生院的病人不多,还是老样子,可是灸草堂却忙得不可开交。最近,水痘、麻疹患儿陡然增多,李叔公和满生从早忙到晚,一刻都不得清闲。

刘爱国带着镇政府的几个人到各个村子去调查、登记,劝说他们要尽早到卫生院去看病;孩子生病了要待在家里,不要到处乱窜,以防交叉感染;孩子用过的东西要用开水煮沸,彻底消毒。

百姓还是信任灸草堂的秘方,灸草堂里挤满了人。

这时候,卫生院就有些尴尬了。东方闻莺对院长说道:"院长,那边这么多病患,我们是不是也要过去帮一把呀?"

院长想了想,说道:"你要是愿意去灸草堂看看,就去吧!如果人家需要你,你不妨留下,打个下手。李叔公在治疗水痘和麻疹方面经验丰富,他完全可以应付的。"

东方闻莺就和阿青去了。李叔公对于卫生院两个姑娘的到来,没有惊讶。

李叔公仔细地检查每一个患儿的水痘病情。其中一个孩子发着低烧,脸上、身上都有疱疹。他伸指给孩子搭脉,询问了孩子的饮食起居,就执笔开方子。满生就照方子抓药材,用黄纸包好,嘱咐用法用量。

这些病儿,有的是刚刚发病,有的是快好了。东方闻莺看见一个七八岁大的女孩子,默默地坐在窗户下的竹椅上,水痘发得特别多,脸上、脖子上、手臂上、腿上、头发间,甚至耳朵耳道里都是密密麻麻的疱疹。李叔公一直在给别的孩子看病,却没有理睬她。东方闻莺十分揪心,问道:"叔公,这孩子怎么这么严重?"

李叔公回答道:"这孩子是三天前发的病,用过药后,就这样了。"

东方闻莺皱眉,问道:"叔公,用药了还这样,是不是再看看?"

李叔公说道:"这孩子现在的状况,说明身上的毒气已经散发到体表,再过三四天,水疱就能结痂了,不用担心。"

东方闻莺有些纳闷。孩子如果发水痘,打针后,水痘只会收敛减少,不会增多。

还有麻疹患儿,个个都捂得严严实实,这样的大热天,不是更容易中暑吗?

在吃完中午饭后的间歇,安顿完了病儿,东方闻莺给叔公沏了茶水,坐着发闷。她心中有很多疑问,很想问。但是,民间郎中是否有门户之见,是否能开诚布公?公家的医院,医生有很多机会学习、交流,可以很好地提升自己的技术水平。但是,民间中医都是关起门来搞研究,研究成果也是独家传授,外人不能知晓。

东方闻莺很想和叔公交流、探讨关于水痘、麻疹的病理医理,又怕叔公不愿意。

可是藏在心中十分难受,她冒着被叔公赶出去的危险,问道:"叔公,为什么要让麻疹病人包裹得严严实实?大热天的这样捂着,容易中暑呀!"

叔公呷了一口茶,慢慢说道:"老人说,痘子要淋,麻子要包。所以,种了水痘的孩子,要勤洗澡;得了麻疹的孩子,不能见风。"

水痘患儿,除了内服发散的中药,还要用中药熬水全身洗浴,天天洗,直到患儿的痘子结痂为止。而麻疹患儿,则一直都是捂得严严实实,即使要洗澡,也要把门窗关得严严实实,不能有丝毫透风。

水痘,麻疹,中医认为是风邪侵入,西医认为是病毒感染。

更令东方闻莺匪夷所思的是,这些水痘患儿和麻疹患儿痊愈后,叔公让他们用生酒酿擦洗疤痕,反复擦几天,擦透,说这样就可以不留疤痕。

李叔公对于这样的传染病,处理得自然是得心应手。只是,药草很快就用完了。

满生说道:"叔公,药草快没有了,观音山可能有,要不,叫阿青去春生那里走一趟?"

东方闻莺想起那天帮自己拿箱子的男子,还有刘爱国说的话,正在想,他是一个怎样的人呢?于是她说道:"我也去。"

满生一听,立刻放下手中的活儿,说道:"阿青,你帮叔公看着,我跟东方医生到观音山去拿。"

叔公皱眉,说道:"满生,你去就好了。外面太阳大,到观音山又远,还是你自己去,东方医生就留在店里。"

东方闻莺连忙说道:"没事!叔公,我和满生一起去。"

李叔公无奈,只好应允。他招手叫满生进后堂,不一会儿,满生就戴着草帽,拎着竹筒出来了。

东方闻莺和满生,一前一后,走在山道上。太阳炙烤着大地,热气蒸腾,就是身在山间,人的身上也是汗流浃背。满生看着东方闻莺,问道:"东方医生,累吗?累了就歇会儿,反正水痘和麻疹就那么回事儿,急不死人,不争这一时半刻的。"

东方闻莺见他说得轻松,问道:"这些年,镇里有没有病人因为水痘或者麻疹死亡?"

满生摇摇头,说道:"没有!自从咱们灸草堂的秘方问世,水痘和麻疹就根本不是事儿!外地人还怀疑我们的药方,用过之后都说好!只要知道我们灸草堂的,千里迢迢都来我们店里看病。一治一个准!你在我们店里也看到了,神奇吧?"

东方闻莺点点头,说道:"确实是效果显著!你们灸草堂还有哪些灵丹妙药?"

满生说道:"跌打损伤、无名肿毒、蛇伤、痨损、结石,等等。以前啊,碧霞围屋的何大娘,在接生和妇科调理方面,也是首屈一指。凡是经她接生的,都安安稳稳,活蹦乱跳的;生不了孩子的,吃了她的药方,都生了……可惜呀!没有传承……叔公经常惋惜,她的女儿或者儿媳妇,要是能学到真传,不,哪怕是学到一星半点也好哇!"

确实叫人惋惜。

东方闻莺想了想,还是问道:"那个李春生,也是叔公的徒弟吗?"

满生看了她一眼,说道:"何止是徒弟关系呀!可以说是血缘比较远的孙子。叔公对他,比亲孙子还亲。"

东方闻莺笑问道:"那么,你跟他呢?是没有血缘的兄弟,还是比亲兄弟还亲?"

满生也笑了,说道:"你看我,大好人一个!对谁,都是至亲兄弟姐妹!呵呵……"他站在一棵大树下,大树的阴凉让人舒服不少。"喝口水。"他把竹筒递给她。

东方闻莺喝了一口水,认真地问道:"满生,既然李春生和你们大家都相处得好,为什么要拜黄老仙为师呢?"

满生一怔。

东方闻莺继续说道:"这是镇政府的刘爱国刘主任跟我说的。"

满生顿时眼睛里升腾起怒火,问道:"刘爱国那鸟嘴,他还说了什么?"

东方闻莺感觉到事情不同寻常。她继续喝水,想了想,说道:"他说黄老仙招摇撞骗,害死了人,李春生在灸草堂待不下去了,就去观音山当了和尚。"

"唉!"满生垂下头,叹了一口气,说道,"黄老仙总说自己有神有神……当然,他也算准过不少……至于说他害死人,这话有些冤枉牵强。"

东方闻莺问道:"他害死了谁?到底怎么回事?新中国成立都十几年了,还搞封建迷信?像话吗?"

满生觉得冤枉,说道:"这是叔公说的呀!叔公说,他看了一辈子的病,都没有看出柱子身体有问题,黄老仙这个流浪的混子,倒是先看出来了……如果黄老仙不是这样神神秘秘搞邪乎玄虚,说不定柱子就能及时去医院看,也不至于年纪轻轻就……"

东方闻莺听他这么一说,很想知道事情的前因后果,但是,灸草堂那么多病儿等着,耽搁不得。她没有说话,继续向山上走去。

春生把地里的药草都挖了,清洗干净,在竹席上晒着。自从离开灸草堂,在这样的荒山野岭,这样清静的寺庙,也做不了什么事。他除了翻山越岭到处去采挖药草,种一些东西,尽量自给自足,也别无他法。

父亲在战火中牺牲了,母亲在生下自己后没多久就死了,在雁栖围屋生养了二十多年,没有来得及报答人家的恩情,倒招来许许多多的是非。是天灾?是人祸?还是无法回避的命运?还是不能忤逆的天意?

一阵阵的心痛,一次次的痛心!

如今,在这个世界上,唯一做了欣慰的事情,就是救下了雪融儿。

人之一生,草木一秋,自然都十分短暂。

都说猫有九命,身死而灵魂不绝,这是真的吗?

夏天来了,暴风雨也多了。别看现在外面到处闪着耀眼的金光,静静的没有一丝风,只怕午后,乌云就要卷过来了。

我照例是蜷缩在庙宇内佛像的脚边,慵懒地假寐。仿佛这个人与神的距离,凡间与天堂的距离,只有我知道。

人类的聪明,大多用在了幻想上。他们期盼自己能逾越各种距离,能深切地交汇融合,以为这样就能远离痛苦,达到幸福的彼岸。

他们聪明,却常常因为聪明而大胆,甚至逾越雷池,明知不可为而为之。

我正在胡思乱想,忽然听到外面的风吹起来了,极其细微,几乎察觉不到。

空气里夹着一股细微的清流,正沿着来观音山的羊肠小道,慢慢地,慢慢地,迤逦而来,姗姗而来。

我跃下佛像,迈出了寺庙的门槛,抬头望了望寺庙屋顶的那棵大槐树。我绕到屋背后,抱住老槐树粗壮的枝干,迅速爬上去。

我藏身于浓密的树杈间,确定下面的人不可能看到我,就又安心地假寐。

没过多久,那个满脸兴奋、一路咭咭呱呱的满生,时不时伸手去弄东方闻莺鬓边的粉色发夹。因为那个发夹有些松了,总是滑下来。如果不是几缕青丝挂着,很可能就掉了。

我看着那个面容姣好、身材曼妙的东方闻莺,和满生一前一后到了寺庙跟前。

满生在寺庙周围巡视了一圈,见到正在晾晒药草的春生,高声叫道:"春生!你看谁来了?"

春生回过头,见到东方闻莺,吃了一惊。他连忙走过来问道:"东方医生,你也来了?"

满生诧异地看着他俩,问道:"你——你们认识?你们在哪里见过了?"他想了想,对春生说:"春生,是你送药草来店里的那天吗?"他简直不敢相信。

东方闻莺笑道:"我和满生是来你这儿拿药草的。这几天店里病人多,药草已经用完了。"

春生说道:"我已经准备好了,一会儿你们可以直接搬下去。东方医生第一次来这里,如果不嫌弃,就喝口茶水再走吧!"

满生看了看药草,点点头,说道:"不错!想不到你小子,还种了这么多药草。这些药草,应该可以对付一阵子了。春生,药草要送下去,你呢,也要下去,到店里做事。你呀!闲得太久了!"

春生请两人在凉亭坐下,沏了茶,筛了三杯,一杯递到东方闻莺手上,另一杯放在满生面前,说道:"我下去干吗?我不想给叔公添麻烦。"

满生说道:"现在真的是病人太多!我和叔公应付不过来!叔公一大把年纪,每天起早贪黑,忙个不停,就算他老人家身体康健……好!先不说这碴儿。现在的情况是,卫生院的阿青和东方医生在我们店里帮忙。叔公没事儿,张院长也没事儿,但是,明德围屋那领导有没有什么事儿,我们就猜不准了。你是雁栖围屋的人,是灸草堂的人,现在急需人手,你义不容辞。从前你没有干违背良心的事儿,别人也不能说啥。你在意啥呢?"

春生没有动容,说道:"东方医生是上海来的,他明德围屋的什么大领导也不会说啥。有她和阿青在,不就行了嘛。"

东方闻莺看着他俩,渐渐地发现,原来他们之间还有这么多的渊源。

满生见春生执拗,说道:"反正我走的时候,叔公吩咐了,不管你愿不愿意,都要下来。现在,你认为自己还是雁栖围屋的人,还是叔公的孙子,就下去;不是,就随便你。我这人不会说话,磨磨叽叽婆婆妈妈那一套,我不擅长。"说完,他把茶杯放在桌子上,就忙着收拾药草。

第 八 章

春生收拾了几件衣物,把棉被卷好,用草席盖住。他在寺庙周围里里外外寻了个遍,也不见雪融儿。它去哪里了?通常,大白天的,它不会走远,尤其是炎热的午后,它就爱在寺庙里的佛像脚上趴着。

满生和东方闻莺见他在屋里屋外来来回回地寻找,十分奇怪。满生问道:"春生,你找什么呢?落下什么了吗?"

春生摇摇头,支吾着说:"没,没什么。"

东方闻莺抬头看了看天色,说道:"哎呀!乌云压过来了!我们得赶紧走!要是药草被淋湿了,就不好了!"

春生还在磨蹭着,希望那家伙能露个脸。它从来都能知道人的心意,却从来不肯委屈自己将就主人。它总是按照自己的意愿存活。它这样不声不响,可叫人心里着实放不下。虽然,它从来不会饿着,也不用担心被什么天敌掳去——这些年,山上也没有什么猛禽凶兽,能捉了雪融儿去。

它一直都是跟人生活在一起,它不是一只野猫。而且,它的祖上,就一直生活在雁栖围屋。即使是战火纷飞的年代,它也是和主人共生共荣,没有离开过半步。后来,在三年困难时期,也许是大限到来,它失去了所有的亲人。

只有它活下来了。

春生希望能带它走。可是此时此刻,它却藏匿起来了。难道,它是知道自己要被带走了吗?

他叹了一口气,掩上房门,准备和满生推着独轮车下山。

满生兴致勃勃地推着独轮车,时不时跟东方闻莺搭话。忽然,他看着她的头发,惊叫道:"东方医生!你的发夹呢?"

东方闻莺伸手摸了摸鬓边,空落落的什么也没有了!她摘下帽子,果然,头上空荡荡的,发夹已经无影无踪!发夹虽然没有什么特别,可这是妈妈买的!临走前,妈妈特意去百货商店买了一对粉色发夹,说,医生嘛,不要留着长长的刘海,更不能让刘海遮住眼睛,不好!虽然上班时候会穿制服,但还是养成干净利索的习惯好。

春生见她脸色异样,或许这发夹于她而言,有不同寻常的意义,于是说道:"可能是刚才收拾药草的时候挂掉了。我去找。"

满生叫道:"我知道在哪里!我去找!春生,你看着车子!"

春生没有理睬他,径直走向刚才晒药草的地方。

东方闻莺心中着急,也折回身去找。

粉色的发夹,如果掉在了地上,应该很醒目。但是,如果掉落在草丛里,它那么小,可就不容易发现了。两人寻找了一会儿,并没有看见。春生只好扒开草丛,仔细搜索。

他偶尔瞄一眼东方闻莺,头脑里总浮现当初在集市上见到的情景。那突如其来的梦境,是那么真实;那真实的梦境,带着他,见到了真实的她。就是现在,他内心还躁动不安,相隔千里万里,素昧平生,为何就进入了自己的梦境?这还不算,自己一直躲在深山,不曾再踏入闹市,她却寻上门来了!如今,她这么真实地站在自己身边,她的容貌和神情,她的气息,围裹着他,使他几乎透不过气来。

找了一阵子,那漂亮的发夹依然无影无踪。

满生催了好几次,叫道:"快下雨了!你们找到了没有啊?"

东方闻莺苦笑,说道:"唉!实在找不到呢!算了吧!反正也不是什么重要的东西。"

春生问道:"是你妈妈送给你的东西,对不对?"

东方闻莺十分惊诧,自己从来都没有向人提及这对发夹是妈妈送的,于是问道:"哎哟!你怎么知道?"

春生拍了拍手上的草茎,说道:"我是瞎猜。女儿千里远行,做母亲的,当然会送一些随身佩戴的小东西……"

东方闻莺不由自主想起他的师傅"黄老仙",满生说,黄老仙算准过一些事情,黄老仙是什么样的人呢?可惜他死了,再也见不到了。

不能用科学解释的东西,往往就变得神秘了。

东方闻莺很想说,如果黄老仙在,是否就能知道发夹的下落呢?她抬头望着高高的老槐树,看了一眼春生,自然万物,总有很多谜团。

忽然,那密密层层的枝叶间,似乎有什么东西晃了一下。她定睛细看,枝叶又恢复了平静,一动不动了。应该是起风了,要下雨了。于是,她对春生说道:"算了!我们快走吧!下次再来找。"

两人在水池边洗了手,正要离去,忽然,头顶"轰——"一声巨响,接着"噼啪——"一个炸雷,山谷立刻卷起来大风,豆大的雨点东一颗西一颗乱砸。

满生叫道:"糟糕!走不了了!"他连忙把独轮车推回来,春生也连忙过去帮他。两人把独轮车推进寺庙的时候,雨点儿就噼里啪啦地落下来了。

雨点儿实在太大,砸在地上哗啦啦巨响。屋檐立刻流下无数雨柱,大风摧击着破败的窗棂,"砰砰砰"乱响,雨势跟进来,雨点儿飞溅在东方闻莺雪白的衬衫上,立刻洇出了许多泥印子。

满生连忙去关那些破旧的窗户,可是根本没有用。有些木板早已开裂,完全朽坏了。春生着急地在寺庙里走来走去,东张西望,四处寻找。这间寺庙,和他的住处并不挨着,雪融儿刚才还在老槐树上,这会儿,它无处可逃。

但是满生和东方闻莺在这里,它不一定肯露面。这么大的雨,它不能淋着。否则,它独自待在这里,更加叫人不放心。

东方闻莺发现了春生的异常,问道:"春生,你到底在找什么呢?我的发夹肯定是在外面丢的!刚才,我都没有空到这里,不可能落在这里呀!"

满生也发现了他的异常,问道:"是不是你还藏着什么宝贝,舍不得呀?那就一起带到灸草堂去呀!你我自家兄弟,我还能抢了不成?"

春生没有理睬他,仍然四处寻找。

东方闻莺也跟着春生,在寺庙里面转悠起来。忽然,她看见高高的泥塑佛像的肩膀上,有一条东西在摆动。她兴奋地叫道:"哎哟!你们看!那是什么?"

春生和满生吃了一惊,顺着她的手指望去,那东西却倏忽不见!春生紧张地问道:"东方医生,你看见什么了?"

东方闻莺笑道:"好像是一条猫尾巴!"

满生脸色骤变,急忙问道:"猫尾巴?什么颜色的?"

春生心中稍宽,反而不着急了,也不再去寻它。

东方闻莺笑道:"是黄色的,我看得很清楚!"

满生立刻对着佛像叫道:"雪融儿!雪融儿!你出来!我可看见你了!连我来了你都不出来吗?"他连忙跑到春生面前,紧紧盯着他的眼睛,见他气定神闲,追问道:"是雪融儿!对不对?对不对?"

春生没有回答满生,对着佛像叫道:"雪融儿,你满生哥哥来了,你还躲着干吗呢?"

满生十分惊喜,连连叫道:"雪融儿!雪融儿!你快出来呀!"

雪融儿却始终不肯现身,在隐秘处"喵——喵——喵——"连叫了三声,又安静了。

满生惊喜地问道:"雪融儿,它又活过来了吗?叔公说过,猫有九命,只要它的灵魂没有散,它就不会死……"于是他又对着那叫声处说道:"雪融儿!哥哥这么多年没有见过你,你就不肯见哥哥吗?你看,哥哥现在长得——"他张开双臂,是要展示肌肉呢,还是要拥抱雪融儿呢,不得而知。春生轻声说:"满生,雪融儿现在不高兴,你别招惹它。你再怎么叫它,它也不会理你的。"

满生有些沮丧,自言自语道:"是啊!它的孩子们……它是不会理睬我们了……"

"喵——"雪融儿忽然出现在佛像的肩膀上,瞪着三人。虽然此时庙宇内光线有些暗,但是,它犀利的眼神,似乎要穿透一切。它瞪着满生,黄绿色的眼珠溜圆,眼神里却没有丝毫的友好亲近。它满含着敌意,就像随时准备格斗的不惧牺牲的战士。

满生十分惊喜！他立刻伸出双手，亲热地唤道："雪融儿！快过来！快过来呀！我带你回家！回到灸草堂！老叔公一直念叨你呢！他常常说，你呀！是记仇了！再也不肯理睬我们了！我说，雪融儿不会的！它肯定会回来的！"他边说边走过去。

雪融儿却瞪大了眼珠，胡子根根直立，露出尖利的牙齿，"喵——！喵——！喵——！"一声比一声高，一声比一声凄厉！这不是欢迎，而是严正的警告！

满生停住了脚步。他和雪融儿混的时间长，知道它的脾气。他看着雪融儿，脸上有些尴尬。

东方闻莺看着眼前的一切，有些摸不着头脑。但是，人与猫之间，肯定有着不同寻常的旧事。她看着雪融儿，试着与它接近，对着它"喵——喵——喵——"轻唤几声，试探它的反应。

雪融儿立刻跳到窗台，回头看着三人，也不再叫唤。

春生连忙叫道："雪融儿！你别走！"

满生见外面的雨点打着窗棂，雪融儿身上有些湿了，急忙叫道："你这家伙！快回来！"他还待要过去，春生拉住他，摇摇头。

东方闻莺问道："春生！怎么办？它要被雨水淋湿了！"

春生苦笑，说道："雪融儿太倔！它要是不肯理人了，谁都没有办法！"

三人无计可施。

雪融儿在注视了三人片刻之后，忽然闪身不见！

三人惊呼！

春生大惊，立刻冲出门去，跑到寺庙的屋后寻找。满生也不顾一切地冲进暴雨中，转到屋后一起寻找。

东方闻莺有些惘然。她走出来，在廊檐下四处张望。

风暴不遗余力，席卷整个山谷。到处是洪水肆虐，风声雨声掩盖了一切。东方闻莺似乎听到春生和满生在说话，却没有听清楚他们在说什么。

不一会儿，春生和满生都湿淋淋地跑回来，在廊檐下拧着衣服上的水。

东方闻莺皱着眉，嗔怪道："看看你们两个！这样下去会感冒的！"

春生气喘吁吁地说道："满生，我长年生活在山间，淋惯了雨水，我没事。你去换衣服吧！我还有厚衣服在屋子里，你自己去看看！"

满生不屑地说道："就你强壮，我是豆腐做的？我没事，你自己去换好了！"

两人就这么犟着,一直站到暴雨渐渐停止。

半个时辰过后,雨霁云开,太阳又从云层间直射下来。山间初始有些清凉,但是很快就热气蒸腾,春生和满生的衣服很快就干透了。

倒是东方闻莺雪白的衬衫,变成了斑斑点点的花衬衫。看着脏兮兮的衬衫,东方闻莺笑了。

三人走到山脚,就要拐向大路的时候,刘爱国带着阿青和几个镇政府的工作人员急匆匆地赶来。

刘爱国板着脸,气呼呼的。阿青的脸色凝重,似乎有什么大事发生。

春生和满生只和阿青打了一声招呼,没有理睬刘爱国,继续往前走去。

东方闻莺问道:"阿青,你们怎么来了?"

阿青没有说话,只拿眼睛瞟了一眼刘爱国。

刘爱国瞪了一眼东方闻莺,也不说话,就一直紧跟在她身边。

东方闻莺想闪身,可是刘爱国就像有蚂蟥的黏性,紧紧贴着她,丝毫没有让步。

东方闻莺问道:"刘主任,你不在政府上班,怎么到这里来了?"

刘爱国冷着脸说:"我来接你,就是我的工作,我现在就在上班。"

东方闻莺诧异,还以为是不是灸草堂出了岔子,问道:"怎么了?是李叔公那里有什么事情吗?"

刘爱国回答道:"灸草堂那里能有什么事情?现在老百姓只知道柳林镇有灸草堂,不知道柳林镇还有卫生院。"

东方闻莺更加纳闷了,既然灸草堂没有什么事情,你刘主任来这里干吗呢?还带着阿青来?

她用眼神询问阿青,阿青悄悄地瞥了一眼刘爱国,没有吭声。她眼睛里闪过刹那的不屑,东方闻莺是看见了的。

春生和满生都没有说话。刘爱国也不跟他俩说话。

气氛有些僵硬,大家脚下飞快,却都脸色难看。

地面上的积水渐渐退去,水池里的水满溢着,却十分混浊。我口渴难忍,却不想喝。身上湿漉漉的,十分难受。我使劲甩掉身上的水珠,可是全身湿透了,怎么甩都无济于事。

烈日时的燥热和现在的清冷,使我感觉好像在炭火上烤过,全身膨胀成气球,几乎要爆裂的时候,又突然被扔进冰水里。全身剧烈收缩,连心脏都在收缩,无奈,我只好待在太阳底下接受太阳的暴晒。

身上又开始膨胀。我感觉我的脑门都快被晒化了。不知道过了多久,被炙烤得身心都稀里糊涂的时候,全身的毛孔里再也没有一颗水珠,我才慢慢踱进寺庙。

不一会儿,我晕乎乎的,也不知道脚步是否踉跄。但是可以肯定的是,我使出吃奶的力气,也不能跃上佛像的脚了。

第 九 章

东方闻莺回到卫生院,拿了衣服去洗了一个澡。当她一边拿着毛巾擦干头发一边上楼梯的时候,她发现,刘爱国正站在她房间门口,冷着脸,盯着她,一言不发。

东方闻莺没有理睬她,径直进了自己房间。她随手要关门,刘爱国却伸手挡住了,他立刻闪身进来,而且"砰"地关上了门。

东方闻莺大吃一惊,问道:"你想干什么?"

刘爱国两手交叉在胸前,冷笑着看着她,慢慢向她逼近,眼睛一动不动地盯着她如芙蓉出浴般的脸。

东方闻莺神情紧张,连忙后退,刘爱国步步紧逼。两人一直僵持到墙角,她无路可退。

东方闻莺瞪着他。稍作镇定,她喝道:"刘主任!你要干什么?你立刻给我出去!否则,我要喊人了!"

刘爱国冷笑一声,问道:"喊人做什么?我对你做了什么吗?"

东方闻莺一怔,随即说道:"我累了,要休息了,请你出去!"

刘爱国收敛了犀利的眼神,可是仍然脸色僵硬。他点点头,说道:"出去?嗯!可以!因为我是镇政府的工作人员,更因为我是党员!我不是下流坯子,不是会伤害你的坏人!可是,你今天做了什么?啊?!"

东方闻莺一愣,一头雾水。她冷冷地问道:"我今天做了什么?我在灸草堂帮助李叔公给水痘和麻疹病患看病,药草没有了,我又和满生去观音山取药草。我做了什么,你应该很清楚呀!你不是带着镇政府的同志,亲自检查来了吗?"

刘爱国盯着东方闻莺,反问道:"东方医生,如果现在站在你面前的是李春生或者李满生,你会紧张吗?会担心他们会对你做什么吗?嗯?"

他的脸依然靠近东方闻莺的脸,唾沫几乎都喷在她脸上。东方闻莺伸手使劲将他推开,说道:"你不要胡搅蛮缠。人嘛,心底无私天地宽!我和他们一起治病救人,没有你想的龌龊事!"

刘爱国后退了几步,还是不依不饶:"照你这么说,他们都不是坏人。我也愿意相信他们不是坏人!可是,我,刘爱国,从呱呱坠地到现在,到此时此刻站在你面前,也从来没有做过龌龊事!连想都没有想过!你为什么要对我提防呢?啊?"

东方闻莺气极,说道:"你!你刘主任是不是管得太宽了?"

刘爱国冷笑一声,反问道:"我管得太宽了?是你无话可说了吧!你呀你!你好歹是大学生,怎么就这样没有脑子呢?要去观音山取药草,叫谁去不可以?偏偏要单独和李满生去?如果下午的这场暴风雨,一直下到晚上,下到深夜,下到天亮,你怎么办?李春生和李满生不愿意送你回来,你怎么办?啊?你要跟着他们俩在寺庙里过夜吗?据我所知,那里只有李春生一个房间住人,你是不是要睡在他床上啊?……"

东方闻莺见他越说越气,白皙的脸上涨得通红,又想起满生说的"明德围屋的领导"什么的,顿时脑子里一团乱麻。

刘爱国见她不说话了,语气渐渐放缓,语重心长地说:"闻莺,"他低垂下头,然后又抬起头,说,"我叫你的名字,你不会介意吧?毕竟,我们都是年轻人……"

东方闻莺心中一团混沌,没有理会他盛怒之后的转圜。他们之间的恩怨,怎能判断?于是,她说道:"刘主任,你的意思,我听明白了。治病救人,人命关天,迫在眉睫,我的确没有考虑太多。好吧!以后我会注意的。你回去吧!我真的累了,你也早点回去休息,好吗?"

刘爱国点点头,他沉吟片刻,说道:"闻莺,李春生和李满生,从前的确也没有做过什么龌龊事。我从来不会以小人之心,度君子之腹。但是,防人之心不可无。人心,不是一成不变的。在特定环境之下,说不定就变了。谁都不能保证自己永远是柳下惠,永远都能恪守君子之道。我是明德围屋刘家的人,明德围屋和雁栖围屋,过去是有些纠葛,但不是大事。那只是政治立场问题,不是人品问题。这些,我只是想提醒你,并不是想辩解。因为,有些事,即使我不说,他们也会说。我相信,你是明智的,不会被流言轻易蒙蔽……"

夏日山间的夜晚,分外空旷。一轮明月高高地悬在山顶,整个山谷,如同白昼。草间树丛,时不时传出来"嘶嘶"的虫鸣,田野里的青蛙们则"呱呱呱"毫无顾忌地大声喧哗。除此之外,就是静谧。春生手中拿了一根手指粗的木棍,快步走在去观音山的羊肠小道上。

可能是在观音山生活久了,他从来没有感觉到山间的寂静。山间依然是热闹的,热闹的不是人类,而是各种各样的生灵。也许在生的来处,人和生灵不一样,但是,在去的归处,人和生灵却是一样的。

比如雪融儿,或许从某种程度上说,人不如雪融儿。

他健步如飞,真恨不得长了翅膀,立刻飞到观音山。雪融儿受了暴雨,一定是病了。它要是病了,就没有人照顾它。因为它没有家人。它的家人,都被明德围屋的人残害了……

它不能报仇,只能躲在这几乎是与世隔绝的地方,过着苟延残喘的日子——这日子,和自己一模一样。

同病相怜啊!

虽然经历了暴雨,但是山间的湿气渐渐蒸腾殆尽,地面上已经不那么湿了。

春生走进寺庙里,在佛像前点燃了一支蜡烛,叫了几声"雪融儿!雪融儿!雪融儿!"它却没有回应。是因为白天的惊吓,它已经离去了吗?

他在寺庙里面仔仔细细地搜寻了个遍,始终不见它的影子。他又弯下腰,检查地面上的痕迹,看是不是有它走过的脚印。

没有!没有!

它冷了,可能会去灶间。他手持蜡烛,在灶间仔仔细细搜寻,也没有!

唉!这家伙要是存心躲藏,是任谁都找不到的。

春生无精打采,重新走进寺庙,把蜡烛插进香炉,坐在蒲团上,支颐凝思。

月色渐浓,山间也渐渐清凉,外面是难以言说的沉静。侧耳倾听,可以听到溪水的潺湲之声。溪水从竹筒间流过,注入水池,水池满溢了,又轻轻地哗哗地流过门前的水槽。

蒙眬之中,春生忽然听到雪融儿轻轻地叫,它注视着主人,一脸的期盼。

春生立刻兴奋起来,他站起身,走向自己的房间。房间依然半掩着,门角有两块青砖,顶着门扇。他轻轻地移开青砖,闪身进去。

雪融儿躺在床上,蜷缩在棉被旁边。它睡得很沉。

春生十分心疼。他连忙抱起它,飞也似的跑下山去。

东方闻莺躺在床上,毫无睡意。她不能翻身,因为她怕床板"吱吱嘎嘎"响,叫人听了去。

想起白天的种种,十分叫人烦恼。她不知道过去的岁月里,雁栖围屋和明德围屋之间,到底有什么故事。她不想卷入其中。她只是局外人。

满生说的"明德围屋的领导会说什么",到底会说什么?山雨欲来风满楼,那么,以后恐怕是不能清静了。

唉!还是早点回上海。

第二天,东方闻莺早早就叫了阿青,一起去灸草堂。

李叔公已经在给病人做检查,满生拿着方子称药材,李春生换了寻常衣服,正在给病人上药。一切有条不紊。

除了孩子的哭叫,似乎也没有什么不妥。

东方闻莺始终没有去看李叔公写的方子。虽然,那方子就放在桌上,显而易见。阿青也没有。

在中午间歇时刻,东方闻莺给李叔公沏了茶水,想问关于黄老仙的事情,但是,瞥见李春生在旁边,又忍住了。

李春生看了她一眼,就像知道她的心思一样,给她递了一杯茶,问道:"叔公,当年黄老——我那师傅,他到底看出了柱子有什么毛病?东方医生是从上海来的大学生,见多识广,不妨跟她交流交流。"

李叔公看了春生一眼,呷了一口茶,说道:"好吧!就当作互相交流吧!"

事情是这样的。柱子是鸡公山人。那年夏天,记得是中元节前后,大家做完了田里的活,回到家里已经是午后了。天气十分热,还不能出工,大家都坐在巷子里聊天。这时候,黄老仙过来还什么东西,见到柱子正躺在竹榻上打瞌睡。黄老仙摇着蒲扇瞧了柱子半天,摇摇头,走过去了。走过去之后,他又回过头来,注视了柱子一会儿,又摇摇头,背着手走了。当时有人就奇怪了,问他,黄老仙啊,你看柱子什么呢?走过来看,走过去看,莫非,你是看出来,柱子要走好运了?黄老仙鼻子里一声冷笑,什么也没有说,就走了。

有人把柱子摇醒,把刚才黄老仙的奇怪行径告诉了柱子。柱子一跃而起,连忙追了上去,问,黄老仙,我怎么了?黄老仙摇着手中的蒲扇,说,没啥。柱子不信,追问道,你实话实说,我到底怎么了?

黄老仙脸色凝重,问,你想听?

柱子说,当然!

黄老仙又说,我要是说了,你肯信?柱子说道,那要看你怎么说了。

黄老仙轻轻叹口气,说:"你呀!大限到了!"

柱子大惊!他指着黄老仙的鼻子,骂道:"呸!啊呸呸呸!你!你!你危言耸听,不就是想哄我到你这里花钱消灾嘛!都新中国了,你还搞招摇撞骗!你就不怕大家伙儿扇你嘴巴子!!啐你唾沫星子!!"

黄老仙哂笑,说:"我干脆再说明白一点。我不要你一分钱,你就是给我钱,我也保不了你!玉皇大帝观音菩萨都保不了你!你——你呀!大限将至!活不过三天了!"

柱子气极,反问道:"如果我活过了三天,你将怎样?"

黄老仙说道:"你活不过三天。而且,你三天之内就会溺亡!如果,你三天之后还活着,或者三天之内死于其他缘故,我立刻暴毙!"

柱子冷笑,反问道:"怎样暴毙?"

黄老仙说道:"上吊自尽,投河,乱棍打死,喝农药,反正不是天打雷劈之类的虚话。"

此言一出,柱子蒙了,浑身冷汗,他的家人也吓蒙了。更多的群众,是在观望这场赌局。这些大话也传到了政府干部的耳朵里,他们就说,黄老仙啊黄老仙,你这样上演闹剧,是不是活得不耐烦了!大家别理睬那个疯子!这种人,就像耍猴的江湖骗子,越是危言耸听,就越能吸引群众的注意,他好趁机浑水摸鱼。要是大家都不肯理睬他,他一点意思也没有!没有人听他的,就没有人上当受骗,他仍然是混子一个!

这个赌局一出,柱子一家人当然严阵以待。第一天,天气炎热,柱子的老婆孩子都守在家,寸步不离地看着他。早上,洗漱的水都送到柱子的屋子里,他一步都没有迈出自己房间的门槛,晚上连澡都没有洗,只换了衣服。

第一天啥事儿都没有。

第二天,天气炎热,骄阳似火,一家人仍然在柱子身边守着。没有洗澡,浑身的酸臭味,恐怕全村子的人都闻到了!柱子很懊恼,赌气说道:"死生有命,富贵在天,我不管了!我要洗澡!洗个冷水澡,痛快痛快!"妻子死命拉着他,劝他再忍忍。

第三天,天气更热,青砖地面都似乎要晒化了。村里的活儿太多,人手不够,村主任叫大家去干活,说起柱子的赌局,有人就哂笑道:"黄老仙是骗子,大家是傻子!就算他没有算准,难道,你们还真的叫他去死吗?现在不是以前,上有王法天理,下有公平正义,谁能因为这样荒唐的大话没有实现,就要他去死?他要是不死的话,你们能摁着他去死?笑话!就算他该千刀万剐,咱们普通百姓,也没有权利杀了他!只有公安局能治他的罪!"

又有人说:"这个嘛,他说对了,是他的本事;他说错了,也不用负什么责任。信神信鬼,就是周瑜打黄盖——一个愿打,一个愿挨!你们吵什么吵呢?"

人们七嘴八舌,议论纷纷,说什么的都有。

人心容易被蛊惑,所以容易动摇。

听了这些乱七八糟的言语,柱子的孩子上学去了,妻子把木桶、水缸,甚至脸盆里的水都倒掉,然后再三叮嘱他,好好待在屋子里,千万不要出去,更不要靠近水井池塘。柱子都一一答应了。一个上午很漫长,但是,妻子孩子回到家中,看见柱子活生生地站在门口迎接,一颗悬着的心总算放下来了。

午后,天气异常闷热,但是远处天边似乎起了乌云。村主任怕下暴雨,就催大家早点上工。

妻子临走时,也是再三嘱咐,熬过今天,就好了!

第 十 章

傍晚时分,天边乌云密布,雷声滚滚,大家急忙收拾好家什,赶回家中。柱子的妻子人在外面,心却始终在家中。她最先跑回来。当她跑回家中一看,柱子不见了!她大惊!

此时却有人惊惶地跑来,告诉她,柱子倒在水井边!

柱子的妻子慌慌张张脚步踉跄地跑到水井边,看见柱子倒在水井边,头上扣着打水桶,手中还拿着毛巾,吓得整个人顿时晕了过去!

等卫生院的人赶来检查之后,得出的结论是"已经死亡一个多钟头了"。

柱子的尸身停放在太平间,等待公家调查结果,没有立刻安葬。

大家猜测,应该是柱子实在忍不住热,就拿了打水桶到井边汲水,然后拿了毛巾洗脸——为什么他的头扣着打水桶呢?一定是他贪凉快,把头伸进打水桶,然而,他的头一伸进去,就没有能够拔出来——按道理,这个小小的打水桶,高不过一尺二,直径顶多一尺,怎么可能让柱子这样的壮汉溺亡呢?他只要直起身子,水倒流而出,就什么事也没有了!

柱子的妻子悲痛欲绝,她认为是黄老仙害死了丈夫,要去找公家抓人。但是,黄老仙整整三天,都在观音山,没有下来半步。而且当天下午,还有人看见他在山上遛鸟。

他有不在场的证据。

他的徒弟李春生,整整三天,都在灸草堂,也没有离开过半步。这一点,灸草堂的人都可以证明。

柱子的妻子还怀疑,黄老仙雇人行凶,为了证明他的名气不惜杀人。但是,经过公家的调查,确实没有这回事。

最后的结论是,黄老仙的预言完全正确,有人便开始崇拜起他来。他的名气,也因此广为传播。

这给大家造成了极其恶劣的影响。

去年,政府大力打击各种封建迷信活动,黄老仙就被当作了"迷信害人"的典型。因为,有人说,有些算命先生,在自己算得不准确的情况下,为了不使名誉受损,就会使用邪术——使用他全部的灵力,去改变某个人的运数,让那个人的状况和他说的一模一样。当然,天理昭昭,神灵是不允许他们做这样恶毒的事情的,只要他这样做了,就会遭到反噬——他会遭到上天严正的惩罚。

黄老仙被罚,还写了检讨书。白天在村子里干活,晚上点着豆油灯读书——都是什么书来着?时间长了,也记不清了。读完书,还要写满一摞信纸……

而同时遭殃的,是他的徒弟春生。春生大部分时间,都在灸草堂,而且他的父亲,抗日战争时期曾经和游击队共事——虽然没有正式加入游击队,但是,也是为了抗日英勇牺牲——虽然没有被评为烈士。所以,政府综合考虑,没有整治李春生,但是,要他和黄老仙划清界限,还要深刻反省。连灸草堂都被批评"管教不严"。

李春生离开灸草堂,就悄悄去了观音山,再也没有下来过。

李叔公说:"东方医生,老朽个人认为,柱子虽然体壮如牛,他的心脏是有问题的。他热得难受,全身血管扩张,却突然去浸泡井水,血管突然收缩,他怎么受得了!而心脏是储血的器官,在一热一冷的强烈张弛之下,他就……"

东方闻莺听李叔公说完,思忖片刻,点点头,说道:"叔公说得有道理。柱子应该是有心血管疾病。他平时总是红光满面,对吗?"

李春生点点头,说道:"正是。他总是脑门油光光的。别人都说,他印堂发亮,是福星高照,红运当头呢!"

东方闻莺说道:"可能是血压偏高,夏天热气蒸腾,血管扩张,突然把脑袋浸入冰凉的井水之中,血管剧烈收缩,引起了血管破裂,导致脑出血。而且,他是弯着腰的,全身血液都倒流至头部。本来,脑部出血的话,人会出现晕晕乎乎的症状,严重时还会昏迷。这就是柱子没有能够直起身来倒掉打水桶里的水,最后被溺亡在小小的水桶中的原因。"

李春生认真地看着东方闻莺,她的博学让他十分敬重。他说道:"其实我师傅——黄老仙,他并不懂医学。每天,他就是掐着手指头,嘴里念念有词,思忖片刻,然后就得出了答案。"

东方闻莺笑道:"春生,你跟了多久啊?都学到了什么呢?"

春生脸上一红,说道:"我不会算,真的不会算。我就是凭感觉。"

东方闻莺见他忸怩,心中感叹,这孩子还是单纯,他并不坏,于是笑道:"师傅到底传授了你什么秘诀,不要保守,说出来听听!"

春生看了她一眼,扭头进去了。

下午,灸草堂里更加忙碌,因为病患更多了。大家正忙得不可开交,阿兰急匆匆地跑过来,对东方闻莺叫道:"东方医生,不好了!不好了!"

东方闻莺见她气喘吁吁,连忙问道:"怎么了?不要着急,慢慢说!"

阿兰说道:"出大事了!我们院长要挨批了!"

东方闻莺大吃一惊,问道:"怎么回事?发生什么事了?"

阿兰气急败坏地骂道:"都是那个坏蛋刘爱国!就是他使坏!镇党委书记批评咱们张院长,说在全镇水痘、麻疹疫情高发的时候,张院长没有高度的责任感,没有亲自到群众当中去调查,去宣传如何治疗疾病防治疾病,拿着国家的工资,什么事情都不干,每天如同行尸走肉,卫生院不是养老院!这样尸位素餐的院长,必须换人!但是在换人之前,必须追究他的失职!严重失职!这在群众当中造成了极其恶劣的影响!为了挽回我们卫

生院在群众当中的形象,为了教育其本人,镇政府要召开大会,责令张耿之同志,认真严肃地做出深刻的检查反省!……"

东方闻莺急切地问道:"这就是要召开大会了吗?现在?马上?"

阿兰点点头。

东方闻莺看着灸草堂坐着的病人,说道:"阿兰,你先看着,我去去就回来!"

李叔公喝道:"东方医生!你给我回来!"

东方闻莺回头看着他,诧异地问道:"怎么了?叔公?现在都火烧眉毛了!"

李叔公背着双手,说道:"就算是真的要开会批评张院长,你也不能去!"

东方闻莺焦急地看着李叔公,反问道:"为什么我不能去?他是我的指导医生啊!做弟子的在师傅有难的时候,连一句公道话都不能说吗?为什么?"

李叔公说道:"你要是去了,张院长的下场会更惨!你初来乍到,什么都不清楚,不去,才是为他好!"

东方闻莺摇摇头,说道:"我不信!因为我初来乍到,我就讲不了道理!"说完,她就要冲出灸草堂。

李叔公喝道:"春生!拦住她!"

春生迅速冲过来,抱住东方闻莺。东方闻莺还要挣扎,李叔公朝里面一努嘴,春生就把东方闻莺带到了后堂。

东方闻莺情绪十分激动,死命挣扎。她叫道:"春生!春生!当初,你师傅被众人唾弃的时候,你也躲着吗?"

春生低垂着头,把脸埋进胳膊。

东方闻莺瞪着春生,语重心长地说道:"你的父亲是战士,你也不会是懦夫!你为什么要拦着我?"

春生看着她,见她明眸如秋水清澈。东方闻莺看着他,见他双目似有迷雾,迷雾之中闪着晶亮的光彩。

春生深深吸了一口气,说道:"你去了,只会使事情更糟!因为……"他低垂下头,像是在思索该用什么措辞才合适。他垂下眼睑,又睁大眼睛,盯着她,说:"事情就是因你而起。你不去,事情说不定就这么不了了之;你去了,反而显得煞有其事……"

东方闻莺皱着眉，说道："你说清楚点好不好？云山雾罩的，到底什么意思啊？"

李春生头疼，说道："唉！我说不清楚！但是，凭我的直觉，你去了就会发生大事，你不去，就没什么事！反正，你听我的，就对了！"

东方闻莺瞪了他一眼，骂道："胆小鬼！难道你还能未卜先知不成？"

她站起身，就要出去。

李春生拽住她的手腕，双目间似掠过一丝烟雾，烟雾慢慢浮上眉宇。良久，他松开拽着东方闻莺的手，无奈地说道："闻莺，不管什么事情，只有先知道起因，才能知道怎么做吧？就像给病人看病，只有先知道病因，才好下手吧？刘爱国那么高调地在意你，全柳林镇人尽皆知。叔公却派你和满生到观音山取药草，而且遇上暴风雨，如果……如果……"

东方闻莺看着眉清目秀的他，脸上微微有些涨红，似乎有些说不出口，于是问道："如果什么？"

春生没有看她的眼睛，低垂着头说道："刘爱国认为，如果在那样的荒山野岭，如果我和满生心生不轨，做了错事……他刘爱国去哪里找后悔药？还有……"

他扭转头，看着她，慢慢说道："张国平县长还是孩童的时候，有一回，吃了热气的东西，加上感染风寒，喉咙里一直咕噜咕噜响，上气不接下气，脸色紫胀，眼看就不行了。这时候，张院长的父亲正好在他们村给人艾灸，他是略懂中医的。他仔细瞧过之后，就拿白布蘸了盐水，擦洗了张国平的口腔，然后嘴对嘴吸出了他喉咙里的浓痰。张国平捡回了一条命，张家对他一直都感恩戴德。因为，张国平是张家唯一的香火。刘爱国的父亲，老刘主任，跟了张县长十几年，他怎么会不知道张县长和张院长之间的渊源呢？"

东方闻莺低头想了想，问道："可是县城怎么可能知道这些？刘爱国有意要整治院长，他当然不会去向他父亲报告了。"

春生胸有成竹地说道："这个你就不用担心了。刘爱国的妹妹刘爱民，刚刚毕业了，已经回到明德围屋照顾他们的叔祖母。镇里这么大的阵仗，明德围屋还能听不见？明德围屋呀，也就他那个老太太还算明事理。他们不会坐视不管的。所以呀，你就把心放在肚子里。"

东方闻莺看着春生，他的脸上还微微泛红。想起初次到柳林镇，她第一个遇见的人就是他，于是问道："春生，我来柳林镇，第一个遇见的人，竟然是你！那时候你穿着灰色的道服，我很惊讶。后来，刘爱国说，你师傅黄老仙招摇撞骗，害死了人，我还以为……"

春生笑道："以为我也是一个装神弄鬼的骗子？其实，师傅也教过我一些乱七八糟的东西，但是，我就是领悟不了。一切东西都讲究缘分，人与人之间，人与物之间，还有人与事之间，都是随缘。冥冥之中自有天意，强求不了的。"

东方闻莺认真地问道："你相信神鬼之类的东西？我们医生可是从来不信的。"

春生低头不语。

忽然，窗台上好像有什么东西的影子晃了一下，东方闻莺扭头看了一眼，空荡荡的又没有什么。明晃晃的阳光照进来，热气透过玻璃射在屋子里，屋子里就显得更热了。

东方闻莺蓦然想起那只猫，于是问道："观音山那只猫还没有带下来吧？它自己会下来吗？它能找到这里吗？"

春生没有回答她的话，眼睛里又浮上一层迷雾。

第十一章

卫生院几乎是倾巢出动了，只剩下后勤科张主任坐镇。据说，张主任的医术，曾经和张院长不相上下，但是，张院长去省城培训的次数多，渐渐地水平就更高了。

看来情况和春生说的差不多。镇政府很快就撤销了批评张院长的决定，只是口头教育，说疫情严重，卫生院得勇挑重担。不管西医治疗效果如何，都要积极尝试。虽然新中国成立后，水痘和麻疹的治疗水平已经大幅度提高，死亡病例渐渐减少，但是，我们还是要严阵以待，毕竟人命关天。

镇政府表扬了东方闻莺和阿青。两个姑娘，在严峻的疫情面前，不怕苦，不怕累，积极主动，这样的主人翁责任感，正是整个卫生院所缺乏的，正是全卫生院的医务工作者需要努力学习的。

东方闻莺对于这样的通报表扬一笑置之，她完全没有放在心上。她和阿青，照例白天在灸草堂忙活，晚上回到卫生院歇息。

整个灸草堂,弥散着浓郁的中药气息。经过灸草堂诊治的水痘和麻疹患儿,都在慢慢康复。有些发高烧的患儿,李叔公叫他们去卫生院打针输液,开了一些退烧药,也降温了。疫情平稳过渡。

灸草堂的后堂,和前堂一样宽阔。里面除了各种各样的中草药,许许多多的瓶瓶罐罐,还有好几个大脚盆。有些病患家里不会熬中药,满生就在后堂熬制好了,给他们喝。

这天天色渐晚,李叔公请东方闻莺和阿青在店里吃饭。见两个姑娘忙活了这么多天,李叔公想给她们结算工钱。东方闻莺和阿青连忙谢绝了,说作为医务工作者,紧急时期施以援手,是应当的,怎么能要工钱呢?再说,我们在卫生院是有工资的。

她们知道,现在老百姓各家各户日子并不宽裕,有的看了病,分文未给,李叔公一句话都没有说。乡里乡亲的,谁没有难处?可是疾病猛于虎,丝毫耽搁不得。就是有的境况稍好一点,李叔公也只是收取一点本钱,算起来也是十分微薄。

李叔公为东方闻莺的高义感动,于是提议,请两个姑娘在店里吃一餐家常便饭,聊表心意。他说:"这个可不能拒绝了啊!你们要是不肯留下来,就是不近人情了,叔公我就要不高兴了!"

有人送来了几条小鱼,据说是在溪水里用竹篮子捞的;还有人送来几条泥鳅,据说是晚上举着火把,在田埂下烂泥里挖的。这两样,春生都用茶油炸了,炸小鱼就直接摆在盘子里;泥鳅则是用韭菜炒了,也是盛在盘子里;一盘酿豆腐,因为没有肉,就用了油渣拌韭菜做馅儿;小鱼虽然没有几条,春生还是做了一个小鱼焖豆腐汤,上面撒了一些葱花。然后,春生又炒了一个红烧青椒,一个炒豆叶。令东方闻莺意想不到的是,此时,桌上还有一盆小竹笋炒酸菜。

酸菜是客家人一年四季桌上都不缺的菜肴,说不出有多少营养,但是十分开胃。小竹笋则是清明时节采摘了泡在坛里,放在阴凉处。

东方闻莺第一次见炒豆叶,感觉很奇怪。它是秋豆角的叶子,嫩嫩的时候摘了,爆香蒜蓉,再用猛火炒熟,吃起来有种比较浓郁的青味。

满生说,有豆叶吃已经很好了,知足了。

东方闻莺知道,在三年困难时期,老百姓什么都吃过。

春生笑道:"我吃过不少土茯苓。什么都没得吃的时候,在山上东找西找,运气好的时候,能看见土茯苓。"

东方闻莺皱着眉,问道:"虽然我对中药不是很了解,但是中药材能当饭吃吗?茯苓大概可以治疗水肿、湿热、脾虚之类,没有这些症状的正常人能吃吗?再说,我们柳林镇在江南,应该没有茯苓吧?"

春生低着头,笑而不语。

满生吃得满嘴油腻腻的,笑道:"茯苓和土茯苓,并不一样。东方医生,你大概没有挨饿的经历。人要是饿极了,什么都敢吃。土茯苓只能暂时哄饱肚皮,解决一下心理上的饥饿之苦,并不能真正当粮食。而且,土茯苓吃下去不消化,吃多了肠梗阻,等到要通便的时候……"他忽然捂住嘴,摇摇头,自嘲道:"吃饭的时候,不该说这个。"

阿青说道:"红薯饭我倒是顿顿吃。那个不碍事儿。说起来也真是,人饿极了,什么都敢吃。那时候呀,人们晚上饿得睡不着觉,就拿根粗木棍,到处去掘老鼠洞……"

东方闻莺脸色都吓白了,差点连筷子都没有拿稳,她震惊地问道:"什么?你们连老鼠都敢吃吗?"

满生满不在乎地说道:"那当然!煮熟了就行!大家都说,只要煮熟了煮透了,就什么都不怕!"他喝了一口小鱼豆腐汤,咂了咂嘴,赞道:"真好吃!"

阿青笑道:"确实好好吃呢!今天我们有口福啊!"

满生忽然收敛了笑容,停下了筷子,懊恼道:"唉!想起从前,水灾完了旱灾,旱灾完了虫灾,什么都没有吃的时候……明德围屋的人丧心病狂,竟然把雪融儿一家吃了!……咳!简直是饿疯了!一想起过去他们那没有人性的豺狼模样,我就恨不得把他们——"

春生见他咬牙切齿,立刻夹了一条小鱼,塞进他的嘴巴里。

东方闻莺惊讶得合不拢嘴。她怔怔地看着满生。

李叔公看了一眼满生,摇摇头,然后又继续慢慢嚼着炸鱼,细心地吐出鱼骨,说道:"吃老鼠就没事。如果是山上的竹鼠,那可是人间美味呢!"

春生摇摇头。

满生憋得满脸通红,回头看了一眼后堂,无奈,只好低下头继续啃小鱼骨头。

阿青不动声色,低头嚼着豆叶。

春生只觉得吃下去的小鱼,化作了千万根鱼刺,横亘在胸中。他禁不住剧烈咳嗽起来。于是,他站起身,要去喝水。可是,竹筒里的水没有了。

他只得走到后堂，拿了水壶，灌了水，坐在灶上。

屋子里都是药草，他仔细巡视了一番，发现墙角的麻袋缝隙里，露出了一条毛茸茸的尾巴。

他的心中，剧烈一痛。

吃过晚饭，春生点燃了火把，送两个姑娘回卫生院。他先送阿青到房间，再上楼梯，送东方闻莺进房间。

东方闻莺请他坐下，说道："你等会儿，我给你找本书。"她在桌上翻找了片刻，拿出一本医学方面的书，递给他，说："你看看。"

春生接过书本，随手翻了翻。

东方闻莺拿了水杯，提起热水瓶，倒了水，放在他的手边，说道："满生说，你已经得到叔公的真传，可以独当一面了。这本医学书籍，对你或许有帮助。"

春生翻了几页，不置可否，扭头看见热水瓶身上那个小猫戏蝶的图案，不禁微微一笑。

东方闻莺看见他的眼神，问道："刚才，你们提到，明德围屋的人把雪融儿一家吃了……是不是就从那时候，你们两个家族就结下了血海深仇？"

春生摇摇头，敛了笑容，认真地回答道："不是。"他心里默念道：东方医生，我希望我们两家的恩怨，不要把你牵扯进来才好。

他们以为我睡着了，所以才胡说八道。

我在遭遇了那场暴风雨之后，浑身湿漉漉的，难受极了，就在太阳底下暴晒。结果，我的五脏六腑，差点晒化了。我昏头昏脑，不能跃上菩萨的脚边去假寐，只好溜进主人的房间。

一进房间，却忽然感觉异常阴冷，又折回寺庙。我来来回回走了几遍，忽然脚步踉跄，差点掉进水沟里。身上时冷时热，到夜幕降临之时，浑身发抖，就像掉进了冰窟窿。我只好溜进灶间，想去灶膛前取暖。可惜，灶膛里黑漆漆的，没有半点火星，我还是浑身发抖。

万般无奈，我只好又溜进主人的房间，拼尽吃奶的力气，跳上床边，扒开草席，慢慢钻进破棉絮里。

不知道过了多久，我仿佛睡着了。

等到我有点清醒的时候，我已经趴在主人怀里。他一定给我灌了什么药汤——我清楚地记得我刚刚生下来后不久，他就给我灌过药汤。那苦涩的味道，我至今都不会忘记。

他见我微微睁开了眼睛,急切又亲热地低声唤道:"雪融儿!雪融儿!你醒了?你好些了吗?"

他伸指细细地捋着我的皮毛,满脸都是焦急的神情。

我只眯缝着眼睛看了他一眼,就闭上双目,不再理睬。

等到我第二次睁开眼睛,我发现自己就躺在他的脚边。这里的空气是这样熟悉,——我环顾四周,不好,这里是灸草堂!我极力挣扎,想站起来,可是力不从心。

可能是他感觉到我动了动身子,就立刻直起身,弯过身子,把我抱到怀里。他用手指感受我脸上的温度,然后问道:"雪融儿,你睡醒了?想吃东西吗?我去给你拿。"

他怕我逃走,始终把我抱在怀里。他点燃了油灯,走到灶间,找了片刻。可是,大半夜的,厨房里什么都没有。他有些沮丧,又有些不甘心。他抱着我走到前堂,在中药柜子里,拿了一颗红枣塞进我的嘴里。

"噗——"红枣立刻被喷出去,掉落在地上。

他叹了一口气,弯下腰捡起来,在身上擦了擦,又塞进我的嘴里,还自言自语道:"唉!实在没有什么吃的了……你就将就一下,不行吗?"

我紧闭着嘴,不理睬他。

他万般无奈,只好把我抱到床上,依旧放在他的脚边。

我浑身无力,感觉全身的骨架已经散尽,连血肉都似乎化作了血水,怕是要命丧黄泉了。不一会儿,我又迷迷糊糊地睡去。

等到我第三次醒来,太阳已经热辣辣地晒在窗户上,尽管窗户上挂着竹帘。

他在外面做事,我已经听到了他的声音。

现在,他顾不了我。

忽然,一股浓郁的香气扑鼻而来!我循着味道找去,哇!炸鱼!一个盘子里放着几条炸鱼,香喷喷的,还热气腾腾,一定是刚刚出锅的!

这盘香喷喷的炸鱼,就放在小矮凳上。

我不知道哪里来的力气,腾地跳到地面,叼了一条小鱼,毫不客气地吃起来。正当我吃得津津有味的时候,忽然听到外面人声嘈杂。李叔公说,要请两个姑娘在店里吃晚饭——天!他们是要从我的嘴里抢夺美味佳肴呢!

唉!真叫人懊恼!

忽然,有根鱼刺哽在喉咙,我吃不下去了!于是我掉头进了灶间,躲进麻袋的缝隙里,又开始长眠。

——活着如何,死去又如何?

只有贪生怕死贪恋红尘的凡夫俗子,才心心念念要长生不老。

到底炸鱼才是强心剂。我趴着睡了许久,终于有了力气。外面是无尽的黑暗,没有一丝亮光。劳碌了一天的人们早已经进入了梦乡,里间的门缝里,也传出了李叔公的鼾声。

"唔——你——你呀——唔——"满生又说梦话了?想不到这个没心没肺的人,自从东方闻莺降临在这片土地,心思也变得通透了。

我在迷迷糊糊假寐之时,曾经清楚地听见他说什么"明德围屋的人吃了雪融儿全家",我的心顿时像遭遇那天的霹雳——

除了主人,这个世界上没有人知道我的心思。他怕我听见,就立刻夹了一条炸鱼塞住满生的嘴。可是,大千世界,悠悠众口,能统统塞住吗?

寒风暴雨夹杂着这些闲言碎语,毫不留情地席卷大地,塞进每一个窗棂,挤进每一个门缝——于是,在每一个餐桌,就有了雪融儿一家被烹煮的香喷喷的故事佐料。

我死不足惜,因为,猫有九命。

我死九次,就会有九个活生生的烹煮故事回馈世人,包括我的祖上,我的孩子们。

可是,我活九次,爱我的人就要牵肠挂肚九次,包括雁栖围屋的人。他们见我奄奄一息,滴水不进,就大费周章地去弄了小鱼泥鳅,还放在桶底悄悄地送过来,生怕半路被人劫了去。

于是,这比金银珠宝还珍贵的东西,最终救了我的命。

第 十 二 章

春生拿着东方闻莺给他的医学书籍,一脚高一脚低地摸黑回到灸草堂的时候,夜已经很深了。他不敢大声叫雪融儿,只能拿着油灯到处寻找。他检视了几遍药柜子的角角落落,翻了几遍麻袋,依然没有雪融儿的踪迹。

这个家伙!春生无奈,只好把油灯放在桌上。

灸草堂门窗紧闭——准确地说，是窗户上都拉上了竹帘子，雪融儿应该出不去。

灶间依然有热水，但是，他提了一桶冷水，痛痛快快地洗了一个澡。

他躺在床上，就着油灯翻了几页书。感觉眼睛有些涩，他就揉了揉，才发现最近都没有休息好。

春生因为黄老仙的事情，始终觉得心中愧疚。刘爱国老是指责李叔公没有管好春生，致使春生误入歧途，对不起春生的父母，有违战士的嘱托。

他怕别人戳自己的脊梁骨，始终待在观音山上不肯下来。

李叔公说道："你躲在观音山偷懒，大家才戳你的脊梁骨哩！群众心中有杆秤，什么是大义，什么是小节，称量得很清楚！你看！你在店里做事，谁说你了？谁能说你？连刘爱国，也不敢说半句。"

不但刘爱国啥话都没有说，刘爱国的妹妹，还到灸草堂来了。

她要给叔祖母拣一些中药。叔祖母最近老是睡不安稳。

李叔公一边倾听她介绍老人家的症状，一边在黄纸上写着方子，说道："天气炎热，老人家睡不好，很正常。要是晚上睡不好，午后就补一会儿觉，就不会经常感觉偏头痛了。这都是小事。最主要的是不要太劳累。年纪大了，不要逞强。要愿意服老，这都儿孙满堂了，还有啥舍不得放下的呢？"

刘爱民咻咻地笑，说道："叔公！就你说的话，我叔祖母才会听。最好呀，你拿笔把这些话写下来，我好拿给她看看，她才不会说我又诓她了！"

满生笑道："你们叔祖母呀，最是开明！她老人家，从来都是心胸宽阔，她会是咱们柳林镇第一个百岁老人的！"

刘爱民"啧啧啧"了几句，说道："瞧你这人！就是不会说话！难道叔公不会是百岁老人？叔公懂得中医，更加有望长寿呢！"她环顾了一眼店里，问道："听说你们店里，来了卫生院的同志。咦？怎么没有看见人呢？"

她边说边走进后堂。

后堂只有春生在忙碌。他仔细地检视每一个砂锅，看看中药熬制得怎么样了。满屋子的药味，随着袅袅的蒸汽，弥散到每一个角落。

虽然刘爱民只是在小时候见过春生，后来她就跟着父母亲去了县城读书，但是，依稀还有模糊的影子。现在见面前的男子眉清目秀，神情沉静，她心里已经猜到是谁了。

爱民没有打扰他。她环顾整个屋子，见屋子里堆满了各种各样的麻袋，都是药草。窗户下的竹榻，因为年深月久，已被摩擦得锃亮，似乎能照亮人的影子。天气太热,她身上微微见汗。于是她走过去,轻轻坐下,身体后仰,尽量背靠在竹榻的靠背上,这样会舒服一些。不料,双脚不经意间往竹榻的脚内侧踢了一下,里面立刻传来一声"喵呜——"

爱民吓了一跳,低头往脚下一探,立刻兴奋起来,叫道:"雪融儿!雪融儿!是你吗?哎呀!好久都没有看见你啦!"于是伸手去抱它的身子。

"喵呜——"雪融儿一声凄厉的尖叫!

"哎哟!——"爱民也是一声凄厉的尖叫!

春生大惊!他立刻放下手中的活儿,赶紧跑过来。

爱民的双手,淌着鲜血!春生看着她手上的齿痕和抓痕,埋怨道:"雪融儿!你怎么能这样凶恶!……"

他不安地说道:"爱民,雪融儿大病了一场,精神状态不好……你,快过来!……"

他拉着爱民走到水池边,拿了瓢,舀了清水,仔细地给她清洗伤口。

雪融儿似乎意识到自己做错了事情,悄悄溜走了。

春生给爱民清洗了伤口,然后拿棉纱包扎了一下,对她说道:"虽然雪融儿是我们家养的猫,但是为保险起见,还是去卫生院看看。走,我带你去。"

爱民一直忍着疼痛,只是皱着眉头,并没有埋怨。春生要带她去卫生院,她连忙说道:"算了!应该没事的。"

春生坚持要去,说:"一定要去!去了我才安心。你这样回去,你家叔祖母要担心,你哥哥也会担心……"

两人走到前堂,李叔公皱着眉,问道:"怎么,雪融儿咬人了?"

满生也是诧异,说道:"雪融儿从来都不会咬人的呀!"

春生说道:"叔公,我想带爱民去卫生院看看。雪融儿是我从观音山上带下来的,我不想让刘家人担心。"

李叔公连忙点点头,说:"嗯!应该的!你叫东方医生看看!还有——你带钱去!"说着,叔公从抽屉里拿了几张票子,走过来塞给他。

春生默默接过钱,拉着爱民快步出了灸草堂的大门。

春生满怀歉意,说道:"爱民,真对不起!是我考虑不周!我没有想到雪融儿大病之后,心性大变……它从来不咬人的!真的!"

爱民微微苦笑,安慰他说:"没事!不怪你!是我大意了!它和我并不熟悉,当然满怀敌意。虽然流血有些多,但是,它一直是家养的,应该没有病菌……"她低头看着自己手上的伤口,不免有些懊恼,忽然脚下一崴,整个人扑了出去!

春生大吃一惊,连忙伸手半抱着她起来。

爱民整个人扑出去之后,头脑一片空白!

待到春生半抱着她起来,她愣了好半天,才清醒过来。看着手臂被路旁的灌木刮破了皮,流着血,她再也不能坚强,忍不住"呜呜呜"掩面哭泣。

春生更加内疚,没有处理伤口的东西,问道:"你随身带着手帕没?"

爱民从衣兜里掏出手帕,递给他。春生拿手帕帮她轻轻擦去尘土,然后压在伤口上。还好,伤口不深,不一会儿,血就止住了。

可是她的脚崴了,似乎扭伤了筋。春生俯下身子,见她的脚踝处已经乌青,叹了一口气,问:"疼吗?我背你去吧!"

爱民一怔,摇摇头,哭丧着脸说道:"我自己能走。"

她走了两步,停住了,伸手抹着泪花。

春生把她背起来,大踏步向卫生院走去。

卫生院没有疫苗。东方闻莺只好给她打了破伤风,用消炎药反复擦拭。

东方闻莺原本是回卫生院取一些消炎药的,刚好要出门,就遇见春生背着爱民急匆匆地赶来。

她见爱民眼睛都哭红了,心中也很不安。她约略知道雁栖围屋和明德围屋有些纠葛,可是,被猫抓咬毕竟会有一些遗留问题,不知道刘爱国又会闹什么花样。

两兄妹长得还挺像。爱民也是皮肤白皙,一看就知道出身于收入宽裕的家庭。

爱民一直盯着东方闻莺。这个从上海来的大美人,果然姿容绝佳,难怪哥哥对她情有独钟。

那面漂亮的镜子,想必是送给她了!

东方闻莺见她眼珠一动不动地盯着自己,心中也自暗忖。莫非,她已经听说了什么?

春生心里惦记着雪融儿。只怕,爱民被猫抓咬的消息会不胫而走。刘爱国心疼妹妹,肯定不会善罢甘休。他说:"爱民,我们先回灸草堂吧!东方医生,你不妨留在卫生院。灸草堂的病患,我们能处理。"

东方闻莺收拾了棉签针筒,说道:"我还是到灸草堂去吧!这几天病患多,你们也很辛苦。"

爱民的脚踝经过春生的按揉,感觉更痛。她皱着眉头,勉强迈步。春生半蹲下,伸手托起她,背上,三人就径直往灸草堂奔去。

三人前脚刚刚到灸草堂,刘爱国后脚就跟进来了。他看了看妹妹手上的伤口,再看看妹妹乌青的脚踝,对春生喝道:"李春生!你出来!"

满生盯着刘爱国,说道:"刘主任,你有事就在这里说。"

李叔公却声音平静:"有话就到外面去说吧!"

春生依然面容沉静,走出灸草堂的大门。

满生放下手里的活儿,紧跟着出门。

爱民叫道:"哥哥!你想干什么呢!不关春生的事!是我自己不小心!……"她挣扎着要站起身,无奈双脚没有办法支撑身体的重量。

东方闻莺按住她,使她坐下,说道:"我去看看。"

刘爱国和李春生来到街市的拐角处,这里人少。刘爱国攥紧拳头,白皙的脸上微微泛红,他盯着春生,双目瞳孔微微收缩,但是他的声音不高:"李春生!你的雪融儿抓咬我妹妹,它不过是一只畜生,我不会打你!可是,我妹妹受伤了,你只要通知我一声,我就会马上过来带她去卫生院。你背她干什么?自古男女有别,你这样做,叫我妹妹好看吗?"

春生的脸上顿时涨红。他知道,此时刘爱国在极力忍住怒火,因为,东方医生在这里。他看见她的身影迅速跑到了刘爱国身后。

当然,刘爱国就算没有回头看,也知道东方闻莺就在身后。

春生也是极力压住自己的声音,说道:"刘爱国,医家治病救人,要在第一时间给病人解除痛苦,没有你想的那么复杂!再说,爱民不是小孩子,她知道自己处在什么样的状况。"

"刘主任,这事不能怪春生。我刚好回卫生院拿消炎药,而阿青则是去农户家中了。如果有女人在,就不用春生背着去卫生院了。"东方闻莺站在刘爱国身后说。

刘爱国缓缓回头,盯着东方闻莺。春生?已经叫得这么亲密了吗?想起满生带她去观音山取药草——短短几日时间,就混得这么熟络了吗?

东方闻莺见他双目如炬,紧紧地盯着自己,满腔的怒火不能发作出来,于是说道:"刘主任,你真的想多了。我们医务工作者,要给各种各样的病人看病,可能遇到各种各样的病情……你是有文化的人,应该可以理解的。"

刘爱国还待要说什么,忽然身后响起一个苍老的妇人声音:"爱国!别吵了!回去吧!"

东方闻莺扭头见一个白发苍苍的老太太,正站在自己身后。

刘爱国回过身,说:"叔祖母!我没有吵!我只是要讲清楚……"

老太太满脸皱纹,嘴里已经没有牙齿,说话也有些含混不清。她走到刘爱国身边,拽住他的胳膊,说道:"这个事情,我来解决!我会叫李志兴给我们爱民一个交代!灸草堂搬不走,他李志兴也跑不了!你就别操心了!叔祖母会给爱民做主!你呀!你赶快把爱民送回明德围屋。咱们走!"

刘爱国还要说什么,老太太不管三七二十一,拉住他的胳膊,就往回拽。

刘爱国瞪了一眼春生,说道:"李春生,男人之间的事情,不当着女人的面解决。"他瞥了一眼东方闻莺,大踏步走进灸草堂,背着妹妹就出去了。

老太太看着李叔公,说道:"把我的药给我。"

李叔公把药塞到她手里,深感歉意,说道:"真对不住,老嫂子……"

老太太摇摇头,说道:"没事!只要我还活着,就没事!就怕我去了,还没有完!唉!真是的!有完没完!……"她走到门口的时候,扭头看了一眼里面——是在找害她孙女的肇事者吗?

春生送她到门外,说道:"真对不起!叔祖母!等我忙完了,就去你那里领罚!"

第 十 三 章

看着祖孙三人远去的背影,东方闻莺叹了口气。她皱紧眉头,对春生说道:"春生,带我去看看雪融儿。"

我吃了几餐小鱼,身体似乎有了一些力气。浑身的燥热和阴寒叠加交替的症状也减轻了不少。但是,我心情烦躁,情绪很不好。我也想尽力平和下来,做他们的乖宝,无奈就是做不到。

我原本藏身于竹榻脚底的内侧,悠闲地假寐,因为这里碍不着任何人,甚至不容易被人发现——除了灸草堂的人,我不想看见外人。

我偶尔瞥见他修长的身影晃来晃去,还听着他的脚步声来来回回,砂锅里冒着"嗤嗤"的热气。药草的味道向来难闻，但是，"久入鲍鱼之肆而不闻其臭"，我早已经习惯，因为打从我生下来，就待在灸草堂。如果没有难闻的药草味道，我反而不习惯。

以前，我身体健康的时候，晚上会做一些奇怪的梦。我总是梦见，在灸草堂，在雁栖围屋，一群猫儿在亲热地嬉戏。一只健硕修长的大猫，带着几只小猫，悠然自得地从蹲着石头狮子的大门口，"扑通扑通"跳上木板楼梯，一直玩到盖着灰瓦的屋顶。

它们肚子上的毛毛洁白无瑕，纤尘不染；背上的毛毛则是土黄，色泽纯粹，干干净净。

灸草堂病人不多的时候，主人就带着我们回到雁栖围屋；病人多的季节，我们就跟主人一起留在灸草堂。冬天，我们偶尔会卧在他的脚边，沾一点暖气；夏天，就躺在他床对面的竹榻上。和他近在咫尺，感受着他的气息，有时候听到他均匀的呼吸，甚至是轻轻的叹息，又或者是我没有听懂的梦呓。

那只大猫，是我的妈妈？那几只小猫，是我的兄弟姐妹？它们对我这样好，如果没有骨血之缘，我们不可能这样亲密融洽。

而雁栖围屋的人们，就在闲暇时分，微笑着看着我们一家人与世无争，自由自在地玩耍。

每回徜徉在梦中，那只大猫都伸出爪子，轻轻地挠着我的背。那满眼的爱怜，除了主人，就只有它黄绿色的瞳孔里才有。它带着我们去找好吃的。每回找到食物，几个小家伙毫不客气地争抢，大猫看在眼里，也不吭声，只是缓慢趴下，伸爪挠了挠自己的脸，又伸出舌头舔了舔自己的爪子，然后就半眯上眼睛，睡去了。

那日，在观音山，我忽然听到，主人要下山去了。我不想离开观音山。虽然山上清苦，不容易找到食物，但是，这里安静。任何时候，都没有嘈杂的事情来烦我。

偶尔有外人到来，我就烦闷得很，就会不由自主地做噩梦。我梦见自己不由自主地来到一个烟雾缭绕的厨房，灶膛内火光熊熊，大锅里的水烧开了，热气腾腾，而我，就被他们抓住，还来不及叫喊，就被他们细细地剥了皮，剖开肚子，洗涮干净，然后扔进大锅。大约半个时辰，锅里就袅娜起一股肉香。然后，香气越来越浓，渐渐弥散在整个屋子，弥散至每一个角落……

每回午日梦醒,我都感觉格外惊悚。我听说猫有九命,难道这些梦境是我的前世今生吗?我身死而灵魂不绝,我的魂灵,真真切切地感应到了这些血腥往事了吗?……

我头痛欲裂。

所以那天,狂风暴雨席卷整个山谷,我无法忍受主人离去,就不顾一切地冲进暴雨之中。他们走了以后,我又作死在烈日下暴晒,终于晒出了癫狂症状。

我大病未愈,只想躲着养懒,于是选择了一个偏僻阴暗的角落。可是,横祸飞来之时,任谁都无法躲避。

可是我不怕。我依旧躺在老地方,等着他们来……

春生带着东方闻莺进了后堂,仔细找了找,发现雪融儿依然躺在竹榻的脚底内侧,闭着眼睛假寐。

他弯下腰,伸出双手,轻轻地抱住它。

东方闻莺不敢伸手去摸它,问道:"它从来没有咬过人——它一直都很健康吗?"

春生叹了一口气,说道:"那天,我们在观音山,下暴雨之时,它曾经从窗户跳出去,晚上我再回到观音山找它的时候,发现它蜷缩在我的棉被里,昏昏沉沉,似乎没有意识,可能是从那时候起,它就病了。我把它带回灸草堂,喂了一些药。这两天它吃了几条小鱼,看上去精神好多了……"

东方闻莺立刻说道:"它生过病了?走!我们带它去卫生院!"

在卫生院,东方闻莺往脸盆里撒了药水,伸手搅拌均匀。

春生一边安慰它,一边给它洗澡。水温温的,应该很舒服。

起初,它极力反抗,但是,在春生的努力安抚下,它慢慢平息了恐惧。洗浴完后,东方闻莺又拿了干毛巾,给它擦拭。

李叔公抽了个空,让春生背着药箱,带着礼盒——红枣、枸杞、党参之类的滋补药,和东方闻莺一起来到明德围屋。

刘爱国的叔祖母听说李叔公来了,走出大门来迎接。

刘爱民已经被县城来的汽车接回去了。老刘主任听说女儿被雪融儿抓咬,又被春生背着送去卫生院,火冒三丈,大骂儿子:"你妹妹无知,你也这么浑!"

刘爱国十分无奈地辩解道:"要不是叔祖母在场,我早把灸草堂掀翻了!是你反反复复交代,要听叔祖母的话!……"

老太太把客人迎进大厅，让孙子沏了茶水。

孙子显然还怒气未消，但是长辈在上，只能敢怒不敢言。

老太太见孙子脸色不善，说道："你出门去看着小孩子，别走远了。"

孙子巴不得开溜，他才不想伺候雁栖围屋的人呢！何况，爱民刚刚被那畜生抓咬！

李叔公满怀歉意，说道："唉！真是没想到……"

老太太也是苦笑一声，说道："唉！不是冤家不聚头嘛！咱们明德围屋和你们雁栖围屋，这世世代代的恩恩怨怨，是剪不断理还乱了！咱们老刘家，只要我还在，总不至于再像以前那样荒唐……"她看着春生，说，"春生孩子，虽然雪融儿闯了祸，但是，人怎么能跟一只猫计较。我已经跟爱民和爱国讲清楚了，既然伤口已经处理了，就没事了！以后，也不会把雪融儿怎么样。"

春生很是感激，说道："叔祖母，你总是这样宽宏大度。自从我被带到雁栖围屋，你从来没有把我当外人……"

老太太绽开满脸皱纹，温言道："别人家的孩子，也要像自己家的孩子一样疼，这样才能积德积福。何况，你的父亲是为了咱老百姓才牺牲的。你的母亲又去世得早……"

东方闻莺看着春生，想起刘爱国说的话。老太太高义，为何年轻人这样执着？

李叔公说道："难为老嫂子这样对待我们春生。爱民说，你老是睡不好。我给你看看。"

他细心地给老太太把脉，又询问了日常起居。看完之后，他就叫春生打开礼盒，告诉她，等过段时间身体好些了，不妨做一些食补。然后，他拿了纸笔，写了一张食补的方子。

给老太太看完病情，李叔公就告辞了。大家走出门，东方闻莺抬头看着四面的高墙，她初次见到围屋，很是兴奋。她想完完整整地看一下。老太太笑道："春生！你就带东方医生好好看看。"

两个老人则站在围屋大门口，有一搭没一搭地唠嗑。

穿过长长的廊檐，经过有水井的圆形拱门，是明德围屋的祠堂。祠堂边上是一个灶间——春生的脸，顿时阴云密布。

雪融儿，就是在这里，被他们做了美餐吗？

他已经很多年没有再踏进明德围屋一步！只是因为老太太的面子，他才答应跟李叔公走这一趟。叔公希望走了这一趟,明德围屋和雁栖围屋不会因为雪融儿的伤人事件又再起无谓的争端。

叔祖母宽宏大量,叔公用心良苦,春生怎么会不知道呢?

东方闻莺见他脸色有些晦暗,觉察到他想起了不愿回首的过往。她看着他,想安慰他,开导他,却不知道如何开口。

他对雪融儿的感情,包括雁栖围屋的人对雪融儿的感情,十分特别,她还不知道事情的前因后果,所以不能完全体会。

在饥荒年代,人在生死线上拼命挣扎,垂死之际,做出了不太高雅之事——这都过去了多少年,还不能释怀吗?

它毕竟是一只猫,而不是人哪!

春生的脸色有些红,又有些黑。记得当初,他们明德围屋的人,也一再强调雪融儿是一只"畜生",不久之前,刘爱国也强调雪融儿是一只"畜生"!他几乎就要丧失理智,要跟他搞清楚人与畜生的差别!……

刘爱国在意东方闻莺,不想在她面前乱了阵脚。

春生也不想在东方闻莺面前,提起雪融儿不堪回首的过往。

但是,刘爱国分明说了,男人的事情,不要在女人面前解决。好吧!好的!我就在这里等着你!……

两人迈出麻条石的门槛,东方闻莺回头仰望"明德围屋"四个大字,还有那两个刻着什么"进士"的高高的麻条石柱子,心中感慨万千。

这是一个人才辈出的家族。进士,秀才,老刘主任,小刘主任,还有即将成为老师的刘爱民,都曾经在这里熏染过刘家宗祠的烟火气息。

按客家人的风水学说来判断,这里是块难寻难觅的风水宝地,丹凤朝阳,人杰地灵。

东方闻莺回到卫生院,慢慢上到二楼。她打开房间门,正要进去,后勤科张主任恰好从院长屋子里走出来。他看着她,笑眯眯地问道:"辛苦了!东方医生!"

东方闻莺微微一笑,回答道:"我有什么辛苦!倒是张主任,一个人守着卫生院,做各种兼职,十分辛苦!"

张主任哈哈一笑,问道:"刘主任的妹妹,应该没事了吧?"

东方闻莺苦笑,说道:"她已经被接回县城了。县城里可能有疫苗,应该没事了。"

张主任点点头,说道:"这个狂犬病……还是不要大意为好。建议打个狂犬疫苗,预防一下。"说完,他又看着她俊秀的脸,问道:"那只猫,叫什么——"他伸手摸了一把稀稀疏疏的头发,想了一下,摇摇头:"不记得叫什么了。"

东方闻莺说道:"你是说雪融儿吗?"

张主任立刻点头,说道:"嗯!是叫作雪融儿!怎么样了?"

东方闻莺说道:"我已经叫李春生给它洗了药水澡,应该没事了。"

张主任突然走近前,油光锃亮的脑门探近东方闻莺的脸。东方闻莺不由自主地连忙后退。

张主任哈哈一笑,挺直身体,说道:"这个,这个,老话是怎么说的?……"他伸手摸了一下自己的后脑勺,笑眯眯地,压低声音说:"老话说得好,爱屋及乌——"

他说完,又嘻嘻笑着看着东方闻莺,认真观察着她的反应。

东方闻莺一愣,随即也认真地说道:"张主任就爱开玩笑。不过,这个玩笑开得一点都不好。我们医务工作者治病救人,眼睛里只有病人,跟什么屋都没有关系。"说完,她转身进去,就要关门。

张主任连忙打着哈哈,解释道:"东方医生,我只是开个玩笑!你千万别往心里去啊!……"

东方闻莺没有理睬,"砰"一声关上房间门。

门外"啧啧啧"了几声,东方闻莺就听到"咚咚咚"的脚步声往楼梯边去了。可是,仅仅走了几步,又没有声音了,仿佛停住了。

不一会儿,一阵急促的上楼梯的声音传来。那声音竟是如此熟悉!

她不禁皱起了眉头。

第 十 四 章

东方闻莺坐在床沿,双手支撑脑门。果然,门板响起了"笃,笃,笃"三声不轻不重的声音,然后就静止了。她没有理睬。过了一会儿,门板又响起了"笃,笃,笃"三声,这回更响亮了一些。

春生,雪融儿!如果自己能使局面转圜,也未尝不是功德一件。好吧!我就努力做个和事佬吧!

她站起身，缓步走到门边，伸手拉开了门。

刘爱国听到脚步声，心里松了一口气。可是门开了，她却横在门框中间，并不打算让他进去。她脸上也不是往日的礼貌性微笑，而是皱着眉头，这使他有些尴尬。他低垂下头，伸手按在脑门上，用四个指肚揉了揉，然后抬起头，直视她美丽的面庞。他见她眼睛里有些复杂的东西在跳跃，虽然极力克制着，那强烈的抵触情绪却显而易见。

刘爱国心中掠过一丝伤感。这难言的伤感浮现在眼睛里，她也真真切切地看到了。

"闻莺，"他柔声唤道，"我是来和谈的，不是来吵架的。"他说完，盯着她的眼睛，捕捉她深如秋水般的明眸里的心思变化。

东方闻莺犹豫了片刻，什么也没有说，闪开了身子。

刘爱国快步走进来，照例坐在桌子边。他没有急于发言，而是背靠着墙，左脚压在右脚上，用男人爱恨交加的眼神注视着她。

东方闻莺坐在床沿，没有给他倒水。这是要长话短说的意思吗？

"爱民已经回县城了。我父母亲带她去沙塘县人民医院看了。很遗憾，那里也没有狂犬疫苗。但是，医生说，伤口得到了及时正确的处理，应该没有事情了。"刘爱国神色平静，声音温和低沉。

"那就好。"东方闻莺双手十指不停地绞着，也没有看他，答话也十分简洁。

"嗯。"他点点头，说道，"我只有爱民一个妹妹。她从小就被叔祖母宠着，回到县城读书，又被父母亲宠着，难免娇气。"他又伸手按了一下自己的脑门，似乎有些懊恼："我也是情绪有些激动，没有管好自己。我父亲经常教育我，作为政府工作者，面对突发事件要冷静理智，对文化程度不高的百姓，要尽量去谅解去安抚，不要动不动就让事态扩大化。一个政府工作者和百姓能有什么不能化解的矛盾呢？又不是阶级问题。我回去以后，想了很多。春生只是普通百姓，像我这样文化程度和见识的人竟然跟他计较，难怪你生气。"说完，他直视着她的眼睛，说："现在，我也生自己的气。"

东方闻莺见他的脸上微红，那懊恼的神情是真切的，于是说道："我跟着李叔公和春生，去你们明德围屋了。见到你的叔祖母，挺好！我觉得，似乎暂时我可以不用担心了。"

刘爱国的眼神里浮现温和亲近，说道："看来我们明德围屋给你印象不错。"

东方闻莺的眼睛里却没有原谅,说道:"明德围屋建筑宏伟,雕刻精美,也出了许许多多人才。叔祖母的心胸如此宽阔,胜过男子。可是,在这样有深厚人文情怀的围屋之中,我看到了春生眼睛里的忧伤,虽然他什么都没有说。"

"关于雪融儿的故事吗?这个情结,估计现在还不能解开。在明德围屋的刘家人看来,就是在极端饥饿的非常时期,没有守住道义底线,把邻居的几只猫给吃了。在雁栖围屋的李家人看来,那几只猫却是他们的孩子,遭到了邻居残忍的对待。时至今日,你是否还要和我争议,是人的生命重要呢,还是猫的生命重要呢?"他眼睛微眯,心中在叹息,说:"闻莺,别人不能判断,你也不能判断吗?"

东方闻莺摇摇头,说道:"的确是人的生命重要。但是,如果仅仅是为了维护人的生命,雁栖围屋的人为什么不肯自己吃了那几只猫呢?在危难时刻,尤其是生死关头,人的情义不是更重要吗?"

刘爱国也摇摇头,说道:"闻莺,你在指责明德围屋的人只有自私而没有惭愧吗?你没有挨过饿,你不会明白人在生死关头的绝望是如何深入骨髓。你是有文化的,历史上,大量饥民在极度的绝望之中,还易子而食呢。"

东方闻莺低垂下头,双手停止了绞手指的动作,只是怔怔地看着,却不是在看自己的手,也不是在看自己的脚。

刘爱国见她低头不语,放下左脚,换了右脚压在左腿上。两人沉默了片刻,他柔声劝道:"闻莺,我们——我是说,至少你和我之间,不要再纠结这个问题。事情已经过去多年,现在仍然是一团乱麻,这个是我们两个家族的人都不愿意看到的。当然,将来总会云开雾散的。你呀!没有必要放心不下。"

东方闻莺见他眼睛里的绵绵情意,似星火燎原,大有一点即旺的意思,这可是和自己的初衷相去甚远,于是说道:"你们两个家族的恩恩怨怨,跟我有什么关系呢?我只是在灸草堂帮了几天,看着李叔公辛苦,才多说了几句,倒引得你许多废话。"

看着李叔公辛苦?还是被李春生的以退为进诱惑了?刘爱国心中不快,女人心,海底针!才短短几天工夫,就对李春生那小子装神弄鬼的套路产生浓厚兴趣了?

那小子神神道道的,按理来说,身为医生只会反感!怎么会……

就是大城市来的有着高端知识的女人,才容易被山沟旮旯的神神秘秘欺骗。

他眼睛里浮泛起一丝忧郁,说道:"没有最好。"他原本想慢慢地酝酿感情,就像春日酿制桃花酒,慢慢地让每一缕情丝缠上爱情的香味,可是现在看来,等不及了。

"闻莺,我们不说这个好吗?这个不能快刀斩乱麻,也不能未雨绸缪——就这么放着吧!任何事情,总会有个机缘。"他见她眉头忧郁,感觉有些无聊,似乎随时都会下逐客令。

果然,东方闻莺站起身,说道:"嗯,好!就这样吧!从今往后,我也不再提起。我累了,你也早点回去休息。"

刘爱国站起身,走到她面前,并不掩饰他炽热的情感。他看着她美丽的脸庞,明亮如秋水的眼睛,动情地说:"闻莺,我有话要跟你说。你坐下!"他按住她的肩膀,使她坐下,然后自己回到桌边,重新坐下,左脚压在右腿上。

他微笑,深情款款地看着她,说道:"闻莺,不知道你有没有察觉,我对你的感情,在悄悄地生根、发芽……"他注视着她的神情,观察她的情绪变化,一边观察一边考虑措辞。

东方闻莺闻言,脸色没有变化。这一切,似乎就在她的意料之中。

看来自己并没有唐突佳人。这样就好办了。

他凝视着她,慢慢说道:"请你不要见怪。我从见到你的第一眼开始,就对你产生了奇妙的感情。我从来都没有经历过这样奇妙的感情。我为什么会产生这样的感情,就是现在,在你面前的此时此刻,我也是说不清道不明。感情是奇怪的东西,它丝毫不为人的理智所左右。它不经意间在我的心中生根,几次邂逅就毫不犹豫地发芽,再然后就蓬蓬勃勃地疯长……"

东方闻莺却没有动容。她神情有些僵硬,说道:"刘主任,请你收回你刚才的话,也请你放弃这份感情。我从上海来,自然要回上海去。没有必要为了一场没有结果的感情,浪费时间和精力。好了,请你回去吧!"

刘爱国脸上有些失望。虽然,这是他意料之中的回答。他脸色从容,显得并不在意,仍然微笑着说道:"不要忙着赶我走。话说完了,我自然就回去。"他站起身,说:"闻莺,我知道,这对你来说,是有些突然。我这些话似乎说得有些早了,还请你见谅。我原本也想顺其自然,等水到渠成,再跟你说。但是,既然我把这些话说出来了,就干脆说得再清楚一些。现在,我并没有要你给我答案。我知道,因为我来你这里多来了几次,无聊之人就免不了一些闲言碎语——这些,我都知道。我不是傻子,也不聋不瞎。我只是想,为了今后更方便交往,干脆挑明了窗户纸,省得别人无端臆测胡说八道。按照我们客家人的规矩,话题摆上了桌,就是名正言顺,就没有什么不好意思的,也就不用在意别人的眼光。你可以慢慢考虑。三年五年,都没有关系。你不要有任何压力。"

东方闻莺心中叹息。她伸指捋了一下耳边的发丝,说道:"不要这样,刘主任。我的心在上海。我几乎每天晚上,都梦见我的妈妈忙里忙外,为我做这做那;我的爸爸,总是站在小区门口,甚至走到半路,接我回家……"说到这里,她的心情复杂,禁不住心中一酸。她把泪珠咽进肚子里,尽量保持平静。

但是,她微红的眼睛出卖了她的心思。

刘爱国目光如炬,把这一瞬间看得真真切切。他心中一痛,立刻站起身,从衣兜里掏出手帕——一方崭新的手帕——似乎是专门为她准备的,向她走过去,递给她。

她没有接,长长的眼睫毛微微下垂,尽力掩饰住内心的波澜壮阔。

刘爱国就这样站在她面前,没有动,凝神注视着她。此时此刻,她是自己心中的一枚钢针。他不能稍稍动弹,否则,五脏六腑必定千疮百孔,鲜血直流。

东方闻莺花了好长时间,才稍作安定。她站起身,正好和刘爱国面对面。两人四目交会,瞬间,他的眼睛里春深似海,她则满脸尴尬。她不得不把头扭向旁边。但是,她很快镇定,说道:"请你回去,好吗?"

刘爱国点点头,满怀歉意地说道:"真对不起,打扰你这么久……闻莺,如果你真的感觉很不好,就当作我什么也没有说,好吗?"

在主人的精心调理下,我很快就恢复了健康。虽然惊悚惨烈的过往不能一下子就完全忘却,但是,我还是选择了苟延残喘。好死不如赖活着,毕竟,在灸草堂,我还能安安稳稳地活下去。

以前,我总是梦见一只大猫,带着它的几个孩子,无忧无虑地玩耍——而我,正是那几个小家伙当中的一个。

不知怎的,这两天倒做起怪梦来了。

在一个阳光明媚的春日,雁栖围屋迎来了一拨又一拨的客人。他们慕名而来,有的携家带口,有的呼朋引伴,三五成群,在暖融融的花香里,抬头注视大门口"雁栖围屋"四个黑底黄色的楷书大字,不禁啧啧赞叹。

雁栖围屋经过整修,依然焕发着青春。大门口的石狮子被摸得光溜溜的,连石墩子也是光溜溜的;井水依然凉飕飕的,水井四周长了不少青苔;木板楼梯换了好几根松木;楼板也重新刷了红漆,走上去"嘎吱嘎吱"响。

厚重的青砖围墙,重砌的灰瓦,黄土夯筑的内墙,鹅卵石铺就的走廊,虽然早已经没有了烟火气息,但是,我依然可以想见那只大猫,带着几只小猫悠然自得玩耍的情景。

老围屋外面的池塘边,有几棵桃树、梨树,满树繁花,池塘里漂浮着许多粉的白的细碎的花瓣。游鱼偶尔浮上水面,贪吃着甜蜜的花蕊。这醉人的春景,游人怎能放过,"咔嚓咔嚓"照个不停。

我还清楚地记得,每当树上结满了桃子梨子,就招来一些叽叽喳喳的小鸟。这时候,我就会淘气地迅速蹿上树枝,去抓那些调皮的小鬼。

主人白发苍苍,满脸的皱纹,连胡子眉毛都白了,一瘸一拐地走出围屋大门。

远远地,似乎有个熟悉的影子——那是谁来了?……

春生看着雪融儿黄绿的眼珠渐渐活泛起来,也不再终日懒洋洋地躺着,心中十分欣慰。白天,它走来走去,进进出出,不再有强烈的抵触情绪;一日三餐,也吃得津津有味。

李叔公偶尔也抱着它,伸指细细地梳理它身上暖暖的绒毛。他总是絮絮叨叨地跟它说这说那,并不在意它是否能听懂。

晚上,满生也会逗它,把它抱到自己脚边,想让它跟自己睡。雪融儿却不肯,它除了挨着主人,哪儿都不肯去。

夜深了,大家都进入了梦乡,雪融儿就悄悄爬起来,里里外外地巡视——这里也和观音山一样,每个房间都留着一丝缝隙,恰好可以让雪融儿通过。

最近,它常常心不在焉——春生想不明白。难道,雪融儿也有自己的心事吗?

第 十 五 章

夜深人静,东方闻莺难以入眠。她拿着笔,轻轻敲着桌面,似乎有万语千言要跟千里之外的母亲说,可是,举笔在手,却又不知道如何下笔。

人际关系复杂,三言两语说不清楚。母亲没有到过这里,山野的客家人的种种习俗规矩,母亲未必能理解。

面对刘爱国的步步紧逼,她十分烦恼。

初来乍到,何来感情?偏偏还夹杂着雁栖围屋与明德围屋的纠纷。

不能落笔,却毫无睡意。她这样清醒中糊涂,糊涂中清醒,不知不觉就挨到了午夜以后。最后,万般无奈,她只好爬上床,强迫自己睡觉。

一直挨到黎明,听见鸡都叫了两遍,累得身心俱疲,她才迷迷糊糊地睡去。

早上,她起床后,拿着脸盆去洗漱。在水龙头边,阿青正在洗草帽。她一边洗草帽一边说:"唉!我还以为没有事情了,谁能想到,今天又要下乡去!"

东方闻莺很奇怪,问道:"昨天不是都搞定了吗?今天又要去哪里?"

阿青摇摇头,说道:"唔,听说鸡公山里有百姓得了什么怪病……整个人浑身颤抖,当地百姓却说什么神灵附体,都不让医生靠近,更别说医治……唉!东方医生,你是没有见过那阵仗。"

"镇政府给我们下达通知了,对吗?"东方闻莺问道。

阿青点点头,说道:"嗯!昨天,刘主任就是过来送通知的。当然,他是公私兼顾。"说完,她看着东方闻莺,咪咪地笑起来。

东方闻莺没有笑。她洗漱完毕,把毛巾搭在肩膀,拿着脸盆,径直上楼梯去了。

阿兰站在阿青身后,悄声问道:"战争开始啦?"

阿青抿嘴偷笑,点点头,也悄声回答:"看样子是啦。"

"你们俩咬耳朵啊!耳朵好吃吗?"后勤科张主任忽然站在她俩身后,冷不防喝道。

两个姑娘"喊"了一声,随即离去。

东方闻莺刚上楼,见张院长拿着草帽和药箱走出房间,又折了回去。

她连忙放好脸盆,挂好毛巾,走进院长房间,问道:"院长,我也想跟你下乡。"

张院长看着她,脸上依旧没有任何表情,说道:"你也想去?鸡公山远着呢!我怕你吃不消。"

东方闻莺问道:"有多远?今天都不能回来吗?"

"出门在外,哪里能预料到情况变化。如果处理不好,可能就在百姓家中借宿。那里百姓的家,可没有雁栖围屋、明德围屋这样好的条件喔。"院长打开药箱,把处方笺和笔塞进去,盖上。

"没问题。我马上就收拾东西。"她迅疾闪身进屋子,关上门。

与其在无尽的口水闲话中烦恼,不如亲自到一线去,接触各种各样的病人,提升自己的业务水平。刚才阿青说到的症状,是自己从来都没有接触过的。

她收拾好东西打开房间门的时候,院长正站在她的房间门口。他看了她一眼,三两步走过来,说道:"东方医生,我有话要跟你说。我觉得,现在说比较好。"

东方闻莺见他神色郑重,大概猜到他要说什么,于是说道:"院长,你请说。我是你的属下,也是你的指导学生,你能在关键时刻提醒我,我十分感激。"

张院长眼睛微眯,哂笑道:"闻莺,你这话,我听着怎么这样像某人的语气啊?"

东方闻莺一怔,随即醒悟过来,不禁脸上一红。

张院长见她神情忸怩,倒不好意思打趣她了,于是认真地说道:"闻莺,我知道,张主任他若是胡说八道,你也不好责备他。所以,我替你骂过他了。至于阿青、阿兰,年轻人就怕风平浪静死气沉沉,恨不得天天掐着指头高谈阔论谁家八卦,如果你也觉得拉不下面子去骂她们,就告诉我!我去骂她们!"

东方闻莺苦笑,说道:"这个——"

张院长说道:"我知道,你是一个开朗的姑娘,不会在意闲人的闲心眼儿的。但是,玩笑开大了,弄假成真了,毕竟不好。唉!我也只能保证,在我们卫生院,没有人敢兴风作浪。但是,如果流言满天飞,比如飞到了镇政府,那我就爱莫能助了。"

东方闻莺低头，心情显得有些沉重，说道："谢谢院长。昨天晚上，我已经说清楚了，没事了。谢谢院长关心。"

"嗯。如果你还想回上海，就得把握分寸。当然，你如果能待在我们这里，那又另当别论。路途遥远，我们得尽早出发。"院长说完，径直走下楼去。

东方闻莺连忙戴了草帽，挎了药箱，急匆匆下楼。阿青也已经全副武装，站在楼下等着。

院长推出他的自行车，说道："唉！我们卫生院，只有一辆自行车。阿青，你载着东方医生，我去镇政府借一辆来。你们在灸草堂等我。"

阿青说道："是呀！鸡公山太远了！走路去的话，真不知道要走到猴年马月……"她接过自行车，正要载着东方闻莺前往灸草堂，忽然远处一辆拖拉机"突突突"向卫生院驶来，车尾扬起漫天的尘土，遮天蔽日。

阿青定睛细看，不禁一怔，回头看着东方闻莺。

"怎么了？"东方闻莺诧异地看着她。

阿青朝那拖拉机一努嘴。

东方闻莺这才发现，拖拉机的驾驶室内坐着的，竟然是刘爱国！她笑道："没想到，镇政府伟大的刘爱国同志，竟然会开拖拉机！"她跳上自行车后座，说："我们先走吧！"

阿青扭头对她说："你看，他好像是来我们卫生院呢！"

东方闻莺说道："管他呢！反正卫生院里有张主任。我们得先到灸草堂等着，院长他应该很快的。哦，对了，灸草堂也会派人去吗？"

阿青却一直盯着迎面而来的拖拉机，说道："我不知道呢！这个是镇政府的通知，要刘主任他们才知道。"

她的话音刚落，拖拉机就到了两人面前。

刘爱国看上去驾驶技术十分娴熟，准确又稳当地停在了她们面前。他打开车门，跳下车，问道："张院长呢？"

阿青指着尚未走远的张院长的背影，说："在那里。"

刘爱国说："麻烦你去把他叫回来。"

阿青诧异地问道："怎么，又不去了吗？卫生院的事情，已经交代给后勤科张主任了。"

刘爱国摘下头上的帽子，说："去！当然要去！群众都出问题了，我们怎么能不去？可是鸡公山路途遥远，你们几个靠两条腿，得走到什么时候

啊？群众的病情耽搁不得,得赶紧去！我们镇政府也有一些事情要去处理,所以呀,我现在开车送你们去。"

"真的？哎呀！太好了！我这就去把院长叫回来！"阿青高兴得差点跳起来。

东方闻莺脸上却没有变化。她扭头看着远处连绵的群山,双眸犹如一汪秋水,那水潭里却一清到底,没有任何东西。

刘爱国走近她的身边,问道:"闻莺,你脸色不太好。怎么,是没有休息好吗？我也是一晚上没有睡,一边喝茶一边写材料。等到材料写完,刚好天亮。"说完,他看着远处往回走的院长和阿青,后退了几步,离她远了一些。

东方闻莺扭头看他,他的眼睛里果然是满满的疲倦,不禁责备道:"你一晚上都没有睡？你现在这样的精神状态,能开车吗？"

刘爱国见她这样急切,笑道:"一晚上不睡算什么？我三天三夜不睡觉,照样开车。我保证把你们平平安安地送到鸡公山。"

东方闻莺"喊"了一声,说道:"你既然打算开车去鸡公山,为什么不好好休息？再说,你会开车吗？"

刘爱国"嘿嘿"一笑,说:"我怎么不会开车呢？你这么小看我？你放一百个心！我可是有驾驶证的！我亲自考的驾驶证,没有掺半点儿假！"然后他定睛看着她,收敛了笑容,幽幽地说:"至于我为什么一晚上都没有睡,某人应该更清楚……"

阿青正和院长往回走,她人在远处,眼睛却始终瞄向卫生院大门边。刘爱国和东方闻莺说了什么话,她听不清楚,东方闻莺的眼睛也始终眺望远山,好像没有看他一眼,但是,从刘爱国来回移动的身影来看,两人不简单！她靠近张院长,在他耳边悄声道:"院长,你瞧！故事仿佛已经开始,看起来还会有下文哩！"

张院长瞪了她一眼,低声喝道:"你这小丫头！骂不听呢？"说完,他仿佛是自言自语:"假公济私！哼！"

"有顺风车搭载,咱们省了脚力,也算是走大运了！管他是公还是私呢！"阿青捂嘴"哧哧"直笑。

刘爱国见张院长和阿青已经走到面前,说道:"张院长,镇政府派我去鸡公山调查防洪防虫等减灾防灾事宜,顺便协助你们卫生院去鸡公山治疗百姓的'神病'。现在已经日上三竿,不早了！上车吧！"说完,他径自打开驾驶室车门,上去了。他转动钥匙,拖拉机就"突突突"响了起来。

阿青瞄了一眼驾驶室副座,"呵呵"笑道:"东方医生,你去驾驶室副座上坐,我们坐车厢就行。"说完她抓住拖拉机后门铁杠,猴子一样灵活,上去了。

刘爱国见两人还站在原地,就探过身子,拉开驾驶室副座边上的车门,然后回到座位,双脚试了试刹车踏板。

东方闻莺说道:"院长,你去前面坐。前面不会那么颠簸,应该舒服些。"说完,她也迅速上了车厢。

刘爱国嘴角微微一动。

张院长一句话都没有说,也走到后门,抓住铁杠上去了。他独自坐在两个姑娘对面,脸上依然没有任何表情。

阿青嘻嘻笑着,说道:"刘主任,亲自送我们院长去鸡公山公干,心情一定很激动吧?"

刘爱国伸手关上副驾驶座的车门,笑道:"是呀!想到要亲自送院长去鸡公山为人民服务,禁不住心花怒放,一个晚上都没有睡觉!"

拖拉机没有驶向大路,却向街道驶去了。

阿青问道:"刘主任,还要买什么东西带去吗?"伸头看见不远处"灸草堂"的招牌,她又问:"是要去灸草堂拿中药吗?"

拖拉机行驶过十字街,刘爱国就要靠边停车,忽然,一个五六岁的小男孩莽莽撞撞地冲了过来。他急忙把方向盘一倒,踩死刹车,车厢里三个人立刻身体前倾,差点撞到额头。

一个四十岁左右背着孩子的妇女从灸草堂急匆匆跑出来,拉住孩子,在他屁股上拍了两下,骂道:"你这孩子,怎么这样调皮!"她抬头看着刘爱国,连连道歉:"同志!对不住啊!小孩子不懂事!……"

刘爱国眉头一皱,声音不高,却很严厉:"小孩子不懂事,大人也不懂事?好在刹车灵敏!你差点就害死我了!"

他打开车门,下了车,径直走进灸草堂。见春生正在给患儿擦药,满生正在给一个老人做艾灸,他没有跟他们打招呼,径直走到李叔公面前,说道:"叔公,镇政府接到村部报告,说鸡公山有百姓得了'神病',几天都不能正常上工。镇政府委派卫生院的张院长,带着两名医生去看看,也请灸草堂派一个人过去。我看这样,就派春生去,跟我们坐拖拉机去,怎么样?"

李叔公正在调制药膏,点点头,说:"好!春生!你收拾一下,带药箱过去。"他扭头看见那个背孩子的妇女,说:"爱国,那个背孩子的叔婶,也是回鸡公山的。她带着两个孩子,多有不便。你看,能不能载她一程?"

刘爱国说道:"没问题!反正拖拉机车厢宽敞,十个八个都能装载得下。不过,叔公,你得还我一个人情。"

李叔公把药膏仔细地涂在一块白布上,然后抬头看着他,问道:"你需要什么,尽管说。"

刘爱国说:"这次去鸡公山,卫生院还派了东方医生和阿青去。东方医生是大城市来的人,只怕喝不惯山泉水。所以,我想在你这里讨点凉茶水去。"

李叔公把白布收好,爽快地说:"好!后堂正好烧有凉茶水,你用竹筒装了就行。你自己进去拿吧!"

刘爱国大踏步走向后堂。

春生见他去了后堂,急忙跟进去。

第 十 六 章

刘爱国回头,说道:"东方闻莺和阿青也要去鸡公山。鸡公山路途遥远,闻莺初来乍到,总不能叫人家也喝山泉水吧!"

春生说道:"那是。凉茶刚刚烧好,还热着呢!"

刘爱国见窗户边上有一个竹筒,就走过去伸手去拿。忽然,脚底下一声尖利的"喵呜——"把他吓了一跳。他低头一看,一只白腹黄背的大猫从竹榻下探出半截身子,正抬头瞪着黄绿的眼珠,怒视着他。他急忙后退。

"雪融儿!雪融儿!"春生急忙冲过去,伸手抱起它。

雪融儿在春生怀里挣扎了片刻,就没有动了。但是,它仍然扭头瞪着刘爱国,露出尖利的牙齿,"喵呜!喵呜!喵呜!"连叫了三声。

刘爱国心中五味杂陈。到底是有血海深仇呢!看来这家伙对于失去亲人的痛苦,仍然是刻骨铭心,不依不饶。

春生伸指捋着它背上的毛,竭力安抚着它。

刘爱国心中一声叹息,拿了竹筒,走到灶前,小心翼翼地把凉茶水灌进竹筒。装满了,他回头对春生说道:"我想我有必要和你讲清楚。昨晚,闻莺和我谈过了。所以,我决定,从今往后,雪融儿抓咬爱民的事情,我不再追究。"

春生一怔。他们俩在一起了?这么快?春生心中不由得浮现出当初在集市上见到她的情景。原本以为,彼此之间总会有一些缘分,却没有想到,这一切竟然如此虚无。如果这就是命运……他心中暗自伤神。

刘爱国见他愣愣地看着自己却没有作声,就接着说:"李春生,过去的事情已经成为历史,我不想纠缠不清。不管是上辈的,还是刚刚过去的,我都可以既往不咎。但是,刘李两个家族的恩怨,是否也能既往不咎,却不是我个人说了算。我只是希望,我们两个男人的事情,就以男人的方式解决,不要让女人夹杂在中间。"

春生冷笑一声,说道:"我可没有跟东方医生说过什么。你想多了!"

刘爱国点点头,说:"我相信。"说完,他提着竹筒大踏步走到前堂。

"上车!出发咯!"他高声吆喝,打开驾驶室的车门,把竹筒放在驾驶室座位旁边,就转动钥匙。

拖拉机又"突突突"响起来了。

东方闻莺和阿青进去向李叔公要了一些驱蚊虫的药草,就出来了。她俩叫那个妇女:"婶婶,上车了。"于是,两人上了车。

春生戴着草帽,挎着药箱,出来了。

刘爱国说道:"李春生,坐前面!快点!"

春生看了一眼驾驶室副座,没有上去。他见那个背着小孩子的妇女拉着大孩子,说道:"婶婶,你坐前面吧!"他打开驾驶室副座的车门,说:"婶婶,你先上去,我帮你把孩子抱上去。"

那个妇女正要跨上去,刘爱国说道:"小孩子调皮,喜欢动手动脚,不安全。你还是带孩子去后面车厢坐。"

"哎哎哎!"那个妇女连忙应声,立刻拉着大孩子走后面去了。

春生只好又叫道:"张院长,前面坐!前面不那么颠簸,你年纪大了,坐前面舒服。"

张院长坐在车厢里,掸了掸裤脚上的尘土,慢悠悠地说道:"我怕晒!车厢里凉快,我坐后面车厢舒服!"

春生只好绕过车头,上了副驾驶座。

刘爱国扭头看了一下身边,忽然打开车门,下了车,把竹筒提出来,递给东方闻莺:"闻莺,前面太热,凉茶还是放车厢里好!"

拖拉机终于又"突突突"发动了,稳稳当当地离开街道,向大路驶去。

阿青"啧啧啧"了几声,笑道:"刘主任,你还真是细心!连路上的凉茶都准备好了!"

刘爱国笑道:"我们男人嘛,跟男人在一起,就变得粗心;跟女同志在一起,就变得细心了!我们男人都是粗人,喝什么水都没有关系,倒是你们女人,不能乱喝山泉水。要是变成大肚子姑娘,可就不好了!"

东方闻莺恼道:"难道你们这里的山泉水,是《西游记》里的子母河水,喝了就会大肚子?哼!"

那个妇女问道:"张院长,这位医生是外地来的吧?"

张院长说道:"她是我们卫生院新来的东方医生,上海知青。"

那个妇女说道:"难怪!刘主任说的是我们鸡公山的一个姑娘,因为上山砍柴的时候,喝了山泉水,肚子就变大了。他说的是真的!"

东方闻莺十分诧异,问道:"怎么可能?喝了山泉水就肚子大了?"

那个妇女叹息一声,说道:"的确是。她是夏天的时候去山上砍柴的。夏天热嘛,我们一般就不带竹筒,渴了就喝山泉水。可是,那个姑娘喝了山泉水,回到家中以后,就一直喊肚子疼。起初她还以为喝了山泉水拉肚子,可是没有拉出来。因为去卫生院太远,家里又没有什么钱,她父母亲就没有带她去看病。

"就这样拖了三四个月,那姑娘的肚子竟然大起来了!她母亲还以为她行为不检点,把她打了个半死,骂她败坏门风,把父母亲的脸面都给丢尽了。村里的人都议论纷纷,都在猜测那个搞大她肚子的浑蛋是谁。她父母亲觉得丢人,就把她锁起来,不让她出去。

"那个姑娘被关在屋子里,十分冤屈,羞愤难当,就想上吊自尽。就在她打好绳结准备挂脖子的时候,她母亲发现了,就冲进去,把她放下来。母女俩放声痛哭。

"毕竟养了这么大了,活生生的,就要去死,做母亲的怎么忍心呢!劝了好久,那个姑娘就说,阿妈,我好久都没有洗头,痒死了!

"她母亲就去烧了热水,把茶麸放进热水里,搅拌均匀,端进女儿屋子里,给她洗头。那个姑娘趁母亲出去拿毛巾的当儿,就喝了茶麸水。她是万念俱灰,一心寻死。

"没想到她喝下茶麸水没有多久,肚子就疼得厉害,实在受不了,她就坐在马桶上,捂着肚子直哭。

"她母亲拿了毛巾进来一看,马桶里全是蚂蟥!一条一条,就像泥鳅一样钻来钻去!母女俩吓坏了!母亲这才知道错怪了女儿,害得女儿差点命丧黄泉!……"

东方闻莺霎时身上起了鸡皮疙瘩。

阿青叹息道:"那个姑娘以为喝了茶麸水就能去死,也真是!……"

妇女说道:"所以呀,像你们有文化,多好!"她看着刘爱国的背影,可能是出于感激,要说一些好话:"这位刘主任,年纪轻轻就当上了镇政府的主任,又一表人才,还会开拖拉机,多才多能,以后肯定会当上大官的!看样子,还没有成家吧?不知道有多少人家的好姑娘,都想踏进你家门槛呢!"

东方闻莺和阿青"噗"一声笑了起来,两人忍俊不禁。

刘爱国笑道:"叔婶还真是会说话!你不妨问问,车厢里的两位姑娘,想不想踏进我家门槛呢?"

阿青笑道:"刘主任,你开玩笑也要看谁好不好?我是啥物我自己清楚!你这么能说会道,肯定谈过不少对象了吧?"说完,她向东方闻莺悄悄挤眉弄眼。

忽然,拖拉机"哐当"一声,好像是轮胎陷进了坑里。车身剧烈震荡,大家都没能幸免,整个身子都被抛了起来。

东方闻莺嗔怪道:"你不专心开车,胡说八道什么呢?"

刘爱国看了一眼后视镜,踩了一脚油门,车子就"突"一声冲出了大坑。他稳稳地握住方向盘,笑道:"知我者,阿青也。我的确谈过很多次恋爱,只是,都是在梦里。而且,对象只有一个。愿得一人心,白首不分离!"

阿青捂住嘴笑了一会儿,说道:"刘主任,你这么油嘴滑舌,哪个姑娘敢相信你啊?"

刘爱国收敛了笑容,认真地说:"我说的是真话!敢说真心话的人,不一定会花花心肠。相反,时时刻刻都装得一本正经的人,也不一定就会从一而终。"

妇女说道:"听刘主任这么说,是有对象了!"

刘爱国并不掩饰,说道:"对象当然有啊!"

阿青闻言十分惊讶,眼睛直勾勾地看着东方闻莺,简直不敢相信自己的耳朵。

春生一直默不作声,现在也十分惊讶。他盯着刘爱国的脸,眼睛里全是疑问。

只有张院长和东方闻莺自己,依旧不动声色。

阿青问道:"刘主任,你真的有对象了?是谁呀?怎么捂得严严实实,也没有透露一点消息?"

刘爱国笑道:"我当然得有对象啊!只是,对象还在丈母娘家养着。我刘爱国,一个正常的男人,总会成家的嘛!难不成,我要孤单终老,去观音山守寺庙去?"

阿青"喊"了一声,说:"我还以为你名草有主,就要谈婚论嫁了呢!"

"谈婚论嫁还为时尚早。我呀!现在还比较穷,拿不出足够的聘礼。所以,我要好好工作,努力挣钱!等到我有足够的钱了,就风风光光地把她娶回家!我要让迎亲的队伍,排成十里长龙!……"刘爱国自信满满。

东方闻莺许久没有吭声,现在见他竟然信口开河,不禁拆他的台:"还真是大言不惭!牛皮吹上天!连观音山菩萨的老脸,都红透了!"

车厢里顿时哄堂大笑。

连一直默不作声的春生,也不禁看着他微微一笑。

刘爱国却不以为意,说:"闻莺,你还真会打比方。不过,我怎么敢和观音山的菩萨比呢?李春生可是观音山菩萨的弟子,你可不能瞎说啊!"

春生不悦,气恼道:"你是你,我是我,我和你可是井水不犯河水!"

刘爱国点点头,说道:"嗯!咱们确实是有言在先。好吧!话题就到此结束。"前面是窄桥,他小心地驾驶着拖拉机,慢慢地通过,等到车尾都过去了,他瞥了春生一眼,才说道:"春生,雪融儿要是有了猫崽,请你送给我一只。你放心!我是要好好养着,而不是想要吃。"

春生一愣,不知道他此言的含义。但是,从今天他的言语看来,他是想修好,而不是找碴儿,于是说道:"我也知道,你没有那么下作。雪融儿也算长大了,可就是不见生养。它偶尔也会出去的……"

"可能是雪融儿在观音山待的时间太长了!我听说,雪融儿最爱趴在菩萨的脚边假装睡觉,莫非,雪融儿感应到了菩萨的教诲,也深受佛法熏陶,变得四大皆空了?"刘爱国看着春生,嘴角似笑非笑。

春生瞪了他一眼,说:"至少,雪融儿不会做伤天害理有违良心的事情。就这一点来说,恐怕有些人,品行还不如猫。"

"人不如畜生!"刘爱国点点头,"嗯!又骂开了!难怪,从来都不会咬人的雪融儿,现在也会咬人了!看来,畜生也是会学人的!说不定,学着学着,就变成人了!"

春生怒视着他,目光从来没有过的犀利,他冷笑道:"谁敢说,自己生生世世都是人呢?这辈子的业障,下辈子总是要还的!菩萨教人积德积福,就是希望下辈子能从这辈子的业障中脱胎换骨!"

刘爱国摇摇头,说:"听不懂!不知道!"他凝视着前方,自言自语道:"我们明德围屋,早该养猫了。如果当初,老刘家里自己有猫,饿了的话,自然是想煮就煮,想烹就烹,也就用不着祖孙三代都被人戳脊梁骨,不至于闹得雁栖围屋和明德围屋如此血海深仇。"

春生冷冷地看着他,说道:"你能这么想,挺好!我还真是小看你了!"

两人始终绵里藏针,寸步不让。如此针锋相对,不知道又要闹什么碴儿。

车厢里顿时空气凝固。大家都面面相觑。

东方闻莺拿着帕子正在擦汗,听见他们俩这么拌嘴,说道:"你们俩都挺好!是我小看你们了!"

刘爱国闭了嘴,专心致志地开车。

春生出神地看着前方,陷入了无尽的沉思。

风从车窗吹进来,带走了一些郁闷之气。

妇女背上的小孩子,在不停的颠簸之中沉沉睡去;大孩子因为是第一次坐拖拉机,格外兴奋,嘴里咕咕呱呱,也没有人理会他。

第 十 七 章

今天,主人走了,满生也回老家去了。水痘和麻疹患儿,慢慢地都痊愈了。整个灸草堂空荡荡的,只有叔公一个人,坐在竹椅上打盹。

天气炎热,老人家忙碌了这么久,也该歇歇了。

我在前堂后堂来来回回进进出出,觉得十分无聊,最后,趴在叔公的竹椅脚下,半眯上眼睛假寐。

我在病中,没有能管住尖利的爪子和尖利的牙齿,把刘爱民弄伤了。现在,他们怕我又抓咬刘爱国。如果真是这样,谁也保不了我。我很可能会被剥洗干净,扔进大锅,变成香喷喷的肉汤……

人心很难操控,猫的心就容易操控吗?……

这个世界,谁能控制谁的心?

最近，我总是会看到主人老态龙钟颤颤巍巍地拄着拐杖在雁栖围屋四周徘徊的样子。他终究会老，毋庸置疑。那么，我呢？我为什么不能再梦见自己？连那只大猫，那几只猫兄猫弟，都去了哪里？

腾腾的热气灌进灸草堂，没有一丝凉风。我倍感孤单，心中又烦恼起来。

拖拉机行驶了约莫两个小时，才到达鸡公山。村里人都在外面干活还没有回来，整个村子静悄悄的。大家下了拖拉机，在那个妇女的带领下，径直去患"神病"的农户家中。

东方闻莺看了看村子的房屋。她发现，这里的民居和明德围屋简直没法相比。弯弯曲曲的道路都是黄泥路，尘土漫天飞扬；房屋也是黄土夯筑的，或者是泥砖砌的，黑色的瓦面告诉人们，它们已经年深月久了。这些房屋散落在山脚，并不规整，可以想见，村民并不是像明德围屋一样，是血脉相连的同族。

各家各户的房屋边上，种着一些蔬菜，也是零零星星的，少得可怜。猪圈、牛圈、鸡舍、鸭舍、厕所，就在民居旁边。卫生状况真的太糟糕！

在妇女的指引下，大家穿过几条铺满鹅卵石的小巷，来到患"神病"的农户家中。妇女却没有近前，只是悄声指点，然后就急匆匆回去了。

原来，患"神病"的家人认为能够神灵附体，是极其难得的事情，是别人无法修来的超能力。所以，他们拒绝医治，不肯认为是病了。

同样是黄土夯筑的房屋，矮矮的，墙面早已不平整，可见房屋很老了。小小的木格子窗户，里面能看到外面，外面却不一定能看到里面。推开破旧的木板大门，走进去，照例是一方天井。再进去，就是人家的祖厅了。

祖厅的四方桌上，摆着香案和三个白色瓷碗。一个黑色的陶碗里，装着细碎的沙子，碗里还插着蜡烛和紫香。蜡烛已经燃尽，烛泪凝结在细沙上，袅袅的香烟弥散在整个祖厅里。三个白色瓷碗里，盛着半碗米酒。

外面到处是垃圾，里面却干干净净。

一个四十多岁的妇女，身穿七八成新的蓝布衣裳坐在四方桌边，身子歪着，头趴在桌上。

屋子里除了她，再没有别人。

张院长走上前去，叫道："小嫂子！小嫂子！我是柳林镇卫生院的院长张耿之。你哪里不舒服？"

她仍然趴着，没有反应。

东方闻莺见她头发花白,满脸皱纹,看上去比实际年龄要大很多。如果不是镇政府先得到消息,又得到那个背孩子的妇女的证实,人们会以为,她已经年过花甲。

蓝布衫,黑裤子,黑布鞋,都还有七八成新。最令人惊讶的是,这样酷热的天气,她还穿着布鞋!

阿青轻轻拍拍她的肩膀,见她仍然没有回应,于是轻轻抱住她的肩膀,这样能看见她的脸。

她双目暗淡无神,嘴角还流着口涎,似乎意识不清醒。

东方闻莺在她家里转了一圈,找到一条毛巾,替她擦去口涎。

春生则倒了一碗热水,轻轻递到她面前。

张院长拿出听筒,仔细地听了她的心跳。

刘爱国背着双手,问道:"院长,怎么样?"

张院长摇摇头,说道:"心跳很急。"他看着春生,说:"你也看看。"

春生把她的右手平放在桌上,把手腕枕在毛巾上,然后仔细地探查脉象。良久,他又把她的左手平放在毛巾上,仔细探查脉象。

她的身形消瘦,双手很粗糙,手背青筋暴突,手掌心内则有厚厚的茧,皮肤黝黑,这些都是长年在外辛苦劳作的缘故。

"脉息涩滞低弱,长年辛苦劳作,休息不好,而且严重营养不良。"春生说道。

张院长点头,说道:"是了。把人抬进屋子里。"

东方闻莺和阿青把她抬进屋子里的床上,平躺下。

挪动她的时候,她身子软绵绵的,嘴里模模糊糊地"唔,唔"了两声。阿青叫她:"叔婶,你还好吗?能不能听到我说话?"

她没有回应。

张院长说道:"她的家人不在,我们先给她打生理盐水和葡萄糖吧。"

阿青就给她输液。

张院长招呼大家到外面祖厅的条凳上坐下,刘爱国拿出灸草堂的凉茶水给大家喝。

张院长想了想,慢慢说道:"以前也常常听人家说起这种症状,但是,似乎没有这么严重。病人就是精神状态不好,晚上会进入一种妄想的状态,和神灵附体时的状态一模一样,所以老百姓会以为得了神,就拒绝医治。现在看来,这位妇女其实就是精神疾病。很可能是思想负担过重,长期营养不良、过度劳累造成的。"

东方闻莺问道:"神灵附体的症状?是怎么样的?"

春生说道:"就是整个人进入一种妄想状态,神志到了仙界或冥界,可以去寻找凡人想要找的人。"

刘爱国补充道:"百姓会在桌上点燃紫香蜡烛,祷告神灵。神灵附体者整个人伏在桌上,两条腿会不由自主地抖……"他随即抖起双腿,说:"就这样……"

东方闻莺看着他,傻了。

忽然,大门外冲进来一群人,为首的是一个四十多岁的男子,他瞪着眼睛,大骂道:"谁叫你们进来的?啊?你们进来干什么?……"

其他人立刻冲过来,拉扯的拉扯,推搡的推搡,要把大家赶出去。

刘爱国连忙解释道:"老表,我是镇政府的工作人员!我不是坏人!镇政府听说这家人得了神病,就……"

"我家婆娘没有病!你才有病呢!走走走!……"他勃然大怒,使劲推他。

张院长解释道:"我是柳林镇卫生院的院长张耿之,你的……"

"去去去!我的家事不用你管!……"男子又使劲将张院长推出去。

那些人力大无穷,张院长、刘爱国、东方闻莺都被推出来了。

春生孤掌难鸣,也被他们赶出来了。

不一会儿,阿青也被他们赶出来了,连输液瓶子都被他们扔出来了。

阿青连忙去收拾碎玻璃碴儿,免得割伤了别人。

刘爱国只得先去找刚才搭车的妇女,通过她找到村主任,说明来意。

村主任请大家坐下,沏了茶,犹豫片刻,说道:"这个——哎咳!刘主任,张院长,你们这么关心我们鸡公山的群众,我们大家都感激不尽。但是,这个神不神的……还真不好说。我们老百姓文化不高,也不知道该怎么说才好。我个人认为嘛,信则有,不信则无,不能强求……"

刘爱国语重心长地劝道:"糊涂!什么鬼神,从来就没有!新中国成立多少年了,还这样执迷不悟!难道非要闹出人命了,踢破脚指头了,才肯说没有?!……"

村主任神色慌张,连忙干笑道:"咳咳!刘主任,你这是说哪里话!唉!我也是实话实说,实话实说!都说了咱们老百姓没有文化,没有文化嘛!观音菩萨都被人们信奉了两千多年,也不能说没有就没有了嘛!要是老百姓一说自己的话就要倒霉,就要……,咱们就干脆用针把嘴巴缝上!……"他见刘爱国气呼呼地瞪着自己,说:"哎呀!刘主任!别这样嘛!……"

东方闻莺见状,说道:"刘主任,我看这样吧!我们还是先了解病人的病因,才好对症下药。等到病人的病好了,神灵自然也就没有了。"

刘爱国点点头:"嗯!好!"

张院长拿出处方笺,掏出钢笔,等着村主任的叙述。

村主任说道:"唉!这女人是老陈家的老婆。老陈家穷啊!可以说是八代贫农。刚才你们也都亲眼看到了。老陈有骨痨,干不了重活;生养的几个儿女,个个都有这样那样的毛病,听说是遗传病。起初还请郎中看病,现在,连饭都吃不上了,还管什么病呢!唉!这几天天气炎热,那婆娘是中暑了还是怎么的,晚上就胡言乱语,双脚筛糠似的抖个不停。一些妇女就叽叽喳喳,说是神上身了,晚上都聚在老陈家,问神到三更半夜……"

东方闻莺听得一头雾水。

张院长、阿青、春生和刘爱国,却是清楚的。

村主任说:"你们看,现在都正午了,大家就在我家吃一顿便饭,怎么样?"

张院长说:"现在正午了,村民也该回来了。我们既然来了,就各家各户走走,看看有没有需要。"

刘爱国点点头,说道:"嗯!我们先去各家各户看看,再来你这里。"他对村主任说:"我们就在你家煮点吃的。"说完,他去拖拉机上取来一个米袋和一小瓶茶油,放在桌上,说:"有米有面。天气热,没有带菜。"

村主任说:"哎呀!这,这是……大家大老远来了,不管怎样,我们鸡公山都会招待的……"

刘爱国说:"我们镇政府知道老百姓都不容易,所以,我们不白吃老百姓家里的。好了,赶紧办正事儿。"

村主任吩咐老婆几句,就带着大家挨家挨户去看。

东方闻莺问道:"村主任,那个老陈的老婆,如果我们不来,就这么放任不管吗?"她摇摇头,自言自语道:"可是我们来了,也做不了什么……"

刘爱国说道:"唉!我们政府工作人员,嘴皮子都磨破了,有些人就是听不进去。"

村主任说:"刘主任,这个嘛,问神的话,如果问十次十次都不准,谁还会去问呢?"

刘爱国哂笑道:"那问了就都准?"

村主任摇摇头,说:"目前,咱们柳林镇还没有这么灵异的大师。就是当年的黄老仙,也是时灵时不灵!"

刘爱国说道:"当年如果不是黄老仙神神道道,或许柱子不会死。问神问鬼还是害人哪!"

村主任摇摇头,说道:"这个呢,又不能让死人复生重新验证。"

东方闻莺看着春生。春生面无表情,紧跟在后面。

刘爱国鼻子里冷哼一声,说:"老陈的老婆能算准多少?"

村主任说道:"目前是什么都不知道。可是那些妇女像中了邪似的,一到晚上,就围在他们家,还闩门闭户,不让我们进去。"

刘爱国严肃地说:"群众没有文化,又缺少教育,难免冥顽不灵。至少我们村干部,不能也跟着凑热闹吧?你刚才还灵不灵的,首先,思想觉悟就太低了!现在,群众明明是生病了,说不定已经病入膏肓,你却也跟着说什么有神了!现在病人不肯医治,你却听之任之,根本没有把群众的健康甚至生命当作一回事……"

第十八章

晚上,一弯新月早早地就挂在山顶。山野照例是黑暗,只有一线细细的光亮,从漆黑的天幕漏下来。

大家在村主任家煮了面条,吃了面条汤,坐着歇了一会儿,再晚一点儿,就要去老陈家看看究竟。

可是大家能不能进得去老陈家的大门,还很难说。刘爱国说,偏僻地方的村民,法治观念比较淡薄,如果强制执行,他们恐怕会群起而攻之,所以不能硬闯,只能慢慢来,打持久战。

怎么办呢?大家枯坐着,无计可施。

春生则坐在村主任家的大门口,闭目养神。许久,他站起身,说道:"我可以去试一试。但是,我得请你们配合。"

东方闻莺兴奋起来,问道:"你有办法?"

阿青拍手笑道:"太好了!"

春生说:"我只是想去试一试。至于能不能成,还要看情况。"

张院长看着春生,不知道他葫芦里卖的什么药。

刘爱国问道:"你打算怎么办?你需要我们怎样配合你?"

春生说道:"村主任,我想请你家女主人帮忙。"他对刘爱国和张院长等人说:"你们只要在外面守着就行。我先进去。"

村主任半信半疑,问道:"你能行吗?要不,我多带几个人,守在外面,好有接应。这样,你进去后,要是有什么不对,立刻出来。毕竟,他们是我们的乡亲,你们都是鸡公山的客人,千万不能打起来。"

春生走向老陈家的大门。

村主任老婆先进去了。过了一会儿,她就出来了,招手叫春生进去。

村主任拿了梯子、凳子等东西,放在老陈家的矮墙边。大家就悄悄踏上梯子、凳子,在围墙上探望。

老陈家的祖厅里点着油灯,一群妇女围在老陈老婆的身边,低声地叽叽喳喳,不停地问着什么。

村主任老婆带着春生进去,她们就立刻闪开,给他让座。春生好像在跟老陈老婆说着什么。那些妇女顿时鸦雀无声。

东方闻莺悄声问道:"春生要干什么?"

张院长想了想,说道:"可能是以毒攻毒吧!"

阿青问道:"以毒攻毒?院长,这是什么意思啊?"

刘爱国心中豁然开朗!好个李春生,还真有你的!但是,从来也没有听说过李春生能掐会算,就凭着黄老仙的名头,能唬住那些妇女吗?千万不要露出马脚才好!千万不要弄巧成拙啊!

一支紫香烧完了,妇女们又插上一支。接连烧了三支,村主任老婆就走出来,叫大家进去。

东方闻莺走进人群,发现老陈老婆正趴在桌上,满脸黑红,嘴里絮絮叨叨,双腿不停地颤抖。

桌上,照例是三碗米酒。还有,桌上祭上了神坛,神坛上系着红布。

春生给她探了脉息,在给她探脉息的时候,悄悄掐了她手腕上的穴位,然后顺势掐了她手指尖上的穴位。

老陈的老婆渐渐清醒,抬头看着大家。她目光依然涣散,眼睛里看不见任何人,但是,浑身的抖动则慢慢停下来了。

随后,老陈把老婆抱进屋子里,平放在床上。

春生拿了艾草，先仔细地给她做了全身的艾灸，然后，拿了黄纸写了方子。

老陈去灶间找了一个大黑碗，递给春生。春生把药草放进黑碗，盛上清水，然后放在锅里。

大家又回到祖厅，刘爱国低声问道："春生，怎么回事？"

春生低声回答道："回去说。"

老陈让孩子看着灶间的火，也回到祖厅招呼大家。他给大家倒了热水，说道："唉！真是大水冲了龙王庙，自家人都不认识了！"

大家看着他，一头雾水。

老陈说道："早先，游击队在我们鸡公山驻扎过。刘主任，你的祖父，叫刘志福，对不对？"

刘爱国点点头。

"李春生，你的父亲，叫李青松，对不对？"

春生点点头："嗯！没错！"

老陈接着说道："刘志福是游击队队员，李青松给游击队送过不少东西，粮食、药品、盐、棉衣、布鞋、被子……当年日本鬼子进山的时候，咱们鸡公山的村民，幸亏有游击队的掩护，才幸免于难。鸡公山上，还有当年游击队驻扎的草房子，不算太远。你们要是有时间，明天不妨去看看……"

大家恍然大悟。原来，刘爱国、春生与鸡公山还有这样一段渊源！

老陈老婆脸上的潮红已经退去，她的精神也渐渐好转。她坐在床沿，微微喘气。张院长问她哪里不舒服，她神情木然，没有答话。春生把煎好的中药递给她，她的双手兀自颤抖，根本端不住。老陈就接过药碗，慢慢喂妻子服下。

春生问她，感觉身体哪里不舒服？是不是全身乏力，十分疲倦？

她点点头，又摇摇头。慢慢喝完药之后，又点点头。

大家不明其意。

东方闻莺在他耳边低声问道："怎么样？头脑还不清醒吗？"

春生低声回答道："她的意识应该还在刚才的神灵附体中，还没有回到现实中来。"

春生伸指探查她的脉息，说："这个，艾灸作用在她身上的各个穴位的功效，已经在持续发挥。再过几个时辰，她就会清醒。"

东方闻莺看着春生，心想：这么神奇吗？自己以前也约略接触过中药，可惜没有认真钻研过。

刘爱国站在旁边,一直插不上话。毕竟,自己是外行。他问:"春生,你刚才开的中药,能起什么作用呢?"

春生看了他一眼,有些奇怪,难得他这么勤奋好学,于是解释道:"这个,就好比你开的拖拉机,如果从早到晚不停地工作,却从来没有上过油,没有检修过,许久得不到保养,它就坏得快。现在我开的中药,就像是先给拖拉机清洗污垢,然后上润滑油。"

脉息涩滞低弱?东方闻莺听了春生的叙述,也伸指搭在她的手腕上,去尝试感应脉息。

春生说:"闻莺,你可以试试自己的脉息。"

东方闻莺试了试自己的脉息,然后试了试阿青的手腕。她看着春生,说:"我看看。"

春生把手腕伸到她面前。她伸指按在他的脉搏上,感应了许久,才慢慢说道:"男人的脉息比女人的脉息强劲许多,十分有力。"

张院长问道:"仅仅是这样吗?"

刘爱国伸出手腕,说:"闻莺,你给我看看,我有什么潜在的疾病。我小时候调皮,受过伤。"

东方闻莺看着他,推开他的手腕,说:"别闹!"

阿青笑道:"刘主任,我知道你有什么潜在的疾病。而且,我还知道,你的病,已经相当相当严重,恐怕快要病入膏肓了!"说完,阿青捂着嘴哧哧笑个不停。

刘爱国盯着她的眼睛,认真地问道:"好!阿青!那你说,我有什么潜在的疾病?你要是说对了,我请你去县城龙腾酒家吃大餐!"

阿青笑道:"真的?说话算数?"

刘爱国伸出手指,认真地说:"男人嘛!当然说话算数!要不要拉钩?快说,什么病?"

阿青还一直捂着嘴笑,却没有说出口。

刘爱国一直追问,她就是不肯说。这时候,张院长不紧不慢地说:"刘主任,阿青当然知道你有什么潜在的疾病。这个,连我都知道。"

大家一怔。刘爱国一惊,心想难道我也跟那个柱子一样,体壮如牛,却……于是追问道:"院长,我真的有潜在疾病?怎么可能?我只是逗阿青笑罢了。我从小到大,根本就没有进过医院!现在,如果不是镇政府和卫

生院有工作任务交接,我可是连医院的大门向东向西都不知道。"

张院长向来不苟言笑,现在仍然是一本正经:"你当然有潜在疾病,而且已经发作了!你自己肯定也感觉到了,只是不肯承认而已!"

刘爱国瞪着大家,然后伸指指着,说:"你们几个医生,合起伙来唬我!哼!我不跟你们玩了,睡觉去!"说完,他转身就要出门。

张院长看着他的背影,说:"等等!刘主任,我说你病了,可没有瞎说——"

刘爱国停住脚步扭头说道:"没关系!我走了之后,你们可以随便瞎说!"

张院长提高声音说道:"相思病!我说,你得的是相思病!而且是很严重的单相思!"

大家哄堂大笑。

刘爱国脸色微红,却没有生气。他背靠着门框,认真地说:"叔婶还病着,你们就笑得这样响亮,什么意思啊?"

春生微笑着说道:"叔婶得的又不是要死要活的大病,慢慢养着,就能康复,为什么不能笑啊?"

刘爱国见东方闻莺居然也咪咪地笑,走过去,说:"闻莺,我现在得了傻病,又蠢又笨,连人家是哭是笑都分不清楚了,你赶紧给我看看啊!"

东方闻莺一边笑着,一边伸指按住他的脉搏。良久,她收敛了笑容,说:"春生的脉息强劲有力,但是平和;刘主任你的脉息,刚强有力,但是跳跃得厉害……我说的对吗?"

春生看着刘爱国。刘爱国伸过手腕,说:"为了给东方医生一个学习的机会,咱就豁出去了!"

春生伸指搭在刘爱国的脉搏,按了一会儿,点点头,说:"看来东方医生和中医有缘呢!"

东方闻莺十分惊喜,正想说"我可以中西合璧了",老陈进来,说:"刘主任,张院长,村主任说,夜深了,请大家过去休息。真对不住,我这个家,狗窝一样,也没有床铺给大家休息……"

春生叮嘱了老陈几句,大家就鱼贯出了老陈的家。

村主任让出自己的一张床给院长睡,又叫孩子让了一张床给东方闻莺和阿青睡。至于春生和刘爱国,村主任打算安排他们去其他村民家。

刘爱国谢绝了,说:"就在客厅拼几张条凳,囫囵睡一觉好了。"

村主任说:"这怎么行！明天还要开车呢！"

阿青也说:"你昨天晚上一晚上没有睡觉,今天又不睡,明天谁敢坐你的车呀!"

刘爱国却满不在乎,笑了笑,说道:"怕什么！我是刘家独苗,我都不怕,你们怕什么！反正,我三天三夜没有睡觉,照样开车！"

虽然是酷暑,鸡公山的夜晚睡觉却要盖上薄薄的棉被。

山里的蚊子个头特别大,也特别凶。春生把驱蚊虫的药草仔细地烧了,又点燃了蚊香,还拿出灸草堂的药水,在裸露的胳膊腿上擦了几遍。药草味和药水味很浓,这让他们睡了一个安稳觉。

在睡梦中,春生迷迷糊糊地感觉到自己的灵魂飘飘悠悠地回到了雁栖围屋,老围屋不知道要办什么喜事,来了许许多多的陌生人。啊！不对！老围屋的年轻人都变老了,孩子们的面孔却十分陌生——几乎一个都不认识。他们忙忙碌碌,热情地招呼着远道而来的客人。大锅里烧着热水,灶膛里火光熊熊,水井边,好几个大脚盆里装满了鸡鸭鱼……

这是要干什么？过年了？他眺望围屋外的池塘边,池塘岸上的桃花、梨花,开得正盛;碧绿的水中,偶尔可以看到一些游鱼悄悄地钻出水面,贪吃漂浮在水面上的落花。一行人站在围屋大门口,抬头看着"雁栖围屋"四个大字,啧啧称奇。再远处,一个老太太慢慢地向这里走过来。那面容,那身形——闻莺！是东方闻莺吗？

她越走越近,待她走到老围屋大门口的时候,他定睛细看,果然是她！

春生急忙走下楼梯去迎接她。多少年了,她终于回来了！他情绪激动,迈开双腿就要下去——忽然,他打了一个趔趄,差点摔倒！他急忙伸手去抓栏杆。他低头看着自己的腿。怎么？我的右腿居然不听使唤了？他小心翼翼地试着迈步。果然,右腿直挺挺的,根本弯曲不了！

为什么会这样?!

他一瘸一拐地走到楼梯口。要下楼梯,可就比登天还难了。他双手死死抓住栏杆,几乎是用上半身的力量挪下去的。

还没有下到楼道,大门口的景象却忽然变了！眼前竟然是一座大楼,崭新的大楼！洁白的墙面,宽大的玻璃窗——我怎么会来到这里？

东方闻莺站在楼下,看着他,又是惊喜,又是心酸！她满含热泪,伸出双手,要上来帮他。

他微笑着摇摇头。

东方闻莺看着他,悄悄伸手抹了泪珠,笑着问道:"为什么不拄根拐杖?或者坐轮椅?"

春生笑道:"拄着拐杖,我怕我的腰就弯了;我现在只是一条腿坏了,如果坐着轮椅,我怕我的两条腿就都坏了!"

东方闻莺伸手挽着他的胳膊,说道:"其实,你不用这么辛苦地爬楼梯的。你看,那边有电梯呢!"

云里雾里折腾了许久,他终于醒过来了。梦中的情景历历在目,真切可感。难道,那是我的未来吗?……

他望了一眼夜空漏在天井里的光亮,鼻尖和脊背渗出了细细的汗珠。

第 十 九 章

我看着主人坐着拖拉机绝尘而去,当时并没有着急。因为,他白天去了,即使黄昏时分不能回来,再晚一些,他还是会回来的。反正,我白天都是在睡大觉。如果要出远门,他就会捋着我背上的毛,絮絮叨叨,叫我乖乖待在家里。我从来都没有着急过。

今天的风却似乎不同。天上飘来一片乌云,黑压压的,起风的时候,门窗被吹得"哐当哐当"直响,看起来要下暴雨。可是闷闷地等了老半天,乌云却慢慢散去,太阳又从乌云边缘露了出来。大风立刻撤退,偃旗息鼓至天外,热气重新操控灸草堂,我只好继续趴在阴凉处,默默地偷懒。

夜幕降临之时,我在灸草堂门口张望了几回,都不见他的身影,心中有些失落。但是,他会回来的! 我这样安慰自己。

可是,等啊! 等啊! 一直等到一弯新月挂在山头,也不见他回来。

我跳到灸草堂的屋瓦上,静静地趴着。夜露洗去了瓦面的灸热,凉飕飕的,十分舒服。

忽然,一个黑影迅速地从我身边掠过。我站起身,追了几步,却见一只大黑猫,冲我"喵呜"了几声,然后就待在原地,绿莹莹的双眼圆溜溜的,一动不动地注视着我的一举一动,观察我的反应。

我没有理睬它,扭头走了。我跳下屋顶,进入灸草堂。我在观音山四处觅食的时候,也遇见过一只灰色的大猫,摇着尾巴,冲我"喵呜喵呜"地叫,我也没有理睬它,扭头就走。

猫族都这样,对于不能或者不愿意成为朋友的,就决绝地扭头离去,不假以辞色,不虚与委蛇,不藕断丝连。无拘无束,没有牵绊,才得以自由洒脱。

夜深了,我上蹿下跳了好一阵子,百无聊赖。等到黎明时分,我实在觉得没意思,就趴在主人床边,闭上眼睛。

渐渐地,渐渐地,我看见主人有些异样。这个傻瓜!他到底要做什么?

他坐在一个满脸潮红、浑身绵软、双腿不停抖动的老女人面前,半眯着眼睛,向她询问天上地下的事由。

他身边围着一群妇女,一直在窃窃私语。

那个妇女却是半昏睡状态,满嘴胡话。春生问了好几次,她都是胡言乱语,答非所问。春生于是问道:"叔婶!你和老陈叔,是姑表兄妹,对不对?"

身边那几个围观的妇女霎时安静,眼睛都盯着春生。老陈更是睁大眼睛,满脸惊讶地看着春生。

老陈老婆嘴里"嗯——"了一声。

春生又问道:"叔婶,你和老陈叔生的几个孩子都各自有生理缺陷,孩子们都落下了遗传病,对不对?"

老陈嘴巴张开,惊讶得简直不敢相信自己的耳朵。

老陈老婆嘴里"嗯——"了一声,伸拳捶打自己的胸口,含含糊糊地骂道:"我糊涂!我糊涂啊!是不是怀娃的时候冲撞了神灵,才叫我们家今生今世受苦受难!……"

祖厅鸦雀无声,大家的眼睛都齐刷刷地看着春生。

春生继续说道:"你受苦受难,不是因为小时候冲撞了神灵,而是不应该近亲结婚!你怀第一个孩子的时候,做了一个胎梦。你站在池塘边看莲花开放,一只青蛙坐在荷叶上,呱啦呱啦,忽然,你又看见一只大鸟迅猛地俯冲下来,把青蛙叼走了。池塘里那些美丽的粉色荷花,也瞬间萎靡,连荷叶都枯黄了。是不是?"

老陈心中感觉梗塞,没有等妻子回答,问道:"上仙,这个胎梦,有什么预兆吗?跟我们家孩子有什么关系?"

春生低垂下长长的眼睫毛,低声说道:"老陈叔,我不是上仙。我只是灸草堂里叔公的徒弟。……那只青蛙,是你们家长子。他原本能说会道,

坐在莲花宝座,命数也是贵重。可是大鸟把他带走了。剩下的荷花,也一个个凋零,那些荷花,都是女孩呀!"

围着春生的妇女们齐刷刷惊呼:"啊!怎么会这样?"

老陈声音颤抖,问道:"上仙,可有什么化解之法?"

春生摇摇头,说道:"胎儿在母亲腹中,靠母亲的血气生养。近亲结婚,血气不正,孩子就会罹患灾难⋯⋯"

老陈一个直挺挺的汉子,也禁不住泪眼婆娑:"上仙!求求你!求求你保佑我们全家吧!我立刻给你立祠堂供奉,我保证⋯⋯"他立刻就要跪下磕头,春生连忙拦住了他。

老陈又问道:"上仙!难道,我和我老婆就这样的命数了吗?"

春生看着老陈,又看着老陈老婆,目光真挚,声音低沉:"老陈叔,叔婶,人生一世,草木一秋。少年夫妻老来伴,你们俩好好珍惜扶持,今生没有的缘分福分,下辈子可能还会有呢!⋯⋯"

黎明时分,老陈就起床了。他蹑手蹑脚地走向水井,打了井水,进了厨房,生起了火。

轻微的响动钻进了春生的耳朵。他睁开眼睛,扭头见刘爱国仍然抱臂酣睡,就坐起身,走到水井边,仔细洗漱。而后,他慢慢踱出村口,没走多远,就看见了那棵古老苍劲的青松。松树旁边有一个神龛,上面系着的红布有些旧了,但是,香灰堆积得很厚。

这就是土地神了。客家人居住的村落,村口都会有土地神的神龛。所以人们从走进村落的那一刻,就满怀虔诚。

春生抬头仰望这棵松树,它真的好粗壮!人们尊它为伯公树,把它视为他们的守护神,世世代代给它无上的敬重。

它是有灵气的。春生站在它面前,扎了马步,然后一招一式认真地练起来。

松柏一年四季长青,其气清澈芳香,春生常常站在树下,一边练功一边与它们换气。

待到旭日初升,春生身上微微见汗,丹田之气却渐渐充盈,他感觉十分畅快。他收了势,退后几步,向伯公树行了一个崇敬的注目礼。他转身正要回去,却发现刘爱国正悄无声息地站在他身后。

"你的童子功练得不错嘛!"刘爱国微笑。

"你干吗不多睡一会儿?不是说,你前晚搞了个通宵嘛!"春生伸手抹了一把脸上的汗水。

"想睡。只是,没有这么好命。今天,我还有大把事情要做。回去,先填饱肚子。"他大踏步回到村主任家。

张院长洗漱完毕,坐在客厅喝了一口热水。东方闻莺和阿青还在屋子里磨磨叽叽。

原来,屋子里有蚊子,而且是硕大的花脚蚊子!它们叮咬人的时候,简直就像锥子狠狠钻入血肉里一样!两个姑娘的手臂上、脚上,赫然几个红通通的大包。

刘爱国轻轻敲了敲门,她们才走出来。

"春生!药水还有吗?"阿青嘻嘻笑着,悄悄指了指自己手臂上的红包。

刘爱国大笑,卷起裤腿。东方闻莺看见他原本白皙的腿上,一个一个红色的大包,倒像一个个小馒头,不禁哧哧笑了。

东方闻莺再看春生,他倒是毫发无伤。

"你倒是百毒不侵。"她笑道。

张院长说:"春生长年累月泡在药草当中,身上满满的药草味道,蚊子实在没有办法喜欢。"

老陈老婆已经起了床,坐在祖厅,吃了饭,也吃了汤药,精神好了不少。春生把方子留给老陈。但是,鸡公山没有郎中,也没有人认识药草,怎么办?

春生说:"一会儿我去山上看看,应该有的。"

老陈千恩万谢。

早饭后,刘爱国拿了记事本,在村主任的带领下,去田里看庄稼的长势。

春生背着一个竹篓,和张院长、阿青、东方闻莺,在山脚、小溪边、菜园子周围,去寻找药草。

"你那以毒攻毒的法子,还当真管用。但是,老百姓对于神灵鬼怪,却更加深信不疑。这就好比治好了一种毒,又种下了另一种毒。"东方闻莺看着春生清秀的面庞,眉头微蹙。

春生幽幽地说道:"拔毒就像抽丝,必须持之以恒,不能一步到位。我也是不得已而为之。"

走到村口,村主任指着那棵粗壮的松树,说:"这棵树,是为了纪念春生的父亲栽下的——你父亲就叫李青松呢!你看!都好几十年了!"

大家满怀崇敬地仰视它，又看看春生。

春生望着它，百感交集。他知道，父亲的灵魂就在此处。但是，他出生没有多久，父亲就壮烈牺牲了。在自己的脑海中，从来没有父亲的印象。

刘爱国抬头望了一眼，随即低下头去。

太阳刚刚出来不久，草木上垂着的露珠就干了。天气炎热，得赶紧做事。今天，还要回去呢！

刘爱国把家家户户的人口、田地、庄稼长势、就学、大病等情况做了详细的记录。

春生和三个医生，没有一会儿工夫，就采摘了不少药草。午饭后，村主任提议，去看看当年游击队的草房子遗址。

刘爱国点点头，多少年了，应该去看看祖父。而春生，还是第一次来这里。

从村口就岔入一条羊肠小道，弯弯曲曲一直延伸向那密林深处。山势陡峭，但是，山路上都铺了麻条石，步步都没有空下。大家走了好半天，才到达草房子。

一间不大的破旧草房，里面有破旧的桌凳，一张窄窄的木板床，还有一个石头围成的灶台。里面黑色的灰烬印记依然清晰。草房子旁边，立着一块石碑。上面的刻文，记录了战士的简历、战争经过。最下面一行是"沙塘县柳林镇人民政府"。

刘爱国祖父等人壮烈牺牲的经过，大多是由鸡公山群众讲述的。因为，当时所有战士都牺牲了。

刘爱国问道："村主任，你也是鸡公山的老人了。当时，到底是怎样的情景？"

村主任指着山脚下的小路，又指着山顶，说道："当时，游击队驻扎在山上，就是在这个草房子里。鬼子和伪军，处处设卡，查得很严。山上和山下要通消息，或者要粮食、药品、盐、棉被棉服之类，需要老百姓掩护才能送上去。而雁栖围屋的李青松，就一直在暗中做着情报员的工作。

"鬼子和伪军查得那么严，大人身上根本没有办法携带，就想将情报藏在孩子身上。后来鬼子和伪军连孩子都不肯放过，就实在没有办法送上去了。

"李青松就带了他们家的一只大狗，狗脖子上挂着铃铛，把情报藏在铃铛里。结果鬼子和伪军把大狗抓去，炖了吃了。李青松又把情报藏在猫脖子上的铃铛里——这回,他没有挂铜铃铛,而是叫妇女缝了一个布的绣花铃铛,照例把情报藏在里面。在通过哨卡的时候,就叫猫离远一点,自己单身过去。

"那猫十分机灵,从哨卡旁边悄悄经过,它的身形比较小,没有引起鬼子和伪军的注意。

"就这样带了几次情报。后来,不知道哪里出了岔子,鬼子还是发现了游击队的踪迹。他们包围了鸡公山,搜捕了几天几夜。最后,还是没有找到游击队。他们就放火烧山……

"等鬼子撤退后,我们鸡公山的村民爬上山去,找了两天两夜,终于找到了战士们的遗骸。"

东方闻莺仰望山顶。不知什么时候,山顶上已经堆积了一片厚重的乌云。山上起了风。风渐渐大起来,从山顶往山脚卷过来。

她轻声问道:"村主任,那只猫……"

村主任说道:"就在李青松的身边。"他指着山下的路,说:"你们看!鸡公山是全柳林镇最偏远、最穷困的地方。可是,那条路却宽阔,拖拉机都能够直接开到我们村口。这都是因为新中国成立后,县政府和镇政府派人来视察这个草房子的时候,大家花两三年的时间修的。连年灾荒,大家都没有能顾得上这个草房子……"

他叹息了一声。

第 二 十 章

春生双目低垂,凝视着那黑色的灰烬痕迹。山风飒飒直响,吹得树木呼啦啦乱摇。他感觉脊背发凉。无法遥想,当年父亲是在怎样的白色恐怖中,带着那只猫,穿梭在枪林弹雨之中,小心翼翼地躲避着鬼子和伪军,把情报送到深山密林中的游击队员手中。

刘爱国背着双手,眼睛一动不动地盯着那黑色的灰烬遗迹。自己的祖父,曾经有比较宽裕的收入,可以安逸地待在家中,上以虔敬之心侍奉父母,下以拳拳之心爱抚幼儿,可是他却放弃了正常人的生活,在这深山老林里躲着,被鬼子和伪军围追堵截,连口水都喝不上。当时,就算他没有被活活烧死,恐怕也会被饥饿寒冷疾病困扰而死。

东方闻莺的双眼,注视着刘爱国和春生的脸。在死去的亲人灵前,他们的心情一样沉重。

"以后生活好了,日子宽裕了,我会带鸡公山的村民,好好修葺一下草房子。至少,每年的清明和冬至,我们会来祭奠。刘主任,春生,你们就不要太伤感……"村主任说,他抬头看了看天空,叫道,"哎呀!要下暴雨了!我们走不了了!"

阿青抬头望了望,说道:"是呀!我们也没有带雨具。"

乌云笼罩了整个天空,黑压压的,几乎伸手可及。

只好在草房子里等等了。

山里的暴雨说来就来,根本没有商量等待的余地。"噼啪噼啪!——""轰隆轰隆!"闪电撕裂漆黑的天幕,炸雷碎裂云层,风暴凶猛强悍,如虎啸,如猿啼,猛烈之中夹杂着哀音。它从山顶裹挟而下,又从山谷间穿梭而过。大雨哗啦啦倾泻而下,狠狠地砸在大地上。

顿时,山顶的洪水像河流一样滚滚而下,无情地冲刷着草木;草房子上面滴滴答答到处漏水,大家无法躲避,没有一会儿,身上就湿透了。

冷倒是不怕,可是,暴风雨中的种种怪异的声响,叫人心中发毛。

是山鬼在哭泣,还是树妖在媚笑?东方闻莺从来没有经历过这种场面,心脏"突突突"一直乱跳。太瘆人了!

春生站在她旁边,见她神情紧张,就悄悄走到她身前,背对着她,伸出双手,抓住她的手。

这一切,被刘爱国看得清清楚楚。他走近她身边,抓住她的手腕,示意她放开春生的手。

东方闻莺没有理会。

刘爱国十分懊恼,又十分生气。他悄悄在她耳边细语:"男女有别,你千万别乱来啊!"

东方闻莺盯着他,说道:"你想多了!"

两人在春生身后嘀嘀咕咕,拉拉扯扯,春生都一清二楚。他默不作声,也没有松手。

这场大雨下了足足两个小时。雨势稍小,众人就踩着水,沿着滑溜溜的山路,深一脚浅一脚地朝村子走去。

我折腾了一晚上,白天也睡不着。我在灸草堂进进出出,百无聊赖。

李叔公忙着他的事情，一会儿熬药膏，一会儿配制蛇虫药，忙得不亦乐乎。他没空理我。满生回了老家，到现在还不见踪影。当然，就是平日，大白天他们也不理我，只在晚上会叫我几句。听到我的回应，知道我还在店里，就行了。

下午的狂风暴雨，一直让我惊魂未定。我感觉奇怪，据说，只有狐狸怕闪电霹雳，还有狐狸的近亲——狗，也怕闪电霹雳，我们猫族是不怕的。可是，那天，满生带着东方闻莺来观音山的那次，我着实被闪电霹雳吓着了。以至于现在，一到这样电闪雷鸣的时候，心里就发毛。

我不敢像上次那样，不顾一切地冲出去。那次生病，几乎是从死神那里被主人生生拽回来的。那销蚀骨肉的感受，我至今都心有余悸。

我默默地趴在屋子的黑暗角落，躲在后堂许多麻袋的最里面，胆战心惊地等待风暴过去。

李叔公没有发现我的异常。他只是关紧门窗，防止大雨溅进来。虽然经常检修，但是屋子里仍然会漏水。他就拿了脸盆水桶，接住漏水。那漏下来的雨水，一直"滴滴答答"响个不停，锥子一般，径直钻入耳朵——真叫人心焦。

每一寸的光阴，都像走了千百年。总算等到风住雨停，李叔公把门窗打开透气，然后把脸盆和水桶里的漏水倒掉。这水混着屋瓦上的尘土甚至蜘蛛网，脏死了。他倒完水，又用清水冲干净脸盆和水桶。

我看着天边云层渐渐变白，但是太阳也渐渐西沉，我知道，漫长的一天就要过去了。我最后一次站在灸草堂的大门口，向远处的大路望去——大路上空荡荡的，什么也没有。

我扭头看了一眼灸草堂，然后，极力扔下满肚子的留恋，一溜烟向观音山跑去。一路上，我都没有回头。

天黑下来了。拖拉机"突突突"慢慢地行驶在坑坑洼洼的泥路上。刘爱国打开车灯，车灯昏黄，照不了多远。

张院长说道："刘主任，反正天色已经晚了，也不急在一时半刻。你慢慢开，安全要紧。"

起初，拖拉机刚刚离开鸡公山的时候，刘爱国的脑海里，始终萦绕着春生抓着东方闻莺的双手的情形。为此，他有些走神。拖拉机在下陡坡的时候，车头一偏，压在路基边缘松软的泥土上，差点翻进山沟里。大家吓坏了！

刘爱国只好减速。这样，又耽误了归程。

春生拿眼睛瞥他，知道他心神不宁。但是，自己也无可奈何。自己的心尚且控制不了，又如何去操控别人的心呢？

春生想把车门的锁松开，希望在紧急关头，能跳车逃生。

刘爱国鼻子里冷笑，看了他一眼。那意思是说，你就这么怕死吗？你是舍不得自己，还是舍不得东方闻莺？

他俩在一起的时间这么短，就已经暗生情愫了吗？刘爱国这样胡思乱想，无端臆测，手中的方向盘就时不时偏离正道。幸亏拖拉机速度慢，倒也是有惊无险。

刘爱国心想，他们见面不多，在灸草堂给水痘和麻疹患儿看病，那么多人，也应该无暇交流感情，他们到底是什么时候对上眼了？

他时不时用眼角瞟着春生，心里愁绪万千。

李春生昨晚的表现很古怪——他到底对老陈老婆说了什么，就让他们鸡公山人奉若神明？难道黄老仙那半人半神的一套，真的传给他了吗？真的就那么灵验吗？就是在山野间采药草的时候，两人还低声嘀嘀咕咕，看上去十分亲密——闻莺啊闻莺，你这个受过高等教育的姑娘，还真信了他神神道道魑魅魍魉那一套？！……

他眉头紧皱，眼睛的视线既不在远处，也不在近处。拖拉机跟跟跄跄跌跌撞撞地行驶在马路上，醉鬼一般。所幸每回拖拉机快要倒向水沟的时候，他都能猛然惊醒。

在这黑暗之中，春生也能感觉到，刘爱国复杂的心思一直在起起落落。他问道："张院长，你说，老陈老婆的疾病，是不是心魔在作祟呢？"

张院长坐在车厢，一直在琢磨老陈老婆的病因病理，没有听清楚他的话。

阿青提高声音叫道："院长，春生问你话呢！他问你，老陈老婆的疾病，是不是心魔作祟呢？"

张院长一时没有回过神来，阿青又把春生的话重复了一遍。张院长说："这个，说到心魔，就是健康人，有时候也会有心魔呀！我个人认为，老陈老婆就是精神上的问题。当然，这个精神疾病是否能好转，关键在我们的镇政府啊！"

刘爱国问道："张院长，治病救人是医生的职责，我们镇政府的工作人员又不会看病！"

张院长见他没有明白自己的意思,就说道:"刘主任呀!老百姓这样的'神病',不是不治之症。只要老百姓生活好过了,没有思想负担了,就不会生这样的病了!人在走投无路孤立无援之时,寄托神灵,希望上苍能拯救自己,这只是转移精神痛苦的一种方式。神灵越灵验,这种精神疾病就好得越快……"

刘爱国听懂了。他说道:"院长,我们镇政府也在千方百计帮助群众渡过难关。但是,国大家大,难啊!这次,我就是受镇长委托,到鸡公山搞调研。等我把统计的资料送到县里,鸡公山的百姓就有希望了!"

东方闻莺一直在回想鸡公山之行:"神病",硕大的花脚蚊子,草房子,灰烬遗迹,游击队,李青松的狗和猫……

刘爱国极力让自己的心沉静。她那如秋水般的眼睛,就像猫爪,一直挠着他的心,想避都避不了。他努力不去想,却始终做不到。于是,他提高声音问道:"闻莺,一路上都没有听到你说话,是不是累了?"

东方闻莺说道:"小心开你的车,别老是开小差,好不好?"

刘爱国笑道:"我考上大学的时候,先接到了参军入伍的通知书。我去当了三年兵,在部队里学会了开车。当完兵,我又去读大学。在我开车的历史长河中,还从来没有出过安全事故。我曾经三天三夜没有睡觉,照样开车三百公里。"

东方闻莺笑道:"当兵的人,都晒得跟黑炭似的。你复员才几年,就跟葫芦一样白了?你这样牛皮吹上天,观音山菩萨的老脸又该红透了!"

刘爱国说道:"哎呀!我真的是有驾驶证!你要是不相信,什么时候你到镇政府来,亲自验视……"

阿青在东方闻莺耳边低语:"东方医生,你是喜欢白的呢,还是喜欢黑的呢?"

东方闻莺气恼道:"少来了!就你调皮!"

拖拉机终于安全驶回柳林镇的集市。刘爱国把拖拉机稳稳地停在灸草堂门口,春生下了车。

李叔公早听见拖拉机响,赶忙迎出来,招呼大家进去。满生叫道:"叔公知道你们要回来,已经准备好面条了。大家快进来,我这就去烧锅开煮。"

折腾了两天筋疲力尽,大家鱼贯进了灸草堂,李叔公沏了几杯凉茶,放在桌上。

关于鸡公山老陈老婆的"神病",大家你一言我一语地告诉了李叔公。

叔公点点头,说道:"有张院长在,肯定能看好!这个精神疾病,我也不懂……"

张院长说道:"叔公这样说,真叫我惭愧!老陈老婆的'神病',还是春生看的。"

当说到鸡公山人排斥众人,后来春生却取得了他们的信任,春生不知道对老陈他们说了什么时,李叔公皱紧眉头,看着春生。春生也看了一眼叔公,没有解释。

春生坐下刚刚喝了一口水,忽然想起什么——他立刻站起身,走进后堂。

"雪融儿!雪融儿!"他连叫数声,却没有听到雪融儿的回应。

"满生!你看见雪融儿了吗?"他着急地问。

满生正要把面条下到翻腾着沸水的锅里,看了他一眼,答道:"没有呢!其实我也是刚刚从家里过来。"

现在是晚上,它不会不应声的!春生连忙走出来,问道:"叔公,雪融儿呢?你看见它了没有?"

李叔公正和张院长探讨"神病",见春生火急火燎的,于是回答道:"我记得下午它还在这里呢!下大雨的时候,它还躲在里面……"

东方闻莺问道:"春生!雪融儿不见了吗?它总会出去找吃的,应该不会迷路吧?"

张院长还是第一次来到灸草堂,见他们又提起"雪融儿",感觉很奇怪,问道:"春生!我记得鸡公山的村主任说,你父亲带的猫也叫雪融儿。这只雪融儿,是那只雪融儿的后代吗?"

春生有些沮丧,点点头,说道:"应该是吧!"

东方闻莺看着他,心中似乎有些明白他对雪融儿的感情了。

春生坚持要去找,谁也劝不住。他径直出了门,往观音山奔去。

第二十一章

吃面条和吃粥一样快。"哧溜哧溜",像流水一样流进肚腹,连面汤也灌进喉咙,三下五除二就见了碗底。人饿极了,也不在意什么吃相。"温文尔雅""细嚼慢咽",那是说给以前的贵族听的。

刘爱国把三名医生送到卫生院,熄了火,拧了钥匙,自己也下了车,跟在东方闻莺后面。

东方闻莺扭头问他:"你还有什么事吗?"

"我的脚痒死了!鸡公山的花脚蚊子,还真是名不虚传!你给我上些药,要不然明天就肿了!"他苦着脸说。

"你这人!李叔公店里多得是治疗蚊虫的药酒,效果又好,刚才在灸草堂,你怎么不说?"东方闻莺嗔怪道。

刘爱国摇摇头,叹息道:"唉!你又不是不知道!叔公这人,我要是向他讨取药酒,他会收我的钱吗?我们刘氏家族已经欠了李家好几条猫命,现在,还要去欠药费吗?我是实在不好意思!再说,我想多拿点儿药,以备不时之需。"

东方闻莺瞪了他一眼,扭头就朝值班室走去。刘爱国咧开嘴笑了,紧紧跟在后面。

阿兰正在值班,见他们两个人进来,有些诧异。东方闻莺说:"刘主任的脚被花脚蚊子咬了,想上点儿药。"

刘爱国微笑着看了她一眼。阿兰"哦"了一声,似乎心领神会,连忙出去了。

东方闻莺拿了药,告诉他使用方法,让刘爱国自己回去擦。

刘爱国却坐下来,卷起裤腿,说道:"我开了这么久的拖拉机,胳膊酸死了!东方医生,请你给我擦。"

"你不是说,你三天三夜不睡觉,还开了三百公里的车吗?现在却矫情起来!"东方闻莺不理他。

刘爱国笑道:"过去开车和现在开车是不一样的!在大城市的水泥路上开车,风驰电掣,那是飞一样的感受;在山间羊肠小道上开车,就好比使着蛮力拽着九头蛮牛,叫它不要乱跑——再说,你坐在车厢里,我开车能不累吗?"

"还真是无赖!"东方闻莺恼道。

"擦药也是有讲究的,不是吗?你总比我专业!你给我擦,我才好得快。我要是胡乱涂抹,浪费药不说,还没有明显效果。我要是好不了,还得来麻烦你。就为了这蚊子咬伤,隔三岔五地往你这儿跑,旁人又要满嘴的故事了!我倒没什么,你却又要拿眼睛瞪我了!你说,你这又是何苦呢?明明可以一步到位的事情,偏偏要——"刘爱国看着她,见她美目圆睁,立刻闭了嘴,只是微笑着看着她。

东方闻莺沉下脸,说道:"我要是拿手术刀把你的脚切了,你就什么事也没有了!你也不用隔三岔五地往我这儿跑了!"

刘爱国笑道:"好哇!从今往后,就你养我了!"

东方闻莺低头见他的双脚上满是蚊子咬过后的红包,鲜艳醒目,像一个个棘刺上的草莓,也真是触目惊心。如果不处理,只怕会发炎。她拿了棉签,仔细地蘸了药,慢慢地涂抹。她问:"你真的感觉痒吗?看你嬉皮笑脸的,什么事也没有。"

刘爱国笑道:"这点咬伤算什么?只是怕发炎化脓,伤了皮肤。身体发肤受之父母,总要好好爱惜不是?咱们当兵的,就是缺胳膊断腿了,也是笑嘻嘻的!"

东方闻莺看着他。刘爱国见她美目之间的恼恨,已然烟消云散。

仔细擦完了,东方闻莺又拿了一些药,递给他:"你前天晚上一夜没睡,昨天晚上又没有睡好,快回去休息吧!"

刘爱国接过药,说:"我前天晚上确实一夜没睡。但是,我昨天晚上睡得很好!一夜无梦!就是睡得太好,才让蚊子有机可乘!"他微微抬头,说:"第一次跟心爱的人离得这么近,我——"

"爱国——"东方闻莺打断他的话,看着他。

"爱国"?她第一次叫得这么亲近,刘爱国一怔。见她神情肃然,他心中又一怔。

东方闻莺慢慢说道:"爱国,我说过,我的心在上海。所以,从今往后,你就什么也不要说了。"

刘爱国盯着她的眼睛,良久,问道:"你的心在上海,还是在灸草堂?观音山?"他走上前一步,紧紧盯着她的眼睛,说:"闻莺!我们客家人的习俗,男女有别。就是已经谈婚论嫁的青年男女,也是不能手牵手的。就是在政府登记结婚了,在没有正式举行婚礼之前,都不能手牵手。一切,都得洞房花烛之后。"

东方闻莺生气了,说道:"你!是不是管得太宽了?我牵谁的手,关你什么事?"

刘爱国收敛了眼睛里犀利的光芒,认真地说:"如果你真的喜欢春生,我确实不能管。我只是告诉你事实。有些人人闲嘴闲,就爱东家长西家短,特别是那些经历过人事儿的大妈大婶。"他低垂下眼睑,片刻,又说道:"现在,我问你,你喜欢春生吗?"

东方闻莺看着他,十分烦恼。拒绝别人,原来也这么痛苦!她看着他微红的面庞,说道:"喜欢一个人,不是那么容易吧?我初来乍到,能喜欢谁?我只是想好好工作,好好跟大家相处。下午暴雨的时候,我是吓坏了!我从来都没有经历过那样的情景!我满耳朵都是阴风惨厉,鬼哭狼嚎……"

刘爱国"扑哧"一笑,说道:"我们当兵的时候,还在人家坟墓旁边睡过觉。半夜,一簇簇的磷火此起彼伏,就像鬼在追逐玩闹!……"

东方闻莺听得毛骨悚然,催他走:"快走快走!我要关门了!"

"好了!今晚我可以安心睡觉了!你要是害怕,可以梦到我,我帮你捉鬼!呵呵呵……"刘爱国笑着摇了摇手,径直离去。

拖拉机"突突突"的声音渐行渐远,终于听不见了,阿兰才慢慢地踱了进来。东方闻莺见她满脸愁容,连忙拉着她坐下,问道:"阿兰,你怎么了?"

阿兰看着东方闻莺,禁不住内心的悲伤,掩面哭泣。

东方闻莺抱着她的肩膀,让她的头靠在自己肩膀上,柔声问道:"到底怎么了?说出来,看我能不能帮助你。"

阿兰抽泣了一会儿,慢慢抬起泪眼,摇摇头,说:"我阿妈……怕是不行了!……"

东方闻莺很是难过,问道:"现在,她在住院部吗?"

阿兰又摇摇头,说:"没有。前几天,去沙塘县人民医院看了。人家医生说,晚了,回去准备后事吧。就这样回来了。她很疼,我只能看着她疼,却束手无策。"

东方闻莺心中叹息。阿兰母亲的情况只能使用镇痛剂,可是卫生院镇痛剂的存量十分有限,也不能大剂量开给病人。她想了想,问道:"那么,去灸草堂看了吗?"

阿兰拭着眼泪,说道:"早先就去灸草堂看过。李叔公说,医家对于肿瘤晚期,实在没有好的治疗方法。一句丑话,到了这个地步,就是等了。后来,他想了想,就叫我们去抓蟾蜍。他说,把蟾蜍洗干净切碎了,和猪肉一起炖了,给病人吃,可以止疼痛。但是,也只是拖一点时间而已。"

蟾蜍?!东方闻莺惊讶得简直不敢相信自己的耳朵。蟾蜍耳后的毒腺分泌毒液,难道他们不知道吗?她问道:"阿兰,你有没有问李叔公,以前有蟾蜍治病的先例吗?有效果吗?你好歹也是学医的,总要搞清楚了再用啊!"

"李叔公说,这是偏方,很少用。因为,平时患肿瘤的人相当少,医家并没有多少临床经验。"阿兰说。

东方闻莺脑子里嗡嗡响!拿毒药来做药,史书上也确有记载。那是万不得已——

"你阿妈现在是什么状况?"她站起身,问道。

阿兰哭着说:"现在,除了疼痛、呕吐、头晕,她肚子都渐渐大起来,而且摸上去有些硬……"

她泪眼婆娑,哭道:"姐姐!我该怎么办?我真是没用!我曾经有个弟弟,生下来就很乖。他两岁的时候,有点感冒,我阿妈喂他吃了退烧药,他身上就不热了。那时候正是村里收夏粮,大家都去了田里,村主任照顾我阿妈,叫她去晒谷。我阿妈以为他没事了,就带着他去晒谷坪晒谷。田里打回的粮食特别多,我阿妈一直忙到正午。我弟弟喊热,我阿妈就把他放下来,让他自己玩。他玩着玩着就在晒谷坪旁边睡着了。我阿妈把斗笠盖他身上,没有意识到他又发热了……等到谷子晒完,我阿妈才把弟弟抱回家……回到家,弟弟已经……"她哭成了一个泪人:"我真是没有用!……"

东方闻莺心中悲痛,轻轻拍着她的肩膀,不知道该怎么去安慰她。良久,她说道:"我们医生很多时候也无能为力。你先不要着急,让我们再想想办法……"

阿兰摇摇头,哭道:"姐姐!没有用的!阿妈她这样的绝症,就算华佗再世,也救不了她了!我记得我十二岁那年,我阿妈背了喷雾器去田里打虫,脚上被蚊子咬了一口,也就指甲缝儿那么大一点点,她没有在意。结果我阿妈打完一亩稻田回来,就不省人事了。幸亏我阿爸在家,就急匆匆把她背到卫生院。张院长说,要是再晚来一会儿,哪怕十几分钟,神仙也救不了了!……所以我阿妈才叫我去学医。我现在学医了,却才疏学浅,学艺不精,还是救不了家人!呜呜呜!……"

东方闻莺听着阿兰的哭诉,禁不住流下眼泪来。她拭去泪水,说了句"你先等着,我去问问",就风一样上了二楼。

她轻轻敲着张院长的门,叫道:"院长!院长!你睡了吗?"

张院长打开门,问道:"有事吗?"

"院长,有一件事我不明白,想请教你。那个蟾蜍,就是癞蛤蟆,可以治疗晚期的肿瘤吗?"她急切地问道。

张院长神色平静,慢慢说道:"你是说阿兰母亲的病情,对吗?"

东方闻莺点点头。

张院长说道:"晚期的肿瘤,病毒已经扩散至全身每一个脏器,现在,世上还没有什么灵丹妙药,可以抑制这种病毒。为了减轻病人的痛苦,中医会叫家属给病人炖蟾蜍肉吃。蟾蜍肉并不好吃,就加上猪肉,调一下口味。蟾蜍耳后的毒腺能分泌毒液,这种毒液,有一定的止痛效果。至于能不能抑制肿瘤病毒,目前还没有确切的研究成果来说明。"

子时已过,灸草堂的大门轻轻打开,一个高挑的黑影慢慢闪身进来。他没有点亮油灯,而是摸黑进了后堂。他坐在床沿,愣愣地发呆。

观音山死一般沉寂,没有雪融儿的踪迹。又累又饿,他抱着微渺的希望,重新回到灸草堂。它的耳朵极其灵敏,特别是在夜间。而且,夜间,它是从来不肯睡觉的。听到打开大门的声音,它一定会叫的。

仍然没有听到它的声音,倒是李叔公的屋子里有了动静。不一会儿,老人家起床了,点亮油灯,慢慢地走过来。他见春生傻愣愣地待着,说道:"你又去观音山了?唉!雪融儿那家伙!直到下暴雨的时候,它明明还在的……春生,你连什么东西都没有吃!你饿坏了吧?我去给你找点吃的……"

春生说道:"别去了,叔公。我不饿。"

李叔公看着他,说道:"你不吃东西,怎么行呢?以前,雪融儿被明德围屋的人……你也是几天都不吃……唉!都怪我老糊涂了!连一只猫都没有看住!唉!你好好睡觉,我去找!"

春生连忙拦住他,说道:"叔公,你去睡觉,别管我。雪融儿也许贪玩去了,明天就会回来的。你快去睡觉吧!这段时间你都忙得没有休息……"

"你这样干坐着,我也睡不着。还是我去找吧!"李叔公走向大门口。

"叔公,我睡觉!我睡觉!明天我去找就好了!你快去睡觉吧!"春生连忙拉住他,把他推进了房间。

第二十二章

东方闻莺无力地回到自己的房间。她拿出老师给自己的回信,慢慢看着。肿瘤,现在临床医学上仍然没有办法攻克。如果发现得早,尚且能控制;如果到了晚期,等待病人的,就只有死亡。

刚才院长也说了,镇痛剂是限制药品,卫生院已经没有了,张主任已经打报告到医药局和县人民医院等待回复。就是沙塘县人民医院,也只有X光机,可以拍个片子,以助于骨伤骨病的治疗;检查肿瘤的机器都还没有。医生没有火眼金睛,全靠经验,这个确实很不容易。

她一夜没有睡好。昨天晚上,起初是老陈老婆的怪异症状和春生的奇异行为一直让她纠结着,迟迟没有入睡;天快亮的时候,驱蚊虫的药药力散尽,蚊子就一直在耳边"嘤嘤嗡嗡",隔着衣服,都能东咬一口西刺一针,又痒又痛,烦得要死。现在,却是一个垂死的病人的苦痛,噬咬着她的心。

天刚刚亮,她就起床了。匆匆洗漱完毕,她就一溜烟来到灸草堂。

春生刚刚打开门,见门口站着东方闻莺,愁容满面,着实吓了一跳。他问道:"东方医生,这么早,有事情吗?"

东方闻莺一怔,似乎觉得自己太早了是不是有些失礼——唉!不管了!她问道:"春生,叔公起床了吗?"

灸草堂里面传来老人家的声音:"东方医生,找我有事吗?"李叔公站在柜台前,问道。

东方闻莺连忙跑进去,说道:"叔公,阿兰的母亲已经是肿瘤晚期。她一直在吃蟾蜍肉——这个蟾蜍,真的有用吗?"

李叔公苦笑一下,摇摇头,说道:"东方医生,你是大学生,有文化的人。你看过《三国演义》,对吧?《三国演义》里讲曹操得了头风病,经常头痛欲裂。华佗就对曹操说,你脑子里有个瘤子,只要把头盖骨用利斧剖开,取出瘤子,再把头盖骨缝合,加以汤药调养,就可以康复。可是曹操没有听他的话,最后被头痛痛死。一千多年前的医家,可以凭着一双肉眼,发现人体内的肿瘤,现在的人反而没有这个本事。当然,华佗是神医,一千多年来也就出了这么一个,才流芳千古。我等凡夫俗子,又没有火眼金睛,就只能看着病人,活活地受着疾病的折磨,最后悲惨地死去。惭愧呀!惭愧呀!"

春生拿出热水瓶,倒了一杯热水,递给东方闻莺。东方闻莺怔怔地看着李叔公,没有接他的水杯。

春生说道:"叔公,我去煮粥。东方医生,你也在我们店里吃。"

东方闻莺正要推辞,叔公笑着说:"你就在我们店里吃粥吧!我们店里熬的药粥,味道不错。不是老朽夸口,春生的熬粥手艺,连县城的龙腾酒家都比不上。一般我们店里不请人吃粥,别人想吃还吃不着呢!"

李叔公从春生手里接过水杯,递到东方闻莺手里,请她坐下,说:"年轻人谦虚好学,老朽我甚是欣慰。你既然来了,就不妨坐下来,咱们好好唠唠。"

东方闻莺坐在叔公身旁,低头看着水杯,心中无法平静。看来,得了恶性肿瘤就等于宣判了死亡,只是早死晚死的问题。早死,亲人痛苦;晚死,病人痛苦。每天忍受疼痛坚持活着,需要顽强的意志力。在人道和孝道之间,医生又该如何选择呢?

李叔公看着东方闻莺低头不语,问道:"东方医生,我们只不过是山野郎中,见识十分有限;读的书也没有几本,靠的仅仅是祖上传授的和自己的一点领悟。你从上海来,又念过几年大学,或许有新的办法?"

东方闻莺神情黯然,摇摇头,说:"我给我的大学老师写过信,刚刚收到他的回信。就是在上海,对恶性肿瘤也还没有有效的治疗方法。叔公,张院长说,早期的恶性肿瘤是可以用药物抑制肿瘤病毒的。你有什么好办法吗?"

叔公说道:"这个,我只能说,肿瘤不是一两天形成的,它是天长日久,慢慢长大的。那么,在它生长的过程当中,总会有异乎寻常的表现。比如阿兰的母亲,她患的是子宫肌瘤,那么,最早,她就会有月经失调,量多或量少的表现,黑血淤血甚至大块血团的表现;气血不足、气血亏损必定造成脸色萎黄、暗沉、头晕乏力,容易倦怠等不健康的症状。在这样的发病初期,我们可以用中药调理,及时改善她体虚体弱的症状,使之回归正常。这样,肿瘤就不再有生长的温床……"

东方闻莺说道:"叔公的意思,我明白,就是要防微杜渐,防患于未然。但是,普通百姓对疾病的认识不够,他们往往是发病了,也没有引起重视,除非病情严重了,才想到要来医治。哎!叔公,那个蟾蜍——它的毒性大吗?"

"蟾蜍的毒性当然不小。但是,每天少量吸取,应该没事的。只要不是大量吃,阿兰的母亲应该不会中毒。以毒攻毒,是下策中的下策。如果不是在生死边缘,谁会冒险呢?比如,有人听说蛇胆可以解毒,就生吞蛇胆,结果中毒后不治身亡。所以,毒物是一把双刃剑,病人在得到止痛的同时,又服下了另外一种毒。是药三分毒,毒总会伤害人的脏器、神经,吸收多了,正常的脏器、神经难以修复,病人就受到双重损害。所以,有时候我们建议病人多采用食疗,或者食补,尽量少从药物当中吸取。"叔公喝着茶,慢慢地说。

东方闻莺看着李叔公,眼睛里充满敬佩。他是山野郎中,也没有读过几本书,可是他知道的病理,并不比读书人少。

后堂的粥香渐渐飘了出来,果然味道非同寻常。

"叔公,春生是不是有什么法力?他的师傅黄老仙,是不是教过他什么秘籍?"东方闻莺探头看了一眼里面,好奇地问。

李叔公摇摇头,说:"年轻人定力不足,容易被人蛊惑。这个世上哪有什么法力?道听途说,就以讹传讹,甚至三人成虎。我一个老头子,尚且不迷信,你堂堂一个大学生,就更不应该迷信。"

东方闻莺看着李叔公,他口口声声说自己没有读过几本书,但看他言谈举止,像没读过几本书的人吗?

"真香啊!"她赞叹道,"我去后堂看看,这个煮药粥的秘籍可以教给我吗?"

叔公说道:"你去问春生就行。"

她站起身,走进后堂。一口大锅里盛着五色米,混着几种药材,春生正拿着锅铲慢慢地搅拌,袅袅的蒸汽扑面而来。

春生招呼了一声"东方医生早",就抱着药草走向前堂。他把药材一样一样细心地放进木柜子里,悄声说:"叔公,东方医生是卫生院张院长的指导弟子,她却常常来向您老人家请教,这样是不是不合适……"

叔公瞪了他一眼,低声说:"就你小心眼!"

春生急忙解释道:"我不是这个意思!我是说,张院长是她的正式师傅,她老是往这里跑,张院长心里,会不会不舒服呢?再说,她要是有心向你学,总得有拜师仪式,才名正言顺不是?"

叔公说道:"我和张耿之虽然不常来往,但是,我了解他的人品,我想他也信任我。什么拜师仪式,不过是一个虚名而已。东方医生心术正,那么聪慧,又谦虚好学,是学医的好材料。她有西医的底子,再学一些中医,中西合璧,说不定是治病的最佳途径。将来她要是学有所成,能给老百姓造福,拜不拜师有什么关系呢?成大事者不拘小节。再说,咱们柳林镇,真正有本事的医家,也没有几个。一点小病小痛,都不知道去找谁。一旦水痘、麻疹爆发,咱们灸草堂就忙得焦头烂额。我老了,就你和春生两个徒弟。你们俩,也就那水平。"

满生嘟着嘴说道:"叔公,你又嫌弃我了。从小,我家里就穷,家里没有钱供我上学,我父母亲都说要把我送人,是您老人家收留了我。连药柜子上的字,都是您教的呢!我出身不好,我也没有办法呀!"

叔公说:"我可没有嫌弃你。以前你没有念多少书,现在可以念呀!东方医生都能放低姿态,到我们灸草堂求学,你为什么不能积极向人家求教呢?"

满生叹息一声,辩解道:"叔公!我也想向东方医生求教呀!问题是,她身边整天跟着一个刘爱国,我有机会吗?她跟春生才说几句话,刘爱国的眼睛就瞪得跟乌眼鸡似的!你看那次我带她去观音山找春生取药材的事儿……你瞧瞧他那杀气腾腾的样子!我要是在东方医生面前多说几句话,他还不生吞活剥了我!……"

李叔公叹息一声,说道:"老话说得好:身正不怕影子斜。你要是诚心诚意请教,而并没有其他心思,还在乎他的脸色吗?"

大锅里的五色米渐渐熟软,渐渐黏稠,加进去的绿豆、薏米等药材,看样子也软烂了。

熬粥就像熬药,要在"熬"字上下功夫。春生手中的锅铲,一刻不停。

东方闻莺追问他:"关于老陈老婆的事情,前天晚上,你到底跟他们说了什么?"春生低垂着头,只简单说了句:"什么也没有说,你就别问了。"

他神情木然,面容有些憔悴,显然是没有休息好。

忽然,东方闻莺听到他肚子"咕噜噜"响了几声,想起昨天晚上,他没有吃面条,就冲出门去寻找雪融儿。"雪融儿!雪融儿!"她扭头找寻,叫了几声,却没有听到回应。

她问:"春生!雪融儿没有回来吗?它到哪里去了?"

春生摇摇头,没有回答。

东方闻莺走到前堂,问道:"满生!雪融儿没有回来吗?它去哪里了?找不到了吗?"

满生回答道:"我不知道。我昨天下午从老家赶回来的时候,就没有见过它。叔公吩咐我做事情,我就一直在做事情,没有注意到它。"

东方闻莺只好问叔公:"叔公!雪融儿经常这样不着家吗?"

叔公摇摇头,说道:"唉!它从来就没有这样过。它一直跟着春生。有时候,春生出门去了,它也是老老实实待在屋子里,不会走太远……"

东方闻莺里里外外寻找了一遍,没有见到雪融儿的踪影。它和春生形影不离,那样依赖人、黏人,为何会突然失踪?这就奇了!

她问道:"有没有去问问别人呀?或者是被别人捉了去?"

满生放完药材,拍了拍手上的药渣子,说道:"全柳林镇的人,都知道雪融儿是春生的猫,有谁会那么不厚道,私藏起来呀?"

东方闻莺走出灸草堂的大门,站在门口,看见街市上人来人往,已经热闹起来了。她走下台阶,漫步在街道上。她转了个身,想起和春生的初次相遇。当时见他穿着一袭灰色棉布道袍,自己心中吃了一惊,但是脸上却没有表现出来。他给自己捡起了那只小盒子,又主动替自己拿箱子,一直送到卫生院。

他说,自己不是坏人。眉清目秀,眼神清澈如水,面容沉静,或许就是自己对他的第一印象。那时候,他说自己不是坏人,也就相信了他。

待到和满生去了观音山,见他一人孤零零地住在山中,守着一个破败的寺庙种药草,心中还感慨万千,这是怎样的生活际遇,造就了他的今天呢?东方闻莺从一家家店前走过。据说,雪融儿从观音山下来,很少走街串巷,也不会挨家挨户去串门。它就待在灸草堂。或许只有灸草堂,才能给它安全感。

它刚刚下来的时候,几乎不在灸草堂的前堂露面。偶尔"喵呜"几声,人们才知道它回来了。

她抬头看着一家家店铺的屋顶。灰色的瓦整整齐齐,檐溜有些破败,有的还长出了草茎,绿油油的,显示着老屋子不能磨灭的烟火气息。或许,雪融儿藏身于上面?它一天一夜没有见到主人,生气了?

太阳从云缝里射出来,洒下万道金光。她仰望蓝天,发现晨曦瑰丽无比。那美丽的云彩如金色的织锦,如洁白的丝绸,在飘忽变幻,慢慢地变成了一只大猫——雪白的肚皮,黄色的背部,健硕修长的身姿,面容沉静,眼神清冷,默默地注视着她。

雪融儿!她的心中,禁不住叫道。

第二十三章

刘爱国开着拖拉机,"突突突"地行驶在返回县城的路上。他把在鸡公山收集的资料整理好,递给镇长。镇长仔细阅读后,沉吟片刻,说道:"鸡公山目前的情况,我也十分焦虑。但是,我们柳林镇,也就这样的家底儿,唉!"他摇摇头,叹了一口气,说:"我也是爱莫能助啊!你看,我们存储的粮食,也十分有限;现在稻子正在灌浆,急需化肥,可是,我们去哪里弄化肥?村民只能烧草料做肥,肥力十分有限。水稻产量低,老百姓才不够粮食吃啊!至于缺医少药……"

刘爱国把借来的拖拉机还了,就拿着材料径直回了家。

爱民手上被雪融儿抓咬的伤口已经愈合,看来没有大碍,就是不知道以后会怎么样。听说,狂犬病的潜伏期长达十几二十年,一旦发作,也是无药可医。

为此,刘建业伤透了脑筋。他又叫县人民医院的院长去省城大医院问问,看有没有狂犬疫苗。人家说,就算有狂犬疫苗,也得在被猫抓咬后的二十四小时内注射,才有效果。过了二十四小时,什么狂犬疫苗都没有用了。

爱民原本是想,端午节快到了,去看看叔祖母。父亲和哥哥天天忙里忙外,特别是哥哥,虽然就在柳林镇工作,近在咫尺,却很少回明德围屋去看望叔祖母她老人家。叔祖母从小就最疼爱自己,现在她老了,也不愿意来县城享福。叔祖母说,坐拖拉机太颠簸,震得腰疼。无奈,爱民只好逢年过节,给她捎点儿她爱吃的东西。最近她老是说睡不好,老是梦见一些过去的老人。她说:"唉!人老了,就只记得过去了。现在,孩子们长大了,孩子们有孩子们的生活,我也不愿意去管他们的是是非非了。"

爱民说:"这就对了。你有我和哥哥,就足够了,管他们做什么。你最好去县城看看,县城的百货大楼,有两层,可大了!县城的电影院,是斜坡的,坐在后面的人也可以清清楚楚地看电影,一点都不挡视线。县城有照相馆,叔祖母,你这么好看,却一张相片都没有,太可惜了!县城有龙腾酒家,那里的菜五花八门,除了正宗的沙塘县酸酒鸭、醉炒沙螺,还有从别的地儿引进来的菜。县城还有金银店,除了专门打制孩子的银铃花帽,还会

做唐装。最重要的是,县城里有采茶剧团,隔三岔五就有演出,阿爸常常有戏票,我们随时可以去看……"

叔祖母听到采茶戏,就笑了。她说:"你说的电影院,那地儿也就你们年轻人喜欢。叔祖母老了,老眼昏花,不爱看什么电影。再说,人家年轻人搞对象,就常常在那里厮混,挤眉弄眼,窃窃私语,大胆些的,还脚底下搞小动作。我们老太太碍眼碍鼻子的,去那里瞎掺和啥。百货大楼、龙腾酒家,从前你阿爸也带我去看过。至于那个什么唐装,也就哄你们小孩子玩罢了。你看叔祖母穿了一辈子的偏襟衫,难道不是唐装?不过采茶戏,我倒是好久都没有看过了……"

说到这里,叔祖母的眼睛里有些迷茫,那是对过去的美好渐渐远去而不可追回的迷茫。她解开头帕,露出满头白发。

客家妇女结婚生子后,就包着头帕,既可以防晒,又可以防寒。这个头帕的丝带子,都是自己用竹梭子和五色丝线,一下一下织成的。

叔祖母还会绣各种各样的花饰。孩子的银铃帽子、虎头鞋、布袋都需要绣花。叔祖母把各种各样的花饰用红纸剪了夹在针线笸箩里,珍藏着。梅花、老虎、龙、荷花等,她什么都会绣。她做针线活时候用的铜顶针,是套在左手中指上的,上面曾经有精致的花纹。年深月久,那花纹也渐渐模糊,看不清楚了。但是,那枚铜顶针,却依然锃亮。

爱民拿着叔祖母给的小瓶子,小瓶子里装的是纯黄酒酿,是李叔公专门给的。她从瓶子里倒出一些纯黄酒酿,仔细地擦在伤口上,这样才不会留下疤痕。

刘爱国拧开门锁,走进屋子里。他看了看爱民的手,坐在她身边说:"你要是想哭,哥哥借肩膀给你。"

爱民一推他,说道:"难道你没有责任吗?都快端午节了,你也没有去看叔祖母!所以我才跟阿爸说,要去看看叔祖母的。叔祖母生病了,身体不好,你也不去给老人家抓点药。长此以往,别人都要看不下去了,说我们刘主任忘恩负义了!老的小的都这样……"

"好了!我这不是忙吗?将来你工作了,就不会说这话了!絮絮呱呱,你也成了老人家了?"刘爱国打断她的话。

爱民瞪了他一眼,低下头不理他。她慢慢擦完药,说:"我回了一趟明德围屋,关于你的花边新闻,可听说了不少。要不要告诉咱爸呀?"她威胁他说:"哼!叫你老是欺负我!"

"什么花边新闻?你哥哥不可以喜欢女孩子吗?你是不是巴望着你哥哥,去观音山守寺庙呀?"刘爱国生气了。

爱民见哥哥眼珠瞪得溜圆,说:"你真的喜欢她吗?想让她做我嫂子?"

爱国扭头不理睬她,自己去拿茶壶筛茶。

爱民轻轻碰哥哥的胳膊肘,神秘地笑道:"你要不要听一个关于你的喜事?"

爱国端着茶杯,吹了一口气,问道:"什么大喜事?阿爸要把我调回县城了吗?"

"哎哟!喜事就是你的终身大事,跟调回县城有什么关系呀?再说,只要你想回县城,张县长一句话,不是随时可以回来嘛。"爱民笑嘻嘻地看着他。

爱国一愣,问道:"你都听说什么了?"

爱民却卖了一个关子,说道:"明天是星期天,你开拖拉机带我去绿云水库玩一天,我就告诉你!"

爱国故意做出失望的样子,说:"哎呀!你想去绿云水库玩,怎么早不说!拖拉机刚刚还给人家了!"他见爱民瞪着自己,十分不高兴,就说:"什么秘密?你不说,我还不想听呢!"说完,他站起身,走进了自己的屋子。

爱民跟了进来,说道:"哥哥,我要是不告诉你,我觉得我这个妹妹不仗义。要是你还没有喜欢的女孩子,还好说,可是,你已经有喜欢的人了,你就必须尽早知道。"

爱国拿出档案袋,慢慢整理资料,没有理她。

爱民只好说:"哥哥,前天县妇联的王阿姨来了。她说,黄局长家的姑娘,刚刚从师范学校毕业,人长得水灵水灵的,个子虽然不是很高,但也不算矮了。人家家庭条件不错,两个哥哥都在好单位工作,而且,他们家还有一个姑父,在市里工作。他们家姑娘还没有毕业,来说媒的就要踏破门槛了!她一口气儿说了许多,最后咱爸说,等孩子回来,问问他自己的意思。现在的年轻人,都要找自己喜欢的。阿姨就说,好呀!我就等着你的回信儿。现在,你刚好回来了,说不定呀,明天就叫你去亮相了!哼哼!哈哈!"她似乎幸灾乐祸,笑了两声,出去了。

爱国尽量使自己平静下来。从参加工作开始,他就发现,对自己来说,最困难的,不是怎样做好群众的工作,而是面对各种各样的媒婆。这些阿姨大娘婶婶婆婆,没事儿就爱瞎操心人家的终身大事。

晚上,父亲有些晚才回来。果然,他说的话,跟爱民说的一模一样。然后,父亲盯着他,等着他的回答。

爱国说道:"爸,我现在不想考虑个人问题。我想在柳林镇再干一两年,然后再考虑回县城。等回了县城,再考虑个人的事情。"

父亲皱眉,问道:"工作和你结婚是两码事。工作不能放松,结婚也不能拖拉。你现在正当年,是你挑人家。再过一两年,你就成了大龄青年了。到时候,就是人家挑你了。好的缘分,是可遇而不可求的,过了这个村,可就没有那个店。条件好的姑娘,大家都在抢。谁要是拖沓,就错过了。我的意思是,你可以先去看一下,成不成当然还在于你自己,由你自己决定。我在这方面可以说相当民主。明天是星期天,就明天去看一下,怎么样?"

虽然父亲说得在情在理,爱国心中却不情愿,十分别扭,说:"我明天还有事儿,抽不出时间。我看还是算了吧!"

刘建业见儿子这样愚钝,说道:"你是不是在乡下待久了,也变得跟乡下人一样了?凡事都要会变通!人家王阿姨专门来说亲事,是看得起咱们老刘家!你总要给人家面子。你连见一面都不愿意,人家黄局长的面子怎么办?"

爱国烦恼,说道:"要是看不上,不是更加没有面子?"

刘建业紧皱眉头,说道:"我说你呀你!你就算是看不上人家黄局长的女儿,你也可以说,是她看不上你!撒这个谎很难吗?明眼人都知道,是你看不上她,而不是她看不上你。这对于你的名誉,并没有受损。再说,你这样做,那些层次差一些的,从今往后就不会来了。而层次高的,更加会找上门来。这不是挺好?"

爱国不得不信服父亲的老辣。但是,他根本不愿意去。怎么办?

他躺在床上。有心栽花花不开,无心插柳柳成荫。天意弄人!

他走进妹妹房间,坐在床边,一言不发。

爱民见哥哥垂头丧气地进来,又不肯说话,就知道刚才发生什么事情了。从来,哥哥都不能违拗父亲的意思,特别是参加工作以后。她心想,是不是以后,我也不能违拗父亲的意思呢?

她拍拍哥哥的肩膀,说道:"平时,你不是很有主意嘛。现在,江郎才尽了?"

爱国说道:"爱民,明天,你替我去好不好?"

爱民吃了一惊,骂道:"哥哥!你吃错药了?!"

爱国苦笑道:"我实在不想去。我怕我去了,装不好,不小心得罪了人家姑娘。"

爱民劝道:"你不肯去,就是间接拒绝人家,也是得罪人家姑娘。要不,你把东方闻莺的事情如实说出来,这样,他黄局长就没话了!"

爱国说道:"我也想啊!问题是,说不出来。"

爱民"啧啧啧"了几句,笑道:"看来,伟大的刘爱国同志,尊敬的刘主任,空有一表人才,空有聪明智慧……"

爱国伸手在她头上轻轻敲了一记"毛栗子",说道:"嘲笑你哥哥,有意思吗?"

爱民想了想,忽然心生一计,于是笑道:"这样,明天我替你去,既不会得罪人,又叫她死心。"

爱国半信半疑,问道:"你能有什么好办法?"

爱民催哥哥回去睡觉,说道:"山人自有妙计。你回去好了,别操心了。"

傍晚时分,天边又聚集了一团乌云。春生以为要下暴雨了,正在为雪融儿的事情烦恼——它怕闪电霹雳。他急匆匆跑往观音山,想去看看它是否在那里。

但是,它仍然没有踪影。当然,他担心的狂风暴雨也没有发生。乌云慢慢散去,天边出现了一丝亮色,半个月亮挂在山尖。

半个月亮,像半块糕饼,像半面镜子,静静地贴在淡青色的天幕上。山谷有些暗,但是,没有油灯,借着微弱的光明,也可以看见寺庙的四周。

他坐在寺庙的门槛上,支着头。在朦胧的月色中,他仿佛看见刘爱民,挎着一个浅紫色小包,手中攥着一张纸还是什么东西,慢慢地走在宽阔的街道上。她始终一个人走着。走着走着,她径直去了一个地方——沙塘县人民剧院。人民剧院,也是电影院,他是听说过的。

电影院里还没有多少人。她东张西望了一会儿,选了个位置坐下来。

过了没有多久,一个个子小巧玲珑的姑娘走进来,她拿着电影票,仔细地寻找座位。最后,她坐在了爱民的身边。

爱民跟她打了招呼,那个姑娘先是一怔,随即笑了。然后,两个姑娘就亲热地交谈起来。

她们说了什么?春生没有听清楚。她们似乎并不认识,那么,她们为什么会在电影院见面呢?

第二十四章

我在通往敬德围屋的泥路上,踽踽独行。路上什么人都没有。我抬头看天,只见半个月亮像半块糕饼,像半面镜子,静静地贴在淡青色的天幕上。天地间一片朦胧,远山、田野、河流,都像披着一层黑纱。这半明半暗的景象,神秘莫测又诡异魔幻,是否就像人心呢?有时候满腔赤诚,掏心掏肺的,恨不得同生共死。可是一眨眼,却又变了脸,决绝而去,毫不留情。

我早知道,他有心上人了。那天早上,他做了一个奇怪的梦,我就知道,世界要变天了。我使了个坏,把他从美梦之中生生拽醒,可他还是义无反顾地冲下山去了……

深潭里黑浪翻滚,火坑里烈焰熊熊。

深潭里有绝美的人鱼,火坑里有涅槃的凤凰。

我禁不住深深叹息!

天意,命运,无法忤逆的归宿……

夏日的山野间格外热闹。在这样朦胧神秘的世界里,星星点点的萤火虫携着爱侣,悠然地飞来飞去;草丛里三三两两耳鬓厮磨的虫儿们,"嘶嘶嘶嘶——""吱吱吱吱——"肆意狂欢,天地间似乎就只有它们能无忧无虑,尽情地欢乐。

我倍感孤独。于是我拼命往前奔跑,好像身后有鬼魅尾随。如果它们知道我的落魄与狼狈,一定会肆意笑话我。

如果当初,我不是那么依恋人类,也许就和这些虫蚁一样在山野间尽情张扬狂欢后自生自灭。我和他们一样食着人间烟火,享受着高度文明的熏染,我一度以为,在我这样异类的骨血里,是否也有人类的情感和智慧?

我不知道,在我薄薄的灵魂里游荡着的,是猫性还是人性?

曾经,他给我无上的宠溺,我给他无上的信任。现在,宠溺移花接木,信任薄如蝉翼,可是我还在担心他的将来。就算他们负我千万次,我还是不忍心看着他受到一点点伤害。

猫有九命,可是我已经死过千百回。最终,我会在这样的尘世间烟消云散,灰飞烟灭,我只想在我活着的日子里,不要看到他难过。

可是,我操控不了他的心,只好一走了之,眼不见为净。

然而,上蹿下跳,东奔西逃,天地之大,我却无处可去!

在极度的悲伤之余,我还没有眼泪!

我一口气跑到了我的祖辈出生的地方。

就是在这样半明半暗的朦胧中,我看到眼前是一座破败的围屋。几十年了,厚厚的青石堆砌的围墙,黄土夯筑的里屋,水井一年四季都清冽充盈。这里,曾经炊烟缭绕,笑语声喧,满满的幸福温馨。现在,黑色的屋瓦所剩无几,破碎后哗啦啦地落在地上,慢慢嵌入黄土。风雨剥蚀黄土墙,浑黄的泥浆漫流在鹅卵石铺就的檐廊。水井被碎土碎石填满,周围疯长着杂草……

我踏过长着荆棘的乱土堆,小心翼翼地走进去。炮台楼曾经遭遇火焚,门窗被烧成焦炭,粗大的木梁带着浑身的焦痕,也掉落下来,歪倚在土墙上。

我绕过屋角,来到正门。正门门楣上,"敬德围屋"四个黑底黄色的大字,依然清晰。因为,那是刻在花岗岩上的方正大字,遒劲有力,深刻醒目,岁月竟无法剥蚀。

我来过,曾经在梦中来过。在遥远的过去,我听到母亲一声声呼唤,我就奔向那幸福的家园。

雁栖围屋的迎亲队伍,吹吹打打地抵达了敬德围屋的晒谷坪。他们停在那里,等待主人。

敬德围屋的主人,早已翘首迎候。于是,执手言欢,真诚志庆。

敬德围屋,里三层外三层都张灯结彩。喜筵从屋内一直摆到屋外,鼓乐一直响到深夜。

第二天早晨,新娘子穿着大红喜服,撑着大红伞,在长兄的搀扶下,在母亲万般难舍的凝视下,上了花轿。

她去了!我望着她渐行渐远,心中满是失落。

曾经,她待我如掌上明珠,现在,她要与我决绝了。偶尔的省亲,片刻的温存与爱抚,只会让我更加难过。

终于,有一天,我趁着夜色,一溜烟来到了雁栖围屋,在她屋顶徘徊观望。

就在此时,意外发生了。一个身影悄悄立在我的身后,凝视着我,默不作声。我忽然感觉到一种不易觉察的呼吸,悄悄回头,竟然看见一只大猫,

身形健硕修长,黄绿的眼珠似宝石闪闪发亮,面容沉静如湖中月影……

东方闻莺惦记着雪融儿,只恨天地茫茫无处寻,以至于脚底下踩着了一个圆溜溜的石子儿,差点摔倒。她慢慢回到卫生院,愁容满面。

张院长穿上白大褂,对她说:"你到我值班室来。"

她跟在他后面。他进了值班室,拉了藤椅坐下,然后问道:"东方医生,你在学校的时候,外科学得怎么样?"

东方闻莺有些惭愧。在学校,她最怕的就是外科。给尸体解剖的时候,她总要好友陪在身边,绝不能独自做手术。

虽然,她也够勤奋,学扎针,学缝线,但是,她心中还是有阴影。于是她说道:"院长,我……"

张院长看着她,心中已一目了然。他说:"东方医生,我们卫生院,能做大一些的外科手术的,就我一个人。妇产科的徐医生,也是护士出身。当然,她也去市里进修过很多次。但是,她年纪大了。其他人,底子薄,恐怕接替不了。我的意思是,你能不能加强外科的学习,好将来能独当一面?"

东方闻莺低头思忖,发现这是一个无法回避的事情,于是问道:"院长,你希望我怎么做?"

张院长说道:"咱们卫生院,平时也没有什么需要做外科手术的病人。所以,你能见习临床手术的机会也很少。这样,你先到厨房去,从今往后,杀鸡杀鸭杀鱼什么的任务,就交给你了,主要是锻炼你的胆量和你的手势。手术刀很锋利,你要慢慢适应它,直到得心应手。"

东方闻莺问道:"院长,你是要我拿手术刀去杀鸡杀鸭杀鱼吗?"

院长点点头。

东方闻莺二话不说,就转身出门去,拿了手术刀,径直奔向厨房。厨房里刚好买了一些黄鳝,养在大脚盆里。她皱着眉头,慢慢伸手下去。

厨房的厨师小桐儿刚来不久,他是顶替他父亲的职位的。顶替父亲端到一个铁饭碗也不错,叫人羡慕。

他双手抱在胸前,笑眯眯地看着东方闻莺。

东方闻莺费了九牛二虎之力,才抓住一条黄鳝。她把黄鳝按在砧板上,然后要把它开膛破肚。可是黄鳝太过狡猾,竟然从她的手掌心里滑溜走了,它挣扎着,瞬间掉落在地上,使劲扭动着身子。

她没有泄气,又蹲下身,使劲按住它。待到把它牢牢地攥在手掌里,它却已经满身黑泥。她只好把它扔进脚盆里洗洗干净。

这样反反复复抓了十几次,她才抓住一条大的黄鳝。眼看着它又要故技重施,小桐儿笑着走了过来,拿起锥子,往黄鳝的脑袋上使劲一插。黄鳝被钉在砧板上,仍然死命扭动身子。但是,它跑不了了!

怎样给它开膛破肚呢?她拿着手术刀,要划它的肚子。可是,它的肚子就像擦了润滑油,根本使不上劲。

小桐儿又笑着,拿刀尖从黄鳝的头部插进去,沿着它的背脊处使劲划过,然后,细心地剔除它背脊处的骨。这样,黄鳝的肉和骨就成功分离了。

东方闻莺折腾了一上午,全身大汗淋漓,才分离了几条黄鳝。眼看就要开饭了,小桐儿说道:"还是我来吧!"

下午,张院长叫小桐儿去买了一只鸡。

东方闻莺抓着鸡的翅膀,它双爪乱蹬,还用喙啄她。她裤腿上沾了不少鸡屎不说,手还被鸡爪挠了一个口子,顿时留下一道血痕。

她忍住疼痛,要给它拔毛。它却死命挣扎,她折腾了半天,也没有揪下几根鸡毛。

小桐儿大笑,说道:"你可以试着用双脚踩住它的脚爪。"

这招果然管用。她抓着鸡的脖子,费了一番功夫,终于拔干净了鸡脖子上的毛。现在,要动刀子了。

她头上的神经全都绷得紧紧的。她看着满脸涨红痛苦万分的鸡,深深吸了一口气。左手抓着鸡脖子,右手拿着手术刀,迅速而准确地割断鸡的喉管。鸡血顿时喷射出来!

她感觉自己全身的神经都麻痹了!

过了许久,她才站起身,从大锅里舀了热水在脚盆里,把鸡丢进脚盆,慢慢浸湿它的羽毛,拔鸡毛就容易多了。然后,她慢慢将鸡开膛破肚,取出内脏,把鸡的肠子捋直,用刀尖细心地划破……

她做完了这些事,良久,还感觉头皮发麻。

而这只是开始。第二天,院长就要她在规定时间内完成了。

小桐儿买了一条草鱼。草鱼比黄鳝大多了,剖起来似乎容易一些。但是,草鱼劲儿更大,它拼命挣扎,而且,它的头骨和背脊处的骨很坚硬,要切断并不容易。

这只是第一步。院长要她把鱼皮剥下来,不能粘连着肉,也不能把肉弄烂了。

她折腾了半天,鱼肉都被手术刀划成了鱼馅儿。她满脸是汗水,看着自己的"佳作",垂头丧气。

小桐儿笑着,把这些鱼肉下到锅里,切了几块豆腐,撒一小撮米葱,炖了一锅香喷喷的豆腐鱼肉汤。

张院长偶尔进来看看,脸上僵硬,径直出去了。

第三天,小桐儿按照院长的吩咐,买了一只大冬瓜。东方闻莺以为院长要自己学扎针,心中稍宽。不料,院长却叫她刮冬瓜皮。还好,至少冬瓜它不会活蹦乱跳。它静静地蹲在主人面前,任由她摆布。

院长吩咐,要把手术刀紧紧贴着冬瓜皮,不能见一点儿白色的肉。

她知道,人的皮肤比冬瓜皮薄了不知道多少。如果要分离人的皮肤,需要过硬的技术。这手腕的力道,十分巧妙。

她拿着手术刀,轻轻地开了一个口子,然后,慢慢地,慢慢地,往下刮。

这只冬瓜非常老。它的皮很厚,很硬,而且,满布着硬硬的白毛。白毛刺痛她的手,而且白毛上还沾着粉,弄得她一身都是。

折腾了老半天,刮下来的冬瓜皮,不是带了白色的肉,就是破碎不堪。

晚上,她筋疲力尽,躺在床上,望着天花板发愣。

一连几天,她都是做这样的事情。院长的脸绷得紧紧的,不过什么也没有说。

眼看一周过去了,她的手术水平似乎没有多大进展,院长问道:"东方医生,你的针线活做得怎么样?"

东方闻莺说道:"还可以吧!"

院长低头沉思片刻,说道:"你给我做双鞋垫儿,要绣花的,怎么样?"

她愣住了。其实,手术中的缝线,她还是可以的,能够胜任的。但是,绣花什么的,就是难于上青天了。她看着他,不能皱眉,也不能犹豫。她平静地回答道:"好的。"

她走上楼梯,一直思忖,要什么样的绣花呢?她满怀心思走到自己房间门口,却看见刘爱国站在走廊上等她。

他还是那样,微笑中带着一丝儿调皮;眼神清澈,却又显露出志在必得的霸气。外表毫不掩饰年少轻狂,内心却掠过尘世沧桑……

好几天都没有见到他了,她还以为他死心了。他没有来,自己心中似乎宽慰了许多。但是,心中却又隐约黯然惆怅,不禁感叹,人与人的缘分,也就这样:在一起时的喜怒哀乐,都不经意;走着走着,就散了,又怅然若失了。想回过头去琢磨为什么,却发现,那人早已泊去了他人的港湾……

第二十五章

"你去县城开会还是出差去了?"东方闻莺擦着手上的水迹,问道。

他的脸上顿时笑如春花,问道:"怎么,才几天不见,你就想我了吗?"

东方闻莺沉下脸,说道:"你要是再这样调皮,我就不欢迎你来了!"

刘爱国连忙摇着手,说道:"别!别!跟你开个玩笑,不行吗?"他看着她,脸上换了坏笑,问:"听说,你都快成屠夫了?或者,要去干兽医了?"

东方闻莺瞪了他一眼,气恼地回答道:"怎么,你幸灾乐祸了?快笑死了?"

刘爱国收敛了笑容,说道:"没有!没有!其实,我是来求你一件事儿的。"

她嘴一撇,问道:"天下无所不能的刘主任,还有什么事情要求我呀?"

他说道:"天色不早了!走吧!下楼去,边走边说。"

东方闻莺跟在他后面,走下了楼梯。

他骑了一辆自行车,示意她坐后座。

"到底去哪里?"她没有坐上去。

他扭头说道:"去明德围屋,看望我的叔祖母。有些话,想跟她老人家说。"

她犹豫片刻,问道:"那,你干吗叫我去?"

他垂下眼睫毛,说道:"老人家身体不太好,想请你去看看。"

东方闻莺不相信,说道:"如果是给老人家看病,就算你不想请张院长去,也要请李叔公去,或者请春生去呀!干吗叫我去呢?我对中医,并不太懂。"

他叹息一声,说道:"就是想请你去跟老人家说说话儿。叔祖母最疼爱爱民。可是,爱民她住在县城,学习任务繁重,一年到头都没有多少时间回来。而我……"他低垂下头,过了一会儿,说:"如果你不想去,就算了。"

她跳上了自行车后座。

刘爱国脚一蹬,自行车迅速向大路驶去。

东方闻莺问道:"鸡公山的事情,怎么样了?"

刘爱国说道:"难啊！我父亲跟张县长反映之后,县长答应,给鸡公山批十包化肥,十包粮食。这已经是力所能及了。还有,县长指示,从今往后,每年每个季度,你们卫生院要派医疗队,去鸡公山义务诊疗。"

东方闻莺听了,没有吭声。

刘爱国问道:"一想到要下乡,犯愁了吧？唉！有我在,你怕什么？"

东方闻莺说道:"难道以后我们每次下乡,都要靠你假公济私？"

"假公济私也好,假私济公也罢,反正,我不会让你走路去。县长已经批准,给我们柳林镇政府配一辆拖拉机。还有,这辆自行车可是我自己花钱买的,你如果需要,随时可以骑去。"

"还真是大方！"东方闻莺说,"我可以走路去的,我并不娇气。"

"你以为,你下乡的任务,就是鸡公山？县政府听说,我们柳林镇水痘和麻疹爆发,鸡公山的百姓又得了'神病',就向省里打了报告,省里就拨给我们一些疫苗,要你们卫生院到乡下去打预防针,顺便做一些科普知识的宣传。"刘爱国说。

东方闻莺沉默了。她不是怕苦。老百姓最需要的,不正是这个吗？

刘爱国见她没有吭声,问道:"怎么样？为了提高工作效率,是不是十分需要我的先进交通工具？"

东方闻莺说道:"那你干吗不给我们卫生院配一辆拖拉机呢？"

刘爱国连忙说道:"先不说能不能配一辆拖拉机,你先跟我学驾驶技术,怎么样？"

明德围屋的大厅内,叔祖母正半躺在竹椅上打盹儿。

刘爱国带着东方闻莺走进去,见叔祖母躺在椅子上,神情十分安详,只是脸色灰白,看上去不太好。于是,他轻轻叫道:"叔祖母！叔祖母！"

他连连叫了两声,叔祖母没有应答。他摸了摸叔祖母的手,十分凉,不禁吓了一跳,于是稍微提高声音叫道:"叔祖母！叔祖母！"

老人家还是没有回答。

刘爱国大惊,于是伸手要去探她的鼻息。待他的手指颤抖着伸到她的鼻尖时,叔祖母却突然睁开眼睛。

刘爱国吓了一跳！叔祖母也吓了一跳！她抬头看见孙子,再凝视着东方闻莺,问道:"你这个姑娘,是不是上次来过的那位啊？"

东方闻莺回答道:"嗯！叔祖母,我是东方闻莺,上次和李叔公、满生来过你这里的。"

叔祖母盯着她看了一会儿，点点头，说道："不错！是你！唉！老眼昏花，都不认得人了——你们俩，怎么一起来了？"她站起身，要给他们去拿茶水。

"我来吧！"刘爱国连忙去拿水壶和茶杯，给叔祖母倒了一杯，然后给东方闻莺倒了一杯。

叔祖母在接过他递过来的水杯的时候，手忽然抖了一下，茶水顿时洒出来。

刘爱国连忙左手抓住她手腕，右手替她端稳水杯，急切地问道："叔祖母，你的手怎么了？"

叔祖母换了左手，左手也抖了片刻，才勉强端住水。她叹息道："唉！老咯！就最近两天，才这样……唉！不碍事的！可能刚才起身的时候，有些急了。停一停，就没事了！"

刘爱国埋怨道："你怎么不跟我们说一声呢？你双手都不灵便，去县城看看吧！我开拖拉机送你去。"

"别别别！你就是爱大惊小怪！一点小毛病，去县城做什么？人老了就是这样，县城的医院还能让人返老还童？再说，不是还有你几个兄弟嘛！"叔祖母是一万个不愿意。

刘爱国拿凳子坐近她，自责道："叔祖母，都是我不好！当初，阿爸把我分配在这里工作，就是希望我能照顾一下你……可是，我什么都没有为你做！前些日子回家，爱民还埋怨我……"

"唉！人老了就拖后腿了！唉！"叔祖母叹着气说，"唉！不过，人老了也就那么回事。你们都不用太操心。你们去鸡公山的事情，我都听说了。你就该这么做。你还去看了你祖父和青松大伯，好！好！是该去看看了。为官一任，造福一方，想百姓之所想，急百姓之所急，咱们老刘家，能为大家伙儿办点实事，也是祖上积德积福了。"

她扭头看着东方闻莺，笑道："听说，你也去了？"

东方闻莺点点头："嗯！我去了一次鸡公山，感觉自己收获很大。"

叔祖母笑道："都淋成了落汤鸡，还高兴呢？大家伙儿都说，卫生院的东方医生，是从上海来的姑娘，却一点儿都不娇气，谦虚好学，刻苦勤奋，医术水平也是一流，还真是咱们柳林镇百姓的福气呢！"

东方闻莺有些不好意思了，说道："叔祖母，不敢当！真是不敢当！我初来乍到，什么也不懂……"

刘爱国笑眯眯地看着她。

叔祖母收敛了笑容,对刘爱国说:"爱国,听说,你父亲正在给你物色对象?"

刘爱国一怔,随即扭头看着门口,没有回答。

东方闻莺也是一怔,看着他。

叔祖母看了一眼东方闻莺,又看着刘爱国,说道:"我听说,你不想太早成家,但是,如果有合适的,还是不要错过吧!爱国,我不知道你心里是怎么想。叔祖母看人看了一辈子,还是有许多看不透。我希望你能遵从自己的本心,找个心贴心的,门第、财物什么的,都是次要的……总之,无论你选择了什么样的姑娘,叔祖母都高兴。叔祖母活了一辈子,也就这样了。我只希望能看一眼重孙子……"她混浊的眼珠里,溢出了泪珠。她想抬手拭去,无奈手臂举到半空,就转不过弯来了。

东方闻莺连忙掏出手帕,替她轻轻擦了擦。

刘爱国低着头,没有回答。

叔祖母又缓缓说道:"我养了你们父子三人,曾经引以为傲。我觉得,也算对得起你祖父祖母,将来阴间见面,他们应该不会埋怨。你父亲年轻的时候,也和你现在一样,老百姓直夸他。后来他去了县城……不知道是我们明德围屋的风水改变了他,还是县城的水土改变了他。唉!"她又伸手,慢慢地举起来,想探到自己头部,可是够不着。

刘爱国问道:"叔祖母,你是哪里痒吗?"

叔祖母说道:"帮我把头帕拿下来。"

刘爱国解开丝带,摘下头帕。她满头白发稀稀疏疏,有些凌乱。

叔祖母说道:"这人老了,头发还长得快,老是扫着脖子。爱国,你帮我剪短一些。"

"嗯!"刘爱国答应一声,进她房间拿了针线笸箩,放在凳子上。

东方闻莺说道:"我来吧!"

刘爱国拿了梳子和剪刀,说:"没事!我能行。"他把头帕垫在她肩膀上,轻轻地梳理着她的头发,待梳理顺了,才开始慢慢地剪。

叔祖母静静地坐着,像孩子一样听话。她有意无意地望向大门口。她的眼神,满满的慈祥、宁静,她母性的温情洋溢着柔和的光辉,似乎在穿透遥远的过去。

东方闻莺看着看着,眼睛里不由自主地溢出了眼泪。曾经,母亲也是这样给自己剪头发。她拿着小镜子,等母亲细心地剪完了,就仔细地照,看看好不好。记得从上海出发来这里的时候,母亲还给她扎小辫子,扎好了,再把夹子夹在头发上……

母亲替她拿着行李,送她到火车站,一直微笑着。直到她上了火车,她还站在原地挥手。火车徐徐开动,她看见母亲扭转头去,伸手拭去泪珠。

刘爱国正在细心地剪着头发,轻轻地梳理叔祖母脑后的碎发。他看见东方闻莺满含热泪,怔怔地看着她。

他腾出左手,替她拭去眼角的泪痕。

东方闻莺一惊,连忙说道:"叔祖母,我去烧水给你洗头吧!"

刘爱国拉住她的手腕,说道:"一会儿我去烧。请你帮我做一件事,好不好?"

东方闻莺勉强控制自己的情绪,问道:"什么?"

刘爱国说:"一会儿我会多烧一些热水。"

东方闻莺回答道:"哦。那就给叔祖母洗个澡。"

太阳匆匆西去,天色渐晚,明德围屋依然安静。大家在外面劳作,都还没有回来。刘爱国让叔祖母平躺在竹榻上。温温的水正合适。他将揉碎的茶麸放进脸盆,细细地搅拌均匀,慢慢地给叔祖母洗头,轻轻地揉按她花白的头和肩颈。

叔祖母静静地躺着,也没有说话。

东方闻莺则坐在旁边,细心地摘着菜叶子。

良久,刘爱国洗完了,叔祖母依然闭着双眼,似乎已经睡去。

他走进灶间,生了火,把白米下到锅里,滤去谷尘,然后开始蒸饭。

叔祖母仿佛睡了一个好觉。她慢慢睁开眼睛,东方闻莺问道:"叔祖母,你要起来吗?"

刘爱国走进叔祖母的房间,替她找了衣服。

叔祖母"嗯"了一声。东方闻莺就扶着她,慢慢走进洗澡间,给她搓澡。

傍晚时分,三人坐在一起吃饭。叔祖母显然十分高兴,脸上也没有了倦容。她殷勤地给东方闻莺夹菜,对刘爱国说道:"人老了,唠叨话也多了,生怕今天不说,明天就积得更多了。爱国,你要是喜欢一个姑娘,就要一心一意地对她好,动之以情,守之以礼。爱而敬之,敬而爱之,相亲相爱,方为夫妇之道……"

第二十六章

东方闻莺要跟叔祖母学绣花。老人家拿出她的布包,把夹在书页里的剪纸递给她。东方闻莺挑了一张梅花鹿的剪纸,然后拿丝线穿了针,递给叔祖母。叔祖母戴上老花镜,找一块旧的废布,把梅花鹿剪纸定在废布上,慢慢地,一针一线给她示范。针脚细密均匀,且平整。

"如果你要叠针绣,就先在原来绣的针脚上,再刺绣一遍。当然,绣两层的话,花纹会很厚。你可以把丝线分成两股或三股,再绣。这样,花纹就薄薄的一层。"叔祖母说道。

叠针绣,乱针绣,交叉绣……

叔祖母绣的银铃花帽、虎头鞋、绣花布袋,以及头帕上的绣花丝带,十几年都结实漂亮。

最后,叔祖母把用了几十年的铜顶针送给东方闻莺,叹息道:"爱民不喜欢做女工,我也老眼昏花,这铜顶针闲着也是闲着,就送给你吧!还有这些剪纸、丝线,你都拿去。"

一轮圆月静静地挂在明德围屋高高的炮台楼兽角的飞檐上。热气依然包围着明德围屋,辛苦了一天的人们陆陆续续地回来了。

刘爱国载着东方闻莺,经过开满荷花的池塘,穿过绿柳摇曳的河边,慢慢地向卫生院驶去。等到没有行人的路上,他停住了,左脚撑地,扭转头看着她。

"干吗呢?"东方闻莺问道。

"你为什么哭?是想家了,还是在想,什么时候,你能回到上海?"他眉头拧着,轻声问道。

"你在给叔祖母剪头发的时候,我就想起我坐火车来这里的时候,我妈给我扎小辫子……"眼泪又不争气地流下来,她撇过头去,无力地回答道。她不想他看见自己的眼泪。

"我还以为,你是铁娘子,不会哭呢!要是爱民,早就哭爹喊娘,眼泪就像滂沱大雨,稀里哗啦,一塌糊涂,把全世界都给淹没了!"刘爱国微笑着,伸手替她拭去泪痕,然后说,"连鸡都敢杀,还把草鱼碎尸万段,把黄鳝剥骨抽筋——你这样厉害,怎么还会哭鼻子?"

她怔怔地看着他,头疼得很,想要离他远一点儿,偏偏不能够。

刘爱国盯着她如秋水般的眼睛,渐渐收敛了笑容,问道:"不但想家想妈妈哭了,还因为我哭吗?"

东方闻莺扭转头,没有说话。

他沉默着,许久没有说话。晚风渐渐吹过来,身上凉快了许多。前面似乎有人影移动,刘爱国轻声说道:"闻莺,我知道了。你不用难过。"他蹬起自行车,继续往前驶去。

刘爱国过了好长一段时间都没有再来卫生院。东方闻莺不知道他在做什么。或者,他是有意回避着她。她的心在上海,放不下她的家人。妈妈一定也在想着女儿。对于没有结果的感情,还是尽早舍弃为好。

省里拨的疫苗送来了,但是,并不是水痘和麻疹疫苗,而是预防感冒的。东方闻莺和卫生院的同志打算先去马家寨。此去有二十几里路,有自行车的话就好了。走路去的话,可能又要早出晚归。

院长派张主任带东方闻莺和阿青去。院长有一辆自行车,打算再去镇政府借一辆。

张主任叫东方闻莺去借刘爱国的自行车。东方闻莺犹豫不决。或许,他正在度过艰难时刻,明明可以忘却的时候,又去……

东方闻莺叫阿青去。阿青坐着不动。

张院长说:"张主任,供销社马主任也有自行车。我记得马主任也是马家寨人。现在,我们是去他们村办事,或许他可以帮我们。你去看看吧!"

张主任坐着不动。

张院长不高兴了,径直进了值班室。

最后,阿青硬着头皮,去了镇政府。镇政府离卫生院很近,就在街道的另一头。

刘爱国正在办公室写材料。保卫科的王福见阿青站在大门口,想进又不想进的样子,忸忸怩怩,磨磨蹭蹭,就笑着出来问道:"阿青姑娘,怎么,有事吗?找谁呢?"

镇长黄建庭笑眯眯地走过来,问道:"是找爱国的吧?是不是又要下乡了?"

被一眼看穿心思,阿青倒不好意思了。她脸色微红,结结巴巴地说:"镇长,我,我,这个……不是……"

黄镇长笑道："瞧你！需要什么就尽管说嘛！都是一家人，都是为公家做事情，需要什么只管说一声！"说完，他对王福使了一个眼色。

王福会意，冲办公室的门高声叫道："刘主任！麻烦你出来一下！"

刘爱国闻言走出来，却见阿青站在院子里，于是走过去，问道："怎么了？"

阿青平时叽里呱啦，现在却有些难为情了。她红着脸，说道："刘主任，呃——这个……"

刘爱国笑着问道："是不是需要拖拉机帮忙？"

阿青笑了，连忙说道："不用！不用！今天我们要去马家寨打预防针，你的自行车要是闲着的话……"

刘爱国笑道："哦！好！小事一桩！你就放心地说嘛！"于是他把自行车推过来，交给她，说："今天我没空，要不就送你们去。"

刘爱国看着阿青骑着自行车出了大门，渐去渐远，拐弯不见了，脸上的笑意顿时消失，愁云笼上双眉。他慢慢踱回了办公室。

王福走进来，笑道："刘主任，这个阿青，从来都没有向你借过自行车，对吧？她知道，自己没有那么大的面子。今天，肯定是有人派她来的。"

刘爱国盯着他，问道："你想说什么？"

王福"嘿嘿"笑了一声，说道："没什么！没什么！我去做事了。"说完，他急忙出去了。

刘爱国拿着钢笔，继续写材料。没想到才写了一行，就错了好几个字。他烦恼，只好涂了，再写。写了没有两行，又错了。他挺了挺背脊，拿起茶杯喝了一口，合上材料，放在文件夹。

马家寨！马家寨！这名字在他的心头翻腾了几个筋斗，迟迟不肯降落。他又翻开材料本，寻找马家寨的资料。他拿钢笔抵着额头，十分烦恼。

好不容易挨过了十几天，以为自己能够渐渐忘却。没想到就像溺水的人，以为自己快到岸边，可以上岸了，没想到又卷来一股波浪，把自己推得更远。自己无力挣扎，越是挣扎，身子越是往水底下沉……

他拿着钢笔，轻轻敲着桌面。

她没有亲自来要自行车，是打算决绝了。"动之以情，守之以礼"，叔祖母的教诲犹在耳畔。

良久，他合上材料袋，站起身，走进黄镇长的办公室，说："镇长，我想回一趟县城，把我们柳林镇的水利修建报告送上去。"

黄镇长看着他,笑眯眯地问道:"嗯！好！不过,你是不是有什么心事啊？是不是跟东方医生吵架了？"

刘爱国笑道:"镇长,你就不要拿我开玩笑了！八字没有一撇的事情,吵什么架。"

黄镇长笑道:"你呀！难道要等到发喜糖了,才告诉我吗？你不是带她回你老家去了吗？听说,东方医生还侍奉你家叔祖母洗澡,还八字没有一撇？啧啧啧！一点都不老实！"

刘爱国急忙解释道:"没有的事儿！我就是请她去给我叔祖母看一下病。李叔公和春生都没有时间,所以……"

张主任载着东方闻莺,阿青骑着刘爱国的自行车,三人早早就出发了。

东方闻莺心中五味杂陈。不知道他现在,都在想什么。阿青说,他当时正在办公室。一个人做着事情,或者说有事可做,就不会胡思乱想。他有叔祖母,可亲可敬的叔祖母,他心里不会苦的……

不到一个小时,三人就到了马家寨,挨家挨户给孩子们打预防针。这里的房子比鸡公山稍微好一些,田地也比鸡公山开阔,庄稼绿油油的,老百姓应该比鸡公山好过多了。但是,她发现了一个和鸡公山一模一样的景象。于是,她低声对阿青说道:"阿青,你看他们晒着的衣服！这里的人,是不是思想也很守旧？"

阿青点点头,说道:"嗯！这里的风俗就是这样的。女人的衣服不能晒在外面,更加不能晒在楼上。他们认为这样会导致风水不好。女人月事的东西要藏着,不能见光的。还有更厉害的,女人连吃饭都不能上桌,只能坐在灶间或者旁边吃。"

东方闻莺问道:"新中国成立都多少年了,女人还这样没有地位吗？柳林镇还有哪些地方是这样的？"

阿青说道:"都这样,我们见怪不怪。老百姓的思想,不是三言两语就能做通的,得慢慢来。"

东方闻莺说:"我们大老远地来了,给全村妇女开个科普知识讲座,好不好？"

阿青笑道:"你可以试一试。"

三人按照惯例,在村主任家吃饭。然后,村主任就记在村里的账本上。

午后,村民们都吃了饭。村主任召集妇女们在祠堂开会,男人们就带着孩子们去外面。

东方闻莺和阿青就跟妇女们谈起了关于妇女们的各种各样的生理问题。妇女们先是在下面哧哧地笑,后来,她们七嘴八舌,议论纷纷。比如,妇女们每天和男人一样下地干活,一样要为家里挣工分,哪里能顾及这许多问题?就是在经期,也不会有特殊照顾,一样挑百斤稻谷。不少妇女生产在即,都还在地里干活,甚至孩子在地里就生下来了。至于身体上的妇科小毛病,经常劳动的人,谁还会在意这些?女人衣服就是晾在洗澡间,谁还好意思拿到外面去晒呢?万国旗似的,哈哈哈……

　　不过,妇女们对自己不能上桌吃饭倒是十分在意。但是,没有办法抗拒这该死的规矩。男人们不肯让女人有平起平坐的地位,男尊女卑,是自古定下的规矩,是女人就要遵守。

　　有的妇女还说,家里的公爹凶恶,每次她上桌夹菜,公爹就凶神恶煞似的盯着,生怕儿媳不懂事,把好菜都吃完了。哎呀天!每天都是这些粗菜,又没有肉,至于这样嘛!……

　　东方闻莺看着这些妇女,禁不住感慨万千。

　　这是卫生院的医务工作者第一次尝试搞卫生科普知识宣传,就这么无疾而终。

　　也许,他们走了以后,村民们又过着原来的生活,周而复始,女人们的问题依然没有改变。

　　不过,事实上,他们走了以后,留给村民们无尽的谈资。

　　有些人耳聪目明,连远在天边的事情,都知晓得一清二楚。他们对于卫生院这位刚来的上海知青,倒是津津乐道。

　　年轻,漂亮,无论是男人还是女人,都喜欢评头论足。

　　男人们谈论年轻漂亮的女人,首先就从头到脚,细细地评论一番。她的漂亮刺激了男人们枯涩的眼球,东方闻莺和阿青在做科普知识宣传的时候,有些男人就躲在壁脚偷听。他们对于大城市来的女医生的先进言论,兴致勃勃。

　　女人们则关心东方闻莺来到柳林镇卫生院之后,和哪些男人有来往。

　　卫生院除了厨师小桐儿,并没有未婚男人。张院长和张主任是年逾半百的老头子,虽然和东方闻莺常常下乡,但是,不会有什么故事,况且还夹杂着阿青或者阿兰。于是,东方闻莺在厨房里解剖黄鳝、剥草鱼的皮、杀鸡这些耸人听闻的故事,统统被扒了出来。

　　而最精彩最要命的故事,是她和镇政府刘爱国主任的交往。

刘爱国主任是明德围屋的骄子,父亲老刘主任在县政府又是仕途的核心基石,家庭门槛算是比较高了。加上刘爱国主任长相百里挑一,聪明能干,年轻有为,那真是前途无量啊!许多姑娘都眼巴巴地望着,热切期盼着和他能有一场美丽的邂逅。

可是对于东方闻莺来说,并没有放在眼里。上海的好男儿多了去了!以至于刘爱国痴情绵绵,却是一厢情愿。但是,好事多磨,柳暗花明,结局往往就在意料之外的意料之中。

第二十七章

都过去这么久了,雪融儿依然没有任何消息。春生起初是做事情心不在焉,眼睛不是瞄着窗户,就是望着门口,希望奇迹会发生。现在,他是魂不守舍,经常犯错。

李叔公没有责怪他,心里只是摇头。毕竟,雪融儿的失踪,是自己没有照看好。但是,话又说回来,谁能看住一只走路悄无声息来去自如的猫呢?如果是一只狗,不管遇到什么样的情况,它都不会离去。它对主人无上的忠诚和依赖,就是主人要赴汤蹈火,它也毫不犹豫地跟去。

猫就不一样了。有时候,它还真是绝情。要是谁伤了它的心,它就永远不会回来了。

春生不禁想起遥远的过去。师傅死了,雪融儿也没有了。在那气势宏伟、里三层外三层的明德围屋,雪融儿被他们抓住——因为,明德围屋的孩子们也常常来雁栖围屋玩耍,于是,雪融儿见了熟悉的面孔,也就没有防备。

师傅被草草安葬,春生只能偷偷去祭拜。一抔黄土,连块青砖都没有。而雪融儿一家死得干干净净,只剩下一地黄黄白白的毛。那么,它们的魂魄,会在哪里呢?

雪融儿曾经见证雁栖围屋和敬德围屋两家结了百年秦晋之好,见证李青松呱呱坠地。在白色恐怖、战火纷飞的年代,雪融儿就陪着李青松一次次穿越火线,它的魂魄和他同生共死。

从李春生出生起,雪融儿就陪着他,一起玩闹,一起成长。

人们都说，猫有九命，它能知晓前世今生。春生很想知道从未谋面的父亲和母亲，是怎样生活和战斗的。

过了两年之久，一天，春生去屋顶补灰瓦，因为屋瓦破了，大雨之时，就有雨水渗漏下来。他小心翼翼地踏住长长的木梯，左手抓住木梯，右手挎着竹篮，篮子里装着十几片灰瓦，上到高高的炮台楼顶。他仔细地换掉那些破瓦，把新的灰瓦填补进去。他正要下木梯的时候，忽然听到身后有轻微的响动。他扭头一看，是一只大猫！雪白的腹部，黄色的背脊，正是雪融儿！

春生万分激动，生怕惊动了它，它恼了，又不见了！于是他向它伸手，轻轻唤道："雪融儿！雪融儿！快过来！"

大猫却没有理睬他，冷冷地看了他一眼，扭头离去。它纵身一跃，消失得无影无踪。

春生心中惘然。虽然仅仅是惊鸿一瞥，但是，它健硕修长的美丽身影，依然那么惊艳。他的沉寂已久的心海，终于活泛过来！毕竟，它还活着！只要它还活着，它究竟在哪里，倒变得不重要了。

一天都没有听到它的叫声。它白天总是安安静静，这也难怪。春生耐不住兴奋，里里外外找寻，始终没有看见它。于是他走到大门外，穿过宽阔的晒谷坪。前几天暖风微醺，池塘边的桃花、梨花，一夜之间就呼啦啦地开了。花儿的幽香引来了贪吃的小鸟，从早到晚叽叽喳喳，声音响亮清脆。今天又冷起来，那美丽的花树，似乎也有些抖抖索索。他想起雪融儿往往被鸟儿的叫声吸引，它悄无声息地靠近花树，在树底下抬头凝视，然后迅速爬上去。鸟儿们正快乐得无与伦比，没想到眼前赫然出现一只大猫，于是惊恐得急忙振翅离去。

雪融儿有些失落。它踏爪伫立枝头，看着花儿在树枝的急遽晃动下纷纷坠落，然后看着小鱼们悄悄浮上水面，大快朵颐……

春风依旧吹开了桃李，满树的芳菲，映照在清澈的池塘。然而，树上只有鸟雀的啁啾。是它不再贪玩了吗？

晚上，春寒料峭，但是，春生还是打开窗户，门也半掩着。要是以前，它随时可以进来。

他久久未能入睡。半夜，雨点噼里啪啦敲打着窗棂，雨水溅进来，但是，他没有去关上窗。直到黎明，倦意袭来，他才迷迷糊糊地睡去。等到天色大亮，他才睁开眼睛。他的眼睛，不由自主地望向窗台——啊！窗台上赫然有一条黄色的尾巴!

春生急忙过去,发现它躺在窗台上,一动不动。再细看,不好!它的身后有一团带血的东西,肉乎乎的!

它生孩子了!

春生十分懊悔!昨天竟然没有发现它肚子鼓鼓的。他伸手去把它抱下来——它竟然身子僵直,一动不动!他遽然一惊!

他放下它,再看看猫崽,也是一动不动!仔细检查后,四只猫崽只有一只还有微弱的生命体征!

他顾不得悲伤,急忙把那只还有一口气的猫崽用棉袄包起来。然后,他急匆匆去灶间弄了一个火桶,端了一碗米汤。

那只奄奄一息的猫崽,在火炭的温暖下,又吃了一点点米汤,良久,才慢慢地有了气息。

雪融儿,总算没有绝后!

春生悄悄把它带到观音山,一住就是两个年头。

现在,雪融儿又失踪了。它,还会回来吗?它为什么不辞而别?……

莫非,它看到了自己惨淡的将来?

爱民半躺在竹椅上,一边听着留声机,一边吃着西瓜。留声机里播放着软绵绵的歌曲,是周璇的《天涯歌女》。西瓜沙瓤,又十分新鲜,甜津津的。

父亲临走时,曾经吩咐她,要把阳台上的兰花叶子,用抹布轻轻擦一下。这两天都下暴雨,雨水带着灰尘,弄得兰花叶子上好多泥水,脏兮兮的。

爱民应声,却迟迟没有动手。

忽然,门锁"咔嗒"一声被拧开,门"吱呀"一声开了。爱民大惊,没有想到父亲会半路杀回来。她急忙冲向阳台,拿抹布轻轻拭去兰花叶子上的灰尘。大门打开,进来的却不是父亲,而是刘爱国。

虚惊一场,爱民有些泄气。她问道:"哥哥,你怎么又回来了?"

刘爱国回答道:"嗯!回来送材料啊!"

爱民"啧啧啧"了几声,问道:"什么材料这么多呀?唉!我还想通知你叫你不要回来,你倒好!回来受死了!……"

爱国心中一怔,问道:"怎么?叫你去见黄家姑娘,办砸了?"

爱民嘟起嘴,十分沮丧,说:"唉!真是人心难测啊!我和她在电影院见的面,我尽量讨她欢喜,她看上去也十分高兴,我们俩交谈甚欢。我以为没事了……谁知道,她回去就跟她父亲告状,大骂……唉! 害得我被阿爸整惨了! 他还举起手差点打我!"

爱国皱起眉头,问道:"那,你是怎么向黄家姑娘解释的? 你惹她生气了?"

爱民说道:"关于你,我什么都没有说,她也没有问。"

爱国叹了一口气,说:"唉! 我还以为你很机灵……"

"你又不教我怎么说,我知道说什么吗? 我还能直接说,我哥他不喜欢你,相亲纯粹是父亲的主意? 或者我能说,我哥有心上人了?"爱民生气地说道。

"好了,我知道了。没事了,我自己会处理。"爱国坐下来,拿起茶壶,筛了一杯茶。

王阿姨说了很久,父亲碍于面子,只好答应让儿子去见一面。父亲肯定是想,只是见一面而已,相信儿子能处理得体。唉! 没想到,把人家女儿给得罪了。

晚上,刘建业回来了。爱民看见他脸上表情凝重,心中怦怦直跳,连忙闪身进了自己房间。父亲对儿子向来严厉,真是望子成龙,恨铁不成钢。要是父亲要打哥哥,这可怎么办?

可是,刘建业的脸上没有任何怒气,看上去只是有些疲倦。

爱国给父亲递了茶,父子俩面对面坐着。

爱国看着父亲,说道:"阿爸,我去看叔祖母了。她老人家身体不太好,现在连胳膊都抬不起来了。她说,或许自己也就这一两年了……你是不是抽个时间,去看看她?"

刘建业"唔"了一声,点点头,然后喝了一口茶,说道:"爱国,关于黄局长的女儿的事情,是我没有处理好。我当时只是想,见个面而已,不管成与不成,都很正常,不会有什么大事。谁知道你和爱民这么胡闹! 我也没有想到,黄家姑娘也这么能闹。她回去耍了通脾气,后来不知道王阿姨跟她说了什么,又破涕为笑了! 现在,黄局长亲自跟我说,他家姑娘要请你们兄妹俩吃饭……唉!"

爱国说:"算了吧! 我不想去!"

刘建业十分烦恼,说:"我也觉得,这样的孩子不适合你。我也不想她进我们刘家的门。只是黄局长家在市里好像有什么亲戚,而且,隐约听到风声,说是要来咱们沙塘县任职。这样,你和爱民就去应了这个局。黄局长都亲自开口了,你们就去走一趟吧!也不知道那姑娘会说什么。"

爱国更加烦恼,说:"我是真的不想去。难道,相亲也是政治任务吗?"

刘建业瞪着儿子,说道:"年底就要换届了,我们总得留条退路吧?反正,你不喜欢她就算了,这个我不勉强你。但是,明天你一定要走一趟,把礼数交代了。你这样眼高于顶,要是他们家亲戚真的来了,人家会喜欢你吗?"

刘爱国十分郁闷,径直回了自己房间。

爱民趁父亲不注意,悄悄溜进来,问道:"你打算怎么办啊?"

爱国看着妹妹,问道:"爱民,你会跟一个自己不喜欢,但是对自己的前途有帮助的人在一起吗?"

爱民说:"我不知道。不过,要是他对我一往情深、死心塌地的话,似乎也可以考虑……"她见哥哥白了自己一眼,笑道:"黄家姑娘,不但对你的前途有帮助,对爸的前途也有帮助呀!难道你就不肯考虑一下家族利益吗?"

龙腾酒家是全沙塘县最金碧辉煌的,能来这里的客人,都不是等闲之辈,或者说,都不是等闲之辈的后代。

爱国带着爱民,应约来到了龙腾酒家。二楼,临街,靠窗,这位置挺好。

黄局长的女儿黄涵秋,早已到了。她笑盈盈地迎了出来,热情地请两位进去入座。

爱国见她,虽然小巧玲珑,但是,五官端正匀称,也算是有些姿色。而且今天她化了淡妆,精心地缩了发辫,看上去光彩照人。黄涵秋落落大方,一点都不忸怩含羞。她先请爱民坐下,然后对爱国说道:"刘主任,你能在百忙之中抽出时间来跟我吃顿饭,真是太谢谢了。"

刘爱国微微一笑,说道:"哪里的话,应该我说谢谢才对。如果爱民对你有什么失礼的话,还请你多多包涵。爱民她还是个小孩子,不懂事。"

黄涵秋"咯咯"笑道:"刘主任,你是在说我吗?"她扭头对爱民说:"爱民,是不是上次在电影院,我有什么失礼的?你看你哥哥这样说,我都好紧张了。"

爱民微微一笑,说道:"要说失礼,肯定是我呀!我爸老说我做事情毛毛躁躁的,总是不够沉稳……"

黄涵秋的笑容凝固了一分钟,然后换了一个话题,问道:"爱民,暑假就快要结束了,你打算去哪里?"

爱民看了一眼哥哥,发现他正低头看着自己的脚,还有意无意地瞄一下手表。而黄涵秋的眼睛,也是时不时有意无意地瞥他一眼,于是笑着说道:"我能去哪里?又不是自己想去哪里就能去哪里。我爸说,服从组织分配。"

黄涵秋笑道:"难道你爸就不去走一下关系?他在县政府工作了十几年,跟张县长也跟了十几年,给自己的女儿分配一下工作,也不算过分吧?"

爱民摇摇头,说道:"我爸他为人老实,做事死板,他不会为自己孩子走后门的。你看我哥就知道了。别人都希望自己孩子留在县城,可是他倒好,把我哥直接送到乡下去了!"

黄涵秋瞥了一眼爱国,笑道:"你哥在政府部门,从长远考虑,是要下基层锻炼的。如果没有在基层锻炼的经历,是很难往上走的。本来这种事我也不清楚,是王阿姨告诉我的。可是,你是师范学校毕业的,如果在学校工作的话,是没有下乡的要求的。所以,你是不是考虑去沙塘县中学呢?或者你不去学校,就直接转其他部门?"

第二十八章

爱民摇摇头,说道:"我可能会去柳林镇学校。我哥哥在柳林镇政府,我老家也在那里。"

黄涵秋"哦"了一声,扭头看着刘爱国,笑道:"刘主任在柳林镇政府也有三年了吧?年底可能要换届,你就不打算回县城吗?"

刘爱国说道:"我在哪里都没有关系。有时候,我反而觉得,在乡下自由啊!"

黄涵秋笑道:"在乡下自由?在乡下多苦啊,经常要往老百姓家里跑,老百姓不好对付,而且下乡又远又麻烦。听说在农忙时节,你们镇政府还要去帮助老百姓干农活……在县城多好啊!你看你,都晒黑了!"

刘爱国微微一笑,说道:"我不怕苦。我说在乡下自由,是觉得在父母亲的视线之外,我很自由。"

黄涵秋"扑哧"一声笑了,说道:"听说,你是个孝子。儿子都怕老子,老鼠见了猫似的。我家那两个哥哥,也是这样,难怪你要说在乡下自由了。

不过,一般女儿长大了,就不用怕父亲了,因为,要把女儿豁出去,做父母亲的心里都舍不得。"她转头对爱民说:"是吧?爱民?"

爱民笑道:"我看我爸对我,并没有什么舍不得。该怎么样,还是怎么样,从来没有特殊。倒是他对我哥哥,可能会网开一面。"

黄涵秋见爱国依然端坐,话题却不多,于是说道:"爱民,关于你的工作问题,如果你爸觉得难以开口,我可以请我爸去说。还有,刘主任在年底对工作有什么想法的话,可以跟我说。"

刘爱国见她直言不讳,心中一凉。难道传言已经是事实,已经这样铁板钉钉了?他看着她,见她满面春风,眼波流动,毫不掩饰自己的感情,让他觉得头皮发麻。

爱民看看她,又看看哥哥,说道:"涵秋姐姐,不用了,谢谢你!我是一直都想回老家。因为,我叔祖母身体不太好,我想闲暇时候能照顾她老人家。"

黄涵秋依然微笑着,问道:"刘主任,你呢?你依然待在柳林镇,也是因为叔祖母吗?想不想回县城呢?"

刘建业听了女儿的叙述,就对儿子说道:"爱国,那就算了。勉强的婚姻,你叔祖母是不会同意的。"

刘爱国如释重负,松了一口气,回柳林镇政府去了。但是,东方闻莺的面容一直在脑海中徘徊,挥之不去,让他烦恼。

东方闻莺拿出叔祖母给她的针线笸箩,慢慢地学刺绣。绣了好几天,似乎有些进步,但是,跟叔祖母的绣工比起来,她简直差了十万八千里。烦恼之余,她想,张院长是不是太过荒唐?我们在医学院学习的时候,老师从来就没有说过外科手术的缝线和女红有关系。

在医学院,老师教我们学扎针的时候,叫我们拿着豆腐学扎针,告诉我们怎么样进针又快又准,但是,从来没有说过要学习杀鸡、解剖黄鳝、给鱼剥皮,还有什么刮冬瓜皮。

真是无聊!

东方闻莺每天都弄得双手满是腥臭,用肥皂洗了又洗。反反复复洗了几十次,还是有腥臭味道。不过,她倒是跟小桐儿学了几招炒菜技术,自己尝了尝,味道不错;连一向不苟言笑、面如僵尸的张院长,都大口大口吃得咂咂响。其他人就更不用说了。趁此机会大开荤戒,弄得肠胃天天跟过年似的,只是晚上还撑得难受,许久都睡不着觉。

唉！小桐儿年纪轻轻，却有一手好厨艺，也真是害人不浅！

唉！还不如去李叔公那里学中医。她想学针灸，可是自己不是人家的正式入门弟子，名不正言不顺地学人家的秘诀，毕竟不好。

但是，她的好奇心管不住自己的双脚。她一有空，就跑去灸草堂。

李叔公并不保守。每次她来问什么，都仔细地告诉她。这使得她渐渐没有了压力，来得更勤了。

满生看见她来了，笑眯眯地迎接她，每次都热情地递上茶水，然后就问东问西，没完没了。这是叔公交代的嘛，要谦虚好学。人家能放下身段来我们灸草堂，为什么我们不能向人家虚心请教呢？

倒是春生，总是不声不响地清洗药草，晾晒药草，然后把晒干的药草仔细切好，一丝不苟地码进药柜子里。泡药酒，熬药膏，讲究的是耐心细致，配方一点儿都不敢含糊。

东方闻莺尽量避开满生的咭咭呱呱，不是不想教他，而是有一种说不清道不明的东西。就好比一个大学教授上幼儿园的课，他没有耐心讲完课，就逃走了。她跟春生辨认药草，识记药草的药性、用途、用量。

然后，她花了好长一段时间，识记人体身上的穴位。

当她悄悄向满生问起雪融儿的事情时，满生摇摇头，一副无可奉告的意思。

她去问李叔公，叔公叹息道："人与人的缘分，可遇而不可求；人与物的缘分，也是可遇而不可求。顺其自然吧！如果我们还与雪融儿有缘，它还是会出现的。就好像当初，雪融儿没了两年多，它又突然回来了。猫有九命，它不会死的。就算它死了，它的灵魂，还是会回来的。"

春生要去观音山采摘药草的时候，她提出与他同行。春生沉默片刻，同意了。

七月流火，暑气在慢慢地消退。但是，白天还是热。两人戴了草帽，穿了薄薄的长袖，径直往观音山去了。

东方闻莺看着前方的羊肠小道，禁不住感慨万千。想起第一次和满生来这里，就把妈妈给的发夹弄丢了，雪融儿在暴雨之中大病了一场，还有，刘爱国气急败坏，把自己狠狠地教训了一顿……

刘爱国说"我知道了"，他是要遵从自己的本心，还是要遵从叔祖母的话？他要是知道，此时此刻，他这么在意的人正和春生一起走在前往观音山的路上，他又会怎样想？那天，她没有亲自去借自行车，想必他已经下定决心了。

春生时不时看着她,见她眼神忽明忽暗,飘忽不定,心中禁不住暗自叹息。她终究是要回去的,这个梦境,已经出现过好几回了。

最近,不知道为什么,她竟然会梦到刘爱国。在自己的记忆中,她已经很久没有梦见过刘爱国了。

前些日子,月色正明的时候,他躺在木板床上,夜不能寐。他一直盯着窗户,希望雪融儿能够突然出现,给他意外的惊喜。

雪融儿没有回来,倒见到一位中年妇女,对刘建业絮絮叨叨,好像是在说什么黄局长家的姑娘,怎么怎么好。后来,他见到爱民跟一个小巧玲珑的姑娘在看电影。两人相谈甚欢,似乎是好朋友。那个姑娘回到家中,却大发雷霆,大骂刘爱国浑蛋,有什么了不起!刘建业浑蛋,温文尔雅下面包藏着道貌岸然!老浑蛋生了小浑蛋,还生了个浑蛋女儿,以为自己是谁!竟敢合起伙来糊弄我!哼哼哼!……

这些都还没有完。黄局长埋怨那个中年妇女,那个中年妇女听了黄局长的话,哈哈直笑。于是,她又去了黄局长家,向黄家姑娘解释道:肯定是人家刘爱国面子薄,不好意思来"面试",才叫了妹妹先看看——其实这种情况很常见呀!哥哥替妹妹相亲,妹妹替哥哥相亲,多了去了!你见了他妹妹,大概就知道刘爱国的长相,兄妹俩长得差不多。刘爱国就这般长相,这般能干,都老实腼腆,据说跟他们明德围屋的家风有关系。明德围屋老刘家,向来是持身端正,守之以礼。刘爱国到现在,都还没有处过对象呢!要是换了别人,早就上蹿下跳,左右逢源,搞了十个八个对象了!

一番话把黄家姑娘哄得破涕为笑,心花怒放,烦恼顿时烟消云散。于是,黄局长亲自向老刘主任求情了。

过了没有多久,刘爱国回县城了。老刘主任旧事重提,刘爱国身不由己,只好硬着头皮去了。在龙腾酒家,黄涵秋和爱民、爱国谈笑风生,似乎十分融洽。

但是,笑意盈盈的黄涵秋转身就换了面孔,怒气冲冲回到家中,"砰"一声关了门,躲在自己屋子里不肯出来。黄局长大为烦恼。

那个中年妇女问她,这次又怎么了?黄涵秋说:"我问爱民,暑假即将结束,你想去哪里工作?她说,想去柳林镇。我说,要是你们不方便跟县长说,我可以去说。我又问刘爱国,想不想回县城,他说,在乡下自由。我说,刘爱民要是想留在县城工作,我愿意去说;刘爱国要是想回县城工作,我也愿意去说。我都这样说了,他们竟然不肯领情!真是气死我了!他们竟敢这样藐视我,我将来一定要他们好看!哼!哼哼!……"

那个中年妇女笑了,解释说:"你呀!就是太性急了!要是仅仅是工作,他们家老刘主任还办不到?他在县政府工作都十几年了,跟张县长跟了十几年了,这点儿人情,张县长会不给吗?"

黄涵秋怒道:"哼!一个狗屁主任!一个小小的主任,能有什么?没有功劳也有苦劳吗?一开始我也是这样说,刘主任在县政府十几年,又跟了张县长十几年,分配个工作应该是在情理之中,可是刘爱民说,她爸就要她去乡下!还说,看看她哥哥就知道了!还说什么要照顾她叔祖母!她叔祖母有亲孙子亲孙女,还要她照顾?谎都不会圆!哼!一定是跟张县长关系不怎么样!……"

中年妇女微笑着,说:"那你也是太性急了!你这样开诚布公,人家有思想压力。只怕八字还没有一撇,就在你面前低人一等了!哪个男子,愿意向女人低头呢?"

黄涵秋说:"他不愿意低头,难道他还想站在我头顶上吗?他也得有这个八字啊!"

中年妇女笑道:"这个啊!我只能说,人各有志,不能勉强。如果你不在意他不低头,你自己看着办;如果你在意他不低头,我就直接跟刘主任说,事情就到此为止,就当作什么事情也没有发生。大家都是公家的人,为老百姓办事,工作更重要。以后,头碰头脑碰脑的,也都一笑了之,别往心里去。啊!……"

后来,会怎么样呢?再后来,又会怎么样呢?唉!真是叫人伤脑筋。

我望着天边的一轮明月,一脸迷茫。

没想到,此刻我在发呆,他也在发呆。

东方闻莺见他怔怔地站着,眼睛似在看着前方,又似什么都没有看。他的心里空落落的,是因为雪融儿吗?

在外人看来,他应该是幸福的。全雁栖围屋的人,并没有把他当外人。特别是李叔公,像对待亲孙子一样对待他,把家传的绝学都教给了他。从小到大,没有人对他另眼相看。

可是,东方闻莺知道,他的内心是孤独的。他幸好有雪融儿,这个父母亲留下的唯一念想,可以陪伴他度过许许多多个忽冷忽热阴晴不定的春夏秋冬。

现在,雪融儿无影无踪,他的心,也似乎烟消云散了。外人无法理解,他为什么要去拜黄老仙为师。可是,李叔公知道。所以,他没有怪这个悖逆的孙子。当初,雁栖围屋的人,对于李春生另投师门大跌眼镜,也大加挞伐,认为他心智失常,绝不可饶恕。但是,李叔公却原谅了他。他力排众议,让春生重新回到灸草堂。

东方闻莺也知道。人生不过百年,青春刹那而逝,在糊涂懵懂之时,在心明如镜之时,都不知道要面临多少艰难困苦,多少挫折创伤。对于许许多多突如其来的变故,人如果能未卜先知,那该有多好!特别是那可遇而不可求的缘分,或许就可以合意地抉择,乘上幸福的渡船。

第二十九章

开学了。柳林镇学校是中小学合并在一起的学校。经过了一个漫长的暑假,校园显得有些凌乱。花坛里的杂草高过了花木,落叶被风吹得到处都是。水沟里积满淤泥。教室里的门窗,积着厚厚的灰尘。

爱民带着学生搞了整整一天的卫生。她亲自弯下腰拔除花坛里的杂草,又拿了长长的笤帚,掸去屋檐下的灰尘和蜘蛛网。

劳累了一天,晚上酣然入睡。可是没有想到,第二天刚刚睁开眼睛,她就感觉自己的双腿和手臂奇痒无比!卷起袖子一看,手臂上居然长满了红色小点子,跟痱子一样!再卷起裤腿一看,雪白的双腿,也长满了红点子!她大惊,急忙拿了帽子,向灸草堂飞奔。

跑到大街上,远远看见灸草堂的时候,她却突然改变了主意。她思忖片刻,连忙去摊子上买了一些水果,径直往卫生院奔去。

她打听了一下,就上了二楼。

东方闻莺正坐着慢慢地绣花,听到有人敲门,就放下手中针线,去开了门。她见爱民站在门口,吃了一惊。

爱民笑道:"东方医生,我可能是被什么小虫子咬了,好痒!你给我看看!"

东方闻莺让她进来,看了看她的症状,问道:"这是皮肤过敏了。怎么会这样?"

爱民说道："昨天搞了一天卫生,还拔了草,可能是草丛里有什么小虫子。"她见东方闻莺看了自己一眼,感觉奇怪,就解释道:"我在柳林镇学校工作了。"

"哦?"东方闻莺更加奇怪了。她不去灸草堂看,那里离学校更近呀!她不去卫生院的值班室,而是专门来自己房间,还带着水果……

东方闻莺带她去了值班室,上了药,然后,笑着请她回到自己房间,坐下喝茶,说道:"爱民,你来就来嘛,干吗还带水果?"

"东方医生,你替我照顾我叔祖母,我十分感谢你!我叔祖母说,你是个好姑娘……我叔祖母,她很少夸人的。"她看见桌上的针线笸箩,笑着说:"我不爱做女红,叔祖母常常说我,说什么以前,女红是女人立身之本,是一定要过关的……"

东方闻莺笑了,说道:"你生活在新中国,现在,家里条件好的都有缝纫机,再说……"

爱民喝着热茶,思忖良久,慢慢说道:"东方医生,我父亲要我哥哥去相亲,我叔祖母也希望早点抱个曾孙子,毕竟她年纪大了,身体也不好。可是,我哥哥他,不太愿意……"她小心地说着,一边看着她,观察她的反应。

果然,东方闻莺满脸惊讶,可是惊讶之情瞬间消失。她笑道:"你哥哥是不愿意相亲的对象,还是不愿意相亲这件事呢?"

爱民一怔,没想到她会这么问。这个,自己还真的没有搞清楚呢,于是笑道:"我哥哥他不愿意相亲的姑娘,也不愿意去相亲。"

东方闻莺微微垂下眼睑,极力隐藏自己的情感波动。她说:"可能是工作太忙了,他还没有闲暇去考虑个人的事情。也可能长期在乡下……如果调回县城去,见识多了,就改变想法了。我也常常梦见我妈妈站在小区门口等我。"她心里黯然,低下头,拿起针线,慢慢地,一针一线地绣着。

爱民拿着水杯,慢慢地喝着茶。过了一会儿,她说:"听说,上次你们去鸡公山,给农妇看'神病'。那个妇女真的会算命吗?准吗?"她兴致勃勃地看着东方闻莺,目光中满是热切。

东方闻莺抬起头,笑道:"爱民,你是受过高等教育的人,难道也信这个?不怕你爸骂你?"

爱民笑道:"我当然不会去信,我就是好奇。以前黄老仙被人们传得神乎其神,连春生……唉!他是被黄老仙给连累了。"

提起春生,不禁想起雪融儿,东方闻莺原本想问雪融儿的事情,可是爱民被雪融儿抓咬,又不好问,于是笑道:"你手上的伤不碍事了吧?你不生春生的气吗?"

爱民说道:"唉!猫又不是人,我生春生的气干吗?再说,我小时候,也是很喜欢雪融儿的……很久以前,明德围屋和雁栖围屋,还有敬德围屋,曾经亲如一家。抗日战争时期,游击队在鸡公山活动,春生的父亲李青松就常常去给游击队送情报。后来不知道出了什么岔子,李青松和游击队都出事了……听说,你们都去了草房子。大概听说了吧?自从那以后,明德围屋和雁栖围屋,就有了嫌隙。还有,前些年什么都没得吃的时候,饿疯了,明德围屋的人就把雪融儿一家吃了。从那以后,明德围屋和雁栖围屋,就更加离心离德了……"

东方闻莺看着她,问道:"闹得很严重吗?"

爱民叹了一口气,说:"说起来,也是我们明德围屋做得太过分。明明自己理亏,被人家骂几句消消气也就完了,可是吵架的时候,雁栖围屋的人说,雪融儿是他们的孩子,他们视若珍宝,你们却把它一家都吃了,还有人性吗?明德围屋的人就笑了,骂道:雪融儿只是一只猫,一只小畜生而已!小畜生是你们的孩子,难道你们是老畜生?!雁栖围屋的人怒不可遏,就打起来了……"

东方闻莺说:"如果单从这件事来说,确实是明德围屋的人太过分。"

"唉!"爱民叹息道,"问题还不止这些。据说,抗日战争时期,还有什么汉奸之类的问题。本来,游击队在鸡公山活动的事情十分隐秘,我们明德围屋,除了我祖父,还有好几个人在那里。那里山高皇帝远,鬼子和伪军根本不可能找到那里。而且,李青松是敬德围屋的人,敬德围屋全族都被鬼子荼毒了,只留下春生一根独苗……李青松把春生寄养在雁栖围屋,雁栖围屋和敬德围屋曾经是儿女亲家,又怎么可能出汉奸呢?所以,关于汉奸的问题,争吵不休……"

东方闻莺终于明白,两个家族的人,包括敬德围屋,原来还有这么多渊源。她想了想,问道:"那么,鸡公山的人都靠得住吗?"

爱民说:"据当时的村主任说,全村的人都不可能有嫌疑。因为,村主任带领鸡公山的村民,一直做游击队的后援。再说,鸡公山也没有几户村民……"

东方闻莺十分疑惑,问道:"难道,难道,那个汉奸,到现在都不知道是谁吗?"

爱民说:"就是啊,成了一个谜。据说,游击队得知鬼子和伪军要来雁栖围屋扫荡,就通知李青松去疏散雁栖围屋、明德围屋以及敬德围屋的群众。等到大家都进山去了,李青松就向雁归崖出发,和游击队会合。他离开雁栖围屋的时候,好像有什么人跟踪了他。因为事发之后,大家在雁栖围屋里捡到了一个黑色的烟斗。那个烟斗,不是雁栖围屋的,也不是明德围屋的,更不是敬德围屋的——敬德围屋根本没有人抽旱烟。而且,敬德围屋全族的妇孺都被残害了。所以,明德围屋的人认为,烟斗在雁栖围屋被发现,肯定和雁栖围屋有关……后来,游击队从雁归崖转战到鸡公山,也被鬼子和伪军围剿……"事隔多年,旧事重提,爱民仍然悲愤。她眼圈儿禁不住红了。

"没有人知道,没有人知道……"东方闻莺怔怔地看着她,仿佛在自言自语。

爱民轻轻拭去泪水,说:"如果说知道,恐怕,就只有雪融儿知道。可是,它从来没有告诉大家……"

东方闻莺沉吟半晌,问道:"那么,李春生向黄老仙拜师,是什么时候的事情呢?"

"春生生下来没有多久,他母亲就因为失血过多去世了。李青松就把春生寄养在雁栖围屋李叔公家。雁栖围屋的人从来都不愿提起敬德围屋的往事,太骇人了!所以,春生很晚才知道自己的身世。当他知道自己的身世之后,就有些疯疯癫癫……黄老仙就对李叔公说,愿意带他一阵子,看能不能治好他的心病。李叔公觉得,这个孩子不能从噩梦之中醒转过来,医药已经无能为力。现在,黄老仙愿意试一试,就让他试一试吧!或许,跟了他,就能正常了呢……"

"黄老仙在那时候,就开始算命了吗?"东方闻莺追问道。

"那时候,黄老仙就神神道道,有一碴儿没一碴儿的。叔公也不是全信,是实在没有更好的办法。敬德围屋仅此一根独苗,总不能绝后了吧!……"爱民说。

东方闻莺伸手捋了一下额头的碎发,问:"黄老仙和雁栖围屋或者和敬德围屋,有什么渊源吗?他为什么要这样做?"

爱民说道:"黄老仙的父母亲,是雁归崖的猎户。他母亲曾经被蛇咬过,是李叔公的父亲救了她。那时候,他们家穷得一文不名,叔公的父亲就分文不取。当然,灸草堂开了百年,救人无数,给穷人家看病,往往不收医药费,叔公是能免就免。老百姓拿不出钱,就会送来一些东西,比如在河里溪里捞的小鱼小虾,还有山果……"

原来如此。

东方闻莺端详着爱民,她的确和刘爱国长得很像。身材高挑,皮肤白净,眼睛深邃,眼珠不是纯黑色,而是带点棕色。嘴角紧抿的时候,眼神便有些凌厉。但是,两人的性情似乎大不一样。刘爱国表面上嘻嘻哈哈,但心思深沉;爱民看上去沉静,其实豁达开朗,并不掩饰自己的心情。

思忖片刻,东方闻莺还是说了:"爱民,你知道吗?雪融儿不见了。"

爱民吃了一惊,问道:"什么?是春生责骂它了吗?"

东方闻莺摇摇头,说道:"我们去鸡公山之前,它还在灸草堂。等我们回去之后,它就不见了。"

爱民十分惊讶,问道:"春生怎么样?他一定难过死了!"她低下头,说:"我也没有说什么呀!还有,我哥哥也说了,不再追究。雪融儿为什么还要走呢?"

东方闻莺叹息道:"唉!猫的心思,我们人类怎么可能知晓?倒是春生,整天魂不守舍。到处找遍了,就是没有它的踪影。也问了许多人,就是没有线索。"

爱民低头沉思,说:"其实,猫跟人生活久了,是不会轻易离开人的。但是,有一个意外,就是它受到了伤害。如果它受伤了,它就会决绝地离去,再也不会回来。按理说,它也不会去野外生存……"她想了一会儿,说:"东方医生,你说,猫是不是也和人一样,会感到孤独呢?就像人一样,长大了,就会去寻找朋友……"

东方闻莺微笑,说:"这个有可能。繁衍生息,是动物的本能。这个,不仅人类有,猫也应该有。当然,如果它真的是去找朋友了,倒不是坏事。"

爱民笑了,拿起药,说道:"我走了!我在柳林镇学校,教工宿舍二楼,你随时可以找我玩。"说完,她高高兴兴地走了。

爱民径直去了灸草堂。

李叔公坐着算账,春生正在给人做艾灸,爱民就和叔公有一搭没一搭地说着话。

等春生艾灸完了,爱民问道:"春生,雪融儿回来了吗?"

春生很惊讶,问道:"你哥哥不是说了不追究了吗?怎么,你后悔了?"

爱民说:"我没有。都过去了,就算了。叔祖母说,冤家宜解不宜结,死缠烂打,只会两败俱伤。"

春生说:"叔祖母是全世界最好的人了。在这个世界上,只有她能说出这样有胸襟的话。"

"喊!"爱民不屑地说道,"难道我就没有胸襟吗?要是换了旁人,有这么好说话吗?"

春生点点头,说道:"嗯!你是遗传了叔祖母的品性,确实不错。你今天来,就是为了告诉我,你是有胸襟的人吗?"

爱民说:"我在柳林镇学校工作了。这以后呀,说不定就时常来灸草堂串门了。还有,刚才我去找了东方闻莺医生,她说,雪融儿呀,可能是找朋友去了!所以,你就不用躲在被窝里哭了!"

第 三 十 章

爱民还问了东方闻莺去马家寨做科普宣传的事情。她问:"今后还会下乡做科普宣传吗?"

东方闻莺说:"作为一名医务工作者,除了治病救人,做科普宣传也是十分有必要的。老百姓普遍文化程度低,对医理和病理知之甚少,所以,才会出这样那样的状况。比如,你哥哥告诉我说,有村民把断肠草当作茶叶煮水喝,结果中毒而死;孩子发高烧不去卫生院看病,而是拿屋瓦在灶膛里烧红,然后浸在沸水里,就用那水给孩子洗澡;孩子夜里惊叫,也不是去看医生,而是拿竹竿举着孩子爷爷的破裤衩,半夜招魂;姑娘喝了山泉水,肚子大了,不是去看医生,而是不分青红皂白就认为姑娘失节,又打又骂,结果姑娘不是失节,而是山泉水里有蚂蟥——差点又多了一个冤魂!……马家寨的妇女,洗了衣服不是晒在太阳底下杀菌,而是藏在洗澡间,女人月事用的卫生带,要藏得严严实实……真叫人揪心哪!我们医务工作者,要唤醒老百姓的卫生意识,特别是广大妇女同胞,自己的身体要自己爱惜……"

"唉!东方医生你满腔热情,叫人敬佩。只是,你对她们讲这些先进的大道理,就好比一个杰出的音乐家,弹了一首《阳春白雪》,然后问,好听吗?你听懂了什么?人家说,好听呀!咱们家那位,弹棉花的声音也特别动听,孩子听着听着,就美美地睡去了。我听着听着,发现一天就倏忽过去了……人家在意的不是先进的科普知识,而是你的小辫子好看,你的发夹好看,你的衬衫好看,你的凉鞋好看……"

然后,肯定还有其他——只是,爱民不方便说而已。

刘爱国的心里,也许,正在叹息。

月上中天,山野里十分清凉。我似乎听到秋风的脚步,正迈着轻快的步子,从远方赶来。

眼前的敬德围屋,曾经是生养我的家园。自从它被毁以后,我就没有来过。我的心,始终在泣血。

那天,游击队的联络员知道了鬼子和伪军要进柳林镇扫荡的消息,在第一时间就通知了李青松,要他立即带着雁栖围屋、明德围屋和敬德围屋的乡亲们转进山里去。

李青松的妻子陈春临盆在即,在家人的护送下,去了雁归崖。

后来,李青松又听说,一辆大卡车拉着十几个患了麻风病的村民,去了鸡公山。游击队并没有大卡车,那么,肯定是鬼子和伪军了。他们把患麻风病的村民拉到鸡公山去做什么?

李青松悄悄跟上去,发现大卡车去了鸡公山的鹞子崖。他连忙给鸡公山的人发了消息。

就在此时,他听到了敬德围屋的噩耗!他急匆匆赶回敬德围屋,全族的妇孺都死在院子里。院子里血流遍地,女人们衣衫不整,从九岁的女童到七十岁的阿婆,都惨死在鬼子手中!十四具遗体横陈在院子里!他顿时如被霹雳击中,僵直在门口。

当躲在深山的乡亲们听到敬德围屋的噩耗,纷纷赶出来,齐聚在敬德围屋。

敬德围屋的丧事还没有办完,鸡公山再传噩耗,那些患了麻风病的村民,被扔在一个废弃的草寮。仅仅两天,草寮失火,那里只剩下十几具烧焦的遗体!

我跟着主人,奔向鸡公山。我们去了草房子。然后,鬼子在伪军的带领下,围剿鸡公山。他们搜了几天几夜,仍然没有找到。于是,熊熊大火从四周烧起来,直扑山顶。

他把我抱在怀中,面对着熊熊大火。

我的灵魂,在熊熊的火光中涅槃。

过了好多年,我回到雁栖围屋。春生已经蹒跚学步了,咿咿呀呀,在雁栖围屋无忧无虑地生活。

人之一生,是否最幸福的就是童年?没有知识,没有痛苦。然而,嗷嗷待哺之时,除了哭,别无他法。有了身,没有心。等到年岁渐长,草儿一样青葱茂盛,是否最幸福的就是青春?然而,此时除了孤独,还是孤独。

寻寻觅觅,访今问古,谁才是我的灵魂传承?

我趴在倾颓的黄土墙上,凝神细思。

明德围屋——那块黑底黄字的花岗岩的大匾,像凿子一般凿入我的瞳孔。这个遥远的家园,我梦中的家园,从美丽的粉红到刺目的殷红,我感觉我的心中的血色,涂满了夕阳。于是,整个世界都黑暗了!

我的心也黑暗了!

世界在黑暗中枯寂,我的心枯寂了!一晃,就枯寂了多少年!我的心枯寂在那抔黄土堆,一任那风霜雨雪,一任那春夏秋冬。

这抔黄土,浸透了敬德围屋人的鲜血。我甚至看见丛丛簇簇的磷火,在习习的晚风中摇曳。磷火又烧起来,渐渐旺起来,似乎有冲天的火光,将我包围。

墙角那碧青的杂草,井边那深绿的青苔,在熊熊的火光之中仍然碧青,它们的灵魂和我一样,在痛苦中涅槃。

许久许久,那口废弃的水井,被黄土碎石掩埋的水井,曾经养育了敬德围屋世世代代生命的水井,又溢出了甘泉。甘泉水渐渐满溢,浇灌那些在痛苦挣扎的杂草青苔的灵魂。

于是,一朵朵小花,次第绽放,不仅有着娇艳的容颜,而且有着醉人的芬芳。

春生依然不声不响。他总是这样性情沉静,只有细心的叔公才看得出他的眼波里流转着哀愁。

夜深了。春生躺在木板床上。但愿,雪融儿真的是因为孤独,才不辞而别。

中秋临近,刘爱国带着父亲买的大包小包,回到了明德围屋。

刘建业十分繁忙,要组织各地秋收,秋收完后要兴修水利;鸡公山鹞子崖已经探出了矿藏,要组织技术人员商议怎样开采;绿云水库水位下降,供水不足,沙塘县城的居民,生活明显受到影响,是继续寻找水源,为居民输送洁净的饮用水,还是疏浚绿云水库……这些都要县政府充分讨论后再做决定。于是,他对儿子说:"原本要亲自回一趟明德围屋,可是实在走不开。

对于你叔祖母,我万分愧疚。东西我已经买好了,你和爱民,就好好替我尽尽孝心。"

刘爱国骑着自行车,载着妹妹,在习习的晚风中,回到了明德围屋。

叔祖母的病情,似乎稍有好转,这使得爱国和爱民心中稍有宽慰。叔祖母已经罩上了长袖衫,宽大的偏襟衫,使得她原本瘦弱的身躯,看上去更加干如枯柴。

但是,她很高兴。特别是孙女就在柳林镇学校,一有空闲,就会骑自行车回来看她。

爱民冲了藕粉,递给她。叔祖母吃着藕粉羹,看着爱国,问道:"爱国,我听说,你父亲叫你去相亲了。怎么,没有下文了?"

爱国苦笑,说道:"没有。"

叔祖母把空碗递给爱民,说:"缘分,靠的是命。命里有时,菩萨都挡不住;命里没有,就不必强求。"她从怀里拿出一张黄纸,递给爱民,说:"爱民,你什么时候去一趟观音山,把这个烧给菩萨。"

爱民接过来一看,却是一张空白的黄纸。她十分纳闷,问道:"叔祖母,你不是不信菩萨吗?你和李叔公一样,都说别人去信就好了,咱们老刘家是不必去信的。"

爱国看着叔祖母,问道:"叔祖母,你是有什么心愿吗?你告诉我,我会尽力……"

叔祖母摇摇头,说道:"我是不信。但是,这张黄纸,是替东方医生求的。她总算来过咱们明德围屋,和咱们老刘家,有那么一点儿缘分……"

爱民看着叔祖母,接过黄纸,不明白她老人家的意思。

爱国看着叔祖母,再看看这张黄纸,也是百思不得其解。但是,既然是叔祖母的心愿,照办就是了。于是,他说:"好!我们就去一趟观音山。只是,明天我还有许多事情要做。就后天去吧!"

爱民也同意:"嗯!明天我们还要上课呢,就后天去。"

爱国怕自己一忙起来又忘了,于是把黄纸交给了妹妹。

第二天傍晚,爱民做完了事情,拿出黄纸来研究。她举着黄纸,放在灯光下,发现什么也没有。于是,她噔噔噔下了楼,径直去了灸草堂。

李叔公和春生正在歇息,爱民就拿出黄纸给他看。

春生看了许久,摇摇头,不明其意。

爱民有些失落,无精打采地回去了。

一轮明月,渐渐西斜。是天快亮了吗?春生披衣起身,却发现,窗外皎洁的月光分外明亮,照得大地如同白昼。

他喝了一口水,不再有睡意,斜靠在竹榻上,没有意识到此时的竹榻,已经凉飕飕的。

狂风暴雨蹂躏着鸡公山的大地,摧折着山上的树木。雷电霹雳恫吓着这片土地上的生灵。草房子年久失修,那些原本厚厚的稻草盖的屋顶,已经抵挡不住暴雨的倾泻,雨水直往屋子里灌。东方闻莺浑身湿透了,外面狂风暴雨混杂着的各种凄厉的声音,直灌进耳朵。她强自镇定,紧紧抓住春生的手。

春生感觉自己的心,从来没有离她这么近。她一直若即若离,徘徊在他的脑海中。

记得第一次梦见她,她就笑盈盈地叫出了自己的名字。无法想象,她和自己一起住在观音山的寺庙旁边的破旧的房子里。她像一颗璀璨的明星,在漆黑的夜幕下格外醒目,在他原本漆黑的人生夜空里照亮了走向明天的征程。她怎么能静静地枯坐在观音山的寺庙里,和他一起度过许许多多祈求菩萨包容庇佑的日子呢?她不是菩萨座前已经浸润了慧根的无土莲花,而是万丈红尘中脱胎于泥淖的莲花。她的美丽幽香,依然屹立于浊世的烟火之中。

想到这里,春生的眼睛里,溢出了两行清亮的泪水。

最近,东方闻莺时常来灸草堂,向他问这问那。

春生的心中,也在纠缠。那个模糊的梦境,指示的究竟是情人,还是朋友?

此时此刻,他的身心,似乎去了很远很远的地方。

灸草堂没有了,里面所有的药柜子都被捣毁,那些花了多少心血收集整理的药草,散落一地。满生躲在墙角无声哭泣,李叔公的灵前,只有瑟瑟发抖的白幡……

观音山的春天来得比较晚。山下早已繁花满枝,山上还春寒料峭。到处是枯树枯叶,没有一点儿绿意。

寺庙前的流水,依然泠泠地淌着,一点都不见少。东方闻莺满脸憔悴,站在水池边,慢慢地洗漱。洗着洗着,就忍不住呕吐。她一阵阵干呕,直吐得眼冒金星。

春生十分心疼,连忙扶着她,要她进屋子里去。可是她十分执拗,干呕完了,擦了泪水,又开始浆洗衣服。

没有肥皂,她只好用茶麸水洗衣服。茶麸的碎渣粘在衣服上,她洗洗就得抖抖衣服,折腾了许久,衣服也没有洗干净。

她掩面哭泣,泪水在掌心里滑落……

春生怔怔的,似乎连自己的心,都冰冷僵硬了!

他不敢往下想。

一直枯坐到天明。天刚刚亮,春生就熬了一锅药粥,然后飞奔去卫生院,轻轻敲着东方闻莺的门。

东方闻莺刚好起床,见春生火急火燎地站在门口,有些惊讶。她连忙问道:"春生,怎么了?"

春生强自按住自己怦怦急跳的心,说道:"东方医生,我想去一趟观音山取药草,然后采一些山果,你能和我一起去吗?"

东方闻莺十分诧异,转而一想,也许满生回去过节了,叔公不能出门,春生才叫自己去的,于是说道:"好!我戴个草帽。"

两人到了灸草堂,吃了药粥,就向观音山进发。

夏天的余热仍然在山间徘徊,但是,毕竟秋天来了,山间所有的葱翠都凝结在树叶上,准备迎接漫漫的寒冬。

春生离开观音山后,寺庙就没有人打理了。里里外外的尘土和暴雨后的泥垢,积得厚厚的。他拿了笤帚,慢慢地清扫。

东方闻莺见他不是去采摘药草和山果,而是要清理干净这几间破旧的房子,没有感到奇怪。这里,是他的家,他曾经赖于安身的地方。

或许,红尘万丈,他的心却始终留在这里。

第三十一章

刘爱国开着拖拉机,载着妹妹,一大早就前往观音山。毕竟,自己是政府工作人员,经常去寺庙进香,难免要被闲人诟病。但是,叔祖母的心意,也不能违拗。老人家的心思,努力去做就好。还有,自己能为东方闻莺做的,也没有啥了。又不能让爱民一个人去,荒山野岭,她没有勇气。

刘爱国把拖拉机停在山脚,锁好车门,就带着妹妹走上通往观音山的羊肠小道。

爱民异常兴奋,仿佛这是一次愉悦的秋日旅行,一路上咕咕呱呱。

刘爱国时不时回头看一眼身后,看看有没有前来进香的村民。

秋日的山间格外宁静,除了溪流在无声潺潺,鸟儿在自在啁啾,就只剩下空旷。

春生挖了一些土茯苓,东方闻莺细心地扒去泥土。她端详着土茯苓,问:"这土茯苓,看起来像肉姜。春生,你不是说,以前你们曾经把土茯苓当饭吃吗?可好吃?"

"嗯,蒸熟了直接吃。吃起来味道甘甘的,不很甜,也不面,吃多了不消化。土茯苓有清热解毒的功效。有些怀孕的妇女,因为反应太重,往往一脸痤疮,又痒又痛。叔公就会开土茯苓的方子,让她们煎水喝。当然,体质虚寒的就不能吃,容易流产。"春生说。

东方闻莺把土茯苓装进竹篓里,又摘了一些黄栀子,放进竹篮子里。春生说:"我们客家人会用黄栀子做黄色染料,做烫皮、灰水粄,没有槐花的时候,就用黄栀子。黄栀子,有凉血的功效。有些人家会把高粱秆切碎了做高粱茶,也有清凉的功效。"

东方闻莺端详着黄艳艳的栀子,原来早茶店里黄的绿的米果,就是用它们做的呀。

后来,东方闻莺还辨认了断肠草和茶叶的异同。它们真的太相似,一般人很容易混淆。

竹篓已经装满,两人回到寺庙前,把竹篓摆上独轮车,然后清洗双手,准备离去。忽然,他们听到寺庙里有人说话,于是走了进去。

刘爱国带着妹妹刚刚走进寺庙。幸好,现在还没有什么人。爱民点燃香烛,把叔祖母教的话跟菩萨说了。刘爱国神情凝重,一直沉默不语。爱民拿出那张黄纸,在香烛上点燃。

就在这时候,寺庙门口卷进来一阵大风,把那张黄纸吹得呼呼响。爱民没有拿稳,它竟然飘起来。爱民一惊,就要伸手去抓。

刘爱国见状,急忙伸手去抓,不小心撞翻了燃着的香炉。他又急忙伸手去扶香炉,没想到却被燃着的香灰烫了一下,蓦然缩手。

此时,春生和东方闻莺疾步赶来。刘爱国和刘爱民都十分意外。

东方闻莺把香炉摆正,此时她发现香炉底部似乎有字。她把香炉举起来,仔细查看。

"宣德年制"四个楷体字,刚劲有力。东方闻莺再细细查看这个香炉,发现它胎体洁白细腻,绘着青色的缠枝莲花,色彩鲜艳,画工十分精致。"宣德年制",这不是明朝的吗?

东方闻莺问道:"春生,这个香炉,是什么时候放在这里的?"

春生摇摇头,说道:"我不知道。从来没有人问这个问题,也从来没有人会问香炉的来历。"

刘爱国见春生和东方闻莺出现在门口的时候,就邃然一惊!他们俩怎么一起来了?听到东方闻莺研究香炉的来历,于是他说道:"闻莺,菩萨的东西,不要去追究。这个香炉,当然是有菩萨的时候,就有了。"

东方闻莺却似乎没有听见,又兴致勃勃地问道:"那么,菩萨是什么时候来到这里的呢?"

刘爱国急忙把香炉抢过来,轻轻放在案桌上,说道:"你呀!千万不要惊扰了菩萨!爱民,你赶紧办事……"

爱民于是从哥哥手里接过黄纸,在烛火上引燃。黄纸迅速烧起来,转眼就化为灰烬。

东方闻莺说道:"哎!算起来,宣德年间的香炉,应该是很高级的文物呢!为什么就这样放在了这里?"她转向刘爱国说道:"刘主任,这件事,应该跟县政府反映吧?应该请文物局来看看吧?"

刘爱国说道:"你呀!千万别胡说八道了!这是菩萨的东西,不能混入凡尘……"

东方闻莺十分奇怪:"刘主任!你好歹是政府工作人员,怎么能说出这种话?如果文物流失,你……"

春生打断她的话:"闻莺!我们这里是客家地区,客家人和你们的风俗是不一样的。你就别乱说了!"

刘爱国说道:"我们是政府工作人员,当然坚决反对封建迷信。但是,我们也要尊重老百姓的民俗习惯。今天,这个香炉的事情,就到此为止,千万不能出这个门,免得节外生枝。"

爱民看着他们你一言我一语,又看着香炉里那张黄纸燃烧后的灰烬,心里隐隐感觉不安。这件事,要不要告诉叔祖母呢?

四个人走在下山的羊肠小道上。刘爱国走在东方闻莺的身后,看着她窈窕的身姿,原本已经沉淀的心情碎片,又渐渐浮泛上来,晃荡他的心海。

东方闻莺见身后的刘爱国和初次见面的时候相比,黑了不少。他一直沉默不语,也不再像以前那样飞扬佻脱,好像变了一个人。她扭头问他:"刘主任,听说鸡公山勘探出了矿藏,是真的吗?"

"嗯,"刘爱国说,"冬季就可以开始着手挖地基,先盖几间厂房和屋子,至少明年,就可以生产了。"

春生在前面走得飞快。什么矿藏,对他来说,都是浮云。但愿自己的急切,将来会有好的结果。否则,这就是一生的业障啊。

中秋的夜晚,一轮圆月迟迟才露面,跟以往相比,不是洁白,还有一点暗,看上去好像起毛的月饼。没有多久,它干脆躲进云层,再也不肯出来了。

刘建业对儿子说道:"爱国,王阿姨再次问起黄家姑娘的事情。我婉言谢绝了。咱们刘氏血脉可以生活过得清苦一些,但是不能在女人面前低眉弯腰,直不起脊梁。我已经跟张县长说了,过年之前,就把你调回来。张县长也说,他会考虑。"

刘爱国很感激父亲的决定。

良久,刘建业沉下脸,严肃地说:"爱国,你和卫生院的上海知青,叫什么东方——到底怎么回事啊?"

刘爱国见父亲追问,没有惊讶。父亲应该早就有所耳闻。只是儿子已经成年,感情上有些想法,也很正常。他回答道:"没什么。都是一些工作上的事情。"

刘建业始终盯着儿子,察言观色,判断他说实话了没有。他喝了一口茶,说:"没有就好。听说,东方医生要回上海,她的心在上海,你和她的交往就没有什么意义。没有结果的事情,还是尽早结束的好。闲杂人堆在一起就是无聊,喜欢风言风语。这对你对她,都很不好。明年可能有上海知青返城的消息,如果下了文件,我会尽量让她回去。"

别人送来两张采茶剧院的戏票。刘建业说:"你们兄妹俩去吧!听说剧目还不错。我就不去了,秋高气爽,我想跟别人到外面走一走。"

刘爱国并没有心情去看。但是乡下难免枯燥单调,爱民在乡下待了十几天,心痒痒的,嚷着要去看。他只好带了妹妹,一起到了采茶剧院。

沙塘县比较有名的建筑,当数龙腾酒家和采茶剧院,采茶剧院其实也就是电影院。剧团演员不多,剧目有限,一般只在特别的节假日才会演出。乡下没有电影院,也没有采茶戏可看,有的影迷戏迷,为了看一场演出,就不惜路途遥远甚至连夜赶来看,看完又连夜赶回去。

刘爱国拿着戏票,找到了第五排双号的位置,和爱民坐了下来。他随意看了一眼周围,发现一个熟悉的身影,忽然感觉心中十分不自在。

《待月西厢》的剧目是剧团最新排的,所以来看的人非常多。离演出还有好久,里面已经坐满了人。

爱民吃着叔祖母给她炒的爆米花,兴致勃勃地说起自己在学校的情景。

刘爱国的心,却还在柳林镇。这样万家团圆的喜庆日子,东方闻莺一个人孤零零地在卫生院值班,又会是什么样的心情?因为,卫生院就只有她一个是外地人,她也无处可去。刘爱国对她说,如果她愿意,可以去明德围屋和叔祖母一起过中秋节。但是,她微笑着婉言谢绝了。

喧闹的人群渐渐安静下来,演出开始了。爱民一直都在认真地看着,刘爱国却感觉有些疲倦。等到这出剧目演完,他都不知道台上究竟唱了什么。接着是老剧目《游园惊梦》。这本来是昆曲。采茶剧在唱腔上和昆曲相去甚远,但是,他觉得,昆曲也很好听。

一般一个晚上就演三场,最后一场是《五女拜寿》。唱完了才子佳人,就唱仁义孝道。观众得到了极大的满足,恋恋不舍地离开了电影院。

刘爱国迷迷糊糊地看完了三场剧目,站起身,和爱民走出电影院。他们俩刚刚离开密集的人群,忽然听到身后一阵咻咻的笑声。一个熟悉的声音叫道:"爱民!爱民!"

爱民闻声转头,见是黄涵秋,吃了一惊。世界真是小!不!是沙塘县真是小!

刘爱国没有惊讶。刚刚进来不久,他随意扫视,发现她的位置,赫然就在自己身后的第七排。她跟身边的一个姑娘窃窃私语,隔了一排,如果不注意的话,就不容易看到。他看看自己手中的戏票,有些烦恼。他安慰自己,不过是巧合罢了。反正父亲已经表明态度,自己可以不必在意她的眼光。

爱民愣了一下,随即笑道:"涵秋姐姐,好巧啊!"

黄涵秋手挽着一个和她差不多年纪的姑娘,笑道:"爱民,不是巧,是咱们沙塘县太小,走哪里都碰头碰脑的。当然,因为是自己人,才能不管走到哪里都见得着。"她看着爱国,问:"刘主任,剧目不好看吗?怎么看你无精打采的,还是工作太累了?"

爱国微笑着说道:"我没事。谢谢关心。"他转头对爱民说:"爱民,你困

了吧？早点回去睡。"

爱民会意，伸手捂嘴打了一个哈欠，说："涵秋姐姐，夜深了，早点回去休息吧！"

黄涵秋笑道："这么早？我还想请你们吃夜宵呢！是不是在乡下工作，太辛苦了？唉！你爸怎么不去跟县长说一声？你哥哥也真是，面子这么薄，跟县长说一声，什么事情不能解决？"

爱国说："我们得走了。再见！"

兄妹俩刚走出几步，就听到身后细碎的声音："涵秋，那个柳林镇卫生院的东方闻莺，有爱民这么好看吗？"

"可能是有些姿色，要不就是先天狐媚，要不然，某人能这么魂不守舍？"这是黄涵秋的声音。

刘爱国的脊背，顿时发凉。

还不到夜半，外面就变得漆黑了。吃月饼，赏月，倒成了昙花一现了。

兄妹俩回到家中，父亲已经躺在床上了。

刘爱国洗漱完毕，也横陈在床上，可是，睡不着。他又爬起来，走到厨房。晚饭时的黄酒不错，味道醇厚，于是他倒了一杯，慢慢喝下。

仅仅一杯黄酒，要是在平时，一瓶黄酒刘爱国也不在话下。可是现在，他的头脑立刻感觉晕晕乎乎的。举杯浇愁愁更愁，人在心情不佳的时候，美酒便是毒药。

他怕自己酒后失态，被父亲责怪，于是走进自己房间，瘫在床上，面向墙壁。

迷迷糊糊之中，他似乎又到了久别的柳林镇卫生院。卫生院灯光昏暗，没有值班医生，也没有保卫人员，大家都回去过节了。大门洞开，一个黑影鬼鬼祟祟地从卫生院后面溜进来，蹑手蹑脚地上了楼梯。他继续蹑手蹑脚地上去，慢慢挪到东方闻莺的房间。

东方闻莺正睡在床上，她睡得好香，对于即将到来的危险，浑然不觉。

那个黑影站在东方闻莺的门口，手中拿着一根细细的铁丝。他用铁丝轻轻地插进锁孔，锁孔无声地开了。他蹑手蹑脚地走进东方闻莺的房间，慢慢挪到她的床前，伸手去掀她的被子——

"闻莺！——闻莺！——"刘爱国惊叫！

第三十二章

　　子时已过,秋风习习,吹在人身上,凉飕飕的;到处黑魆魆的,连脚下都看不清。柳林镇卫生院大门的铁门已经从里面闩上,大门旁边的值班室,向外面有一个小窗口。病人需要急诊,就敲那扇窗户。

　　张院长已经安排了内科医生任医生值班,东方闻莺和妇产科徐医生也值班。值班医生必须严格遵守值班制度,不得回自己房间待着,也不得在各个科室串门。

　　东方闻莺在值班室看着张院长给的处方笺,发现自己每次看均有不同的收获。这些天来,虽然临床见习的机会不多,但是,学习别人的经验,也大有裨益。

　　夜深了,整个卫生院万籁俱寂。入秋了,似乎连虫鸣都没有了。

　　任医生的值班室的灯已经关了,妇产科徐医生那里,也是黑灯瞎火。东方闻莺看了一眼桌上的月饼,没有食欲。她洗漱完毕,就上了值班室临时休息的床。

　　今天,妈妈一定也在日思夜想,女儿的节日过得好不好;她一定也在翘首盼望,远行在外的女儿早点归来。她下意识地摸了一下头上。妈妈买的发夹,已经遗落在观音山的某个角落。

　　想起观音山,她不由得又想起刘爱国,希望他能坚强,能克制,能尽快度过这段艰难时期。他总会找到他喜欢的姑娘的。他眼神里的些微压抑、忧伤和无奈,让她心里隐隐不安。

　　她躺在床上,极力压住许许多多的胡思乱想,慢慢进入睡眠状态……

　　忽然,暗黑的窗台有轻微的响动。值班室里的人循声望去,却见一个小小的模糊的影子,倏忽不见,然后"喵呜"一声,就再也没有声响。

　　这短暂又轻微的声响,没有惊动连夜值班的任医生和徐医生。

　　东方闻莺在迷迷糊糊之中,也听见了。她迟疑了一会儿,想不理会,可是心中一直不安,再没有睡意。她只好爬起来,拿了手电筒,轻轻走出值班室,四处巡查。

　　什么也没有。可能是医院太寂静了,一点点极其轻微的响动,就叫人不安。医院是人出生的地方,也是人去世的地方,神神鬼鬼的闲话,自然少不了。但是,医生根本不会介意。

于是她折回值班室,又拿起张院长给的处方笺,认真地阅读。

满天漆黑,满世界漆黑。因为太黑,也因为太寂静,都不知道时间过去了多少。

"噗! ……"不知哪个窗台上轻微而短促地响了一下,随即又归于死一般的寂静。

过了一会儿,东方闻莺所在的值班室的门被无声地打开,一个黑影慢慢地、悄无声息地移进来。那个黑影向床边靠近,到了床面前,凝视了床上躺着的人一会儿,就伸出一只手去掀被子,另一只手去捂嘴——

他的手却迅速被床上的人抓住!

床上的人一跃而起,双手十分有力,就要把黑影的手反剪到背后。可是黑影却猛地挣脱,然后迅速抽出刀子,狠狠地扎向对方的手腕!

两人立刻扭打起来,黑暗之中踹中了桌子、凳子。屋子里顿时"乒乒乓乓"乱响。

门口值班室的任医生和妇产科的徐医生被惊醒了,他们迅速打开手电筒,任医生高声叫道:"东方医生!东方医生!进贼了吗?"

没有听到东方闻莺的回答,徐医生十分不安,也高声叫道:"任医生!任医生! 快过去看看!"

医生的惊叫惊动了黑影,刀子极为锋利,迅速又狠准地刺向对方! 对方显然吃痛,不得不放下手。黑影趁机跳出窗户,瞬间就消失在黑夜中!

任医生打着手电筒冲进值班室,随即惊叫道:"春生?! 怎么是你?!"

徐医生也紧随着冲进来,听到任医生叫"春生",吃了一惊,拿手电筒一照,果然是春生!

春生的双手被刀子扎中,鲜血直流。

任医生连忙拉开电灯,满屋子顿时清楚明亮。他惊讶地问道:"春生! 你在这里,东方医生呢?"

徐医生也连忙问道:"春生! 是不是进贼了? 医院有什么好偷的呀! 贼人来干什么? 唉! 东方医生哪里去了? 被坏人掳走了吗?"她赶紧收拾桌子、凳子。

任医生连忙拉住了她的手,说道:"别忙! 等公家的人来了再说。春生受伤了,得马上处理!"

春生喘着气，说："快！快！东方医生在楼上，在她房间里，快去看看！……"

徐医生急忙说："任医生，你快上去看看！这里我来！"她拉过春生，就要给他止血包扎。

任医生急忙冲上二楼，跑到东方闻莺的门口，却发现门是闩着的，连忙敲门。敲门声急切而响亮，"砰砰"直响，跟擂鼓一般，可是里面没有动静。他正要踹门，却听到里面东方闻莺睡梦中的声音："谁呀？来了来了！"

任医生高声叫道："是我！东方医生！你没事吧？"

东方闻莺说道："我没事呀！怎么，外面出事了？出什么事了？"她胡乱披了衣服，立刻开了门。

任医生见她无恙，松了一口气，说道："春生在你的值班室出事了！他被歹徒刺伤，徐医生正在给他包扎呢！……"

东方闻莺大惊："春生在我的值班室出事了？他为什么会在我的值班室？歹徒抓到了吗？"

任医生说："这得问你呀，春生为什么会在你的值班室？"

东方闻莺连忙"噔噔噔"旋下楼梯，冲进值班室。她见徐医生正在给春生缝针，声音颤抖地问道："徐医生，怎么样？他伤得怎么样？"她见春生脸色惨白，自己也禁不住脸色惨白，给吓着了！她抖抖索索地拿了纱布，要给春生包扎。

任医生也着急地问道："怎么样？"

徐医生一边麻利地缝针，一边催促道："伤口有点深！又流了好多血！不过应该没事。快去抓歹徒啊！"

"好！好！我就去！"任医生急忙冲出去。

东方闻莺说道："我也去！"

春生哑着嗓子喝道："回来！"

徐医生说："回来！你就别去了！要是给歹徒抓住，可就麻烦了！"

任医生刚刚跑到东方闻莺的值班室窗户外，寻找脚印。忽然，一道强烈的手电筒光亮射来，有人高声问道："任医生，你在干吗呢？"

任医生一惊，回头一看，见是镇政府保卫科的王福，就回答道："我们卫生院值班室溜进了歹徒，把春生刺伤后逃走了！我看看这里的脚印……"

"你们卫生院值班室溜进歹徒了？怎么回事？"王福急忙跑过来，从窗户探头望去，见春生的双手包扎着纱布，徐医生正在收拾针线，东方闻莺拿

着纱布在给春生的双手擦干血迹。"徐医生,到底怎么回事?"他焦急地问道。

徐医生扭头一看是王福,连忙说道:"快去抓歹徒吧!别给跑了!"

王福和任医生把卫生院里里外外检查了个遍,都没有发现歹徒的踪影。除了窗台上有个模糊的脚印,其他地方没有找到可以辨认的脚印。两人回到值班室。

春生已经慢慢平息下来,垂头坐在凳子上。王福盯着春生,拧着眉头,厉声问道:"李春生!你并不是医院职工,为什么会出现在卫生院的值班室?"

春生看着他,没有回答。

徐医生和任医生也感到奇怪,说:"是呀!你为什么会在我们卫生院的值班室呢?"

东方闻莺问道:"是张院长叫你来的吗?"

王福冷冷地盯着东方闻莺,喝道:"东方闻莺!张院长是安排了你值班的吧?为什么你不在值班室?"

东方闻莺怔怔地看着王福,回答不上来!是呀!为什么自己竟然回到了房间呢?在自己记忆清晰的时候,明明是在值班室的呀!

大家面面相觑。许久,王福盯着春生,又盯着东方闻莺,凌厉的眼神在他们俩脸上来来回回移动,最后恍然大悟似的说:"我明白了!李春生,东方闻莺!你们俩!……"

任医生和徐医生诧异地看着王福,又诧异地看着李春生和东方闻莺,不知道究竟发生了什么事情。

春生愣愣地看着王福,东方闻莺也是愣愣地看着他,两人都莫名其妙。

王福指着李春生的鼻尖,又指着东方闻莺的鼻尖,说:"你们俩,早就有一腿!哼!如果不是东方闻莺把李春生放进来,他李春生能变成蚊子飞进来吗?哼!你们俩在值班室搞了什么勾当,这个只有你们自己清楚!你们俩在值班室搞动作,黑灯瞎火动静太大,吵醒了任医生和徐医生,你们俩怕好事败露,李春生就让东方闻莺破窗逃走,东方闻莺然后又悄悄地回到二楼假装睡觉。破窗的时候,李春生双手不小心被玻璃割伤,无法掩饰,就造成遭遇歹徒袭击的假象!可是,你们俩万万没有想到任医生动作迅速,立马就赶过来!于是,李春生假装无辜……"

"够了!王福!你没有亲眼目击现场,就敢大言不惭瞎编故事!你!

你包藏祸心！……"东方闻莺怒喝道。

李春生盯着王福，冷笑道："王福，你倒是来得巧！不早不晚，歹徒前脚刚走，你后脚就到了！没有见到现场，就能血口喷人！"

任医生和徐医生看着他们三个争吵，都惊呆了！

王福也冷笑道："我是保卫科的，夜晚巡逻本来就是保卫科的责任！什么叫不早不晚？今天是中秋节，黄镇长叫我们保卫科在节假日更要加强巡逻，不得麻痹大意，不能让群众的生命财产受到丝毫损失！我现在正在执行公务！倒是你们俩，害怕丑事败露，先血口喷人！哼！我这就带你们回保卫科审讯，等明天黄镇长回来再处理！"说完，他就拿出手铐，要拿人。

东方闻莺怒道："王福！你身为保卫科科长，现在不去抓歹徒，倒是在这里胡说八道！"

春生喝道："王福！你在案发第一时间，不是积极寻找歹徒的去向，却在这里冤枉好人！你！你！你还好意思说自己是在保护群众的生命财产！你居心何在？……"

王福大怒，伸手就来抓春生，叫道："李春生！你先说说！是谁叫你来卫生院值班室的？啊？东方闻莺！你！先把你为什么不在值班室，却假装在自己房间睡觉的事情交代了！不然，我现在就把你们俩带到保卫科去！"

任医生和徐医生看着春生和东方闻莺，问道："是呀！这到底是怎么回事啊？是张院长的安排吗？怎么我们俩都不知道啊？"

春生脸色苍白，低下头，没有说话。

东方闻莺伸手按着脑门，绞尽脑汁，也不知道这到底是怎么回事。

王福冷笑："怎么？无话可说了？还说我在编故事！我在血口喷人！这下，到底是谁在编故事呢？谁在血口喷人？说呀！说呀！怎么？都哑了？"他把手铐"咔嗒"就铐在春生的手腕上，然后又"咔嗒"一声铐在东方闻莺的手腕上，就要带走。

徐医生见状，连忙拦住，说道："王福！这件事发生在我们卫生院，张院长才是负责人！我看，就等张院长回来再说吧！"

她扭头看了一眼任医生。

任医生也连忙说："是呀！王福！这件事发生在我们卫生院，可是张院长还没有回来，他还不知道呢！说不定，这是张院长有意安排春生来帮助东方闻莺值班……我看，就算李春生和东方闻莺有什么事情，他们俩现在这个样子，也逃不走，就等到天亮。天一亮，我就立刻去张院长家里叫他回

来,问个究竟。"

徐医生也连忙说:"是呀!是呀!我赞同任医生的看法!这李春生是李叔公的孙子,全柳林镇,谁人不知谁人不晓?东方闻莺是上海来的知青,县里那么重视的人才,要是闹出了误会,伤了感情,可就不好了!传到县政府,说我们处理事情毛躁粗暴,可就要挨批了!"

王福冷笑道:"要是张院长安排了李春生帮助东方闻莺值班,任医生,徐医生!你们俩身为值班医生,连这个事情都不知道,那么,张院长他到底想干吗呢?他脑子进水了?李春生和东方闻莺公然在卫生院值班室苟且,这么张狂,这样伤风败俗,我们柳林镇镇政府还要对他们包庇,要手下留情,那么,我们镇政府成了什么了?我们镇政府保卫科,向来对坏人坏事予以严厉打击,毫不姑息,决不手软!这样,坏人坏事才能得到遏止,群众的生命财产才能得到保障!至于什么县政府的重要人才,品行不好,什么人才都没有用!我们不需要这样的人才!不管什么人才,都要品德第一,业务第二!否则,这样的人才对我们只有害处,没有好处!……"

徐医生还要据理力争,她说道:"王福,事情还没有弄清楚,你就口口声声说,李春生和东方闻莺怎么样怎么样,这是不是太武断了?我和任医生都是医院职工,并没有发现春生和东方医生之间有什么……"

王福打断她的话:"徐医生!这就是你的不是了!坏人坏事就在你身边,你竟然浑然不觉!你的政治觉悟、政治警惕性也太低了!难怪别的单位都好好的什么事情都没有,独独你们卫生院出事了!……"

第三十三章

东方闻莺被眼前的情景弄傻了,分不清自己是在梦中还是清醒。她怔怔地看着盛气凌人唾沫横飞的王福,又看看脸色苍白的春生,再看看一脸疑惑的任医生和徐医生——王福咄咄逼人,自己竟然没有插嘴解释的机会。

春生本来就不善言辞,现在更是气得说不出话。

王福不顾任医生和徐医生的劝阻,就要强行带走东方闻莺和春生。

徐医生连忙拽住王福的手,劝道:"王福!大家都是乡里乡亲的,事情还没有弄清楚,你就一大盆粪水泼向东方闻莺和春生,什么苟且、张狂,什么伤风败俗,你说出这样毫无根据的话,就不怕天打雷劈吗?你太过分了!"

任医生也劝道:"王福!这也快天亮了,就等到天亮都不行吗?"

王福冷笑道:"徐医生!我看你是老糊涂了!你不只是眼睛糊涂,连心也糊涂!这是明摆着的事情,你却还口口声声说不清楚!任医生,你是要等到他们俩商量好了供词,才来处理吗?!不行!我现在就要把他们带到镇政府保卫科去审问!"

忽然,远处"突突突"一阵拖拉机的响声,两个车灯像两只野兽的眼睛,强烈的光笔直射向卫生院大门。

任医生连忙叫道:"是刘主任来了吗?这下好了!"

王福喝道:"谁来了都没有用!李春生说不清楚是谁叫他来的,东方闻莺说不清楚她为什么不在值班室,而是在自己房间睡大觉!这就是最好的证据!……"

"是我叫李春生来的!"黑暗中的拖拉机驾驶室里跳下一个人,高声叫道。

"刘主任!"东方闻莺叫道,喜极而泣。

春生紧绷着的神经,稍微松弛了。

刘爱国大步走上前,看见春生双手缠着纱布,问道:"春生,怎么了?"

任医生连忙说道:"歹徒摸进了东方医生的值班室,把春生刺伤了!"

刘爱国紧皱眉头,厉声喝道:"歹徒呢?!抓到了吗?"

徐医生气愤地说道:"王福不去找歹徒逃跑的线索,却一直纠缠着东方医生和春生,说他们俩在值班室……"她忽然住嘴,说不出口。

刘爱国盯着王福,说道:"王福!你马上带着保卫科的同志,四处查找!一定要找到歹徒逃跑的线索!"

"这——"王福犹豫着,在刘爱国凌厉的目光盯视下,只得松开了手。

"等等!出事的值班室在哪里?"刘爱国问道。

大家重新回到值班室。刘爱国仔仔细细地勘查了现场,拿着手电筒扫视地上的血迹,还有凌乱的桌凳,特别查看了窗户上的脚印。他听着王福和任医生、徐医生的描述,又盯着那地上破碎的玻璃碴儿,问道:"徐医生,春生手上的伤口,是玻璃碴儿划伤的吗?"

徐医生摇摇头,说道:"春生的伤口是我亲自包扎的,我敢肯定,不是被

玻璃碴儿划伤,而是被刀尖刺伤。玻璃碴儿划伤的话,伤口是皮肤破溃比较多,而且不整齐,但是不会很深;而锋利的刀尖刺伤,伤口是皮肤破溃不多,但是伤口很深,很整齐。我虽然只是一名妇产科医生,但是……"

王福打断她的话:"徐医生,你只是妇产科医生而已,一年到头,也没有做过多少外科手术,你能知道得这么清楚?"

任医生说道:"刘主任,徐医生说得没错。我们医生,对于伤口的……"

"任医生!我看你和徐医生是怕承担失职的罪责,才互相包庇,故意装作莫测高深,拿伤口说事儿!"

刘爱国恼怒了,但是,他压抑着自己的怒火,说道:"王福,你不用急躁!明天,我会向张县长报告,申请县公安局的法医下来重新检视李春生的伤口。现在,你马上就去带着弟兄们,查找可疑歹徒逃跑的线索!不管是哪路妖魔鬼怪,都要给我在最短的时间里抓获!"

王福瞪着刘爱国,还是没有动。

刘爱国喝道:"这里有我呢!这里的一切,从现在起都由我负责!"

王福悻悻离去。

刘爱国见春生脸色苍白,连忙说道:"徐医生,任医生,马上带春生回值班室,他脸色这样不好,是不是给他再看看?"

徐医生给春生重新检查了一下,说道:"就是失血过多……"

任医生说道:"那就给春生输液,打一些盐水葡萄糖。"

等吊瓶挂起了,刘爱国对任医生和徐医生说道:"你们俩回到值班室去吧!这里有我和东方医生。"

等到他们出去了,刘爱国把门关上,小声地问道:"春生,疼吗?到底怎么回事?"

春生躺在病床上,摇摇头,慢慢说道:"吃过晚饭,我和叔公说,东方医生也在值班……她和卫生院任医生、徐医生一起值班……我不放心……就偷偷摸摸地来了……"他低下头,十分懊恼。

刘爱国问东方闻莺:"那你呢?任医生说,他使劲敲你的房间门,你才出来……值班室发生那么大动静你都没有听见?你睡得这么沉?"

东方闻莺愣愣怔怔地看着刘爱国,忽然眼睛里溢出泪珠,她撇过头去,低声说道:"我什么都不知道!什么都不知道!……"她使劲摇头,掩面哭泣。

春生埋怨道:"你这人——真是!东方医生是被吓着了!你想想,一个姑娘家,遇到这样恐怖的事情,还不吓得魂飞魄散……"

刘爱国向她靠近,坐在她身边,轻轻拍她的肩膀,说道:"好了!我不问你了!别哭!……"

春生说道:"东方医生,明天,等张院长和黄镇长回来,他们就要询问各种细节了。我看,你还是先跟刘主任说一声,免得出了岔子,你看王福刚才气势汹汹的样子,只怕是来者不善呢!如果明天又有什么局,我们才好……"

刘爱国沉思片刻,说道:"我也觉得,王福刚才的言行很反常。他怎么就一口咬定,你们俩——"他盯着春生,又盯着东方闻莺。

春生眼睛里闪过一缕火焰,问道:"刘爱国,你是怀疑我们俩有什么不对吗?"

刘爱国摇摇头,说道:"就算全世界的坏人小人多过了蚂蚁多过了蝗虫,我也不会怀疑你。我只是不明白,闻莺她为什么当时的头脑状况稀里糊涂,到现在还说不清楚……"他问东方闻莺:"你是不是被人打晕了,或者是——"

东方闻莺摇摇头,伸手抹着泪水,说道:"我是真的不记得了!……"

过了没有一会儿,保卫科的其他同志赶过来了。刘爱国叫了两人守在值班室看着春生,就叫东方闻莺上楼了。

回到房间,东方闻莺再也忍耐不住,掩面痛哭。

刘爱国坐在她身边,张开双臂抱住她的肩膀,轻轻安慰道:"别怕!没事了!我会处理好的!你就别担心了!"

东方闻莺抽泣着,抬起泪眼,说道:"我怕的不是什么黑影,而是人心呢!"

刘爱国说道:"这件事确实十分蹊跷。王福为什么反应这样激烈,也十分可疑。你能不能仔细想一想,从天黑到出事,你是一个什么样的思想状况?是不是有人在你的饮食里或者水杯里下药了?你为什么会对自己的情况一无所知呢?你是一名医生呀!"

东方闻莺睁大双眼,仔细回想从吃过晚饭到现在的事情。她想了很久,说:"我吃过晚饭——我自己亲手做的晚饭,而且是我和徐医生、任医生三个人一起吃的晚饭,怎么会有问题呢?吃完后我们就各自待在值班室里了。我一直在看张院长给我的处方笺。桌上有月饼,有水——是我从厨房拿过来的热水瓶,月饼是早上的时候春生给的……没有人进来过呀!"

刘爱国看了看值班室的门和窗户,盯着她的眼睛,问道:"你在中途,有没有出现过头晕或者想打瞌睡的情况?"

东方闻莺绞尽脑汁,想了想,说:"我一直都在看处方笺,看着看着,就不由得想起我妈妈……然后,就好像听到妈妈在叫我……后来,后来——"她看着他,说不出口。

后来,她想起在观音山,他和爱民也在那里,烧了一张空白的黄纸。当时她还在想,为什么是一张空白的黄纸?如果是给叔祖母求保——叔祖母身体不好,做孙子的给老人家求保,也是很正常。可是,如果给叔祖母求保,应该是有字的……而且,爱民一直都没有说,是给谁求保。按照客家人的规矩,求菩萨就要告诉菩萨要求保的人是谁。

刘爱国见她睁着一双大眼睛,愣愣地看着自己,心中一恸。他轻声问道:"闻莺,你说,你告诉我,你到底怎么样了?到底是谁伤害了你?不管是谁,我决饶不了他!"

东方闻莺摇摇头,泪水潸潸而落。她凝视着他,问道:"三更半夜的,你又为什么来了呢?"

刘爱国伸出手,轻轻拭去她脸上的泪珠。良久,他低声说道:"闻莺,是我不好!我一直那么喜欢你,可是,你的心却在上海……你思念你的家人,常常梦见你妈妈在门口等你……我又何尝不是呢?我也离不开我的家人……有时候,我甚至想,要不,我就去上海,我们做一对候鸟,半年上海,半年沙塘县……我想放了你,所以就去相亲……去了相亲,我才发现我更加不能放手……今晚,我和爱民去了电影院看采茶戏,遇见相亲对象,你知道,我有多后悔去相亲吗?我逃一样回到家里,睡不着,就喝了一碗黄酒。平时,我喝一碗黄酒根本不是事儿,可是我今晚却喝醉了。躺在床上半梦半醒,见到一个黑影,偷偷摸进了……"

"所以,你就开着拖拉机过来了吗?"东方闻莺抬起泪眼,看着他。

刘爱国咬着嘴唇,点点头。他哑着嗓子说:"你要是有事,我会拼命的!"

东方闻莺伏在他的肩膀上,抓住他的手臂,极力压低哭声。

第二天天刚麻麻亮,张县长坐着轿车,带着公安局的同志,还有张院长,急匆匆来到卫生院。大家先勘查了现场,然后一起在卫生院的会议室集中。

任医生和徐医生分别报告了昨晚的值班情况和事情突发时的情况。

然后,王福叙述了昨晚"抓住"李春生的前后经过。

最后，大家听取了李春生和东方闻莺的陈述。

公安局的同志听取了法医对李春生的伤口检视情况，最后，确定李春生的伤口是被锋利的刀尖所伤，而不是被玻璃碴儿所伤。

关于李春生为什么会出现在卫生院值班室的问题，张院长慢慢说道："其实，是我叫春生过来看一下……我原本想叫保卫科的同志过来的，但是因为是中秋节，大家都要回去过节，而保卫科人手有限……这个是我的问题。因为这涉及多年以前，卫生院也进过黑影……这个事情，镇政府是知道的。但是，为了不给群众看病造成恐慌，我们卫生院和镇政府，就决定内部事情内部处理，没有对外说明。昨天中秋节，卫生院大部分同志都要回去过节，我怕东方医生有什么意外，特意安排了三个医生值班，其中还有任医生，是男同志。以前，都是两个医生值班的。但是，我还是怕东方医生有什么意外，就悄悄跟春生说，叫他过来看看。春生是有功夫的，一般人不是他的对手……唉！终究，是人算不如天算啊！"他摇晃了一下花白的脑袋，说："没想到，还是出了岔子……"

张县长拧着眉头，说道："李春生是灸草堂的人？那就叫灸草堂的什么叔公过来！"

黄镇长瞪着王福，斥责道："王福！你做事情怎么能这样毛躁！在没有具体确凿的证据的情况下，不要着急嘛！"

王福低声说："当时，东方闻莺连自己为什么会在房间而不是值班室都说不清楚，李春生又意外出现在值班室……他们俩十分可疑……"

张县长说道："刚才张院长提到的过去的什么黑影，过去没有提起，现在也就不要提了，免得外面胡乱猜测，引起群众恐慌。保卫科既然没有能力解决过去的黑影，又没有能力解决现在的黑影，我看，公安局是不是出面处理一下？要不然，卫生院的同志还怎么敢上班呢？"

公安局的同志说道："好！我们会拟出解决方案。"

很快，李叔公就过来了，他跟着保卫科的同志走进卫生院的会议室。

第三十四章

张县长问道:"老人家,你就是灸草堂的李志兴?李春生昨晚去干什么了?他去了哪里?你知道吗?"

李叔公看着春生,见他双手都缠着纱布,脸色苍白,急忙问道:"春生!你受伤了?"

春生回答道:"叔公,我没事。"

黄镇长说道:"李志兴,张县长在问你话呢!"

李叔公说道:"张县长,昨天晚上,春生说,东方医生在值班呢。我就问,值班的还有哪些人。他说,听说是任医生和徐医生。我就不由得想起多年以前,是过春节的时候,也是一个黑影偷偷摸摸溜进卫生院,把卫生院的一个女护士给……"

张县长看着张院长,又看着黄镇长,问:"李志兴,你是怎么知道这件事的?"

李叔公看着张县长,说:"因为那个女护士,她来过我们灸草堂看病。"

张县长不相信,说:"荒唐!护士不在卫生院看病,跑到灸草堂去看病?难道灸草堂的民间郎中,比正规卫生院的医生水平要高?"

李叔公说:"县长!病人的病情,有很多种。那个女护士得的是心病,她是被吓着了。这个心病呢,是在卫生院落下的。她在我们灸草堂治愈,这不奇怪呀。"

张县长又问道:"那么,李春生在卫生院值班室这件事,你知道吗?"

李叔公心中微微一惊,看了孙子一眼,缓缓点头。

张县长问:"李春生是什么时候离开灸草堂的?"

李叔公想了想,看着春生,慢慢说道:"吃过晚饭有一会儿了……我记得是歇了很久,满生又拿出月饼来吃,还说,今天晚上没有月亮看了……"

张县长说:"你说具体一些,几点。"

李叔公看了春生一眼,说:"大概是九点吧!不过我没有看钟。"

张县长看着李春生,问道:"据任医生和徐医生说,卫生院的大铁门是八点半的时候锁上的。那么,你是怎么进来的?"

春生低下头,没有说话。

会议室的空气顿时凝固了!

公安局的同志问道:"李春生!张县长问你话呢!你是什么时候进卫生院的?是怎样进去的?"

张院长说:"这个问题,你们该问我。我叫春生过来卫生院,当然不会叫他去翻围墙。我把铁门钥匙悄悄给了刘爱国刘主任,叫他转交给春生。"他看着刘爱国。

刘爱国连忙说:"是这样。以前东方闻莺私下里跟我说,有时候,没有月亮的晚上,黑漆漆的,感觉卫生院静得有些瘆人,可是寂静的晚上,又会有几乎听不见的脚步声。于是,我就想起多年以前的黑影,这终究是个隐患……虽然平静了几年,但是提前防范,总是有备无患……黑影如果再次出现,说不定能抓住……所以,我、张院长、春生,就设计了昨天晚上的局……"

折腾了半天,大家渐渐沉默。

最后,张县长说:"把李春生放了吧!毕竟,李春生的父亲是战士,他在雁栖围屋,在灸草堂,生活了二十多年,也没有做过什么坏事,没有前科,又有李叔公的担保,就算了。但是,'黑影'困扰卫生院的同志,公安局和柳林镇保卫科一定要将其抓住,并且绳之以法!黄镇长,这个任务你要监督好!张院长,好好看着卫生院的大门,别再出乱子了!好好的节日,搞得人心惶惶!李春生,就好好待在卫生院养伤,治疗费用就由卫生院负责。东方医生,你好好工作,没什么事。要是有什么事,你要在第一时间告诉张院长。"

临走时,张县长对刘爱国说道:"爱国,我听说,你和黄局长家的姑娘见面了?"

刘爱国苦笑,说:"是,的确见过面。不过,没有下文了。人家看不上我。"

张县长哂笑,拍了拍他的肩膀,走了。

张院长叫李春生留在卫生院看病,等伤势痊愈后再出院,可是,李叔公坚持要带回灸草堂。治疗创伤的药,灸草堂是有的,效果还挺好。

张院长看着李叔公带着李春生走出了卫生院的大门,对东方闻莺说道:"东方医生,你脸色不好,去休息吧!"

东方闻莺却突然问道:"院长,那个黑影是怎么回事?卫生院过去常常闹鬼吗?"

张院长眼睛看着天花板,显得十分空洞。许久,他才垂下头,说道:

"嗯。究竟是人是鬼,直到现在,还一无所知。总之,就是一个黑影,来无影去无踪。不过,最近几年,并没有露过面……"

东方闻莺又问道:"那个女护士,最后怎么样了?"

张院长叹息一声,说:"就像刚才李叔公说的,得了心病。后来去灸草堂,花了好长一段时间,才算治好了。"

东方闻莺不肯死心,继续问道:"那么,现在她在哪里呢?"

张院长盯着她,问道:"怎么,你害怕吗?"

东方闻莺看着他慢慢踱上楼梯的背影,心中暗自发凉。张耿之,他低垂着花白脑袋,背脊有些弯了。

任医生和徐医生拿着值班日志,上楼梯去找院长。

张耿之无力地坐在藤椅上,双目无神,呆呆地看着桌上的月饼盒子。

任医生把值班日志递给他,轻声说道:"院长,这是值班日志,请你审阅。"

院长慢慢伸手接过来,翻开,看了一眼,拿起钢笔,在上面签了自己的名字。

徐医生转过身,轻轻关上门,然后低声问道:"院长,真的是你给李春生钥匙的吗?"

张院长抬头看着她,问道:"怎么,你连我都不肯相信吗?"

任医生低声说:"院长!我就在大门隔壁的值班室。我是八点半关的铁门,李春生说,他大概是十点进来的。十点的话,我还在翻阅医书,根本没有睡觉啊!再说,那个铁门,门柱已经生锈了,如果李春生开的是大门,铁门就一定会哐啷哐啷响,我怎么可能听不见呢?好,如果他开的是小铁门,那小铁门一开,大铁门就浑身颤抖,响得更加厉害了——这个,大家都知道的呀!他李春生,是根本就不可能从铁门进来!……"

院长凝视着他,说:"任医生,你在卫生院工作有十四年了不是?徐医生,你就更久,有二十九年了不是?你们都是卫生院的老人了。我还不知道你们俩的政治觉悟,我还信不过你们俩吗?这件事,不管是谁来查,我都不会说,是你们俩值班时候没有尽到责任!你们俩,就这么信不过我吗?"

徐医生连忙解释道:"院长!我们俩不是这个意思!我们俩就是想知道,李春生是怎么进来的……"

院长叹息道:"徐医生!当年我们卫生院接连几天闹鬼,阿香她……为了不让名誉受损,我们还不敢声张!自从东方医生来到我们卫生院,就有多少双眼睛盯着！要不是她是刘爱国喜欢的人，说不定黑影早就来了！可是现在，连刘爱国也罩不住……还有，你们俩也听到李叔公的话了，她是在灸草堂才治好心病的！我们是正规院校毕业的医生，他们只是民间郎中，他们治好了我们卫生院的医生的心病！你们俩是怎么想？啊？难道同样身为医生，难道你们没有意识到……"

"笃——笃——笃！"有人敲门。

东方闻莺见任医生和徐医生在院长房间，还关着门密谈，不禁有些尴尬。

徐医生却热情地拉她进来，再关上门。张院长注视东方闻莺，问道："怎么，想起什么了吗？"

东方闻莺低垂下头，说："没有。当时，我在看你给我的处方笺……然后，就想我妈妈了……"她说着，眼泪又情不自禁地流出来。

徐医生连忙安慰道："好了！没事了！别哭！小心哭坏身子！"

院长叹息一声，说："那你就好好休息！别多想！"

东方闻莺说："院长，我想去灸草堂看看春生！昨天晚上，王福真是太过分了！怎么能这样诬蔑一个无辜的人！我跟他无冤无仇，他为什么要这样针对我！难道……"

院长点点头，说："嗯，好！你去吧！一会儿我得空，也会去灸草堂一趟。唉！如果能把歹徒揪出来就好了！"

东方闻莺出去之后，任医生问道："院长，明眼人都看出来了，王福有许多让人捉摸不透的地方。他究竟是针对东方闻莺，还是针对李春生？哦！不对！他应该不知道李春生会出现在我们卫生院的值班室呀！……"

院长摇摇头，说："这个疑点，只好交给刘爱国了！他要是解决不了，我们就更难了！"

一夜未睡，但是刘爱国没有丝毫倦意。他靠在藤椅上，睁眼盯着天花板，反复琢磨昨天晚上的种种细节。他的脑海里，像放电影一样，各个画面一一掠过：自己去电影院看戏，梦见一个黑影摸进了卫生院，进了东方闻莺的房间，然后自己开着拖拉机飞奔柳林镇卫生院，看到王福要带东方闻莺和李春生去审问……而卫生院，张院长派了任医生、徐医生和东方闻莺值班。为了避免孤男寡女的嫌疑，院长派了年近半百的徐医生值班，考虑是周到的。徐医生为人慈祥、老实也正直，没有嫌疑；任医生三十三岁，有家室，而且为人忠厚正直，十分可信，不会有嫌疑；而卫生院的铁门八点半就

锁上了,虽然天在六点左右就黑下来了,但是从六点到八点半之间,黑影应该没有在这个时间段偷偷溜进来做潜伏的可能……

东方闻莺,这个傻瓜!身为医生,自己中了什么蛊,怎么会不知道呢?是有人在茶水中放了迷魂散?但那毕竟只是传说中的东西啊!她一直在看处方笺,然后在想她妈妈,再然后……她神色忸怩,是在想我吗?还是想李春生?……

最后,是李春生和黑影。李春生是怎样摸进卫生院的值班室,说不清楚——他死都不肯说。自从多年前的闹鬼事件发生后,卫生院就修缮了围墙,而且在围墙上插满了玻璃碴儿,围墙上也没有留下可疑印记。黑影不可能是翻围墙进来的。李春生也不可能翻围墙进来。卫生院的后门已经堵死,那么,他们是从大门进来的?……

问题还是要先从李春生身上突破。于是,他大踏步走出镇政府的大门,径直去了灸草堂。

春生躺在床上,满生给他喂药粥。看着他这蔫蔫的样子,满生"啧啧啧"了几声,轻声责备道:"春生!我说你呀你!你要去卫生院抓鬼,怎么不跟我说一声!俗话说:打鬼亲兄弟。你要是叫上我,至于这样狼狈吗?平时就说你武功怎样怎样好,现在,不敢吹了吧?啧啧啧!唉!你这叫有勇无谋!……不过,能跟你过上十几招,还能伤你的人,会是谁呢?我琢磨着,全柳林镇,也没有那号人物呀!会不会是老早那个黑影?啊?……"

他絮絮叨叨,春生没有理他。吃完粥,满生就洗了碗,出去了。

李叔公走进来,坐在床沿,轻声问道:"春生,怎么回事?你总该告诉我,我才好对付呀!"

春生看了他一眼,说道:"没事。叔公,我连累了你,很惭愧;你帮了我,我很感激你。"

叔公瞪了他一眼,说:"好你个小崽子!我养活你二十多年,你没有说过一个谢字,现在为了一个外人,倒谢起我来了?真是!"

春生微笑,说:"叔公,你总是说,我李春生身上流着的血,有一半是雁栖围屋的,你养活我,是理所当然,是本分。我是你的亲孙子,将来,我李春生给叔公养老送终,也是理所当然,是本分。可是昨天晚上的事情,是我自己做下的,跟叔公没有任何关系。不管他们要怎样处理,我一个人去领着。"

叔公骂道:"好你小子!我是怕事才问你吗?你是我的亲孙子,我才问你哩!你说,你是怎么进卫生院值班室的?莫非,你知道那个黑影会来吗?"

第三十五章

春生低垂着头,良久,点点头,才慢慢说道:"叔公,我跟了黄老仙这么久,总会知道一些事情的。其余的,你就别问了。我要睡觉了。"说完,他扭头就倒,脸朝向里侧。

"你就瞎编吧!你还没满月就被送到了我手上,到现在二十多年了,我还不知道你长本事了!黄老仙教你绝活了?!哼!那你告诉我,以后,那个黑影,还会来吗?东方闻莺和刘爱国,会怎么样?你告诉我这个,别的我也就不问了。"叔公替他盖上薄薄的棉被。

"说不了。我不是菩萨神灵,不知道。我只是凭感觉做事。叔公,你千万不要告诉别人,否则,我会落得跟黄老仙一样的下场。"春生低声说。

李叔公刚刚走出后堂,刘爱国就来了。他问了一下叔公春生的情况,就径直走进后堂。

他见春生躺在床上,轻声问道:"春生,你怎么样?"

"还活着,没死。"春生低声说。

"废话!我当然知道你没死。"刘爱国说,"我问你,你是怎样混进卫生院值班室的?这个问题,你没有回答清楚,我很难帮你结案。为了让东方闻莺早点脱离苦海,你就早点说实话!"

春生轻笑了一声,说:"如果我没有记错,刘主任还是第一次这么温柔地跟我说话。为什么要告诉你?是因为你喜欢东方闻莺,而我,恰好救了你的心上人吗?你要借这个案子,立个大功吗?"

刘爱国气恼,说:"你不要胡搅蛮缠。我当然知道,你喜欢她,可她并没有喜欢你。在鸡公山草房子,你还想牵着她的手。你再怎么痴心妄想,有用吗?当然,你是救了她……"

春生又是轻笑,转过身子,说:"其实昨天晚上,我很想说,我喜欢她,她也喜欢我,我们俩昨天晚上就是在搞对象。是她打开卫生院的大门,直接叫我进去。王福为什么要搞得流言四起,灰尘满天呢?况且,全柳林镇的

人,都知道你喜欢她——你最喜欢的女人是她,你最讨厌的男人是我。你不去审问王福,却在我面前絮絮聒聒,吵得我睡不着觉。你这样可恶,我为什么要帮你?……"

刘爱国盯着他,恨恨地瞪了半晌,转身离去。

春生盯着他的背影,高声说道:"你如果还想去相亲,我可以帮你!"

刘爱国刚刚走出后堂,东方闻莺就来了。他凝视着她,竟无言以对。

东方闻莺微微颔首,没有说话,径直进了后堂。她见春生躺在床上,就拿了凳子坐在床边,说:"春生,我是来谢谢你的。我……"她低垂下头,极力克制自己的伤心。

春生说:"你回去吧!你要小心点,但是,你也不用害怕。我想,那个黑影,是不会出现了。"

"春生!你不是黄老仙的徒弟吗?你能知道,我的将来会是什么样子?你告诉我,好不好?……"她声音哽咽,低声抽泣。

春生慢慢转过身来,低声说道:"别哭。人生下来,就是要经历许许多多的磨难,人生的结局才会圆满……"

她抬起泪眼,问道:"我的人生,还会有许许多多的磨难?"

春生一时无语,低垂下头。许久,他才抬起头来,说:"其实,大多数人的一生,都经历了许许多多的磨难。比如我自己……"

东方闻莺伸手拭去泪痕,问:"你为什么要救我?你要是知道我有危难,只要带我离开就可以了,为什么要让自己受伤害?"

春生眉头深锁。

保卫科的同志在周边访查了个遍,却没有得到任何关于"黑影"的线索。他们把卫生院翻了个底朝天,也没有看到有价值的印迹。天气晴朗干燥,地面上不容易留下清晰的脚印。至于窗台上的脚印,甚至都看不出是解放鞋还是布鞋。围墙很高,上面的碎玻璃,十分尖利。

查来查去,一直查到傍晚,仍然一无所获。刘爱国回到镇政府,却发现爱民已经在自己房间等候多时。

爱民一到柳林镇,就听说了昨天晚上"黑影"的事情。她忐忑不安,立刻去了灸草堂。因为她听说春生被刺伤了。待了好久,她默默地离开了。然后,她去了卫生院。东方闻莺正待在自己房间,坐着发呆。

看来,她受到了极大的冲击。爱民说:"要不,向院长申请一下,暂时不要值夜班。晚上,可以去学校跟我睡。学校人多,就是妖魔鬼怪来了,也能打它个半死。"

东方闻莺无奈地一笑,说:"不用申请,院长已经让我们这些女医生,暂时不值夜班。爱民,那个黑影,还有受伤的女护士,到底是怎么回事?我来卫生院也有一些时日了,从来没有听说过。卫生院人不多,虽然大家性格各异,但是都好相处……"

爱民摇摇头。

东方闻莺问道:"是不知道,还是不能说?"

爱民叹息一声,说道:"当初我回到明德围屋,去灸草堂给叔祖母抓药的时候,隐约听满生提起——但是叔公马上就喝止……我问我哥,他不肯说。我爸还骂了我一顿,说女孩子家,不该知道的就别问。"

东方闻莺反问道:"我也不该知道吗?"

爱民看着她,想起黄涵秋——一个是哥哥最喜欢的女人,一个是哥哥最不想要的女人。昨天晚上,看完采茶戏出了电影院的门,"碰巧"遇见了黄涵秋。看上去她并没有介意,依旧亲热地拉着爱民的手,问长问短。临走,她甚至还莞尔一笑。

刘爱国见妹妹还没有吃饭,就去食堂端了饭菜,和她一起在房间吃。爱民询问案件进展,爱国一脸愁容,无可奉告。

最后,爱民说:"要是有上海知青返城的消息,就尽快通知她吧!看来,我们也做不了什么了。一个姑娘家,初来乍到,就遇上这么可怕的事情!要是我,马上就逃走!"

爱国说:"你自己也要小心点!别总是马马虎虎!"

兄妹俩说了一会儿话,爱国就送妹妹回学校。有些住校生已经返校,陆陆续续地进教室去了。

爱国走进妹妹的房间,坐了下来。房间简洁整齐,虽然旧了些,好在是二楼,干净而清爽。

爱民泡了茶给他,说:"哥哥,我总觉得春生不同寻常。我想,他是不是有什么预感,才去卫生院值班室?"

爱国说:"你是不是也疯魔了?一个好好的教师,可以说出这样的话吗?小心被开除!"

爱民摇摇头,说:"哥哥!你想想黄老仙就知道了。世界上的一些事情,并不是非此即彼,非是即否。你看看国外的一些报纸杂志,也说,有的人是有异能的。他有预感,能通古今,能知未来。当然,这种感觉难能可贵,也许不是时时刻刻都存在……"

爱国笑了,说:"李春生要是真的有预感,就应该带几个人去埋伏,而不是单枪匹马。至于他为什么三缄其口,对潜入卫生院值班室的事情只字不提……"他摇摇头,低着头喝茶。

爱民不乐意了,说:"好。那我认为,东方医生很可能中了黑影的迷魂药。迷魂药这种东西,自古以来就有。你还记得《水浒传》里《智取生辰纲》的故事吗?杨志就是被晁盖、吴用等人用蒙汗药麻翻,才失了生辰纲。这个,你也要反驳我吗?"

爱国伸指刮了一下她的鼻子,说:"我看你就不要教书了,直接跟人家去写小说好了!"

爱民伸手拨开他的手指,说:"蒙汗药虽然失传了,或者说,我们这里没有发现——但是,也有可能在民间有啊!就像灸草堂……"

"你还灸草堂!灸草堂都开了上百年了,什么草药不知道?李叔公咋不知道这个世界上有迷魂药呢?"爱国见妹妹这么愚蠢,不乐意地说。

"他不知道不等于没有啊!"爱民见哥哥执迷不悟,更加不乐意了。

"好了!我不跟你争执。我要回去了。记着,晚上,一定要闩好门。还有,晚上不要睡得太死。遇到坏人,不要硬拼。逞匹夫之勇,是男人干的蠢事。"爱国站起身,快步走下楼梯,然后迅速消失在夜色之中。

他抬头看看天色,发现一轮明月高高挂在深青色的天幕上,它是那么皎洁,似乎纤尘不染;它是那么圆,看不出一点点的弯缺。

原本打算就回镇政府,可是双脚根本不听话。卫生院的大门前,刘爱国站在铁门外向里面望去。铁门确实老了,斑斑锈迹,轻轻一摸手上就有锈沫;曾经刷的绿色油漆,几乎荡然无存,连些微的印迹都看不见。

东方闻莺住在中间这栋的二楼。按道理来说,是安全的。她睡了吗?

刘爱国打开铁门,仔细地向里面二楼张望。她还没有睡。昏暗的灯光从窗帘透出来。他驻足凝视许久,犹豫着,最后转身离去。

等他回到镇政府,已经是子时了。月在中天,分外明亮。如果昨天晚上也是这样亮如白昼,说不定就不会出事了。唉!

他回到镇政府的时候,大门还没有关。当然,保卫科的同志整夜巡逻,有的换了岗,就会回来休息。

王福的房间,还亮着灯。别处都黑灯瞎火,休息了。

刘爱国走过去,站在窗户外,正要敲门,忽然发现,透过窗帘的缝隙,他看见王福手里拿着一把刀子——那刀子看上去是极好的钢,它闪着锃亮的寒芒。它一定锋利无比!

王福把玩着刀子,甚至伸指尖去试刀尖的锋利程度。

刘爱国从来没有看见过这把刀子。或许,这是他极为珍视的东西,又或者是家里传下来的宝贝,所以秘不示人。

王福的脸上,洋溢着满足的微笑。

刘爱国离开窗户,退后到庭院,隔远叫了一声:"王福!还没有睡觉呢?"

"嗯嗯!哦!哦!就睡觉了!"王福的声音里显出一些惊慌。

刘爱国听到他房间里传来一阵推拉抽屉的声音,于是走近他的房间,敲了敲门,说:"王福!我也睡不着。要是你也睡不着,咱们就一起喝一杯,怎么样?"

"哦哦!好好!"王福含糊地应道。

刘爱国就回房间取了一瓶低度白酒,走了过来,说:"王福!我拿了东西,开门吧!"

王福急匆匆来开门,然后笑道:"刘主任!进来!快进来!"

两人喝了几杯,又谈及昨天晚上的案子。王福有些懊恼,说:"刘主任,我性子急,请你海涵。一起工作这么久,你也知道我这臭脾气——其实,我也不相信,李春生和东方闻莺有什么瓜葛。无父无母也就算了,就他那穷酸样,上无片瓦,下无寸土,难道东方医生要跟他住在观音山的寺庙里?……"他喝了一口,说:"再说,刘主任你,无论相貌、家庭,哪样不比他李春生强?东方医生要是看不上你,还真是近视眼了!"

刘爱国盯着他,说:"既然你也认为他们俩不可能,昨天晚上,你为什么口口声声说,他们俩有一腿?搞得跟真的似的!……"

王福摇摇头,说:"这个,怎么说呢?许多事情,我们旁观者是看得一清二楚,可是,有些人就不一定有自知之明了。难道李春生对东方医生,就没有非分之想吗?东方医生老是去灸草堂,可能是想学一些中医。年轻人谦虚好学,本来是好事。可是,李春生就以为,人家是专门去看他的!你瞧他那眼神,直勾勾的!八辈子没有见过女人似的!"

刘爱国脸色沉静,问道:"怎么,你对李春生这么反感,有这么多意见?"

王福有些诧异,心想:他跟你争女人呢!我在帮你说话呢!你还挤对我了?于是他说道:"怎么,刘主任,你对他没有意见吗?他就这么色眯眯地看着东方医生,随时随地都可能心怀鬼胎,你也没有意见?"

第三十六章

刘爱国摇摇头,换了话题,说:"想起当初在部队,想喝酒不能喝,就偷偷地买来喝。结果被头儿逮住了,绕操场跑了一百圈!呵呵呵!……"

王福也笑了,说:"是啊!回想起来,在部队的日子是过得坚忍顽强……不过,我在部队的时候,酒量不好,一喝酒就满脸通红,跟醉虾似的!而且,我也没有钱买酒喝!只有战友买了酒的时候,可以蹭喝一杯……"

喝着喝着,刘爱国感觉自己的脸就热辣起来。不用说,已经红透了。他身形摇晃,慢慢踱回自己房间。王福关切地说:"刘主任!小心点啊!"刘爱国摆了一下手势,笑道:"没事!就这几杯,能有什么事啊!"

王福笑道:"刘主任!早点睡!啊!"

"回去!回去!睡觉!睡觉!"刘爱国头都没回,说道。

王福回到自己房间,不一会儿,就熄了灯。

许久,王福的房间又亮起了灯。他小心翼翼地拉开抽屉,尽量不发出声音。他拿起那把锃亮的刀子,靠近灯火,慢慢地欣赏,脸上露出迷醉一般的笑容。

他完全没有想到,在窗户外站着一个人影。透过窗帘缝隙,一双犀利的眼睛,紧紧地盯着里面的动静。

天快亮的时候,刘爱国终于倦意袭来。他垂下眼皮,慢慢闭合。忽然,感觉自己似乎从电影院出来,走着走着,就看见了黄涵秋。她含情脉脉地看着他,眼波流动,脸上始终洋溢着神秘的微笑……

我不知道,我是在时光隧道里身不由己,还是在通往黄泉的路上脱胎换骨。

我昏昏沉沉地飘浮在各种虚幻之中。忽而在空旷的野外,四处灰蒙蒙的,没有人声,没有花鸟草虫,静得只能听到自己的呼吸。我在这样的空旷里慢慢游走,像是被一股莫名的力量驱使着一直往前。我无法回头。

就这样游走了许久,我到了一座桥边。桥下黑魆魆的河水无声地流着,河面上升起腾腾的烟雾,蒸汽一般。这是一根独木桥,细细的,滑溜溜的,横在宽阔的河面上。

我要过去了吗？

这是传说中的奈何桥吗？

我仍然被一股莫名的力量驱使着往桥上游走。我极力压住内心的恐惧，尽量不去看黑魆魆的河水。河面上刮来强劲的风，妖风一般，使我难以抵挡。但是，我咬着牙，拿出从血肉里出生探望世界的勇气，向河中心飘去。渐渐地，我飘浮着过了桥中央，眼看就要到达对岸了。可是，风力陡然加大，我竟然无法控制身形，一头栽入河中！

我以为，我要被那漆黑的河水销骨蚀肉，连灵魂都不能幸免，今后，将再也没有机会轮回了。不料，我的身体慢慢沉入河水中，穿过令人窒息的黑水，最后下沉到水底以下，降到另外一个空间。或许，这就是地狱么？

我仿佛进入一个暗黑的房间。我的眼睛依然犀利。就是在伸手不见五指的黑暗之中，我仍然能清楚地辨析屋里的桌子、凳子、窗户、床板……这里，竟然和人间一模一样！

忽然，这些桌子、凳子、床板，竟然无声地飘浮起来，慢慢移动，向我迎面而来！我吃了一惊！我想躲避，可是屋子十分狭小，竟然无法回避！

而后，它们就狠狠地向我砸来！

我想夺门而去，可是屋子里竟然没有门！我想越窗逃走，可是我跃上窗户的时候，就被卡在窗户中！只一瞬间，我就被敲打得粉身碎骨！

这些被打碎的血肉筋骨，继续下沉，下沉……不知道过了多久，我还在下沉，一直沉淀到地狱的底部。下面是红艳艳的一片，我看不清楚是光芒，还是火焰。

当我感觉浑身燥热，我知道，我要被烈焰烤焦了。

火光熊熊，无情地吞噬着一切。我的血肉筋骨，慢慢地化为灰烬，瞬间轻扬在四周。我的灵魂，在熊熊的烈焰中狂奔，哀号，痛苦地挣扎着，想尽一切办法要离去。可是烈焰像一条狰狞的火蛇，卷住了我的灵魂，令我无从逃避。当我濒临死亡，一切都已经成了空白，我的灵魂才得以聚集我身体的灰烬，慢慢上升。烈焰再次席卷过来，剥下我的身躯。

于是，我看到我的灵魂，慢慢地离开我的身躯，悠悠地往上升，穿过漆黑的河水……

我站在独木桥的对面。对面是生的彼岸。

没有力量推我了，我寸步难行。我犹如一尊泥塑，木然地蹲在岸边，任凭河面刮起来的大风，摧折我的心。

我的眼睛里，流下了两行绝望的泪！不知道过了多少个世纪，我的心被妖风吹得如发丝一般细碎的时候，我打算重新返回炼狱，去寻找身躯的灰烬以重塑灵魂的时候，对面出现了一只大猫。

它静静地蹲在桥头，洁白的腹部，黄色的背脊，在暗黑的世界，竟然那么醒目。

我看着它沉静的面容，黄绿色宝玉一般的眼珠，止不住内心的悲戚。

它在等我。它在等我！它在等我呢！

我对自己呐喊：我要回去！我要回到生的彼岸！

我感觉它犀利的眼神，似一道贯心的霹雳，正中我的灵魂！于是，我抖抖索索地游走在独木桥上，慢慢地，慢慢地，一寸一寸地往前挪移。河面的妖风继续摧折我的灵魂，仿佛要震碎它。

我不顾一切。不知道经历了多少漫长的痛苦煎熬，我终于快到彼岸了。它也不顾一切地游走上独木桥，伸出爪子来迎接我……

那刺向他的锃亮的刀子闪着寒芒，一直在春生心头乱晃。好不容易睡着了片刻，他又看到雪融儿沉降到漆黑的地下，凝视着那凶险的奈何桥，正一步一步、慢慢地、艰难地向生之彼岸挪移……它死了吗？它死在了哪里？

春生心头一惊！

它不在灸草堂，也不在雁栖围屋，更不可能在明德围屋。那黑浪滔滔的河水……于是，春生迈开长腿，立刻跑向敬德围屋。

这里，已经多少年没有来过了！这个遥远的家园，梦中的家园，时而模糊，时而清晰。

中秋过后，这里是一日凉似一日，山野间的草木已经开始泛黄。敬德围屋，在凄凉的秋风中，倾颓着残破的身躯，凝结着浑黄的眼泪，静穆肃立。荆棘草茎在秋风中瑟瑟发抖，见证着老围屋的孤独寂寞。被碎石黄土填塞的水井，要不是井台还凸显着，已经难以辨认。

春生驻足凝视着这座曾经迎来自己父亲的新生命的围屋。他的英灵，肯定一次次地回来，在废墟上无奈地徘徊。他肯定一次次地听到，母亲在唱着忧伤的歌……

雪融儿！雪融儿！它还记得这里吗？

春生慢慢地踏过野草蔓生的黄土，依稀认得那块"敬德围屋"四个大字的匾额。黑底的石匾，黄色的楷书大字，是多少漫长的岁月都磨灭不了的。它浸透了祖辈的鲜血，却丝毫不模糊，而是更加深情地镌刻在他的心中。

曾经遭遇火焚的粗大的木梁,带着满身的焦痕,倚靠在厚重的黄土墙壁上。

春生在敬德围屋的里里外外,仔仔细细地搜寻。

它忘不了自己出生的地方。它生于斯死于斯。它的灵魂,穿越岁月的血泪,借着生命的光芒,重新回到烟火缭绕、热气腾腾的人间。

下了十天严霜,朔风是一阵紧似一阵。看看天上密布的彤云,莫非是要下雪了吗?卫生院的病人更加少了,大家不得不围坐在火炉前,度过漫长的冬日。东方闻莺似乎在努力使自己遗忘那叫人惊魂的过去。大家也都不再提起,只是默默地工作。

雪融儿已经死了。春生没有了念想,似乎反而内心淡定了。不再想它,不再担心它,只希望,它在晴朗的天空,能过得更好。白云无心,流云自由来去,又何尝不是最好的解脱。

他就更加沉下心来,静静地待在灸草堂,琢磨东方闻莺给他的医书。

而东方闻莺,依旧常常来灸草堂,向李叔公请教关于中医医理医药的问题。春生和东方闻莺,并没有因为王福的无端猜测而心生忸怩。

人们并没有因为王福的无耻谰言而对他们俩另眼相看。这个,或许是对灸草堂上百年来的敬重,对李叔公深切的爱戴。

岁月在流逝,裹挟着收获和苦痛。

冬至后的一个早晨,因为连着几天雨夹雪,雨停后,地面就结了厚厚的一层冰。

雁栖围屋有产妇临盆,宫缩持续了一晚上,胎儿就是不肯下来。家人想把她送往卫生院,可是她身子太重,路面湿滑,家人就把徐医生接过去了。

徐医生走后没有多久,马家寨送来一名产妇。这个产妇因为胎位不正,又已经破水,当地接生婆不敢大意,就叫她的家人赶紧送往卫生院。

产妇的家人在板车上垫了一条棉被,把她放在板车上,再给她盖上棉被,就这么急匆匆地送过来了。

阿青和东方闻莺急忙帮家属把产妇推进产房。没有暖气,大家七手八脚地把炭火搬进产房,给产妇取暖。此时,产妇双手双脚已经冻得冰冷,脸却因为阵痛挣扎,变得红扑扑的。她强忍着痛苦,时不时大声呻吟。

东方闻莺拿着记事本,记录着:于小莲,初产,九个月零八天。胎位不正,头上脚下,竖胎。她看着阿青,等待她的检查结果。

阿青跟徐医生的时间比较长,算是多少有点儿经验。但是,她不敢给产妇做手术。她检查了一下,发现产妇已经开了两指。

东方闻莺继续记录:九点五十六分,开两指。

徐医生还没有回来,张院长紧皱眉头,站在产房外。家属拦着他,不让他进去。张院长点点头,叹息一声。

产房里的呻吟渐渐变成哭号,家属也十分紧张,不断催促医生快想办法。

东方闻莺催道:"院长! 你来吧! 大人孩子都等不及了!"

张院长局促片刻,说:"好吧! 我做剖宫产,剩下的就交给你们了!"

家属却死活不让:"不行不行! 你一个男医生,怎么能给产妇接生?! 传出去多不好听! 你这是要败坏我们家女人的名节吗?! 不行不行! 你快出去!"

产妇听说院长给自己接生,哭叫道:"我不要男人接生! 我不要男人接生! 我就是死,也不要男人接生! ……"东方闻莺劝道:"人命关天! 救命要紧! 你就不想想肚子里的孩子吗?! ……"

产妇大哭:"不要! 不要! 我就是不要! ……"

阿青叫道:"快叫人去把徐医生接回来呀! 这可真要命! ……"

雁栖围屋不算远,可是路面滑溜,徐医生走路来回也需要一个多钟头。

东方闻莺踌躇片刻,说:"院长! 要不,到镇政府去,请刘爱国开拖拉机去把徐医生接回来!"

阿青叫道:"哎呀! 开了四指了! 再不动手术,就来不及了!"

阿兰飞跑去了镇政府。

产妇的脸渐渐扭曲,她实在是太痛苦了! 胎儿在肚腹中拼命挣扎,可是头在上,有什么办法?

东方闻莺深深吸了一口气,说:"快打麻药! 我来吧!"

阿青紧张地问道:"你行吗?"

东方闻莺拉着产房的门,从缝隙中跟院长交换意见。院长紧皱眉头,最后说:"救人要紧! 你就动手术吧! 手势要精准,千万要小心! 不能伤到胎儿!"

阿青让家属签了字。再不动手术,很可能一尸两命;及时动手术,还有挽回的余地。

东方闻莺再次深深吸了一口气。她努力使自己的心沉静下来,细心地找准手术的位置。然后,消毒,准备手术。

阿青低头一看,惊叫道:"哎呀!不好了!孩子的脚已经伸出来了一只!东方医生!你快点儿啊!"

东方闻莺手执手术刀,轻轻地划向产妇的腹部。

"哎呀!孩子的两只脚都已经出来了!"阿青又惊叫道。

"别紧张!快了!"东方闻莺说道。她感觉自己浑身湿漉漉的,早已汗流浃背了。

东方闻莺极力控制住自己急速的心跳,深深吸了一口气,拿着手术刀的手极力不颤抖。她就要划破产妇的子宫的时候,阿青惊喜地叫道:"出来了!出来了!哎呀!是个小子!"

第三十七章

东方闻莺大惊!她走前一步一看,果然,阿青手中抱着一个肉乎乎的婴儿,肚子上的脐带还连着母亲的子宫。

天气寒冷,东方闻莺没有多想,只好把剖开的肚腹尽快缝合。缝合伤口,然后止血,包上纱布。

做完这些,她给产妇打缩宫素针。等胎盘剥离下来后,她给胎儿剪了脐带,再把脐带包扎好。

阿青给胎儿包好小棉袄,处理完了血迹,就打开门去叫家属进来。家属看见粉嘟嘟的孩子,喜不自胜,一个劲儿地感谢。当他们知道孩子是头上脚下生出来的时候,也十分惊讶。但是,母子平安就好,结果皆大欢喜就好。

张院长进产房看了一眼,发现产妇和孩子安然无恙,就叫阿青和东方闻莺到他值班室去。

阿青第一次独立给产妇接生,而且是竖胎,都能这么顺利,心中十分兴奋。

东方闻莺脑子里还乱哄哄的。她心情沉重,和阿青一起走进了院长值班室。

张院长的脸色异常冷峻。他盯着阿青,声音低沉:"阿青,刚才,你差点

就要了人家的命！一尸两命！你知道吗？"

阿青一脸茫然，说道："不是没事了吗？"

院长紧皱眉头，问道："东方闻莺，你来告诉她，她错在哪里。"

东方闻莺看着阿青，说道："阿青，你刚才真的是吓死我了！你这样违规操作，十分惊险！万幸胎儿体形比较小，如果胎儿稍大，肩膀卡在宫口，你想想，会是什么后果？"

阿青低垂下头，神色慌张，她涨红着脸，嗫嚅着："我就是——我就是看见孩子两只脚都下来了，伸手轻轻拉了一下……我没有使劲……"

张院长严肃地说道："不管你使没使劲，都是不允许的！要是造成手术事故，你这一辈子，都完了！人命关天！人命关天！我常常都说人命关天，你们就是当作耳旁风！……"

就在这时，大门口响起了一阵"突突突"的拖拉机声。徐医生急匆匆地跑进来，直奔产房。

当她得知产妇离奇产下男婴，也是哭笑不得。万幸，母子平安，家属也就没有多说什么。

徐医生检查了产妇和胎儿的生理情况。没有异常，她松了一口气。

东方闻莺和阿青低垂着头从院长值班室走出来的时候，刚好遇上刘爱国。

阿青看了一眼刘爱国，又看看东方闻莺，挤眉弄眼一下，连忙闪身走了。

刘爱国已经听说了刚才产房惊险的一幕。他看着惊魂未定的东方闻莺，说："你去休息一会儿，定定神。"

东方闻莺慢慢走上楼梯，回到房间，把湿透的内衣换了。然后，她怔怔地坐在床边，简直不敢相信刚才的一幕，竟然是真的。

这种惊恐和中秋节夜晚的惊恐有些不同。但是，生命危险发生在别人身上，尤其是自己的病人身上，更加令她恐惧。

她低头沉思了许久。学而不厌，学无止境，在临床医学面前，自己连皮毛都没有学到。

现在，她再也不敢埋怨张院长叫她杀鸡，给鱼剥皮，给黄鳝剖骨抽筋了。这些基本功，是靠一点一点积累起来的。

"笃——笃——笃"，有人敲门。

她站起身，走过去开了门。刘爱国笑道："外面很冷，可以进去说话吗?"

东方闻莺让他进来。她把已经冷却的炭盆烧起来。"我来吧!"刘爱国说。在烧了一些废纸之后,当一阵呛人的浓烟散尽,炭火旺起来了。

稍微暖和,刘爱国微笑,问道:"闻莺,我是说你胆大好呢,还是说你纯粹就是莽撞呢?"

东方闻莺"喊"了一声,反问道:"难道看着人家活生生憋死吗?"

他摇摇头,低垂下眼睛,没有说话了。

许久不见,两人似乎不再像以前,能无拘无束地对话。现在,倒像是无话可说了。

东方闻莺偶尔抬眼,看着他。他的眼睛里都是芜杂的东西,眼神也缥缈游离,不再像以前那么热辣辣地、毫无顾忌地盯着自己。

这样也好。

刘爱国时不时盯她一眼。经过上次的恐惧,她也不能像以往那样轻松活泼,而是时不时在眉宇间浮上阴郁。

她不像以前那么快乐了。

世道变了,人也都变了。

良久,刘爱国收敛了微笑,表情变得严肃。他盯着她,慢慢地说:"今天的手术虽然没有纰漏,但是,你很可能会遇到麻烦,包括张院长,很可能会受到批评,非常严厉的批评。说不定,还会要你写检查。"

东方闻莺怔怔地看着他,脸上一片茫然。但是,见他说得这么认真,肯定是要面对了。她有些懊恼,许久,低垂下眼睛,说:"那我就认真写检查好了。"

刘爱国脸色冷峻,问道:"你明白写检查的意思吗?这不是简单的认错。你写检查,是因为你在工作中出了重大事故,是你的态度、判断、能力出了问题。这将是你人生中不能抹去的污点。今后,在人生的前进路上,随时都可能绊住你上升的脚步。你认真地想过这次失误的后果吗?"

东方闻莺说道:"人非圣贤,孰能无过。错而能改,善莫大焉。作为一名新手,肯定会遇到这样那样的状况……总不能因为怕失误,怕承担责任,就畏首畏尾,眼睁睁看着病人死去吧!"

刘爱国点点头,说:"所以啊,我说你莽撞。你没有错,今天,你运气也很好!但是,接下来,你就要考虑怎么写检查了。什么也不要埋怨,认真写就是了。不要把情绪带到工作中。你能上到这种境界的时候,你就接近神坛了。"

东方闻莺盯着他,赌气似的说:"我能做到。所以,你就不用担心了。"

刘爱国脸上重新现出微笑,说:"好！这就好！我还想告诉你一件事。上海知青明年返城的文件,已经下到了市里。如果年前能够下达我们沙塘县,你就可以顺利地回去了。这件事,我已经亲自跟张县长说过了,他也答应了。但是,过年就要换届,如果文件过年后才能下达……"

他凝视着她,心中似乎有无限叹息。

东方闻莺凝视着他,说道:"不管怎么样,我都谢谢你。"

刘爱国把脸撇向一边。一句"谢谢你",似乎就拉开了无穷的距离。曾经面对面的距离,现在,却是无限遥远,仿佛隔着一个星河。"将来——"他镇定心神,慢慢说,"希望咱们沙塘县柳林镇,在你的回忆里,不是太糟糕。"他站起身,抻了抻襟摆。

东方闻莺极力压住心中的泪花,微笑着伸出手:"不会的。这里有这么多好同事,好朋友,不是亲人,胜似亲人。我会一辈子铭记在心里。"

刘爱国伸手轻握,笑道:"你的手好凉！你就别出去了,好好待在屋子里。"

果然,第四天,徐医生给产妇拆了线,产妇带着那个双脚先出来的孩子离去的时候,县卫生局就下了通知,责令张院长、东方闻莺和余小青到县卫生局做深刻检查。

刚好是周末,刘爱国要带着妹妹回去。他就开了拖拉机,送三人去县城。

张耿之脸色平静。他不像是去做检查,倒像是一个乡下老头,许久没有逛县城的大百货商店,没有去电影院看采茶戏了。

阿青一直愁眉苦脸。她也一直郁闷,为何自己救了她们母子俩,却还要做劳什子检查！从今往后,谁还敢自告奋勇啊！就等病人听天由命好了！……

东方闻莺一直看着窗外。外面是凛冽的朔风,毫不留情地刮着玻璃,猛烈地拍打着,似乎要敲碎这块透明的盾牌。明年返城的文件就要下来了！如果没有中秋节的黑影事件,她觉得这里还是不错。即使再留个三五年,也没有关系。可是,黑影事件使她丧失了留下的勇气。再加上王福那番无耻谰言,她一刻都不想在这里逗留。

早点回去,少点是非,人生便没有那么多苦恼。虽然,她感觉自己在灸草堂的日子还是很有意义。就是如行尸走肉般的张院长,也算是面冷心热,印象不是太坏。

半个多小时,拖拉机就开到了卫生局。此时,卫生局林局长已经坐在办公室等他们了。

林局长看上去慈眉善目,脸上和善,眼神却极其严峻。他对张院长说:"耿之!你们柳林镇卫生院,年年被评为先进单位。你都工作了一辈子了,眼看就要退休了,怎么还闹出这档子事?啊?"

张院长低垂下头,说:"局长,这件事是我不对。我没有处理好。"

局长点点头,说:"从情理上来说,也不完全是你的错。但是,就算有些老百姓思想封建,我们在非常时期,就要采取非常手段。难道我们为了顾全老百姓的封建思想,就连人命都不管了?如果你竭尽全力救了人,就算病人和家属有意见,政府也能为你做主。最起码,你没有罪!可是,你要是成全了老百姓的封建思想,出了人命,你就是大罪!作为一名医生,简直是罪不可恕!孰轻孰重,你难道没有想过吗?……"

张院长"嗯嗯"了几声,不住地点头,然后低垂下头,两手十指交叉,一动不动,像一座凝固的雕像。

局长喝了一口茶,又说:"年轻人初生牛犊不怕虎,还真是后生可畏呀!救人心切,这个工作热情可以有,但是,在危急关头,一定要想出最稳妥的办法,千万不能抱着侥幸心理!你想碰运气?有那么多好运气等着你?"他看着东方闻莺,说:"东方医生,你是上海来的,应该比我们小地方的人见多识广。不知道你听说过没有,老人们有一句话:上辈子做屠夫,下辈子做医生。上辈子杀生了多少条命,这辈子就要救回多少条命。我们现在做医生,就是在偿还上辈子做下的业障。"他停了片刻,慢慢说道:"东方医生,有句话我不知道当讲不当讲。按理来说,你的个人私事,我管不着。但是,你是我们卫生系统的工作者,我就应该管,好好管。你们大城市的年轻人思想有多开放,如果你在上海,我半句话都不说。但是,你现在身在咱们沙塘县,就要尽快入乡随俗。你是适龄青年,谈婚论嫁,再正常不过。你如果想谈对象呢,就诚心诚意,一心一意。你如果不是想谈对象呢,就要和男同志保持适当的距离。这个拈花微笑,那个来者不拒。"他观察着她的脸色,摇摇头,说:"不好!很不好!这对于你自己来说,闲言碎语走街串巷,流言满天飞;对于我们卫生系统来说——我们卫生系统,从来都没有任何杂七杂八不该有的闲话。你要是还想做一名医生,就好好工作……"

东方闻莺气得满脸通红,她霍地站起身,说道:"局长!我——"

张院长连忙拉住她,按住她的肩膀,说道:"东方医生!局长他是好心好意!你先别急躁!这些话,也就只有局长能开诚布公地跟你说。换了别人,你还听不着的!俗话说:良药苦口利于病,忠言逆耳利于行。局长苦口婆心,是为了你好啊!……"

东方闻莺满脸通红,眼泪禁不住哗哗流下,她再次站起身,说道:"局长!你——"

张院长急忙按住她的肩膀,低声喝道:"闻莺!你先冷静一些!难道,你连好话歹话都听不出来吗?"

局长沉下脸,把茶杯往桌上一磕,站起身,径直离去。

第三十八章

阿青一直站在旁边,神色慌张,眼睛盯着局长,只等着他发落。她从坐上拖拉机离开柳林镇的时候,就一直在想,该怎样面对领导的雷霆之怒。当走进卫生局的大门,她心中的忐忑不安,还真是难以用言辞来形容。没想到局长批评了张院长,批评了东方闻莺,还没有来得及批评自己,就生气地离开了。

因为自己的失误,造成了这样严重的后果!她一言不发,双手捂住脸,夺门而出,径直跑出了卫生局的大门。

张院长吃了一惊。东方闻莺愣了片刻,急忙追了出去。

待她跑出卫生局的大门,大街上人来人往,已经不见阿青的踪影。一条条道路都那么陌生,她连忙跑回去,说:"院长!阿青不见了!"

张院长眉头紧皱,只好迈开老腿,四下寻找。

从卫生局出来,就是一条主街道。东方闻莺和张院长分开了,他向东,她向西。跑了半天,没有见到阿青的人影。她看看路上,心想,她应该跑不远呀!为什么就看不见呢?难道她岔进了小巷子里?于是,她一边问行人一边从一个小巷子里穿过去。从巷子那头出来,发现这里是一所学校:沙塘县中学。哦!这是爱民说过的学校,是沙塘县的重点中学。今天是周末,并没有学生进进出出。

她只好折回来。就在她转身的刹那,差点碰到一个骑粉红色自行车的女孩子。东方闻莺打量了她一眼,她看上去小巧玲珑,但是面容端正,又温和亲切。东方闻莺连忙道歉:"不好意思啊!差点撞到你了!"

女孩笑道:"没事!没事!应该是我要道歉,是我没有注意到你,差点撞到你了!"

东方闻莺见她如此友善,问道:"请问刚才你见过一个姑娘吗?中等身材,苗苗条条的,瓜子脸,穿着浅蓝色花色棉袄,黑色裤子,脚上穿黑色布鞋……"

她想了想,突然叫起来:"哦!刚才好像看见了——那个姑娘好像哭了,一边跑一边抹着眼泪。是她吗?"

东方闻莺连忙说道:"是!她是哭了!她往哪里去了?"

她伸手往东边一指:"喏,往那条大马路跑去了!"

东方闻莺顺着她手指望去,问道:"那条大路通往哪里?"

"是绿云水库呢!"她说。突然,她又叫起来,问道:"发生什么事情了?她不会是想不开吧?哎呀!真是太吓人了!"她脸上露出惊骇的表情。

东方闻莺大惊,来不及细想,她说了声"谢谢你",就向那条大马路飞奔去了。

马路上少有行人。可能是天气严寒,密密的彤云低垂着,渐渐压下来。地面上的冰还没有完全融化,天上又要下雨雪了。

路上曾经遇见另一个行人,她还特意去询问了。人家摇摇头说:"没看见。"

东方闻莺心急如焚,阿青啊阿青,你就这么想不开吗?一心寻死的人,就跑得这么快吗?

她跑得气喘吁吁,累得几乎要瘫下去的时候,忽然,一大片水域赫然出现在眼前!莫非,这就是传说中的绿云水库?再往更远处望去,前面已经没有路了。

她喘着粗气,慢慢地走在水库高高的堤坝上。内衣湿透了,粘在身上,很不舒服。水库的水域十分辽阔,即使是在冬天,水面有所下降,但是,它弯弯曲曲地伸进山间,仍然看不到头。水面碧绿幽深,在强劲的朔风的吹拂下,一圈一圈的波纹迅速地荡漾开去。

突然,她停止奔跑,顿时感觉身上特别寒冷。

阿青!你在这里吗?她望着空寂的水库,禁不住潸然泪下。于是,她大声疾呼:"阿青!阿青!你在这里吗?你到底在哪里呀?!……"

辽阔的水面迅速把她的声音带走,消失殆尽,几乎没有任何回响。她伸手擦拭眼泪,才发现,自己的双手已经被冻得通红。

她沿着堤坝走了很久,慢慢地搜寻水面,看看是否有可疑的东西。忽然,她看见拐角一片芦苇丛下,似乎有一个黑乎乎的东西。她急忙奔跑过去。

在霜雪的凌厉打击下,那片芦苇已经完全衰败,只剩下几根枯死的苇秆,在劲风中瑟瑟发抖。芦苇丛中,还隐约可见一些碎冰,零零星星地缠着草茎。

靠近芦苇丛的下面,赫然有一双黑色的布鞋!她的心脏蓦然狂跳!她急忙走过去查看,发现那布鞋不是破旧的布鞋,不像是被人家扔掉的,倒和阿青脚上穿的差不多,有七八成新。她再探过头去仔细查看,没错!连大小都跟阿青穿的布鞋差不多!

"阿青!"她蓦然爆出一声撕心裂肺的叫喊,再也控制不住,号啕大哭!一阵冷风吹来,那双鞋竟然缓缓地向水面中心移动——东方闻莺脑中一热,什么也顾不了了,奋力向水中跳去!

她强忍着刺骨的冰寒,伸手去抓那双布鞋。可是那双布鞋却在水面的张力下迅速漂移至水中央,她没有抓住。

她不顾一切,继续向水中央划去!

就这样在水中折腾了许久,她仍然没有探及那双布鞋。她大叫了几声,可是水面上除了凄厉的风声,再也没有任何回应。

身子仿佛已经被冰块包围,仿佛已经掉进了冰窟窿,身上的血液几乎要凝固。她张开嘴大口呼吸,这样,心脏就感觉更冷。

当那双布鞋在水面上滴溜溜打着旋转,她才蓦然惊醒!于是,她拼命要往岸边划去。可是,此时自己已经离岸太远,要划回去,不知道能不能够……

她的眼睛,看见远处碧绿幽深的水面渐渐模糊,身上的冰寒也渐渐消退,连彤云密布的天空,也渐渐黑暗的时候,她感觉自己的心在急遽下沉……

当她睁开眼睛的时候,她发现自己躺在一间空荡荡的屋子里。雪白的床单,雪白的被子,手背上插着针管,吊瓶就在床头——这不正是医院吗?

"闻莺!你醒了?"耳边响起了熟悉的声音。

东方闻莺扭头,看见刘爱国正拿着玻璃杯冲泡牛奶。他看着她,问道:"你感觉怎么样?"

"阿青呢?"她问。可是,她问了,却几乎没有发出声音。她想哭,于是大声问:"阿青呢?"

她嘶哑的声音仿佛钝刀子切开破铜烂铁,十分刺耳。

刘爱国一惊,连忙走近前,坐在床边,问道:"你是在问阿青吗?"

她努力地点点头。

"她没事!你这个傻瓜!看把自己弄得——差点连命都没有了!你可真能吓人!"刘爱国埋怨道。他伸手摸了摸她的额头,说:"还很烫!"

"到底怎么回事?阿青到底在哪里?……"她一边挣扎着要坐起来,一边嘶哑着嗓子问道。可是身子绵软,根本使不上劲,瞬间瘫回床上。

"阿青和张院长,都好好地在卫生局写检查。"刘爱国说,"昨天,阿青跑出去……在跑到沙塘县中学门口的时候,就被卫生局的保卫科同志带回去了。倒是你,本来人生路不熟的,还到处瞎跑,害得大家四处找你……"

"沙塘县中学门口?……"东方闻莺喃喃地问,脑子里搅成了一团糨糊。

"嗯。你现在好些了吗?能不能坐起来喝点牛奶?一天一夜了,你还什么都没有吃……"刘爱国拿过玻璃杯,看着她。

东方闻莺在他的搀扶下慢慢坐起来,伸手去接牛奶。可是双手颤抖着,不听话,竟然拿不住。

刘爱国就把牛奶喂给她喝。

一杯热乎乎的牛奶下肚,她似乎从遥远的地方回到了现实,头脑有些清醒了。可是身子软绵绵的,几乎没有力气。她歪在他的臂弯中,因为身体已经没有可以支撑的力气。

这时,门半开了,一个护士面带微笑出现了,她说道:"刘主任,外面有人找你。"

刘爱国把她轻轻放下,盖好棉被,然后快步走了出去。

在大门口,一个小巧玲珑的身影,静静地立在寒风中。刘爱国十分诧异,走过去问道:"涵秋,是你找我?"

黄涵秋微笑,说道:"我煲了一罐热汤,给你喝。你看你,昨天这么冷,还下水去救人……都不要命了!"她责备道。

刘爱国犹豫着,不知道是该接还是不该接。他说:"其实,你不用担心的。我在部队的时候,还经常冬泳。这点寒冷,不碍事的。昨天,真是谢谢你给我提供线索。如果不是你,她可能就没命了……"

"因为你的英勇无畏,她还活着,真是谢天谢地。哎!当时我要是知道她会往绿云水库跑,我就会拦住她的……哎呀!都是我不好!我这人先天愚笨,没有先见之明……"黄涵秋说。她的眼睛像水波一样灵动,显得温婉可人。

刘爱国说道:"这么冷的天,快回去吧!"

黄涵秋嫣然一笑,说道:"你把汤喝了,我就回去。"

刘爱国无奈,只好伸手接过她的瓷罐子。

黄涵秋笑眯眯地说道:"你快喝呀!你喝完了,我才好拿罐子回家。"

刘爱国揭开盖子,一股浓郁的香味扑鼻而来。他犹豫片刻,说道:"你先回去。明天我再把罐子给你送过来。"

"这样啊!那好,我就回去了!"她飘然转身,快步走出了医院的大门。

刘爱国提着罐子,慢慢走向病房。

东方闻莺双目空洞,怔怔地望着天花板,无法理清这段时间发生的种种事情。一切都这样突然,叫人猝不及防。中秋节那天晚上的惊悚,大前天的惊恐,昨天的惊骇,如排山倒海般倾泻而至,真叫人窒息。

她感觉自己的灵魂正不由自主地向那黑暗深渊滑去。春生的怪异,阿青的离奇,刘爱国的温存,都叫人无法判断自己是身在人间,还是已经入了异域。

"闻莺,你饿了吗?来,喝点热汤。"刘爱国坐在床边,伸过手臂扶起她,让她靠在自己的臂弯里,然后拿过热汤,慢慢地喂到她嘴里。

她喝了一口。浓郁的汤十分香甜,可以品尝出鸡肉、枸杞子、党参、红枣、板栗、姜等味道。她又喝了一口。不错,就是滋补的汤。她扭头看着刘爱国,问道:"是谁送来的汤?"

刘爱国一怔,还真是没有想好说是谁送的。犹豫片刻,他微笑:"是我妹妹送的。快喝吧!"

东方闻莺十分感激,说:"爱民,她人真好!"

刘爱国又是一怔。他没有解释,只是默默地把汤给她喝完,然后问道:"闻莺,你还想吃点什么?"

东方闻莺摇摇头,说道:"已经足够,爱国。"她看着他。

刘爱国一怔。她从来没有这样亲近地叫过自己。心中一暖,往日那些压抑的情感琐碎,又浮泛上来,叫人不能自已。他强忍着内心的感喟,含含糊糊地应了一声:"唔……"

东方闻莺说道:"从中秋节到现在,我都没有睡过一个好觉。有时候我想,是不是我给你添了太多的麻烦……给春生也添了太多的麻烦……我听爱民说,你在相亲……是不是因为我拖着后腿,你才犹豫不决……我一直在努力地入乡随俗,可是我往往就是要坚持己见。我不是一个好医生,也不是一个好女人。如果知青返城的文件到了,我想尽快离开这里。我想,如果我离开了,这里……或许就能安静了……"她满含泪水,心中的痛苦委屈,一直隐忍,现在,她无法克制住了。

刘爱国凝视着她,她的手冰冷。

第三十九章

八点半的时候,爱民过来了。她是来守夜的。

刘爱国反复交代妹妹,晚上要警醒一些,别让病人着凉。

东方闻莺看着他离去,心中一寒,感觉往日的恐惧又渐渐袭来。她看着爱民,说道:"我没事,你回去吧!天寒地冻的,漫漫长夜,多难熬呀!我能走动,可以自己照顾自己。"

爱民微笑,柔声说道:"我要是回去了,我哥哥就会回来,难道你是要他来照顾你吗?当然,你要是肯做我嫂子,我也是十二分愿意现在就回去。"

东方闻莺忍不住又流泪。她伸手拭去泪痕,说:"爱民,我……我是不是很坏……我明明知道不能接受你哥哥,却心安理得地接受他无微不至的照顾……"

爱民替她擦去眼泪,说道:"我叔祖母说,人与人的缘分,原本就是可遇而不可求。你千里迢迢来到咱们沙塘县,就是难得的缘分。你和咱们老刘家,又格外有缘分。你照顾我叔祖母,现在,是我照顾你,就像一家人一样。至于你不能接受我哥哥,也是命中注定,我们都不怪你。所以呀,你也别老是自责。我哥哥还说,自从中秋节卫生院那个黑影出现,你整个人都变了……当然,要是我遇到那种事情,也会惊恐得把持不住。现在,事情已经过去,你就别多想了!我哥哥一直在找那个坏人,我相信,终究会抓到他的……"

第二天早上,两个姑娘早早就醒了。东方闻莺的烧已经退去,她急着要出院。

爱民说道:"先吃完早餐再说。你告诉我,你想吃什么?"

东方闻莺十分感激,坐起来说:"我自己去买吧!你一夜没睡,先回去休息。"

爱民连忙给她盖好棉被,说:"哎呀!你快躺下!外面很冷!你的棉袄还没有晒干——我买了东西给你吃,然后,再回去拿我的棉袄给你穿。"

东方闻莺才蓦然想起,自己昨天跳进水中,衣服全都湿透,现在,身上仅有病号服。她满含歉意看着爱民,说:"爱民!真是谢谢你!昨天特意给我煲汤,现在又要替我买早餐。"

爱民一怔。她正想问煲了什么汤,可是又忍住了。她说:"你快躺下,我现在就出去看看有什么好吃的。"她轻轻掩上门,出去了。

东方闻莺咽下心中的热泪,闭上眼睛。

过了一会儿,门口几个小护士叽叽喳喳,好像在说着什么故事,十分开心。而后,门开了,两个护士进来了。一个护士说:"咦?病人还没有醒吗?"

另一个护士说:"可能还没有醒吧!前天晚上烧成那样,火炉子似的。还好!总算命大,活过来了。唉!只是我不明白,人好端端的,为什么要寻死?瞧!长得多好看呀!"

一个护士压低声音说:"听说,这个姑娘……"

另外一个护士奇怪地问:"怎么了?"

那个护士低声说:"听说,中秋节晚上,柳林镇又出现了黑影——就是老早那个恶鬼!它把东方闻莺抱到楼上,就在东方闻莺的屋子里……把她那个了!"

另外一个护士大惊:"啊!是真的吗?!"她十分震惊,声音禁不住发抖。

那个护士说:"听说灸草堂的李春生,要去救她,结果被黑影拿刀子刺伤了双手,流了一地的血!好在李春生会武功,灸草堂又有独门的金创药,才保住性命……"

另外一个护士十分疑惑,问道:"不是说,柳林镇政府的刘爱国刘主任喜欢她吗?怎么会又是李春生去救她呢?"

那个护士说:"刘爱国是喜欢她。可是,灸草堂的李春生也喜欢她呀!她要是聪明,就应该和李春生划清界限。可是她仗着自己有几分姿色,周旋在两个男人中间……"

另外一个护士十分鄙夷,说:"啊呸!水性杨花!难怪连黑影都缠上她了!"

那个护士鼻子里"嗯哼"了一声,说:"东方闻莺却不是真心喜欢刘爱国。她说什么要回上海,就这么半真半假地拉扯着。老刘主任为儿子的婚事着急,到处托人说媒。可是刘爱国被她迷得神魂颠倒,都不愿意去相亲了!这件事,连他老子都知道了!刘爱国他明明知道,这个女人跟他黏黏糊糊,又跟李春生腻腻歪歪,可就是心里舍不得!"

另外一个女人"扑哧"笑了,低声说道:"这刘爱国,肯定是还没有搞到手。你想啊!如果刘爱国已经和她有一腿了,她还和李春生腻腻歪歪,他还能忍吗?他能让自己的女人给自己戴绿帽子吗?早就丢一边了!男人啊!都是这样!呵呵呵……"

那个女人低声笑道:"你说得很有道理!男人嘛,就跟猫儿似的!只要偷着腥味儿了,心情就不一样了!呵呵呵……"

两个女人笑了一会儿,另外一个女人忽然想起什么似的,问道:"那么,前天东方闻莺为什么要去绿云水库寻死呢?你看,昨天晚上,刘爱国还特意跑过来,精心服侍,看上去情意绵绵哪。"

那个女人笑道:"听说,中秋节那天晚上,黑影溜进了卫生院,去了东方闻莺的值班室。而后来东方闻莺却躺在自己的房间里,迷迷糊糊的,什么都不知道。这不是被黑影迷晕了吗?而且,李春生又莫名其妙地出现在她的值班室,他还死都不肯解释自己为什么要去东方闻莺的值班室。当刘爱国知道这些的时候,他心里会怎么想?或许,刘爱国是清楚她已经不清白了;或许,她是羞愤难当,想一死了之……"

另外一个女人笑道:"东方闻莺既然已经是一块脏抹布,他刘爱国直接扔掉就是了,为什么还要拼死跳进水里去救她?就让她死了好了!反正她是自己寻死,不是别人把她推下水去的。前天多冷啊!那水库的水,就跟冰窟窿似的。好在刘爱国当兵出身,否则,只怕就跟她一起做鬼鸳鸯去了!……"

那个女人叹息一声,说道:"唉!这个你就不知道了!刘爱国的父亲是县政府的老刘主任,总得顾及面子吧!要是自己儿子因为绯闻出了人命,总是不好的吧!所以呀,刘爱国现在装作一个痴情种子,都是掩人耳目!你想想啊,别的姑娘要是听说了刘爱国对一个女人这样痴情,还不排着队要跟他相亲?他们老刘家,向来老谋深算。再说,这过年就要换届选举了!……"

另外一个女人似乎恍然大悟,点点头。她又问:"这样说来,那个刘爱民,跟她哥哥一起演戏?还真看不出来!一个刚刚出道的姑娘,手段这么老辣……"

那个护士扑哧一笑,说:"哎呀!手段老辣?你是说刘爱民,还是说东方闻莺呢?"

这时候,门外又有一个护士探进脑袋来问道:"你们俩嘀嘀咕咕,在说什么呢?这么高兴?还说了这么久?"

两人笑着连连说:"没什么!没什么!"

门外那个护士叹息一声,说道:"里面那位——啧啧啧!还真是痴情种子!为了男人,就这么要死要活的!唉!造孽呀!"

"对呀!有些女人就是这样!要死都不要脸!呵呵呵!……"

东方闻莺再也忍耐不住,霍地坐起来,正要跟她们理论——她们却已经"砰"地关上了门,一路笑着离去了。

东方闻莺禁不住捂住脸,放声大哭!

她的哭声惊动了在外面的护士,就有护士马上跑进来,关切地询问病情。

她们拿了温度计,要给她量体温,她手一推,温度计"啪"的一声掉在地上,摔得粉碎。又有护士拿着听筒要给她听心跳,她同样伸手一推,护士打了一个趔趄,差点摔倒。

然后,就有护士急匆匆跑去找院长。

院长没有来,倒是爱民一手拿着包袱,一手提着早餐盒子来了。她见护士们面面相觑,惊慌失措,就说:"你们先出去,我来吧!"

她们都陆陆续续地出去了。

爱民拿着手帕,轻轻给东方闻莺拭去泪水,轻声问道:"姐姐!你怎么了?"

东方闻莺没有回答,只是双手掩面,止不住哭泣。

爱民坐在床边,轻声问道:"姐姐!是不是你听到什么闲言碎语了?"

这时,刘爱国也急匆匆走进来,看见东方闻莺埋首啜泣,心中难过。中秋节那天晚上,她受到惊吓,她说,怕的不是黑影,而是"人心",难道在医院里,还有比黑影更令人恐惧的"人心"?

他轻轻拍她的肩膀,劝道:"你快吃点东西。等你吃完了,我们就回柳林镇。"

东方闻莺抬起泪眼,摇摇头,说道:"爱国!爱民!我们现在就走吧!我是一分钟都不想待在这里!"

连着这几天都是雨夹雪。雨雪落到地面,就立刻结成了冰。雨雪甫停,风才刮了一天半天,冰还没有完全融化,天上又彤云密布,夜晚时分,雨又淅淅沥沥下起来了。灸草堂的炭火,一直没有熄灭过。

李春生的双手已经好了,只是,伤痕和蚯蚓似的,历历在目。好在已经是冬天,深藏在袖内,也不会令人害怕。

冬天总是会闲一些。药草已经处理了,人们也都蛰伏在家,特别是这样寒冷的时候。

大家都听说了卫生院的接生事故,也知道张院长带着阿青和东方闻莺一起去了县城卫生局做检查。按理来说,应该没有什么大事,毕竟是顺利接生了嘛。

可是,卫生院阿兰说,他们去了三天了,都没有回来。难道还要关起来面壁思过吗?

春生烤着火,内心感觉从来没有过的空荡。雪融儿去了,东方闻莺三天不见踪影——自从中秋节过后,她就鲜有笑容。真是可怜的家伙!千里迢迢来到沙塘县柳林镇卫生院工作,以为自己可以为社会为百姓做一些贡献,没想到啊!

没想到,沙塘县柳林镇卫生院,是她的噩梦,是她命中的劫数。

中秋节晚上,他的脑子里一直徘徊着多年以前那个女护士的面影。她的脸色,一直都因为惊恐而发白……而此时此刻,东方闻莺也是在卫生院值班……

怔忪之时,仿佛,他在漫漫长夜的朦胧的微光中,看见一个黑影溜进卫生院,悄无声息地上了二楼……

他担心她,于是冒着许多未知的危险,悄悄去了。

没想到,他没有能够救她,还害得她被王福一瓢脏水,从头淋到脚。虽然柳林镇的群众还是善良,愿意相信她的无辜。可是,毕竟这件事深深伤透了她的心。就是到现在,王福为什么要这样做?连刘爱国,都没有办法查证,就这样马虎过去了。

雪融儿不在,这家伙!

春生凝视着炭盆里的火星。黑色的炭慢慢变红,一些火星"噼里啪啦",溅出来了,甚至直射他的裤腿。他如雕像一般,没有移动双脚。

油灯被吹灭了,后堂全是暗黑。他就只凝视还旺着的炭盆,没有丝毫睡意。

我看见王福慢慢地走着,走向一个小区,然后从小区里走出来一个小巧玲珑的姑娘,她手里提着糕饼盒子——咦?为什么感觉她很面熟?哦!对了!她就是和爱民在电影院看电影的姑娘。然而,她为什么又和王福熟悉呢?

姑娘走到王福跟前,把盒子递给他,问道:"事情办得怎么样?"

王福笑道:"咱亲自出马,当然不会有差错。山人的妙计,不错吧?"

姑娘扭动纤细的腰肢,笑道:"是不错。所以,我特意做了糕饼,好堵住你的嘴呀!"

"我又不是小孩子,需要糕饼来堵嘴。不过,你亲自做的糕饼,肯定好吃。好了!我该回去了。"王福笑了。他憨厚的双唇,尽情地绽开;明亮的眼睛,眯成了一条细缝。

第四十章

龙腾酒家的二楼,还是上次坐的地方。刘爱国带着妹妹,坐在窗户下边。透过窗户望向外面,天空渐渐发白,但是仍然没有放晴的意思。兄妹俩一边烤着火,一边说着东方闻莺的病情。

爱民说:"爸知道你的事情以后,气得不行。我从来没有见过他那么生气……等东方闻莺好些了,送回柳林镇了,你要仔细向他做检查。"

爱国"唔"了一声,脸上没有表情。

爱民又说:"哥!我总觉得,就算是余小青在接生的时候操作有失误,但也顺利救了人命。写检查就写检查吧!但是,卫生局是不是做得有些过了?"

爱国脸色凝重,扭头看着窗外依然灰蒙蒙的天空,自言自语道:"微风轻轻徐来,吹皱平静的水面,于是,水面漾起了一层层细细的波纹。接着,风渐渐大起来,水面的波纹就更深了。我们沙塘县的冬天,太冷了!……"

爱民纳闷地盯着他,问:"哥!你胡说什么呢?"

"吱呀"一声,门被打开,黄涵秋款款而来。

刘爱国连忙站起身，微笑道："快请进来！天气这么冷，你坐到这边来！"

爱民叫道："姐姐！快这边坐！"

黄涵秋没有客气，坐在炭火边，笑道："真是太冷了！咱们沙塘县，可是很少下雪的。"她转头对刘爱国说："东方医生怎么样？好些了吗？"

刘爱国说："病情已经稳定了，过两天就可以出院。涵秋，真是谢谢你。当时，如果不是你发现她向绿云水库跑去了，恐怕她就出大事了。"

黄涵秋说："干吗客气！我并不认识她，只是看见她慌慌张张的样子，又像不认识路的样子，才引起了注意。没事就好！吉人自有天相，这也是她的命啊。"

爱民问道："姐姐！你是在哪里见到东方医生的？"

黄涵秋想了想，说："我是在我们百货大楼门口看见她的。当时她好像是在找什么人，东张西望，一头就撞到了我的自行车……"

"真是十分感谢！你还给我送了热热的鸡汤，"刘爱国拿过瓷罐子，说，"你费心了！"

黄涵秋莞尔一笑，说："就是不知道是否合你胃口？咸淡可合适？"

"刚刚好！"刘爱国点头说，"没想到你厨艺这么好！"

黄涵秋说道："我怕你不喜欢甜，就把药材渣子捞去了，只留下鸡肉。本来这是给女人喝的滋补汤，我妈说，男人受了寒，也可以吃。你可发现了汤里有哪些中药材？"她笑眯眯地看着他。

刘爱国一怔。东方闻莺只是说鸡汤很是香甜，是挺好的滋补药膳，并没有说鸡汤里还有其他什么中药材。他有些尴尬，想了想，鸡汤香甜的话，应该有红枣、枸杞子之类，于是说道："我感觉汤味香甜，应该是红枣、枸杞子之类的吧？其实，我平时很少做菜，所以……"

黄涵秋笑道："我难为你了吗？的确有红枣、枸杞子，还有党参、板栗。本来，我们这里的板栗早就没有了，是我们家市里的亲戚给捎来的。因为我爱吃，我姐姐就特意给我捎来了……"

爱民笑道："这怎么好意思啊？那么稀罕的东西，你还做了板栗鸡汤给我哥哥。"

黄涵秋脸上微红，看着刘爱国，显得有些忸怩。她说："爱国，我这个人呢，性子随我妈妈，一根肠子通到底，从来不晓得说话办事要九曲转弯……我爸就老是说我们母子俩容易得罪人。爱民，算起来，我们还是沙塘县中学的同届同学吧？只是不同班，都不知道。现在同在一起，我发现我们特别有缘，跟你很聊得来，我也是相见恨晚。人家都说，一回生，二回熟，三回就是至交好友。从今往后，我们是不是就可以成为好朋友了呢？"

刘爱国微笑，说道："涵秋，爱民和你同在教育系统，说不定以后会有很多共同学习共同成长的机会。爱民，你要好好向涵秋学习啊！"

黄涵秋连忙摆手，说道："哪里！哪里！我要向爱民学习才是呢！爱民不但人长得好看，工作起来也是蛮厉害的！……"烤了一阵炭火，感觉喉咙有些干燥，她喝了一口茶，说："其实，我打算在学校工作一年，转正之后，就转行到其他部门。爱民，你还是打算在柳林镇待着吗？"

爱民见她志得意满的样子，说："我……"

爱国微笑，说："爱民打算尽一点儿孝道，照顾我们叔祖母。以后的事情，以后再说。涵秋，我今晚还有事情，就让爱民陪你喝点酒。怎么样？"

黄涵秋脸上的笑容微微一收，说："今天晚上，你还要去医院照顾病人吗？"

爱民见状，说："哥哥！我去医院照顾东方医生就好了。涵秋，我也不喝酒。就像你说的，我们已经三次见面了，算是朋友，以后喝酒的机会多的是。你不介意吧？"

黄涵秋笑着点点头，说："爱民总是这样顾大局，识大体。我就不喝酒了，吃点饭。然后，爱民去医院服侍病人。爱国，你呢？晚上是不是还有别的任务？"

刘爱国说："嗯，还有很多事情要处理。"

黄涵秋笑道："今天晚上电影院有好看的片子，只是天气冷，没有人陪我去……"她低垂下头，很沮丧。

爱民说道："唉！可惜了！东方医生孤零零地待在医院，没有人照顾，不然我可以陪你去。我哥哥他要回家处理许多事情，还要到家长面前领罚。唉！可惜呀可惜！"

黄涵秋笑了笑，说："爱民，我真的很羡慕你。我只有在小时候，才可以像小尾巴一样黏着哥哥。现在，他们都成家了，他们的业余时间都归我嫂子了，我想要跟他们去看看电影，逛逛街，都不能够。有的时候，我真的很怀念童年的时光。人啊，为什么要这么快长大呢？"她支着头，眼神里满是沮丧。

刘爱国扭过头，慢慢喝茶，假装没有看见她眼神里的期盼。

爱民抿着嘴笑,说:"其实,我也和你一样,怀念童年的时光。小时候,我叔祖母,我爸,都偏爱我,对我哥哥,就很严厉。而现在,我爸就对我严厉,对我哥哥总是偏袒。"

黄涵秋眼睛瞥着刘爱国,幽幽地对爱民说:"如果我哥哥还能带着我到外面去应酬,去绿云水库玩,甚至连工作都在一起,我就不在乎父母亲的严厉了。"

寒风凛冽,尤其是夜晚。刘爱国送黄涵秋回去后,又和爱民去了医院。不知怎的,刘爱国总是感觉自己身后,有黄涵秋似笑非笑的眼神。她似乎一直盯着自己的后脑勺,在监视着自己的一举一动。她似乎已经窥见自己的私心。难道是自己心虚吗?

东方闻莺回到卫生院,春生过来了。他说,叔公的意思是,叫她去灸草堂疗养。像她这样着寒,应该吃一些药膳,然后用中药材泡澡。

张院长没有同意。他让东方闻莺待在卫生院。卫生院有阿青、阿兰,还有徐医生,大家都可以照顾她。而灸草堂三个男人——虽然你们三个男人的品行十分可靠,但是,世上人闲嘴杂,人心太小,我们卫生院不想再听到杂七杂八的人胡言乱语。

爱民就在空闲时间,去卫生院照顾她。晚上,天气严寒,她不愿意来来回回地跑,就睡在东方闻莺的房间。

春生给东方闻莺拣了中药材,有煎汤内服的,有烧水泡澡的。

晚上,东方闻莺泡过药澡之后,感觉身心俱爽,冰寒和内心的郁结痛苦也去了不少。

两人躺在床上,一时睡不着,就有一搭没一搭地说着话。

爱民问她:"姐姐!你跑出卫生局之后,是怎样发现阿青往绿云水库跑去了?"

东方闻莺说道:"那天,局长先狠狠地训了张院长,然后就把我……"她心中难受,说:"他骂了我之后,阿青就跑出去了……张院长很着急,就追了出去。我也跟着追了出去。可是,我一跑出卫生局,就分不清东南西北。我想,她是沿着大路跑了吗?我一直沿着大路跑,可是望着大路笔直向前,却不见阿青的影子。我又想,她不会是跑进小巷子里去了吧?于是我就从一条小巷子里穿过去,发现那里竟然是沙塘县中学——我记得,你跟我说过,曾经想去那所中学的。那天是周末,学校并没有什么人。我就转身——一转身,就差点撞上了一辆粉红色的自行车。骑自行车的是一个小巧玲珑的姑娘,她见我慌慌张张的,就问我怎么了。我问她,有没有看见一个姑娘,瓜子脸儿、中等个儿,穿蓝色棉袄、黑色裤子、黑色布鞋的姑娘?她伸手一指,说:喏!她好像往那边去了!我问:那条大路通向哪里?她说:是绿云水库呢。那姑娘看上去是哭了,别不是想不开,快追上去吧!我于是就往绿云水库拼命跑去。"

爱民一惊。她问东方闻莺那个骑自行车的姑娘的长相,还有当天的穿着。

爱民心中隐隐不安。东方闻莺所描述的姑娘,正是黄涵秋。涵秋明明是说,在百货大楼见到东方闻莺的呀!看来,这件事得好好跟哥哥说一说。

刘爱国听了妹妹的描述,简直不敢相信自己的耳朵!阿青是听到局长骂东方闻莺的言辞过于出格,才愤然出走,这并不是事先和黄涵秋商量好了的呀!而且按照东方闻莺所说,阿青并不是那种心思复杂能设计谋害人的人……

那么,黄涵秋遇见东方闻莺,是偶然,还是……

黄涵秋也并不认识东方闻莺。

黄涵秋送的鸡汤,是东方闻莺喝了,那天,难怪她在问鸡汤里都放了什么中药材。

东方闻莺在沙塘县人民医院放声大哭,那些嚼舌根的,很可能是和黄涵秋有关,这个黄涵秋当然可以做到。

黄涵秋和王福——刘爱国想到这里,心里不禁打了一个寒噤。

任何一个细微的错误,都会被许多看不清的黑手,别有用心地无限放大,然后置之死地。

阿青给东方闻莺熬了中药,又烧了一大锅热水,把中药材放进锅里烧煮。等到药材充分煮透了,才倒在桶里,待凉一些后,再叫东方闻莺去洗澡。

她无法面对东方闻莺,总觉得羞愧难当。她当时跑了出去,刚刚跑到楼下,就被保卫科的同志发现,然后没有跑多远,就被带到了保卫科。为了防止她再次逃跑,他们就把门关了。因此,张院长和东方闻莺追了出来却没有看见。等到卫生局的同志发现张院长和东方闻莺以为阿青跑走了急忙追赶的时候,他们才赶紧去追两人。

闹了这一出乌龙,卫生局也十分尴尬。他们就把张院长和阿青留在卫生局做检查,让东方闻莺回柳林镇卫生院做检查。

东方闻莺一直头脑昏昏沉沉,张院长就叫人代写了检查,让她签个名,就交上卫生局去了。

不知道是心理问题还是别的,东方闻莺老是觉得身上冰寒。躺在床上,做梦都觉得自己在水中沉沉浮浮。

屋子里的炭火烧得很快。张院长就叫张主任去多买一点,送到东方闻莺房间。

送木炭的活儿原本可以叫阿青和阿兰去做。张主任买回木炭,亲自送上二楼。他把木炭放几块在炭盆里,嘘寒问暖了一阵,打算出门。

东方闻莺叫住了他,请他坐一会儿。这阵子,来看望的人不少,桌上摆了许多吃食。她请他吃点,然后问道:"张主任,我就是到现在,还想不明白。是人的生命重要,还是所谓的名节重要?医生是给病人接生,又不是做什么见不得人的事情……为什么那些家属,宁可不要亲人孩子,也不肯让男医生接生?"

第四十一章

张主任摇摇头,说道:"这个问题,你说家属愚昧落后也好,说我们医生胆小怕事也好,我个人认为,在很大程度上,病人的生命掌握在他们自己手中。因为,他们不让医生看病哇!就说张院长吧!……"

他小心地看了一眼门口,然后低声说:"张院长在年轻的时候,也是和你一样的想法。有一回呀,也是一个产妇因为胎位不正来卫生院生孩子。那时候,徐医生才卫校毕业,仅仅学了一点接生常识,见习过几次临床接生。她还不会做剖宫产手术。产妇疼得嗷嗷叫,家属心急如焚,却都不愿意让张院长接生。危急关头,徐医生手忙脚乱,不知道该怎样下刀。眼看着产妇脸色紫涨,大人孩子随时都可能有生命危险,张院长就叫我们几个男医生把家属强行带走,他亲自给产妇做剖宫产。等到孩子取出来,大人也缝好了线,眼看着母子平平安安,张院长才叫我们把家属放了。谁知道,家属不但不感谢张院长,还要揍他一顿。要不是我们死命拦住,还真就出事了!后来保卫科的同志都过来了,家属才停了手。这事儿闹到卫生局,局长就把张院长叫去,狠狠地批评了一顿。局长说,这事儿不能怪群众。

群众文化程度低,思想觉悟也不够高;可是你张院长文化程度高,思想觉悟也得高!你是让群众受委屈,还是让我们医生自己受委屈?你张院长是医生,是党员,当然得自己受委屈!张院长除了写了几十页的检查,还……"忽然,一阵"笃,笃,笃"的脚步声经过,他就住了嘴。

等到脚步声去远了,似乎已经下楼了,东方闻莺苦笑,问:"后来,张院长还名誉受损,是吗?"

张主任点点头,说:"后来,张院长找对象的时候,还因为这事儿,差点连亲事都黄了呢!"

东方闻莺低垂下头,不由得想起刘爱国的话。是啊!明明白白的道理,在有些人面前,就是讲不通。

腊月二十四是民间的小年,爱民早已经放了寒假,她在明德围屋,照顾了叔祖母几天,就回县城了。

临近过年,又渐至立春,天气慢慢回暖,人们也忙碌起来。虽然说置办年货需要本钱,但是,家家户户也就勉强度日,也没有什么好准备的。

东方闻莺跟着春生回了一趟雁栖围屋。雁栖围屋的晒谷坪前面,有一方两亩的鱼塘,鱼塘岸边种植了好几棵桃树、梨树。桃树、梨树含苞待放,河边的垂柳也绽出了嫩嫩的芽儿,几乎看不见,但是,它确实抽芽了,告诉人们春天来了。

雁栖围屋的人们,花了一个上午收割了鱼塘,然后,就召集全族的人来分东西。除了几大脚盆的大鱼小鱼,还有一些田螺、小蚌,养在脸盆或者木桶里。

上午,大家还杀了一头大猪。这些都是生产队里的分红。粮食、大豆、红薯、芋头,这些早就分下去了。家家户户领到自己的这份,就欢天喜地地回到家中,细心地烹炸,美美地吃了一顿。

可是,毕竟收成十分有限。家家户户领到的东西,实在太少了。但是,只要眼前能看见劳动果实,人人都眉开眼笑。

雁栖围屋的人看见东方闻莺,也是客客气气,对于那些曾经的传闻,他们并不介意。老百姓的判断很简单,是就是是,非就是非。虽然最初听起来煞有介事,但是,时间长了,细心的人们发现根本就是某些有心之人的捕风捉影,大家也就淡忘了。

在分红的时候,雁栖围屋的族长李有德,告诉大家一个不知道算好还是算坏的消息:过了元宵,张国平县长就要下放到我们雁栖围屋来了!

消息一出,群众一片哗然!

人们对张县长,平时口碑不错,工作勤勤恳恳,人也本分忠厚,不贪不佞,为什么就下放到村里了?

李有德说:"这个嘛!还真的不好说。你们想,咱们柳林镇,中秋节晚上就出了什么黑影事件,吓得老百姓人心惶惶;黑影事件还没有过完,卫生院又出了违规接生事件;违规接生事件还没有做完检查,又出了跳水库事件……所以呀,新任县长就叫张县长到我们柳林镇,好好体验生活,看看群众为啥总是这么苦闷……"

东方闻莺低垂下头,又感觉头疼了。

春生低声说:"别理他们!你要是总想不开,总是闷闷不乐,你就中了他们的诡计了!"

刘爱国接到消息,新来的县长是市里派来的,叫郑德荣,他的女儿郑丽珠也一起过来了,分配在县委宣传部。

春节假期正式开始的时候,刘爱国曾经要求在镇政府值班。但是,黄镇长不让。他让办公室谢主任和保卫科王福值班。

在刘爱国的脑海里,王福那把明晃晃的刀子总是闪着锃亮的寒芒,在急速地划来划去,似乎随时都能叫人血肉横飞。怎么办?怎么办?!

他头疼欲裂。要是让东方闻莺孤零零留在卫生院,他还真是不敢想象。让东方闻莺装病,到县城治疗?还是让她短暂回上海探亲?想来想去,这些都不现实。

最后,张院长说,你要是实在放心不下,就让东方闻莺去县人民医院,到妇产科实习。在哪里跌倒,就在哪里爬起来!既然咱们柳林镇严重缺乏妇产科医生,现在,就派医生到县属单位学习,提高技术水平。当然,她到了县城,剩下的就靠你了。

刘爱国心中万分感激。他连忙叫张院长向卫生局和县人民医院打了报告。在新县长到来之前,这点小事,张县长还是可以拍板的。

东方闻莺听张主任说,张院长要把她派去县人民医院见习,十分惊讶。但是,张主任说,通知已经下来,你就尽快收拾东西去吧!要是不出意外,镇政府的刘主任应该会开拖拉机带你去。你呀!就不用愁怎么去了。

东方闻莺听他的语气,已然明白,这次去人民医院见习,正是刘爱国的主意。她十分生气。为什么都不跟我说一声,就擅作主张了呢?

或许,他是想,比起所谓的"黑影"的恐怖,护士们的几句闲言碎语,算不了什么!

果然,刘爱国的拖拉机,停在了卫生院门口。刘爱国叫她赶紧收拾东西,然后立刻出发去县人民医院。

东方闻莺坐着没有动。她看着他,问道:"怎么都没有问我呢?或许,我可以去明德围屋,和叔祖母在一起;或者可以去雁栖围屋……"

"和李春生在一起,是吗?"刘爱国盯着她,冷冷地说,"我掏心掏肺地待你,你却从来都没有考虑过我的感受!"他第一次这么皱紧眉头盯着她。

"我听说,张县长被下放到雁栖围屋了。咱们柳林镇,中秋节晚上就出了什么黑影事件,吓得老百姓人心惶惶;黑影事件还没有过完,卫生院又出了违规接生事件;违规接生事件还没有做完检查,又出了跳水库事件……所以,新任县长就叫张县长,到我们柳林镇好好体验生活,看看群众为啥总是这么苦闷?!你说,将来,还要在咱们柳林镇出多少事件,还要在我东方闻莺身上,出多少事件,这个世界才会安宁呢?你刘爱国才能不用操心呢?!……"东方闻莺也冷冷地盯着他。许久,她的眼睛里,又忍不住溢出了泪水。

刘爱国坐下来,轻轻握住她的手,说:"闻莺!你不要自责。其实,这些都是因我而起。因为我喜欢你,才给你带来这些麻烦。所以,这些事情就由我来解决,你安心地听我的就好。至于知青返城的文件……张县长他自身难保,我也不能强求。这只能等新县长上任,看看有没有转圜的余地……我很抱歉!我没有能够帮你早点离开……"

事实上,张院长叫她去人民医院见习的时候,她已经猜到了。即使知青返城的文件上有她的名字,也必须是一周年之后。

她的眼睛里,掠过一丝淡淡的忧伤。当初来沙塘县之时,父母亲千叮咛万嘱咐,她觉得自己也做了最充足的思想准备,但是,意外接踵而至,她还是有些惊慌失措。

去人民医院学习也很好。这可能是他为自己做了许多工作,才做了最好的打算。想到这里,她慢慢露出笑容,说:"好!让你费心了!谢谢你!"

刘爱国觉得她的笑容有些刺眼,不由得撇过头去。他希望看见的,不是她脸上的谢意,而是开心舒怀的笑容。原来自己的私心里,还是这么强烈地希望拥有她的感情。

她收拾了一些衣服、书籍、零碎的生活用品,装进一个大包。刘爱国帮她拎起来,两人就坐上拖拉机,往县城进发。

刘爱国帮东方闻莺拎着大包,径直去了院长办公室。

沙塘县人民医院的院长是谭博,一个有着二十六年丰富临床经验的内科医生。他说,已经安排了妇产科医生缪钰辉做东方闻莺的指导老师。至于住宿,因为医院职工太多,住房十分有限,就只能委屈东方闻莺暂时住值班室了。

他看上去亲切和蔼,问了一些她在学校的学习情况和在柳林镇卫生院的见习情况,然后点头说:"你很勤奋,又很上进,这都挺好。你还常常去灸草堂学中医,谦虚好学,挺好。灸草堂是近百年的老店,中医是我们中华民族的优良传统文化,是宝贵的医学资源。你能自觉传承,有让中西医结合的治疗的想法,挺好。老中医愿意把家传绝学传授给你,你运气真好。"

他看了一眼东方闻莺,又看了一眼刘爱国,说:"东方医生,前段时间你在我们这儿住院。那个误会,我也已经在医院职工大会上讲清楚了。每个人刚刚涉足社会,都会有这样那样意想不到的状况。何况你远道而来,人生地不熟的,需要一个时间来适应。我们作为过来人,要充分理解。对于年轻人,我们要多帮助,少旁观,更不能幸灾乐祸。所以,你就安心地在我们医院学习。你有什么需要,有什么问题,可以跟你的指导医生缪钰辉同志说,也可以直接来找我。缪钰辉医生是我们医院最好的妇产科医生,医术水平是全医院最高的。她和你一样是大学毕业,学识渊博,有着二十三年的临床经验,去市里省里进修过多次。你要珍惜这次学习机会,好好跟她学啊。"

最后,他说:"你们张耿之院长,最不喜欢本单位职工钩心斗角搬弄是非,这一点我非常欣赏。其实,我在我们单位也是这样严格要求的。所以,东方医生,什么黑影事件闹鬼事件,什么飞短流长恶意中伤,我们医院是绝对不会有的。你就安心地学习吧,希望我们医院的学习条件和学习环境不会让你失望。"

东方闻莺十分感激,再三谢过谭院长,就去找缪钰辉医生了。

刘爱国带着东方闻莺,经过一间间洁白墙壁的科室,然后就去缪钰辉医生的办公室报到了。

缪钰辉是个四十多岁的中年妇女。她中等身材,剪着齐耳短发,看上去十分干练。她微笑着请两人坐下,然后问了东方闻莺许多问题。这些问题,和谭院长问的差不多。

后来,她还问了一下东方闻莺最近的身体情况。她笑着说:"咱们当医生的，自己的身体状况也很重要。要是医生自己的身体都出了毛病，脑子里稀里糊涂，是不能给病人看病的，不然容易出医疗事故。这就像司机开车，身体正常头脑清楚，才能正常开车，否则就是危险驾驶。这样，你先去后勤科报到，然后再过来。"

东方闻莺看着缪医生，心想，她年轻的时候，肯定算得上是个大美人。可能是工作太过辛劳，她的脸上有些细密的皱纹，脸色也有些苍白。但是，她和谭院长一样，和蔼可亲。

东方闻莺十分感激，谢过缪医生，就跟着刘爱国，到后勤科去了。

后勤科的王主任，看上去有些严肃。他简单地问了几句，就叫东方闻莺填表。等她填完表，他说："实在对不住啊，刘主任，我这里太多事情，走不开，不能亲自带你们去看看值班室。这样，就让后勤科王干事带你们去值班室，先安顿下来。"

第四十二章

东方闻莺收拾好东西，刘爱国说："我住在县政府家属房，你有事可以来找我。哦，我还是叫爱民来陪你吧！她刚好休假在家。空闲时候，可以叫她带你去百货大楼、电影院看看。等过了年，我也可以带你去各个景区走走。"

东方闻莺微笑，说道："你就不用担心我了！我可以照顾好自己。你不是说，还有好多事情没有办完吗？快去吧！"

刘爱国笑了，点头，出去了。

东方闻莺急匆匆跑去缪钰辉的办公室，坐在她身边。缪钰辉写完了一张处方笺，交给病人，然后站起身，就叫东方闻莺跟去了。

今天来了一个产妇，破水两天了，宫口已经开全，胎儿就是不下来。缪钰辉考虑剖宫产，请家属签字。

麻醉，消毒，缪钰辉小心翼翼，十分熟练地切开十几厘米的口子，打开，然后探手去取胎儿。等到她双手抱出胎儿的一刹那，真相大白了。胎儿的脖子上，绕着脐带。她立即给婴儿吸去口腔里的痰，可是婴儿没有哭。"吸氧！"她的话简洁又果断。

过了一会儿,婴儿终于发出了嘹亮的啼哭。大家才松了一口气。

产妇看着粉嘟嘟的孩子,禁不住热泪盈眶。

如果不是医生经验丰富,稍有延误,孩子就可能有生命危险。

缪钰辉缝合伤口、处理血迹也是手脚麻利,这样可以尽量减少产妇的失血。

缺氧的初生婴儿需要昼夜监护,缪钰辉对东方闻莺说:"今天你就去休息吧!我看你脸色不太好。"东方闻莺连忙说:"没有关系,我可以坚持。"缪钰辉不高兴了,说:"你忘了我说的话了?医生自己身体健康,才能正常工作。勉强的话,容易出医疗事故。还有,我们这里的保卫科,是每天二十四小时值班的,保卫科科长是谢家树,我已经跟他打过招呼,他会格外留心的。所以,晚上你就不必担惊受怕的,只管安心睡大觉。"

东方闻莺只好回到自己的值班室。下午,令东方闻莺没有想到的是,张主任来了。他带了一些甜糕给她,然后仔细看了她的住处,笑眯眯地说:"不错!比我们卫生院的条件要好多了!食堂吃饭方便,大医院烧锅炉,洗热水澡方便,也有取暖的炭盆。我是来县城买点年货回去的,当然也是奉咱们院长之命,来看看你。现在,我可以放心了,院长也可以放心了。"

东方闻莺十分感激。她让张主任转达自己对院长的谢意,又觉得十分愧疚。对于张院长、张主任这样的尊长,自己都没有尽一些心意,反倒总给他们添麻烦。

张主任笑道:"你千里迢迢来到咱们沙塘县,就是和我们有缘分哪!希望咱们柳林镇卫生院,不是你憎恨的噩梦。唉!这个世界,难免人鬼共存……咱不是捉鬼的道士,咱只是一名医生。据说,上辈子做屠夫,这辈子才做医生。我总是想,这辈子做完了医生,下辈子就可以做圣人了吧?东方医生,你打算下辈子做什么?"

东方闻莺笑了。张主任说话,总是这么风趣。

两人正说说笑笑,有人敲门。东方闻莺打开门,见是一个三十出头的男子,小平头,穿着保卫科的制服。他问道:"你就是东方闻莺医生,是吗?我是保卫科的,叫谢家树。"

东方闻莺连忙说:"是我,我就是东方闻莺。谢科长,你好!"

"嗯。"谢家树走进来看了一下。

张主任连忙站起身告辞。东方闻莺要送他出去,他谢绝了。

谢家树看了一眼张主任,说:"你们聊哇!我只是来看看东方医生还有什么需要。"他看着张主任远去的背影,对东方闻莺说:"你过来,从这玻璃窗看过去。"东方闻莺顺着他的手指看去,正见"保卫科"三个大字。他说:"我就在保卫科值班。隔得这么近,有什么事情,你可以大声叫我。我的耳朵很灵的。"他折回来,伸手拧了拧门闩,说:"这门闩还是牢固的。好,应该没有问题了吧?"

东方闻莺点点头,说:"嗯!让你费心了!"

谢家树说:"不客气!这是我们保卫科的工作。我从部队复员回来,就在这里工作,算起来也有十三年了。这十三年来,从来没有出过什么安全事故。什么黑影,什么闹鬼,哼!小鬼子要是敢来,我就是捉鬼的钟馗!我还怕它不来呢!今晚我值班,你就安心睡觉,什么也不要想。啊!"

东方闻莺十分感激,再三致谢。

谢家树出去后,东方闻莺看看钟,缪钰辉医生应该还没有下班。于是,她跑过去,见她正在给上午出生的婴儿检查身体。她就站在缪医生身边,仔细地看着。缪医生又亲自给产妇换了止血纱布,询问了她的身体状态,如腹部痛不痛、有没有产气等。然后她又问婴儿的大小便是什么状况,叫助产士把这些情况做详细登记。

做完细致的检查,缪医生叫东方闻莺跟她去办公室。缪医生从抽屉里拿出一本厚厚的笔记本,说:"听说你在柳林镇卫生院,张院长叫你研习他的处方笺?喏,我的处方笺在这里。你可以看看,或许会对你的临床知识积累有帮助。"

东方闻莺接过笔记本,发现她的笔记做得很详细。缪医生说:"你好好学习,我先回去了。"

东方闻莺看着她略显疲惫的身影渐渐远去,心中不由得升起无限的崇敬。

厚厚的笔记本,记录着缪钰辉从医二十多年来的各种疑难案例。

其中,一个产妇怀胎六个月就早产。据产妇说,当天,她因为去山上挑柴火,虽然挑得不重,但是,整整挑了一个上午,结果中午吃饭后就恶心呕吐,然后肚子疼痛,就吃了一个保胎药丸。但是,没有多久,就破水了。家人只好把她迅速送到卫生院。但是,卫生院的妇产科医生摸了摸产妇的肚子,说:"我们这里不敢接生,你们还是尽快到县人民医院去吧!"

好在当时坐上了班车,产妇被家属迅速送到了人民医院。医生、护士七手八脚把产妇刚刚搬上产床,婴儿就落下来了。

产妇倒没有大碍,可是婴儿不足月份,只有拳头那么大,连头盖骨都没有完全愈合,可以看到头顶有明显的凹陷。缪医生看着这个超小婴儿,犯了愁。

因为是头胎男婴,家属十分看重。产妇没有什么奶水,看着这么小的孩子,他们就拿来了奶粉、米糊,还有人参精。缪医生说,奶粉太热,还是不要吃;米糊不要太硬,稀稀的就好;人参精这么热,更加不能吃。

可是家属心急,还是偷偷给孩子喂了人参精。孩子从早到晚一直哭,就是不肯睡觉,也不吃不喝。结果才七八天,孩子嘴里通红,严重上火。缪医生给开了清热泻火的药,孩子禁不住"冰火两重天",到第十天早上,就夭折了。

东方闻莺看完这些,看了看钟,已经近十二点。她走到玻璃窗下,轻轻撩起窗帘的一角,看见对面保卫科的门开着,依然亮着灯。她有些疲倦,就上了床。

女人之一生,会有好几个生死关头。出生,生产——就是对于经产妇来说,也不是头胎之后就能顺利。生产的痛苦,失去孩子的悲苦,养育孩子的辛苦,甚至还有种种被歧视的酸苦……都难以言喻。

而妇产科医生,则是把产妇和胎儿从死神手里夺回来的女神,是百姓心中至高无上的观音菩萨。

上辈子做屠夫,这辈子做医生。唉!……

县长张国平在听完了柳林镇镇长黄建庭的工作汇报之后,叫刘爱国单独留下来,两人好好聊聊天。已经是下班时间了,就算是私人聊天吧!

张县长说:"你父亲跟了我十几年了,向来兢兢业业、任劳任怨,我呢,过完春节就要去柳林镇雁栖围屋驻队,今后也不能帮助你们老刘家一星半点了。所以,你父亲说,也没有别的,就希望把你调回县城。以你的工作能力,调回来也是理所当然。至于你的妹妹爱民,她去柳林镇学校才半年,还没有转正,现在就调回来恐怕不合适。你还需要我帮助你做什么,你尽管说。"

刘爱国心中有些难过。想起东方闻莺在柳林镇卫生院受到的惊吓,他也想暂时待在县城,以便照顾她。但是,她见习完了之后呢?她还是要回到柳林镇卫生院。如果自己留在县城,是不能时常看见她了。他心中犹豫不决。最后,他还是硬着头皮说:"县长,我个人没有别的要求,就是希望东方闻莺能够留在人民医院。你也知道,柳林镇卫生院的黑影事件,至今都没有查出来……"

张县长沉吟片刻,说:"好吧!我跟卫生局再说一声,东方闻莺的见习时间就延长一年。等到明年返城知青的文件下来之后,你们再替她申请。当然,如果这一年返城文件没有下达,东方闻莺还是要回到柳林镇卫生院的话,你也不用太担心。我在雁栖围屋,雁栖围屋离卫生院也不远,我可以照顾她。卫生院的张院长,就算我下马了,我的话他还是会听的。"

刘爱国再三感谢,说:"县长,天色不早了,我们去龙腾酒家吃个饭。就算我一个晚辈和长辈一起吃个饭。你不会介意吧?"

两人坐在龙腾酒家二楼的一角。这里十分安静。

刘爱国给县长递了茶。张县长说:"爱国呀,有时候,我觉得你的性格,和你父亲有些相像。脑子灵活,考虑周全,做事能力强,我放心。但是,你也有和你父亲不像的地方,比如,在婚姻方面……"他看着刘爱国,欲言又止。

刘爱国微笑,说:"县长你就直说吧!现在,你就当我是你的子侄辈,有什么教导就尽管说,我恭恭敬敬地接受。"

"教导谈不上,"张县长说,"如果是你的父亲,他就不会选东方闻莺。既然她无意留在咱们沙塘县,趁早放手,才合乎情理。感情陷得越深,对你对她,伤害越深。当然,关于你和东方闻莺的事情,你父亲前些天跟我说过,我才知道。他说,劝不了你,作为父亲,他也很苦恼。"

刘爱国低垂下头,竟无言以对。

张县长见他神情沮丧,默不作声,于是笑了笑,说:"当然,年轻人感情丰富,重情重义,未尝不是好事。东方闻莺如果没有你这么悉心照顾,还真的不知道要出什么事。可怜啊!她千里迢迢来到咱们沙塘县……我这个父母官,没脸见她啊!"

刘爱国看着他,说:"县长,你言重了。是我不好……是我不够好,她才这样遭受磨难。"他喝了一杯茶,想了想,问:"县长,你还记得我们柳林镇保卫科的王福吗?"

张县长说:"当然记得。王福的父亲和黄立正局长,曾经是非常要好的朋友。他们两家,在王福和黄涵秋还很小的时候,就开玩笑要结儿女亲家。可是王福的父亲,早早就病故了。听说,王福的父亲临终前,想把孩子的婚事定下来。但是,黄立正的妻子不愿意。王福的父亲还在世的时候,是哪个部门的负责人了?时间长了,我有些记不住了。黄家的意思是说,王家中途败落,配不上黄家了。大概是这样。不过,黄立正对于王福,还是很关照的。比如王福去当兵的时候,他好像有一项检查不太达标——是什么来着?时间长了,我也忘了。后来是黄立正去帮助他争取到的名额……"

刘爱国闻言十分震惊!没有想到,王福和黄涵秋之间还有这样的渊源!可是,王福在保卫科也工作了好几年,他竟然丝毫没有吐露他们之间的这层关系。黄涵秋和自己仅仅见了三次,她没有说,这很正常。

如果不是现在县长说起,刘爱国还真是想不到。

现在,黄涵秋对王福应该是没有任何意思了。但是,王福对于黄涵秋频繁相亲,他心里会怎么想呢?

王福藏匿于抽屉里的那把明晃晃的刀子,又在刘爱国的脑海里乱划。

第四十三章

我在奈何桥上艰难往前游移。是它在桥的对岸,给我生的渴望。它在努力探长双爪,要来抓住我。我明白,它在生之彼岸,已经不能再踏上奈何桥半步。否则,它将落入黑水河之中,万劫不复。

它眼睛里满是热切和期盼,使我几回濒临绝望的心,又死灰复燃。顶着销骨蚀肉的痛苦,我咬着牙向前游移。河面刮来的妖风始终令我摇摇欲坠,桥下翻腾的黑色浊浪又腥又臭,伴随着阵阵凄厉惊悚的轰响,摧折着我的心智。

有时候,我忍不住极度的恐惧,低头看了一眼桥下。我见到水中一个如妖魅般丑陋恐怖的影子,正沿着一条细细的线,伸出无限乞求的双爪。那生之彼岸——彼岸的桥头,却仍然是一只身形修长健硕的大猫,肚腹的毛毛雪白无瑕,纤尘不染,背上的毛毛是黄色的,十分好看。

它看到了我丑陋如鬼魅的样子了吗?它还认得我吗?它仍然在等待我的归去吗?!

我禁不住心里发毛,从头到脚彻骨的冰寒!

有好几次,我都想放弃,想假装失足坠入河中,让它断了念想。可是它一直热切地呼唤着我的名字,让我不忍心使它绝望。

我想,当我到了生之彼岸,我将恢复美丽。就像前世的我,依然妩媚妖娆,风情万种,依然能讨得它无上的欢心。我就以这样难以言喻的私心,继续艰难地向对岸游移。等到我到了它面前,我踌躇了。它已经能真真切切地看清楚我的真面容了。我以为它会退缩,会毫不犹豫地舍弃,甚至惊恐地逃离。然而,它没有。

它见我不肯再往前,以为我累了,就急切地兴奋地伸出双爪——结果,我因为头脑片刻的糊涂而驻足停留,强劲的妖风瞬间就将我往后吹。眼看我的身子就要倒退,我吃了一惊,脚下一滑,身子禁不住晃下桥面——我以为我要急坠入河中,从此万劫不复,没想到它一个箭步冲过来,伸爪紧紧地抓住了我——

我获得了片刻的喘息,还被大风吹向了生之彼岸。而它,却无法再有生的力量。它的身子急坠入深不见底的河水中!浊浪滚滚滔滔,瞬间就吞没了它!我万念俱灰,想要一起坠入河中,和它一起灰飞烟灭。这样,也就和万丈红尘恩断情绝,一了百了!

可是,我几次要往那黑色的万丈深渊跳去,却被无情的妖风吹弹回来,稳稳地落在生之彼岸!

我在地狱深渊,是想生而无限艰难;现在,我在生之彼岸,是想死却不能够。我大哭!我终于明白,猫有九命,身死而灵魂不绝,它的每一次脱胎换骨的蜕变,都是至爱之人用生命换来的!

于是,我乖乖地待在人间,努力找一个可心的伴侣,传宗接代,繁衍生息。我不能辜负它的舍身相付。它的灵魂,合在我的灵魂里;它的心愿,我不能辜负,更加不能随意糟蹋。我要好好地珍视,即使再难再苦,我也要把一生齐齐整整地走完。将来,在璀璨的夜空,我将问心无愧地把我美丽的灵魂还给它。所以,就是在我不想活下去的时候,我一想到它在天边等我,我就不能辜负它殷切的期待。

大千世界,缤纷绚丽,我却无处可去。流浪辗转,万般无奈,我还是回到了我的生养之地。

暖风带回来了春的消息。敬德围屋在温煦的阳光的爱抚下,也升华着默默的生长气息。草儿悄悄地从土壤里生发出嫩芽,干枯的树枝从根部提取出些许油润,那些不怕冷的无名小花,齐刷刷绽放自由自在的笑脸。那一阵阵带着馨香的问候,仿佛都在告诉我,这里曾经是烟火鼎盛的文明之家。往昔的喧闹和峥嵘,世世代代脉脉传承的温情,早已经铭刻在我的记忆里,任凭世间的任何血腥刀剑,都不能抹去。

可是,这里是它的伤心之地。它还没有勇气回来。那深入骨髓的惨痛,它还没有精力去完全修复。

我驻足良久,享受着这里的风和日丽,留恋这旷野万籁俱寂的美好。但是,这里毕竟已经没有了烟火气息,没有奔腾的血脉,没有种种的亲爱,只有高天的流云,只有山谷无声的风,只有年年恣肆疯长的野花野草,知道我带着忧伤和期盼来过。

在一个没有心的旷野,我知道,我除了片刻的徜徉和迷醉,就再也不想长住。我不能让我的心,和山野大地一样沉默枯寂。

于是,我掉头走了。

除夕这天,灸草堂已经关了店门。

上午,人们贴好了春联;下午,孩子们换上了新衣。虽然家家户户生活仍然困窘,但是,过年的这身衣裳,父母亲还是会想方设法满足的。李叔公没有做新衣裳。客家人的习俗,上了岁数的老人不会再过生日,也不会再穿新衣裳。这样对老人不吉利。

满生回了老家,李叔公和春生都回到了雁栖围屋。春生住在三楼西边的角楼。这个角楼,也是炮台楼。炮台楼墙体很厚,窗户上还留有枪炮眼。炮台楼的窗户要比其他房间的窗户小一些,但是,枪眼儿却不少,也算是利于空气流通了。

不管平时再怎么艰难,年夜饭总是有荤菜的。孩子们玩的冲天炮,也是必须给的。

春生和往年一样,安静地待在角楼。这是属于自己的一方空间。他可以默默地听着别人家的欢声笑语。客家人总是这样期盼,把一年到头的辛苦忙碌、烦恼郁闷都沉淀下来,过了今晚,从明天开始,日子就会好起来。

每年的除夕都是满怀期待的夜晚。

往年,雪融儿会安静地待在他的脚边,默默地和他分享新年的快乐。现在,春生躺在床上,望着桌上那一盏昏黄的油灯,默默遥想母亲待字闺中的样子。

母亲是一位美丽的女子。她原本生于碧霞围屋,因为她的祖父参加了游击队,祖母也时常给游击队做后勤,她就被寄养在雁栖围屋。她的音容笑貌,春生已经无从知道;只有乡亲们的片言只语,诉说着大家对她的惋惜。

母亲如果在天有灵,是否可以为儿子护佑一个同样美丽的女子?是否可以护佑雪融儿,重新回到雁栖围屋?

他的眼中,不觉溢出了泪水。

爱民吃过晚饭,就和父亲去了电影院看采茶戏。刘爱国说,自己先去办点事情,随后就到。爱民看着哥哥,何尝不知道他的心思。她悄悄溜进哥哥房间,问道:"需要我去做保镖吗?"

刘爱国十分感激,瞄了一眼门口,低声说:"你会去的话,当然最好。如果你会来,就早点。太晚了不安全。"

待父亲和妹妹走后,他才慢慢出门。他右手提着一只瓷罐,左手拿着手电筒,径直去了人民医院。

除夕夜,人民医院没有住院的病人。除了值班的医生和护士,还有保卫科几个同志,大部分都回去休假了。

东方闻莺静静地待在房间。今天,院长特别照顾值班的同志,免费加了荤菜,也算是过年了。大门口也点燃了鞭炮,还贴了大红对联。

她拿出叔祖母给的针线笸箩,挑了一张剪纸花样,把红纸摩平,用剪刀细心地剪着。这是一只可爱的小老虎。叔祖母就用这个可爱的小老虎纸样,绣了银铃花帽,还有花布袋。一个个小孙子,都曾经戴着银铃花帽,挎着花布袋上学,都在小老虎的保护下茁壮成长。

东方闻莺剪好小老虎,粘了胶水,走到玻璃窗下,轻轻掀开窗帘的一角——忽然,她看见对面的保卫科门口,谢家树正双手交叉抱在胸前,身子斜倚在门框,两眼一眨不眨地盯着自己这边。蓦然看见他的眼睛,她吃了一惊。随即,她又自嘲,是自己太敏感了吧!杯弓蛇影,草木皆兵,都快得精神病了。

她把大红的剪纸贴在玻璃窗上,看了看。可惜自己的手笨,要不然,可以剪个大公鸡或者双龙戏珠什么的,就更好看了。

谢家树似乎看见了她。但是,他仍然没有眨眼,似乎没有要回避的意思。

东方闻莺放下窗帘,坐在桌边,继续看缪医生的笔记。昨天下午,爱民来了,扯着她去逛了百货大楼。女孩子成年了,已经不属于小孩子要穿新衣裳过年的行列,但是,姑娘待字闺中,爱美之心却更加强烈。东方闻莺就陪着她,看了好几组柜台的布料,还有成衣。爱民挑了一件绛紫色的棉袄,一条深灰色的裤子。然后,两个姑娘一起来到棉鞋组柜台。东方闻莺买了两双棉袜,送了一双给爱民。爱民连忙说,自己已经工作了,也有工资,怎么好意思要姐姐买。东方闻莺笑了,你都叫我姐姐了,姐姐给妹妹买双袜子,一点心意而已,跟工资什么的没有关系。

"恭敬不如从命。"爱民只好收下。她看了看钱包,说:"我们再去买点手绢儿、发夹什么的。"

两个姑娘来到化妆品组。东方闻莺挑了几种雪花膏,闻了闻香味,都摇摇头。可能,这个东西跟上海的比起来,要次很多。

爱民挑了一对蝴蝶发夹,要给她夹在鬓边。东方闻莺摇摇头,谢绝了。不是不喜欢,而是,喜欢的发夹,已经落在观音山了。那是妈妈给的。妈妈给的念想,是任何人都无法代替的。

爱民只好挑了一方手绢儿,给她。东方闻莺还是摇摇头,不肯要。爱民瞪了她一眼,附在她耳边低声说:"我给你买什么你都不要!你不要就算了!我叫我哥哥买给你。"

东方闻莺嗔道:"不许瞎说。"

爱民捂嘴偷笑,东方闻莺待要伸手打她,她却机灵地闪一边去了。她想起哥哥买的镜子,粉色的镜框,仙女的裙摆底座,十分漂亮。后来,在东方闻莺的屋子里,她也见到了那面镜子。于是,她挑了一面黄色镜框的镜子,叫东方闻莺看看。

东方闻莺摇摇头,叫售货员拿了一面仙女散花的镜子,拿着自己照了照——忽然,她见到镜子里,赫然出现了那天在沙塘县中学门口差点撞到的姑娘!她蓦地扭头寻去,却看见一个小巧玲珑的背影,和另外一个女子一起袅袅婷婷下了楼。她连忙叫爱民看。

爱民转头一看,小巧玲珑的背影却已经下了楼,看不见了。

东方闻莺解释说:"那天,我在追阿青的时候,追到沙塘县中学门口,差点撞上的,就是那个姑娘。她说,看见一个像阿青模样的人往绿云水库的方向跑去了。"

爱民连忙跑到楼梯口,往楼下望去,见那袅袅婷婷身姿曼妙的背影,心中早已明白。她微笑,说:"姐姐!你确定是那个姑娘吗?如果是她,刚才她已经看到我们了。她为什么不打招呼呢?我想,不会是她吧!你就别多想了。"

爱民的断然否定,又叫东方闻莺怀疑自己亲眼所见。她叹了一口气,只好作罢。

远在千里之外的异地他乡,在这样热热闹闹的佳节,幸福和快乐都遥祝给了亲人。亲爱的妈妈,她一定做了许多美味的糕点,正盼着女儿回去吃呢……

她看了几页笔记,总是感觉自己有些心神不宁。是在极度孤单之时的些许恐惧,对周边复杂的人事关系的戒备,还是佳节之际对亲人无限的思念,抑或是对于相识时间不长却情义深厚的刘家兄妹的复杂感情呢?

昏黄的灯在摇曳,它忽明忽暗,一如那看不见的需要反复琢磨、反复揣度的人心。

"笃——笃——笃——"轻轻地三下敲门声,是那样熟悉。

东方闻莺站起身,走过去,拧开门闩,打开门。

刘爱国站在门口,轻声说道:"闻莺!新年好!我来看你了!"

东方闻莺微笑,说:"你尽管去电影院看戏好了!我没事的。我正在很努力地学习呢!"

第四十四章

刘爱国从衣兜里拿出一个很小的红纸包,递给她,说:"这是叔祖母给你的压岁钱。"

东方闻莺又是惊讶,又是感激。临走匆忙,自己作为一个晚辈,都没有孝敬长辈,现在,叔祖母倒给自己压岁钱。她连忙说道:"这个……叔祖母的心意,我已经领了。但是,红包你还是还给叔祖母。我怎么好意思……"

刘爱国把红纸包塞进她手里,说:"你都没有打开看看,就不肯收?这个是叔祖母专门给你的,你是不能拒绝的。"

东方闻莺见他说得郑重,就小心地打开红纸包,发现里面竟然是一枚铜钱。铜钱有些旧了,但是字迹清晰。她看了看铜钱上面的字,"开元通宝",竟然是唐朝时候的东西!她一怔,不明其意,看着他。

刘爱国微笑着说道:"我们客家人,有随身佩戴铜钱的习俗。你有没有发现,有些孩子手腕上用红绳系个铜钱,有些人是脚腕上系个铜钱。佩戴铜钱可以辟邪消灾的。这是叔祖母的心意。她听说你因为接生的事情受了处罚,还……还生了一场大病。她连连叹息,就让我把这个给你。"

东方闻莺手心里握着这枚古老的铜钱,十分感动。叔祖母待自己这样疼惜,竟似亲孙女一般。

刘爱国说:"你看看红纸包里面,有没有一根红绳。"

东方闻莺打开红纸包,里面果然还有一条红绳。她仔细抽出红绳,把铜钱串起来。

刘爱国从她手中拿过铜钱,把红绳打上死结,替她挂在脖子上。

东方闻莺小心翼翼地把铜钱探进毛衣领子,贴身收好。

瓷罐里的茶苞肉,是刘爱国亲自炸的。东方闻莺拿了一块细细品尝,香味浓郁,微甜,似乎有些米酒的醇香。她微笑,说:"真好吃!我来到沙塘县,在灸草堂吃过茶油炸的小鱼,那真是人间美味啊。现在,要加上刘同志的茶苞肉了。"

刘爱国笑道:"你不是说,猪肉油脂可以美容养颜吗?咱们这里百货大楼的雪花膏,品质不太高,你用不惯,就不妨吃些茶苞肉试一试。"

东方闻莺吃了几块,忽然停住,把盖子盖上。

刘爱国问:"怎么,怕上火吗?"

东方闻莺摇摇头,说:"医生怕什么上火,顶多吃几片清火药,就完了。我是舍不得吃……"她抿嘴微笑,看着他。

刘爱国笑了,说:"不用舍不得。你吃完了,我再去炸。"他见她嘴角沾了油腻,就掏出手帕,替她轻轻拭去。

东方闻莺没有想到他会有这样亲昵的举动,愣住了。

刘爱国看到她的表情,也愣住了。这完全是下意识的举动,他心里似乎都把她当作爱民了。

东方闻莺满脸通红,撇过头去。

刘爱国也有些尴尬。他有些难为情,也撇过头去。良久,他说:"闻莺,爱民看完采茶戏,就会过来。我去接她。"说完,他站起身,就要出门。

他刚刚转身,东方闻莺连忙站起身,急跨两步,走到他身后,伸出双臂环住他的腰,把脸紧紧贴在他的背上。

刘爱国心头蓦地一震!她迟迟不能敞开心扉,自己也是恪守着叔祖母的话"动之以情,守之以礼"。可是刚才,自己有些乱了分寸了。他有些羞赧,低声唤道:"闻莺。"

东方闻莺眼含着热泪,哽咽着低声应道:"嗯。"

刘爱国转身,对她说:"闻莺,我曾经私下里想,将来,我们能不能做一只候鸟,半年上海,半年沙塘县……每次看到你想念你妈妈,我的心里……"

东方闻莺抬起泪眼,低声说:"为什么是一只候鸟?如果你愿意,我们可以做一双候鸟。"

刘爱国心中大动,伸臂把她揽在怀中,低垂下头,无言地吻去她眼角的泪痕。

深夜十二点的时候,雁栖围屋的大门口,响起了"噼里啪啦"的鞭炮声。这是新年的祈愿,是全族人对于来年幸福生活的无限期盼。

春生没有丝毫睡意。屋子里点着长明灯,入夜之前,叔公就叫他在灯盏里注满了灯油。玻璃窗已经关上,枪炮眼里偶尔窜进来凉风,火苗就不由自主地摇摆起来。那火焰晃了许久,春生看得有些眼睛疼,就慢慢地合上了眼睑。

记得那年春天,雨过天晴,他提着竹篮子,竹篮子里装着灰瓦,他攀着长长的梯子,慢慢上到屋顶,去修屋漏的时候,无意间看见了雪融儿。它已经身重待产,却迟迟徘徊在屋外,也不肯叫唤主人,最后奄奄一息地躺在窗台上。

现在,它也已经魂归红尘,或是躲在某个熟悉的角落,迟迟不肯出来吗?

它就是这样冷漠而绝情。

春生又睁开眼睛,看着那个窗台,如果它再次回来,我绝对不会再让它难过。

黑夜再漫长,时间的脚步也是一刻都不肯停歇。黑暗终究会过去,人间终究会迎来灿烂的黎明。

春生困倦了,抵不住睡意,最终沉沉睡去。在新年更替的梦中,他看见雪融儿在屋顶来来回回地撒欢,然后纵身跃下楼梯,一溜烟出了围屋的大门,径直向大路跑去。

它要去哪里?

春生十分惊讶。于是,他急忙跟上去,还不停地叫着它的名字。它一次都没有回头,风一般疾奔。

敬德围屋华丽宏伟,远远看见就能知道它殷实的家底。此刻,它依旧沉默在微醺的暖风中。黄底黑色的"敬德围屋"四个方方正正的楷体大字,醒目地刻在门楣;厚重的双扇木板门,刷着红漆;两尊石狮子,光溜溜的似乎能照见人影;门轴边两个石墩,已经坐过了好几代人。从大门走进去,里面是三层结结实实的围屋,呈"回"字形;四个角落便是四间炮台楼,高四层;其余的屋子,都是三层。刚刚进门便是一方天井,这里可以蓄水,可以种养花草。长年的湿润,使得大缸里的铁树和桂花树,深翠凝碧,那油亮亮的绿意,就是在寒冬腊月,也不曾减少分毫。再走过左边,有一口水井。水井里的井水甘甜清洌,就是在最干旱的年月,它也不曾枯竭。最里面,围屋的最深处,就是祖厅了。这是全家族的祖厅,年节的祭祀,红白喜事,都要在这里敬过祖先。

客家人的围屋,大同小异,构造都差不多。春生只感觉这里这样熟悉。他迈过大门高高的门槛,望了一眼里面。里面十分静谧,没有任何声音。曾经,敬德围屋的闺女在雁栖围屋的声势浩大的吹吹打打之中,披上红装,带着无限的留恋、难舍和无限的期盼、憧憬,迈过了敬德围屋高高的门槛,投进了雁栖围屋盛情的怀抱。那只乖巧的雪融儿,也耐不住寂寞,悄悄溜去跟了新媳妇。

后来,美丽的姑娘陈春,又披着红装,打着红伞,从雁栖围屋来到了敬德围屋。这一来一去的联姻,使得两家人的血脉更为紧密。

敬德围屋的最深处——祖厅,渐渐透出了阵阵冷风。阴风惨厉,门楼上堆放的寿材上系着的红布,也飘动起来。他似乎听到了一个个幽魂在痛苦地呻吟。

敬德围屋的院子里横七竖八地躺着十四具遗体!血流遍地,染透了青砖砌成的檐廊。全族的妇孺,衣衫不整,面容愤怒惊骇!

春生不由得惊骇得倒退几步!他几乎不能呼吸!这些,都是真的吗?!

充斥着血腥的院子里,兀自回荡着鬼子狰狞的魔鬼般的笑声!长长的屠刀,殷红的鲜血顺着锃亮的刀刃缓缓流下!

阵阵狂放恣肆如鬼魅般的笑声震塌了屋宇,熊熊的火焰燃烧起来,就连粗大的屋梁,也不能幸免。敬德围屋厚重的黄土墙,蓦地倾颓,屋瓦纷纷碎落,发出呼啦啦的巨大声响。碎瓦碎土掩埋了那口生养了几代人的水井,带着浑身焦痕的粗大木梁,一头栽下来,无力地斜倚在土墙边。

天井里深翠的铁树、桂花树,瞬间就被黄土掩埋——它们青葱旺盛的生命,就这样被活生生窒息在高高的黄土堆里……

春生惊骇的双眼里,立刻清泪奔涌!这些亲人,还没有和自己谋面,就惨死在敬德围屋的院子里!

而此时此刻,他的母亲正在雁归崖的山洞里躲避——因为,肚腹中的胎儿,即将临产。

孩子横胎,母亲忍住极大的痛苦,在等待接生圣手何大娘的到来。

到处都是鬼子和伪军。他们四处寻找游击队。李青松和小舅子冬儿,冒着生命危险,去野猪嶂找到了躲藏在那里的何大娘,把她接到雁归崖的山洞里。何大娘轻轻转动着胎儿,使他头上脚下。经过一天一夜的痛苦挣扎,孩子终于呱呱坠地。

看着孩子平安落地,李青松终于松了一口气。可是,敬德围屋妇孺全都惨死的消息,也传到了雁归崖。何大娘在悲痛之余,提醒李青松,暂时不要把噩耗告诉春儿。

不知怎的,鬼子和伪军竟然搜查到了雁归崖。李青松急忙把妻儿转移到雁归崖崖间的石壁间。虽然躲过了鬼子的搜查,但是,春儿却意外听到了伪军说的敬德围屋全族妇孺已经死亡的话。她禁不住悲愤,造成血崩。何大娘倾尽全力未能挽救,春儿还是去了。

李青松把孩子抱回雁栖围屋,给孩子起名李春生,来纪念他的亡妻。李志兴抱着这个可怜的婴儿,忍着眼泪,叫李青松马上离开。

敬德围屋的男人,随即都奔赴前线,除了李春生这个尚在襁褓中的婴孩。

没过多久,李青松就和明德围屋的刘青云夫妇等几个游击队员,退到鸡公山的鹞子崖。鬼子放了大火,把山顶烧成了灰烬。

除了不屈的战士,还有雪融儿。

雁栖围屋遗落的那个黑色烟斗,到底是谁的?

春生穷尽心智,都不能解答。

梦境总是模糊而清晰,或许是当初,听到这些讲述,每一字每一句都凿进了心底,凿进了他的骨髓?

他感觉自己头疼欲裂,努力睁开眼睛,玻璃窗外面已经透进来了黎明的曙光。他打开窗户,清冷的晨风立刻扑进来。他清楚地知道,昨晚的梦魇,不是虚构。敬德围屋的幽魂,在冥冥之中,告诉他祖上曾经的惨烈。

忽然,屋外面一阵"噼里啪啦",激烈的响声伴随着腾起的红色碎纸和烟雾,告诉大家,新的一年、新的一天,正式来临。

一家响起了鞭炮,几家跟着响起。阵阵鞭炮声吵醒了熟睡中的孩子们,孩子们也纷纷穿着崭新的衣裳,年纪小的,还戴着银铃花帽,也放起了散爆竹。花帽上的银铃在孩子们的活动中不停地"丁零丁零"响,十分悦耳动听。

物资的匮乏和料峭的春寒,阻挡不住孩子们在新年中寻求快乐的信心和智慧。男孩子把废弃的簸箕的竹圈用一根铁丝夹起来,当成车轱辘,推着它迅速地奔跑。女孩子就在地上画房子,把柿子的子用刀尖或者锥子钻个洞,穿上绳子,做成柿子串儿。然后,她们单脚跳着把柿子串儿往一间一间房子踢过去。谁要是中途双脚落地或者换了脚,或者柿子串儿出了界,就输了。当然,还有更加简便的玩法。比如,用稻草拧成长绳,大家一起跳。经冬后的芭蕉叶子,虽然已经衰败,但是,把黄叶子捋成一条一条,在一头扎紧绳子,就可以踢毽子。

春生的童年,也是这样过来的。那时候的他,也是无上的快乐。

兄弟姐妹在一起,他总是受着优待,以至于别的孩子,都怀疑叔公的偏心。

雁栖围屋和明德围屋,虽然有些不睦,但是,孩子们常常忘记了界限,就是争吵后不久,又亲密无间地厮混在一起了。

那时候的他,是多么幸福啊。

第四十五章

井水寒冷,却不会刺骨,毕竟,春天已经来临。春生早早起来做饭——客家人的规矩,大年初一的饭,都是男人做的。说是做饭,也就是把糍粑米果蒸热了,一家人吃。午饭和晚餐才是正餐,才会把各种荤菜还有一壶黄酒摆上桌。

叔公看着春生,心中叹息。自从他知道了自己的身世,他就不再快乐。特别是各个年节,他总是难以掩饰脸上的忧郁——虽然他向来懂事,不肯轻易露出心事。

春生的脸色有些发白,眼睛始终低垂,他怕自己的眼神暴露心情。大家也不勉强他。

过去的种种,不是能够轻易忘却的——或许在有生之年,都不能够忘却。当然,也不应该忘却。因为,缅怀先祖,追根溯源,这是做后代的根本。

草草吃了一点东西,春生就迈步出了雁栖围屋的大门。

敬德围屋,二十多年来,他就去过一次。他得知自己的身世之后,发疯一般跑向那里。因为从雁栖围屋通往敬德围屋,也就是一条大路。他径直奔向那座废墟——那里就像一座荒冢。年深月久,烈日暴晒,风霜雨雪侵蚀,黄土堆看上去更矮了;草木长高了,看上去更深翠了。

只是,"敬德围屋"四个大字的刻文,依然清晰。

那次从废墟中回来,他病了好久。身体的病和心中的病,一直纠缠着。

再后来,在极度饥饿的日子里,明德围屋的人把雪融儿一家烹煮,春生万念俱灰,就去了观音山的寺庙。

原本只是想小住几日,稍作盘桓,等困苦的情绪慢慢化解,再回到灸草堂。他不能辜负叔公的养育之情。就算这个世界上,明德围屋的那帮家伙无情无义地负了他,但是,叔公对自己的照顾毫无瑕疵。他答应过的,在心里发过誓的,一定要给老人家养老送终。

春生在枯寂的山中默默地过着清苦的日子。不知怎的,就见到了黄老仙。黄老仙时常半仙半俗,半醒半醉,神神道道的,有时候却能在关键时刻给迷糊之中的人拨云见雾,指点迷津。

他很希望黄老仙能告诉自己当年的真相。然而,他却总是装迷糊,或者顾左右而言他。或许,是他的灵力不够,无法企及当年的真相?

春生趁着微暖的春风,一口气跑到了雁归崖脚下。当年,听说自己是在雁归崖的山洞里出生,他特意跑过来。时隔多年,现在,他又回来了。丛生的杂草遮住了原本狭小的路面。然而山路更为难走。山林间,一条羊肠小道曲曲折折,穿梭在崇山峻岭之间。这里的地貌,和雁栖围屋已经有很大的不同。

山势高峻,山上的树木葱葱茏茏,百年古树随处可见,偶尔能听到几声鸟叫,却看不见它们的影子。此处少有常住的人家,只有那个雁归崖的云岫洞,在战祸危及老百姓时,人们才携家带口来这里躲避,住上十天半月。

这个山洞是很久以前李家祖上来这里采草药的时候发现的。洞窟里有现成的石床、石桌、灶台,临时住一阵子完全没有问题。但是,这个山洞是何人最先开凿,为什么来到这里,却不得而知。或许是某位石匠,来这里取石头做石磨?

不管如何,先人为后世子孙预备了这样一个避难所,就是叫咱们命不该绝。

天无绝人之路。

眼前这条通往雁归崖的羊肠小道,就是生命之路。道路两旁荆棘丛生,刮擦着行人的衣服,甚至一不小心就刮擦了脸颊。

不知名的蜂蝶,嘤嘤嗡嗡,盘旋在行人的身前身后,似在问询,你们为何来到了这人间绝境?

然而,这条生路仅仅给了自己的生。全族的妇孺,都凄惨地死去。

春生站在母亲的坟茔前默默注视。母亲因为年纪轻轻就死去,而且死在外面,按照客家人的规矩,她不能祀飨祖厅的烟火。她的坟茔,也只能草草地立一块青砖,连青砖上,都没有刻文。春来草木茂盛,常常就遮住了这个小小的坟茔。只有春生,才能清清楚楚地记得这个位置。

没有鞭炮,没有祭品,没有酒馔,这座坟茔就这样孤零零地掩埋在荒山野岭之中。她不能去鸡公山的鹞子崖和丈夫合葬,更不能安静地躺在祖坟旁边。

只有儿子伤心悲痛的泪水,无声地流在坟前。

山谷中呼啸的清风,知道娘儿俩的深切痛楚和遗憾。

春生慢慢走下山脚。山脚有一方水塘,水塘岸边长了一些不知名的野花。他细心地采摘,然后编了一个小小的花环,放在母亲的坟前。

听说她在世的时候,是远近闻名的美人。而且她和父亲的姻缘,还有一段传奇佳话。

春生慢慢走进山洞——那个庇护着他出生的山洞。山洞曾经有两块木板门。新中国成立以后,这里也不再有人居住,木板门就没有了。是被人做柴火烧了,还是被扔掉了,不得而知。他刚刚走到门口,里面就窜出来一群蝙蝠,"吱吱吱"一阵惊叫,然后,迅速冲出了山洞口。尘土扑簌簌落了春生满身。

他掸去尘土,进去看了一下。除了厚厚的尘土和呛人的泥腥味,就再也没有别的了。

当年,母亲在这里,承受着巨大的痛楚,徘徊在生死之间。那个顽强的小生命,如杂草一般坚韧,终于长成大人了。母亲的在天之灵,也该欣慰了吧。

他慢慢走出山洞,穿过窄窄的栈道,循着仅仅能容下双脚的石窝,来到山崖的石壁间。他头上悬突着一块大石头,当年就是这块大石头,挡住了鬼子的视线。那时候的他,生下仅仅两天,神奇地没有哭。

敬爱的父母双亲,还有敬德围屋的亲人,远在鸡公山的游击队……都把生的希望留给了自己。

春生望着高远的云天,那冬日的阴霾和严寒终究渐渐逝去,而温暖的春风,已经带着无限的温情和芬芳,款款来到人间。水塘中隐约的倒影,颀长健壮。

他一口气跑回敬德围屋,从荆棘丛生的黄土堆上迈过去。他弯下腰,把那块"敬德围屋"的石刻从土堆里挖出来。他用双手刨了很久,终于把它弄出来了。当他除去黏附着的黄土的时候,蓦然发现,石刻的脚下,有一把三寸长的铜钥匙!

这是我们家的钥匙吗?他捡起来,擦去黄土。这把铜钥匙,已经有些锈蚀。它为何遗落在这里?

也许,是当年乡亲们在处理院子里的遗体的时候,从遗体身上掉落的……

他的心,又坠落地狱的万丈深渊。

刘爱国彻夜未眠。她终于能够敞开心扉,接受他的感情,令他无比激动;但是,就这样把她留在自己身边,让她承受对亲人无尽的思念,他又觉得自己太过自私和残忍。就这样矛盾纠结,一直到天亮,都未能合眼。思来想去,他决定,就算她将来抵不住岁月的思念,后悔了,坚持要回到上海,他还是会放手。最起码,在能够守护她的日子里,让她安安稳稳地度过,也算是尽了自己对她一往情深的心意。

爱民看见东方闻莺脖子上的铜钱,明白了叔祖母的心意。她也是一夜未眠,医院里浓重的福尔马林药水的味道,以及特殊的氛围,令她的心一直不能平静。最瘆人的是医院后面有太平间。在医院的病人救治无效死亡,就会被暂时放在太平间。虽然出了医院后门才是太平间,距离这里还有些远,但是,关于那个神秘又叫人惊骇的地方,总是会有各种各样稀奇的传闻。

柳林镇卫生院"闹鬼",那很可能是某个"活鬼"色胆包天,觊觎年轻貌美的女医生或者女护士。而人民医院的"闹鬼",就是真的闹鬼了。当然,自己绝对不会去那个阴邪的地方,但是,东方闻莺作为医生,就很有可能跟那个地方有瓜葛。爱民很担心。但是,东方闻莺惊魂未定,又大病初愈,这些事情却不宜告诉她。特别是现在正值新年,邪气秽气的话,就更加不能说。

东方闻莺察觉到爱民睡不着,于是轻声问道:"爱民,你怎么了?不好睡?"

爱民闭着眼睛,假装困倦,含含糊糊地说:"唔,我困了,刚要睡着。"

等到天亮,却什么事情也没有。爱民披衣起床,但见窗外红日高照,街上"噼里啪啦"的鞭炮声传进人民医院,不绝于耳。她不禁自嘲,世上无鬼神,庸人自扰之。

东方闻莺必须值班,替缪医生值班。再说,客家人的风俗,大年初一,女人是不能随便去做客的。爱民也就没有邀请她去自己家里,明后天再说吧!

她十分困倦,没有逗留,匆匆忙忙回家去了。

大年初一,人民医院仍然十分安静。初二晚上的时候,一个年轻母亲带着七八岁的儿子,急匆匆来到医院。孩子贪玩,放鞭炮的时候,手指不小心被火星子溅着,破了皮肤。与其说是疼痛,不如说是惊吓,孩子哭得眼泪一行鼻涕一行。东方闻莺给孩子的手指消毒,然后擦上药。孩子止住了哭声,母亲带着他匆匆离去。

偌大的人民医院,又恢复了寂静。只有保卫科值班室里辉煌的亮光,能给人以安全感。

保卫科的同志,偶尔会到各个科室巡逻。谢家树就几次悄无声息地从东方闻莺的值班室经过。他的脚步轻盈如猫爪,就是耳力再好的人,都难以听见。他双手交叉抱在胸前,头微撇,眼睛似鹰隼一般犀利,耳朵如谛听一般敏锐,扫视着医院的每一个角落,聆听着每一处极其细微的声音。他不紧不慢地穿行在走廊,从东头到西头,从前门到后门,又从后门到前门,从西头到东头。

东方闻莺偶尔瞥见他,他就会驻足,扭头看着她,然后踱进来,问道:"东方医生,这几天睡得好吗?"

她看着他极其关切的眼神,回答道:"唔,好。"

他脸上漾起自信的微笑,点点头,说:"咱们医院的保卫工作,是做得最好的。不是咱吹哈,就是一只苍蝇飞进来,我都听得见!"他低头靠近她,压低声音说:"不知道刘爱民有没有跟你说,人民医院以前闹鬼的事情。"

东方闻莺一怔,诧异地看着他,心想:连人民医院也闹鬼?莫非沙塘县是小鬼横行的地方?

谢家树看着她的脸色微微发白,低声说道:"看看你!在柳林镇被吓怕了是不是?一说有鬼,小脸都白了!有我在,你怕什么?"于是他提高了声音,说:"这世界上哪里有鬼呢?都是活人在装神弄鬼!我跟你说个故事哈。我来人民医院之前,就疯传这里闹鬼。什么穿白衣服的鬼魂,半夜里在医院飘来飘去,还说得有鼻子有眼,谁家的亲人躺在停尸房,因为尘事未了不能瞑目,半夜三更就诈尸了,眼睛里流着血红的泪,伸着僵直的手臂,从停尸房一跳一跳地出来,一直在喊着谁的名字……"他凝视着她,眼睛一动不动。

东方闻莺看着他,微笑,见他忽然住了口,就问道:"然后呢?"

谢家树一怔,于是也微笑,说:"这样的故事说得多了,一传十,十传百,以讹传讹,假的都变成真的了。害得病人不敢住院,连原来的保卫科长都不敢值夜班了。一到值夜班,那小子就借故开溜。谭院长十分恼火,就把他给开了。医院向社会招募保安,结果谁都不肯来。谭院长十分苦恼,就向我们武装部求助。部长说,人民医院小鬼猖狂,谁愿意去啃硬骨头?当时有好几个人报名。部长就说,好,这样,谁敢在停尸房待上一晚上,谁就去当保卫科长。我就举手说,部长!院长!我可以去待三个晚上!于是我就跟着谭院长去了医院。晚上,谭院长说,停尸房你必须去,因为只有你去了,才能消除大家的恐慌心理。当然,如果你不愿意,现在你可以立马回去,我不勉强。我就说,院长,我是军人,阿鼻地狱、妖魔洞窟,我都不怕!咱们军人从来不怵!你给我两条板凳,我现在就去!院长说,停尸房刚好停着一具遗体,是个病死的老头。因为病得久了,又花费了不少钱看病,生前,他的家属对他不太好……虽然我们医院已经做了消毒措施,但是遗体腐烂是不能避免的,里面不卫生,你就在停尸房门口待一晚上吧!"

东方闻莺看着他神采飞扬,十分兴奋,于是点点头,说道:"小鬼看见你来了,就打道回府了,再也不闹了!"

谢家树摇摇头,说:"第二天早上,全医院的人都在传说,停尸房那个老头,白帽子、白胡子、白袍子,忽然就掀开白色的裹尸布,从停尸床上站起来了。因为他生前没有得到子孙的孝道,气恨不过,晚上就还魂了,想去教训他的孩子们。但是,毕竟是自己的亲生骨肉,不忍心吓着他们,于是就躺在停尸房门口,哭了整整一晚上。那哭声极其怪异。他可能是神志不清,自责生前没有教育好子孙,一边哭一边打自己的耳光,哭一声打一下,哭一声打一下:嗡嗡!啪啪!嗡嗡!啪啪!……"

第四十六章

东方闻莺莞尔一笑,问道:"你在停尸房门口到底干吗了呢?"

谢家树说:"唉!事实上呢,那是一个夏天的晚上,我原本穿了一件短袖衫,但是,想了想,晚上可能蚊子多,我就换了一件长袖衬衣。我翻找了许久,没有深色的,只有在部队时候参加节日演出的白色衬衣了。可是穿长袖衫多热呀!于是,我又拿了一条白毛巾——部队里都用白毛巾——准备擦汗。我掇了两条板凳拼在一起,躺在上面。尽管停尸房里里外外从早到晚都洒消毒水,我还把白毛巾严严实实地包住头和脸,算是全副武装了,可是那蚊子还是凶恶得很,'嘤嘤嗡嗡!''嘤嘤嗡嗡!'吵个不停,一直在伺机下嘴。我烦哪,就左一巴掌,右一巴掌,'啪啪啪!''啪啪啪!'打个不停……"

"哈哈哈!"东方闻莺大笑,问道,"那么,那个最早的鬼故事,是怎样传出来的呢?"

谢家树看着她大笑的样子十分好看,见她这么开心,自己也十分高兴,就说:"我听谭院长说,最初是一个精神病人,不但时常出现幻觉,还时常出现幻听。他又有失眠症,白天迷糊一会儿,晚上精神抖擞,根本就不肯睡觉。他时常夜游神似的,从这个科室走到那个科室,不停地走。他可能是来来回回地晃晕了头,有时候还会晃到太平间。值班医生和保卫科同志劝他都不听,院长也拿他没辙。毕竟,治疗精神病的药,就只有镇静剂。但是,镇静剂是不能大量使用的。而且镇静剂用多了用久了病人会出现耐药性,对病人身体也不好。所以,后来,院长就不给他用镇静剂了,靠他自己修炼去。他就这样一到晚上就走来走去,晃来晃去。等到天亮了,他已经晃了一晚上,就是正常人,也该累了不是?所以,他就开始胡言乱语,什么白帽子、白胡子、白袍子的鬼魂,从停尸房出来了——医院的医生、护士,哪个不是白帽子、白大褂子?简直就是荒唐嘛!"

东方闻莺忍俊不禁。因为对死亡世界有许多的未知而产生强烈的好奇,就有人不断地无限地臆测想象,才有那么多荒诞不经、光怪陆离的鬼神故事,叫人哭笑不得。

谢家树凝视着她，低声问道："东方医生，我看你胆子不算大，要不要让我来训练一下你的胆子？"

东方闻莺收敛了笑容，说："别闹！我在值班呢！"

谢家树微笑着摇摇头，说："以前，我们在部队的时候，为了训练我们的胆量，连长就让我们去人家坟墓旁边待一晚上。那坟墓前的磷火呀，总是此起彼伏，夹杂着呼啸的晚风，听起来就像鬼'呵呵呵'的笑声……"

东方闻莺一怔，这句话，似乎刘爱国也说过。

谢家树回头瞥了一下门口，似乎在听门外的动静，然后认真地说："东方医生，现在，医院也没有病人需要照看，我们不会走远，就到停尸房去看看，你敢不敢去？"

"谢科长，你想去停尸房，我可以陪你去。"门口忽然响起了刘爱国的声音。

谢家树回头一看，笑道："刘主任，我早就听到了你的脚步声。东方医生不愧是上海来的高级知识分子，和乡下小姑娘还真的不一样。"他凝视着刘爱国，说："我的职责，是看好活人。如果你想去停尸房，你就自己去好了。"说完，他径直走出去。

刘爱国看着他的背影，笑道："谢科长，闻莺她当然和乡下小姑娘不一样，她不好骗。连我呀，都骗不了她。"

谢家树刚刚走到门口，停住，认真地说："刘主任，我从来不骗人。你有多么会骗人，我还真不知道。不过，你要是担心东方医生才骗她，那么，我就劝你把心放在肚子里。谁要是敢说人民医院有鬼，诋毁我们保卫科的名声，我谢家树第一个不答应！"

刘爱国笑道："闻莺，我都费尽心机骗你了，连谢科长都看出来了，你怎么办？"

大年初八的时候，医院的职工都陆陆续续地回来上班了。缪钰辉医生带了一包芝麻炒果，递给东方闻莺，微笑道："闻莺，你辛苦了！这包芝麻炒果，是我亲自做的。我们医生长年奋战在一线，特别是妇产科，几乎没有多少休假的时间。所以呀，我的厨艺十分有限。这炒果卖相不太好，味道却不错。你尝尝看。"

东方闻莺十分感激，连声道谢。她打开纸包，拿着一条吃了，笑道："味道真的挺好！我们上海，没有这种东西。"

缪医生笑了，说："你喜欢就好。我听院长说，你在我们医院的见习期改成一年了。这还是张县长亲自让下的通知呢。"

东方闻莺一怔。一年的见习期？这是怎么回事？

缪医生看着她这样惊讶，笑道："连你也不知道，是不是？通知叫你在这里见习，其实见习二字并不妥当。你已经大学毕业而且在上海见习过了，还见习什么呢？无非是让你避开柳林镇卫生院的那些是非，好安安心心地在这里工作。说不定呀，一年期满，你就是这里的正式职工了。从我到这里工作起，二十多年了，受到县长直接关照的人，你还是第一个。通常，县长他是不会管这样的闲事的。"

东方闻莺似有所悟。听说柳林镇闹鬼的事情，张县长十分震怒。但是，接生时候违规操作的事情，卫生局十分不满，县长肯定也知道。他为什么还要帮助我呢？刘爱国他……

缪医生见她沉默不语、若有所思，就问道："闻莺，你怎么了？你还不高兴吗？其实，叫你跟我学习，也就是一个幌子，你不用太在意……"

东方闻莺连忙说道："不不！我不是这个意思！缪医生，你接生水平一流，沙塘县群众有口皆碑，我是一直仰慕你的……"

缪医生微笑，说："闻莺，你我之间不用客套。我的女儿，年纪跟你差不多。我这个人呢，对自己的要求就一句话：踏踏实实做事，老老实实做人。我不需要恭维话，不需要高帽子。作为同事，诚实、勤恳、善良、和睦，就足够了。你已经值了好几天班了，该去放松放松了。这里有我，你就去玩儿吧！逛逛百货大楼，到电影院看采茶戏，或者到附近的绿云山看看，都是不错的。"

学校还没有开学，爱民还闲在家里。找她去吗？东方闻莺犹豫了一会儿，心想，还是算了。于是，她在自己房间——那个值班室，默默地看缪医生给的笔记。

入夜，她刚刚吃完饭，爱民就过来了。她拿着两张电影院的戏票，说："姐姐！你休假了也不说一声！我们看采茶戏去。今天晚上的剧目，挺好的。快走吧！"

东方闻莺很惊讶，问道："你怎么知道我休假了？缪医生今天回来上班，连我都不知道呢。"

"这个重要吗？"爱民看了看时间，催促道，"快走吧！要开场了！"

两个姑娘连忙赶去电影院，发现里面已经坐满了人，黑压压的一片。灯光已经关了，人声鼎沸，耳朵里满是嘈杂的声音。守门的工作人员拿着手电筒,帮她俩找到座位。两人刚刚坐下,后面一排的小孩子调皮,就把正在吃的炒米弄到了东方闻莺的头发上。孩子家长连忙道歉,爱民有些生气,却不好发作。过年期间,即使孩子犯了错,也是不能责骂的,更何况是别人家的孩子。

东方闻莺站起身,说:"我还是去洗洗。"

爱民就带她到电影院的烧水房。说是烧水房,其实就是一间很小的放热水瓶的屋子。有时候电影院要举行重要演出,或者开重要会议,这里正好提供开水。她和爱民刚刚走到烧水房门口,发现门是关着的,里面却传来窸窸窣窣的对话声。

两人正要离开,却发现里面的说话声有些熟悉。

"你到底跟她说了没有呀?"一个姑娘问。

"说了!怎么,你连我都不相信吗?"一个男人说。

"你到底是怎么跟她说的呀?"

"就按你说的呀!先跟她讲鬼故事,然后,骗她去停尸房。"

东方闻莺大吃一惊!细辨声音,她简直不敢相信自己的耳朵:这不是谢家树谢科长吗?那个姑娘,听起来声音有点熟悉,却辨不出来是谁。

爱民也隐约听见了,她见东方闻莺神色大变,问道:"姐姐,怎么了?"

东方闻莺伸指在嘴唇上,轻声"嘘"了一下,然后把耳朵贴近木板门。

爱民也把耳朵凑近去。

"你跟她讲鬼故事的时候,她害怕吗?你不会是嘻嘻哈哈嬉皮笑脸地跟她讲的吧?"那个姑娘说。

"唉!我都是有老婆孩子的人了,我跟人家姑娘嘻嘻哈哈嬉皮笑脸啥呀?找抽哇?!我就那么绘声绘色地跟她讲:停尸房的老头,白帽子白胡子白袍子,突然还魂了!他掀开白色的裹尸布,腾地从停尸床上站起来了……"那个男子说。

"好了!好了!别瘆人了!你是怎样骗她去停尸房的?她到底去了没有哇?"姑娘不耐烦,打断了他的话,问道。

"我刚刚跟她说完去停尸房的事情,那位就来了!我怕露出马脚,赶紧开溜了……"男子说,"你交给我的任务,我已经完成了。"

"喊!你这就叫完成任务了?人家连根汗毛都没吓着!哼!我算是白费功夫了!我以后还能相信你吗?"姑娘生气了。

"唉!你非要这样说,我也无可奈何。好了,我看就到此为止吧。"男子叹了一口气,说。

"哼!他老是进进出出的,你就不会去巡视一下,看看他们在搞什么名堂?"

"我的姑奶奶!咋巡视呀?人家关着门,你是叫我去人家门口偷听吗?"

"什么?!他们还关着门?她值班时间,可以关门吗?他们孤男寡女的,可以关门吗?!这就说明他俩肯定有鬼!他俩要是动手动脚的闹出什么伤风败俗的事,医院的脸往哪儿搁呀!你们保卫科的名声,还要不?你看见他们关了门,你就正好可以进去抓现场呀!"

"唉!我的姑奶奶!你是没有值过夜班啊!外面冰天雪地,冷飕飕的,脚指头都冻成冰棍了!漫漫长夜,多难熬呀!你还打开门,还想不想活?!关上门怎么了?病人来了病人有情况了就敲门。再说,人家关着门说话,就算是搞对象了,男未婚女未嫁,很正常啊!我也不能怎么样啊……"

"哼!就算是他俩搞亲亲了,也什么事情都没有,对不对?就算是搞出个小畜生来,也没有你什么事情,对不对?"

"哎呀!你真是想多了!他俩都是有知识有身份的人,就算是搞出了个小畜生,顶多立马就去补办一张结婚证,人家医生啥事儿处理不了?!有咱俩啥事儿嘛?"

姑娘却不甘心,气哼哼地说:"我就知道你们这些男人,一看见稍有几分姿色的女人就觊觎起来,不管她是谁,就怜香惜玉起来了!我就知道,你是故意放水的!"

"唉!你说这话就没意思了啊!我已经说了,我是有妇之夫,我觊觎人家干吗呀?!我要是把戏演过了火,砸了饭碗是小事,我一世英名,就得毁了!我这么花费心事帮你,你却说出这么伤人心的话来!什么叫我故意放水?今天晚上的剧目,是不是要改成《窦娥冤》了呀?!"男子也生气了,怒道:"你的事情,我不管了!你另请高明!你记住啊,关于那位的,过去的和以后的,都跟我没有任何关系!"说完,他的手就要拉开门把。

"别!别!别!你怎么说翻脸就翻脸?你不帮我,谁帮我呀?!这件事就你处理了!你要是不肯帮我处理,我可是把丑话撂这里了:你呀!就别想在咱们沙塘县的地盘上混!我说到做到!过去的,就算了,我不追究。今后的,你自己看着办!"她猛地一拉门把,忽然发现门关死了。

爱民急忙拉着东方闻莺闪躲在角落。

谢家树使劲把门一拉,门开了。随即,一个小巧玲珑的姑娘闪身出门,径直走进了电影院。

谢家树在门口张望了好一会儿,才慢慢踱进电影院。

东方闻莺倒吸了一口冷气。她默默地走进烧水房,站着一动不动,泥塑一般。

爱民也没有说话,默默地给她掸去头发上的炒米碎屑。

两人走进电影院的时候,锣鼓、二胡、京胡、竹板等器乐已经奏起来了,舞台上灯光闪烁。

东方闻莺刚刚坐下,刘爱国随后就跟了进来,低声问道:"你们怎么现在才来?害得我到处去找。"

第四十七章

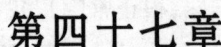

快乐总是如白驹过隙,倏忽不能追逝。半个月的春节,眼看着就要过完了。人们赶紧抓住新年的尾巴,好好乐一乐。元宵节早上,雁栖围屋、明德围屋都已经用稻草扎好了香火龙,准备今晚大干一场。

早晨,春生揉了汤圆,汤圆里还放了芝麻馅儿,搁了一点点白糖——白糖这种珍稀的东西,也就新年才能买到一斤。灸草堂有配做药引子的糖,都是黄糖。做炒米用的生糖,颜色跟蜜糖差不多,甜而鲜,还带着黏性,一扯,能比麦芽糖扯得更长,过年也能买到一点儿。

孩子们舔着碗底,眼睛兀自盯着白糖罐子。春生记得自己小时候,也是这样贪馋。每次吃汤圆,叔公就会悄悄地往他的碗里多搁一勺白糖。叔公的这种作弊行为,总是被大家揭穿。

现在,春生吃汤圆不放白糖了,他总是把白糖留给别人吃。软软的糯米粉,本身就有纯正的香味,并不需要白糖来调和。

大家吃过了早餐,就盼着天黑了。

李叔公把春生叫到屋子里,说:"你这孩子,心里总是放不下敬德围屋。等过了今晚,你那块敬德围屋的石刻牌匾,就不要放在村头土地神神龛旁边了,拿回来。人不能忘本,你做得对。你的大仇,也是雁栖围屋的大仇。咱们老李家世世代代,都会和你一起记着这份血债。所有的过去,深埋在心底,日子还是要往前看。毕竟,战争已经结束了。你的父母双亲,还有你的族人,包括那些在鸡公山战死的游击队,都希望你过得幸福快乐。你明白我的意思吧?"

春生点点头。他就要走出房门,忽然想起那把钥匙,于是问道:"叔公,我们敬德围屋的钥匙,和雁栖围屋的钥匙,都是大同小异,对吗?"

李叔公十分诧异,问道:"你说什么呢?什么钥匙?"

春生说:"我在敬德围屋老宅,在挖那块牌匾的时候,发现一把铜钥匙。我去拿下来给你看看。"

不一会儿,他走下来,把那把铜钥匙递给李叔公。

李叔公仔细端详着这把铜钥匙。它三寸长,一般人家的钥匙,是没有这么长的。他看了一会儿,摇摇头,说:"这个,我也不清楚。好像是大箱笼的钥匙?我没有见过。以前,你们敬德围屋家底殷实,有这样的钥匙,恐怕也不奇怪。你收着吧!别丢了。"

大箱笼?春生没有见过,当然也就想象不出来。

据李叔公说,敬德围屋的大箱笼有好几个。一般有钱人家的大箱笼都装着金银珠宝,或者女主人的妆奁。

除夕夜的荤菜,已经吃完,到了元宵节这天,家家户户就会再弄一桌新鲜的荤菜。吃完这桌荤菜,就要面对三荒四月了。三月四月,青黄不接,缺少吃食,百姓都要慢慢熬过这难关。

过了今晚,孩子们也要卸下一身的新衣裳,还有新鞋袜,放在箱笼中,等到去做客或者特别的日子才能再次穿上。那个引以为傲的银铃帽子,更是要放进箱笼里好好收藏。因为,这是要传宗接代的东西。

夜幕姗姗降临。春生一改常态,主动要求打香火龙。如果没有打香火龙的位置,就是敲个锣打个鼓,也行。

族长李有德十分高兴,说:"春生啊!你能主动请缨,这很好!要不,打龙头的把儿就归你?"

春生微笑,说:"不不不!我打中间就好!打龙头需要技术,我还不行。"

是夜,一轮明月大如圆盘,那棵永恒的桂花树,似乎连枝枝叶叶都清晰可辨。它静静地倚在雁栖围屋的炮台楼上方,深情地凝视着这个烟火缭绕的人间。它把脉脉的温情,殷勤地洒满各个温馨的庭院。

年轻人已经迫不及待了。锣鼓敲响了,香火龙要起来了,矫健、灵动、轻盈,迅捷;游走,缠绕,翻腾,互拜……

香火龙身上燃着的紫香,被舞动的时候带起来的疾风,吹得更旺更红了。时不时有火星子飞溅出来,落在舞龙人的身上。人们的快乐情绪,被迅速带上了高潮。

春生紧紧跟在舞龙头的族长李有德身后。他其实并不用太费力,只要握紧支撑龙身的木棍就可以了。李有德脚步稳健,把香火龙舞得虎虎生风。香火龙向青天明月再拜,向村头的土地神神龛再拜,向雁栖围屋的大门再拜,向全族的老老少少再拜,祈愿大地苍生,今年一年都风调雨顺,五谷丰登,粮食满仓;祈愿全族血脉,身体康健,快乐幸福,和睦恩爱……

春生的眼睛湿润了。他的父母双亲,曾经,也过了一个欢乐幸福的元宵节。

那年的元宵节,因为有一段时间的太平——虽然只是短暂的太平,人们没有再听到枪炮声,得以过了一个宁静祥和的春节。到了元宵节,这已经是节日的尾巴了,人们似乎意犹未尽,决定搞个香火龙。于是,雁栖围屋李家,敬德围屋李家,明德围屋刘家,联合起来,要闹一场。

春儿就出生在雁栖围屋。

那天晚上,可能是许多人有生以来,最开心的日子。月亮美丽明亮,到处亮堂堂的,如同白昼;老老少少都聚在晒谷坪看舞香火龙。龙身上扎的是稻草,许许多多燃着的紫香,就插在稻草上。

香火龙舞起来的时候,难免有火星四处飞溅。炮仗点燃,噼里啪啦响,烟尘四处炸开,人们笑着闹着,躲闪不及的,就一头一身的硝烟味道。

春儿和几个年轻姑娘挤在人群中,也拿了升天炮仗,玩得十分尽兴。升天炮仗插着一根细细的竹签,筷子那么长,刚好可以拿在手中。人们用另外一根细竹签轻轻挑着升天炮仗,仔细点燃引线,那炮仗就"嗖——嗖——嗖——"尖叫着冲天而去,尾巴上喷出一串美丽的火花,一刹那便消失在茫茫的深邃的苍穹。

这原本是小孩子们爱玩的游戏。只因为春儿外婆家是会自己做炮仗的,所以,每年春节,春儿和弟弟,也能重拾童心,快乐地玩一回。

春儿拿着炮仗玩得正尽兴,忽然,弟弟兴冲冲地跑过来,说,三家围屋已经商量好了,今晚子时要在雁栖围屋的大坪上,斗香火龙。李叔公还指名叫春儿去扮观音。

"阿姐,时间不早了,你快去拿扮观音的行头。大家都在等你哩。"弟弟不停地催促她。

姐弟俩一起跑回到雁栖围屋的祠堂,大家都在等她了。春儿拿了观音的服饰,同族的姑娘给春儿做了精心打扮。春儿拿着镜子照了照,看着自己的脸上敷着厚厚的脂粉,嘴唇跟鸡血一般猩红,这哪里是观音呢!分明是妖精!自己看了都想发笑,何况别人!

但是时间已晚,顾不了那么多了。何况大晚上的,有谁在意"观音"的脸是天生的白还是脂粉的白呢?

大家伙儿嬉闹着一窝蜂簇拥着春儿上了花车,会同香火龙队伍,敲锣打鼓地来到雁栖围屋的晒谷坪。

此时,明亮的月光下早已挤满了人,但见万头攒动,笑语声喧,好不热闹。

雁栖围屋的香火龙作为东道主,早已在大坪上狂舞,卷得风生水起;明德围屋的香火龙,刚到不久,和雁栖围屋的香火龙玩起了"双龙戏珠"。

雁栖围屋还有四个夹在"双龙"间"插科打诨"的"和尚":唐僧,孙悟空,猪八戒,沙和尚。四个人头上都戴着巨大的面具,唐僧手里拄着禅杖,孙悟空手持金箍棒,猪八戒肩膀上扛着九齿钉耙,沙和尚则挑着两个箩筐。

四个人在春节期间,总要扮个丑角儿,逗大家伙儿开心。只是连年战祸,民不聊生,连肚子都哄不饱,所以也就没有哪怕是几分钱的红包。

也就穷开心!当然,能有片刻的安稳之穷开心,也是苍天有眼,明月怜见了。

敬德围屋的人见雁栖围屋的花车姗姗而来,香火龙就主动让开空地,而且向着"观音"盈盈而拜,鞭炮声顿时响彻大坪,烟尘又腾空而起,似乎遮盖了明亮的夜空。

明德围屋的香火龙也不甘示弱,向着"观音"盈盈而拜。霎时,两条香火龙争相向"观音"献礼;"唐僧"带着三个徒弟,献上了五牲五谷礼盘;明德围屋的人也献上了五牲五谷礼盘。东西的名称是一样的,可是族人的手艺不同。

雁栖围屋的人也分别给敬德围屋和明德围屋回了礼。东西的名称一样,族人手艺不同,大家的心意却相同。

正式的拜见结束,接下来,年轻人就要把节目引向高潮了。大家围在"观音"身边,讨要红包。没有红包,就要礼物。

在这样的饥馑灾祸之年,"观音"能有什么红包呢?姑娘们就会把自己亲手绣了花儿字儿的手帕,作为礼物,赠送给这些邻村的年轻小伙。

"观音"被他们吵得头昏脑涨,还差点被晃下花车,于是把手中的绣花手帕儿向空中一抛。

在一阵嘻哈打仗似的争抢之后,"八戒"终究凭着身高臂长兼眼疾手快,抢到了"观音"的"杰作"。那时候他戴着面具,春儿并不知道他长什么样子。只是感觉年轻人扮八戒,未免显得调皮。

"八戒"摘了面具,春儿只见一个年轻人笑呵呵地站在她面前,手中攥着绣花手帕儿,向她深深鞠了一躬,感谢"观音娘娘"的恩赐。

春儿坐在高高的花车上,听到有人叫他"李青松"。

不知怎的,那年轻人一瞬间的明亮温暖的笑容,使春儿的心轻轻一动。

月渐中天,人们依然兴致勃勃。香火龙身上的紫香烧完了,人们又把新燃的紫香换上;满地都是大红的鞭炮碎纸,硝烟味儿久久盘旋在雁栖围屋的上空。

第一拨舞香火龙的人累了,又换一拨新人;敲锣鼓的人累了,进屋子里去喝了几口茶,又出来接着继续陪着。

就这样一直玩到深夜。月渐西斜,老人孩子都去睡了,只剩下一群夜猫子,坐在晒谷坪上畅谈家事国事的,漫步在河边看桃花梨花私语的,都毫无睡意。

春生默默地站在池塘边。往常,桃花梨花正盛的时候,吸引着一些蜜蜂蝴蝶,嘤嘤嗡嗡,雪融儿就迅疾地爬上树去,伸爪去抓。树枝轻轻摇晃,满树落英缤纷,水中的鱼儿悄悄探出头来吃花瓣的时候,它就最喜欢看着鱼儿们被水中自己的倒影吓得落荒而逃的样子。

极目四望,凝神谛听,都没有发现雪融儿的影子。

它真是绝情,杳无影踪,一去不复返。

他的心中,禁不住深深叹息。

就在此时此刻,我正静静地伏在雁栖围屋炮台楼的屋脊上。我居高临下,可以把雁栖围屋的人们尽情狂欢的醉态尽收眼底,也可以把他的愁肠百结的惨状洞若观火,他却看不见我。

我看见他双手紧紧握着支撑香火龙龙身的木棍,香火映着他的眼睛,他的眼睛里闪闪发亮,如狂舞的金龙一般灵动起来。甚至一向沉静的脸上,还露出了笑容——我十分惊讶。我还以为,从某年某月某日起始,他就再也不会笑了。

看来,没有我的陪伴,他也能找到快乐。于是,我轻轻跃到三楼的窗台,凝视着他的屋子——那张薄薄的木板床,和那床薄薄的棉被,我曾经依偎在他的脚边,默默地伴着他度过了许多艰难的日子。

月华如水,清凉而没有丝毫冷意。它满满地洒向我曾经喜欢的桃花梨花的枝头;那些调皮的鱼儿们,你们想我了吗?池塘里映照着柳树婆婆的柔美身影,静静的,一动不动;那暗暗的影子里,是否还潜藏着我当年屹立枝头的美丽身姿呢?

怀旧的诗篇,向来都是写给青天上的明月的。它是那样孤寂,又是那样多情,千百年来,总是在有意无意之中,牵扯人们的愁肠。

第四十八章

夜渐深,偌大的人民医院,深陷静谧,似乎也已经安然沉睡。刘爱国陪同东方闻莺经过缪医生的值班室,发现里面还亮着灯光。她稍作停顿,想伸手去敲门,刘爱国轻轻拽回了她的手腕。保卫科的值班室,依然灯火通明。谢家树双手交叉抱在胸前,身子斜倚在门框,眼睛好似鹰隼一般犀利,静静地注视着前方。

刘爱国瞥了他一眼,没有理会。

东方闻莺偷偷看了保卫科一眼,脸上微微一动。不知道明亮如昼的月光,有没有好好掩藏她的心思。

走进房间门,刘爱国顺手把门掩上,然后低声唤道:"闻莺。"

"嗯。"东方闻莺低声回答,见他神情严肃,问道,"怎么了?"

"怎么了?这话应该是我来问你。"刘爱国盯着她的眼睛,她的脸色发白,眼睛里浮现一层蒙蒙的雾。这神情刺痛了他的眼睛。他说:"你到底怎么了?一晚上魂不守舍,也没有好好看戏。是不是这医院里,又出幺蛾子了?你实话告诉我。"

"我……"东方闻莺低垂下头,努力克制不争气的泪水,想了一会儿,才说道,"我——我是想我妈妈了。美好的节日,万家灯火,人人欢乐——妈妈她,一定坐在家里等我……"

"要不,我开拖拉机送你回去?"刘爱国说。

东方闻莺苦笑,说:"别着急,以后有你开拖拉机送我回上海的日子。"

"真的没事吗?"刘爱国有些苦恼,说,"当然,你就是不肯说,我也可以去问爱民。"

"别!你问她做什么呀!真的什么也没有!我就是想我妈妈了!"东方闻莺急道。

刘爱国认真地问:"光想妈妈了吗?有没有想我?"

东方闻莺"扑哧"一声笑了,说:"我就是想你了,也不会告诉你。"

刘爱国撇过头去,没有说话。

东方闻莺把脸埋在他的肩膀,屋子里昏黄的灯光,渐渐模糊。

第二天,就是正月十六了。欢乐已经结束,日子又恢复了平常。雁栖围屋的孩子们,背上书包去学校报名了,大人就下地的下地,上山的上山,该干吗干吗去。

沙塘县人民医院接到了一位迟迟不能生产的产妇。民间说怀胎十月,实际上怀孕十一个月的都有。然而,怀胎却不是树上结的柿子,越老越好。胎盘老化,一样会危及胎儿的生命。所以,民间对于产妇迟迟不能生产,就会让产妇吃蓖麻油炒鸡蛋。这些都是东方闻莺在柳林镇卫生院的时候,从徐医生那里学来的。

现在,医院有了催产素,方便快捷又安全。缪医生给产妇打了催产素以后,就一直待在产房。

过了好久,产妇宫口开全,可是胎儿的头卡在产道,迟迟不能下来。缪医生就拿着产钳,轻轻地,小心翼翼地,把孩子的头部夹住,帮助孩子慢慢挣出来。

每一个疑难杂症,东方闻莺都会在笔记本上记下来。重点、难点,操作要领,她都会特别圈注起来。

缪医生慢慢地说道:"对于骨盆狭窄的产妇,要使用到产钳的时候,切忌使用蛮力。稍有不慎,产钳就会对胎儿的头部造成损伤。轻则脑瘫,重则死亡。特别要注意:产钳不要夹胎儿的囟门,因为囟门是一个人的……"她见东方闻莺手执着笔,双眼无神,心思不知道是否飞到了九天之外。她叫道:"闻莺。"

东方闻莺恍若未闻。

缪医生轻轻敲桌子,提高声音叫道:"闻莺!"

东方闻莺蓦然惊觉,见缪医生神情严肃地盯着自己,不禁满脸通红,连忙说:"缪医生,刚才你是说……"

缪医生心中一阵叹息。她看着东方闻莺发白的脸,说:"闻莺,你是晚上睡不好吗?昨晚我也是睡在值班室,我还特意留心听了,没有什么动静呀!"她低声问:"是不是因为刘爱国的问题,才这样茶饭不思,魂不守舍?"

东方闻莺摇摇头,说:"缪医生,我没事。今后不开小差了,我会注意的。"

晚上,爱民早早做了饭,因为明天一早,就要去学校了。刘建业说:"郑县长今天到了。他的女儿郑丽珠,也在宣传部报到了。我听说,新县长文化水平高,特别对书法文物颇有研究。这沙塘县那些爱好书法的人,都伸长了脖子,盼着能一睹新县长的墨宝呢。不过,咱这小地方,历史上没有出过大人物,文物也没有。"

爱民说道:"谁说咱们这里就没有文物呢?只是我们没有文化,不能慧眼识珠而已。"

刘爱国夹了一块鱼,放在她碗里,说:"吃你的饭!你一个姑娘家,知道什么。"

爱民不满了,说:"我不知道,有人知道呀!爸!咱们柳林镇观音山的寺庙里,有一个香炉,你还记得吧?"

刘建业哂笑道:"你这孩子!那香炉只是普通瓷器,也能叫文物?"

爱国急了,伸脚在桌下轻轻踢了她一下,说道:"刘爱民!你别瞎说啊!那仅仅是一只普通的瓷器香炉!它来历不明,仅仅是一只不知名的香炉!我们老刘家不信观音菩萨,但是,明德围屋的其他群众,还有雁栖围屋的群众,还信奉观音菩萨。你要是胡说八道,那香炉被有心之人偷走了,你可是要引发众怒的!你想过没有?!"

爱民就更加不乐意了,说:"那只香炉不是普通瓷器!东方闻莺姐姐说,它是明朝宣德年间的东西!爸!香炉底下有字!是真的!明朝的呀!难道还不能算文物?!"

刘建业十分吃惊,问道:"是东方闻莺说的,那只香炉是明朝宣德年间的东西?"

刘爱国瞪了爱民一眼,说:"爸!是这样的。叔祖母拿了一张黄纸,叫爱民拿去观音山的寺庙里烧了。东方闻莺她毕竟照顾过叔祖母,叔祖母是要还她的人情,就叫爱民到观音山寺庙里,求菩萨保佑她。我们去到观音山的时候,正好,春生和东方闻莺也在那里收药草。东方闻莺无意间看见

香炉底部的字,发现是明朝的东西。然后,她就说,这是明朝宣德年间的东西呢。这件事,就我们四个人知道。爸!你也不要对外面的人说,免得节外生枝。"

刘建业有些不敢相信自己的耳朵。他说:"既然没有外人知道,就不要随意瞎说。毕竟,那是咱们柳林镇的东西。现在世事艰难,贫穷生盗心,丢了可不好!"他看着女儿,语重心长地说:"爱民,管好自己的嘴!"

爱民说:"爸!这事儿我对谁都没有说过!你是我爸我才告诉你的!"

听闻新县长做事向来雷厉风行,果不其然。正月十六他才报到,正月十七一大早,他就骑着自行车,在沙塘县城绕了一圈,还特意去了绿云水库。他在绿云水库周围转了半天,回到办公室,就召集县政府领导班子成员,研究水库的疏浚方案。除了疏浚水库底部的淤泥,还打算建设一个小型发电站。县城的供电都是外县输送来的,乡下还没有供电。

趁着现在雨水还不多,得赶紧动工,春耕之前必须把库底的淤泥疏浚完毕。郑县长叫刘建业拟方案,然后问起县政府的人事情况。

郑县长听了刘建业的汇报,想了想,说:"你把方案弄出来。具体的人事安排,我先考虑一下。"

刘爱国年前就已经把工作做了移交,现在,正在县政府待命。张县长原本打算让他去负责绿云水库的疏浚工作。但是,因为种种原因,冬季的疏浚工作延迟了。现在,张县长已经下放到了雁栖围屋,担任那里的生产队长。

郑县长考虑再三,还是决定让刘爱国去绿云水库做具体负责人。

刘爱国把几个抽水机放上拖拉机车厢,立刻开往绿云水库。他在水库边上扎了两间简易棚屋,就暂时住在那里了。

水库被分成好几块,用麻包拦住水。几个大功率抽水机白天黑夜不停地工作。白天,人们把抽完了水的那块地方的淤泥挑走。淤泥堆放在堤坝上,还可以种庄稼,肥着呢。

除了附近的村民,县政府还抽调了其他部门的人,为了赶工,甚至还抽调了乡下的一些干部。

人多力量大,最初以为要花很长时间才能疏浚完,没想到,工程进展神速,眼看工期几乎能缩短一半。

这里干得热火朝天,如火如荼,刘爱国几乎没有时间见东方闻莺。爱民在乡下,到了周末才回来,也被抽调在水库一起劳动。都十几天了,也不知道她在医院过得好不好。他许久没有见到东方闻莺,倒是意外见到了郑丽珠。

一日上午,刘爱国正在弯着腰摆弄抽水机,一个女子挑着箕畚,走过来,瞧了一阵,问道:"刘主任,怎么,抽水机出故障了吗?"

刘爱国觉得声音陌生,抬起头一看,见她中等个子,窈窕身材,面容秀丽端庄,扎着一个马尾辫,虽然脚上穿着解放鞋,可是皮肤白皙,一看就是在哪个部门工作的同志。他回答了一声"没有",就低下头继续摆弄抽水机。

女子微微一笑,离开了。

有月亮的晚上,干活的时间会长一些。但是,今天是月末,天黑得早,就只好提早收工了。

刘爱国坐在棚屋门前洗刷解放鞋——鞋子上粘的淤泥,恐怕有好几斤重。刷了鞋子,衣裤上的淤泥也十分多。

那个女子挑着箕畚走过棚屋,放下箕畚,说:"刘主任,能不能借你的刷子用一下?"

刘爱国抬头一看,见是上午自己摆弄抽水机的时候,跟自己打招呼的姑娘,就微笑道:"好的,可以。你要回去了吧?来,你先刷。"说完,他把刷子递给她。

她接过刷子,弯下腰——就在弯下腰的时候,她下意识地伸手按了一下腰。然后,她才慢慢蹲下来,开始刷鞋子。

刘爱国进屋子里拿了一个小板凳,递给她,笑道:"累了吧?我们当兵出身的大男人,干这活还差不多,你们姑娘家难免吃不消。"

姑娘笑道:"我能行!虽然有些时间没有干重活,但是,我能坚持。"

"刚出水的淤泥,就跟铁砣似的,能把肩膀压弯。"刘爱国说,"哦!我还不知道你的名字呢。"

姑娘盯着他,看了一会儿,才说:"我是郑丽珠。元宵节过后才来,现在就在宣传部。"

刘爱国微微一怔,随即笑道:"没想到你会来!郑县长这么支持水库的工作,我十分感激,当然,更谢谢你。"

她笑道:"谢什么,这是我应该做的。我爸还想亲自来呢!你别看他四五十岁的人了,干起活儿来,一点都不含糊。就是跟你这样的年轻人比,也不一定会输。"

刘爱国点点头,说:"郑县长他初来乍到,还有许多事情要处理。这里的体力活儿,交给我们就可以了。"

郑丽珠刷完鞋子,又穿回去。她站起身,说:"我得赶回去了。天黑了,我怕骑车不安全。"

刘爱国说:"嗯。你这样穿鞋子,不舒服吧?我的鞋子,恐怕你穿不合脚。你可以带一双干净的鞋子,放在这里,回去的时候穿。"

"这倒是个好主意。"她笑了,"明天我就带一双鞋子,放在你这棚屋里。"

大部分人已经回去了,工地上只有寥寥几个人在做善后工作。刘爱国抬头看看天空,夜幕已经降临,路上微微有亮光,这里距离县城也不太远。于是他问道:"你骑自行车来了吗?放在哪里?如果你不敢回去,我可以送你。"

郑丽珠笑道:"什么叫我不敢回去呀?我力气很大,干活不错。不过你说对了,我胆子很小……"

刘爱国进屋把拖鞋换了,穿上干净的解放鞋,说:"还是我送你回去吧!你人生地不熟的,不安全。"

郑丽珠坐上拖拉机,看着刘爱国娴熟地启动、挂挡,拖拉机"突突突"向县城开去。

刘爱国察觉到她在观察自己,不由得想起黄涵秋。她是黄涵秋的表姐,或许,自己和东方闻莺的事情,她已经知道得一清二楚。她会怎么想呢?为黄涵秋出一口恶气?爱民已经告诉他,那天晚上在电影院看采茶戏的时候,她和谢家树的对话。还好,谢家树不糊涂。

要是谢家树和王福一样……他不敢往下想。

第四十九章

很快就到了县政府家属楼。原来,她家和自己家,仅仅隔了一栋楼。郑县长没有住进张县长住过的屋子,而是住在前面这栋。郑丽珠下了车,见刘爱国掉转车头,就要离去,并没有要停下回家的意思,于是问道:"刘主任!你不回家吗?"

刘爱国笑道:"我得回去值班。那里离不开人。"

郑丽珠说:"就是要回去值班,也可以回家吃了饭再回去值班嘛!你现在回去,还要单独做饭,多麻烦呀!在家里吃过饭回去,不是更方便快捷吗?难道你要学大禹治水,三过家门而不入?这样有违人情,不好。"

刘爱国见她说得认真,笑道:"好!我听你的。你也快回去吧!你还穿着湿漉漉的鞋子,快回去换了,小心着凉!"

郑丽珠嫣然一笑,快步回去了。她刚刚进门,就见到黄涵秋,正在厨房帮忙做饭。

郑县长笑道:"涵秋,听你妈妈说,你在家里都是衣来伸手,饭来张口,倒是在我们家,忙里忙外的……"

黄涵秋脸上一红,说:"姑父,你就别笑我了!其实,我妈妈是每天下班得早,而我下班得迟,我还是班主任,身兼学校干事,总有忙不完的事情。到了周末,我也是会做事情的,买菜啦,洗衣服啦,浇花啦,什么都会做。"

"哦!这样说起来,是姑父错怪你了!女孩子要什么都会做才好,你看你丽珠姐姐,天天在水库挑淤泥,不怕苦不怕累,每天都乐呵呵的,从来不在姑父面前叫苦。"郑县长说。

郑丽珠笑道:"爸!你这叫什么话!哪有你这样夸自己女儿的!幸亏涵秋是自己人,不会介意……"

吃过晚饭,两个姑娘在屋子里说私房话。涵秋问道:"姐姐!你跟刘爱国怎么样了?说上话没有啊?"

丽珠看着她,认真地回答道:"说了。今天打了一个招呼。"

"唉!姐姐!你真沉得住气!都十多天了,才打了一个招呼!要是我,第一天就扇他一个嘴巴子,叫他眼睛看天上!叫他认得你是谁!哼!"她气呼呼地说,"唉!姐姐!他跟你说话的时候,你观察了他的表情没有啊?他是装作不认识你,还是真的不认识你?"

丽珠盯着她的脸,说:"涵秋!为什么我要扇他一个嘴巴子?你是真的喜欢他,还是因为自尊心?他要是喜欢天上的嫦娥,当然眼睛就看天上。你不是天上的嫦娥,他自然就不会看你。这很正常呀!我初来乍到,他不认识我,这也很正常!你说,我为什么要第一次见面就扇他一个嘴巴子?你说这话,也太霸道了!我看,是你不讲道理!"

黄涵秋嘴一瘪,掩面哭泣。她又不敢哭大声,怕外面的姑父听见。

丽珠轻轻拍她肩膀,连忙安慰她:"涵秋!你都多大的人了!还动不动

就哭!要是你的学生看见你这个样子,还不笑话你!好了好了!别哭!"

涵秋抬起头,说道:"我看着那个坏蛋天天围着那个妖精转,连正眼都不肯瞧我一下,我连死的心都有了!姐姐!我不想活了!呜呜呜……"

丽珠拿手帕替她擦去泪水,轻声说道:"感情的事,不能勉强。一个人喜欢上了谁,连他自己都不能控制自己的心——就像你一样,你这样喜欢他,连你自己都控制不了。老话说得好:君子成人之美。宁拆十座庙,不毁一桩婚……"

涵秋哭道:"我不想做君子!姐姐,你为什么要我退让?!我可是你亲表妹呀!你要帮助我,把他夺回来!……"

丽珠说:"你这孩子!他是一个活生生的人,我怎么帮你夺呀?……"

就在此时,有人敲门。刘建业走进来,手里抱着一个大花盆。

郑县长说道:"哎呀!老刘!我只是随口这么一说,你还真的给我送过来!这样多不好嘛!"

刘建业把花盆放在阳台上,笑道:"县长,这个吊兰,好养!光浇水,都不用施肥。而且它长得太快,一年半载就能把阳台挤满。每年我都要择了送人,要不然……"

郑县长连忙叫道:"丽珠!你出来看看,把吊兰摆哪里好。"

丽珠闻声,连忙出去,说:"刘叔叔,我来吧!"

她把吊兰放在阳台的一角,然后走进来要给刘建业泡茶。

刘建业连忙说:"丽珠,不用了,我得回去。家里煲着砂锅,爱国他回工地去了,家里没人。"

丽珠问道:"他就回工地去了?吃晚饭没有?"

刘建业看着她,一愣,随即笑道:"吃过了。"

丽珠笑了,说:"这就好。他送我到楼下,就掉头要回去。我说,难道你要学大禹治水,三过家门而不入?其实,没有必要这样拘泥的。还是怎样方便就怎样才好。"

郑县长说:"丽珠,这就是你的不对了!你干吗还叫爱国专门送你回家?我不是叫你骑自行车去了吗?"

"天都黑了!我听涵秋说,过年前,还有人跳水库呢!多瘆人哪!"丽珠委屈地说。

刘建业一怔,随即明白。黄涵秋是他们家至亲,郑丽珠会知道这些,一点都不奇怪。

郑县长摇摇头,说:"唉!你们这些孩子,就喜欢咋咋呼呼,听风就是雨!不过丽珠,我提醒你。你作为宣传委员,可不能人云亦云,随意散布小道消息!这样影响不好!"他对刘建业说:"好了,老刘,你就先回家吧!我就不留你了,下次有空,再来我家喝茶。"

涵秋看着刘建业出门去的身影,然后回头看着丽珠,盯着她看了好久。

郑县长见涵秋神色异样,问道:"涵秋,怎么了?不高兴了?是不是刚才姑父的话太重了?"

"没有没有!姑父,我又不是小孩子!好话歹话我还听不出来吗?你和姐姐从小就对我好,我怎么会生气呢?"涵秋连忙说道。

丽珠拉着她的手,说道:"涵秋,我累死了!我送你下楼,明天你再来玩,好吗?"

两个姑娘下了楼,丽珠说道:"涵秋,天涯何处无芳草,比那个人强的人,多了去了!你好好工作,别再为这样没有意义的事情烦恼了。"

涵秋双目仍然湿润,她轻声说:"可是你也说过,缘分可遇而不可求。我遇到他了,我就只有他了!我就是放不下!我也是实在没有办法呀!姐姐!你会帮我的,对不对?"

丽珠叹息道:"你怎么就这么倔呢!"

涵秋嘟着嘴,说:"姐姐!他都送你回家了,你连这个都不肯告诉我!"

丽珠又叹息道:"你呀!他是看在县长的面子上才送我回家的!谁不会做这个顺水人情呢?都像你这么傻!"

晚上,东方闻莺正坐在值班室写日志。有人敲门,她抬头一看,竟然是谭院长!她连忙站起身让座,然后要去拿热水瓶泡茶。

谭院长连忙拦住她,叫她坐下,然后笑眯眯地问道:"东方医生,你来医院有些日子了,在这里工作还好吗?生活上有没有不方便的地方?"

东方闻莺连忙回答道:"好!都好!生活上都方便,工作上,缪医生对我挺好!大家对我都好!谢谢院长关心!"

"唉!谢什么谢!都是同志,是自己人,应该的。晚上睡得还好吧?"院长问。

"没事。"东方闻莺微笑,"睡得好,没事。"

谭院长笑了,说:"这就好,说明你已经度过心理期了。新县长上任,对我们卫生系统特别关心。你记着,这里是县城,在县领导眼皮子底下,不是柳林镇!谁敢胡作非为,马上就拿办了他!你就安心工作吧,啊!"

最近确实没事。谢家树一直在值班室,寸步不离医院,几乎没有走出过医院的大门。晚上,保卫科的同志巡逻的次数更多了。

就是好久没有见到刘爱国了,听说他一直在工地,晚上都睡在那里。爱民周末才回来,一回来也去了工地。

他过得好吗?那个小巧玲珑的姑娘到底是谁?她到底要干吗?

一个姑娘家针对自己做出这样的事情,无非也是喜欢刘爱国——不然没有别的解释。东方闻莺不由得想起爱民说的话。她说哥哥都不想去相亲了,难道那个姑娘曾经是刘爱国的相亲对象?或者,她是刘爱国过去的恋人?仅仅是相亲对象的话,不会这么疯狂。

那么,他俩是为什么分手的呢?

但是,如果那个姑娘是刘爱国的恋人,为什么爱民在百货大楼看见的时候没有叫她?在电影院的时候,也没有叫她?

真是搞不懂。

第二天,郑丽珠穿了一双高筒雨鞋,把一双布鞋放在刘爱国的棚屋里。

她凝视了刘爱国片刻,就去工地挑淤泥了。都快二十天了,他真的没有注意到我在这里吗?涵秋这么要死要活的,他到底有多好?

满脑子的疑问,一直困扰着郑丽珠。看他工作的样子,无可挑剔;看他待人接物,也没有什么不妥。或者,他是看见我在这里,特意做得这么好?……

淤泥清理完了,就要加固堤坝。扛水泥是十分辛苦的,粉尘太大,呛得人无法呼吸。丽珠挑了几趟,实在不行,就站在远处看他们挑。

刘爱国微笑着说:"你先歇一会儿,我们来做就好了。"

丽珠说:"那我去烧水给大家喝。"

附近有个清泉池,泉水清澈见底,十分甘甜,丽珠就提着水桶去接了一桶水,走进棚屋,然后灌入水壶,放在灶上。可是烧柴是个技术活,她折腾了许久,把枯树叶都烧完了,还是没有烧着。于是,她只好进去找一些废纸。

她找了许久,看见桌上有一张白纸,上面画着一把刀子——画得不错。这个应该没有什么用的,她想。于是她就把白纸点燃,慢慢伸进灶内。

灶内的火终于旺起来了,她才走出门口,看着刘爱国他们扛水泥。只要把堤坝砌好,就行了。

不一会儿,刘爱国一边拍着身上的尘土一边走过来。

丽珠说:"你渴了吧?我给你倒水。"

刘爱国一边洗手一边说:"你歇着,我自己来。"

丽珠拿了小板凳给他坐下,然后递给他一碗水,说:"累了就歇会儿!干吗这么拼命?"

刘爱国看着她,微笑着说:"我恨不得马上完工呢!早点完工,就可以早点回去。"

丽珠看着他,心想:是啊!早点回去,你就可以早点见到她了。她究竟有多美丽,让你这样难舍呢?

刘爱国见她凝神看着自己,眼睛里似笑非笑,心里有些尴尬。于是,他问道:"丽珠,你不想早点回去吗?"

丽珠笑道:"我没事。反正在哪里都是要做事,累着才充实,日子太清闲的话,也没有什么意思。"

刘爱国凝视着她,问道:"我是说,你不想回市里吗?"

丽珠笑了,问道:"怎么,我才刚来,你就要赶我走了?不欢迎我来沙塘县吗?"

刘爱国低头喝水,说:"你又美丽又能干,咱们沙塘县,谁不欢迎呢?"

"你对姑娘家都是这么奉承的吗?"丽珠抿嘴微笑,眼睛斜睨着他。

"美丽就是美丽,能干也是事实。我实话实说而已,算不上奉承。"他低着头。

两人沉默了一会儿,丽珠说:"刘主任,昨晚你送我回家,我被爸爸责备了。我说,天已经黑了,路上不安全。再说,我还听说,年前这水库还有姑娘跳水的事情……我害怕。"她看着他,似乎在询问事情的真实性。

刘爱国脸色沉下来。许久,他才说道:"丽珠,那个姑娘跳水,不是要轻生,而是被……"他在斟酌怎样措辞。

丽珠一惊,急忙追问道:"被人推进水里吗?这么骇人?那么,公安局介入了吗?调查了吗?"

第 五 十 章

刘爱国摇摇头,说:"不是这样。那个姑娘,就是现在在人民医院见习的东方闻莺。她年前在柳林镇卫生院,在给一个产妇接生的时候,妇产科徐医生刚好下乡去了,不能及时赶回来,而那孩子胎位不正,是竖胎,产妇已经临盆,情况紧急,东方闻莺就给产妇做了剖宫产。另外一个护士见孩子的脚伸出来了,就把孩子的脚一拉。"

丽珠惊骇得张开了嘴,问道:"大人孩子都没有了?"

刘爱国说:"大人孩子都没事。但是,卫生局对她们的违规操作十分震怒,要她们到卫生局做检查。局长把柳林镇卫生院院长骂了一顿,又骂东方闻莺。那个小护士有点受不住,就夺门而出。院长和东方闻莺以为她想不开,就追了出去。结果,东方闻莺因为没有来过县城,没有找到那个护士,反而岔到沙塘县中学门口去了。就在学校门口,她差点撞到一个姑娘。那个姑娘骑着自行车,差点摔倒。东方闻莺就问她,有没有看见一个身材中等穿什么衣服的姑娘跑过去?那个姑娘就伸手一指,说,好像走那条大路去了,那里就只有一条大路,通往绿云水库……"

丽珠十分惊讶,竟然跟听故事似的!她问道:"那个骑自行车的姑娘是谁?东方闻莺又为什么要跳水库?找不着人的话,就应该马上回来呀!"

刘爱国叹息道:"唉!中秋节的晚上,东方闻莺被潜入柳林镇卫生院的一个黑影吓着了……有些神志不清吧!她看见水里有一双布鞋,那鞋和小护士的布鞋很像。她以为小护士想不开投河了,就……"

丽珠更加惊讶了,问道:"黑影潜入卫生院?怎么可能?保卫科的哪里去了?没有夜间巡逻吗?"

刘爱国说:"黑影来无影去无踪,而且手持凶器,把灸草堂的一个小伙都刺伤了……保卫科当然夜间巡逻,但是黑影功夫了得,一般人逮不住吧。"

丽珠想了一会儿,问道:"手持凶器?是什么样的凶器?"

刘爱国摇摇头,说:"我赶到那里的时候,歹徒已经逃跑,我也不知道是什么凶器。但是,据卫生院的医生说,根据受害者的伤口来判断,是锋利的刀尖刺的。第二天,公安局的同志也来了,检查了伤口,确定是被锋利的刀尖刺伤。"

丽珠看着他,问道:"直到现在,还没有找到线索,凶手还逍遥法外?"

刘爱国低下头。

丽珠心潮起伏。真是没有想到,自己和父亲刚刚来到这里,就有一大堆疑难悬案,等着要处理。她见刘爱国拿着空碗,说道:"还有水呢!我给你去倒。"

"不用了!"刘爱国站起身,把碗放在桌上。

丽珠忽然想起刚才那张白纸,说道:"刚才,因为没有引火的东西,我把你桌上那张画着刀子的白纸烧了。"她盯着他的眼睛。看来,他的心早早就飞回医院去了。这里进进出出的人多,不便画她的小像,就画她的手术刀——睹物思人,痴情如此,看来,涵秋是没戏了。这样深情的男人,也难怪涵秋一往情深,不能自拔。

刘爱国一惊,急忙说道:"丽珠!我画刀子的事情,请你不要对任何人提起。好吗?拜托了!"

丽珠笑道:"怎么了?那是谁的刀子?依我看,那就是一把手术刀嘛!"

"手术刀?"刘爱国一惊,又猛然醒悟,他一拍脑袋,自言自语道,"哎呀!我怎么没有想到呢?"

丽珠见他神情古怪,问道:"怎么了?莫非,这个刀子跟黑影的案子有关系?"

"这个——在没有进一步的证据之前,请你什么也不要说,好吗?"刘爱国懊恼道。

傍晚,他把丽珠送回县政府家属楼,就径直去了人民医院。

东方闻莺正坐在值班室检查日志。刘爱国风风火火地走进来,随后掩上门。她见他神色有异,连忙问道:"你怎么了?有什么事情吗?"

他没有说话,从她手里夺过笔,就在纸上画起来。东方闻莺上前去一看,说:"你画手术刀干什么?"

刘爱国问道:"这确实是手术刀?一般来说,医生的手术刀是不能带出医院的,对不对?"

东方闻莺说:"那当然!手术刀要严格消毒才能使用,怎么能带到外面去呢?"

"那么,柳林镇卫生院,有没有丢过手术刀呢?"刘爱国刚刚问完,就懊

恼地一拍自己的脑门,说,"唉!你刚刚来,怎么会知道呢?"

"我没有听说过呢!"东方闻莺说,"你问这个干吗?"她思忖片刻,问:"爱国,这个是不是跟中秋节那天晚上,春生的手被刺伤有关系?"

刘爱国见她的脸色又发白了,就说:"没有没有!我是偶尔看见的,喜欢而已。我还在想,如果哪里能够买到,我就去买。"他站起身,说:"我得回去值班了。我不在的这些天,你没事吧?都不能好好照顾你……"他伸手轻轻拂开她额前的短发。

东方闻莺伸手抓住他的手腕,看着他,说:"我真的没事。最近,医院也很安静。你就不用担心了。"

丽珠回到家的时候,涵秋已经做好了饭。她给姑父盛了饭,又给姐姐盛饭,然后才坐在桌边吃。

丽珠看着涵秋,她还是和小时候一样,虽然有些时候会任性,但是,她还是懂事的。她和刘爱国——不对,是她和东方闻莺之间——

吃完了饭,丽珠把涵秋带到房间,低声问道:"涵秋,你跟东方闻莺之间,到底怎么回事?你不会是去为难人家了吧?"

涵秋一听这话,就委屈地哭起来了:"姐姐!我听说过东方闻莺的名字,可是我不认识她呀!都没有打过照面!再说,她跳水库的事情,全沙塘县谁不知道啊?"

丽珠盯着她的脸,严肃地问道:"涵秋!你今天必须跟我说实话!东方闻莺从卫生局跑出来,因为不认识路,就岔到沙塘县中学去了。她差点就撞到了一个骑自行车的姑娘。那个骑自行车的人,是你吗?"

涵秋十分惊骇!这些话,当然是刘爱国告诉她的!难道刘爱国什么都知道了吗?自己跟东方闻莺并没有打过照面,她怎么能确定是我呢?于是涵秋十分生气,反问道:"姐姐!这些话,是刘爱国跟你说的吗?他被那个妖精灌了迷魂汤,什么瞎话都敢说!我真的没有见过东方闻莺!你要是不信,可以到医院去问她!"

丽珠仍然盯着她,问道:"既然东方闻莺都没有见过你,你也从来都没有为难过她,那么,刘爱国为什么要编瞎话?涵秋!你现在说实话还不晚,不要铸成大错!"

涵秋哭得更加厉害了,说:"我没有!我没有!姐姐!什么时候,我在你的心目中,成了坏人了?呜呜呜……"

丽珠无奈,只好安抚了她,然后把她送回家。

丽珠回到家中,见父亲正在整理公文包。她想了想,还是走进去,把今天和刘爱国之间的对话一五一十地告诉了他。

郑县长眉头拧成"川"字,自言自语道:"真的有这回事?这么严重?这件事竟然不是空穴来风,而是真真实实?……"他看着女儿满脸的焦急,说:"丽珠,我知道了。明天,我就派人去搞清楚。要闹出人命才甘心吗?!这还了得!你去睡觉吧,看你累得跟狗儿一样……"

几天后,绿云水库的堤坝已经砌好了三分之二。刘爱国的双手双脚,都磨出了血泡。

丽珠也是。不但双手双脚满是血泡,连肩膀都有血泡了。于是,她决定去医院看看,上点药。

丽珠根据涵秋对东方闻莺的描述,来到了人民医院。但是,东方闻莺在妇产科,而她要看的是外科,贸然去妇产科似乎不合适。于是,她使了招"投石问路",径直去了妇产科,果然见到了东方闻莺。

东方闻莺正在整理妇科检查用的东西,看见有人来了,回头一看,是一个中等个儿,面容端正秀丽的姑娘,站在门口,满眼期盼地看着她。

东方闻莺就放下东西,问道:"怎么了?哪里不舒服吗?"

丽珠摊开双手,皱着眉头,说:"医生,能不能帮我看看手?疼死了!"

东方闻莺看着她双手满满的血泡,问道:"你是在绿云水库工地挑淤泥吧?"

丽珠说:"嗯。看来在绿云水库工作的人,来医院求医的还真不少。"

"有一些。不过,他们的症状没有你这么严重。都溃烂成这样了,就好好休息一段时间吧。"东方闻莺带她到皮肤科,边走边说。

坐诊皮肤科的是一名男医生。东方闻莺看见她病历上写着"郑丽珠"的名字,心里一动。她就是新县长郑德荣的女儿?看她这样美丽端庄,言行举止这样落落大方,应该无疑。

东方闻莺带着她去拿了药,递给她。

丽珠附在东方闻莺耳朵边轻声说:"我肩膀上也有好多血泡。你能不能帮我上药?"

东方闻莺微笑着点点头。等到男医生开了药,东方闻莺就把她带到里间,轻轻解开她的衣领,拿棉签蘸了药膏,慢慢涂在患处。涂完了,再帮她扣上纽扣。然后,东方闻莺又蘸了药膏,给她涂了手心、脚底。

等上完了药,丽珠看着她,笑道:"谢谢你,东方医生。"

东方闻莺笑道:"谢什么,这是我应该做的。还疼吧?休息一段时间,就好了。"

"不行啊!我还得回水库去。很快就可以完工了,我要坚持到底。"她忍着巨大的疼痛,却始终微笑着,"我有点渴,你那里有水喝吗?"

东方闻莺说:"有!请跟我来。"

丽珠看着东方闻莺的值班室,说:"东方医生,你住这里,还方便吗?"她走近窗户边,往外看去。对面正是保卫科。

"还行。有住就行,我很满足的。"东方闻莺给她筛了一杯水,放在桌上,说,"有点烫呢!等凉了再喝吧!来,丽珠,过来坐一下。"

丽珠坐下来,问道:"晚上值班的医生、护士有多少呢?晚上睡觉,你不会害怕吧?"

东方闻莺说:"每个科室都有值班的医生。除了住院部和门诊部有值班护士,还有临时值班的护士。医院这么多人,没事的。"

"这就好。"丽珠笑了,又说,"我小时候,最怕来医院。我记得我爷爷过世的时候,医生、护士七手八脚把他老人家的遗体搬到太平间,然后,按照规矩,我们家属得在太平间门口守夜。那段时间,最难熬了。"

东方闻莺微笑着说:"自己的亲人,怕什么?"

"唉!我爸也是这么说的。可我就是害怕,心里就是说不清楚的煎熬。你们这里的太平间,离这里远吗?"她问。

"从医院的后门出去,就到了。我不怕死人,就怕活人装神弄鬼。"东方闻莺话语一出,自己也十分震惊。初次见面,怎么把这碴儿都说了?

"活人装神弄鬼?"丽珠皱紧眉头,问,"是这里吗?什么时候的事情?连你也看见了吗?"

东方闻莺苦笑道:"不是。是我在柳林镇卫生院的时候。这里倒没有发生过这种事情。"

"你能不能把当时发生的情况详细地跟我说一说?"丽珠连忙问道。

东方闻莺就把中秋节那天晚上在柳林镇卫生院发生的事情说了。但是,对于当时自己的状况,应该怎么说呢?

果然,丽珠问道:"当时,你在干吗呢?"

东方闻莺叹息一声:"我当时迷迷糊糊的,头脑不清楚……李春生被黑影刺伤的时候,我在自己的房间里。这些事情,都是后来李春生告诉我的……"

丽珠关切地问道:"你不会是被打晕了吧?你是医生,如果被人偷袭,就算没有看见对方的真面目,最起码哪里疼痛是知道的吧?"

东方闻莺仔细想了想,自己当时确实在值班室看张院长给的处方笺。看着看着,就不由得想起妈妈……后来发生的事情,确实是一无所知。她茫然地看着丽珠,不知道该怎样回答。

第五十一章

我在雁栖围屋的炮台楼屋瓦上盘桓数日,百无聊赖。主人已经去了灸草堂。

雁栖围屋,曾经是我美梦缠绵的地方。以前,我时常梦到一只大猫,带着一群小猫崽,从屋顶欢快地跳跃下来,一窝蜂地沿着木质楼梯,径直下到大门口,跃上石狮子光溜溜的背上玩耍。它们玩腻了,就跑出晒谷坪,沿着池塘跑来跑去,甚至爬上树枝,逮那枝头叽叽喳喳吵闹的鸟儿。

最近,美梦少有光顾,倒是常常梦见生死。惊悚的奈何桥,美丽的彩云端,都是今后必去的归宿。

不知怎的,一想到懵懂无知的生和无可奈何的死,就会想到他的传奇经历。人不能主宰自己的生和死,也不能按照自己的意愿去爱和恨。有时候,他竟然能跟我一样,可以遥想过去,洞见未来。过去也就罢了,再幸福再惨痛,都已经落入尘埃;而将来的凶险,他却想凭自己尚且高大的身躯,强力挡住它。

我记得去年中秋节的前一天,他坐在灸草堂后堂的窗户下,月光明晃晃地透进来,照见他眉清目秀的影子,还洞穿了他无限的愁思。东方闻莺刚刚来到柳林镇的时候,他还满怀欢喜地去迎接她。他以为自己是第一个映入她眼帘的人,没想到那个冤家挡在了他前面,遮住了东方闻莺的视线。那个人像一只大雁,使劲拍打翅膀,不知疲倦地引吭高歌,使得她的眼睛,一直注视着他。

他,就像一朵流云飘过柳林镇这块土地的时候,不经意间投下的影子,还没有在她眼帘描好印迹,瞬间就消遁了。

可是只有他,才能洞穿东方闻莺即将面临的险境。于是,中秋节那天晚上，他草草吃了饭，囫囵吃了一块月饼，就穿上黑色的衣裤，拿条黑色毛巾包住头脸，只露出眼睛，趁着月亮躲进云层的黑暗时刻，无声无息地溜进了卫生院。他悄悄靠近东方闻莺的值班室，大门洞开，她正坐着发呆。在这样万家团圆的佳节，她一定是想她妈妈了吧？无边的孤寂和愁思，轻轻地画上她的眼角。

他蹑手蹑脚地走进去，靠近她身后，倏地轻点了她的风池穴。她顿时颓然，歪倒在桌上，人事不省。他迅速抱起她，径直上了二楼，进了她的房间。然后，他怀着无限的爱怜，凝视了片刻，才把她放在床上，还给她盖好被子。他轻轻掩上门，关好，然后又悄无声息地溜下楼，进了她的值班室，关上门。

她毫无防备，直到被突然袭击，也完全没有知觉。

他隐藏在她的值班室，万幸，另外的值班医生并没有过来串门。

子夜过后，他熄了灯。外面没有月光，依然暗黑。他静静地谛听外面的响动，还有二楼东方闻莺房间里的声响。忽然，一个极其轻微的脚步声向值班室传来。他立刻躺在床上，用白色的被单蒙住脸面。

门悄无声息地开了，脚步声慢慢靠近。一步，两步，三步，四步——那个黑影走近床前，伸手轻轻揭开被单——

他爱她，他说不出口；他护她，也说不出口。只是手腕上依稀的伤痕，见证着他的心事。

现在，还有更令他糟心的事。

上午，东方闻莺给郑丽珠上了药之后，她心里就一直不安。自己很少干这么重的体力活，没有注意到这些。爱国的手脚和肩膀，也一定是满满的血泡了。下午，她想着晚上不用值班，就跟缪医生说，想出去办点私事。缪医生笑道："你是想人家了吧？这样，你就提前一个钟头下班，反正今天医院病人不多，晚上又是我值班。你早点去，还可以早点回来。"

东方闻莺谢过缪医生。下午，她带了药，经过小食店门口，还买了一些吃的，径直向绿云水库跑去。

工地上仍然人山人海，热火朝天。修筑大坝需要大量水泥、沙石，运材料的拖拉机忙个不停，人们挑的挑，搬的搬，扛的扛，一切按部就班，井然有序。

东方闻莺盯着那些拖拉机，以为他在运材料。可是瞅了几眼，却没有看到他。哦，他说他住在棚屋里——于是她急忙向棚屋跑去。

两间棚屋,就立在水库大坝的上方、绿云山的山脚。她走进去,看见里面是简易的灶间,灶上还烧着水。另一间就是他的住房。简简单单一张床,窄窄的,宽不足三尺,薄薄的棉被,几件衣服,都堆在床上。一个写字又放东西的桌子堆满了东西——笔记本、材料纸、漱口杯、饭盆,几乎没有空隙。地上满是凌乱的东西——忽然,她看见门边赫然有一双漂亮的布鞋——女人的布鞋!

她不禁一怔!随即她就笑了,为自己的敏感多疑好笑。工地上来来往往的人那么多,有人脏了脚湿了脚,回县城还有一段路,所以就事先备一双干净的布鞋在这里——这很正常呀!全工地就这一处棚屋,人家也不能露天放着。这棚屋是他的临时住处,也是工友们共同的仓库。

她站在门口张望了半天,也没有见到刘爱国。郑丽珠也不在。他们去哪里了?

回头看着灶上的水壶,好像发出了细微的响声,看样子快开了。她就坐在小板凳上,一会儿看看呲呲作响的水壶,一会儿看看外面忙忙碌碌的人群。

等到水沸腾了,她就提起水壶,把水倒进保温桶里。她见灶内柴火还没有烧完,就把水壶又灌满了放在灶上。她走到外面,沿着堤坝走了好远,都没有见到他。然后,她禁不住惦念:他到底去哪里了?

天色渐晚,她有些着急。慢慢回到棚屋,她想了想,不等了吧!于是,她拿起笔,写了一张纸条,放在桌上,把药压在上面,吃食也放在上面。

然后,她就慢慢走出门。她的脚刚刚迈出门,忽然又像想起什么似的,禁不住回头看了一眼门边——那双漂亮的布鞋竟然不见了!

他俩难道是一起回去的吗?

不会。堂堂一个县长的女儿,能屈尊来工地干活,已经是破天荒了;她回去的时候,肯定是坐车的,只是坐什么车而已。

她暗自好笑。

工友们陆陆续续地散工了,洗洗刷刷干净之后,都急匆匆地往回赶。她急忙加快脚步,生怕落了单。

她一路小跑着回到人民医院。她拿了一个水杯,一口气喝完,然后无力地坐在桌边。

那双漂亮的布鞋,一直在她的心头晃着。

下午,刘爱国整理好了水库工程进展的材料,放在拖拉机上,然后提了两个大水桶,打算在绿云山半山处接满,再带回县政府。

郑丽珠看见他提着大水桶往山上走去,就跑过去帮助他。刘爱国看着她满是血泡的手心,说:"算了!我一个人去就行!你先歇着。"

郑丽珠笑道:"没事!擦了药膏,已经好多了!"

"这么快?又不是太上老君的仙药。"刘爱国说。

在半山接水的时候,郑丽珠瞥见他手上也起了血泡,问道:"你擦药了吗?"

"没事。我们在部队的时候,手上脚上的血泡磨破了,就结了厚厚的茧。结茧之后,就再也不会疼痛了。复员回来后,待办公室的时间多,茧皮脱落了,新长的皮没有抵抗力,反而容易起血泡了。"刘爱国并不在意。

两个大水桶很快就装满了,刘爱国一手拎一个,手背上青筋暴起,但是健步如飞。郑丽珠伸手替他提着,却发现使不上劲,他走得太快了。她急忙加快步伐,说:"这绿云山树木茂盛,环境还真是不错。"

刘爱国说:"绿云山是全县人民的龙头山,是最重要的水源,县政府禁伐了几十年,包括国民党时期,都禁止砍伐树木,所以,山上的植被保护得很好。"

郑丽珠又问道:"听说鸡公山的环境也很不错,你去过没有?"

美梦不再,我的心里未免失落。于是,我也像中了邪似的,也要去寻求观音菩萨的灵力。我趁着微明的月色,一溜烟跑去了观音山。

春天确确实实地来到了观音山。山上,杜鹃花丛丛簇簇,香气浓郁,在幽暗的树林中,花瓣儿轻轻地飘下来,散落在树下的杂草上。有的还粘在我身上,于是,我浑身上下就有了淡淡的幽香。

我深深吸了一口气。春天,万物复苏,草木生机盎然,连我们这样渺小的生灵,也急切地寻求伴侣,努力繁衍生息。可是,它为了给我生的机会,自己却一头栽入了死的深渊。

山谷中只有无尽的清冷和孤寂。我抬头看看天空,只见缕缕乌云,如轻纱般盖住那浩渺的苍穹。半个月亮悠悠地在黑纱间徐徐穿行,偶尔在云隙间窥视,随即又躲进去了。

它不肯跟我玩儿。

我只好加快脚步,向观音山寺庙疾奔而去。

他的屋子,仍然开着一点缝隙,门内用青砖顶着。许久没有住人,里面没有丝毫暖意。尘土堆积,倒是屋角已经长出了几茎碧青的杂草。我心中叹息一声,就掉头去了寺庙。寺庙的门,是永远不会关上的。这是香客们向菩萨求拜的大门,菩萨是永远不会拒绝自己虔诚的善男信女的。

我犀利的双眼扫视里面,忽然,我发现一个极其重要的东西不见了!

案桌上那个香炉,竟然不翼而飞!

我再走出寺庙寻找,发现在水池边,有极其细微的香灰的气息!显然,有人拿走了香炉。临走的时候,为了携带方便,就把香灰倒掉,还可能在水池边清洗干净了。

是谁干的?!天地间都是黑魆魆的暗影,眨着诡异的眼睛,似乎随时都会发出喋喋怪笑——霎时,我全身的毛都竖起来了!我怀着无限的惊恐,不由得退后了两步。

似乎怕观音菩萨迁怒,我径直跑下山去,没有喘一口气。

灸草堂亮着灯火。春寒料峭,乍暖还寒,风雨阴晴不定,时不时有感染风寒的病人,来店里拿药。

李叔公坐在桌边看账本,不停地拨拉着算盘;满生在清理药柜子里的药材,细心地添上新的;春生正在后堂,把麻袋里的药草清出来,然后用铡刀切碎,收好。

我轻轻跃上屋顶,然后探进脑袋,蹿过屋梁,趴在粗大的木梁上,静静地看着他埋头做事。

他的眼睛里似乎已经没有了哀伤,甚至还有了微笑,就像沉寂了一冬的湖水,在春风的轻拂下,慢慢泛起了涟漪。虽然,他心仪的佳人,并不曾心有灵犀地对他回眸一笑。

夜深了,他的药草也已经铡完。李叔公和满生的屋子里响起了轻微的鼾声。

他站起身,收拾好麻袋,拿笤帚扫去地上的药草碎末,然后,拿下墙壁上挂着的衣服。大锅里早先烧好的热水,已经凉了。他不介意,提着满满一桶水,去洗澡间。

我在木梁上看着他修长的身躯,宽厚的肩背,略微疲倦的眼神,心中不禁一痛。

我想到他所要经历的劫难,远不止这些,心中更是烦恼,于是沿着木梁,径自离去。可能是我走过木梁的时候,双爪带起了尘土,尘土落在了他头上,他立刻惊觉,情不自禁地抬起头,看着屋顶。

我怕他看见我难过,就加快脚步,瞬间消失在窗棂。果然,就在我跃出窗榱的瞬间,我听到他在叫我:"雪融儿!雪融儿!你下来!快下来!……"

屋顶上的黑瓦的缝隙间还残留有水迹,我走得急了,脚下差点滑倒。黑瓦"咕噜噜"一阵响,似乎错开了距离,瓦背上有了缝隙。

他的耳朵极其灵敏,立刻就听到了。他胡乱穿了贴身衣裤,就跑出来,急切地叫道:"雪融儿!雪融儿!你下来!你这家伙,快下来!……"

"你这家伙",这是他对我最亲昵的称呼。以往,我听到他这样叫我,不管心里有多少怨念,都会立刻烟消云散,既往不咎。

可是,现在,我心如止水。我瞥了一眼他那心急如焚的眼神,没有理会。我轻轻一跃,就到了邻居家的屋顶上。

第五十二章

东方闻莺终于把缪医生给的笔记看完了。她记性不错,那些疑难杂症,她也基本上记住了,理解了。她把笔记本还给缪医生,缪医生正在看医书。医生真是活到老学到老,再老的医生,抽屉里都随时放着书籍。医学浩瀚而广博,就是穷尽一辈子,也许不能学到百分之一。特别是家传医学,因为散佚的资料没有很好地保存和传承,遗失了不少。

缪医生接过笔记本,微笑着说:"闻莺啊,你来我们医院还没有多久,现在,你恐怕又要暂时离开了。"

"啊?院长就要我回去了吗?"东方闻莺十分惊讶。

"不是的。谭院长说,可能要派你去省城学习呢!"缪医生笑眯眯地说。

"去省城?什么时候啊?去多久呢?"东方闻莺简直不敢相信自己的耳朵。机会难得,但是,一想到要离开沙塘县,爱国他——

"这些,谭院长会告诉你的。舍不得某人,是不是?"缪医生仿佛一眼就看穿了她的心思,笑道。

"没有没有!我只是想,我还是新人一个,就有这么好的学习机会,别人会不会说……"东方闻莺不安地说。

"谭院长说,以后,尽量让每个人都有去外面进修的机会,全面提高我们医院的技术水平。所以,你就不要多想了。"缪医生说。

东方闻莺慢慢走回自己的屋子,不知是喜是忧。他还在水库的工地上,现在——她不由得又想起那双漂亮的布鞋。

刘爱国那天送了材料去给郑县长,郑县长特意问了去年中秋节柳林镇卫生院的黑影事件。他问刘爱国,是否有怀疑线索。

关于王福的手术刀,仅仅是猜测,而且人家是军人复员,又是保卫科的人,怎么会……再说这件事还牵扯着黄涵秋,现在还不能说那把手术刀和案子有关。所以,刘爱国只能支支吾吾地说,目前还没有。郑县长想了想,点头,说:"好,我知道了。现在,水库大坝即将完工,行百里者半九十,你更加要盯紧点儿,不能出了差错。"

刘爱国刚刚出门,郑县长又叫住他,说:"回家去吃饭吧!吃饭后再回去水库值班也不迟,你也要注意身体,身体才是革命的本钱,别太拼命。"

刘建业问起儿子水库的进展,还有在工地的生活情况。他的心里,对儿子的表现还是满意的。据去了工地的人反映,现场按部就班,有条不紊;刘爱国就像拼命三郎,很卖力,好样的!

郑县长也很满意。起初,他还犹豫,要不要让刘爱国去负责。毕竟,他才工作三年,资历太浅。但是,既然张县长拍板让他去,或许他确实有过人之处。现在看来,接下来鸡公山矿产开采的先期工程,也可以让他去。

过完春节,刘建业一直担心,因为谢绝了黄家的亲事,郑县长会不会对他另眼相看。现在看来,这个担心完全多余。

最近又有小道消息,说郑丽珠也在水库工地干活,常常和爱国待在一起。这又是什么情况呢?两人家庭条件有些悬殊,郑丽珠不可能喜欢爱国。她是要为黄涵秋讨回公道呢,还是别的原因?

刘建业十分烦恼。爱国要是不谨慎,很可能就要毁了前途。现在,开端看起来挺好,但是,谁敢说,这不是雾里看花呢……

于是,刘建业问道:"爱国,听说丽珠也在工地上。你现在和东方闻莺,到底是什么情况?"

刘爱国一怔,愣了片刻,随即明白父亲在担心什么,于是说:"我和东方闻莺才刚刚开始。"

刘建业盯着他,说:"你呀你,就是动不动头脑发热,心血来潮!我早就跟你说过,她东方闻莺迟早要回上海,你和她是不会有结果的!难道你要跟她回上海去?就算你想去,你去得了吗?你怎么就不听呢?趁现在相处时间尚短,赶紧处理了!你自己要把握好分寸,别让人家说三道四。你已经得罪了黄涵秋,不能再出乱子了!"

刘爱国心中烦恼,说:"爸!这件事我不是头脑发热,更不是心血来潮!我是经过了深思熟虑的。再说,叔祖母喜欢她,爱民也喜欢她。东方闻莺处境不好……现在,我不去守护她,还有谁能守护她?"

刘建业气恼,说:"哦,你是怕她没有安全感吗?现在,郑县长正在派人调查柳林镇的黑影事件,下了死命令,一定要查个水落石出!你就不用担心了!你想想没有结果的相处,将来对她东方闻莺,是多么大的伤害?你想过没有?你是男人,可以不介意面子自尊心,那么,她东方闻莺呢?闲人爱管闲事,就生怕这个世界上没有绯闻!口水都能淹死人!你这样执拗,不听老人言,迟早是要吃亏的!……"

父子俩吵了一场,不欢而散。

刘爱国心情郁闷,路过小吃摊,又恰好遇见一个朋友,就停下车,两人在路边摊小酌了几杯。

因为要开车,还要值班,爱国只能喝一点点。——他知道,这是他有生以来,第一次做了违背原则的事情。

从小到大,父亲的话都不能违背,他只好违背自己的心意,去做从来都不想做的事情。

谈天说地,也不知道都聊了一些什么。刘爱国只记得自己心情亢奋,虽然仅仅小酒沾唇,却像是十分迷醉一般,还笑了数声。

夜深了,朋友催他要早点回去值班了,他才恋恋不舍地站起身。

拖拉机风一样地向绿云水库疾驰。

回到水库的小棚屋,他看见桌子上的药和纸包里的吃食,蓦然一惊。再看到她那娟秀的字迹,心中不禁愧悔万分!她来找自己,却没有找到,然后又赶回去了!他呆住了。

自从来到水库上工,两人就仅仅见过一面。为了不让她担心,他甚至把双手插在衣兜里,免得让她发现。可是,她是怎样知道自己的手脚起了血泡,需要擦药的呢?

这段时间,大家都在铆足劲儿干活,许多人手脚和肩膀都磨出了血泡,包括郑丽珠。郑丽珠去医院拿药了——难道,她是找东方闻莺看的吗?不对,东方闻莺一直在妇产科,她应该是去皮肤科问诊才对。再说,她和东方闻莺并没有见过面。

东方闻莺来过这里了……刘爱国凝视着她送来的东西,心头一热,连忙关上小棚屋的门,疾步奔向拖拉机。

他跑进妇产科值班室的时候,东方闻莺并不在那里。再跑去她住处,也没有她的身影。问了几个值班医生和护士,都说不知道。

他找遍了医院的角角落落,都没有找到她。在县城,她也没有别处可去。他感觉自己要心智失常,快要疯了。他回到她的值班室门口,静静等待。

东方闻莺从绿云水库,从刘爱国的小棚屋出来,就感觉自己的心一直在疯狂地奔跑。回到医院,她坐在自己的房间喘息甫定,然后,无力地瘫倒在床上。不久,一个小护士跑过来,叫她去缪医生的办公室看看。

缪医生的办公室里来了一位急诊病人。她已经八十三岁了,因为肚腹疼痛,被家人连夜背了过来。

老人家脸色惨白,呼吸极其微弱,连痛苦的呻吟都没有了。

缪医生今晚不值班,但是这个危重病人患的是妇科疾病,家属指名要缪医生接诊,已经有护士飞奔去叫缪医生了。

东方闻莺和几个护士把老人家抬上病床,送去急诊室,迅速地做了急救措施。输氧,检查心跳,测量血压,开急救药,打强心针……

很快,缪医生就风风火火地跑来了。

在打开病人腹腔的时候,缪医生和东方闻莺都惊呆了。

病人的子宫里长满了肌瘤,而且瘤子颜色发黑,有的已经溃烂了。

东方闻莺十分震惊。她不由得想起阿兰的母亲。阿兰的母亲,就是这样去世的。经历了一段时间的治疗,老人家还是被病魔带走了。

从肌瘤到癌症,是需要比较长的发育过程的。许多妇女都不重视自己最初的异常变化,最后病入膏肓。到了这个阶段,医生已经回天无力,只能眼睁睁地看着病人死亡。

现在,这个八十三岁的老人家,也是这样。为了不给家人添麻烦,或者因为怕高昂的治疗费用,就选择了忍和瞒。等到忍无可忍和无法隐瞒,身体已经透支到极限了。

缪医生小心翼翼地清理那些肿瘤。有的肿瘤,在切除过程当中,还流血不止。

等到手术做完,已经是深夜了。东方闻莺给缪医生擦拭额头的汗水,说:"缪医生,我守着,你去休息吧。"缪医生点点头。

东方闻莺一直守到十二点的时候,忽然发现病人脸色大变。原来苍白的脸色,现在竟然变得萎黄!她急忙去看心电图,此时心电图的波纹,已经渐渐平直……

缪医生跑过来,给病人打了强心针。

十多分钟之后,她慢慢走出急诊室的门,摘下口罩,对病人家属摇摇头。

东方闻莺摘去病人的氧气罩,拔下她身上的各种管子,默默地用白色的被单盖住死者。

遗体被缓缓送往太平间。出了医院的后门,走过去不足十米,就是停尸房。已经有护士先跑过去洒了消毒水,虽然大家还戴着口罩,但是,浓重的福尔马林药水味道还是直呛人鼻孔。

原本,东方闻莺可以不用跟过去,护士们会很好地处理。但是,东方闻莺还是跟过去了。

因为是半夜,家属们强忍着悲痛,他们没有号啕大哭,而是默默饮泣。按照客家人的习俗,要等明天最亲近的家人都来了之后,向医院确认在治疗过程中没有任何问题,确实是抢救无效死亡,他们才会把遗体带回去。

漫漫长夜,病人家属就要守夜了。他们坐在停尸房门口,静待天亮。

在来到人民医院的这些日子里,缪医生已经接生了好几个婴儿。东方闻莺见证了婴儿呱呱坠地给大家带来的惊喜,现在,又见证了亲人死亡给大家带来的悲痛。人之出生,要经历许多未可知的惊险和痛苦;人之离去,也要经历许多无可奈何的惊险和痛苦。每一个新生命的到来,都会是漫长的陪伴;而每一个生命的离去,都会是漫长的怀念。

她不禁想起谢家树跟她说过的鬼故事。当时,谢家树绘声绘色地讲述那些故事的时候,她还差点笑喷了。

客家人"视死如生",他们总是认为,亲人是去另外一个世界了,"驾鹤西去",或者是去王母娘娘的"瑶池盛会",甚至可能去那里吃着鲜美的蟠桃,饮着仙界才有的玉液琼浆了。在阳间的亲人还在万般悲痛的时候,说不定离去的他们已经现身王母娘娘的盛筵,大快朵颐了……

还有那个老话题。贫穷,艰辛,对医药医理知识的严重缺乏,使得许许多多的病人,对于疾病都采取了隐忍。

她又想起了去年的马家寨之行,本来要再回去看看,调查一下,经过医务人员的宣传,那里的群众是否观念上已经改变,卫生情况是否好转,等等。

送去一些物资以后,刘爱国后来也没有再去鸡公山。老陈的老婆,身体强壮一些了吗?……

爱国,爱国。怎么又想起他了呢?!……

东方闻莺忽然感觉身体极度疲倦。从绿云水库一口气跑回来的时候,她感觉身心极度疲累,无力地瘫倒在床上;可是危重病人刚刚被推进急诊室,所有的疲累顿时烟消云散,又精神百倍。这就像战场上的士兵,只要一有敌情,精神就高度亢奋。因为,从某种程度上来说,医生是死亡的最后的一道防线。

当这最后一道防线被冲破的时候,医生的心理防线也被冲破了,溃散了。

总是这样胡思乱想……是不是福尔马林药水的味道,让人的心离死亡更近了呢?

第五十三章

东方闻莺接连几夜都没有睡好。吃过早饭,她就去缪医生的办公室。她刚刚打开门,谭院长就走过来了。

他见东方闻莺脸色不太好,关切地问道:"东方医生,昨晚没有睡好吗?"

东方闻莺勉强笑道:"院长,我没事!"

"你们都辛苦了!医生就是这样,早晚全天候地随时备战——唔,你不会是看见死者受了惊吓才睡不好吧?"谭院长关切地问。

东方闻莺摇摇头,说:"我真的没事!院长,你就放心吧!"

院长点点头,说:"这就好。有的女同志,虽然在学校做过遗体解剖,但是,在现实中遇到死亡现象,心里还是有疙瘩……这都没关系。今后,见多了,习惯了就好了。"他安慰道,拿着一份文件递给她,说:"省里开会了,说要在全省搞计划生育宣传工作。所以,对育龄妇女,要做节育手术。我们沙塘县政府,很快就要在全县开展对育龄妇女的调查统计工作。到时候,做节育手术的任务会很繁重。我们医院的妇产科医生不多,所以,医院在向县政府打了报告之后,决定派你去省城学习。大概两三个月吧——这个学习时间问题，就以省城的安排为准。希望你能在最短的时间内，尽快掌握技术。你准备一下，跟缪医生说一声，就可以出发了。"

东方闻莺回到自己住处，慢慢地收拾东西。刘爱国的身影和那双漂亮的布鞋，一起在她的心头晃晃。收拾了一半，她没有心情收拾了，就跑去找刘爱国。

因为大坝快修筑好了，郑县长指示刘爱国，一定要严加防守，千万不能出乱子。所以，刘爱国只能从早到晚都坚持值班。希望闻莺能安然度过这最关键的几天。

东方闻莺向绿云水库走去。她曾经去过两次。第一次是要去"救"阿青，结果阿青没有见到，倒是给自己招来许多闲言碎语。第二次去找刘爱国，结果没有找到他，倒是给自己找来许多烦恼。

一条大马路，笔直地通向绿云水库。因为这一带植被保护得比较好，所以沿途风景倒是不错。天气渐渐温暖，雨水也不多，到处看上去晴朗开阔，偶尔可以见到桃树、梨树的花，还没有完全开败；柳树则拖着长长的碧绿的枝条，在微风中轻轻摇曳；山上还有血红的杜鹃，静静地点缀着已经泛着绿意的青山。

时间充分，她慢慢地走着。走着走着，她觉得自己曾经有些郁结的心绪，也渐渐开朗。路上偶尔可以看到运输材料的拖拉机，比如沙石、水泥、木料，也还在源源不断地向水库送去。看样子，三五日内，水库的工期还是结束不了。

他手脚上的血泡，不知道擦药了没有？

春暖花香，阳光明媚，鸟儿啁啾，此时此刻，如果能够和他牵手，漫步山间，该多好……

她就这样一边走一边想，走到一处池塘边，还停下来，站在婀娜的柳树下，望了一会儿。清清的碧水里照见她美丽的影子，她不禁会心一笑。

就在这时，身后一阵"突突突"的拖拉机响，响声突然停住，然后，一个熟悉的声音飘过来："那个池塘边的漂亮姑娘！你是去找我的吗？"

东方闻莺一怔，转身微笑着看着他，问道："我还可以去找别人吗？"

刘爱国从车窗探出头，笑道："当然不可以！快上来！"他跳下车，打开车门。

东方闻莺跑过去，爬上拖拉机，盯着他握着方向盘的双手，问道："你的手，起血泡了吗？"她伸手去抓他的手，说："给我看看。"

刘爱国不让,说:"没事。"

她无奈,问道:"你现在要去拉材料吗?"

刘爱国笑着说:"本来打算去的,现在你都特意来找我了,那我就不去了。"

东方闻莺问道:"你可以不去?今天我没事,就陪着你一起去拉材料。"

刘爱国问道:"那天,你偷偷去水库找我的那天,我去县政府送材料了,郑县长正等着看。后来我回到小棚屋,看到你送的东西和你留下的纸条,又回医院找你了。可是,我等到十二点,也不见你回来。工地不能没有人值班,我只好回去了。你老实交代,干吗去了?"说完,他眨了一下眼睛,跟她做了一个鬼脸。

东方闻莺"喊"了一声,反问道:"我只能偷偷去找你吗?我去找你的时候,你说你去送材料了,我姑且就相信你了。可是,你送材料送到大半夜吗?你是什么时候回到水库的?倒是你,要老实交代!哼!"

刘爱国忽然在她脸上飞速啄了一下,笑道:"你现在的样子,我喜欢!"然后,他吹了一个呼哨。

东方闻莺猝不及防,吓了一跳,随即满脸通红:"你这人——"她刚想伸手去打他,他却笑道:"怎么,你要打我?我警告你哈!你打一下,我就亲一下!你打一下,我就亲一下!不信你试试!"她骂道:"无赖!"他又要亲过来,东方闻莺急忙躲闪,他笑道:"骂一下,也是亲一下!怎么样,要不要再来一下?"

东方闻莺连忙撇过头去,不理他。

刘爱国看着她,轻声唤道:"闻莺。"

东方闻莺扭头不肯理睬他。

刘爱国再次唤她:"闻莺。"他见她不吭声,说:"怎么,生气了?好吧!我就老实交代好了。那天晚上,我送完材料,郑县长说,你就回去吃完饭再回水库吧!饭总是要吃的,不争在这一会儿。再说,你一个人回去做饭也麻烦。我就回家去了。没想到,在家吃个饭,跟老头子吵了一架。"

东方闻莺蓦然回头,说:"你跟你父亲吵了一架?你不是深得明德围屋的家风教诲,向来温良恭俭让,唯父命是从,怎么还会跟你父亲吵架呢?还老头子?你什么时候敢这样称呼你父亲?"

刘爱国笑了,说:"唉!我们在部队的时候,不太管什么温啊让啊的,所以,老头子之类的话,也就蹦出口了。我为什么会跟父亲吵架?你自己想想去。"

东方闻莺又是蓦然一惊。她以为，叔祖母都能接受她，为什么他父亲会反对呢？这个，自己的确没有想过。"那现在，你打算怎么办呢？"她问道。

"这个有什么难办？当然好办。"他说。

"你到底想怎么样？"她问道。

"天机不可泄露。以后，你会明白的。"刘爱国说。

拖拉机开到县城，刘爱国没有去拉材料，而是带她去买车票。人民医院到汽车站还有些距离，仅仅一天时间，他不想她跑来跑去十分辛苦。

买完车票，刘爱国就带着她去了百货大楼。东方闻莺来县城也有一段时间了，除了去电影院看了一场采茶戏，他还没有带她去买过什么东西。于是，两人走上百货大楼二楼。

姑娘家用的手绢儿、镜子、化妆盒子，她都有。买什么好呢？给她买发夹？上次爱民给她买，她死活不要。

找了很久，都没有合意的。两人只好下了楼。刘爱国带着她，径直回了自己家。

东方闻莺还是第一次来他家。一个客厅，三个房间，厨房，卫生间，还有一个阳台，都不大，但是，都很整洁。阳台上种着吊兰，新发的叶子嫩嫩的，绿绿的，生气满满。

刘爱国请她进了自己房间。房间里很简洁，只有一张书桌、一张床、一个书柜、两盆花。墙上挂着一幅国画——水墨吊兰。

"这是你画的吗？"东方闻莺凝视着那幅画。

"唔，跟我们家阳台上的吊兰长得很像吧？"他含糊地应着，说，"你千万别对人说，是我画的。我怕人家说丑。"

"没有啊！我看挺好的。什么时候，给我画一张啊。"东方闻莺说。

那是爱屋及乌吧，他想。他忽然伸臂抱住她。

东方闻莺吓了一跳，想起他在车上的行为，立刻挣脱出来，不禁后退了两步。

刘爱国看着她受了惊吓的神情，立刻松了手，把脸扭向一边。

"爱国。"她有些于心不忍，轻声唤道。

刘爱国看着她，问道："我吓着你了，是不是？"

东方闻莺微笑，走前两步，靠近他的胸膛，伸臂环住他的肩背，附在他耳边轻声说:"这次是我不好。"

"是我太想你。"他叹息一声。

"我也想你。"她抬起头,凝视着他有些愁绪的眼睛。

刘爱国心中大动,正要低头吻她,忽然听到外面"咕咚"一声响,两人立刻松开手,吓了一跳。刘爱国连忙走出来看看。结果,他发现,是外面起风了,大风吹得邻居家的玻璃窗哗啦哗啦响,弄翻了窗台上的什么东西。

两人哑然失笑。

之后两人就去了龙腾酒家。二楼会比较清静一些。时间尚早,他就选了一个最里间的位置。

没有给她买最好的用品,就请她吃最好的东西吧!在她去了省城之后,回忆起这些,也不算空白。

山中的岁月,说漫长漫长,说短暂短暂。一开始,我以为我离不开人类的烟火气息,无法在空寂的山野间生存。但是,过了一段时间后发现,离开烟熏火燎的闹市,我一样可以逍遥自在。

但是,每次看到陌上花开,几只乳燕叽叽喳喳地在稻田上振动新羽试飞,一群鸭子在水塘里尽情嬉戏,耕牛卸了犁铧静静地在溪边吃草,我就不由得想起那个我曾经欢乐过的地方。我就会管不住自己的脚步,径直向灸草堂跑去。

我迅速地爬上窗台,跳进去,然后又迅速跃上柜顶。他正在做晚饭。他给一口大锅加了清水,把白米放下去,然后把切碎的红薯也放下锅去。待锅中的水沸腾,他就拿着锅铲慢慢搅动。锅中的清水也随之慢慢变白,慢慢浓稠。红薯饭,这在当时当地来说,已经是最好的了。一日三餐能见到白米,人就有了精气神。

他的眼神依然清澈,明净无尘。但是,他已经不能像在观音山居住的时候那样,一切空明,一切与己无关。他的心中,一直在牵绊。他能预见的,仍然十分有限。

此时此刻,刘爱国正载着东方闻莺,径直去了绿云水库。水库只有两间棚屋,一直是刘爱国在坚守。现在,这里万籁俱寂,甚至没有了虫鸣。水库还没有蓄水,在微明的夜色下,看下去就像一个巨大的无底深渊。山风飒飒有声,掠过棚屋顶,小小的棚屋禁不住"嘭嘭"乱响。

刘爱国走进去,点亮灯。

东方闻莺坐在仅有的那张办公凳上,坚持要看看他的手。刘爱国伸出双手,擦了三天的药,血泡已经开始愈合。

东方闻莺叹息一声,拿了药膏,慢慢地给他上药。脚上的血泡愈合得慢,依然皮开肉绽的,十分吓人。她皱着眉头,轻轻擦拭。然后,她解开他的上衣,发现他的肩膀上的血泡,更加吓人。皮肤破开,露出粉色的肉,还有刚刚凝结的血迹。因为最近大坝需要大量沙石和水泥,全靠肩膀挑过去,血泡几天都没有得到缓解。

"疼吗?"东方闻莺轻声问道。

"当然疼了!晚上,都疼得睡不着。特别是洗澡的时候——有时候都不想洗澡。不过,要是不洗澡,又怕你会嫌弃……"刘爱国微笑着盯着她说。

"废话!你洗不洗澡,跟我有什么关系!"她白了他一眼,说道。

"真的吗?"刘爱国盯着她,似笑非笑。

东方闻莺扭过头去,没有理他。

刘爱国站起身,提了一桶凉水,洗澡去了。

东方闻莺走出门口,默默地望着夜空。一钩残月静静地贴在深青的天幕上,也默默地看着她。它似乎明白她的心思,那无尽的清辉,尽情地洒满人间,像母亲爱怜的眼神,注视着她,包围着她。山风吹乱了她的头发,也吹乱了她的心情。明月它有情,有信,总是从东到西,从西到东,来来回回,循环往复,不知疲倦,一直到永久。而天下的有情人,也能生生世世都牵着手,从生到死,从死到生吗?

第五十四章

不知什么时候,刘爱国已经站在她的身边。东方闻莺闻着他身上凉凉的湿漉漉的气息,说:"你这人!要洗澡的话,就先不要擦药嘛!"

刘爱国笑道:"你这人!你可以给我再擦一遍嘛!"

"国家药品紧缺,怎么能这样浪费。"她说。

"啊?那就不擦了——唔,好疼啊!"他伸手按着肩膀,皱着眉头。

东方闻莺拉他进屋,看着那些血泡——经过凉水的冲洗,溃烂处更加目不忍视。

她按着他坐下,然后调了药膏,慢慢擦了他的双手,然后再擦脚。"肩膀,不用擦了?"她盯着他,问。

"当然要擦。这里最疼了。"他皱紧眉头,还夸张地龇牙咧嘴。

"那就把衣服领子解开。"她命令道。

"我手上全是药膏,你帮我解开。"他盯着她,"咦,刚才不是你帮我解开的吗?"他脸上漾起笑意,"怎么,刚才没有脸红,现在就脸红了?你都想什么了?"

东方闻莺沉下脸,轻轻踢了他一脚。她只好放下药和棉签,轻轻给他解开衣领。肩膀上的血泡,果然已经血肉模糊,更加惨不忍睹。她给他擦完肩膀,皱紧眉头,放下药和棉签,慢慢给他扣上纽扣。

刘爱国一直盯着她。还没有等她扣上纽扣,他就迅速伸手抱住她的腰身,抱着她坐在自己双腿上。

他的眼睛里,是浓浓的爱意,还掺杂着些许离别的惆怅和无限的难舍。

东方闻莺没有挣扎,也凝视着他。此去并不久远,可是自己心中,总有许多不安。未来或许有许多变数,他此时此刻,是那么真真切切地,那么完完整整地属于自己,只怕,将来的某一天,他就不再在自己身旁……她深情地凝视着他,眼睛里也是满满的惆怅。除了难以言说的惆怅,还有许多未知的焦虑和不安。

"闻莺,你怎么了?"他轻声问道。

东方闻莺想着即将离别,泪水不由自主地流下来。

刘爱国轻轻吻去她脸颊上的泪水,再次问道:"闻莺,你到底怎么了?明天就要走了,舍不得我吗?"

"那你舍得我吗?"她含泪问道。

他微笑,说道:"当然舍不得。要不然,我今天也不会冒着被县长严厉批评的风险,带你玩了一天呀!"

"你是在怪我吗?"她抽泣了一声。

"傻瓜!我怎么会怪你呢?今天,我很高兴,也很幸福。以前,都是我自己一往情深爱着你,时常感觉苦恼。现在,我终于明白了,原来被自己爱的女人爱着,是这样的幸福!"他轻轻吻了一下她温润的双唇,低声问,"今晚,你留下来和我在一起,可以吗?"

她一怔,满脸通红,正要说,你的床这么小,两个人怎么睡?他连忙吻住她的唇,说:"不要拒绝我。你放心吧,我们就牵手睡。"

她仍然满脸通红,低着头。

"怎么,你信不过我?"他低声问道。

"好。"她的声音低得几乎只有自己才能听见。

深情相拥,深情相吻,此时此刻,是完完全全的红尘。这个世界上,这片天地,只包容着这对红尘男女,再没有其他。

刘爱国坚持让她靠着自己的肩膀。东方闻莺问道:"你不是说,你的肩膀疼痛难忍吗?"

他微笑,说道:"给你枕着,就不疼了。"

东方闻莺枕着他的胳膊,伸手抚摸着他青筋暴突的手背,感受着他脉搏的跳动,回首往事,眼泪又要落下来。

刘爱国却感受着她冰凉的手,本想把她的手握在手心里,可是自己手上刚擦了药膏,只好忍住。第一次听她说,她也在想自己,他心中十分感动。他努力克制内心的冲动,把她紧紧搂在怀中,但愿时钟此时此刻就此停住。他低头去吻她的面颊和双唇,然后又吻上她的眼睛和额头。凝视着她美丽的容颜,感受着她微香的气息,心中如饴甜蜜。回首往事,那些点点滴滴,如花如露,禁不住感慨万千。

他的胸膛暖烘烘的,热气混合着浓郁的男子气息,像晒着三月的春阳,叫人困倦。她合上眼睛,轻声说:"爱国,好困!我要睡了。"

"唔,你睡吧。"他含糊应道。

……

郑丽珠挑完了最后一担沙,看看天色,已经完全黑下来了。月色昏暗,就连近在对面的山峦,都已经在视线里模糊了。她放下扁担,急匆匆走到小棚屋,拿了小板凳坐下,脱下雨鞋,要换上布鞋。在脱下雨鞋的时候,因为脚底血泡破裂的疼痛,她禁不住呻吟了一声。

刘爱国刚好回来,听见她的呻吟,连忙问道:"怎么了?"看着她雪白的脚底,血肉模糊,心中不忍,他问道:"怎么,连药膏都没有用吗?"

郑丽珠苦笑,说:"有用是有用……只是,一上工地,就没有用了……"

她艰难地穿上布鞋,手扶着门框,要站起来。可是因为脚底剧烈疼痛,没有支撑住,身子一歪,差点摔出去。

刘爱国急忙伸手扶住她。她没有站稳,一下就歪倒在他怀里。

刘爱国一惊,连忙手臂使劲,扶住她的肩膀。

郑丽珠满脸通红,连忙说道:"真是不好意思……实在太疼了。"

刘爱国说道:"没事。你的自行车还在那边吗?"

"嗯。"她回答道。

"还是我送你回去吧!你这样骑自行车,也不安全。"刘爱国说,"你看,大家都走远了。"

"好,"郑丽珠看了看天色,又看着自己的脚,感激地说,"又要麻烦你了。"

刘爱国伸手搀扶着她,慢慢走到拖拉机车门前。他打开车门,扶她上去。

"爱国,昨天一天都没有看见你,今天上午也没有看见你。是不是这里工程一完,你就要去鸡公山了?"郑丽珠微笑着问他。

刘爱国说:"不知道呢。这个得郑县长决定了才知道。"

郑丽珠哑然失笑。

送东方闻莺去车站的时候,他看着汽车缓缓离去,看着她微笑着的美丽面容,心中忽然升起万分失落。两三个月,竟似两三年,希望她能照顾好自己。

鸿雁有信,她终究是会回来的。不知道自己,为何这样婆婆妈妈,儿女情长。

"爱国,今天是周末了,爱民会回来的吧?"丽珠问道。虽然爱民只有在周末才会到水库工地上工,但是丽珠还是很快就认识了她,因为爱民也时常在小棚屋出入。

刘爱国眼睛盯着前方,恍若未闻。

他从来没有这样失神过。丽珠看着他,没有再问。

丽珠回到家中的时候,涵秋已经做好了饭。最近她妈妈感冒,她就暂时没有来。现在又过来了,想必她妈妈的病已经好了。

涵秋见丽珠打开门进来,说:"姐姐!我刚好做了饭,快过来吃。"她回头对屋里叫道:"姑父,吃饭了!"

三人坐着吃饭,丽珠问道:"爸爸,鸡公山的工程什么时候开工啊?还是派刘爱国去吗?"

郑县长说:"等绿云水库的工期完结,鸡公山那边就开工。至于刘爱国,我看他还可以,打算让他去。"

涵秋看着他,问道:"姑父,除了刘爱国,就没有别的人选了吗?"

郑县长很惊讶,问道:"怎么,涵秋你有更合适的人选?如果有的话,不妨推荐一个。"

涵秋想了想,王福、谢家树,和刘爱国一样是部队军人出身,但是,他们两个都没有很高的学历,这一点比不上刘爱国,于是说:"姑父,人选是有,人家也和刘爱国一样,是部队复员回来的,只是没有上过大学,恐怕入不了你的法眼。"

郑县长微笑着说:"没有学历确实是一个弱点。不过,他要是有能力的话,学历不是问题。我们县政府可以派他去学习,提高他的知识水平。"

涵秋听了十分兴奋,说:"人民医院的谢家树就是部队回来的。人家还是保卫科科长呢!"

"哦?谢——家——树,好,我记住了。涵秋,快吃饭,你总是往我们家跑,连你妈妈都顾不上。姑父的心里呀,还真是过意不去。"郑县长说。

"哪儿的话!姑父,是我爸和我妈叫我常常过来,给你们做家务的。你从早忙到晚,姐姐又一直在水库工地,家里连个做饭的人都没有。我妈妈身体已经好了,不碍事了。"涵秋说。

丽珠默默吃饭,一句话都没有说。

"丽珠,怎么,一声不吭呢?累了吗?"郑县长关切地问女儿。

"姑父!不是我埋怨你,你也太不爱惜自己的孩子了!姐姐在工地和男人一样干那么重的体力活,能受得了吗?你看看她的手脚,都起了血泡了!惨不忍睹!可是姐姐却一声不吭,硬是咬着牙忍着。"涵秋看着姑父,说。

丽珠看着涵秋,十分惊讶。关于自己双手起血泡的事情,她怎么会知道。回到家,自己总是尽量藏着,不让他们发现,涵秋她……

郑县长闻言,连忙放下饭碗,又把女儿的饭碗放在桌上,翻开她的手心。他低头仔细看着,皱紧了眉头,问道:"丽珠,疼吗?"

涵秋说道:"姑父,瞧你说的!你看姐姐手上的血泡,都皮开肉绽、血肉模糊了,能不疼吗?姐姐,脚上也是满满的血泡吧?肩膀上——"

丽珠把手缩回来,微笑说:"爸爸,我没事。而且水库工期就要结束了,我还可以坚持。"

郑县长端着饭碗,迟迟没有吃饭,说:"丽珠,你是我的好女儿。不叫一声苦,不叫一声累。你在工地干了这么久,磨了这么多血泡,我竟然不知道!"

涵秋说:"姐姐是县长的女儿,在工地要率先垂范,身先士卒,当然不能吭一声了！但是，姑父，水库工地有那么多活儿可以做，他刘爱国为什么就那么死板，非要让姐姐去干那么重的体力活呢?！姐姐好歹也是大学生，高级知识分子，做什么不可以，偏偏要去挑淤泥挑沙石扛水泥呢？是故意要做给别人看的吗?！哼！"

丽珠见她情绪激动，就说道："涵秋！我去水库工地，是以宣传部宣传委员的身份去的，不是以县长女儿的身份去的。都是一样的劳动者，哪里最需要人力，刘爱国就派人去，大家都一样！没有特殊的！再说，从水库工程开工一直到现在，他都坚守工地，吃住在那里……"

"是吗？"涵秋看了一眼郑县长，欲言又止，说："姐姐！你哪里知道他是真的一直吃住在那里呢？你又没有亲眼看见。"

郑县长问道："涵秋，你这话是什么意思？怎么，刘爱国不是一直吃住在那里吗？你是从哪里听来的呀？"

丽珠瞪了她一眼，说："爸爸！你别听涵秋瞎说！涵秋一直在学校，她怎么能知道工地的事情呢？"

涵秋很是不满，但是，又不能跟姑父说，只好撇了一下嘴，低头默默吃饭。

郑县长见状，说："涵秋，姑父知道你一向是个热心肠。但是，你做好学校的工作就行了。至于水库的事情，你丽珠姐姐会多留心的。你呀！是不是跟刘爱国有什么别扭啊？我听说，你去年相过亲，是谁呀？"

涵秋脸色微红，自言自语道："只是见过一面，聊了几句闲篇，根本就没有提其他的，这哪儿叫相过亲嘛。再说，我才刚刚从学校毕业，参加工作还不到一年，我才几岁呢，就相亲！都是我妈妈跟那个王阿姨瞎折腾！我妈妈真是的，还到处吹风，生怕人家不知道！哼！"

第五十五章

涵秋不让丽珠洗碗，说："姐姐！你的手都这样了，就不要沾水了！我来！"

洗过碗之后，她拉着丽珠，进了房间，趁姑父没有注意，还把门关上。

"姐姐！我跟你说一个惊天新闻！"涵秋坐在丽珠身边，低声说。

"你这咋咋呼呼的又要说什么呀?"丽珠惊讶地问。

"姐姐!你知道吗?昨天晚上,东方闻莺一夜没有回来!听说她被派去省城学习了,就是今天的汽车。你说,昨天晚上她去哪里了?"涵秋看着丽珠,神秘地说。

丽珠一愣,问道:"一夜没有回来?你怎么知道?"

"你就别管我是怎么知道的。反正消息确切,没有冤枉她。你说,她去哪儿了?不会是去水库小棚屋找刘爱国了吧?"涵秋说。

丽珠皱紧眉头,说:"涵秋,你在人民医院有眼线,专门盯着东方闻莺?就是那个叫什么谢家树的告诉你的,对不对?你这样做,叫我怎样说你好呢?东方闻莺是成年人,又不是小孩子,她去哪里,去干什么了,跟我们有什么关系呢?再说,男大当婚女大当嫁,她和刘爱国情投意合,就算在小棚屋幽会了,也很正常呀,又不违法。你这么咋咋呼呼的干什么呀?"

"姐姐!如果东方闻莺真的是去了水库小棚屋,还在那里过了一夜,你认为,他俩还是正常的吗?他们是没有违法,可是违背社会道德,伤风败俗呀!不管是县政府的工作纪律,还是人民医院的工作纪律,都是不允许的,对吧?"涵秋眨着灵动的眼睛,低声说。

丽珠说:"涵秋,你这仅仅是假设她去找刘爱国了,至于她究竟去了哪里,你还是不确定。这样的假设,有意义吗?"

"唉!姐姐!东方闻莺她一个上海知青,在县城只认识刘爱国和刘爱民,还认识谁呀?据我所知,她来人民医院有一段时间了,但是,从来没有去过别的同事家里。再说,她和刘爱国就要分别了,当然会在一起了!买一些纪念的东西,说一些体己话……这样才是正常的吧?"涵秋眨着明亮的眼睛,说。

"涵秋,你是不是对刘爱国还念念不忘啊?"丽珠盯着她。

"喊!"涵秋以不屑一顾的口气说,"这个世界上,就是没有他刘爱国,地球照样转!我为什么要在一棵树上吊死啊?!"

"这就对了!涵秋,你呀!以后也就别管刘爱国和东方闻莺的事儿了,没有意思,对不对?"丽珠说。

"姐姐!"涵秋忽然嘴一瘪,伏在她的肩膀,说,"姐姐!他喜不喜欢我没有关系,我就是不能忍受他对我的无视!她东方闻莺算什么?上海来的!上海来的有什么了不起?!他刘爱国敢把我踩在脚下,我就……"

丽珠皱眉,说:"涵秋,你和刘爱国又不是谈了什么惊天动地刻骨铭心的恋爱,仅仅是一次相亲而已,你至于这么执着吗?人家也没有什么对不起你的呀!萝卜青菜各有所爱,感情的事也不能勉强。"

涵秋伏在她怀中,忽然低声痛哭,说:"我是没什么,可是当初给我做媒人的王阿姨,就常常用似笑非笑的眼神看我——我被人家看不上,都成笑柄了!以后,我还怎么办哪!……"

"媒人的嘴,臭豆腐的水,别理她就是了。你还有我呢!你自己都说,年纪还小,今后有的是机会……"丽珠安慰着她。

"我跟你不一样……人家都嫌我个子小……姐姐你是要个子有个子,要身材有身材,还长那么好看,家庭门槛又高,你是什么都不怕……"涵秋哭得更厉害了。

丽珠看着哭成泪人儿的涵秋,想想那个人民医院的谢家树,再想想柳林镇的黑影事件——她,会不会……

这么小的孩子,她会这样心狠手辣吗?只怕,她会一时糊涂,被人家利用。于是,她问道:"涵秋,你刚才说的关于东方闻莺的事情,都是谢家树告诉你的,对不对?"

涵秋抬起泪眼,说:"那个死谢家树,就告诉我这点消息,我再问他别的,他就死活不肯说了!……"

丽珠沉下脸,严肃地说:"涵秋!你以后别再去问谢家树了!从今往后,关于刘爱国和东方闻莺的事情,你就别管了!我不想看见你为了这点儿女私情,越走越偏!你安安静静地待着,剩下的事情,我来处理!……"

涵秋含泪说道:"姐姐!那我就相信你咯。"

一钩残月,如一把弯刀,闪着锃亮的寒芒,静静地立在深青的天幕上。苍穹之下,是微明的人间,只有眼力极好的人,才能健步如飞。

黄涵秋慢慢地走在回家的路上。丽珠要送她,涵秋谢绝了。姐姐在工地劳累了一天,该早点歇着。沙塘县的县城,还能有什么事。听了姐姐的话,她一直郁结的心绪仿佛突然雾化,消散得无影无踪,顿时感觉心胸开阔,十分舒畅。

当她走进槐花巷的时候,巷子那头忽然一个黑影一闪,令她吃了一惊!这条巷子,自己来来往往,走了许多年,还从来没有遇到意外情况。难道是自己看花眼了?!她暗自嘲笑内心懦弱,继续往前走。巷子那头,黑影又是一闪!啊!确实是黑影!她的心仿佛提到嗓子眼,立刻站住了。危险就在前方,那么,自己要立刻往后退!她愣怔片刻,待回过神来,急忙转身,就要往回跑。她才刚刚跑出巷子,一个黑影鬼魅一般,无声无息地出现在她面前。

"你是谁?"她颤抖着声音问道,双手攥拳,绷紧全身的神经,准备随时与歹徒搏斗。

黑影没有上前,而是双手交叉在胸前,身体倚着墙壁,歪着头,轻笑一声,低声说:"涵秋,你连哥哥我都不认识了吗?"

涵秋顿时明白过来,紧张的心情立刻放松了,就像鼓胀的气球突然泄了气。她生气地问道:"你有什么事吗?半夜三更拦在这里吓人!"

"怎么,吓着你了?"黑影嘿嘿笑道。

"你有什么事就直接找我好了!干吗装神弄鬼的,吓死人了!"涵秋情不自禁地伸手抚摸自己的胸口。

黑影笑道:"我要是不装神弄鬼,你恐怕就忘了叫我装神弄鬼去吓唬东方闻莺的事情了。怎么,你有了谢家树,用不着我了,就把我给忘了?"

"哼!"黄涵秋气恼道,"你还好意思说!叫你去装神弄鬼吓唬一下东方闻莺,可是你却连一个乡下郎中都打不过!这么好的连环计,却没有搞坏东方闻莺的名声!现在倒好,东方闻莺直接投进了刘爱国的怀抱!平时牛皮吹上天,关键时刻却成了怂包!还有,你把我家那把刀子藏到哪里去了?难不成你用它刺伤了那个郎中?你不丢掉是要留着给人做证据吗?"

"涵秋妹妹,你好大的口气!我不是坏人,也不是演员,第一次去作弄别人,能全身而退,就已经是万幸了!你要是觉得容易,不妨亲自去试一试。"黑影说。

"好吧!过去的事情就不要再提。那把刀子在哪里?你还没有回答我呢!"黄涵秋顿时觉得头疼。

"那把刀子,我已经收好了。这个世界上,没有人能找到。唉!我只想到隔墙有耳,没有想到窗帘缝里有眼睛。一个平时装得光明磊落君子模样的人,也会干出偷窥的事情。哦!刀子的事情——我正要问你呢!你既然知道我拿了你家的刀子,为什么不替我想想后路?"黑影说。

"你还想要什么后路?你想怎样?"黄涵秋问道。

"你可以跟你姑父说一声,把我调到刘爱国身边。放心,我不会要求什么职位,当个小跟班就行。"黑影走近两步,低声说。

涵秋一惊,问道:"你要去刘爱国身边?刘爱国眼睛犀利,只怕你一不小心,就露出了马脚。你连一把刀子都藏不住,还要去他身边?!你想找死啊?"

黑影笑道:"不妨事。我想让他看见,他才看得见。我不想让他看见,他自然就看不见。如果你不让我去他身边,我就很难保证今后会不会露出马脚。"

"你竟然敢威胁我?!你疯了!你知道我姑父是谁,还敢威胁我?!"涵秋怒道。

"就是因为我知道你姑父是谁,才会威胁你。你姑父要是平头百姓,我才懒得找你呢!没有意思,是不是?至于我为什么要去刘爱国身边,你自己用聪明的脑瓜好好想一想。"黑影漫不经心地说。

"我警告你啊!我只是叫你装神弄鬼吓唬东方闻莺,并没有叫你拿着刀子去刺人!你自己拿着刀子去刺人的事情,你自己去负责!跟我一点儿关系也没有!"涵秋心情激动,不自觉地提高了声音。

黑影半天没有吭声,只是无声地盯着她。良久,他才说道:"嚷嚷啊!继续大声嚷嚷啊!怎么,不说了?恨不得全世界都知道你黄涵秋干的好事!哼!我懒得跟你啰唆!你办还是不办,你自己看着办。我走了。"说完,他迅速消失在浓浓的夜色之中。

黄涵秋的心,仿佛一下子就坠入地狱深渊!

被人拿了短,恐怕这一辈子都要受制于人。姐姐说得没有错,我要抽身事外,不能再夹在里面搅和了……

她失魂落魄一脚高一脚低地跑回家,一路都不敢回头,仿佛身后有鬼追着她。

绿云水库终于竣工了。天空灰蒙蒙的,山顶四方的乌云还在慢慢聚集,看样子要下雨了。

县政府举行了简单的竣工仪式。郑县长讲了简短的话,然后,所有参与了水库疏浚工程的人,都聚在一起,参观了水库蓄水启动仪式。中午,大家还饱饱地吃了一顿大餐。

刘爱国居住的小棚屋没有拆。以后,水库都有专人管理,管理人就住在小棚屋里。下午,他慢慢地收拾好东西,然后搬上拖拉机。

天色愈加暗沉,大雨即将来临。大家都散去了,一窝蜂跑回去了,刘爱国没有走。他打开雨伞,慢慢地走在堤坝上。大风一阵紧似一阵,迅疾地卷过水面,"呼呼呼呼"作响,猛烈地扑向坝面。山上茂盛的树木全都摇晃起来,强大的绿浪立刻翻滚着,从山头卷向山脚。

刘爱国手中的伞,也在大风中瞬间翻卷,还差点脱手。他就迅速合上雨伞,伫立在堤坝上。

不久,狂风夹着豆大的雨点,噼里啪啦往地上砸,也往他身上砸。

他没有走。他冲着模糊不清的水库,一声长啸。啸声很快就被巨大的雨声淹没。他就这样静静地站立,任凭风吹雨打。不一会儿,他的衣服就完全湿透了。

密集的雨帘刷下来,连对面的山峦、小棚屋都再也看不见。刘爱国静静地接受天地的洗礼,雨水蒙住了他的眼睛。此时此刻,他的心中,除了东方闻莺美丽的面容,其余都是一片混沌。

大雨下了整整一个钟头。雨渐渐小了,刘爱国似乎才从懵懂之中清醒过来。浑身湿淋淋的,风一吹,顿觉寒冷。他急忙奔跑进小棚屋,把衣服脱光,扔在地上。

他换上干净的衣服,还觉得寒冷。于是,他把炉子烧起来,坐在灶前取暖。

这个小棚屋,有着他青春年少中最为深切的记忆。她离开仅仅几天,他就有些受不了了。

昏黄的灯光,窄窄的床,和她曾经的一言一语,都这么深刻地印在脑海。她美丽的面容,清澈的眼睛,弯弯的好看的眉毛,直挺的鼻子,红红的温润的双唇,还有纤细的手指……一切都历历在目。

仅仅几天呢,就像过了几个世纪,过了千年万年……

灶内的火苗逐渐大起来,在微风中轻轻扭着腰肢,呼啦啦,呼啦啦,又似在轻笑他的痴情。

许久,他感觉身上渐渐暖和,头发也干了。看看外面,雨早已经停歇,只有山风,独自在山野中呼啸。它发出凄厉的呼号,也是因为失去了大雨的同伴,倍感孤独吗?风雨曾经互相执手拥抱,在天地间尽情狂舞,共同交织着不可磨灭的爱情,现在,狂热过去,就分道扬镳了吗?

灶内的火苗却不温不火,慢慢地燃烧,悠悠然地扭着腰肢,一直扭到他明亮的双眸里。

他正在尽享着山间的孤独,忽然,一阵脚步声急促地跑过来。

"砰砰砰!"来人急切地敲门,门外叫道:"刘爱国!刘爱国!你在里面吗?"

第五十六章

刘爱国慢慢站起身,走到门边,拉开门。

郑丽珠看见他,急切地说道:"刘爱国!你还真的是在这里!大家都回去了,你还在磨蹭什么?东西收拾好了吗?"

刘爱国微笑,说:"我没事。我想一个人待一会儿,然后再回去。没事,你们先回去吧!"

"你这人!郑县长还等着你回去,商议鸡公山矿产开采的事情呢!你还磨蹭什么?快走啊!"郑丽珠催道。

刘爱国听说郑县长找他,才站起身,去拿了扔在地上的湿衣服。然后,他熄灭了炉火,关上门。

郑丽珠问道:"爱国,刚才,你去淋雨了?"

"唔。"刘爱国含糊应了一声,就往拖拉机走去。

"你呀你!怎么还孩子气——要是淋感冒了,可怎么办?"郑丽珠忍不住埋怨道。

"没事。丽珠,你不用担心我。比这更大的暴风雨,我都经历过。我这身体,比铁板还硬!怕什么!"刘爱国满不在乎。

不知不觉,山野间已是暮春。郑县长带着政府工作人员和矿产局的技术人员,一起来到鸡公山。鸡公山的村民,在村主任的带领下,已经修好了一条可以通车的简易山路。他们先去了草房子。短短数月,草房子屋顶的草又被大风吹走了许多,雨水和冰雪落在屋子里,地面杂乱不堪,郑县长就派人简单修缮了草房子,然后打算在清明节这天,举行庄严的祭奠仪式。

在鹞子崖下面,有一个荒冢。这就是当年被大卡车带到这里,后来在草寮里被大火焚烧的麻风病人的遗骸安葬地。荒冢上没有立石碑。麻风病人的名单,暂时放在鸡公山生产队。当时曾经有家属想把遗骨带回去,但是,考虑到这种疾病的传染性,柳林镇镇政府还是劝阻他们,就暂时安放在这里。

此时,荒草早已高过人头,完全湮没了荒冢,从外面根本看不出来了,如果不是村主任还记得荒冢旁边的这棵大松树,这个荒冢就真的被人完全遗忘了。

郑县长叫人在这棵大松树上做个记号——最好挂个牌子,然后说,等到清明节这天,祭祀完了草房子,就连这个荒冢一起祭奠一下。

大家在荒冢旁边肃立了片刻,就开始寻找水源和合适的扎营地点。

然后,郑县长在勘探人员的带领下,沿着陡峭的山路,来到鹞子崖。

技术人员拿出图纸,请郑县长看。

大家选了一块相对平整的地方,砍伐树木,铲除杂草,然后在平地上打下树桩,在树桩上架起草寮。里面钉了架子,铺上木板,就算是床铺了。床铺离地面有一米高,这样可以防蛇虫,又可以避免山洪的冲击。

鸡公山的村民把毛竹的竹节打穿,引来了山泉水。大家还在草寮附近挖了一个水池。

郑县长在鹞子崖视察了整整一天,傍晚时分,才匆匆下山。他顺便去了一趟村民家,问鸡公山生产队还需要哪些物资。他还慰问了老陈家,看看老陈老婆的"神病"好了没有。

晚上,因为草寮还没有完全修缮好,大家就只能在鸡公山村民家借宿,说是借宿,也就是在人家屋子里打地铺。村主任腾出了两间屋子,一间住女的,一间住男的。王福把被褥摊在刘爱国身边,笑嘻嘻地说:"刘主任,我们又睡一起了!"

刘爱国说:"我这人招蚊子,你不怕吗?"

王福低声笑道:"怕什么!不过,你是招蚊子,还是招女人哩?嗯?"说完扭头看了一眼门口。

郑丽珠正在门口洗手。她洗了手,就走进屋子。

刘爱国看着王福一眨一眨的眼睛,问道:"王福,你已经是柳林镇政府保卫科的科长了,还跑这里来干什么?"

"欸!瞧你说的!你早已经是主任了,你还跑这里来,我为什么就不能进步呢?我也希望大干一场呀!"王福笑道。

郑丽珠上了楼梯。楼上干爽,到了梅雨季节,楼上要舒服一些。

村主任把自己女儿安排到兄弟家去了,让郑丽珠一个人住一间。她把自己带来的被褥铺在床上,然后挂上蚊帐。虽然是二楼,但是屋子里的霉尘味儿还是很浓重。她拿了拖把,提着半桶水,仔仔细细地把木板楼面拖了一遍,楼板上立刻浮起浓重的泥腥味。窗户很小,而且没有窗帘。木质的窗棂,许久没有擦洗过了,有些许蜘蛛网挂在上面。

但是,不管如何,自己有个单间,就是无上的优待了。

只是,这里上厕所不方便。农村的厕所就建在房屋旁边,且不说味道四散,最让人无法接受的是,厕所的门只有半扇,只有下半截,没有上半截。路人从外面经过,不经意间,里面一目了然。

郑丽珠就跟村主任建议,明天去砍几棵树,锯成木板,再拼成门板,把上半截堵上。村主任说,如果大家觉得不方便,就换一扇齐整的门。

等到鹞子崖下的草寮建好,大家就觉得更加不方便了。草寮里面空间有限,男女混住一起,仅仅靠一面土墙隔开,晚上连呼吸声都听得见。墙上缝隙太大,山风钻进来是小事,更要命的是,透过缝隙可以清清楚楚地看到异性邻居。郑丽珠就用废弃报纸,把缝隙堵住。

总算可以安心一些了,在开挖坑道的时候,却出了一件骇人的事情。

那是大家上山一周后的事情。早上,大家根据技术员绘的图纸,继续开挖土方。才挖了两方土,有人就惊叫起来。原来,土层下面,赫然有一个骷髅!刘爱国连忙跑过去,看看怎么回事。可是这里没有坟墓,没有棺椁,甚至连一块墓碑都没有!这具无名骸骨,到底是谁家的?难道当初埋葬那些麻风病人的时候,有漏葬在这里的?

刘爱国叫大家立刻住手,不要惊动了死者,在没有确定死者身份之前,暂时不要去翻动骸骨。他又叫人去找村主任,叫他们来确认。

没过多久,村主任带着几个村民过来了。村主任察看了这个骷髅,然后查看了周围,说:"我们鸡公山,总共也没有多少人口。这个没有墓碑的骸骨,应该不是我们鸡公山人。"

郑丽珠说:"先把骸骨挖出来看看,再做判断也不迟。"

王福走上前,小心翼翼地挖去骷髅周围的土,一具骸骨就展示在众人面前。死者生前穿的衣服已经完全腐烂,并且融入了泥土,仅仅凭几缕隐约可见的破布,无法判断他的身份。目前只能确定,这是个男性的骸骨,身材中等,身形偏瘦。

刘爱国说:"这具骸骨被孤零零地扔在这里,看上去很蹊跷。这里距离麻风病人的草寮不远,也可能是当时大火烧起来的时候,侥幸逃跑的麻风病人。但是,他可能没有逃脱死亡的厄运,就这样……"

郑丽珠不解,问道:"那么,是谁埋葬了他呢?"

刘爱国思忖片刻,说:"这倒是个问题。单单一具骸骨,很难判断。"他说着,拿了一根树枝,弯下腰仔细去翻动骸骨周围的泥土,看看有没有线

索。郑丽珠和王福也拿了树枝,把那些泥块弄碎。但是,三人把泥土翻了好几遍,都没有发现什么。

王福说:"刘主任,看这具尸骨的腐烂程度,应该是新中国成立前的了。村主任说,这具骸骨不可能是鸡公山的。那么,还会有谁呢?当年在这里打过仗,有可能是游击队员的,也有可能是鬼子或者伪军的。一点线索都没有,很难说呀……"

郑丽珠问道:"爱国,对这具尸骨,你是不是还有什么疑问?"

抗日战争期间,雁栖围屋遗落了一个黑色的烟斗,那个烟斗一直存放在档案局。还有当初敬德围屋惨遭鬼子屠戮,鸡公山游击队被暴露,始终是一个谜。这具骸骨,是不是也藏着什么秘密呢?

刘爱国想到这,连忙说:"大家立即退开!丽珠,我想请公安局的刑侦队员来看看。"

郑丽珠见他说得郑重,就问道:"爱国,这具骸骨,有什么问题吗?"

刘爱国说:"丽珠,那个草房子还有许多历史谜团。在鸡公山发现的任何线索,我们都不要放过。说不定,尘封已久的历史谜团,可以就此解开。"

郑丽珠感到奇怪,问:"什么历史谜团?"

刘爱国说:"以后,你会知道的。"

王福拉了一条绳索,把四周围起来,并叫人看管。

公安局刑侦队火速赶来。他们慢慢把骸骨挖出来,放在担架上。然后,又把死者身下的泥土也仔细挖了,用树枝捣碎,看看有什么线索。找了许久,忽然,他们挖出了一个黑色的烟斗!

这个烟斗,虽然残旧,但是样式竟然和当年遗落在雁栖围屋的一模一样!

刘爱国震惊了!难道这个死者曾经到过雁栖围屋,他就是当年跟踪李青松的嫌疑人?!

如果此人身份能确认,雁栖围屋和明德围屋几十年的恩怨,或许可以就此解开。

但是,这名死者留下的线索太少,连他的身份都很难判断。因为,这里地处偏远,外面少有人来,连鸡公山人都不知道的事情,外面的人就更难知道了。

在鸡公山发现一具骸骨的事情,就像长了翅膀,飞一般传到了雁栖围屋和明德围屋。两个家族都殷切期待,希望谜案能早日水落石出。

唯有春生不为所动。很久都没有去过观音山了。春季万物初生,山上是没有药草的。雪融儿也不会在那里,它要是连雁栖围屋都懒得回去,观音山也就不会去了。

其实,我就躲在屋顶,就在他的身边。我要是存心不让他发现,他还真就看不见我。我知道他此时此刻心里的烦恼是什么。

我知道,东方闻莺在省城人民医院进修已经有半个月了。

节育手术并不复杂,在腹部寻找合适的手术部位,清洁消毒,切开口子,然后寻找输卵管,剪断,把剪断的两头分别扎个死结,然后缝合腹部切口,止血,包好纱布。如果手术后没有感染,一般四天左右,就可以给节育妇女拆线。

女人经历了这次痛苦之后,剩下的年月里就可以轻松了。但是,也有不少妇女反映,做完节育手术后,会经常腰疼。这对于经常从事繁重体力劳动的妇女来说,是另外的磨难。

节育手术程序虽然简单,但是,有些妇女肥胖,腹部脂肪层太厚,做手术的时候就要吃一番苦头了。外科医生要从厚厚的脂肪层里面找寻输卵管,这不是一件容易的事情。就是在做完节育手术后,肥胖妇女的康复也要比正常妇女慢一些。所以,有些肥胖妇女一听到节育手术,就吓得脸色铁青。

仅仅半个月的学习,东方闻莺就已经做了厚厚一本笔记。指导医生是个四十多岁的女医生,经验丰富,人也和蔼可亲。她见东方闻莺谦虚好学,每次在做完手术后,都会告诉她手术中应该注意的关键。

除了做节育手术,她还指导东方闻莺做妇产科手术。其中,输卵管粘连手术要复杂一些。她告诉东方闻莺,一个女人的一生中,生儿育女是她最起码、最根本的愿望,所以,对于在妇产科诊疗时遇到的手术,要尽量小心。能保留就保留,不要怕麻烦图省事,一刀切是不可取的。

一个月后,她就让东方闻莺独立做手术了,她则站在旁边指导。

学习过程十分辛苦,然而也十分充实。以前是书本上的东西多,现在是临床操作的东西多。

一个人累了,晚上就好安睡。白天没有时间想远在沙塘县的刘爱国,晚上也常常一觉好梦。一个月飞速过去,似乎没有多少时间想过他。他写来一些信,自己也回过几次。纸短情长,他会明白的。况且,他也很忙,也是每天累得屁股不挨板凳。

第五十七章

　　思念有苦涩,也有甜蜜。刘爱国手脚上的血泡,已经结了茧。连肩膀上的血泡,也结了痂。他去人民医院开了药,准备再脱一层皮,没想到皮肤经过顽强的挣扎,已经更厚更硬了。虽然还会隐隐作痛,但是,已经不像在水库工地时候那样痛彻心扉了。

　　郑丽珠手脚上的血泡,却依然顽固。肩膀疼痛难忍,只好暂时不挑土了。工地的伙食算不上好,但是可以管大家吃饱。肚子舒服了,身体的疲累和皮肤的疼痛也可以稍作缓解。这也算是一种安慰了。

　　春天万物萌发,动物们也活跃起来了。鸡公山山高林密,野生动物很多。但是,它们太过机警狡猾,极难看到,更不用说逮住了。

　　动物和人一样,爱子心切,为了让孩子吃饱,往往就会铤而走险。王福就时常一个人溜进密林深处,看看能不能逮到倒霉的家伙。

　　临近清明的时候,大家散了工,有的回家了,有的还坚守草寮。刘爱国作为负责人,自然不能回去;郑丽珠也留下来,她想到处走走。来鸡公山已经有些时日了,每天都在工地,也没有好好到处看看。王福也不打算回去。他跟刘爱国说了声"去走走",就径直沿着山路,朝鹞子崖西边去了。

　　郑丽珠说:"爱国,我们去鹞子崖顶上看看,怎么样?"

　　刘爱国看了她一眼,原本不想去,但是,怕她一个人到处乱闯,山上或许有蛇虫,甚至大型野兽,只好陪她去。

　　鹞子崖高高屹立在鸡公山,整个山崖都是粉色的石崖,呈现丹霞地貌。抗日战争期间,鬼子放的大火烧到了石崖,所以,石崖上还隐约有火焚的痕迹。

　　两人沿着山崖间陡峭的路——年深月久,这些"路"已经被杂草湮没,有的能落脚的石窝被风霜雨雪侵蚀得几乎不能分辨。刘爱国慢慢走在前面,郑丽珠艰难地跟在后面,遇到陡峭得几乎似直立的石壁的时候,就用双手爬上去。

　　刘爱国牵着她的手,一步一步地朝鹞子崖顶上爬去。

山崖边长了许多古藤,可以抓住;因为地势太高,石崖土壤稀松,所以植被都是矮小的灌木,比如茶树、杜鹃花,当然也有一些松树。松树奇形怪状,它们身上厚厚的"鳞片",见证着山间岁月的艰难。

杜鹃花却十分红艳。刘爱国摘了几朵,塞进嘴里。微微酸涩,似乎正是久抑心中的思念的味道。

郑丽珠兴致勃勃,虽然爬行艰难,却十分开心。她一路问着当年鸡公山游击队的抗日故事,对刘爱国咀嚼杜鹃花的形象微微摇头。

终于到达崖顶。两人站在最高处,极目眺望,远处的村庄、脚下的草房子、开阔的草寮、更远处的那个当年烧毁的麻风病人曾经居住的草寮遗迹,还有那个荒冢,尽收眼底。

刘爱国的心中,难免升起一阵凄凉。他最敬爱的祖父母,就这样永远魂归青山。他们都没有能够看一眼孙子孙女的面容。李青松也是毅然辞别刚刚生产的妻子,以及刚刚降临人世的儿子。

愿他们的英魂,长存山间;愿他们的斗志,长存人心。

记得去年和东方闻莺还有春生一起来的时候,东方闻莺也是这样兴致勃勃……

她躲在春生身后,紧紧抓住他的手。

郑丽珠坐在一块略微平整的石头上歇息。她极目四望,忽然指着东边的一座山峰,问道:"爱国!你看!那是哪里?"

刘爱国顺着她的手指看过去,说:"那里,就是雁归崖。"

郑丽珠说:"那座山峰,看上去像一只大雁呢。雁归崖,名字真好听。"

刘爱国就给她讲起了雁归崖的传说:"雁归崖,也叫回雁崖。据说,很久很久以前,我们李家祖先,因为躲避战祸,来到了这里。这里几座山崖连绵相望,山脚下还有一大片水塘。水塘里长了一些水草,也有一些小鱼。每年的深秋,就会有一群一群的大雁回南方的时候,在这里歇脚。我们的远祖父知道,鸿雁传书,鸿雁有信,大雁是有灵性的。那洁白的身影,在天地间翱翔,那绝美的英姿,仿佛是上天派下来的精灵……"

郑丽珠听得入了神。

她看着山崖上的一丛杜鹃花十分红艳,禁不住伸手去摘了两朵,含在嘴里。微酸——她轻轻一笑,又伸手去采了几枝。忽然,她看见树丛底下,有一个黄色的东西——金钗?金簪?于是,她伸手去拿。

可是够不着。她就探身去拿。中指刚刚探到那个东西,她就感觉整个人扑了出去,脑子里顿时一片空白!

她以为自己就此坠落山崖,万劫不复,却忽然腰间一紧!她的心蓦地要跳到喉咙口,随即又松弛着沉下去!

她扭头看着刘爱国紧皱的双眉,又低头看着他双手手背上暴起的青筋,心中万分感激。可是一时之间竟不知道如何表达:"爱国,你——"

刘爱国把她拽回来,待她坐在了平地上,叹气道:"你真是赌自己命大啊!"他定睛看了看树丛下的黄色东西,伸手轻轻取了过来。

这竟然是一把三寸长的铜钥匙!有些锈蚀,但的确是一把钥匙!

郑丽珠疑惑,问道:"爱国,这好像是大门钥匙。看起来更像是你们那围屋的钥匙。鸡公山没有大围屋,也没有大门扇——倒不像是本地人的。"

刘爱国擦去钥匙上的尘土,轻轻刮了刮锈迹,说道:"也可能是大户人家的大箱笼的钥匙。"

"大箱笼?是地主女儿的嫁妆吗?但是,有钱人家干吗跑到这山崖上来呢?"郑丽珠问道。

"有可能。哦,不,应该说一定是大户人家的钥匙。有钱人家当然不会跑到这山崖上来,但是,如果这枚钥匙是有人偷的呢?"刘爱国说。

郑丽珠探身望了望几乎垂直的崖底,说:"你说,会不会跟下面的骷髅……"

刘爱国急忙伸手拉住她,把她拽回到自己身边,说道:"你再这样,我们俩就要变成骷髅了!……"

山间云气变化太快,刚才还是天清气朗,转眼间就乌云四合,崖顶的风渐渐大起来,似乎要下雨了。郑丽珠还想要待一会儿,刘爱国说:"快走!不然,我们就要变落汤鸡了!"

可是上山容易下山难,上山是猿猴一样爬着上,下山就像溜滑滑梯一样溜着下了。刘爱国走在前面,郑丽珠紧跟在他身后,看着下面悬垂的石崖,禁不住脚底颤抖。只怕一不小心,就咕噜噜直翻到山脚去了。

当走到一处断崖的时候,刘爱国先跳过去,站在下方,伸手去拉她的手,她脚底一滑,整个人顿时扑了下去。望着垂直的崖底,她瞬间头脑一片空白。

等到她头脑清醒过来时,她整个人愣住了!

她正把刘爱国压在身下,自己的嘴唇好像碰到了他温软湿润的——啊?!是他的嘴唇吗?她定睛一看,刘爱国满脸通红,十分尴尬!

她也顿时满脸通红!

她连忙挣扎着要爬起来,却发现自己头朝下脚朝上,根本使不上劲。

她很尴尬又很委屈地看着刘爱国,表示自己不是故意的。

刘爱国深深吸了一口气,腰间用力一挺,坐了起来。他怕郑丽珠会被甩出去,在挺起的时候,又伸手紧紧抱住了她的腰身。

郑丽珠被他的动作惊呆了!自己刚刚被他坐起的力量推出去,却又被他的双手紧紧抱在怀中。她不明其意,惊诧地看着他。

刘爱国把她抱在身边,然后站起身,拍拍身上的尘土。他扭头见她还坐在地上,就伸手拉她起来。

"快走吧!雨就要下了!"刘爱国说。

但是,在陡峭的山崖间,如何能快走呢?

当大雨噼里啪啦砸下来的时候,两人才走到半山崖间。雨水冲刷下来的时候,山崖又湿又滑,更加难走。

"我牵着你吧!"刘爱国说。

郑丽珠犹豫,说:"你牵着我,不是更慢了吗?"

"你要相信我。"刘爱国说。

"欸!爱国!你是不是会轻功啊?"郑丽珠在他耳边大声说。

"会一点点!"刘爱国也大声回答。

郑丽珠大笑,山崖间的雨帘中顿时撒下一串银铃般的笑声。

还没有走到草寮,两人的衣服就已经湿透,湿淋淋的十分难受。

刘爱国一口气跑到了草寮,才放开她的手。

于是,两人立刻进了草寮,脱掉湿淋淋的衣服,换上干净的衣衫。

刘爱国还生火烧了水,煮了红糖姜汤。隔着木板,刘爱国叫道:"丽珠,过来喝碗红糖姜汤。预防感冒啊!"

郑丽珠揭了帘子过去,从他手中端过碗。红糖的香甜和姜的辛辣味儿顺着腾腾的热气直往上冒,冲进鼻子,十分醒脑。她慢慢喝了,等到红糖姜汤完全灌进肚子,肚子立刻暖暖的,丹田暖烘烘的,身上的寒湿之气顿时去了不少。

她感激地看着他。

中午,王福仍然没有回来。刘爱国就煮了两个人的饭。郑丽珠想着明后天就是清明节,县里会专门来鸡公山的草房子,进行隆重的祭奠仪式,那个李青松的儿子李春生——于是问道:"你说的李青松的儿子李春生,就在

柳林镇灸草堂？"

刘爱国点点头，说："他从小就生长在灸草堂。李叔公一手把他养大，因为他身体里有一半流淌着雁栖围屋的血。"

郑丽珠听说，雁栖围屋和敬德围屋曾经两次联姻，不禁啧啧感叹。其实，她还想问，李春生和东方闻莺的事情——因为，黄涵秋跟她提起去年中秋节晚上柳林镇卫生院黑影事件的时候，说到了李春生，说他有武功。

那个人有武功，却被黑影所伤，可见黑影武功不在李春生之下。不对，是黑影手中有锋利的刀子。

那把刀子……

郑丽珠沉思片刻，问道："爱国，你——"她刚刚想问刀子的事情，突然又打住了。这件事，涵秋到底卷入多少？

"怎么了？"刘爱国正在叠衣服，抬头问道。

"我是说，爱国，你累了，就歇一会儿，我出去一下。"她说。

"你可别走远啊！山间蛇虫多，你要小心。"刘爱国叮嘱道。

"没事！"她笑了笑。

刘爱国还是不放心，探出头再次叮嘱道："丽珠！你要早点回来！"

山间的雨来得快，去得也快。郑丽珠想着刚才在山崖间的尴尬，不觉好笑。她以为自己是大方的女子，他也是大方的男人，没想到……

她暗自摇头。刘爱国已经有了东方闻莺，或许还如涵秋所说，他们的关系已经很亲密了。但是，为什么自己心中，就是有他呢？从水库开工之时，一直到跟来鸡公山，他的身影笑貌总是萦绕在心中，挥之不去。

她有些苦恼。

大雨过后的山间，树木湿漉漉的，山路也泥泞难走。雨霁云开，天边又亮堂起来，山风阵阵，摇晃着树枝，挂在枝叶上的雨珠，就时不时飞溅下来，落在她身上。

不知什么时候，她的心中升起了一丝莫名的愁思。她想极力把这缕愁思压下去，无奈它却倔强地浮泛上来，纠缠着她的心。

她的良心一直在强调，你这样很不应该，另一个私心却顽强地不听劝阻。

她一直纠缠着自己的心结，不知不觉，已经走到了另一座山头。

此时，她回望对面的草寮，发现草寮已经不在自己的视线范围了。她想起刘爱国的话，就转身回去。

就在此时,她忽然看到树林间有一个身影一闪。她吃了一惊,还以为自己看花了眼。定睛细看,果然,密林深处有一个人影,正伏在地上,不知道干什么。她仔细看那衣服,像是王福!

啊!他是发现了什么动物吗?

她没有叫他。

果然,没有多久,他就拎着一只灰色的兔子,从密林深处慢慢走了出来。他慢慢走着,脸上露出十分兴奋的笑容。

"王福!"郑丽珠惊喜地叫道。

王福吃了一惊,看着她,问道:"丽珠!你怎么也来了?"

郑丽珠笑道:"我随便走走。你运气不错!今天,我们要开荤了?"

"唔,"王福得意地看着手中的兔子,顺手把兔子提高,笑道,"看样子有五六斤呢!我们仨,可以饱餐一顿了!"

两人十分高兴,疲累顿时烟消云散,很快就回到了草寮。

刘爱国洗了衣服,挂在外面,然后拿出笔记本,看看记录的工程进展。他见郑丽珠的身影渐渐消失在山路上,不由得想起东方闻莺,便拿出她的信翻看,心中十分惆怅。他翻出信纸,拧开笔帽,想给她写点什么。千言万语,诉不尽衷肠。她说,每天忙忙碌碌,深夜了还要整理当天的学习情况,晚上常常值夜班。只有夜深人静,才有时间读信,再给他写信。这样也挺好。一个多月的学习,抵得上一年的课本学习呢。

刘爱国则在信中告诉她,大家在鸡公山上的鹞子崖挖土方打坑道的时候,发现了一具骸骨,骸骨下面还找到一个黑色的烟斗,虽然残旧,但是看得出来,和当年在雁栖围屋遗落的烟斗一模一样。最神奇的是,我们还在鹞子崖顶上意外发现了一把三寸长的钥匙!这把钥匙和下面的骷髅有什么联系还不得而知,但这无疑是一条重要的线索。或许当年游击队的许多谜团可以解开了……清明节的时候,县里会在草房子举行隆重的祭奠仪式,当年在草寮被烧死的麻风病人的荒冢,也会好好立碑纪念。

你说,你就是想我了,也不会告诉我。而我,只要我想你,我就会告诉你。千山万水,风儿会捎去我对你的问候,我对你的思念,我对你深深的爱意……

第五十八章

春生接到镇政府的通知,在清明节这天,可以和他们一起去鸡公山祭奠草房子。李叔公还准备了一些药草,说给老陈的老婆补补身子。他准备了独轮车,带了几个竹筐,把药材放在竹筐里,在灸草堂门口等候。

早上七点钟的时候,开往鸡公山的拖拉机就来了。因为是周末,爱民也坐在车上,她代表明德围屋,也顺便去看看哥哥。

春生把竹筐放在拖拉机上,自己则坐在车厢里。

一晃就转了个年头,去年大家一起去鸡公山的情景,还历历在目。那时候,东方闻莺、阿兰,还有不苟言笑的张院长,一路咭咭呱呱前往鸡公山,不知道多热闹。现在,东方闻莺已经心有所属,而阿兰在母亲去世之后,心中很是落寞。一起走着走着的人,就在不知不觉中,散去了。人与人的缘分,也是这样浅薄啊。

我趁他不注意,悄悄跳进了竹筐。竹筐里放着雨伞、镰刀、包袱,还有防蛇虫的药——他可能要在鸡公山待上一两天。我躲在竹筐里,他没有发现我。

春生和爱民有一搭没一搭地说着话。我就趁此机会假寐。

等到了鸡公山,春生急急忙忙去找爱国,想看看那钥匙长啥模样。

当握着这把铜钥匙的时候,春生的手不住地颤抖。

一模一样!

虽然铜钥匙上并没有特别的纹饰,但是他似乎闻到了敬德围屋血腥的味道!

还有,骷髅身下的黑色烟斗……

这是同一个人,还是同一伙人呢?

刘爱国见他脸上阴晴不定,料定他心中波澜万丈,于是说道:"要不,交给公安局刑侦科吧,或许他们更有办法……"

郑县长带了不少人,汽车就停在山脚下。他们慢慢走上草房子,献了花圈,还向烈士致辞。

刘爱国和爱民、春生等人,默默地站在后面。

天色微暗，山风大起来，吹得草房子呼啦啦响。幸好，大家已经用剖细的竹篾把屋顶扎紧了。

而后，郑县长又带着大家去看了当年麻风病人的荒冢。在征求了大家的意见之后，郑县长决定在查清这些病人的身份之后，再让家属来决定是否认领这些骸骨。这些骸骨混在一起，已经很难分辨了。

但是，县政府会立一块石碑纪念。

郑县长视察了矿山坑道的开挖进展情况。他看着女儿有些疲累却精神饱满的面容，说："丽珠，想不想回去？"

丽珠摇摇头，说："我不当逃兵。"

郑县长微笑，点头。然后，他对刘爱国说："公安局带回去的骸骨和烟斗，经过仔细甄别，烟斗和档案局的那个是一样的类型，但是，骸骨的身份还无法判断。目前，公安局正在各个村镇挨家挨户寻访。现在又在鹞子崖顶上找到了一把铜钥匙，线索又多了一条，等有了消息，会第一时间告诉你们明德围屋和雁栖围屋。"

爱民见到哥哥和丽珠，十分高兴，一直问长问短。

爱国见春生仍然不声不响，说："春生，听说我叔祖母身体好多了，谢谢你。"

春生微微一哂："我是收了药费的，说谢就多余了。"

郑丽珠这时候才见到李春生，见他安安静静却有些不太平和，不禁笑了。

春生带了竹筐，打算到山上寻找药草去，爱国建议他去鹞子崖下看看。

爱民看着哥哥和郑丽珠，说："哥哥，我跟春生去了。我亲自采的药草，叔祖母吃了会好得更快。"说完，她也拿了一只竹筐，跟在春生后面。竹筐里有一把伞，清明节前后的天气，说变就变，还是带着雨伞为好，有备无患。

田间会有蕲艾、鱼腥草、车前草、蒲公英等常见的药草。山上有金银花，晒干了泡茶；野枸杞叶子可以煲汤；还可以采一些蕨菜凉拌；细竹笋嫩嫩的，用水焯了，再在凉水中浸泡几个时辰，就可以炒酸菜吃。

春天来了，没有白米，红薯种下了地，就只好打野菜充饥。往往，野菜吃进肚子，更觉得饿。

两人先上山。可以看见密林深处的金盆银盏，细长的花瓣弯曲着，散发着好闻的香气。

爱民摘了一把金银花，要放进竹筐里。她把雨伞拿出来——忽然，什么东西从伞下迅速跳出来,把她吓了一跳!她眼尖,发现竟然是雪融儿!她惊叫道:"雪融儿!雪——"

春生听到她叫"雪融儿",连忙回头看。但见一只大猫,黄色的背部,雪白的腹部和四肢——不是雪融儿,还会是谁?

他急忙叫道:"雪融儿!雪融儿!你别跑!"

我跳出竹筐,朝前跑了几步,并没有走,而是蹲在地上,看着他们俩。

爱民不敢上前,想到手上的抓痕,至今心有余悸。

春生立刻跑过来,向我伸手,要抱住我。我却往后跑了几步,然后停下,看着他。他急切地叫着我的名字,连忙追过来。我一边退后,一边等他。

他紧追不舍。就这样,我们来到了鹞子崖的崖壁间。抬头看那鹞子崖,巍然耸立,如果有什么东西掉落下来……

大家便在这崖底找寻,看能不能有什么发现。

我到处乱窜,不觉到了一处极为陡峭的石壁间。这里,一棵瘦削却十分顽强的老松树扎根石壁内,艰难地向外伸展着虬枝。它针叶稀疏,在石壁间横生着躯干。树底下有一些杂草,杂草上还落着些许干枯的松针。

我慢慢爬过去,伸爪抱住老松树的枝干,然后回头静静地看着他。

春生站在下面,看着我。石壁实在是太陡峭,要上去十分不容易。他叫道:"雪融儿!雪融儿!你快下来!……"

我没有理睬他,蹲在树干上,冲他"喵呜"了几声。

没有多久,爱民跟上来了。她看着人猫对峙,猫不听主人呼唤,悠然自得,不肯下来;人站在下面,焦急万分,不肯离去。

爱民瞧着眼前的情景,忽然说:"春生,雪融儿一直不肯下来,是不是松树下面有什么东西?"

春生说:"一丛杂草而已,还能有什么?"

爱民说:"常常听说,雪融儿身怀灵异,它趴在上面总不肯下来,怕是有什么东西吧!猫不会说话,就用这种方式告诉主人。"她看了一眼石壁,说:"我上去看看。"

春生连忙拦住她,说:"还是我去吧!"他觉得,雪融儿曾经抓伤过爱民,或许雪融儿和爱民,还没有冰释前嫌,自己上去才妥当。

他慢慢地往上爬。可是石壁光溜溜的,没有踏脚之地,也没有可以攀附的草木。刚才只顾着追雪融儿,也没有带镰刀。试了几下,都滑了下来。

幸好他手脚灵活,并不曾受伤。

爱民说:"春生,要不,你顶我上去。"

春生看了看距离,说:"好。"于是,他伸手抱住爱民的腰身,一口气把她送上去,然后叫爱民踩住自己的肩膀,慢慢把她顶上去。

爱民探长手臂,抓住松树下的草木,然后使劲往上一蹬。等她双手抱住松树的枝干,双腿就蹬上去了。

待到她站在松树底下,低头一看,"呀!"一声惊叫,随即滑了下来!

春生连忙伸手接住她,问道:"爱民!怎么了?"

爱民吓得脸色惨白,手指着松树底下,惊叫道:"那里,那里有个骷髅!……"

春生大惊,连忙叫道:"雪融儿!快下来!我们回去!"

我蹲在树干上,冷冷地看着他。

春生叫道:"雪融儿!我知道你的意思了!我们赶紧回去叫人,把上面的骸骨搬下来!"

他连连向我招手。爱民也一直在叫我下去。或许,她忘了手臂上的抓痕?

我见他们这样急切,就立刻跳下来。

他连忙伸手要抱住我,我犹豫片刻,还是乖乖让他搂进了臂弯之中。许久不见,他有些激动,又是埋怨,又是爱怜。

爱民看在眼里,想伸手摸我的脊背,又怕我抓她。

他轻声说:"雪融儿,让爱民抱抱你,好不好?"

我扭头不理。

"算了!"爱民说,"也不知道怎么回事,雪融儿对我有敌意……"她看着我,自言自语道:"雪融儿,你恼姐姐干吗呢?姐姐没有做过伤害你的事情呀!"

春生说:"爱民,过段时间,等雪融儿好些了,就没事了!它会喜欢你的!我们还是快去叫人吧!"

刘爱国听了春生和爱民的报告,连忙跑去看。

郑丽珠叫了鸡公山的几个村民过来。据村民说,村里并没有村民摔下山崖。因为这里危险,鸡公山人也不认识药草,没有必要来这里。

这又是一具可疑的骸骨!

公安局刑侦队火速赶来这里,带了保险绳,把骸骨小心翼翼地弄下来。

从腐烂程度来看,这具骸骨跟挖坑道时候挖出来的那具差不多。

那么,这两具骸骨有什么关联吗?

大家都跟着鸡公山的村民爬上了崖顶,从崖顶往下看,想象着死者当初是不是从崖顶不慎摔下来致死的。

年深月久,已经无法判断死者是被人推下山崖,还是自己失足坠亡。

但是,不管怎么样,这里又多了一条线索。

晚上,爱民就睡在郑丽珠的被窝里。

春生则挤在刘爱国身边。

刘爱国并不排斥雪融儿,可是王福就不喜欢猫。虽然,雪融儿并不吵。它始终安安静静地趴在梁上。

春生想抱着它,让它习惯地趴在自己脚边睡,可是雪融儿不肯。

唉!要是雪融儿会说话,该有多好!或许,它知道那具骨骸的秘密?

清明节到了,天气温暖了许多,就是有寒潮南下,也是冻皮不冻骨。但是,山上的夜晚却是寒冷,跟冬天差不多。

山风呼啦啦地吹着草寮,竹席盖的屋顶"嘭嘭"作响,密林深处不时传来各种奇异的声音,咕咕咕咕,嘶嘶嘶嘶,有时候又像是寒鸦的叫声,低沉而嘶哑,仿佛是在任性地撕裂破布,叫人心惊。

爱民久久不能入睡。

春生爬了一整天的山,酣然入梦。

刘爱国却时常想到王福那把明晃晃的刀子,心里总是睡不踏实。

王福呢,身体往床上一倒,没有多久,就发出了均匀的鼾声。

郑丽珠起先也是夜不能寐。但是,几天过后,繁重的体力劳动消耗了她太多的体力和精力,刚刚钻进被窝,就梦周公去了。

我静静地趴在木梁上,看着这几个各有所思的男女,安安静静地假寐。

在半梦半醒之中,我在恍惚中又来到了雁栖围屋。

李青松得知鬼子要进村的消息,就立刻跑到明德围屋,通知群众进山。然后,他急匆匆地来到雁栖围屋,除了通知群众转移,还要带即将临盆的妻子到雁归崖去。他让小舅子带大家先去雁归崖,然后再急匆匆地赶去敬德围屋,通知自己的族人迅速转移。

一个黑影始终跟在他身后,不远不近,若即若离。因为时间紧迫,李青松没有发现身后的尾巴。

那个黑影悄悄潜入雁栖围屋,就在转入炮台楼的瞬间,"喵呜!"一声惊叫,一只大猫忽然从屋角蹿出来,吓了黑影一跳。他身上的烟斗"啪嗒"落地,他只顾着盯梢,没有意识到东西掉了……

李青松急匆匆地赶往敬德围屋。他刚刚走到半路,一个中等个子、身材瘦削的男人就拦住了他,问道:"青松! 你这么着急,是要去哪里吗?"

李青松说道:"鬼子要来了! 明德围屋和雁栖围屋的群众我已经通知了,就还差敬德围屋了。我得赶紧去……"

那人连忙说:"听说你老婆还在雁栖围屋,好像是快要生产了吧?"

李青松火急火燎地说:"是啊! 我叫她弟弟先带她走,我得赶紧回去……"

"哎呀! 鬼子就要来了,你还是带你老婆先走,我去给敬德围屋报信! 你快走吧! 听说雁归崖那里安全,你们快去吧! 再不走就来不及了! ……"那人很着急地说。

"好吧! 我就先走了。拜托你了,千万要快点去啊!"李青松十分感激。

"我马上就去! 你就放心吧!"他说完,扭头就跑。

李青松急忙撒腿奔跑,赶上妻子和妻弟,扶着妻子坐在独轮车上,他推着独轮车,向雁归崖进发。

这天是农历七月十二,春儿刚刚到达雁归崖,肚子就疼起来。

在中元节这天晚上,孩子就呱呱坠地。李青松,何大娘,还有春儿,心中都十分不安。孩子,你为何会在这样特别的日子出生呢?……

"喵呜! 喵呜——"雪融儿长啸两声,迅疾跳下楼板,蹿出去了。

"三更半夜,吵死了! 还让不让人睡觉!"王福正做着美梦,突然被雪融儿的叫声惊醒,十分气恼。

"怎么了?"丽珠问。

"唉! 它就是任性!"爱民说。

叽叽喳喳的吵闹把春生也惊醒了,他爬起来要追它,刘爱国说:"算了吧! 它本来就是夜行动物,你管它干吗!"

第五十九章

思念苦无药,只有每天把自己累趴下,才能缓解相思之苦。刘爱国看着满山的苍翠,苍翠之中点缀着些许红艳,禁不住心中柔软起来。

大约一个月的样子,坑道已经打进去了,矿砂源源不断地运出坑口,大卡车一辆接一辆开进来,把矿砂运到县城炼矿厂。

这时候,已经是五月了。老人说,梧桐树的叶子可以包住一个鸡蛋的时候,农民就开始插秧了;等到满树的梧桐花儿谢了的时候,天气已经开始热了,秧苗儿疯长,田塍边就有许多泥鳅和黄鳝了。

王福选了有松脂的松树,切片,晒干。在天气晴朗的晚上,点燃松树木片,还带着手电筒,就要去捉泥鳅。

郑丽珠提着水桶,兴致勃勃地跟在后面。王福用竹棍撬开田塍边的烂泥,然后伸手去挖。丽珠就举着火把,再拿手电筒照,看着王福麻利地抓住一条条泥鳅和黄鳝,往水桶里扔。运气好的时候,能捉到小半桶。浑圆的泥鳅和长长的黄鳝在水桶里滑溜溜地钻来钻去。

两人忙到大半夜,也不知道疲累,看着水桶里的战利品,还精神抖擞,毫无睡意。

可是等到第二天中午,王福要把泥鳅、黄鳝做成美味佳肴的时候,郑丽珠的脸色就变了。

王福拿着一把极其锋利的刀子,迅速地给黄鳝剖骨抽筋的时候,郑丽珠的脸色瞬间惨白!

王福手中的这把刀子,和刘爱国画的刀子图案一模一样!难道,王福就是"黑影"?怎么可能呢?

王福看见她脸色骤变,问道:"怎么了?丽珠?身体不舒服吗?"

郑丽珠勉强笑道:"没有。我是看着血淋淋的,感觉有点儿恐怖……"她急忙跑去找刘爱国,然后低声告诉了他。

刘爱国皱起了眉头。王福还真是大胆!他竟然把刀子带到工地来了!丽珠这样在他身边,是否安全?看在黄涵秋的份上,他应该不会对丽珠有什么歹心。但是,如果丽珠识破了刀子的秘密,就很难说了。

矿山已经正常生产,郑丽珠回到了宣传部,而王福则去了炼矿厂,当他的保卫科科长。

刘爱国在县政府秘书处。接下来的工作,就是全县的计划生育宣传了。

自从上次在槐花巷被黑影截住,黄涵秋的心中就有了阴影。郑丽珠去了鸡公山之后,她就没有再去姑父家。姑父说,自己一个人吃饭,不用那么麻烦,就在单位食堂吃好了。现在,丽珠又回来了,她正考虑要不要过去。

母亲说,既然丽珠都回来了,你就过去吧!做事情要有始有终,不要半途而废。就算是亲戚,感情也是要靠平时积累的。

丽珠去了鸡公山,而王福竟然也去了鸡公山!姐姐有没有发觉什么呢?这个问题堵在她心中,十分烦恼。

放学后,她草草收拾了东西,就骑了自行车,火速赶去姑父家。他们都还没有回来。

淘米、洗菜、做饭,涵秋自然得心应手。等到饭快做好的时候,丽珠回来了。姑父在单位还有一些琐碎的事情,两个姑娘就先吃。

涵秋问起鸡公山的事情。丽珠盯着涵秋,问道:"涵秋,去年柳林镇卫生院的黑影事件,你到底卷入多少?啊?你现在实话实说,我还能帮你,你要是再不说,等到刘爱国先发现了,看你怎么收场!"

涵秋眼神里闪过一丝惊慌,却强自镇定。她勉强笑了一下,说:"姐姐!你到底怎么了?吃错药了?老是怀疑我做什么呀!"

丽珠严肃地说:"涵秋!王福手中有一把手术刀。他一个保卫科人员,哪里来的手术刀?!医院的手术刀是专门管制的,不可能外流……"

"啪啪!"涵秋手一抖,筷子掉落地上,她连忙弯下腰,捡起来。

她看着丽珠严厉的样子,心中有些慌张。她还是辩解道:"姐姐!这个——这个,我怎么知道嘛!王福的手术刀是怎么来的,你问他不就是了!你干吗问我呀?哎呀,姐姐,你是怎么发现他的手术刀的呀?"

丽珠见她神色慌张,更加确信自己的判断,于是说道:"涵秋,王福说要去抓泥鳅、黄鳝,我就跟去了。结果他拿着刀子给黄鳝剖骨抽筋的时候,我傻眼了……"

涵秋小心翼翼地问道:"姐姐!你是怎么认出那把手术刀的呀?你怎么知道,王福的手术刀就和柳林镇卫生院的黑影事件有关联呢?"

丽珠说:"当然是刘爱国发现的。在水库的小棚屋里,我见到了刘爱国

画的图纸。那张图纸上画的,就是王福的那把手术刀的样式。他问过东方闻莺,说这种手术刀是十几年前的样式了,不是现在常用的手术刀样式。而且,柳林镇卫生院也没有丢失过手术刀,这就奇怪了……"

涵秋问道:"姐姐,既然你认出了王福手中的刀子是医院的手术刀,你和刘爱国为什么没有当场揭穿他呀?你们俩把他拿下,再交给公安局审问,不就一清二楚了吗?"

丽珠盯着她,问道:"真的要把王福交给公安局吗?涵秋,你和王福到底是什么关系?如果王福被带去了公安局,你会怎么样?"

涵秋不能迎视她凌厉的目光,低下头,说:"十几年前,我爸爸和王福的爸爸都在文物局工作,所以我和他从小就认识,仅此而已。"

丽珠叹息一声,说:"如果真的仅此而已,那就好办了。"

吃完饭,涵秋无心在姐姐家逗留。她站起身,说:"姐姐!我该回去了。"

丽珠看看外面,连忙说:"天太黑了,我叫大门保卫人员送你回去吧!"

涵秋想起上次在槐花巷遇到黑影的事,至今还心有余悸,于是说:"好。"

外面的确黑得伸手不见五指。涵秋回到家的时候,父亲还没有回来,母亲在桌上留了一张字条,说是去朋友家了。家里空荡荡的没有一个人。她打开灯,慢慢走进自己屋子,坐在书桌边,支颐沉思。都说纸包不住火,难道过去的事情就要东窗事发了吗?这个死王福,他竟然把刀子亮出来,唯恐世人不知,他到底想干什么?

她手上拿着笔,下意识地敲着桌面,心中烦恼透了。

忽然,阳台那边似乎"噗"的一声轻响,她吓了一跳。又是隔壁家的猫跳过来了吗?那家伙,偶尔会跳过来,还跳上餐桌。她连忙站起身,走出去看看。

阳台上却没有异样。倒是外面起风了,吹得晒衣杆直晃荡。她连忙拿了叉子,把衣服收下来。

当她抱着衣服回到房间的时候,她被屋子里的景象吓得差点晕过去!

王福端端正正地坐在她的书桌边,跷着二郎腿,悠然自得地看着她。

涵秋手中的衣服顿时散落在地上!她结结巴巴地问道:"王福!你、你、你、你!你是怎么进来的?!"

王福微笑,说道:"我是怎么进来的不重要。重要的是,我想你了,而且是十二万分的想!"

涵秋看他满脸坏笑,手忙脚乱地把地上的衣服捡起来,放在床上,厉声喝道:"王福!这里是我的家!你这样偷偷摸摸地进来,你这叫私闯民宅!你马上给我出去!出去!你再不出去,我就报警了!……"

王福笑了,提高声音说道:"涵秋!我又不是小偷!我可没有偷你家什么东西!再说,我从上小学开始,就常常来你家玩。都这么多年了,你家可曾丢过什么东西没有?"他霍地站起身,两手一摊,然后朝身上一拍,说:"我身上没有任何东西,你可以搜身。你要报警,可以!不过,你最好还是听完我说的话,然后再决定要不要报警。"

涵秋看着他冷森森的目光,心中顿时虚了半截。不就是叫他去柳林镇卫生院装神弄鬼吓唬了东方闻莺吗?就这点儿小事,自己从今以后都要被他拿住把柄,任由他摆布了吗?她心中愤怒,骂道:"王福!你这个卑鄙小人!你以为你就可以威胁我了吗?我叫你去装神弄鬼吓唬人的?哼!你有证据吗?我没有把柄在你手里!我黄涵秋从来都没有唆使你去干坏事!是你自己下作,觊觎人家美色,半夜装神弄鬼,暗中行不轨之事!还有,说不定很多年前,柳林镇那个叫什么阿香的女护士,也是你假扮黑影吓坏的……"

王福脸色十分难看,他冷笑道:"黄涵秋!我们从小就玩过家家什么的,从很小很小开始,我就佩服你的聪明才智,还有你事后爱赖账的勇气。你不承认指使过我假扮黑影去吓唬东方闻莺,可以!没关系!我早就料到你会来这一手。所以,今天,我要跟你说另外一件事,你从来没有听说过的事情。"他凑近涵秋的脸,盯着她的眼睛,问:"你要不要听?如果你不想听,也没有关系!我可以不说!我立马出去!"

涵秋脸色铁青,问道:"你说!我让你说!我看你的狗嘴里,能吐出什么象牙!"

王福嘴角一弯,微微一笑,然后倏地沉下脸,慢慢地说:"涵秋!你还记得,我们小时候是怎么认识的吗?"

涵秋冷冷地看着她,说道:"有话快说!有屁就放!扯什么闲篇!"

王福直视她寒冰一般的眼睛,忽然脸上现出一丝失落。他慢慢说道:"涵秋!难道,在你的心中,就再也没有我们的过去了吗?"

涵秋扭过头去,不理睬他。

王福点点头,说道:"好!既然你这么决绝,我这就告诉你。我们还在玩过家家的时候,我的父亲和你的父亲,都在县文物局工作。我父亲还没有得病的时候,他就知道,文物局的东西被人偷换了。你父亲不仅书法好,国画也不错,是吧?"

文物局的东西被调包了?涵秋听得一头雾水,从来没有听说过!她盯着王福,问道:"你究竟想说什么?"

王福冷笑道:"我是想说,十几年前,文物局的一些东西就被人调包了!那时候,你的父亲正好是文物局的局长!"他嘴角漾起笑意,眼睛一动不动地看着她。

"你是想说,那时候我的父亲没有发现东西被调包,失职了吗?"涵秋心中顿时升起一股寒意。如果东西真的被调包,那么,父亲会面临什么处罚?

王福说:"涵秋!那时候你虽然还小,但是,你总该有些许印象,你的父亲下班回到家,曾经往家里拿过什么东西吧?"

涵秋似乎脚下一滑,往后退了两步,她愣怔了一下,差点摔倒。王福连忙伸手扶住她。她猛然甩开他的手。

"王福!你到底想说什么?你就明说好了!"涵秋颤抖着声音问道。

"我父亲很早就发现,你的父亲拿走文物局的东西,说太喜欢了,要拿去临摹……等临摹完了就拿回来……"王福说。

"就算我父亲拿了文物局的东西回家临摹了,临摹完了就送回去了。你凭什么就说东西被调包了呢?你别血口喷人!"涵秋质问道。

"受你父亲影响,我父亲也喜欢文物。对于文物的鉴定,他也学到了一些粗浅的知识。文物真迹和赝品,还是差很远的。当我父亲发现文物被调包之后,他就被调到别的单位去了。别人都说,是我父亲向你们家提亲的,其实,是你父亲向我们家提亲的。不信,你可以问问你妈妈。"王福嘴角泛起笑意,说。

涵秋的背上,已经满是冷汗。她浑身瘫软,歪坐在书桌边。她无力地问道:"那你父亲,当初为什么不肯揭发我父亲呢?还要同意我们家的提亲呢?"

"因为那时候我父亲,已经知道自己的病无药可医了。就算把你父亲交给公家,对自己也没什么好处。再说,你父亲树大根深,还有在市里的亲戚,蝼蚁不能撼动大树……我父亲爱子心切,他还有些私心。如果你父亲愿意照顾我,能让我将来有好工作,有好对象……"他的眼睛里,忽然笼罩了一层荫翳。

涵秋盯着他,看着他忽然颓丧的样子,说:"你父亲去世多年,你现在才说出这样的话,有什么意义呢?你认为,人家还会相信你的话吗?"

第 六 十 章

王福微笑,说道:"涵秋,我了解你,你也了解我。我是那种信口开河的人吗?没有证据,我就敢胡说八道吗?再说,县长大人还是你的姑父呢!我得想想自己的下场呀!"

涵秋忽然头痛欲裂,说:"王福,你说,你想要什么?你到底要什么,才肯罢休?"

王福忽然脸上罩上一层寒霜,他的瞳孔蓦然收缩。他凑近她的脸,低声问道:"涵秋,是不是我想要什么,你都可以给我呢?"

涵秋伸手推开他,说道:"你且说说看。我可以考虑。我不敢说什么都可以给你,但是,我力所能及吧!"

王福的眼睛里忽然闪过一丝温柔,他凑近她耳边,低声说道:"我想要你,可以吗?"

温热的气息喷在她的耳后,涵秋顿时满脸通红,伸手扇他一个耳光,"啪"一声响亮而清脆。

王福脸色涨红,他十分恼怒,蓦然伸臂箍住她纤细的腰身,然后右手按住她的头,低头咬住她的双唇,热烈地亲吻起来。

涵秋大惊!她使劲挣扎,奈何他力大无穷,自己根本动弹不得!她又惊又怒,伸脚使劲踢他。

她的剧烈反抗更加激怒了王福。他手臂轻轻一提,就把她抱起来,然后扔到床上,随即压在她的身上。

涵秋震惊得几乎要昏死过去!她使出吃奶的力气反抗,王福却紧紧抓住她的双手,叫她无可奈何。

两人在打斗纠缠当中,涵秋咬伤了王福的脖子。王福随即放开她,伸手扇了她一个耳光。他站在床前,冷冷地说:"黄涵秋!其实我对你并没有什么兴趣。就你那小身板,还真是没有意思。但是你太过嚣张!你想背信弃义,把我玩弄于股掌之间,我十分高兴!我倒是想知道,你我之间,到底是谁能玩得过谁！我现在警告你，你要是敢在我身上耍花样，你们家那位尊敬的黄局长，还有一人之下万人之上的郑县长，还有美丽的郑丽珠，统统都——"他伸出食指，在唇边比画了几下，就摔门走了。

涵秋躺在床上，满脸热辣辣的。她伸手抹着脸上王福留下的口水，禁不住失声痛哭！她哭了几声，挣扎着爬起来，拿了衣服，去洗干净。在狭小的洗澡间，她一边哭一边拿毛巾使劲搓着身体，仿佛自己如花似玉的清纯的身体，已经沾上了搓洗不尽的泥尘。

王福，王福！什么时候，他变成了一个恶魔？！他向来对自己温顺，从来都没有违逆，对自己家人也一向是恭恭敬敬。到底是什么时候，他就变得这样坏了呢？好在，他终究没有破坏自己的名节，这也算是不幸中的万幸了。

色鬼，淫贼，他就算放了自己一马，我也要他好看！……

不好！姐姐！涵秋急忙穿上衣服，想要去告诉姐姐，他要欲行不轨！可是她刚刚跑到门口，就停住了脚步。他，还在门口吗？她禁不住双脚颤抖。

她不敢打开门缝悄悄看一眼。她歪着身子靠在门板上，欲哭无泪。引狼入室，说的就是我黄涵秋吗？！……

父亲把文物局的东西调包了？半晌，他才想起王福的话。于是，她跌跌撞撞地进了父母亲的卧室，寻找他所说的证据。

抬头看去，床头墙上挂着一幅兰草图，看那落款，是父亲的亲笔签名；再看书桌上方挂着一幅牡丹花鸟图，也是父亲亲笔签名。大衣柜上画的梅花，是父亲亲手画的——这是听母亲亲口说的。当初，祖父母请木匠打造大衣橱，父亲就亲手画了梅花在上面。这些都不可能是文物局的东西……

那么，父亲拿回来的东西，到底藏在哪里呢？她打开衣橱看看，里面除了衣服棉被，没有其他；再打开书桌抽屉，里面除了母亲的一些琐碎东西，并没有什么文物；她不甘心，又弯下腰去床底下寻找。这时，外面响起了父亲的声音："涵秋，你在我的屋子里吗？"

涵秋一惊，连忙站起身，疾步迈出门去，问道："爸爸！你怎么才回来？"

"咦？涵秋，你哭了吗？怎么眼睛红红的？啊？是谁欺负你了？"父亲看着她，十分惊讶。

"没有！没有！我没事！就是眼睛有点痒……"涵秋连忙伸手遮住眼睛。

父亲不放心,连忙拿开她的手,关切地问道:"涵秋,你的眼睛很痒?什么时候开始的?啊?眼睛痒,很可能是红眼病。你千万别用手挠,容易受伤。要不,我带你去医院看看……"

"我没事!我真的没事!"涵秋急忙往后躲,然后闪身进了自己屋子,"砰"一声关了门。

她听到父亲叹息了一声,就去拿茶壶筛茶了。

寂静的夜空忽然打了一个霹雳,接着,遥远的苍穹隐隐响起了雷声。起先,十分低沉,"轰——轰隆——轰隆隆——"仿佛是谁在天幕背后滚动巨大的石碾子,低沉的回声持续了一阵,蓦然又是一个霹雳——

涵秋仿佛是被巨大的响声震晕了,她感觉自己的脑袋也在剧烈摇晃。昏黄的灯光突然暗了一下,又突然骤亮,然后就熄灭了!玻璃窗迅速摔打起来,"砰砰砰砰"一阵乱响。

无边的黑暗,伸手不见五指,涵秋仿佛坠入无底深渊!她惊吓得完全忘记了自己身在何处!

巨大的恐惧,使得她再也无法控制自己,禁不住放声大哭!

一阵急促的脚步声迅速传到门口。"涵秋!涵秋!"父亲急忙打开门,拿着手电筒走进来,问道,"涵秋,你怎么了?"

涵秋看着手电筒照见的光亮里,蓦然出现父亲慈爱的脸,仿佛在地狱深渊,终于见到光明,于是,她扑进父亲怀中,紧紧抱住父亲的肩膀,失声痛哭!

父亲十分诧异,连忙问道:"涵秋!你是被霹雳吓着了吗?你这孩子!年年不是这样打雷?都这么大人了,还怕下雨吗?哎呀,灯泡烧坏了?你床头不是有手电筒吗?"

父亲倒是被女儿异常的惊慌吓着了。他把涵秋带到客厅,让她坐下来,还泡了一杯白糖水给她喝。他轻轻拍着她的肩膀,关切地问道:"涵秋,你最近总是有些失魂落魄的,是在学校发生了什么事吗?"

涵秋摇摇头。

父亲看着女儿失神的眼睛,又问道:"我听你妈妈说,你一直都不肯去相亲……就因为那个刘爱国?你心里还是放不下?唉!你这孩子!刘爱国他算啥呀!你向来豁达开朗,怎么会这样一叶障目,不见森林?现在,你姑父是县长,有多少好人家等着你挑呢!都是爸爸不好,整天忙着工作,对你关心太少……"

涵秋含泪看着父亲,从小到大,父亲都是这样慈祥和蔼,从来都没有疾言厉色,更说不上打骂了。他会是把文物往家里拿的人吗?……

霹雳撕裂天幕,闪电几乎要震碎人的耳膜,雷声趁机从那天空的破碎处传下来。暴雨随即倾盆而下。

春生急忙去关上窗户,然后去看雪融儿。他手持油灯找了一会儿,终于发现它就躲在竹榻底下。他伸手去把它抱出来,让它待在自己身边。

狗怕霹雳,猫也怕霹雳。或许,前世总做过一些遗憾事,今生才不免时常心中虚慌,以至于一点点动静,就忐忑不安。

但是,不管怎么说,回到了灸草堂,就是回到了家,日子就归于正常。敬德围屋废墟上的血泪,鸡公山草房子和鹞子崖的悲伤,明德围屋的噩梦,都渐渐模糊。雁栖围屋的大猫,又带着几只小猫崽,欢快地爬上爬下,它们跃下大门口的石狮子,蹿上炮台楼,一直跳进我的梦里。

我短暂而香甜的梦,又如池塘边的桃花梨花,嫣红雪白,暖洋洋的,似乎要酥软我的身心。

我几次不辞而别,使得他的心十分脆弱。他时常把我抱在怀中,生怕我离去。或许他认为,我在野外太过凶险,随时都可能死去。他不能断了对父母亲的念想。

只要我还活着,他就能梦到他的父母双亲。他的父母亲,曾经那么宠溺我,似乎已经把剩下的灵魂,附着在了我身上。而我,除了年年岁岁的陪伴,却不能祛除他心中的块垒。

那只黑色的烟斗和那两具不知名的骸骨,还有那三寸长的铜钥匙,我还是无法破解。奈何桥下升起的黑色的迷雾,笼罩住了生的终点和死的起点,使我脑中混沌一片。

回到县城以后,大家就开始着手调查全县的育龄妇女情况。马上就要开展计划生育工作了,县政府和宣传部的同志带着各级镇政府的人员,要下乡进行统计,还要到乡卫生院了解外科医生配备情况。刘爱国开着拖拉机,带着郑丽珠,先到了柳林镇卫生院。

郑丽珠站在卫生院大门口,向里面张望了一会儿。这样一座医院,前后门都是铁门,围墙上插满了碎玻璃,看上去也结实,怎么就会发生黑影事件呢?

张耿之院长亲自接待了两人。据悉,妇产科的徐医生技术过硬,在县城培训了几天,应该可以做节育手术;外科手术过硬的还有张院长本人。

群众不愿意男医生接生,做节育手术的话,应该可以接受。

郑丽珠看了当初出事的值班室,还上了二楼,看了看东方闻莺曾经居住过的屋子。二楼的楼梯间有铁门,这是因为多年以前,出现过黑影事件,闹得女同志惶惶不安,所以才安装的。

王福的手术刀——郑丽珠蓦然想起这件事,就问道:"张院长,你们卫生院有没有丢失过一把手术刀?"

张院长想了想,说:"以前,我们卫生院有个叫阿香的护士,住在一楼,老是说听到晚上有脚步声,在她门口走来走去。她心里害怕,就拿了一把手术刀藏在枕头底下防身。后来黑影摸进她的房间,她拿出手术刀自卫,结果手术刀被黑影夺了去。黑影一直没有抓住,手术刀也被黑影拿走。出了这种事以后,她申请调回原籍,那把手术刀也就没有了下落……"

刘爱国说:"能让我们看看手术刀的样式吗?"

张院长带着他和郑丽珠到手术室去看。手术刀都是配套的,唯独那套丢了一把,因此一直被搁置。

刘爱国从刀鞘内慢慢抽出手术刀的时候,郑丽珠眼睛一亮,果然和王福手中的手术刀一模一样!"就是这把!"她低声说道。

张院长一怔,问道:"怎么,你们发现线索了吗?"

刘爱国仔细端详着这把手术刀,说道:"某人手中有一把刀子,和这把一模一样。那把刀子是否就是你们医院丢失的这把,这个还有待于调查。我们会跟公安局汇报的。"

张院长心中一凛,问道:"是谁?"

郑丽珠说:"现在还不能说出他的名字。张院长,那个叫阿香的护士,我们想找到她,了解当年出事的情况。"

张院长说:"她叫何香,是衡塘人。她被黑影惊吓到了,有些神志不清,她的家人就要求带她回老家。她回老家之后,我们就再也没有她的消息。"

刘爱国做好了记录,就开着拖拉机,直奔鸡公山。矿山的坑道出现了塌方,郑县长叫他顺便去看看。安全生产,始终要高度重视。另外,鸡公山患神病的妇女,最近又多了几个,到底是什么原因,要去搞清楚。

从柳林镇街市到鸡公山的马路开阔了不少,但是,由于大型卡车日夜不停地运输,超重的碾压使得这条通往鸡公山的路坑坑洼洼,十分不好走。一路颠簸,几乎能颠散人的骨架。连一向能坐长途的郑丽珠,也有些吃不消。她几次下车,缓解因为剧烈震荡而难受至极的胃。

"早知道这样,就去灸草堂拿点凉茶给你喝。"刘爱国轻轻拍着她的背,说道。

郑丽珠喝下几口水,长吸了一口气,说道:"没事。"她看了一眼刘爱国,见他明朗的脸,似乎黑了一些,于是笑道:"别人都说,柴油好香,要是能喝,准能喝三大碗。可是我不行。"

刘爱国抬头看看天空,说道:"要不,你就在镇里休息,我一个人去就可以了。"

郑丽珠说:"这怎么行!走吧!我不拖后腿。"

两人到达鸡公山矿山的时候,已经是快正午。矿山的工人正在疏通坑道,小推车一辆接一辆从坑道里面推出泥土。几辆大卡车正停候在坑道口,随时待命。

下午,刘爱国和郑丽珠也参加了坑道的清除泥土的工作。一直挖到傍晚,终于把坑道打通了。刘爱国和郑丽珠戴着安全帽,探身进了坑道。两人打开安全帽上的探照灯,手里还拿着手电筒,慢慢地向坑道深处走去。

第六十一章

坑道地面还散落了许多碎土,矿工正在扫着地面。两人渐渐走到坑道的尽头。狭长的坑道,已经按要求打了木桩,浇筑了水泥,走到坑道尽头,凭着手电筒的光亮,可以清晰地看到矿脉延伸的方向。刘爱国和郑丽珠还要仔细观察矿脉,跟在后面的两名矿工说,天色不早了,明天再来看吧!说完他们就退后了几步,等着他们俩回去。

就在这时,刘爱国忽然听到头顶有轻微的响动,他本能地一拉郑丽珠,就往旁边闪去。就在躲闪的一瞬间,身后的矿工一声惊叫:"不好!塌方了!"头顶呼啦啦一阵响动,潮湿的泥土瞬间就堵住了坑道的出口!

刘爱国大惊!郑丽珠还从来没有遇到过这种情况,急忙问道:"爱国!怎么回事?我们要被困死在这里了吗?"

"别怕!刚才两名工人应该能成功逃脱。只要他们出去了,就会带大家来救我们的。"刘爱国轻轻拍她的肩膀。

郑丽珠看着面前潮湿的土堆,声音颤抖,问道:"他们两个,真的逃出去了吗？他们能及时把我们救出去吗?!……"

这时，刘爱国手中的手电筒慢慢地变暗了，再看看郑丽珠手中的电筒，也没有多少亮光了。安全帽上的探照灯，光亮也有限。于是，刘爱国说："丽珠，你害怕吗？"

丽珠犹豫片刻，颤抖着声音说："我，我，不，不怕……"

刘爱国说："这个土堆不小，要完全清除得花一点儿时间。我们要保留手电筒的光亮……把手电筒关了，探照灯也得关了，这样，他们来救我们的时候……"

"可是，那不就一片漆黑了吗？……"郑丽珠呼吸急促，声音更加颤抖。

"不怕！有我呢！"刘爱国声音平静，甚至还轻松地笑了一声，说，"没事的！我们只要安安静静地等救援就好了。"

手电筒关了，探照灯熄灭了，周围顿时一片漆黑。郑丽珠伸手紧紧抱住刘爱国，生怕他撇下自己独自离去。

刘爱国为了安慰她，只好伸手抱住她的肩膀，一边和她说话。"丽珠，你最想听什么故事？或者，你会说什么故事，说给我听听。"

丽珠把头伏在他的肩膀上，说："我最想听雪融儿的故事。为什么那只大猫，那么有灵性？它竟然能找到山崖中的骸骨，真叫人百思不得其解。难道，它真的是传说中的灵猫？"

"唉！如果雪融儿没有这点灵性，我们明德围屋和雁栖围屋也就不会有那么多的恩怨了！"刘爱国幽幽地说。

"你们两家有许多恩怨？"丽珠问道。

"嗯。"刘爱国就把抗日战争期间李青松带着雪融儿上鸡公山鹞子崖，三年困难时期明德围屋的人把雪融儿一家烹煮了等事情都告诉了她。

丽珠听得入了神。不知不觉，她仿佛来到了一个极其空旷的野外。乳白色的浓雾经久不散，一直笼罩着这片旷野。没有风，也没有人声。一只大猫在浓雾之中时隐时现。它黄色的脊背，雪白的腹部，健硕修长的身躯，黄绿色的眼睛似两颗闪闪的宝石，时不时乜斜着她。

她兴奋得想去追它。它却始终目光清冷，若即若离，爱理不理。它的冷傲更激起了她的勃勃兴致。她一直追着它，在浓浓的迷雾之中转悠。忽然，她脚下一空，瞬间掉进了无底的深渊！她的身体急遽坠落，仿佛要坠入大地之黑洞！身旁刮起了呼呼的风声，吹得她浑身冰冷。她的身体在慢慢变冷，她的血液似乎也在慢慢凝固，她的心几乎要停止跳动。她张开嘴，大声求救。

可是,她似乎被窒息包围,仿佛掉进了一个真空的容器之中,不管她怎样大声呼救,都听不到自己的声音。

莫非,我就要永远离去?

她惊吓得拼尽全身的力量,大声呼喊:"爱国!爱国!你救救我!你快救救我!爱国!爱——"然后,她再也发不出声音!

她的脑子里一片空白!

就在她的意识慢慢恢复的时候,她仿佛感觉自己的身体停止了下坠,落在水面上。她慢慢睁开眼睛,发现眼前是一片荷塘,池水清澈,似一块明镜;水面上漂浮着许多小小的青萍,几条小鱼在青萍之间嬉戏;荷花还没有开放,一根根青茎亭亭玉立;岸边垂柳依依,一只大猫站在柳树下,默默地凝视着她……

丽珠竭尽全力地叫道:"雪融儿!雪融儿!快去叫刘爱国,快把我拉上岸去!……"她挣扎着,可是她越是挣扎,就陷得越深!慢慢地,她的身体又往下沉,往下沉,一直沉到水面以下,她不能呼吸,头痛欲裂,胸口似乎要炸开……

许久,她感觉自己躺在某人的臂弯里。她慢慢睁开眼睛,一道强光直射眼睛,她无法看见任何东西。只是凭着感觉,是刘爱国在抱着她。他满脸愁容,低下头,含住她的双唇,一下一下地吻着她。他强有力的气息,终于驱散了她身体的寒冷,她浑身几乎要凝固的血液,又开始缓慢运行,心跳也开始跳得快了,她的手慢慢感受到了他胸膛的温暖。当她察觉到他的心跳的时候,她就听到他急切的呼唤:"丽珠!丽珠!你醒醒!你快醒醒啊!丽珠!……"

刘爱国看着丽珠终于慢慢地睁开了眼睛,心中松了一口气。

丽珠被他安全帽上的探照灯的强光照得睁不开眼睛,刘爱国连忙摘下安全帽,把它放在身边,关切地问道:"丽珠!你感觉怎么样?"

"我头疼!"丽珠伸手摸了一下自己的脑门,问道,"爱国,我这是怎么了?"

"你没事,只是有些缺氧。现在,好些了吗?"刘爱国伸手抚摸着她的脑门,说。

"我刚才是晕过去了吗?"丽珠问道。

"嗯,是。你摸摸自己的脸,就知道了。"刘爱国说。

丽珠伸手摸摸自己的脸,烫得很。她又伸手摸摸他的脸,他的脸也很烫。两人的脸,一定是涨红。忽然,她想到刚才在迷迷糊糊之中他吻住自己的情形——难道他给我做人工呼吸了吗?她蓦然羞愧,低下头,不敢抬头,生怕看见他的眼睛——虽然探照灯就在身边,可是自己并不能看清楚他的脸。

她想离开他的双臂,可是,巨大的恐惧却使得她没有勇气。她埋着头,低声说:"爱国,刚才,我梦见雪融儿了。"

刘爱国低声问道:"哦,是吗?"

丽珠轻声说:"我梦见自己掉进了池塘,陷进了烂泥里。池水就要没过我的头部,于是我大声呼叫雪融儿,叫它去喊你快来救我——当时,它就在岸边的柳树下……"

"哦。丽珠,你要坚持,千万不能睡觉!你一定要挺住!啊……"刘爱国说。

没有多久,她的身体又开始绵软,慢慢瘫在他的臂弯里,刘爱国急坏了。他疯狂地摇晃着她的身体,大声叫道:"丽珠!丽珠!你不能睡觉!你振作起来!你一定要振作起来啊!……"

丽珠只感觉自己浑身无力,昏昏沉沉,仿佛整个身体已经不是自己的了。刘爱国剧烈地摇晃她,使得她又无法安然睡去。她悠悠醒转,渐渐恢复意识的时候,知道自己如果不能清醒,就真的要永远睡过去了。她低声说:"爱国,你亲亲我……亲亲——我,就——好——了。"

刘爱国低下头,含住她的双唇,一次一次给她换气。

丽珠的心跳,又慢慢加速。她也回吻他,尽量热烈地吻他……

疾风骤雨过后,天地又恢复了安宁。夜色深沉,窗户外面有了些许亮光。我听着他轻微又均匀的呼吸,知道他已经沉沉坠入梦乡。时至今日,他的梦境还是不能完全平静。敬德围屋的血腥惨状,总是在令人不安的影子中浮现。

那个曾经出现在他梦境中的女人,已经心有所属,又叫他万分惆怅。一切都是天意,一切都是命中注定,无法强求。他的心,始终浮浮沉沉,以前,东方闻莺还在柳林镇卫生院的时候,偶尔还能见上面,现在,是远隔天涯,连香魂都未曾入梦了。

她去了,今生今世,或许都不能再见面了!

我却知道,世上的事,往往百转千回,在你强烈渴求的时候,是望穿秋水也无法再入眼帘;在你心如死灰快要忘记的时候,她却出人意外地出现在你的眼前。

一钩残月,如一把锃亮的弯刀,闪着寒芒,几回回划碎人心;又如一道弯弯的蛾眉,美得醉人,总在酒醉似的梦中百转千回。此刻,它静静地贴在深暗的苍穹,无言地看着我,似在嘲笑我的痴心。

天气渐渐热起来,毕竟入夏了。郑丽珠骑着自行车,径直往炼矿厂去。公安局去衡塘找了当初在柳林镇卫生院工作过的护士何香,很遗憾的是,她竟然不记得当年的黑影事件了。那件事对她的打击太大,她竟然完全遗忘了。

看起来有希望的线索,再一次中断。丽珠想着要见到王福,心里又打鼓。

她到达炼矿厂的时候,王福正笑眯眯地站在门口迎候。他带着她去了厂长办公室。厂长亲自接待了她。做完了信息采集工作,厂长还亲自送她到大门口。

她不经意地看了王福一眼,而王福也正不经意地看着她。她骑上自行车,离开了炼矿厂。仅仅走了不到一里,后面就有人喊:"丽珠!丽珠!你等等!"

她回头一看,却是王福。他骑着自行车火速追上来,说:"丽珠,你的东西掉了。"

丽珠低头看看自己的包,然后打开包,检视了一下,说:"我没丢什么呀!"

王福笑道:"你丢了一件事。"

丽珠见他神情诡异,不禁十分反感,没好气地问道:"王福,你到底想说什么?"

王福眼睛向上翻了一下,说:"唉!你不想听就算了!就算我多嘴。"说完,他骑上自行车就要打道回府。

"王福!你能不能光明正大一点儿?鬼鬼祟祟的,叫人看着就不爽!"丽珠气恼道。

王福嘴角漾起冷笑,说道:"郑丽珠,到底是谁不能光明正大呢?在没有搞清楚事实之前,你最好不要瞎说。我是想告诉你,你的好妹妹,黄涵秋同志,她生病了!你只顾着工作,有几天没有见到她了吧?我好心告诉你,你可不能当作驴肝肺!我为什么没有当着厂长的面儿说,你只要去看看黄涵秋,就什么都明白了!到时候,你感谢我还来不及呢!哼!"说完,他径直回去。

丽珠大惊!她连忙骑着自行车,就要去找涵秋。但是,涵秋病了,她是在家里休养?还是在医院?或是带病去上课了?她扭头看着王福远去的背影,十分懊恼。她看了一眼手表,才九点多。她伫立片刻,想了想,还是决定去学校看看,来沙塘县这么久了,还没有去过沙塘县中学。

自行车飞一般疾驰到学校门口。她站在门口向里面张望了一会儿,想起涵秋和东方闻莺之间的事情。当时,东方闻莺追那个叫什么阿青的小护士,就追到这学校门口。她慌慌张张地撞到了一个骑着粉色自行车的姑娘——她小巧玲珑,看上去面容端正,样貌不错,这些都符合涵秋的特征。涵秋看见那个叫阿青的小护士明明被拽回去了,却跟东方闻莺说,那人向通往绿云水库的那条大路跑过去了,——然后就有东方闻莺跳水库的传闻……

涵秋,涵秋!你到底害了谁!

丽珠头皮发麻,慢慢走进了学校。门卫老大爷带着她去了涵秋的办公室。大家都去上课了,只有涵秋一个人独自待在办公室。她手中拿着红笔,呆呆地坐着,双目失神。

丽珠对老大爷说:"大爷,谢谢你!"老大爷应了一声,就走了。

她轻轻走进去,拍了拍涵秋的肩膀。涵秋大惊,立刻回头,见是姐姐,才松了一口气。

涵秋双目惊骇,她不同寻常的惊慌,引起了丽珠的警觉。她把办公室的门关上,然后坐在涵秋身旁,低声问道:"涵秋,你怎么了?"

涵秋咬着嘴唇,眼泪大颗大颗落下来。丽珠见她如此伤心,却不敢哭出声,连忙掏出手帕,给她拭去眼泪,问道:"是因为王福吗?"

涵秋见姐姐一语道破自己的心事,禁不住伏在姐姐的肩膀,咬着嘴唇低声饮泣。

丽珠拍了拍她的肩膀,说道:"涵秋,这里是学校,你得注意点儿。让人看见你这样哭,多不好!"

涵秋极力止住悲声,丽珠看了一眼外面,问道:"他威胁你了吗?"

涵秋点头,低声说:"他岂止是威胁我,他还……他还……姐姐!我不想活了!……"想到他把自己扔在床上,压在身下强吻的情景,她仍然心有余悸,羞愤难平,哭得更厉害了。

第六十二章

"他还怎么？难道,他还欺负你了吗？"丽珠见她支支吾吾说不出口,十分震惊!

涵秋伏在丽珠怀中,大哭!她咬着手帕,生怕哭声传到外面。

丽珠十分震怒!她尽量压住自己的愤怒,低声问道:"这是什么时候的事情？在哪里？"

涵秋抽泣着,说:"姐姐!他,他,他,没有……"

丽珠急道:"涵秋,你总要把事情经过告诉我,我才好帮你呀!"

"姐姐!你不要问了!你什么都不要问!……"涵秋哭道。

"丁零零,丁零零——"下课铃声响了,"快别哭了!"丽珠低声说道。

涵秋急忙擦拭了眼泪,拿起水杯喝了几大口水,极力平复自己的心情。

"我先回去,晚上再来你家看你。"丽珠说完,急匆匆离去。

她蹬着自行车,疾驰到炼矿厂门口,对门卫说:"同志,我叫郑丽珠,麻烦你去叫王福出来,我有事找他。"门卫说:"王科长就在里面值班室呀!"他见丽珠脸色不好,连忙进去叫人。

过了好一会儿,王福才双手背在后面,慢慢踱出来。转到大门外的角落,王福见丽珠恶狠狠地盯着自己,不禁微微一笑。

丽珠恼怒至极,伸手就要扇在他脸上。王福的手就像蛇一般灵活,迅疾抓住她的手腕。他眼睛瞪圆,低声喝道:"郑丽珠!你以为你父亲是县长,你就可以随意打我吗？"

丽珠怒道:"王福!你这个忘恩负义的东西!是谁提拔你当的科长？科长的板凳还没有坐热,你就要欺负到涵秋头上来了？你这个狗东西!你到底对涵秋做了什么？"

王福冷笑道:"郑丽珠!你来到沙塘县,什么都没有学会,就学会了骂人？要说狗东西,也是黄涵秋一家先做狗东西,还轮不到我!你跟黄家这样的狗东西做了亲戚,是不是特别遗憾呢？我欺负黄涵秋？她不先欺负我,我怎么会先欺负她？我为什么要去扳倒一棵可以倚靠的大树呢？我有这么蠢吗？"

丽珠听王福话中有话,问道:"你到底对涵秋做了什么?今天你要是不老老实实告诉我,我就要报警了!"

王福鼻子里一声冷笑,不紧不慢地说:"报警?你去呀!你尽管去!没人拦着你!"说完,他转身就要进门去。

王福这样有恃无恐,显然,是涵秋包括舅舅都有把柄落在他手里。

丽珠忽然心中一阵恐惧。她盯着王福就要离去的背影,说道:"王福!听说你父亲去世之后,一直是我舅舅照顾你。你,就是用这种方式回报他们的吗?"

"照顾?黄局长他的确很照顾。黄涵秋没有把真相告诉你,你也害怕了吧?她不肯说,是不敢说!你就是想破脑袋,也不可能想到。还是我来告诉你吧!省得你想得脑袋疼。黄局长以前在县文物局工作多年,这个你总记得吧?"王福转过身,慢悠悠地说。

"那又怎样?"丽珠一惊。

"黄局长爱好文房四宝,笔下丹青也不错。他就把文物局的东西,带回家去临摹……"他嘴角泛起笑意,眼睛一动不动地盯着她,观察她的反应。

"然后呢?"丽珠心中一惊,心中已经察觉到什么事情了。

"然后,你自己去想。反正文物局的那些真迹,慢慢地被换成赝品了。"王福双手交叉在胸前,看着她的反应。

"怎么可能?我舅舅他不会做这样的事情的!"丽珠的眼睛里,闪过一丝惊慌。

"可能不可能,你亲自到文物局去看一眼就知道了。听说你父亲也爱好文房四宝,笔下丹青十分了得。"他凑近她的面颊,低声说,"那些丢失的东西,不知道你们家敬爱的郑县长,有没有看见过呢?"

丽珠往后退了一步,厉声说道:"王福!你是怎么知道这些事情的?子虚乌有,胡说八道,你不要血口喷人!你要知道,诽谤他人是什么罪名!"

王福嘴角一哂,摇摇头,说:"当初黄局长在文物局工作的时候,我父亲也在文物局工作。当我父亲发觉了黄局长调包的事情以后,黄局长就提出,要把涵秋给我们王家做儿媳妇。说实话,我当时也十分喜欢涵秋。我听说这个消息以后,简直欣喜若狂。我父亲以为自己的儿子可以得到照顾,爱子心切,就答应了。可是,我父亲病故之后,黄家就反悔了。反悔还是小事,重要的是,我被威胁了……"他盯着她的眼睛。

原来如此!丽珠倒吸了一口冷气。她顿时脑子里一团糨糊!她急速

转动思维,说:"那你也不能对涵秋下手呀!涵秋只是一个女孩子,她知道什么呀?"她狠狠瞪着他,生气地说:"想当初,你和涵秋也是在一起玩的小伙伴,你怎么能威胁她呢?还对她动手动脚耍流氓了?"

王福嘴角掠过一丝嘲讽,说:"黄涵秋对你说,我欺负她了?嘿嘿,我长这么大,还从来没有主动对一个姑娘家耍流氓。当时,她就像你一样,伸手要打我。好呀!她这么急着要碰我,不就是想跟我来个亲密接触吗?于是,我就亲了她一下。她吓坏了,哈哈哈哈……"

丽珠怒极,伸手就要扇他耳光。王福抓住她的手腕,说:"怎么,你也想碰我,要跟我亲密接触吗?我对黄涵秋那小身板儿没有兴趣,不过你呢,要模样有模样,要身材有身材,特别是——"他盯着她的胸脯,说:"唔,还不错!……"说着,他一只手拽住她的手臂,要把她往自己身边靠拢,另外一只手要去搂她的腰肢。

丽珠脸色涨红,狠狠踢了他一脚,说:"王福!你还真的无法无天了?!我就不信,没有人能治得了你!"

王福呵呵一笑,说:"美女能治得了我。我是天不怕地不怕,就怕美女整我。我这辈子,就是过不了美女这一关。哈哈哈……"

丽珠拿着材料慢慢走向县政府。当她走到大门口的时候,差点和刘爱国撞了个满怀。

刘爱国见丽珠这样失魂落魄,感到十分奇怪,叫道:"丽珠!你怎么了?"

丽珠眼中含泪,说:"爱国,我很热。你能陪我去喝点冷饮吗?"

两人来到龙腾酒家,找了一个角落位置坐下。店家端上酸梅汤,刘爱国看看手表,离吃饭时间还有一会儿,就对服务员说:"到十二点再给我们上菜。"

等服务员走后,刘爱国问道:"丽珠,你到底怎么了?"

丽珠努力微笑,说:"爱国,谢谢你那天救了我……我这几天都昏头昏脑的,都没有好好谢谢你。"

刘爱国一怔,随即笑了,说:"这是我应该做的,不用谢。倒是你,遇到什么麻烦事儿了吗?"

她低着头,似乎有难言之隐,想说,又说不出口。

"你要是不想说,就不用说。来,喝酸梅汤。"刘爱国把酸梅汤端到她面前。

丽珠伸手接过酸梅汤，抬起头，鼓起勇气，说："爱国，我喜欢上了一个人。可是，他却有对象了。你说，我该怎么办？"

刘爱国看着她眼睛里闪烁着愁思，说："这个，我也不清楚。我的感情经历很简单，我喜欢她，就直接追她了。而且，她也没有复杂的感情经历，就这样，我们俩一拍即合，没有纠结烦恼。所以，在这方面我没有经验，恐怕不能给你好的建议。"

"如果现在，另外一个姑娘喜欢上了你，你怎么办？"丽珠盯着他，问道。

"我这个人，喜欢简单的生活方式，也喜欢简单的感情方式。一见钟情，从一而终。我们老刘家的祖训，就是这样。见异思迁，这山望着那山高，只会使自己变得贪婪，变得欲望无穷。最后，害人害己。"刘爱国说。

丽珠心中顿时黯然。她没有想到，他的回答竟然是这样干脆，她顿时愁肠百结。

她也曾经预想过会有这样的结果。因此，她总是压抑自己的情感，希望能忘记过去的纠葛。

"丽珠，或许你听说过，我和黄涵秋曾经相过亲的事情。"刘爱国喝了一口酸梅汤，看着她。

如果你没有和涵秋相过亲，或者你喜欢上了涵秋，事情怎么会变得这样呢？涵秋也就不会让王福去假扮黑影吓唬东方闻莺，也就不会像现在这样被王福拿捏住短处，她就不会这样痛不欲生。而我，也不会对你产生不应该有的感情……

丽珠愁眉不展，还是不甘心，问道："这个，我听说了。爱国，我知道，重情重义是好的。可是人总免不了控制不住自己的感情……再说，感情的事起伏不定，随着时间的变化，你会发现，最初的美好或许经不起时间的考验。又或许时过境迁，你又发现，另外一个才是自己最合适的人选呢？……"

刘爱国说："如果不合适，我就会努力去争取合适。但是，反反复复去比较就不对了。我和黄涵秋……"

"今天我们不谈涵秋，好吗？"丽珠打断他的话。她看着他，说："我只想说我自己。你就不问问我，我喜欢的人是谁吗？"

刘爱国说："不管你喜欢的人是谁，对不起，我都爱莫能助。对不起，我不能给你提供有意义的参考。"

"如果……如果我喜欢的人是你呢？如果我喜欢你，你也不能……"她霍地站起身，含泪问道。

刘爱国见她情绪激动,也站起身,说:"丽珠,我喜欢东方闻莺的事情,想必黄涵秋已经告诉过你。你何必……"

丽珠跨前一步,伸臂弯住他的脖子,说:"就算你喜欢东方闻莺,你们俩也还没有定亲。我喜欢你,就是喜欢你,就算东方闻莺回来,那又怎样?"

刘爱国拿下她的手臂,说:"丽珠,别这样,好吗?"

"爱国,你现实一点好吧?东方闻莺她不会留在沙塘县,而你,也去不了上海。你要让她年年月月忍受着思念亲人的痛苦,或者三年五载才能见到亲人的煎熬吗?一段露水姻缘,太阳一照,就干涸了。你要这样执着一段没有结果的感情,你这不是耽误了她吗?你怎么会这样不现实!我却可以带你去市里!如果你愿意留在沙塘县,我也可以留下来。你说,怎样的婚姻才更适合你呢?"丽珠深情地看着他,说道。

"我虽然不知道未来在哪里,但是,我知道自己的心在哪里。事在人为,我相信,只要我们齐心协力,是可以战胜一切困难的。我不能因为暂时的困难,就半途而废。"刘爱国说。

丽珠说道:"战胜困难?爱国,你说这话,是不是底气不足啊?女人的青春,是经不起漫长的等待的。再说,我们沙塘县的条件,怎么能和上海相提并论?你要是真正爱她,就应该希望她过得更好。她那么聪明好学,如果她将来回到上海,或许能成为医学专家、医学博士,甚至成为医学界的泰斗,都不是难事。如果她留在这里,顶多成为一名骨干医生。她的才华,她的前途,就这样埋没了!你想过没有?你现在留下了她,只是留下她的人,你能永远留住她的心吗?东方闻莺,她就像一只路过这里的大雁,仅仅是路过而已。她的家,在上海呀!"

她洋洋洒洒说了这么一大段话,都不用打草稿,简直是演说家。刘爱国看着她,问道:"丽珠,你说你喜欢我,是不是因为在鸡公山的坑道里被困住的时候……我那样做,是要救你呀!我没有任何私心,这一点我可以对天发誓。如果因为这件事使你觉得……"他有些羞赧,毕竟,是和没有亲密关系的女人做了亲密之事。

"你千万别这样说!"丽珠打断他的话,"如果因为那件事我就说喜欢你,那我也太浑。我当然知道,你是为了救我才那样做。"她低下头,脸上涨红,说:"爱国,其实,我在水库的时候,就喜欢你了……"她抬起头,说:"我刚到水库工地的时候,一眼就注意到了你。我不否认,涵秋告诉过你曾经和她相过亲的事实。我也一再劝她,你没有看上她,这是很正常的。爱国,如果不是介意涵秋的心情,我早就跟你表达我的心意了……"

昏头昏脑,昏聩至极,什么都不管不顾了吗?!

丽珠躺在床上,感觉自己的脑袋都要炸裂了。

第六十三章

晚上的电影好看。这段时间忙忙碌碌,大家累得够呛。明天就是周末,郑县长特意叫秘书处订好了电影票,叫大家都去放松放松。工作要努力做,但是,弦绷得太紧也不好,要适时松开。

吃过晚饭,丽珠就带了涵秋,往电影院去了。

爱民也回来了。一周才能回到家里,爱民十分珍惜这一天半的时光。东方闻莺走了之后,哥哥除了工作,似乎就没有别的业余爱好了。工作是他的全部人生。

爱民默默地洗碗,擦桌子,收拾客厅里的东西,把阳台上的衣服又下来叠好。刘爱国见妹妹的神情略显疲惫,于是问道:"爱民,怎么,工作很辛苦吗?"

爱民说:"学校的工作,也就那样。刚开始什么都要学,现在已经慢慢适应了。只是叔祖母,老是念叨东方闻莺……"她看着哥哥,特意把最后一句话压低了声音,免得被父亲听见。

刘爱国心中一沉。他想起丽珠的话,心情又沉重起来。当初他担心的,也是这个,才迟迟没有向她表明心意。可是禁不住内心的波涛汹涌,还是放任了自己的感情。这就像开闸的洪流,还能收回吗?

"哥哥,你怎么了?"爱民见哥哥脸上愁云笼罩,关切地问道。自从东方闻莺走后,哥哥时常跟郑丽珠混在一起,不会这么快就移情别恋了吧?

"我没事。"刘爱国故作轻松,说,"走吧!离放映时间还早,我们可以去逛逛百货大楼。"

兄妹俩出了门,晚风习习,吹在身上,十分惬意。两人先去了百货大楼。爱民一个星期才能逛一次街,十分兴奋,说:"哥哥,你给我买一个发夹,好不好?我的发夹,在学校大扫除的时候,不知道掉哪里了。"

"你这家伙,自己不是拿工资了吗?"爱国微笑道。

"你现在还能保存全款,将来,我嫂子管住了经济命脉,你就只剩下零花钱了。我现在不叫你买,将来你就不可能给我买了。嘿嘿!"爱民笑道。

"你这孩子!你这么能算计你哥哥,将来谁敢要你啊!"爱国摇摇头。

兄妹俩正高兴地说着话,冷不防身后响起一个声音:"刘主任。"刘爱国回头一看,见是王福,愣了一下,随即问道:"王福,这么巧。"

爱民看着他们两个,脸上都有些异样,不觉十分诧异。

"今晚的电影这么好看,当然巧了。"王福微笑,说,"这位姑娘,就是爱民吧?"

刘爱国对妹妹说:"爱民,这是炼矿厂保卫科的王科长。"

爱民连忙笑道:"王科长好!"

王福笑道:"嗯,好。爱民,叫我名字就好了,我叫王福,三横王,幸福的福。"

爱民说:"名字起得真好!你一定是个有福气的人。"

王福哑然失笑,说:"如果我真的有福气的话,那一定是托了爱民的福。谢谢你啊,爱民。"

爱国说:"王科长,我和爱民还有点事情,我们先走了。"

王福再次哑然失笑,说:"刘主任,什么时候对我这么生分了?你等等,我还有一句话要跟你说。"

"什么?"爱国问道。

"刘主任,咱们一起工作也有三年了吧?现在虽然分开了,但是在我王福的心里,你还是挺不错的同志。我就想问一件事,如果我喜欢上了一个人,而那个人又有了对象,我该怎么办?"王福微笑着,问道。

刘爱国收敛了微笑,盯着他,没有立刻回答。

王福见他没有吭声,又补充了一句:"刘主任,你是有对象的人,在感情方面比较有经验,所以,我想请教你。"

爱民看着这两个男人诡异的神色,十分不解。她的眼睛,从王福脸上扫视到哥哥脸上,又从哥哥脸上扫视到王福的脸上。

刘爱国沉静片刻,说道:"我是我,你是你。我是按照常理出牌的人,你也是按照常理出牌的人吗?"

王福微笑,说道:"刘主任,瞧你说的。我也是常人呀!我又不是怪胎。如果某天我成了怪物,那都是被美女造就的。我虽然不能像你那样,身边美女如云,但是——"他停了片刻,观察着兄妹俩的反应,然后说:"喔,没有但是,呵呵。"

爱民见他怪腔怪调,正要开口骂他,爱国拦住了她。爱国说:"王福,我不知道你究竟有什么远大志向。但是,你走你的阳关道,我过我的独木桥,咱们是井水不犯河水。你要是想跟我过过招呢,我也奉陪。怎么样,现在就来一局?"

王福大笑,说:"咱们同事三年,我还不知道你的厉害?虽然有些时日没有切磋了,但是,在公共场合打架,这不是你刘主任的行事风格。我是没有人管我,我也不怕丢了工作。你却不能让你老爷子知道,更不能让郑县长知道。我不想让你为难。再说,我知道你的武功路数,我没有赢的把握。而我,从来不做没有把握的事情。不过,你说的井水不犯河水,正合我意。"

爱民怒道:"那你究竟想怎么样?"爱国把她拉到身后,示意她不要插嘴。

"小姑娘,不关你的事。"王福说,"这是男人之间的事情。今天我就只有一句话:你不搅我的局,我也就不搅你的局。你要是搅了我的局,我就一定会搅你的局。刘主任,看来我们已经达成共识。许多方面,我不能跟刘主任比,但是,怜香惜玉的心情之迫切,我却是和刘主任一样的。所以,当我和我喜欢的女人纠缠不清干得热火朝天的时候,还请刘主任见义勇为的时候手下留情。不然,虽然蝼蚁不能撼动大树,但是蝼蚁却可以蛀空大树。这个,你懂的。"他手一挥,说:"就这样。"说完,他大踏步走了。

爱民见他这样阴阳怪气,十分担心,问道:"哥哥!你和他到底怎么了?"

"真是不可理喻!"爱国十分生气。他和黄涵秋,还真是天造地设的一对。

"没什么,我们走吧。"爱国拉着妹妹,连发夹也忘了买,就离开了百货大楼。

到了电影院,刘爱国找到位置坐下。爱民一看,前面是郑丽珠和黄涵秋,后面是王福。因为是团购的电影票,位置都前后排挨着。

郑丽珠和黄涵秋回头看见了爱国和爱民,也看见了后一排的王福。

王福看着涵秋对自己微微愠怒,十分高兴,撮起嘴,打了一个呼哨。他跷起二郎腿,将身体极力后仰,十分惬意。

王福的眼睛像两颗即将出膛的子弹,正对着郑丽珠和黄涵秋,这让两个姑娘很不舒服。

丽珠对身边的两人轻声说了一句,人家就站起身,对爱国说:"刘主任,我们跟你们兄妹俩换个位置,怎么样?"

刘爱国明白郑丽珠的意思,他稍稍扭头瞥了一眼身后的王福,站起身,拉着爱民走到前排去了。

王福也站起身,走到前面,跟坐在郑丽珠身边的人低声说了一句,那人也只好站起身,走到后面去了。

涵秋见王福就坐在姐姐身边,十分恶心。而自己就坐在刘爱国身边,又十分不爽。她十分恼怒,霍地站起身,说:"姐姐!我们回去吧!天气太热,真烦人!"

郑丽珠却拉着她的手臂,示意她坐下,说道:"你少安毋躁,看电影吧!好不容易来了,看完再说。"

"涵秋,怎么了?天气太热?要不要我去买冰棍给你吃?"王福探身看着她,笑道。

涵秋白了他一眼。

刘爱国一直在琢磨着王福的话。看着他和黄涵秋扯不断理还乱的关系,叫人百思不得其解。他悄悄瞥了一眼身边的郑丽珠,而郑丽珠此时也正看着他。她说喜欢自己的时候,双眸明亮如秋水,深情款款,柔情万种,和黄涵秋的魅惑完全不一样。

那一瞬间,叫人心动,自己差点就掉进了那如秋水的深渊。

她微香的气息,隔着黄涵秋,不断地向自己身上散发过来,而她的眼睛,也越过黄涵秋的发梢,一直往自己身上瞟。她说喜欢自己的时候,有几分真心呢?相识不深,相处尚短浅,她为何……

爱民不小心踢了哥哥一脚,刘爱国才蓦然惊醒。想起东方闻莺,他心中十分惭愧。她才离开多久,他就在琢磨别的女人的心思了!

叔祖母说,一个男人心性不定,是大忌。男人的心性决定着家庭的安宁和幸福。而心性,是修炼出来的。在两个人生发感情的最初,最需要修炼。现在,自己就这么在意别的女人的心思了吗?

虽然两个人还没有谈婚论嫁,但是,那晚在那小棚屋的温柔缱绻,已经可以定下终身。为什么还要心有旁骛呢?他不禁深深自责。

黄涵秋时不时瞥一眼姐姐。她见丽珠总是悄悄地瞥向刘爱国,眼神之间是满满的女人的温柔,不禁怀疑:姐姐说,她要自己来解决,她就是要亲自上阵,把刘爱国拿下吗?真是荒唐!她心中到底打的是什么如意算盘?

如果她喜欢上了刘爱国,那就太可笑了!比自己被刘爱国甩了更可笑!姐姐,以后我们还要做亲戚吗?!

她心中恼怒,就伸胳膊去碰郑丽珠。丽珠回头看着她,用眼神问她,怎么回事?

而涵秋也用眼神问她,你和刘爱国到底是怎么回事?

丽珠垂下眼睑,脸上没有任何表情。姐姐不像自己那么感情用事,她总是理性冷静的。或许,她心中早已有了筹谋?

王福倒是安安静静地坐着,看上去专心致志地看电影。黑暗中,也没有什么越界的小动作。

刘爱国也斜了一眼隔了两个座位的王福,见他两手抱着交叉在胸前,气定神闲。黄涵秋和郑丽珠却始终在用眼神交流,似乎对王福很不满意。要是王福有什么问题,郑丽珠立马就可以把他拿下。但是,黄涵秋如此愤怒,郑丽珠却不能动手,到底是为什么?他十分不解。

入夏了,在月明星稀的晚上,春生会和满生一起,提着水桶,举着火把,到田边去烧泥鳅、烧田鸡。泥鳅、田鸡在水田里,当然烧不到,是举着火把照亮田里,把泥鳅挖出来,把田鸡引诱过来。

田鸡在空旷的田里"呱!呱!呱!",一阵阵不厌其烦不知疲累地叫着,它们是在呼唤情人,快到自己身边来幽会。有的人会学田鸡叫,于是不一会儿工夫,就能抓到好几只。但是,泥鳅在烂泥里,听不见外面的声音,它们是无法引诱的。它们却在烂泥边留下一个个钻过的小洞。人们根据这些小洞,就能轻而易举地挖到它们。

这些天,我吃了一些小鱼小虾,也算是尝到了阔别已久的美味。一些许久都看不见的事情,又浮现出来了。

雪白的墙壁上,挂着一张兰竹图。看画的颜色,已经有一些年月了。工笔细描,看得出画者是有些功底的。就在这张画的背后,曾经有一个小橱,可以放一些小东西,诸如文房四宝、手表、钥匙,甚至几本书。后来,这个小橱就被改造了,它被贴上了一块薄薄的木板,然后刷上白漆。如果不仔细看,是不会发现它里面有一个小橱的。

这个小橱被深深隐藏,因为里面放着一些古旧的书画。这些书画,虽然算不上是古代名家珍品,却是沙塘县独有的东西。它们承载着沙塘县独有的人物历史,是研究当地历史文化十分重要的文献。

他把它们藏得这么深,也爱得这么深,以至于他的临摹,早已经能以假乱真。只是,王福那孩子太贪心,简直不知天高地厚……真叫人烦恼。

孩子长大了,心性就变得复杂多变,就是亲生父母,也无法操控,何况外人呢。

就像涵秋,成事不足败事有余。

他默默地凝视着那幅兰竹图,心中一直在琢磨,接下来,该怎么办。

我见到了他们家的阳台上的兰花,在晚风中轻轻摇曳,细长柔美的枝条,凝碧滴翠,默默地散发着芬芳。在茂密的叶子中间,悄悄凝结着些许花蕊。邻居家的一只猫咪悄悄跃过来,"噗"的一声轻响,它不小心触动了花盆,发出了轻微的响声。

"谁?!"他蓦然一惊,心脏急遽抖动。

第六十四章

一个炎热的午后,老槐树上开始有了蝉的嘶鸣,没有风,连空气都是热的。李叔公坐在竹椅上,喝着凉茶,轻轻摇着蒲扇。春生趿拉着木屐,在后堂收拾药材。这样的天气,药草很快就能晒干,然后就是放在铡刀下铡碎。他一边铡着药草,一边想着心事。

王福,王福……黑影明明是王福,为什么不能拿办他?只要他还逍遥法外,东方闻莺就会有危险。王福身后有黄涵秋,连刘爱国也无可奈何。他很想把中秋节晚上自己翻窗户进去的事情说出去——这样可行吗?私闯民宅是犯法,私闯卫生院一样是犯法!当时刘爱国、张院长、叔公都为自己做了掩护,现在去披露真相,合适吗?……

他正在愁肠百结,阿兰和阿青进来了。

阿兰问道:"春生,我们来拿点凉茶,这天气真是太热了,有些上火。"

春生应了一声,就去药柜子里拿。

阿青说道:"闻莺姐姐要回来了,不知道是不是还留在人民医院。"

阿兰说道:"当然留在人民医院了!她是不会回来了。"

春生闻言,连忙回头问道:"她要回来了?什么时候?"

阿兰说:"后天或者大后天就能到。"

春生把凉茶包递给阿兰,转身就去了后堂。

班车在公路上疾驰。车厢内热气腾腾,幸好车窗外带来凉风,算是有了一丝清凉。

东方闻莺坐在车窗边,凝视外面掠过的田野山岗。去了三个月,似乎去了三年。虽然鸿雁传书,纸短情长,但是,艰难世事,总叫人心中不安。未来迷茫,在沙塘县待了快一年了,上海知青返城的名单上,没有自己的名字。是啊,别人都待了好几年了,还不一定能轮到,何况自己初来乍到。如果继续待下去,会不会就在沙塘县成为他人之妇,生儿育女——就这样扎根,开枝散叶呢?……

那张美丽的容颜渐远渐近,从遥远的模糊迅速在眼前清晰。春生心中一凛:她回来了!

她明亮的双眸里满含着愁思,是欲去不能去欲留不能留的艰难抉择。

原本一切都要顺其自然,乾坤本有序,人力岂能生硬扭转?

春生静静地坐在竹椅上,沉思良久。风中飘絮,原本就是身不由己地东奔西走;水中漂萍,也是无可奈何地随波逐流。他瞥了一眼前堂,李叔公歪在藤椅上,响起了轻微的鼾声;雪融儿伏在竹椅脚下,闭着眼睛假寐,一声不响。他站起身,收拾了一身衣服,打了个包袱,戴上草帽,和在后院扫除的满生说了一声,就要出门。

"你要去县城?你去县城干什么?"满生不解。有生以来,春生都没有去过县城,再说,县城也没有什么亲人。因为春生医术水平比较高,每次李叔公去县城采购药材,都是带着满生去,只留下春生看店。

"没什么。我可能要明天才能回来。"春生说。

"你是要去看东方闻莺吗?"满生不甘心,问道,"可是她去了省城进修……"

春生说道:"我是去找刘爱国。你跟叔公说一声。"说完,他就走出了灸草堂的大门。

太阳渐渐收起耀眼的光芒,刘爱国整理好各个村镇的育龄妇女的资料,仔细地装进资料袋,然后标上记号。这时,门卫走进秘书处办公室,对刘爱国说:"刘主任,门口有个叫李春生的人找你。他说他是柳林镇灸草堂的,有十万火急的事情要见你。"

春生?十万火急?刘爱国吃了一惊!难道是叔祖母她——他急忙收好东西,跑下楼梯,往大门口奔去。

春生站在县政府大门口,肩上挎着一个包袱,头上戴着一顶草帽,背上的衣服已经完全湿透。

刘爱国看着他满脸汗水，问道："春生，你怎么来了？是不是我叔祖母——"

春生摇摇头，说道："叔祖母没事。我从午后出门，走到现在，累死了。听说龙腾酒家的味道不错，你能不能带我去撮一顿？当然，是你请客。"

刘爱国听说叔祖母没事，心中稍安。他问道："那你来到底是什么事？"

春生说道："爱国，你和爱民还真是不一样。如果我跟爱民说，请我到龙腾酒家撮一顿，她肯定马上就答应了。"

"那好，走吧！"刘爱国带着春生，来到了龙腾酒家。

春生洗了脸，喝了一碗酸梅汤，感觉清凉了不少。

夕阳西下，热气也在渐渐消退。稍坐片刻，刘爱国看着春生，只等着他说话。

春生说："爱国，我这次来，是专门跟你说东方闻莺的事情。希望你能好好理解我说的话，然后能做一个于你于她都明智的决定。"

刘爱国心中一凛：难道你也和郑丽珠一样，是要劝我放弃吗？于是他问道："你想说什么？我听着。"

春生说："东方闻莺要回来了吧？现在，她就坐在返回沙塘县的班车上了吧？明天下午，大概是现在的时刻，她就能到汽车站了……"

"她给你写信了？还是打电话告诉你了？"刘爱国吃了一惊：闻莺要回来了，怎么连我都不知道。

"阿兰和阿青来我们店里拿凉茶包了。"春生低垂着眼睛。

刘爱国眉头微蹙，问道："李春生，你想说什么？"

春生说："你一直想知道去年中秋节晚上，我是怎么进卫生院的。我本来不想告诉你，现在却改变主意了。你要不要听？"

刘爱国连忙说道："这个我要听。你说！"

春生说道："去年中秋节晚上，准确地说，是那个下午，我忙完了所有事情，就靠在竹椅上休息。多年以前卫生院那个阿香……她太可怜了……一个女孩子家的……我整天都想着那个姑娘的可怜样子，那个可恨的黑影，至今还不知道躲在哪个角落……我怕……我在恍惚之中看到卫生院上空一片漆黑，值班室亮着昏黄的灯光。一个黑影，悄悄摸进了卫生院，蹑手蹑脚进了东方闻莺的房间……所以，晚上，我就穿了黑色的衣服，也蒙上脸，悄悄溜进了卫生院……"

"等等！去年大家一直在追问你，你是怎么样进去的，你始终都没有说。现在，你老实告诉我，你是怎样进去的？"刘爱国打断了他的话。

春生微微一笑，说："好几年前，卫生院那个叫阿香的小护士，住在一楼，对不对？她屋子的窗户，正对着卫生院大门一侧的外面，对不对？其实，她屋子里的窗户，早已经被人动了手脚。那扇窗户，有个木条子可以松动——应该是早就被人松动了，把木条子拿下来，再放回去，如果不注意，一点都看不出来。我到达卫生院的时候，正好看见黑影从那窗户钻进去，于是，我也跟着钻进去。黑影没有去东方闻莺一楼的值班室，而是直接上了二楼。我估计他想先去东方闻莺的房间潜伏。但是，他发现东方闻莺并不在房间，就悄悄地溜下了一楼。当他想去东方闻莺的值班室的时候，刚好任医生拿着手电筒正到处巡查。所以，他就迅速躲到后院去了。

"我就趁着这个当儿，迅速潜入东方闻莺的值班室，点了她的风池穴，然后，把她抱上二楼她自己的房间，放在床上，还给她盖好被子，造成她在睡觉的假象。我再从二楼下来，溜进东方闻莺的值班室，关上门。等到子时过后，我熄了灯，躺在床上，假装睡觉——一直等到黑影摸进来……"

原来如此！刘爱国此时才恍然大悟！东方闻莺一直不明白自己为什么会晕晕乎乎地躺在自己房间的床上，不明白自己为何从值班室到了二楼，原来是这样！

"那你可知道，多年前害阿香的黑影究竟是谁？阿香就真的什么都没有跟叔公说过吗？"刘爱国急忙追问道。

"她死都不肯说。我想，她肯定知道。但是，她怕家人受到伤害，就咬死不说。如果我猜得没错，跟王福有千丝万缕的关系。"春生说。

"真的是他！"刘爱国喃喃自语，又摇摇头，"那时他还小，不太可能啊！那么，当时你为什么不揭发他？王福当时那么诬蔑你和东方闻莺，你为什么没有揭发他？"

春生叹息道："也没有什么证据，只是猜想而已。要不，还用得着在这里伤脑筋吗？"

刘爱国哂笑，说："你不是跟了黄老仙，有灵力了吗？你为什么不能知道，当初害了你父亲和游击队的人是谁？你为什么不能知道，鸡公山那两具骸骨是谁的？那样，有多少谜团，就都迎刃而解，真相大白了？"

春生没有羞愧，说："你不必嘲笑我。如果我知天知地，那这个世界还不乱套了？"

刘爱国点点头,说:"那么,你现在是想跟我说,要我放弃东方闻莺吗?"

春生眼睛里微微掠过一丝惆怅,然后点点头,说:"本来,我不该对你说这些。黄老仙常说,世事流转有序,我们不该因为有一点点先知先觉的能力,就试图去改变它。如果我们生硬地去扭转别人的人生行程,我们就要承担别人的人生被扭转后的所有不可预知的后果。我承认,我有私心……我实话告诉你,在东方闻莺来柳林镇的那天凌晨,我做了一个梦。我梦见一个身材高挑面容姣好的姑娘,她穿着雪白的衬衫,浅绿色的裤子,她高高兴兴地走到观音山的寺庙前,她一眼就认出了我,还叫着我的名字。可惜雪融儿调皮,它拽了我的脚脖子,把我从梦中惊醒了。于是我就推着独轮车,下了山。我把药草放在灸草堂,然后在街上闲逛了一圈,就遇见了她……"

刘爱国认真专注地听着,先是十分惊奇,后来,他的脸上就掠过一丝冷笑,说:"李春生,我还以为你和黄老仙不一样。没想到,你骨子里,和那个老东西一模一样!你想靠胡诌什么先知先觉,就把别人忽悠进你的彀中!你喜欢东方闻莺,去年在鸡公山给老陈老婆看'神病'的时候装神弄鬼,东方闻莺她不谙世事,就轻易地相信了你。所以,在草房子的时候,你就明目张胆地去拉扯她的手!……哼!因为你知道,你除了神神道道,没有什么可以去吸引一个上海来的姑娘的注意力。她就是因为好奇,才上了你的当!现在,你又想故技重施,叫我放了东方闻莺,然后,等她伤心欲绝,投入你的怀抱?……"

春生脸上依然沉静,说道:"爱国,你可以不相信我。但是,你能保证王福以后不会再对东方闻莺不利吗?"

"好!好!好得很!"刘爱国冷笑,说,"本来,看在李叔公的面上,看在你们尽心尽力给我叔祖母看病的份上,我还想努力修复明德围屋和雁栖围屋两个家族的关系。现在,看你这个样子,我真是失望!"他掏出几张钞票,放在桌上,说:"这些钱,吃饭加上住宿,应该足够了!我回去了,我还有很多事情要做,就不陪你了。"说完,他站起身就要离去。

"刘爱国!"春生喝道,"我是来讨吃讨喝骗你的吗?如果你一定要这么想,那好!我再告诉你一件事,看你信不信!"

刘爱国看他态度这么坚决,点点头,说:"好!你知道什么,就全说出来!不要话含半截吞吞吐吐!你从来就不是干脆人,所以我才没有耐心听你说话。现在,既然你想说,我就姑且听你说完。"

春生见他脸上狐疑,说道:"阿香的确什么都没有跟我说过,但是,她来我们这里看病的时候,因为受了惊吓,又没吃什么东西,低血糖,有些神志不清。我在给她按人中的时候,听到她喃喃地叫了几声'王福'。当时我想,王福是害她的人吗?后来她醒了,我思忖再三,要治她的病,就得打开她的心结。于是,我试探着问:你是不是有个什么亲人叫王福?她点点头,又摇摇头,突然十分惊骇,拼命摇头。我猜想,王福应该是她的亲人,而不是害她的人。她怕王福的安危,才矢口否认……"

刘爱国大吃一惊!

我在燠热的竹椅下,叹息一声。心中火烧火燎,却只能兀自叹息。揭他人之短,难免招来灾祸。

第六十五章

刘爱国点头。难怪王福升得这么快,是拿捏住了某人的短处。全县数来数去,跟王福有关系的,或者说可能跟黑影有关系的,也就只有黄家了。黄局长身为文物局局长,又有什么把柄在王福手中呢?

那天晚上在电影院看电影,黄涵秋一直对王福怒目而视,看样子,是王福向她摊牌了。

"去文物局看看,或许有发现。"春生说。

"光我们俩去,恐怕进不了门。"刘爱国说。他想了想,叫郑丽珠去?如果她已经知道了她舅舅的内情,未必肯去。若惊动公安局,还得有像样的证据……

他沉思片刻,还是决定叫郑丽珠一起去。起先,他以为她会拒绝。没有想到,她还是答应了。

郑丽珠和刘爱国就带着春生来到了文物局。他们仨慢慢走进去,里面灯光昏暗,刘爱国向工作人员要了一个手电筒,才能看清楚厚厚的玻璃柜子里的东西。一些书画,看上去确实不太真实——那些纸张,明显不是古旧的东西。他一边看着,一边心中默默记住。

父亲爱好书法丹青,郑丽珠耳濡目染,对文物也有一些了解。她极力掩饰心中的波涛汹涌,显得兴致勃勃,不停地向工作人员问这问那。

在文物局盘桓了许久,三人才走出了文物局的大门。经过亲眼证实,

郑丽珠已经心中有数。早先王福跟她提起文物局的事情,她曾经想来亲眼看看,但是,她害怕。瞧王福那眼神、语气,她没有勇气来这里验证事实。刘爱国提出要来这里,他肯定是已经知道什么了。

想瞒,恐怕瞒不住了。

那些被调包的文物,又会在哪里?

因为蚊虫多了,灸草堂里面点燃了艾草。白天的热气还没有散尽,艾草的热气又袅袅升起,弥漫在堂前堂后。我不能忍受这样的温度,连忙跳出窗户外面,跃上了屋顶。

半个月亮在深青的天幕上缓缓前行,有些许乌云尾随着它。屋顶的瓦面还有些热,我于是跃上了屋旁的一棵老槐树。夜深人静,蝉儿停止了嘶鸣,默默地趴在树上,尽情地吮吸树皮的汁液。它们蛰伏地下七八年,只为了一夏的灿烂生命。我匍匐在枝杈间,抬头仰望高远的苍穹。我的来生,会是在那里吗?

他一定要去送死,我也无可奈何。我不能再抓住他的脚脖子,拦阻他前行的路。我也不知道,我陪伴他的时日,究竟还有多长。晚风乍起,老槐树的树枝不停地摇晃——酒醉似的摇晃,树叶子飒飒起舞,酒醉似的起舞。看着地上乱舞着的幽魅的暗影,我仿佛又回到了奈何桥。我无法买醉,我也不能起舞。此时此刻,仿佛,我是这人世间唯一的清醒者。这让我倍感孤独。

我只能默默地眺望那条通向县城的马路,希望他蓦然回首,发现我仍然在生的来处等他。

许久许久,那条大马路仍然空荡荡的,没有人影。我又想起了去年他去鸡公山的时候,我整晚整晚提心吊胆,害怕他做傻事——他终究是去牵她的手了。他管不住自己的心,一任自己的心去狂野,全然不顾后面悲催的命运⋯⋯唉!我长叹一声,于是,跃下大树,一溜烟跑去了雁栖围屋。

初夏的雁栖围屋,处处洋溢着盎然的生机。池塘边垂柳依依,柔情脉脉地在晚风中梳理细长的枝叶;青青的桃子、梨子沉甸甸地挂在枝头,枚枚果实上都已经点染了一抹艳红。梧桐树结了小小的子,藏在密密层层的枝叶间;柿子树的果实,也已经有鸟蛋一般大,看上去满是油润的光泽。河水潺潺地流着,不停地流送着这人间的艰难困苦和艰难困苦中的甜蜜温馨。

生命在袅袅的烟火之中繁衍生息,在袅袅的烟火之中满溢着喜怒哀乐。奔腾的血脉永不停息,悲伤的爱情亘古流传。

刘爱国把春生带回自己的家,让他睡自己的床,自己就去爱民房间。

什么黑影,什么文物,这些是是非非,跟闻莺没有半点关系。但是,黄涵秋屡屡对闻莺出手,郑丽珠恐怕胳膊肘不会往外拐。这样,闻莺就前途吉凶未卜了。再联想起郑丽珠对自己的表白,她如果因为感情的事有心刁难,那局面自己也无法控制。

今天的时钟,走得十分缓慢。好不容易挨到下午四点,刘爱国就来到了汽车站。在热气腾腾的候车室挨到五点,刘爱国就迫不及待地跑到停车场,等待东方闻莺的归来。

就在这时,汽车站的安保人员急匆匆地跑过来,对刘爱国说:"外面停着的拖拉机是你开来的吗?"

刘爱国点点头,问道:"怎么了?"

"你这人!你怎么能把拖拉机停在那儿?快开走!"那人说。

刘爱国抬手看了看手表,时针就快到五点半,于是说:"能不能等一会儿?我来接人,五点半就到,到了我马上就开走!"

"咳咳咳!你这人!怎么能把货车停放在这里?我们汽车站不是私人停车场!快开走!快点快点!你再不肯开走,我们就要强行拉走了!"那人语气强硬,没有丝毫商量的余地。

刘爱国无奈,只好对春生说:"你守在这里,我把拖拉机开出去,马上就回来!"他把拖拉机开到汽车站外面,火急火燎地跑进来,正好看见一辆长途班车缓缓进站。他探长脖子盯着班车,没有看到东方闻莺。而春生,却不见了踪影。他心头忽然升起一种异样的感觉。

班车终于停下,刘爱国连忙跑过去。乘客陆陆续续地下来,他等了一会儿,还没有看见她。他实在忍不住,就挤上去。他往车厢内张望,蓦地愣住了——

东方闻莺坐在最后一排,烟粉色的连衣裙,扎着马尾辫,正低着头收拾东西——刘爱国几乎要窒息!他挤过去,叫道:"闻莺!"

东方闻莺正在收拾东西,准备下车,抬头看见刘爱国,十分惊讶!她惊喜地问道:"爱国!你怎么知道我要回来?我没有打电话告诉你,就是想给你一个惊喜呢!"

刘爱国没有回答,而是立刻从她手上拿过大包,从车厢奔了下去。

东方闻莺下了汽车,站在他身旁,见他魂不守舍的,于是问道:"爱国,你怎么了?"

"唔,没事。"刘爱国怅然,说,"走吧!天快黑了,回去。"

"我还以为你心有灵犀,知道我要回来,专门来接我了。"东方闻莺兴奋地说道。

"我当然是专门来接你的。"刘爱国神情复杂,凝视着她说,"我不是心有灵犀,而是梦见你了。"

东方闻莺发现,三个月不见,他似乎有了一些变化。他的神情有些喜悦,又有些忧伤,惆怅毫不掩饰地浮现在他脸上。他也像自己一样,由于过度思念,以至于乍然见到,心中还升起了一丝悲戚吗?还是,三个月不见,已经时过境迁、物是人非?她盯着他,轻声叫道:"爱国。"

"唔,"刘爱国含糊应了一声,忽然发现她静静地凝视着自己,于是笑了笑,说,"坐了这么久的车,天气又热,你先回医院梳洗一下,然后我带你去龙腾酒家。"

东方闻莺笑了。

夜幕降临,月渐圆,整个沙塘县城都沐浴在明月朦胧的清辉之中。

龙腾酒家陆陆续续的客人不少。刘爱国来到二楼靠里面的小间,拉着东方闻莺坐下。他微笑着,凝视着她,伸手捋去她额头边还湿漉漉的刘海。

东方闻莺也微笑着凝视着他。许久不见,他的眼神还是那样温暖亲切,多了几分稳重,少了一些飞扬佻脱。

两人一时间相对无言。万语千言,竟不知道从何说起。刘爱国挪过凳子,坐在她身边,伸臂把她轻轻揽在怀里。

东方闻莺轻轻伏在他的肩膀上,问道:"爱国,你是真的梦见我回来了吗?好神奇啊!"

刘爱国心中黯然,想起去年的中秋节晚上,就神奇地梦见了黑影摸进她的房间。自己仅仅是一个凡人,吃着五谷杂粮的肉体凡胎——凡夫俗子,没有异能,无法先知先觉。她已到了身边,自己还无法察觉。原来深爱的人,也是困于红尘,困于烟火俗世的迷障。那么,接下来,我要做出走出红尘的决定,还是——

他抬起她的脸,深情地凝视着他。这个让他无限怦然心动的面庞,这双让他无法自拔的如同秋水一般的眼睛,还有挺翘的鼻子,好看的嘴角……

他努力保持脸上的微笑,心中早已经泪如泉涌。

东方闻莺看着他的眼睛。她已经发现了他眼神里的异样。她正要开口询问,他的双唇已经封住了自己的心声。

第六十六章

是地狱的烈火,炙烤着红尘吗?这个小房间,竟然是这样闷热,仿佛是一个蒸笼,要将人心蒸煮熟透。熟透的人心一任感情汪洋恣肆地宣泄,全然不顾及任何后果。良久,刘爱国才从意乱情迷中渐渐苏醒。苏醒后的他深情凝视着仍然意乱情迷的东方闻莺,心中更觉刺痛。此时此刻,诀别的话语,又如何能说出口?

"你怎么了?你有什么心事吗?"东方闻莺察觉到他眼神里浮泛的忧郁,心中十分不安。

春生独自行走在朦胧的夜色中。没有手电筒,好在月色微朗,路面可以看得清楚。他什么都没有想。既然已经完成心愿,今后的路途,也就只能走一步算一步了。刘爱国是否能放手,谁也不知道。

八点钟的样子,春生回到了灸草堂。李叔公见他安然归来,松了一口气,问了一声,就靠在竹椅上一下一下地摇着蒲扇。满生倒是十分关切,问道:"你去县城找刘爱国干吗了?人家是县政府的大红人,你一个乡下郎中,还有什么话要跟人家说嘛?"

春生坐在竹椅上,说道:"满生,可以给我筛一碗凉茶吗?渴死了!"

满生筛了一碗凉茶,递给他,问道:"你找刘爱国干吗了?你倒是说话呀!总是这样不温不火,急死人了!"

"没啥,就是想去县城玩儿了。从小到大,你倒是跟着叔公去了许多回县城,我一次都没有去过。所以,我就撒了个谎,说找刘爱国去了。"春生喝了几口凉茶,说。

满生不太相信,问道:"那你说,你都去了哪里玩儿呢?"

春生微笑,说:"去了龙腾酒家吃饭,逛了百货大楼,还去了绿云水库。"

满生还是不太相信,又问道:"那你说说,龙腾酒家的大门上有什么?百货大楼的二楼东边柜台,卖的是什么?绿云水库的西山坡,什么树最多?……"

春生笑了笑,却没有回答。

李叔公问道:"春生,刘爱国带你去了他们家,是吗?"

"嗯。爱民还在学校,刘爱国叫我睡他的房间,他自己去了爱民的房间。还好,这样就省下了住宿费。"春生回答。

李叔公说道:"还好,能这样就好。"他站起身,走进后堂去了。

满生还待要问,春生已经跟在李叔公后面,也进了后堂。他打算先洗洗干净,再吃点东西。

李叔公盯着他,说道:"春生,我知道你去找刘爱国做什么。刘爱国和东方闻莺的事情,你最好别去管闲事。人家的事情,人家自个儿会看着办。再说,他老子刘建业,计谋深远,他想得比你多。人家位高权重,跟咱们的思想活法根本不一样。我们只要守好自己的简单日子,就可以了。"

"我知道。叔公,我去了这次,以后就再也不会去了。你放心吧!"春生收拾了衣服,打了一桶冷水,走进洗澡间去了。

午夜,月已中天,清辉驱散了乌云,苍穹显得更为高远,乾坤十分清朗。街道上已经安静下来,家家户户的灯光也已经熄灭,整个沙塘县城,都进入了梦乡。

刘爱国回到县政府家属楼。他慢慢走进去,就要上楼,忽然身后有人叫道:"爱国。"

他回过头一看,是郑丽珠!他有些吃惊!"这么晚了,你还没有回去?"

郑丽珠走前两步,说:"爱国,你和李春生干什么去了?从昨天离开县文物局到现在……你回来了,李春生回去了吗?"

"唔,他……"刘爱国这时才想起李春生。当时见到东方闻莺,十分惊诧,后来就只顾着和东方闻莺说话,把他丢到脑后去了。他回去了吗?

"怎么,你竟然把他丢了?他没有来过县城,会不会……"郑丽珠关切地问道。

"他不会有事的,应该是回去了。都这么久了,应该到了灸草堂了。"刘爱国说,"我上去了。你也回去吧!"

"爱国,我是专门在这里等你的。昨天你还没有整理完的材料,我帮你弄好了。上午我父亲等着要呢,可是你不见踪影……"她把资料袋递给他。

刘爱国有些歉疚,说:"那就谢谢你了。"说完,他踏步上了楼梯。

"爱国!"郑丽珠叫道。

刘爱国回头,见她急切,只好退下来,看着她。

"爱国,我跟你说的话,你考虑过了没有?如果你觉得为难,我可以再去跟我父亲说一声,看能不能在今年的知青返城名单上,加上东方闻莺的名字。"郑丽珠说。

晚风吹着她的刘海,有些乱了。她的焦急和难过,明明白白地写在脸上。

刘爱国看着她急切的眼神,心乱如麻。原本打算跟东方闻莺说的狠绝话,一句都没有说出口,反倒因为久别,思念太深,两人的感情更为热烈。他低头看着自己的脚,不知道该说什么好。

"当断不断,反受其乱。爱国,我言尽于此,你自己看着办。"郑丽珠转身离去。

刘爱国脚步沉重,慢慢地推开大门。客厅里灯火明亮,父亲端端正正地坐着,脸色阴沉,两眼冷峻地盯着他。

"爸!你怎么还没有睡?"刘爱国心中不安。

"你瞧瞧你这段时间都做了些什么!你竟然敢把李春生带到县政府的办公室,还带他去了文物局!你和东方闻莺闹得满城风雨,又和郑丽珠不清不楚!你到底想干什么呀?!啊?"刘建业低声喝道。

刘爱国从来没有见父亲发过这么大的火。他慢慢坐下,说道:"爸!你别听人家瞎说……"

"我还瞎说?!刚才,你跟郑丽珠在下面干什么?三更半夜的,她一直在楼下等你,你又去了哪里?"刘建业怒道。

"爸!我自己的事情,我自己会处理。夜深了,你早点睡吧。"刘爱国拖着疲惫的身体,进了洗澡间。

第二天一早,他站在楼下,想等郑丽珠。但是,她每天都和她父亲一起去上班,他站了一会儿,只好独自先走了。他坐在办公室整理昨天郑丽珠拿给他的材料,心中暗暗下定决心。

过了没有多久,郑县长的身影从门口走过去了,郑丽珠跟在他后面。刘爱国瞥了她一眼。郑丽珠也恰好扭头瞥了他一眼。他悄悄做了一个手势。郑丽珠点点头。

不一会儿,郑丽珠走过来。刘爱国低声问道:"丽珠,昨天你说的事情——真的可以吗?"

郑丽珠说道:"那当然。不过,限你今天决定。"

下午下班的时候,丽珠低声对刘爱国说:"我在大门口等你。"

刘爱国见他眼波流动,嘴角含笑,心中一动,于是点头。他急忙把手头上的事情做完,然后收拾好,就"噔噔噔"地下了楼,奔向大门口。

郑丽珠笑道:"我想去百货大楼买点东西,你载我去?"

刘爱国骑着自行车,载着郑丽珠径直去了百货大楼。路上,她靠近他耳边,低声说:"刚才,我悄悄跟我爸说了,他说明天就向市里打个报告,增加一个名额。"

"哦,"刘爱国应了一声,问道,"这种事情,很难办吗?"

"这个难和不难很难说。说难不难,说容易不容易,许多事情,看谁去办。会办的不难,不会办的,就难了。"丽珠说。

两人到了百货大楼,先在一楼看了一些布匹,丽珠说想换块窗帘。夏天来了,换轻薄浅色的好。"你帮我挑挑看?"她看着刘爱国,微笑道。

"我不会挑女孩子家的东西。说起来惭愧,我还没有给她买过东西呢。"刘爱国说。

"你呀!你为什么要跟我说这个?我可没有问你,也没有在意你给谁买过东西。"丽珠亦喜亦嗔。

"因为我有自知之明。我不是一个好男人。或许将来,我也仍然不能做个好男人。你不介意吗?"刘爱国说。

丽珠沉下脸,盯着他的眼睛问道:"你什么意思?你是不想有诚意,不想和我往好的方向发展吗?"

刘爱国认真地说:"你和我相识尚浅,你可能还不了解我。我不想为了达到某种愿望,就伪装起来欺骗你。一个人深藏在骨子里的本性,是不会轻易改变的,所谓江山易改,本性难移。我怕你将来发现,我没有像你想象的那么好。我怕你失望之余,会……"

丽珠盯着他的眼睛,严肃地问道:"你到底想说什么?你是反悔了,不想继续下去了?"

刘爱国摇头,说:"我是发现我根本不会照顾女孩子,不会花心思去考虑她的心情……但是我知道,我的感情是真实的,我从来没有欺骗过她,我也从来没有想过有朝一日会背叛她……所以,我心里一直很难过……昨天李春生来了。他的意思我明白,爱她,就要学会放手。只要她过得好,就行了……只有她得到了幸福,我的心里才能安稳。如果她一直在这里过得艰难,那不是真爱,是自私。就像世界上那些美丽的珍宝,不一定要据为己有,心中有那份珍视,就好了……"

丽珠不解,问道:"李春生跟你说这些干吗?他特意从柳林镇赶来跟你说这些?为什么?"因为听涵秋说过去年柳林镇卫生院中秋节晚上闹鬼的事情,她提到了李春生和东方闻莺"不清不楚"的关系。或许,东方闻莺确实水性杨花,招惹过李春生,又或者李春生色胆横生,觊觎过东方闻莺?要不然,刘爱国不可能这样纠结。

刘爱国微笑,说:"李春生这个人,跟普通人不一样。他是战士的后代。"

"喊!"丽珠笑道,"你也是战士的后代呀!你这算什么理由?李春生为什么要管你的闲事呢?"

刘爱国还没有回答,身后忽然响起一个叫他惊魂的声音:"爱国!"

刘爱国蓦然一惊!他回过头,看着东方闻莺正站在身后。"唔,闻莺,你,你怎么来了?"他猝不及防。

郑丽珠笑道:"这么巧?东方医生,好久不见!"

东方闻莺纳闷,问道:"好久不见?"

郑丽珠笑道:"是爱国好久不见你。当然,我也很想你。"

东方闻莺就更加纳闷了,问道:"你也很想我?为什么?"

郑丽珠看了一眼爱国,笑道:"其实,爱国一直在为你返城的事情努力。我上午已经跟我爸爸说了,尽量给你争取名额。我爸爸也答应了,明天就会向市里打报告。"

东方闻莺简直不敢相信自己的耳朵,看着刘爱国,问道:"爱国,这是真的吗?"

刘爱国心中五味杂陈,脸上说不出是尴尬还是难受,他勉强说道:"是。我跟丽珠说,尽量让你早点回去。"

东方闻莺明亮的双眼,从刘爱国脸上扫视到郑丽珠脸上,又从郑丽珠脸上扫视到刘爱国脸上,不知是喜还是怨。她看着郑丽珠笑盈盈的面容,再看看刘爱国尴尬的神情,似乎察觉到了什么。看来,自己离开的三个月期间,确实发生了自己担心的事情。她收敛了双眸中的疑问,说:"爱国,我刚刚回来,要买一些日常生活用品。你帮我看看,好吗?"

"东方医生,我也是来买日常生活用品的。我们一起看看,怎么样?"说着,就拉她上二楼,"二楼新到了不少物品,我们去看看吧!"

刘爱国站着没动,说:"要不,你们俩去看看?"

东方闻莺凝视着他,眼里升起一丝哀怨,说道:"爱国,我先回去了。晚上,我们再见,可以吗?"

"好。"刘爱国的声音低沉,是从来没有过的冷漠。他的眼睛漠视着某个角落,就是没有看东方闻莺。

东方闻莺一溜小跑出了百货大楼,跑了好一段路程,才渐渐放慢脚步。昨天下午,就察觉到了他的异样,但是,她坚持相信他的心意。而且久别重逢后的激情,不是能装出来的。他心中升起的哀愁,她分明感觉到了,却始终不肯相信。她伸手揉了揉眼睛,似乎眼睛里吹进了沙子。沙子没有被揉出去,反而深深陷进眼窝,十分难受。终于,泪水如同决堤的洪水,夺眶而出。她怕路人看见,就向着墙壁,蹲下来,把头埋进双臂。

忽然,她听到有脚步声停在了她身后。她没有站起身,仍然在无声哭泣。

良久,身后的人似乎没有离去,一直站在她身后。是爱国吗?不可能……他的脚步声重,不会这样轻悄悄的,几乎不能察觉。她有些不安,就站起身,回头看去——

第六十七章

一个小巧玲珑的姑娘推着一辆粉红色自行车,面容端正,笑盈盈地看着她。

东方闻莺十分惊讶,她不就是那个去年在沙塘县中学门口遇见的姑娘吗?她指着那条通往绿云水库的马路,告诉自己说,阿青向那里跑去了。后来和爱民在百货大楼二楼买东西的时候,也从镜子里看见过她的影子,可惜没有追上。现在,她却神奇地出现了!

那个姑娘笑盈盈地看着东方闻莺,问道:"东方医生,怎么,你不认识我了?"

东方闻莺想起自己被人造谣"跳水库"的传闻,气都不打一处来,冷冷地问道:"你是谁?"

那个姑娘笑道:"我认识你,你却不认识我?也难怪,你的眼睛里只有刘爱国,对其他人都是视而不见,当然不认识我了。"

"你到底是谁?去年在沙塘县中学门口,你为什么要骗我,说我的同事向绿云水库方向跑去了?"东方闻莺十分生气。

"你的同事?你的同事是谁呀?男的还是女的呀?哦!当然是男的

了！因为,你只喜欢跟男人在一起玩。你对女人,是从来看不见的！就像现在,对我完全视而不见……"她脸上满是嘲讽,"去年,你不就是因为被黑影和那个什么李春生搞得声名狼藉,没脸见刘爱国,怕刘爱国嫌弃,才想不开,径直去绿云水库跳水了嘛！……"

东方闻莺大怒,伸手扇过去,骂道:"你这个卑鄙龌龊的女人！我和你无冤无仇,你为什么要这样诽谤我?！"

那个姑娘头一偏,躲过东方闻莺的手,然后把自行车往东方闻莺身上一推,坐在地上,大声哭道:"救命啊！救命！人民医院的东方医生要打人了！……"

顿时有路人过来,把东方闻莺拉开,然后把倒在地上的自行车扶起来,劝道:"两个姑娘家打什么架呀？多丢人！竟然在大街上打架！还医生呢?！"

东方闻莺怒道:"我和她无冤无仇,去年她骗我,诽谤我……"

那个姑娘哭道:"我没有！我没有！东方医生去年在柳林镇卫生院,被黑影吓怕了,老是怀疑有人要害她……"

这时,东方闻莺身边已经围了十几人,有人就问道:"东方医生,这个姑娘认识你,你认识她吗？按理来说,她既然认识你,又怎么会害你呢？"

东方闻莺说道:"我不认识她。去年……"

"涵秋,去年的事情,你就不记得了吗？"人群中传进来一个熟悉的声音。

那个姑娘狠狠地瞪了他一眼,说道:"关你什么事啊?！"

东方闻莺看着那个男子,他不正是王福吗？而王福也正笑眯眯地看着东方闻莺。

王福笑道:"涵秋！你和我是熟人,熟得不能再熟,怎么能说不关我的事呢？"

东方闻莺诧异地看着他们俩。

王福笑道:"东方医生,好久不见！你怎么才刚刚回来,就遇到了这种事啊？"他对黄涵秋笑道:"涵秋,都是自己人,又没有伤着,就别装了！快起来吧！地上多脏啊！"说着,他伸手就去扶她。涵秋瞪了他一眼,一甩手,扶起自行车,蹬上踏板,就走了。

"啧啧啧！"路人见此情景,摇着头,纷纷散去了。

王福拍了拍手掌,仿佛手心里沾了尘土。他又看着东方闻莺,笑道:

"东方医生,这里不安全,我送你回去?"东方闻莺鼻子里轻哼一声,扭头就走。

她一路小跑回到人民医院,坐在自己房间,失魂落魄。真是没有想到,仅仅三个月,世事就变成这个样子!她看着屋子里洁白的墙壁,洁白的床单,还有挂在钩子上洁白的大褂,心乱如麻。回去?如果现在就能回去,或许是最好的选择。

一直到月上东山,她都没有理清纷乱的思绪,没有去吃饭,也感觉不到饿。

不知道过了多久,有人敲门。"笃——笃——笃——",不轻不重,不紧不慢,除了他,还有谁?她没有动身。

"闻莺!"外面叫道。

她仍然坐着没有动。

"闻莺!闻莺!"他提高了声音。

以他的脾气,再不去开门,就要惊动全医院了。她慢慢站起身,走到门边。

"屋子黑漆漆的,怎么不开灯啊?"刘爱国问道,顺手拉了灯绳。

昏黄的灯光瞬间铺满屋子,照得人眼睛生疼。

刘爱国拿了桌上的蒲扇,轻轻给她扇了两下,问道:"你不热吗?吃饭了没有?"

东方闻莺看着他,似乎连说话的力气都没有了。

刘爱国看她满面愁容,拉起她,说道:"屋子里太热了,我们到外面去吧!"

外面更热。忽然,东方闻莺说道:"爱国,我好饿。你带我去吃点东西,好不好?"

"嗯。你怎么连饭都不肯吃?"刘爱国载着她,慢慢地骑行在大街上。

两人来到龙腾酒家。这是最后一次来了吧?她想。今天,郑丽珠似笑非笑的神秘样子,黄涵秋幸灾乐祸的丑恶样子,让她感觉一直恶心。爱国,会不会也和黄涵秋有过什么……一种不祥的预感笼罩心头。一个女人,如此处心积虑地对付一个素不相识的女人,还有什么其他理由呢?可是去年和爱民在百货大楼买东西的时候,爱民也是分明见到了黄涵秋,她为什么要装作不认识呢?

两人上了二楼坐下。刘爱国把茶杯递到她手里,说:"你看你,连嘴唇都干裂了,喝点水吧!"

东方闻莺接过水杯,凝视着他,问道:"爱国,你以前是不是跟一个叫黄涵秋的人——"

刘爱国一怔,问道:"你怎么认识黄涵秋?你和她,发生什么事了吗?"

东方闻莺见他这么着急,心里已经明白了七八分。她慢慢喝了一口茶,说道:"爱国,你还记得去年张院长带着我和阿青在卫生局做检查的事情吧?"

"唔,记得。怎么了?跟黄涵秋有关系吗?"刘爱国十分惊讶。

"阿青哭着跑出去,我和张院长急忙去追。当时我就像一只无头苍蝇一样到处乱撞,结果跑到沙塘县中学门口去了。在那里,我遇见了一个骑粉色自行车的小个子姑娘。"

"嗯,你跟我说过。怎么,那个姑娘就是黄涵秋吗?"刘爱国蹙起眉头,问道。

"就是她。"东方闻莺问,"爱民也是认识她的,对吗?"

"不错。她是不是对你——"刘爱国蓦然一惊。

东方闻莺冷笑,说道:"我下午从百货大楼回来的路上,就碰到她了。她跟王福一个德行,说了一大堆难听的话,硬是要往我身上泼脏水……我就纳闷了,我跟她无冤无仇的,她这是要干什么呀!……"

刘爱国心中陡然升腾起一股怒气,他极力平静,问道:"黄涵秋说你什么了?是关于你和我的吗?还是别的?"

"如果是关于你的,也就算了。她一直说去年中秋节晚上我和春生……和王福的语气一模一样。她和王福,是不是一伙儿的啊?"东方闻莺的眼睛里,有些湿润了。她强忍着泪水,要把事情弄清楚。

"我知道了。"刘爱国说,"没事,你别担心,我会处理好的。她这个人有些那个——不是正常人能理喻的。以后见了她,别跟她一般见识。她要是找你碴儿了,你就告诉我,我来处理就行。"

东方闻莺不解,问道:"爱国,你不会是跟黄涵秋谈过恋爱吧?她为什么要这样处心积虑地针对我啊?"

刘爱国一怔,看着她满眼的疑惑,只好说:"其实,是县妇联一个工作人员的家属王阿姨,受黄涵秋父母亲的委托,介绍一个对象。王阿姨就跟我父亲说了……那时候我的心里已经有了你,没有心思去相亲,但是我父亲说不能失了礼,就去应付一下也好。第一次我没有去,叫爱民去了;因为没

有见到我本人,王阿姨又来说了,所以第二次我就带了爱民一起去……"

东方闻莺更加疑惑,问道:"难道爱民去的时候,没有向她说清楚吗?"

"唉!"刘爱国摇摇头,"爱民和黄涵秋去了电影院看电影,没有提那事。都是过去的事情了……"

"是啊!都过去了……"东方闻莺喃喃地说,"爱国,我们俩的感情,也都过去了,对吗?"

刘爱国低着头,双手十指交叉,无法迎视她美丽的双眸。

东方闻莺凝视着他,感觉到他的艰难。但是,再怎么艰难,也是要面对的。她再次问道:"爱国,你已经下了决定,对吗?"

良久,刘爱国点头,然后抬起头,看着她。他的眼睛潮红,但是十分无奈。他慢慢地说:"唔,我决定了。我不敢请求你原谅……"

东方闻莺潸然泪下,伸手轻抚他的面庞,说道:"好。既然你已经决定,就好。"

他想伸手去抓住她的手,手指微微一动,又凝滞了,沉声说道:"嗯,好……"

东方闻莺含泪微笑,说道:"好。从今往后,我就不能常常见到你了。再从今往后,我就不知道何年何月,才能见到你了……你留给我的,只有无尽的思念……在艰难困苦中一丝温暖的思念。我只有珍惜,只有怀念……希望,你不要太想我……"

"好。那么,你要好好过,我才不会太想你……"刘爱国低声说。

月渐西沉,刘爱国仍然没有睡意。他慢慢从抽屉里拿出一个相册,轻轻翻开,仔细找到一张仅仅一寸的黑白照片,久久端详。

这是县里刚刚接到市里下达的有上海知青的名单的文件时,刘爱国从众多档案里发现的。她面容姣好,眼神清澈明亮,闪着动人纯净的光辉。

就在那时候,他的心被深深吸引了。心灵深处的某根弦,被轻轻拨动。他感觉自己的生命里,照进来一丝耀眼的光芒,于是,便一发而不可收拾,再也不能回头了。

可是,现在,却要无情地撒手,难道这不是人生太残酷?他伸指轻轻抚摸着这俊秀的面庞,仿佛是她温暖柔和的笑容,渐渐融入了他的掌心;又仿佛是她心灵深处的温柔,渐渐融入了他的血脉。

是那鹞子崖的风声,知道了他的心事;是那水库的碧波,荡漾了他的缠绵;是那明德围屋的弯月,沉醉了他的痴情。

希望红尘流转,在世界的另一头,能再见到你!……

他的泪水,默默地流进了心里。

明月无声,透过薄薄的窗帘,照见了躺在洁白的床上的东方闻莺。泪水泅湿了枕巾,泅湿了洁白的床单。

原本湿热的天气,更加闷热。

他是如此绝情,竟然没有丝毫留恋的余地。连昨晚的片刻温存,也是十分勉强的吗?她猜不透他的心思。

他和郑丽珠,和黄涵秋,今天,同时一顿狂轰滥炸。是事先约好的吗?为了让我死心?!……

妈妈,我要是能够早点回来,你也就不会这样牵肠挂肚了。你给我买的发夹,遗落在观音山的寺庙外面了。这些,看来都是天意。

还有春生,这个安安静静的家伙,连同他的雪融儿,都要从记忆中划去了。

就像一个人走到了一条路的尽头,再回到原处,回头看看那一串歪歪斜斜的足迹,除了铭记那些艰难岁月,就只有苦涩中的细微的甘甜了。

叔祖母,你要长命百岁,一直活到看见曾孙子,亲手抱一抱他,然后——

然后,都是人生的归程。

她歪在床上,心乱如麻。

一直到黎明时分,她才因为神思困倦,慢慢地合了一会儿眼。

梦中,她恍惚又回到灸草堂。李叔公仍然在拨拉着算盘,统计药草的收支情况;满生在前堂仔细地打扫,看见她来了,立刻眉开眼笑,拿了茶壶就给她倒了一杯凉茶;春生则在后堂清理药草,铡刀均匀而迅速地上下起落,细碎的药草就堆了老高。

雪融儿静静地伏在竹椅下,闭着眼假寐。

她轻轻地走过去。

春生耳力极好,扭头看见她,问道:"闻莺,你怎么回来了?"他停下了手中的铡刀,叹息一声,说:"闻莺,你是要留在灸草堂吗?"

第六十八章

　　一天,两天,三天,他都没有来。可见,他是下了决心了。东方闻莺坐在自己房间,凝神看着那扇紧闭的木板门。白色的门后挂着她的白大褂,门外再也没有响起熟悉的"笃——笃——笃——"有节律的敲门声。门外来来回回走过许多脚步声,但都不是他的。

　　一直七天,整整一个星期,他都没有再来。看来,他是真的要忘记了。

　　也好。她按着生疼的脑门,心想。

　　这一天深夜,医院接了一个产妇。这是一个经产妇,二胎了。缪医生没有值班,她在家休息。她曾经笑眯眯地说:"闻莺,你去省城进修确实长进不少,看来我可以放手让你独当一面了。"而东方闻莺确实独自做了好几个手术,看起来娴熟正确,连缪医生都不停地赞许。

　　东方闻莺连忙检查了产妇的情况,询问产妇的孕情,什么时候开始破水阵痛,宫口开了几指。她还听了胎心音,给产妇量了血压。做完了一系列的检查,她判断,虽然胎儿有些大,但是产妇骨盆比较宽,仍然可以顺产,所以没有必要做剖宫产。大家做好一切准备,静静等待胎儿降临。

　　可是这孩子折腾了好几个小时,一直到黎明时分,婴儿才挣扎出来。东方闻莺发现产妇宫口裂开了,就把婴儿递给身边的助产士,给产妇做了缝合手术。做这个缝合手术,她已经练了千百次,自然是再娴熟不过。

　　她刚刚缝合了两针,忽然眼前一片漆黑!怎么会突然停电了?!她吓了一跳,急忙叫道:"快拿手电筒!"护士急忙把手电筒照过来,四把手电筒齐刷刷照在手术处,东方闻莺满头大汗,她只好放慢手术的速度,仔细地缝合。

　　一共缝合了六针。幸好不是做剖宫产,她心中忽然闪过一丝侥幸的念头。

　　家属在手术室外已经急得快要疯了。突然停电,又是这么年轻的妇产科医生,他们几次要伸手去敲手术室的门,都被保卫科的人拦住了。

　　等到手术室的门打开,家属看见护士怀里粉嘟嘟的孩子,再看看满脸是汗但是已经安稳的产妇,终于松了一口气。

东方闻莺一连七天没有休息好,现在又折腾了一整晚,忽然觉得全身疲惫,整个人都似乎要瘫下去。浑身湿淋淋的,十分不舒服。她交代了几句,就回到自己房间,拿了干净衣服,去洗澡堂洗澡。现在没有热水,她觉得天气这么热,洗冷水应该没有关系。于是,她就痛痛快快泼了个冷水澡,回到房间,躺在床上。

冷水澡没有让她清醒,反而让她迷迷糊糊,不一会儿,她就仿佛进入了梦乡。

恍惚中,她又来到了绿云水库。刘爱国正在那个小棚屋里,生起了火炉。炉子上放着茶壶,他拿了水杯,往水杯里加了茶叶,正打算喝茶。

她立刻奔过去,叫道:"爱国!爱国!"

刘爱国看见她,怔怔地站着,没有说话。

这时候,黄涵秋从隔壁棚屋闪身进来,冷笑道:"东方闻莺!刘爱国已经跟你分手了,他已经不要你了!你还跑来做什么?想重温旧梦吗?"

她尖利的话语刺痛了东方闻莺的心。她怒不可遏:"黄涵秋!你这个卑鄙小人!我跟爱国的事情,你瞎搅和什么?这里有你什么事?你给我滚!"

黄涵秋冷笑道:"你叫我滚?凭什么?我是土生土长的沙塘县人,而你,才要给我滚!滚回你老家去!刘爱国喜欢谁,以前是不关我的事,可是现在,就跟我有关系了。因为,郑丽珠是我的表姐,我的亲表姐!刘爱国现在喜欢的是我姐姐,你再怎么舍不得,都没有用!强扭的瓜不甜,你还是面对现实吧!"

东方闻莺气急,看着刘爱国,问道:"爱国,黄涵秋说的,都是真的吗?你喜欢上了郑丽珠?这是什么时候的事情啊?!你怎么没有跟我说实话?……"

刘爱国满脸愁容,说道:"闻莺,是她喜欢我……"

黄涵秋冷笑道:"刘爱国!是我表姐单方面喜欢你吗?难道,你就没有喜欢她?瞧你脚踏两只船的功夫,还真是高人一筹啊!……"

这时,身后忽然响起郑丽珠的声音:"爱国,你变了!你明明说过,你喜欢我的!怎么,一到了旧情人面前,就藕断丝连了?你好好想想,如果你不能面对自己的真心,东方闻莺要何年何月才能回到上海呀!……"

东方闻莺此时似万箭穿心,她感觉自己从来没有这样柔弱无助。她喃喃地唤道:"爱国……"

刘爱国眼中潮红,说道:"我,我,我,……"忽然,他手中的水杯"哐啷"砸落在灶上的水壶上!水壶里的水已经沸腾了,壶盖被剧烈的震荡弹射起来,顿时,沸水四处飞溅,黄涵秋和郑丽珠迅速后撤,而东方闻莺被滚烫的水溅了满头满脸。她疼得晕了过去。

等她幽幽醒转,黄涵秋、郑丽珠,还有刘爱国,已经逃得无影无踪。

她的脸像被麻痹了一般,十分难受。她去桌上找镜子,看自己伤得怎么样。然而,找遍整个屋子,也没有什么镜子。她独自走下水库的大坝,坐在石阶上,眺望远处。忽然,李春生划着木船,缓缓向她驶来。雪融儿则坐在船上,静静地看着她。

等到船儿靠近,李春生向她伸出手。她跳上船,默默地坐在船头。低头看着木桨划过的水波,忽然看见碧清的水中自己的面容——

"啊——"她一声惊叫,随即船儿剧烈摇晃,她没有保持平衡,瞬间落入水中!冰冷的水立刻包围了她,她不由自主地往水底沉去……

她不能呼吸,双手乱划,却始终不能浮出水面。眼前有一双布鞋,它始终挡住她的视线,她伸手要把它弄开,可是它却像鬼魅一般,纠缠着她。很快,她感觉心脏几乎要爆裂,头疼得渐渐失去了意识……

等到她清醒过来的时候,发现自己正躺在洁白的病床上。手背上插着针管,头顶上方是一个输液瓶。

看守她的护士问道:"东方医生,你现在感觉怎么样?"

东方闻莺咳嗽了几声,吃力地坐起来,说:"我没事,只是感觉头疼。"

护士说:"东方医生,你都病成这个样子了,还坚持上班……你要是生病了,可以提出来嘛!你看你,差点酿成大祸了!"

东方闻莺十分震惊,问道:"什么?你说什么大祸?是不是昨天晚上那个产妇……"她又剧烈咳嗽起来。

"可不是嘛!那个产妇,刚才血崩!要不是缪医生来得早,就出大事了!"

东方闻莺大惊,立刻要下床去看看。

护士拦住她,劝道:"你就别去了!缪医生已经处理好了。产妇家属还在气头上呢,你这去了,还不知道要闹出什么乱子!谭院长叫我在这里守着你,哪里都不许去!"

东方闻莺急切地问道:"到底怎么样了?我昨天晚上做手术的时候,明明好好的呀!"

"还明明好好的呢！昨天晚上,肯定是你在缝合的时候没有注意,不到一个钟头,产妇身下就鼓起了一个大血包！疼得嗷嗷叫！因为一个预约的产妇叫了缪医生来,缪医生才天麻麻亮就来了。她顾不上那个预约的产妇,马上就给那个血崩的产妇拆了线,引流了淤血,重新缝合,才止住了血崩。人家家属怒气冲天,正在到处找你！谭院长劝了好久,现在,家属还在跟院长磨叽……"护士满脸愁容。

东方闻莺感觉头痛欲裂,浑身血脉偾张,直冲顶门,顿时软软地倒下了。

东方闻莺躺在病床上,一躺就是三天三夜。除了这个照顾她的护士,再没有人来看她。那扇白色的木板门,始终紧闭着。她除了晚上去洗个澡,也就一直躺在床上。或许,那个产妇的家属,还不肯罢休？

护士说:"人民医院多少年都没有出过医疗事故,现在忽然这样,连谭院长都吓到了。因为天气实在太热,要不然,你连病房的门都不要出去。你就好好待着吧,等你好些了,再说。"

再说什么？你们大家要再说什么？……

东方闻莺面朝着墙壁,泪水一直往下落。

在病床上躺了四天,她身上的烧退去了。可是身心俱疲,浑身软绵绵的没有一丝力气。大家都没有跟她说话。缪医生没有来看她,谭院长也不见踪影。——大家都在躲着吗？

一直过了七天,又是一个星期,她才感觉自己渐渐活了过来。小护士也不再絮絮叨叨地说那个产妇家属的事情。看来,医院和家属已经谈妥了。她看见东方闻莺好得差不多了,就说:"东方医生,你没事了吧？你要是好了,我就该回到我自己的值班室了。"

东方闻莺点点头。等小护士走后,她慢慢走到缪医生的办公室,轻轻敲门。

缪医生见她站在门口,说道:"哦,是闻莺啊？进来吧！"

东方闻莺走进去,说道:"缪医生,谢谢你！如果不是你及时救了那个产妇,我……"她声音仍然嘶哑。

缪医生看着她疲累的眼神,温和地说道:"已经没事了。好了,你要是感觉身体恢复了,就去谭院长办公室。他一直在等你呢。"

东方闻莺慢慢离去,穿过一个个门诊科室,上了楼梯,走到谭院长的办公室。

谭院长正在看文件。他抬头看见是东方闻莺,说道:"进来。"话语简洁,声音里没有任何温度。

东方闻莺忐忑不安,站在院长办公桌前,说:"院长,对不起,我……"

谭院长的回答仍然十分简洁:"那个产妇已经没事了。还好,没事。我们医院不会怎样处分你。你到县卫生局去吧!你的工作,卫生局会重新安排。你去问了卫生局把你分配在哪里,然后回来跟后勤科结算一下工资,就可以离开了。就这样。"他随即低下头,继续看他手中的文件。

"谢谢院长。"东方闻莺慢慢走出院长办公室,再穿过一个个门诊科室,回到自己的屋子里。

她想起自己刚刚来这里的时候,晚上因为黑影事件而恐惧,现在要离去了,却因为医疗事故而恐惧。难道,自己今生今世,就不适合做一名医生吗?

她关上门,静坐良久。当初,刘爱国送自己来这里,忙上忙下,前前后后地为自己理顺各道关卡,给自己介绍方方面面的关系,她是多么感激。以至于每次听到门板上"笃——笃——笃——"三声轻响,都不觉心跳加快。那次,他就要离去,是自己无法自抑,从背后抱住了他,接受了他。

打开心扉,完完全全地接受他,她经历了许多矛盾纠结。还有在绿云水库的小棚屋时,他炽热的眼神,温润的双唇,强壮有力的臂弯,都深深镌刻在了自己心里。

现在,他却要离去了。他或许早已经投入了别人的怀抱,在自己还身在省城学习之时。那些热情洋溢的信件,早已经变得含混不清了。

去年自己躺在病床上的时候,他白天守候,晚上不方便,就叫了爱民来陪伴。

现在,自己孤零零地躲在屋子里,独自饮泣,他一点都没有听到风声吗?

她勉强站起身,走到窗前。她轻轻掀开窗帘的一角,看见谢家树双手交叉倚着门框,一动不动地看着自己。想起去年他跟自己讲述停尸房闹鬼的事情,当时自己还忍俊不禁,哈哈大笑。

记得柳林镇卫生院的张主任说,这个世界上,免不了人鬼同行,自己还一直觉得,鬼又何惧,怕的只是人心呢……

第六十九章

还未到端午节,天气就已经热得不行。骄阳似火,烤得地面像个大蒸笼。一个高挑的身影,踽踽独行。雪白的衬衫,淡绿色的裤子,扎着两条齐肩的小辫——东方闻莺拖着个大箱子,背着大包,艰难地从柳林镇街上走过。她没有经过灸草堂,而是像初次来时那样,慢慢地从十字街外围走过去。

她想起去年的此时,就在这条街上,春生帮她捡起了咕噜噜掉在地上的化妆盒子,帮她拿了大箱子,还背了她的大包,径直往卫生院走去。现在,时过境迁,物是人非,自己是没脸去见他们了。

行李不多,却非常沉重,压得肩膀几乎要垮了。汗水早已洇湿了衣衫,眼睛里分不清是汗水还是泪水。街道上的行人对她纷纷侧目,连店铺里的人也窃窃私语。但是,没有人来帮助她,也没有人跟她打招呼。

当她继续向卫生院走去的时候,背上的大包忽然轻了。她回头一看,是李春生!他埋怨道:"闻莺!你到了咱们柳林镇,经过咱们灸草堂,怎么也不进来坐一会儿?你这样可不好!"说完,他夺过她手中的大包,就要拉着她回灸草堂。

东方闻莺连忙夺过大包,说:"我要去卫生院报到。"她还要伸手夺箱子,春生看着她,说:"你呀你!是叔公叫我来接你的!行了吧?!你怎么连叔公的话,都不肯听了?"

东方闻莺霎时落泪,哽咽着说:"你替我谢谢叔公……我要先去卫生院报到……"

"好吧!我送你过去。"春生见她执拗,说,"放了东西,就去我们灸草堂吃午饭。"

两人走到卫生院门口,阿兰和阿青闻讯跑来,拉着她的手,亲热地问长问短。四个人走上二楼,还是那个房间。阿兰拿着钥匙开了门,春生把东西拎进屋子。

里面已经打扫得干干净净。阿青说:"我和阿兰打扫了一上午呢!你可以直接铺床,先休息一下。"

大家七手八脚把东西收拾好,张院长站在门口。

东方闻莺十分羞赧,叫了一声:"院长,我来了。"

张院长脸上没有笑容,肌肉依旧纹丝不动,语气也依旧平静,说:"唔。回来了,就先休息一下。只有把身体养好了,才能正常工作。你什么时候感觉身体正常了,有精神了,就什么时候去值班室。不急,啊!"说完,他就下楼去了。

春生说:"闻莺,中午就去灸草堂吃饭吧!叔公和满生还在等你。"

阿兰和阿青问道:"春生!是不是有什么好吃的?我们可以一起去吗?"

春生点头,说:"只要你们肯光临,我们当然欢迎!"

阿兰、阿青就和东方闻莺先去了后勤科张主任那里报到。

张主任看着东方闻莺,凝视了一会儿,才慢慢地说道:"闻莺,我们大家还以为,你要长住人民医院了,不出两三年,你就可以成为一把好手。唉!世事难料啊!……不过,年轻时吃点苦头不可怕,怕的是前半生一帆风顺,到老了吃苦头……"他拿出表,给她填。

阿兰和阿青站在东方闻莺身后,一直在给张主任递眼色,但是他视若无睹。

等东方闻莺填好表,他说:"闻莺,我这个人呢,是该怎么说,就怎么说,该怎么做,还是怎么做。你呀!放宽心!张院长刚刚听说你要回来,就让你继续住原来的屋子。二楼,简单,干净!"

"谢谢你,主任。"东方闻莺说,"给你添麻烦了。"

"啧啧啧!"张主任摇摇头,说,"闻莺,我没有把你当外人,你倒是把我当外人了。你在外面进修了这么久,就学会了这个?啧啧啧!"

"主任,我从来都没有把你当外人,我是——"东方闻莺要解释,张主任摇摇手。

三个姑娘只好退出来,和春生一起去了灸草堂。

叔公正坐在柜台里面,细心地调药膏。

满生见三个姑娘进来,连忙笑道:"哎哟——稀客呀!稀客!快进来,我给你们倒凉茶!"

东方闻莺看着叔公,他依然鹤发童颜,精神矍铄。他的脸上,似乎岁月的沧桑不曾尽情淹留。"叔公,我又来了。"她发现自己的声音仍然嘶哑,已经不似从前银铃一般清脆了。

叔公抬头看见她,微笑道:"嗯!闻莺啊,来了就好。快进来坐!阿兰和阿青也好久都没有来了!"

阿兰笑道:"叔公,以后我们就会常常来了!"

满生招呼大家坐下,喝茶。

东方闻莺望了一眼后堂,忽然心中一动,于是站起身,走到后堂。她四处张望,却没有看见雪融儿。再低头寻找竹椅下,也没有。

春生跟进来,问道:"闻莺,你要找雪融儿吗?"

东方闻莺眼睛里飘过一缕愁思,问道:"它去哪里了?很奇怪,最近老是梦见它。"

春生感觉惊讶,问道:"你最近老是梦见它?都梦见什么了?"

"它要是会说话,该多好……"东方闻莺喃喃自语。

春生看着她,一头雾水。两个人都怔怔的,霎时相对无言。

这段时间,我去了敬德围屋。倾圮的老围屋,被年年岁岁疯长的杂草渐渐蚕食,裸露的黄土墙,也渐渐矮了下去。被烧焦的木梁上,甚至长出了一些看上去像蘑菇一样的东西。那口水井,似乎又深蕴清水,它周围的草木长得分外茂盛。

这些碧青的蓬蓬勃勃的生命,让人渐渐忘记了死亡寂灭的凄凉,再看看那些不知名的野花,更是让人感觉,只要往前走,就是新生。而新生,永远比沉浸于哀悼死亡的苦痛更重要。

暑气在山野间蒸腾。我只好躲在阴凉之中,偶尔伸舌舔舔自己的脚爪。当我经过那口水井边,甚至还闻到了清凉甘甜的水的味道。我刨了几爪,果然,清泉沛然而出。我饮了个痛快。

藤蔓上长出的野花,芬芳四溢。那是不拘贫瘠的金樱子,只有蜂蝶嘤嘤嗡嗡,快乐地品尝花蜜,我不敢近前,它们尖锐的刺叫人望而却步。

多年前漫溢庭院的鲜血,化作了今日满目难以言喻的荒凉,只有四季都在此处穿梭的风儿知道。

我就一直躲在阴凉处,等待夜晚的来临。丝丝缕缕的白云渐渐隐去,天幕上那最后一抹艳丽的彩锦,也最终淡去,一轮硕大的明月高高挂在东边山头。

山野很快就清凉,我走出草丛,迎着风,任凭晚风吹乱我身上黄黄的毛。

此时此刻,我仿佛又回到了悠远的时空。在那神秘又高远的苍穹,生命总是匆匆而来,又匆匆而去。或许,每一次艰难的轮回,都是怀着卧云而眠、倚月而归的美梦,无知无觉地降临尘世,然后在无尽的追怀中颤颤巍巍,在百般留恋无可奈何的苦痛中魂归尘土。

我不知道自己下辈子还能不能仰望流云,幻想来生,但是,我知道,我一直在走向那个云端深处的他。他在等我,而我,也一直在等他。

就像眼前的敬德围屋,它的土地上,只开着金樱子花。

我听着旷野的山风自由自在地呼啸,仿佛是他在呐喊,他在歌唱。

他的脚步,渐远渐近。

月正中天,乾坤朗朗,亮如白昼。我一溜烟跑回雁栖围屋。我站在老围屋的大门口,看着那两个光溜溜的石狮子。它们倒是齐齐整整地一起经历风风雨雨,而我,却已经孑然一身多少年了。那些华年里的幸福快乐,都付与云烟;我只能在茫茫的时光里,继续孤独地等待。

遥望夜色下的稻田,那朦胧的青涩,养育着许多红尘的希冀;回首凝视那老围屋的一个个窗棂,伴随着满满的月华穿透岁月,那无言的热烈,凝聚着许多红尘的欲望。

我已经孤独了太久。

伫立月下,细细闻着夏日所有生命强烈的青涩,我聆听着他急促的脚步。

鸡公山鹞子崖的熊熊大火过后的焦痕依然触目惊心,敬德围屋大锅里袅袅蒸腾的肉香仍然不远,洇在炮台楼三楼窗台的遗迹虽然犹在,我还是升腾起了繁衍生息的欲望。我知道,我的心没有死去,我最终没有彻底逃离红尘的枷锁。

我沐浴着清凉的月辉,漫步在池塘边。依依的垂柳,就在我头顶,我伫立在稀疏的光影中,于是斑驳的花纹就在我身上缓缓流动。这久久的静谧,潜藏着我太久的思念。

池塘里荷花朵朵,在满池的碧绿中绽放着嫣红,那幽幽的芬芳和脱胎于俗世的洁净,真叫人迷醉。

我看到他的身影,已经出现在前方。沉静的面容,清冷的双眸,默默地注视着我。

东方闻莺伫立窗前,看着漆黑的苍穹,仿佛那里正是神秘的深渊,吞噬着自己的心。她缓缓放下窗帘。

"笃——笃——笃——"突然响起的敲门声,把她吓了一跳。是他吗?

怎么可能？骤然升起的期盼和怀疑，叫她的心脏瞬间紧缩。她急忙走过去开门。

爱民满脸愁容，出现在门口。

东方闻莺十分意外，也十分惊喜。她连忙拉爱民进来，叫她坐下。

爱民缓了一口气，说道："姐姐！我刚刚知道你回来卫生院的消息……"

东方闻莺给她倒了一杯水，说："我是上午到的。收拾好东西，就去了灸草堂，在那里吃了午饭。"

爱民盯着她，说道："姐姐！我，我……"她觉得有些不好意思，又很难受，说："姐姐，我知道，我父亲反对你和我哥哥在一起，但是，没有想到你会回到卫生院来……"

东方闻莺看着爱民，忽然想起黄涵秋的事情——算了，还是别问了。不要把最后一丝情意，都给弄没了。她微笑着说道："我也想过，有朝一日，会是这样分手。比起人民医院，我觉得这里也挺好。而且，还可以常常去灸草堂。如果能增长点中医的知识，更好。总之，离开得越远，心就越没有牵挂。这对大家都好。"

爱民心里一阵酸，低下头，不知道说什么好。

东方闻莺问道："爱民，你哥哥和郑丽珠……"她见爱民一脸惊讶，只好说："算了，不说了。"

爱民心里又一阵疼，轻声说道："好。你能想开，当然最好。只是我叔祖母常常提起你，你能不能去看看她？"

东方闻莺微笑，说："当然能。叔祖母对我最好了，以前在人民医院没有时间回来，我现在回到了卫生院，随时都可以去看她。"

"那好，我们明天就去，怎么样？"

天气太热，明德围屋经受着烈日的炙烤，厚重的黄土墙，高高的灰瓦，仿佛都要被晒化。

叔祖母躺在廊下的竹椅上，轻轻摇着蒲扇，享受着穿堂风的清凉。宽大的衣衫，显得她的身形更加枯瘦。

东方闻莺买了两盒饼干，和爱民匆匆来到明德围屋。

叔祖母眼睛半闭着，心中却十分警醒。两个姑娘的脚步声还在大门外，她就听到了。她仍然闭着眼睛，嘴里却叫道："爱民，是你回来了吗？"

爱民奔过去叫道："叔祖母！你快看看，是谁来了？"

叔祖母睁开眼睛，看见东方闻莺，连忙站起身，笑道："是闻莺啊！你这

孩子,你不是去了县城吗？现在,是下乡来了？……"她瞄了一眼东方闻莺身后,并没有爱国,而且东方闻莺的脸上,还有一丝凄凉,就问道:"爱民,你怎么和你闻莺姐姐一起来了？"

爱民连忙叫东方闻莺坐下,给她筛凉开水,说:"叔祖母,你的身体好些了没有？要不要让姐姐给你看看？"

叔祖母慢慢坐下,说道:"人老了,也就这个样子。唉！心好,身体就好。身体好了,心就好。要身心都好,谈何容易呀！"

"叔祖母,你心好,身体当然会好的。"东方闻莺说。

"我也一直努力心好。可是,最终,只怕还是不够哇……"叔祖母叹息一声。

第七十章

端午节的前一天,学校放假了,爱民回到家。她拿出钥匙,轻轻开门,刚刚走进客厅,就隐约听到哥哥和父亲在厨房里争吵。

刘建业盯着儿子,对他最近的行为十分不满。他问道:"爱国,最近每天你都和郑丽珠同进同出,到底是什么情况？"

刘爱国淡淡地回答:"没什么情况。同事一起上班,一起下班,碰巧而已。"

刘建业又问道:"那么,你和东方闻莺是断了的意思吗？"

"已经没有任何关系了。"儿子回答。

"好吧！但是,你和郑丽珠之间不能走得太近。你叔祖母常常说,一个人能承受多少福禄,是上天注定的。人贵有自知之明,不要痴心妄想,要懂得安守本分……"刘建业有些气恼。什么时候,儿子变得这样糊涂了？

刘爱国"唔"了一声,未置可否,就要进屋子。

"站住！"刘建业又叫住儿子,说道,"你过去拒绝了黄涵秋,现在又去招惹郑丽珠,你就什么警惕性都没有吗？"

刘爱国回头看着父亲,说:"我早就警惕了。所以,我才和东方闻莺断绝了关系。我不想连累她。"

"什么？"刘建业没有听懂儿子的话。

"黄涵秋的父亲,以前在县文物局当过局长吧?听说他喜欢书法丹青……"刘爱国说。他忽然觉得不能说,就闭了嘴。

"黄局长是喜欢书法丹青。你想说什么?"刘建业盯着儿子。

"没,没什么。"刘爱国低声说。

"你是不是从李春生那儿听了一些不三不四的东西?啊?李春生就和当年的黄老仙一样,喜欢咋咋呼呼,自以为是。心思不能沉藏的人,就会跟黄老仙一样,任凭你有上知天文下知地理的本事,最后还不是遭世人唾弃?许多事情,知道又能怎么样?你能改变现实吗?你就这么蠢,跟着李春生跑到文物局去?!你以为你去了文物局,就能知道人家的弱点?你以为你抓住了人家的把柄,就能置人家于死地?爱国呀!你还太嫩了!你现在是在引火烧身!你以为你能跟人家姑娘周旋?只怕到了最后,不能全身而退,还成为他人的笑柄!……"刘建业又急又气,可是不能大声说出来发泄。他只能语重心长,谆谆告诫。

刘爱国十分惊讶,问道:"爸爸!你是不是早就知道?!……"

"谁不知道?以前张县长也知道。但是,要办这个案子不容易,所以一直就这么拖着……人家的事情,你还是离得远远的好!"刘建业说,年轻人就是容易冒进,不怕龙潭虎穴,真是恨铁不成钢。

刘爱国怔住了。当初,父亲要自己去跟黄涵秋相亲,却不赞成这桩亲事,他还以为父亲仅仅是不满意黄涵秋乖戾自大的性子,原来是介意黄家的这桩旧事。世事难料,或许峰回路转,他们家最终守不住……

那么,黄局长知道刘建业和张县长对文物局的事情已经了如指掌了吗?

他不由得想到郑丽珠。怎么办?闻莺还在柳林镇卫生院,返城的意思还遥遥无期……要是自己撑不住,怎么办?!

爱民在门口听了一阵,怔怔的。父亲和哥哥,到底还有多少秘密?黄涵秋和郑丽珠,到底还有多少秘密?!她不禁打了个寒战。

她慢慢走进哥哥的房间,说道:"哥哥,我见到闻莺姐姐了。我还和她一起去见叔祖母了。因为叔祖母时常提起她。"

"唔,好,你做得好。"爱国伸指揉了揉额头,说,"叔祖母的身体怎么样?"

"你要是想知道,就自己亲自去看看吧!你也好久没有去了,是不是?"爱民低声说。

父亲还坐在客厅,不能让他听见。

"既然你这样说了,那么,叔祖母的身体还是不错。如果明天没有空,我就后天去一趟。人老了,日子就是岁月剩下的了。我不想老人家一直惦念……"刘爱国茫然地看着雪白的墙壁。

"刚才,你和爸爸是在说,黄涵秋的父亲拿了文物局的东西,是吗?他这么多年监守自盗,连张县长都知道了,都没有处理吗?"爱民盯着哥哥的眼睛,问道。

爱国一惊,问道:"爱民?你还在门口偷听了?"

爱民鼻子里"哼"了一声。

爱国眉头紧蹙,语气加重了,说:"爱民!你一个姑娘家,这样的事情还是不要知道的好。你知道了别人的秘密,就等于给自己带来了危险和灾祸。人狗急跳墙的时候,是什么事情都做得出来的。你千万别跟任何人说,记住了?"

"他们敢做,我为什么不敢说?!"爱民还是不服气。

"爱民!"爱国低声喝道,"你这是引火烧身!你要想想爸爸!这么多年,爸爸都没有说,你不能莽撞!"

"我知道了!我又不是小孩子!"爱民说着出去,却又转身,回头问道,"明天你带什么东西给叔祖母?都准备好了吗?"

"还没有。"爱国说,"你去看看,买一些饼干糖果什么的就行。"

"这么热的天,我还真不想出门呢。"爱民说着,进了自己房间。

这时候,有人敲门。爱国开了门,见郑丽珠笑盈盈地站在门口,十分惊讶,不禁愣了一下,随即笑道:"丽珠啊,真是稀客!有什么事情吗?快进来说。"

郑丽珠笑道:"不了,我就站在门口说。我家正在包粽子,以前呢,都是我妈妈包的,可是我奶奶身体不好,今天她没有过来。我想请你去我家,你帮我包好不好?"

爱民刚好走出房间,听见她的声音,就说道:"哎呀!是丽珠姐姐呀!要说包粽子,涵秋是最能干的!我哥哥他笨手笨脚,只会吃,哪会做呀!"

丽珠笑道:"哎哟!是爱民回来了?那正好,你和你哥哥一起过来!涵秋一个人做不了,你们兄妹俩一起来,就好了!"

爱民笑道:"对不起了,姐姐!我有急事要出门去呢。"她说完,就噔噔噔地下楼去了。

爱国挠了一下头,说道:"丽珠,我也是有急事……对不起了。"

丽珠噘嘴,说道:"爱国,我发现,以前你不躲我;现在,你老是躲着我呢。为什么?"

爱国很尴尬,说:"我真的有急事。"他朝屋子里看了一眼,说:"我爸爸他正在屋子里,马上要出门。"

丽珠笑了,说:"那好!估计晚上就可以做好,你和爱民一定要过来吃粽子啊。"

丽珠回到家,涵秋正把煮好的箬叶清洗干净,开始包粽子了。她见丽珠一个人回来,说道:"姐姐!我说了不要去嘛!就他们兄妹俩那德行……还用得着你亲自上门去请!算啥呀!哼!"

"唉!事在人为。我始终相信,精诚所至,金石为开。我就不相信,他们是铁板一块。"丽珠洗了手,拿起箬叶,说,"我试试吧!"

端午节的早上,刘爱国起了一个大早,提着鸡、鸭、水果、饼干、糖果,还有老人家的一身衣服,一双凉鞋,走到拖拉机跟前,开了车门,把东西放上去。

爱民跟在后面,她提着一篮粽子,一大块猪肉,递给哥哥,说:"叔祖母家有的是粽子,你还带粽子干吗呢?"

爱国叹息一声,说:"你这家伙!都几岁的人了,还是这样不开窍。别人包的粽子,和亲孙子包的粽子,味道能一样吗?"

"你要是真有孝心,就多走几趟。几个粽子就能把老人家打发了?再说,你带的新衣服……"爱民不服气。

"叔祖母已经风烛残年,身体这样不好,随时都可能老去,寿衣当然是有备无患……要不,一起去?"爱国说。

"我已经去过了。"爱民说,转身就要上楼,忽然看见丽珠。

"哟!爱民,爱国,你们兄妹俩好早!"丽珠笑盈盈地站在面前。

爱民有些尴尬,刚才的话,她是不是听见了?

爱国说:"丽珠,好早!"

丽珠问道:"爱国,你这是去哪里?"

爱国回答道:"我回一趟老家。"

"哦,是明德围屋?听说雁栖围屋和明德围屋都不错,是本地著名的老宅子。哎!可惜我没有去过。"丽珠说道。

"老房子,都一样,没有什么特别。我走了。"爱国上了车,启动拖拉机,出发了。

丽珠看着拖拉机车尾扬起的尘土,脸上顿时失去了笑容。一丝莫名的惆怅,袭上心头。

因为是端午节,柳林镇的街道上,一大早就熙熙攘攘。大人孩子都十分兴奋,街道两旁,卖菜的,卖水果的,卖箬叶的,卖斗笠的,卖藤椅竹凳的,非常多。而孩子们最感兴趣的,是能吹的小喇叭。木头做的小喇叭,短短的小竹子套在喇叭上,一吹就"叭叭"响。虽然不成什么腔调,却能给人带来无穷的快乐。

春生站在灸草堂门口,想起自己小时候。青黄不接的三、四月已经过去,不用担心饥荒了。玉米棒蒸熟了,很甜糯;新挖的红薯还没有什么甜味,仅仅能尝个鲜;各种各样的瓜果,纷至沓来,老老少少都可以大快朵颐。

那个穿着新衣服,吹着小喇叭的男孩子,曾经无忧无虑地度过了美好的年少时光。

"春生,你不是要去明德围屋看望爱民的叔祖母吗?还愣着干什么?"满生在里面叫道。

叔公说了,叔祖母人老了,不宜多吃糯米,所以没有带粽子。现在雨水多,瓜果吃多了也不适宜,所以就叫他带了一些凉茶包,一些滋补药,还有驱蚊虫的药草。

东方闻莺说,想去看看老人家。虽然,前段时间去过了。人家既然那么念叨自己,就不妨多去几趟。

当春生和东方闻莺来到明德围屋的时候,刘爱国正坐在厅堂,和叔祖母说着话。

刘爱国看着东方闻莺。东方闻莺也看着刘爱国。四目交汇,空气瞬间凝固。

春生走到叔祖母面前,把东西放在桌上,然后给她把脉。

"你来了?"刘爱国脸上有些僵硬。

"嗯。"东方闻莺脸上也是这样僵硬。她没有再说话,就坐在春生旁边,看他号脉。

"还算平稳。"春生说。

叔祖母对孙子说:"爱国,给人家倒茶呀!你还愣着干什么?"

刘爱国恍然醒悟,于是就去拿了茶壶、茶杯。

叔祖母看着春生和东方闻莺,说道:"春生,闻莺,你们都是医生,真好。

原本我也希望,咱们老刘家要是有个医生,该多好!可是当年,爱国没有去考医学院,爱民怕学医……"

春生说:"叔祖母,灸草堂离明德围屋这么近,你有什么不舒服,只管说一声就是了。"

"春生,你对叔祖母的这份孝心,我就是去了九泉,也会记得。当年,爱国的祖父祖母,对你的父亲也是这样亲,就像血脉至亲。抗日战争期间,咱们明德围屋和敬德围屋,还有雁栖围屋,三家亲如一家,打鬼子,打伪军,不管有多难多苦,都一起熬过来了。以后,爱国,春生,你们这代人,也要像亲兄弟一样,携手扶持,共同向前。千万不要自己人打自己人,叫别人笑话……"叔祖母说了一长串话,气有些不顺,忍不住咳嗽起来。

春生说道:"叔祖母教训的是。我们叔公也经常这样教导后辈……"

叔祖母叹息道:"我就怕我和志兴去了以后,你们忘了祖宗的根本……"

爱国把茶杯递给东方闻莺。东方闻莺盯着他的眼睛,感觉到他眼睛里的冷漠,不觉心中一哀。良久,她才伸手接过茶杯,却没有拿稳,茶水泼洒出来,溅在身上。

第七十一章

叔祖母看在眼里,说道:"爱国,你今天这是怎么了?连茶杯都拿不稳?你这可不是待客之道哇!"

"闻莺,对不起……"刘爱国低声说道。

"叔祖母,不关爱国的事。是我一时走神,没有拿稳杯子。"东方闻莺连忙说。

"我老了,却是眼不瞎,耳不聋。爱国,持身不乱,善始善终,是我们老刘家一贯的家风。我们明德围屋的秉性,是坚忍、诚信、善良、真诚待人。那些惯会耍心眼儿的朋友,千万不要去打交道。尤其是男女朋友,更加不能三心二意,逢场作戏,害人害己,荒废了青春年少……"叔祖母话说多了,又开始咳嗽。

"叔祖母,我知道了。"刘爱国连忙给她递了一杯水,替她轻轻捶背。

东方闻莺眼睛有些潮红,她撇过头去。

春生就去厨房,给叔祖母煎药。来这里次数多了,关于雪融儿的记忆,慢慢就淡忘了。至少,明德围屋的叔祖母,始终是深明大义,她永远值得自己敬重。

"爱国,以前你住的那个房间,窗户是不是有些破损,你去看看吧。最近,老是下暴雨,雨水溅进屋子,墙角都长霉了。"叔祖母缓过一口气,说。

刘爱国答应了一声,就上楼去了。他住在三楼,也是顶楼。自从父亲去县城工作后,他和爱民就跟着父亲去了县城,很少回来。最近三年倒是在柳林镇政府工作,可是镇政府离这儿近,往往看完叔祖母,他就回到镇政府。算起来,他的确好久没有去看看自己的房间了。

他打开陈旧的木板门,发现门楣上已经挂了一些蜘蛛网。——虽然每年年关,爱民都会回来洒扫,但是,叔祖母身体不好,平时就这么闲置着,难免蒙上厚厚的尘土。

里面的桌、凳、床,都空荡荡的,棉被已经拿到叔祖母的房间,说是怕老鼠做窝。果然,许久没有人气,墙角已经长了霉,连墙壁上,也有雨水漏下来的痕迹。他轻轻打开窗户,发现有根木条已经完全朽坏。他只好拿下来,扔进厨房,当柴火了。于是,他拿了扫把,慢慢扫着。

东方闻莺也拿了抹布,上来擦洗门窗。

"我自己来就好了。"刘爱国看着她,淡淡地说。

"没事。叔祖母她错怪你了,"东方闻莺低声说,"都是我不好,让她老人家伤心了。"

"你不用自责。只要你能顺利回到上海,我就心安了。"刘爱国低声说。

"爱国,我从来都没有想过,我们的感情会这样无疾而终。"东方闻莺心中的压抑终于迸发,她盯着他,眼睛里满是哀怨。

"不是无疾而终。是我不好,在你去省城进修的时候,我就背着你移情别恋……"刘爱国十分懊恼。

"移情别恋?我不相信!你不会的!你一定是有什么苦衷,或者为了让我彻底死心,故意做给我看的!……"东方闻莺叫道。

刘爱国连忙伸手捂住她的嘴,低声说:"别让叔祖母听见!"他随即收手,说:"你真傻!连叔祖母都看出来了,我已经变心了,怎么你就这么死心眼呢?刚才她那么教训我,你难道没有听出来吗?县城里人人皆知,我和郑丽珠,关系非同一般……"

东方闻莺的眼泪,瞬间流下来,她说道:"我知道,郑丽珠喜欢你。但是,她却是一厢情愿,你的心中,根本就没有她!就像当初,黄涵秋一厢情愿喜欢你,而你根本就没有喜欢她一样!她们两姐妹,为什么要这样纠缠你?你告诉我,为什么?"

刘爱国盯着她,眼睛潮红,说道:"东方闻莺,我要怎样说,你才肯相信呢?现在是你在纠缠我,不是郑丽珠和黄涵秋!我叔祖母喜欢你,是因为她喜欢有知识有教养的姑娘,不是喜欢你做她的孙媳妇。爱民喜欢你,是因为她没有姐姐和妹妹,从小到大,只有我这一个哥哥,她很喜欢你这样的姐姐。而我父亲,已经跟我说过许多次,你和我是不可能的!我当初纠缠你,就是害了你,耽误了你的青春。当断不断,反受其乱。现在,我幡然悔悟,所以决定分手。闻莺,你要清醒,我们不能再藕断丝连……"

东方闻莺泪眼婆娑,说道:"爱国,我都知道,这些都不是你的真心话!你心中要是真的已经没有了我,你就不会伤心!你看你!你能骗得了别人,却骗不了我!我知道,你的心中,就只有我一个人!爱国,我们之间距离不是问题。我已经想开了,我愿意长留沙塘县,一直陪在你身边……"她哭着,走近他,伸臂环住她的腰身。

她将脸埋在他的肩膀上,低声饮泣。

刘爱国心中万分煎熬。良久,他说道:"闻莺,你千万别这样。我已经下定了决心……"

"我不管!我不管!反正,你不能丢下我!"东方闻莺一直哭着,泪水洇湿了他的肩膀上的衣衫。

春生凝视着灶内的火苗,看着火舌欢快地轻舔着锅底,心中五味杂陈。从呱呱坠地到现在不过是二十多年,可是自从知道自己的真实身世,就一次次看淡世事,本以为自己可以放下一切,没有想到,自己还是一头栽进男女情感纠葛之中,不能自拔。如果不是自己亲口告诉刘爱国,或许他俩,不会有这些曲折。但是,世事难料,就像当初黄老仙,如果不自作聪明,柱子会意外死亡吗?嗷嗷待哺的孩子没有了父亲,年纪轻轻的女人成了孀妇。人们责怪黄老仙,黄老仙不得善终,也是咎由自取。

现在,我也是自作聪明吗?……

万事万物,顺其自然,才是乾坤之道……

他隐约听见叔祖母叫刘爱国上去看看他的房间,也听到东方闻莺拿了抹布跟上去了。红尘男女,总是磨不开爱恨纠缠,他们两个一定是旧情复燃了吧!……

日落西山的时候,刘爱国才回到县政府家属楼。他打开门,见爱民正在准备晚饭。父亲见儿子回来了,询问了老人家的身体情况,然后拿出两张戏票,说:"爱国,你带爱民去看看吧。"

爱国看上去有些疲惫,说:"我不想去。爱民,你就和你的同学或者朋友去好了。"

爱民不高兴了,说:"这大过节的,我好叫谁去呀?我好不容易回家,忙里忙外也就算了,你还不肯陪我去看戏,哼!"她见父亲进了屋子,就低声说:"你是不是有约会,才撇下我?"

爱国十分烦恼,说:"爱民,你以后见了郑丽珠和黄涵秋,就躲得远远的,千万别跟她们拉扯,知道吗?"

爱民不解,问道:"黄涵秋,你就是不说,我也懒得跟她拉扯。但是,就连郑丽珠也不好吗?"

爱国责备道:"爱民,你别胡说八道。我可没有说郑丽珠不好。我只是说——我们家和郑丽珠家,不一样。"

一弯新月像一道细细的蛾眉,贴在深暗的天上。刘爱国骑了自行车,载着爱民,来到了电影院。电影院早已人声鼎沸,热气蒸腾。

灯光已经暗下来,戏马上就开始了。今晚的戏有三折,分别是应景的《屈子行吟》《追鱼》《田螺姑娘》。没有新戏,但是,就算是老戏,人们也是乐此不疲,情绪空前高涨。

整个电影院热气腾腾,没有一会儿,两人就汗流浃背。爱民拿了小扇子,轻轻扇着,可是人实在太多太密集,就是扇过来的风,都是热的。

看完第一场,灯光亮起来了。在换戏场的时候,会有一阵子的间歇休息。她往四周张望了一下,说:"哥哥,我去水房喝点水。"

爱国说:"你别耽搁太久。"

爱民应了一声,就径直走向水房。水是早就烧好了的,已经晾凉了,现在喝正好。她一仰脖喝了一大碗,正要往回走,忽然,黄涵秋走了进来。她笑眯眯地说:"爱民,好久不见。"

"嗯,是。"爱民应付了一声,就要闪身出去。

"爱民,暑假就要到了,你想不想回到县城呢?过完暑假,我可是打算到宣传部去了。"黄涵秋笑道。

爱民摇摇头,说:"没想过。我先走了。"

黄涵秋伸手拉住她,说道:"干吗这么急。咱们同学好不容易才见到,正应该好好说说话。戏不是都看过的吗？再说，戏还没有这么快开始呢。唔，我听说，东方闻莺到柳林镇卫生院去了，你见到了吧？"

爱民有些无奈，问道："涵秋，你想说什么？"

黄涵秋笑道："爱民，你哥哥躲着我，怕我纠缠他。其实，我是那样没脸没皮的人吗？好像除了他刘爱国，这个世界上，再没有人会看上我似的！真叫人不爽！现在，连你也这样！你们兄妹俩，眼睛都长到头顶上，到底是什么意思啊？！"说完，眼睛里射出犀利的寒芒。

爱民连忙说道："没有！没有！涵秋，是你多想了！"

涵秋笑道："真的？"

爱民连忙点头，说道："嗯！真的没有！"

涵秋笑道："那么，昨天我姐姐特意到你们家请你们过来包粽子，为什么不肯来呀？"她双目灵动，盯着爱民，说："我姐姐是什么身份，纡尊降贵，到你们家请你们，还这么大的架子！真是不像话！"

爱民急了，解释道："涵秋！真的没有！昨天，我哥哥要回老家去看我叔祖母。我叔祖母身体不太好，自从去年年底我哥哥回到县城，就没有去看过她老人家。哦，不对，好像是去鸡公山开矿的时候去过一次，但是也就那一次。老人家风烛残年，过了今天，就不知道明天……"

涵秋似笑非笑，说道："哦，是吗？我今天一大早就去县政府家属楼姑父家，我姐姐说，刚好看见你和你哥哥提着许多东西，要回老家……"

爱民笑了，说道："我哥哥昨天回老家，今天又去了，不可以吗？"

涵秋也笑了，说道："当然可以！看来，你们兄妹俩很有孝心。不过，你哥哥究竟是去看你们敬爱的叔祖母了，还是去看旧情人东方闻莺了？哦，还有那个装神弄鬼的李春生！爱民，我劝你呀，人心难测，你们兄妹俩还是要擦亮眼睛，不要被甜言蜜语冲昏了头脑。那个东方闻莺，因为给产妇做手术出了医疗事故，她这辈子呀，算是完了！今后，还有谁敢找她看病呢？一个满脑子只想着男人的医生，谁还敢让她动刀子？你也要劝劝你哥哥，她跟你哥哥像是在谈恋爱，却又和李春生纠缠不清，这叫什么事儿啊？连那个灸草堂的叫什么满生的，看她的眼神儿，也是十分不正经。她老是这样招蜂引蝶的，你哥哥受得了吗？……"

爱民只觉得一阵恶心，她轻抚了胸口，说道："涵秋，你整天琢磨这些，不累吗？你要是有这样的闲工夫，赶紧给自己找一个，天天琢磨你们家那位，不更好吗？……"她转身就走，逃离一般，边走还边嘟囔："还是想想自己家什么人吧！哼！全世界就你们聪明！满肚子心机……"

爱民回到座位上，十分不高兴。

爱国皱了眉头，问道："你又怎么了？怎么去了这么久？"

爱民十分鄙夷，说道："遇见某人了。唉！真是阴魂不散，去哪里都碰得着！哥哥，我不想看了，我们走吧！"

爱国皱着眉头，说："我说不来看吧，你非要来。现在来了，又不想看了。真是会折腾！好吧！回去。"

两人出了电影院的大门，恰好遇见王福。王福笑道："刘主任，爱民，怎么，这么快就要回去？"

爱国淡淡地说："里面太热，受不了。"

王福笑道："哦，的确是热！某些人身上，好像带着火炉子，热得根本不能让人好好活着。唉！同病相怜，我也是被炙烤的人哪！不过，我就要离开县城了，能暂时脱离苦海，也算是不幸中的万幸。"

爱国微笑着问道："你要去哪里？"

王福也微笑着答道："我不像你，有骄人的学历，还有能干的父亲。我只是部队出身，一个小卒子。我能去哪里？也就柳林镇政府那样的地方最适合我。"

爱国大惊！他十分疑惑，问道："你在炼矿厂不是干得好好的吗？怎么，又下乡去了？"

王福笑道："哎呀！这个，去哪里和不能去哪里，又不是自己能说了算。我也是身不由己……"

第七十二章

爱民看见哥哥的脸色瞬间僵硬，立刻意识到事态非同寻常，情不自禁地抓住哥哥的手，吓得几乎要屏住呼吸。

回到家，爱国把自己关在房间，躺在床上，愁眉不展。这着棋够狠，已经让自己没有退路了。去找东方闻莺，守在她身边，还是去找郑丽珠，请她手下留情？

爱民在哥哥门口敲了几下门，都没有回应。她急得直跺脚。

刘建业听见女儿一直在敲门,于是走出房间,问道:"爱民,你在干什么呢?你哥哥怎么了?你们俩吵嘴了?"

爱民说:"没有。听说炼矿厂的保卫科科长王福,调到柳林镇去了。爸爸,他为什么又回到那里去了?"

"唔,王福啊?听说他是调到那里当副镇长去了。王福家和黄涵秋家,是世交,他能升得这么快,不奇怪。"刘建业说,"不过,你哥哥又怎么了?"

爱民没有说话,摇摇头,回自己房间去了。

爱国和往常一样,最早到了办公室。烧好水,泡着茶,然后开始一天的工作。

他时不时瞄一眼门口,等待那个天天最早到达的身影。郑丽珠今天却一反常态,姗姗来迟。因为此时大家都陆陆续续来到了办公室,爱国不便向郑丽珠询问私事,只好低头做事。

等到中午下班,他走到郑丽珠办公室,说:"丽珠,我跟你说个事儿。"

丽珠一边收拾东西,一边说:"什么事?"她倒掉杯子里的茶叶,说:"如果不是要紧的,我跟我爸还有事儿,晚上再说,好吗?"

爱国说:"好,那晚上见。"

她胜券在握,倒是不急了。

爱国回到家中,父亲摇着蒲扇,看着他,问道:"爱国,今天你都心事重重,是因为王福去了柳林镇当副镇长吗?一个副镇长是多大的事,你至于这样吗?我一辈子只当个办公室主任,也很知足。你还年轻,踏踏实实做好自己的事情,才是本分。"

爱国仿佛没有听见,他坐在父亲对面,说道:"爸爸,我想回柳林镇去。"

刘建业十分震惊,问道:"你回柳林镇去做什么?那里已经没有了你的位置……"

爱国苦笑,摇摇头,说:"爸爸,我不在乎什么位置,就是当一个扫地僧也好。"

刘建业似乎恍然大悟,气恼道:"你还是放不下那个东方闻莺?你不是已经跟她分手了吗?现在你还想做什么?!"

爱国十分无奈,说:"我是跟她分手了。我想回柳林镇去,也不是想跟她重归于好。我一时半会儿跟你说不清楚……反正,我希望她能早点回上海去。"

刘建业就更加糊涂了,问道:"什么?难道你在县城,东方闻莺就不能回到上海了?你是不是有什么事情瞒着我?"他皱着眉头,想了想,又问道:"爱国,是不是郑丽珠、王福他们,发现你知道了黄涵秋父亲做了调包文物的事情?啊?"

父亲果然洞若观火,明察秋毫。爱国低下头,说:"应该察觉了吧。"大家心知肚明,心照不宣,剩下的就是谁先捅破窗户纸的问题了。

刘建业喝了一口茶,身子微微后仰,良久,说道:"既然这样,你就不要再和郑丽珠、黄涵秋纠缠不清了。你和东方闻莺,也不要再来往。断了就要断得彻底,断得干干净净,这样才不会投鼠忌器,缩手缩脚。剩下的事情,就由我来办。至于王福,离他远点儿。我们有黄立正的把柄,着急的是黄家和郑家,我们静观其变,以不变应万变就行了。"

爱国心中不安,说道:"爸爸,我自己的事情我来解决。你就不要操心了。"

刘建业生气了,说道:"你来解决?你能怎么解决?当初叫你不要和东方闻莺来往,你偏不听。现在你才明白,是你的感情害了东方闻莺,已经迟了!我叫你离郑丽珠远一点儿,你也不听。你跟郑丽珠虚与委蛇,就能围魏救赵了吗?你以为你去了柳林镇政府,就能护得了东方闻莺吗?现在你进退两难,除了彻底抽身,置身局外,你还能有什么更好的办法?"

刘爱国低垂着头,十分懊丧。但是,此事终究不能让父亲出面,他只好硬着头皮说:"爸爸,办法总是会有的。现在,还是我占据主动……"

"你就别自欺欺人了!你还占据主动?!王福本来是他们的一枚臭棋,现在,人家化腐朽为神奇了!把死棋都做活了!爱国,你还太嫩了。你总是这样感情用事,最终会吃亏的!"刘建业见儿子如此执迷不悟,十分懊恼。

刘爱国低头沉思,绞尽脑汁,也没有破解的办法。因为王福,不是个能轻易被操纵的人。瞧瞧黄立正、黄涵秋这么精明,最终败下阵来,就可见一斑了。

下午,一直到日落西山,刘爱国才做完手头的事情。而郑丽珠,已经等了有一小会儿了。

两人来到龙腾酒家。天气十分燠热,地面蒸腾上来的热气,仍然在空中经久不息。两人各执一把蒲扇,不停地摇。

店家端上来酸梅汤。新鲜的杨梅,加上白糖,味道的确不错,算是降暑的好东西了。

郑丽珠慢慢喝着酸梅汤,微笑着,看着刘爱国,只等着他说话。

刘爱国问道:"丽珠,我不明白,你们提拔王福也就算了,为什么要让王福回到柳林镇?难道你们就不担心他再次潜伏在卫生院,惹是生非吗?"

郑丽珠笑道:"怎么,你这么快就按捺不住了?担心东方闻莺了?"

刘爱国被她一眼看穿心事,并不觉得气馁,说道:"我确实有这方面的担心。但是,如果王福再次装神弄鬼假扮黑影,郑县长的面子上也不好看。"他看着她,心想,你这么不急不躁,难道你们和王福已经达成协议了?

郑丽珠抿嘴笑道:"你呀!关心则乱。一想到东方闻莺,全身就像蚂蚁啃咬,不得安宁了?你好好想想,如果王福再次假扮黑影,不就可以一把拿下他吗?以前苦于没有证据,任凭他逍遥法外,现在要是证据确凿,不正好办他吗?"

刘爱国摇摇头,说道:"丽珠,我在柳林镇和王福同事三年,我知道他不但心计过人,而且身手不凡。镇政府那几个保卫人员,个个都不是他的对手。李春生身手也不错,但是,他毕竟是一个老百姓,而且住在灸草堂,不能名正言顺地监视王福的一举一动。万一王福有什么举动,李春生是远水救不得近火啊!"

郑丽珠笑道:"爱国,我一向认为你聪明过人。怎么,现在就没辙了?你要是肯放下东方闻莺,我自然有办法救她。远水救不得近火,但是,近水就可以救近火呀!只要把李春生弄到卫生院住着,不就解决了吗?这就好比家里闹鼠患,你越是千方百计把所有东西藏起来,不让老鼠靠近,甚至不让它闻到味道,老鼠越不能灭绝。因为老鼠的记忆力超强,它会一直惦记着。就算你偶然捕着它,但是,只要它没有死,它仍然会冒着生命危险前来。因为,食物的引诱它是抵挡不住的。相反,我们把诱饵放在它面前,它反而不敢轻举妄动了。"

刘爱国把头一撇,然后盯着她,冷笑道:"郑丽珠,你想出来的办法,还真是高妙。你不但耍着我玩,还耍着东方闻莺。现在,连李春生也被你耍着玩。你这样做,很有意思吗?"

郑丽珠也冷笑道:"刘爱国!我在绿云水库刚刚见到你的时候,还以为你聪明能干,又很有意思。没想到,你却是一个没有意思的家伙!我真心喜欢你,你却总以为我有什么心机。既然你执意认为我是一个坏女人,我就坏给你看看!等你从九曲回肠之中钻出来,再看看是我坏还是你坏!哼!"她霍地站起身,就要出门。

刘爱国一把抓住她的手腕,说道:"如果你执意这样做,我奉陪到底。

我要向郑县长申请去柳林镇政府,哪怕在那里做一个扫地的。现在,你满意了?"

郑丽珠回转身,眼中含泪,说道:"刘爱国!我喜欢你,但是,我不需要你施舍感情。你不用这么决绝。从今往后,我不会再说喜欢你三个字!东方闻莺,我会竭尽所能保护她的周全!我不是你想象中的小人!哼!你这个人,不但没有意思,还叫人失望!"她一甩手,恨恨地离去。

刘爱国怔怔地坐着。难道是自己曲解了她?

第二天早上,刘爱国见到郑丽珠的时候,她就不再微笑,而是径直从他身边走过去,仿佛眼睛里根本没有他。

刘爱国不禁苦笑。女人啊,往往就是这样不可理喻。他假装不在意,也没有理会她。他脑子里,一直装着的是东方闻莺。王福已经去了柳林镇报到,他的心上就犹如蚂蚁在啃噬,又痒又痛,一直不得安宁。

吃过晚饭,大家陆陆续续出门散步,刘建业也跟着郑县长出去了。刘爱国抬头看看天空,原本碧蓝的晴空已经铺满胭脂红,霞光万道,艳丽无比。一切都看起来这么美好——

他开了拖拉机,径直去了柳林镇。

黑沉沉的夜空,一颗星星也没有。风渐渐大起来,似乎要下雨了。

他把拖拉机开到灸草堂门口,熄灭了灯火,走进去了。

李叔公靠在竹椅的背上,慢慢地摇蒲扇,似睡非睡;满生则在后堂,收拾药草。

他没有惊动李叔公,只是轻声问了满生:"满生,春生呢?"

满生在专心致志地收拾药草,见刘爱国蓦然出现,不禁吓了一跳,待到缓过神来,说道:"春生他去卫生院了。"

"他去卫生院做什么?"刘爱国一惊,难道,郑丽珠真的——

满生懒洋洋地回答道:"上午,王福亲自过来,叫春生收拾东西去卫生院住一段时间。听说咱们柳林镇,就只有春生能对付黑影。现在,他过去了,东方闻莺,还有卫生院的女同志,就再也不用担惊受怕了……王福,从前是镇政府的保卫科科长,后来是县里炼矿厂的保卫科科长,现在,却已经是镇里的副镇长了。是不是连升三级呀?唉!咱们老百姓,哪里懂得那么多……"

刘爱国哭笑不得。他走出后堂的时候,叔公忽然睁开眼睛,直起身子,说道:"爱国,你是因为担心东方闻莺的安危,特意下乡的吗?"老人家目光灼灼,盯着他。

"叔公,我——"刘爱国竟然无法回答。他不能承认,也无法否认。

叔公见他迟迟没有吭声,又问道:"爱国,春生住在卫生院,你放心吗?"

刘爱国点点头,说道:"这是不是办法的办法。"

叔公皱着眉头,说道:"爱国呀!春生他只是小老百姓,不懂政治。他与世无争,千万不要让他卷入你们的感情漩涡之中。你们喜欢谁,不喜欢谁,跟春生都没有关系。"

爱国一阵羞愧。他的确没有想到这层。他只觉得,春生一人无牵无挂,他是能够对付黑影的——不,除了他,再也没有人能够对抗黑影。

"叔公,我会想办法的。"刘爱国含糊说了一句,就走出了灸草堂的大门。他开着拖拉机,径直去了卫生院。

在寂静的夜晚,拖拉机引擎巨大的声响和强烈的灯光,立刻惊动了卫生院的人们。

大家都知道,是刘爱国来了。有人从房间走出来,有人从窗户探出眼睛,都在静静地观察着他的一举一动。

刘爱国熄灭了发动机,立刻走进卫生院大门,径直上了二楼。

东方闻莺不在自己房间,而是在隔壁房间,正在给李春生收拾东西。——东西已经收拾得差不多了,她给李春生拿了几本书,叫他看。

两人对于刘爱国的到来视而不见。

"李春生,你下来,我有话跟你说。"刘爱国说完,就先下了楼。他看见东方闻莺的眼睛里,仿佛已经没有了他,这使得他几乎瞬间就要窒息。

李春生随即跟着下了楼,问道:"怎么了?"

"上车。"刘爱国命令道。

第七十三章

拖拉机往街道开去。春生问道:"你到底要说什么?"

刘爱国靠边停了车,问道:"你以前说的话,我姑且相信了。现在,你住在卫生院,是一直住那里的意思吗?或者,郑丽珠都跟你说了什么?"

春生脸上浮现愁思,许久,才说道:"我不知道。郑丽珠交代,我就待在卫生院,只等黑影前来。剩下的,就交给她了。"

刘爱国回到明德围屋,收拾了自己的房间,就在乡下过了一夜。

郑县长还待在办公室,没有回家。家里灯火明亮,郑丽珠切了西瓜,和黄涵秋一起慢慢吃。

涵秋笑道:"姐姐,你果然高明。"

郑丽珠叹息道:"高明个鬼。刘爱国一听到王福去了柳林镇政府,就要死要活的,说也要去柳林镇政府,哪怕当一个扫地的也好呢。"

涵秋气恼道:"我就讨厌他那满肚子痴情种子的样儿!哎,你说,姑父会让他去吗?"

郑丽珠叹息一声,说道:"我父亲让与不让,重要吗?不过,我父亲不让我跟他在一起。说不定,三年五载,父亲就要回到市里。父亲都回去了,我还留在这里干吗呀?"

涵秋不解,问道:"那你干吗还跟他说,你愿意留在这里呢?"

郑丽珠说道:"这只是权宜之计了。到时候我要回市里,他能拦得住吗?当然,我也可以带他回市里。"

涵秋大惊,问道:"姐姐!你还跟他来真的呀?"

郑丽珠脸上严肃,说道:"当然是真的呀!难不成还骗他呀?"

涵秋叫道:"姐姐!你疯了!像他这样的人,根本配不上你嘛!你只要敷衍敷衍他,等事情结束了,就——"

"就把他甩了?"郑丽珠瞪她一眼,说,"你想得真好!人家又不是玩具,你想要的时候,就捧在手心里,你不想要了,就扔壁角!你这样做,要出大事的!"

"你跟了他,才要出大事呢!"涵秋急道,"我可不想因为王福的事儿,耽误了你的终身!"

"怎么能说耽误了我的终身呢?我可是真心喜欢他。"郑丽珠低声说,"如果能把这么棘手的事情解决了,岂不是一举两得。"

涵秋急了,叫道:"姐姐!你是要假戏真做?你叫我怎么办?我可不想要刘爱国做我姐夫!我不要!"

暑假的时候,爱民就一直待在明德围屋,陪伴叔祖母。

春生也一直住在卫生院,倒也平安无事。东方闻莺有时候会向春生请教关于中医的问题,春生也从东方闻莺身上学到了一些西医的知识,两人相处了一段时间,感觉眼界开阔了一些。

县政府已经开展育龄妇女的节育工作。育龄妇女人数不少，要在短时间内把手术做完，还真是不容易。因为卫生院病床太少，实在不能在规定时间内完成任务。

镇政府就决定，让育龄妇女集中在柳林镇学校，在教室里做节育手术。

把课桌拼凑起来，垫上棉被，就可以做手术了。虽然手术条件差一些，但是已经没有更好的办法了。

卫生院能做节育手术的，只有三人，张院长、徐医生和东方闻莺。因为东方闻莺在县人民医院出了一点事故，有些妇女不愿意让她做手术。

黄镇长和王福等政府工作人员苦口婆心，反复劝说，总算让东方闻莺顺利进了教室。

也许是长期劳动的妇女，身体素质挺好，虽然在高温天气做手术，但是，手术感染发炎的很少。一般手术后四天，就可以拆线，家属就带回去了。

爱民在照顾叔祖母之余，就去学校做义工。未婚的她，对于女人做这样的手术，难免心生疙瘩。看着那些妇女痛苦的样子，她一度纠结自己要不要结婚生孩子。身为女人，一辈子要经历生儿育女的痛苦，现在还要经历手术的痛苦。这女娲造人，是不是太不公平？

忙活了一个暑假，全镇的育龄妇女基本上完成了计划生育的任务。县政府因此还给柳林镇政府颁发了奖状。而柳林镇卫生院，也是功过相抵，去年那些不好的流言，也随之烟消云散。

东方闻莺终于长舒了一口气。漫长的暑假，一直混在学校的教室，热气腾腾不说，手术的紧张让她汗流浃背，一天要换三次衣服。灸草堂送来了凉茶，似乎喝白开水都无法解渴。不过说起来也是奇怪，可能人身处低谷，反而没有了任何杂念。每天的手术时间虽然漫长，但是，她却能专心致志做完每一个手术。心无旁骛，盯着眼前，是外科医生最高的境界。精湛的手术得到了大家的认可，那些育龄妇女和家属终于不再有异议。

开学了，学生陆陆续续回来了。教室里的临时手术也结束，他们搬回了卫生院。东方闻莺回到卫生院，紧张的日子一下子放松，她反而有些不习惯。暑假里，爱民在的时候，还能说上几句话——她很机灵，从来都不提她哥哥。东方闻莺也就没有询问。倒是时常提起叔祖母，她老人家也偶尔提起东方闻莺。老人家叫爱民，等东方闻莺空闲下来，就叫她过来坐坐。

春生白天在灸草堂做事，晚上就会到卫生院东方闻莺隔壁房间睡觉。卫生院这样做，外面难免就有一些闲言碎语。连镇政府的保卫科，都受到了质疑。难道保卫科不能派得力的安保人员,去卫生院保护,偏偏要叫一个民间郎中去守护?这真是天大的笑话!

张耿之张院长倒是不介意。他依然是一副僵尸模样,脸上没有笑容,任凭外面飞短流长。

不过,黄镇长却提了好几遍。晚上,如果卫生院的值班人员守不住,就派保卫科的人去值班好了!王福微微一哂,说道:"派李春生去卫生院守夜,是郑丽珠的意思。谁要是想违拗她的意思,就先去宣传部请示她之后,再说。"

一番话说得黄镇长哑口无言,不能反驳,只好作罢。

入秋了,观音山上,又可以收获许多药草。春生推着独轮车,带着雪融儿,一起上了山。有大半年没有来了,寺庙周围更加荒寂。

他先到山上采摘药草,中午就吃了一点干粮。一直累到日落西山,眼看天色渐暗,他就把药草放在独轮车上。

他先推开自己住的屋子。屋子里落满了灰尘,墙壁上渗下的雨水痕迹,一条条的。床上的棉被脏兮兮的,不知道有没有动物来过。或许,老鼠曾经在这里欢闹过。他抱住棉被,在外面摊开了。他使劲拍着尘土,发了霉迹的灰尘扑腾上来,直呛人鼻孔。待扫干净屋子,他又提了水桶,仔仔细细冲了几遍。不管怎么说,这里都是自己曾经的家。

然后,他就走进寺庙。寺庙里面除了满满的灰尘,还挂满了蜘蛛网,甚至还可以看见小小的蜘蛛,一动不动地停在蛛丝上。观音菩萨依然慈祥端庄,低垂着双眉,嘴角微微上扬,仿佛人世间的一切喜怒哀乐,都跟她无关。他从上到下从左到右仔仔细细瞧了一遍,忽然发现案桌上少了什么!咦!案桌上的香炉,哪里去了?

这个香炉,应该说,自从菩萨在这里安坐,就没有人去动过它。

他里里外外找了个遍,仍然不见。难道——

"雪融儿!雪融儿!雪融儿——"他只顾忙着收拾药草,雪融儿什么时候不见了,竟然没有注意到。现在,这家伙躲到哪里去了?

他心里顿时升起一种不祥的预感。难道是雪融儿不小心把香炉打碎了?按理来说,不可能呀!雪融儿跟着自己,在这里住了这么久,香炉沉重,而它轻巧灵动,是不可能把香炉打翻的。况且,如果是雪融儿打翻了香炉,那么,香炉应该落在地上。可是现在,地面上没有任何痕迹,甚至连一点点香灰都没有!

春生望了一眼天空。夜幕降临,山路上已经看不清楚了。他只好推着独轮车,慢慢下了山。

我从屋顶上跳跃下来,看着他怀着满腔的心事,在山路上踽踽独行。

溪水清凉,我舔了一点,伸爪挠了几下脸。入秋了,夜晚的观音山,渐渐凉爽。

天空暗黑,没有月亮,连星星也隐遁了。我抬头看了看高大的老槐树,树上依然枝叶茂密。它就像一把张开的大伞,年年岁岁守护着寺庙。或许,它知道,那个古老的香炉去了何处。

我闻不到香炉的灰烬气息,却仿佛闻到了菩萨雷霆震怒之后的血腥之气。

所以,为了明哲保身,我不能再踏入红尘。我百无聊赖,就在寺庙后面的几棵大树下转悠。

板栗树上结了果实,板栗还嫩嫩的,它密密实实的刺叫人望而却步,连贪吃的松鼠也束手无策。柿子树上也挂着沉甸甸的柿子,但是,它们还没有红透,进嘴就涩得慌,松鼠也还在耐心等待。

我无心上树,就在树下溜达。我曾经在无数个日日夜夜,伏在菩萨的脚上假寐,现在,我也无心去了。

我犀利的双目穿过烟尘,看见他在黑暗中痛苦委屈地挣扎。

春生一口气回到灸草堂,满生连忙跑过来接住独轮车,叫他赶紧进去歇着,一边说道:"春生,你怎么这么晚才回来!我还以为山上有女鬼女妖,把你勾了去呢!"

"你这家伙!嘴里又开始不干不净了!观音山是菩萨守护的地方,怎么会有女鬼女妖呢?!"春生拿毛巾擦了一把脸,对叔公说道,"叔公!观音山上的香炉不见了!真是怪事!"

叔公吃了一惊,以为自己听错了,问道:"你说什么?什么不见了?"

春生说道:"我弄完了药草,就去收拾屋子。我走进寺庙的时候,发现案桌上的香炉不见了!谁还能拿走菩萨的东西啊?"

满生听说香炉不见了,几乎不敢相信自己的耳朵,说:"谁这么大胆,敢拿走菩萨的东西?就不怕菩萨算账?"

叔公问道:"雪融儿呢?它不是跟你一起去了吗?怎么没有看见它?"

春生回答道:"我收拾完药草,收拾屋子的时候,就没有看见它了。"

满生问道:"雪融儿不见了?是不是它把香炉打碎了,不敢回来了?"

叔公责备道:"满生!你瞎说什么呢?!那香炉十分沉重,雪融儿怎么会打碎呢?再说,如果是雪融儿打碎了,地上就应该有碎片和香灰嘛!"他对春生说:"你累了一天了,饭在锅里。"

满生嘟嚷着:"雪融儿又不见了,我以为它做了坏事才不敢回来了呢。"

叔公说道:"雪融儿十分有灵性,你不要瞎说,免得它恼了,找你算账。"

第七十四章

观音山上寺庙里的香炉不翼而飞的消息,就像长了翅膀,迅速传开了。

王福带着镇政府保卫科的人员,亲自来到灸草堂,把李春生带走了,说要带回镇里好好询问。

起先,叔公和满生还不肯让王福把春生带走,王福笑着说:"只是带过去询问一下,没有确凿证据的话,不会把李春生怎么样,你们就放心吧!柳林镇政府是人民政府,我们还能随便冤枉好人吗?"

叔公和满生无奈,看着他们簇拥着春生离开灸草堂,一颗心都悬了起来。

李春生被带到保卫科值班室。王福坐在藤椅上,跷起二郎腿,说道:"李春生,把你在观音山寺庙里看到的情景仔仔细细说一遍,不能有任何遗漏和隐瞒。"

春生就把自己昨天早上上山,去山上采摘药草后,收拾完屋子再去看寺庙里面的时候,意外发现,案桌上那只香炉不见了的事情说了一遍。

王福仔细听完,点头,说:"哦!是这样吗?如果仅仅是这样的话,我们就没有证据证明香炉是你偷走的。"

春生十分震怒:"王福!你冤枉人的本事,又见长了!我是第一个发现香炉丢失的人,什么时候成了偷香炉的人了?你身为政府的副镇长,说话可以这样不负责任吗?!"

王福冷笑道:"王福?王福也是你叫的?!你一个小小郎中,可以对我这样指名道姓?!可见,你李春生,从骨子里就是一个刁民!无视工作人员,无视政府!我只是说,现在没有任何证据证明,那只香炉是你偷走的!你听清楚了!你这么急着为自己辩解,倒是叫人怀疑!如果那只香炉的丢失和你没有任何关系,昨天晚上,你为什么不来镇政府报案?虽然政府不提倡群众去求神拜佛,但是观音山好歹也是咱们柳林镇的一个地方文化的遗存,有着特殊的客家文化的意义。而且,我还听说,昨天你还带了雪融儿上山。可是,雪融儿上山去了,却没有人见它下来。莫非是那只猫把香炉打碎了?你怕要赔偿,就故意说香炉不见了?!"

春生大怒,骂道:"王福!你血口喷人!你去年就一直冤枉我和东方闻莺,说我们有什么苟且之事,现在,又胡说香炉的丢失跟我和雪融儿有关系。你以为,我就不知道你的事情吗?!你一而再再而三地冤枉我,你就以为我不知道你打的什么如意算盘?哼!"

王福冷笑着说道:"李春生!我逮住了你,你无话可说,就诬蔑政府工作人员!你现在不肯老实交代没有关系,等明天我们把这个案件报到县公安局,你不说也得说!哼!我知道,你是一块硬骨头,只不过,再硬的骨头,在事实面前也是不堪一击的!"

春生也冷笑道:"事实?你捏造的事实吗?去年中秋节,你就随意捏造,现在,对你来说,捏造事实已经是家常便饭,出口成章!只不过到了最后,捏造就是捏造,捏造的事实能让群众信服吗?"

王福冷下脸,说道:"李春生!没想到你平时一个闷葫芦模样,还伶牙俐齿,死不悔改!好!好!既然你态度如此恶劣,我就叫你先老实下来,再把你关上十天八天,看你还肯不肯老实交代!"他对保卫科的人说:"去拿绳子来!把他吊起来!"

不一会儿,黄镇长站在门口,招手叫王福出去。黄镇长低声说道:"这个李春生,我看还是不要吊他为好!毕竟没有确凿证据,再说他是灸草堂的人,你现在就开打,只怕雁栖围屋的群众会闹事啊!明天公安局就会下来,还是等他们调查取证之后再做决定吧!"

王福笑了,说道:"黄镇长,那个香炉,不是李春生偷走了,就是他家那只猫打碎了。据群众反映,那只香炉去年年底都还在,好几个人亲眼见过。过年之后,因为绿云水库开工,征调了许多劳动力去那里;再后来就是鸡公山开矿,又征调了许多劳动力去。所以,从过年到现在,基本上没有人去过观音山。而李春生,是第一个到观音山的人。你说,除了他还会有谁?总之,现在香炉不翼而飞,就是跟李春生有关系!这不是秃子头上的虱子——明摆着的吗?这连盲人都能看出来的事情,没想到你却这么胆小怕事。"

黄镇长闻言十分不悦，他严肃地说道："王福啊！这不是胆小怕事！！这件事情看起来小，一旦草率处理，只怕会酿成大事！我们可不能冒进啊！好！我们退一步猜测，就算是他家的猫打碎了，不就是赔偿的问题吗？我们只要叫他赔偿就行了，用得着拿绳子吗？"

王福冷笑道："黄镇长，你要是害怕承担责任，这件事就由我来承担！我不怕！明天县政府和公安局下来，就说这个案子是我处理的！你呀！就歇着去吧！"

黄镇长喝道："王福！什么叫我歇着去?！我现在还是柳林镇政府的镇长！这里的大小事务，还是由我说了算！只要我还在这里，就不能让你胡来！哼！你想张狂，等你当了镇长再说吧！"

王福笑道："黄镇长好大的火气！好！我不管了，我歇着去！"

爱民听说春生被镇政府的保卫科带走了，急匆匆跑到镇政府，要见他。起先，保卫科的工作人员还不让见。爱民说："李春生在灸草堂二十多年，他是什么人，群众还不清楚吗？他什么时候偷过东西？"

保卫科的人说："就算李春生没有拿走香炉，但是，他那只猫也有嫌疑。现在，那只猫不知去向，我们只能押着他。"

爱民十分生气，说："你们凭什么就说是雪融儿打碎了香炉，而不是其他的野猫呢？没有任何根据，就胡乱拿人！你们保卫科，还认不认王法？啊?！"

保卫科的人也生气了，说："你想见李春生的话，就进去看一眼，你要是想吵吵嚷嚷的话，马上出去！别影响我们工作！我们看在你是学校老师的份上，才让着你，要不连你一起关起来！哼！"

爱民只好不跟他们计较，赶紧进去。她见春生坐在里面，愁眉苦脸，就问道："春生，这到底怎么回事啊？"

春生苦恼道："唉！算起来，我也是去年年底去了一次观音山——哦，就是和东方闻莺一起去的，还遇到了你和你哥哥的那次。我昨天去山上采药草，顺便进去看了一下，就发现香炉没有了。现在，我倒成了嫌疑人……"

"春生，关于那只香炉的秘密，你还跟别人提起过吗？"爱民顿时紧张起来。

"什么秘密？"春生问，"哦，你是说，东方闻莺曾经说过，那只香炉是明朝宣德年间的东西的事情吗？我可是从来没有说过，连叔公和满生都不知道。"

爱民心中"咯噔"一下。记得去年在寺庙里的时候,东方闻莺说,那只香炉是明朝宣德年间的东西——这件事,也就四个人知道。后来,在家里吃饭的时候和父亲提起过,总共也就五个人知道。这五个人,都不可能是偷香炉的人呀!

父亲向来稳重,不可能会泄露秘密,难道是东方闻莺或者哥哥,向别人提起过?

爱民说:"这个事情,我会告诉哥哥,叫他仔细去问一下。你在这里,什么时候能出去啊?"

春生苦笑,说:"我栽在王福手里,只怕不容易出去了。你赶紧去看看东方闻莺,陪陪她。"

爱民猛然醒悟,走出保卫科,就要去卫生院。忽然,她身后一个声音叫道:"刘爱民!你等等!"爱民回头,见王福似笑非笑地看着她,三两步就走到了她面前。

"走!到外面说话。"王福边走边说,待走到门外,他扭头看了一眼里面,确认没有人能听见,才停住脚步,低声问道,"爱民,观音山寺庙里的香炉,是明朝宣德年间的东西?是文物?"

爱民一怔!没想到王福是故意放她进去,然后偷听!!春生说话的声音已经压得很低了,这家伙竟然听见了!她冷笑一声,说道:"什么文物?王副镇长,你说什么呢?"

王福笑道:"你和李春生的对话,我可是听得一清二楚。你要是跟我实话实说,李春生或许可以无罪释放。要是你们隐瞒不报,李春生的罪行可就大了!孰轻孰重,你自己好好掂量掂量!趁现在还没有人知道香炉是明朝文物,我还可以酌情处理……"

爱民说道:"王副镇长,你的招数我已经领教过了。把莫须有的罪名坐实,是你一贯的伎俩。去年的中秋节,你不就是口口声声说,东方闻莺和李春生有什么苟且之事吗?冤枉好人,自己从中渔利,要不,你能这么快就坐到副镇长的位置吗?"

王福沉下脸,说道:"刘爱民!你别敬酒不吃吃罚酒!我好心好意要帮你,你却狗咬吕洞宾,不识好人心!好吧!既然你和李春生都这样执迷不悟,那就是菩萨都救不了他。你最好离他远点儿,你自己引火烧身是小,别牵连尊敬的老刘主任和人见人爱的小刘主任。到时候,可是后悔都来不及呀!"

爱民也沉下脸,说道:"王福,公道自在人心,不是哪个人就能说了算的。你能一手遮天,但是,你能把乌鸦说成白的吗?李春生是什么人,柳林镇雁栖围屋和明德围屋的群众,清楚得很!哼!你想冤枉好人,也得看看群众会不会答应!"

她无心和王福打嘴仗,急匆匆跑去卫生院。

东方闻莺要去镇政府看李春生,被大家死死拦住。大家说,这件事落在王福手里,你要是去了,只会让事情变得更棘手。现在也没有证据,我们就在卫生院耐心等着吧。

刘爱国听说李春生被带到柳林镇政府已经是下午傍晚时分。他马上放下手中的材料,立刻赶往柳林镇。等他到达柳林镇的时候,郑丽珠已经先来一步,把李春生放了。

刘爱国只好去了灸草堂。

李叔公、李春生、满生和郑丽珠正在吃饭。刘爱国看见郑丽珠竟然在这里,十分惊讶。

郑丽珠看见刘爱国,笑道:"爱国,我比你有口福!我先吃上了!早就听说,灸草堂李春生熬的药粥十分有名,今天终于尝到了。"

刘爱国笑道:"我是吃过好几回了。你们慢慢吃,我先去卫生院看看。"

郑丽珠招手叫他坐下,说道:"爱国,早知道你会来,我就坐你的车来了。我知道你担心什么。没事,等春生吃完饭,我就叫他去卫生院住。我都在这里,你还担心什么?"

叔公说道:"满生,给爱国一张凳子。春生,你去拿个碗来。"

爱国坐在桌边,和大家一起吃饭。郑丽珠说道:"爱国,雁栖围屋或者明德围屋,再拿个香炉放回观音山的寺庙,可以吗?"

叔公问道:"这样就可以了吗?镇政府不会再找春生的麻烦了吗?"

"当然可以!我的话,叔公还不相信吗?"郑丽珠说道。

爱国十分感激,说道:"如果这样,事情就过去了,那只香炉就包在我身上。只是,听说明天公安局和县政府要派人下来调查呢。"

"我会打电话去说。好了!这样,你们可以安心吃饭了吧?"郑丽珠笑道。

爱国说道:"丽珠,那就谢谢你了。"

丽珠笑道:"不用谢。我还有一个不情之请,希望你能答应。"

爱国问道:"什么?你尽管说。"

丽珠脸上现出神秘，说道："一会儿再说。"

吃完饭，丽珠叫春生给她包了一些凉茶，又包了一些补药——中秋节快到了，她想带回去给妈妈。父亲终日劳累，也需要调养。只是，春生说，没有见到本人，怕开的药方不准确。

叔公询问了郑县长平日的饮食起居的情况，亲自开了药方。

春生把药材包好，递给丽珠。丽珠招呼爱国出门，走到外面，她才说："爱国，我想去看看你的叔祖母，可以吗？"

第七十五章

爱国一怔，说道："丽珠，谢谢你的好意。只是，叔祖母她风烛残年，身体不太好，我怕——"

丽珠收敛了笑容，问道："怕什么？你担心叔祖母不喜欢我？"

爱国摇摇头，说道："叔祖母是个病人，她喜欢安静。"

丽珠叹息一声，说道："我知道了。在你的心中，我和东方闻莺终究亲疏有别。"

爱国解释道："丽珠，不是的。我叔祖母常说，看见郎中，病就好了一半。东方闻莺她是医生，对于病人来说，看见医生，无疑就是看见救星，如此而已。"

丽珠说："那就算了。天色已晚，我要回去了。你呢？"

爱国说道："我既然回来了，就得先去看看爱民。说起来惭愧，爱民在学校工作一年多了，我很少去学校看她。"

"唔，我倒是没有想到去看望爱民。这样，我陪你一起去，怎么样？"丽珠说。

爱国心想，李春生回到了灸草堂，爱民肯定去卫生院找东方闻莺了。他说道："算啦！天色已晚，你还是早点回去吧！爱民到了周末就会回来。你对她这么好，我会告诉她的。"

丽珠看着爱国，眼神里不禁有些失望。她微笑，说道："好吧！我就先回去了。如果李春生还有什么麻烦，你就告诉我。"

爱国说道："谢谢你。今天如果不是你来了，恐怕春生就要吃苦头了。"

丽珠叹息一声，说道："不会的。我父亲喜欢安静……"

爱国目送着她远去，心中隐隐升起一丝不安。

他等了好一会儿，才动身前往卫生院。

爱民坐在东方闻莺的屋子里，两个姑娘小声地说着话。

爱国走到东方闻莺的房间门口，举起手想敲门，又放下了。他怕自己心性不稳，又乱了阵脚。

犹豫良久，他还是伸手轻轻敲门。

东方闻莺似乎早已听到门口的脚步声。她凝神谛听，那脚步声没有离去，然而也没有人敲门。他站在门口干什么？

"姐姐！好像有人敲门呢！"爱民提醒她。

"你去看看，好不好？"东方闻莺勉强微笑。

爱民站起身，走到门口，拉开门，见哥哥面无表情地站着，于是问道："哥哥，你怎么来了？"

爱国看着妹妹，说："爱民，你东方闻莺姐姐还好吗？"

爱民回头看了一眼东方闻莺，又看着哥哥，说道："闻莺姐姐好不好，你为什么不自己去问问她？"说完，她闪身出了门，回去了。

爱国站在门口，叫道："闻莺。"

东方闻莺站着没有动，应道："嗯。"

两人瞬间无话，不觉十分尴尬。刘爱国站了一会儿，还是走进来，把门关上，坐在桌边。东方闻莺则坐在床沿，没有给他筛水，也没有看他。

良久，刘爱国凝视着她，心中的疼痛更加剧烈。他低声说道："闻莺，我让你难过了，对不起。"

东方闻莺抬头看着他，说道："我没有难过。离开县城，离开你，我反而心情平静了。以前，因为老是惦念着你，琢磨着你什么时候下班，什么时候会来，老是心情起伏不定。现在，倒是安静了，心如止水。我喜欢现在的样子，我能够安安心心地学习，完全投入地工作。所以，暑假在学校做手术的时候，我能做到十二分好。爱民常常会来看我，我也去看过几回叔祖母。她俩都是你的亲人，但是，我去看她们，和你的感情没有任何关系……听说，你和郑丽珠进展神速，我衷心祝福你俩……"

刘爱国眼睛里顿时潮红，他低垂下眼睑，说道："闻莺，世事瞬息万变，我希望你早点回到上海……"

东方闻莺微笑，问道："爱国，难道你是为了让我早点回到上海，才选择了郑丽珠吗?"

刘爱国盯着她,良久,才问道:"你为什么要问呢?你明明知道,我是一个不能依靠的人……"

东方闻莺的眼泪,缓缓流下面颊,她依然微笑,说道:"所以,你就去依靠郑丽珠了……你并不喜欢她,却为了我早点回到上海,这样费尽心机地跟她周旋……"

刘爱国站起身,走到东方闻莺面前,抓住她的双手,然后左脚单膝跪下,问道:"那么,现在,你还愿意和我重归于好吗?"

东方闻莺泪流满面,问道:"爱国,你……"

爱国眼含热泪,说道:"我的真心……你要是不清楚,就摸摸看!"他握着她的手,放在自己胸口。

东方闻莺急忙缩回手,哭道:"爱国,不知什么时候起,我就成了你的累赘。只要你跟我在一起,就会有这样那样的麻烦事……我好害怕……我知道,只要我离开你,大家才能安生……"

爱国摇摇头,说道:"闻莺,不是你想的那样。我原本想让你早点回上海去,远离沙塘县的种种是是非非。我原本想把你放下,可是,我的心中只有你……我欺骗不了我自己,当然也就欺骗不了别人……"

"沙塘县的是是非非?和黄涵秋有关吗?"东方闻莺问道。

爱国伸手拭去她脸上的泪痕,说道:"你就别问这么多了。我不在的时候,你自己要小心。李春生会保护你,我相信他的本事,也相信他的人品。"他站起身,说:"我要回去了。"

"让李春生来保护我,是不是你和郑丽珠的约定?"她也站起身,盯着他的眼睛。

"闻莺,三言两语我也说不清楚。以后,你会明白的。王福在柳林镇一天,我就一天不能安心。我会想办法的。你自己要保重。"刘爱国说道,"夜深了,明天还要上班,我得回去了。"

东方闻莺伸手从后面环住他的腰,把头埋在他宽厚的背,低声说道:"你自己也要保重。路上小心。"

刘爱国心中一震。去年在人民医院,她就是这样,靠在自己的肩膀。那时候,他的心里,只有激动和幸福。他缓缓回过头,伸臂抱住她。

第二天,县政府的工作人员和公安局的同志下来了,仔细询问了李春生事情的经过,然后,又专门去卫生院让东方闻莺做了笔录。她是怎么样发现香炉是文物的,为什么没有及时上报,等等。

接着,公安局的同志还让李春生带着去观音山寺庙的里里外外查了个遍。他们没有发现什么线索,就去雁栖围屋和明德围屋,走访群众。

关于雪融儿,公安局的同志也详细地听了汇报。

最后,他们来到灸草堂,和李叔公进行了详谈。

原来,雁栖围屋的李家祖上,最初并不懂得医学。他只是一个木匠,平时走街串巷揽活儿干,有时候经人介绍,也会走得远一些。有一回在给一家大户做妆奁的时候,他认识了一位从宫里逃出来的太监。那太监一直隐藏着身份,生怕被人家认出来。他身上的银两花光了,没有盘缠回老家,又不敢去借。他就假扮成一个伙夫,给人家送柴火。

那个大户买了一些木材,是香樟木,要拉回来,就叫那个太监一起去。结果那个太监不认识香樟木,把杂木拉了回来。大户很生气,叫太监把杂木拉回去,换回香樟木,否则就要他翻价赔偿。

那个太监又去找卖家,人家却不肯承认了。太监走投无路,只好求助于李木匠。李木匠带着太监找到卖家,指出这些杂木的产地、销售地,然后再指出香樟木的产地、销售地,卖家终于无可辩驳,乖乖把香樟木给了太监。那个太监对李木匠十分感激,说:"身上已经没有任何值钱的东西,无以为报,只有一本书,不知道对你有没有用。"

李木匠接过来一看,是一本医书,说:"我没有多少文化,拿了这本书,恐怕也没有什么用。"

太监叹息道:"如果你不嫌弃,就不妨带我去你的府上,教你家孩子。"

李木匠说:"我家也是贫困之家,只怕连累你过苦日子。"

太监说:"没有关系,反正,我也活不了多久了,能有一个传人也不错。"

原来,这个太监是宫里医药局的,对药物非常熟悉,还懂得艾灸,普通的病也能看。

李木匠就在自己家里挑了一间干净的屋子,给太监居住,然后,太监就教李木匠的儿子认识药草,认识穴位,开始学艾灸。

生活十分清苦,太监常常带着孩子上山采药草,有时候,还会种一些。

三年过后,儿子倒是学到了一些医理,可以独当一面了。太监却身染沉疴,一病不起。临终的时候,他对李木匠说:"我这一辈子,都没有后,希望寻一个僻静的地方,建一座寺庙,供奉观音菩萨,希望我的下辈子,不会这么辛苦。"

李木匠说:"建一座寺庙的话,得好多钱呢……不过你的心愿,我们记下了。我这辈子不能完成,会督促子子孙孙去完成。我相信终究有一日,会完成你的心愿的。"

太监说:"把我那破棉袄拿过来。"

李木匠就把他的破棉袄递给他。他抖抖索索地撕开袖子上的里布,探手找到一张旧纸,递给李木匠,说:"建一座寺庙的话,应该足够了。"

李木匠接过来一看,竟然是一张银票!

太监还说:"我经常用的那只香炉,就放在菩萨的案桌前。希望四时香火不息,替我告知我的心愿。希望下辈子,能在菩萨座前,供她老人家驱使……"

他死了以后,棺椁暂时放在观音山。

等到观音山的寺庙建好了,太监的家人却找上门来,说要带棺椁回去。就这样,关于太监的逸事,就不再听闻。

倒是观音山的寺庙,吸引了许许多多善男信女,香火日盛。那只香炉,就一直供奉在菩萨的案桌上。

至于它是不是明朝的文物,并没有人去深究过。而且,李家人根本没有想到香炉底部竟然有字……

最后,公安局的同志把李春生、刘爱民和东方闻莺一起叫到了镇政府,询问关于发现香炉底部的字的问题。

本来,东方闻莺并不想承认香炉底部有字的事情。但是,王福言之凿凿,说听见了李春生和刘爱民的秘密谈话,他们确实提到了香炉是"明朝的宣德年间的东西"。这让东方闻莺很难反驳。如果执意隐瞒,反倒让公安局的同志觉得,是李春生刻意隐藏了香炉。

唉!山雨欲来风满楼,黑云压城城欲摧。

昨天,郑丽珠并不知道,那个香炉其实是明朝宣德年间的东西,所以,轻轻松松地放了李春生。现在,事情峰回路转,恐怕又要换一种说法了。

果然,公安局的同志说,虽然现在还不能认定观音山寺庙的香炉是不是文物,但是,慎重起见,还是当作文物失踪案件来处理。这样的话,把李春生放了显然不合适;把他关起来,没有确凿证据,关人也不合适。因此,公安局决定,把李春生带到县公安局,暂时"候审"。

至于卫生院的安保问题,就由镇政府负责。具体到负责人,是身为副镇长的王福。王福身手不凡,又是保卫科出身,最合适。

王福就立了军令状,如果卫生院出了什么事情,就由他负全责。

消息传到了县政府,刘爱国连饭都吃不下了。想起郑丽珠的话,心中仿佛有千万只蚂蚁咬过。

医生不是别的职业,医生必须值夜班。不然,就让闻莺去明德围屋居住好了。爱民也是一个女孩子,又手无缚鸡之力,自身难保。

现在看来,已经没有任何退路了。要么自己回到柳林镇去,要么走到郑丽珠身边去。他倚着栏杆,仰头迎着乍起的秋风,只觉得天地间的风儿,分外寒冷。

心烦意乱,久久不能平静。于是他铺开宣纸,抹平,然后慢慢调匀墨汁,拿起毛笔,细细地画起来。

一丛墨色吊兰,尽情地伸展开柔美细长的叶子,几朵小小的白花,藏在叶茎之间,含苞待放,似乎能闻到它们幽微的香气。兰花下面,是嶙峋的石头。

她曾经凝视着他房间墙壁上的那幅国画兰花,笑着问他,是不是他亲手画的……

第七十六章

就在刘爱国烦恼纠结的时候,柳林镇再次传来意外的消息。灸草堂李叔公正式收东方闻莺为入室弟子。

春生不知道什么时候才能回来,灸草堂只有满生一个徒弟,显然应付不过来。

卫生院张耿之痛快地答应了。他说,中西医合璧,确实是一件大好事。如果东方闻莺能够学有所成,是医学界之幸事。

但是,东方闻莺毕竟是卫生院的职员,一个正式职员,跑到民间郎中那里学徒,会不会招来非议?

灸草堂就李叔公和满生两个男人,东方闻莺住在灸草堂,显然不合适。还是爱民陪东方闻莺住在卫生院,稳当一些。

那间小护士阿香住过的屋子,已经是何医生在住了。窗户上那个松动的木条,春生把它换了,钉了一根铁条子。大家看着春生拿下那根松动的木条子的时候,都恍然大悟。可是,春生是怎么知道它松动了的呢?莫非,是雪融儿告诉你的吗?

春生笑而不语。

雪融儿要是会说话就好了。可是它太冷漠,就是对于自己的主人,也漠不关心。春生被关在保卫科的时候,它不知去向;现在,春生被带去了县城,它仍然不肯露面。如今,它更是逃之夭夭,不知所踪。

春生在审讯室待了一会儿,民警询问的问题,和在柳林镇问的问题一模一样,春生的回答也是老话。民警问完,也没有拘禁他,只是叫他暂时待在保安室,不要出去。

入夜,春生靠在窗前,望着外面的街道上陆陆续续走过的人。有的行色匆匆,有的悠游漫步,他们都是自由的。唯独自己,身在高墙。如何才能挣脱此时的困局呢?他遥望苍茫的夜色,极力集中心神——如果能知道黄立正的文物藏在何处,似乎可以和王福谈谈条件。

可是,那东西到底在哪里呢?

他半眯起眼睛,气沉丹田,让自己的心沉浸在恍惚之中。

一直练气到深夜,仍然一无所获。他有些疲惫,懒洋洋地靠在长凳上,睡着了。梦中,雪融儿又在雁栖围屋撒欢,这次,它不是孤独的,而是带着几只小猫崽,一起玩耍。它们从大门口光溜溜的石狮子上跃下,然后蹿上楼梯,迅疾上了炮台楼。

那些小猫崽,也是黄色的背部,雪白的肚腹,身形修长健硕,有着一双黄绿色宝珠一般璀璨的眼睛。

春生十分惊异,难道它有孩子了?

它们玩闹了一会儿,就跳下来。雪融儿还扑进他的怀中,伸爪挠他的胸口。

你这家伙,到底去哪里了?不声不响的,一去就这么久。他不禁埋怨道。

郑丽珠刚刚接到电话,说李春生被带到公安局了。观音山的香炉,底部有"宣德年制"四个字。宣德年的话,就是明朝的了,说不定它是明朝的文物。如果是文物,李春生就不能放了。

她看着桌上香喷喷的饭菜,无心下咽。想起王福的话,背脊上顿时寒透了。

舅舅舅母一直亲切随和,为人正直,怎么会和文物调包扯上关系呢?

涵秋,涵秋。她常常过来做一桌丰盛的饭菜,她小小的身形,怎么会跟穷凶极恶的王福牵扯不清呢?……

更加可恶的是,刘爱国是知情人。他知道,那么,他父亲也知道。全沙塘县,还有哪些人知道?!……

她正在犯愁,门"吱呀——"一声开了。

郑县长脸上石刻一般,走了进来。

父亲从来没有这样严峻过。

"爸——"她低声叫道。

郑德荣一言不发,径直坐在她对面。

父亲犀利的双目,仿佛一下就洞穿了她的心思。

"你做的好事!"父亲声音不高,却极其严厉。他紧皱双眉,拿起茶杯喝了一口冷茶,说道:"我是怎么教育你的?啊?来到地方上,你不能时时刻刻以县长的女儿自居!你能干预公安局办案?啊?……"

"爸!我没有……李春生不是坏人,全柳林镇都知道!他怎么会去偷观音山的香炉呢?他偷了香炉,为什么又要告诉大家香炉丢了呢?这不合常理呀!"丽珠辩解道。

"哼!你能想到的事情,公安局就想不到?你事事插一手,人家顾着我的面子,当面不说你,背后呢?影响太坏!还有,你和刘爱国到底是怎么回事?你是真的喜欢他,还是另有所图啊?"郑县长双目如炬,紧盯着女儿。

丽珠看着父亲的脸色越发难看,只敢喏喏了一声:"我是真的……"

"哼!"父亲抬起了手,似乎要拍桌子了,半天,又收了回去。"你天天和涵秋在屋子里嘀嘀咕咕,干什么呢?!涵秋和刘爱国相过亲,他刘爱国看不上涵秋,涵秋的肚子里就打起了小九九。"他猛地拿起了茶杯,喝了一口,说,"你呀!我和你妈妈是怎么教导你的?啊?我是沙塘县的县长,是老百姓的父母官!你不能公私不分!文物局出事了,文物被调包了,公安局当然要查!我说过,不管黑影是谁,都要绳之以法!你舅舅和涵秋既然有嫌疑,就得接受调查!……"

"爸爸!舅舅做了错事,谁也保不了他。可是涵秋还小,她这一辈子就完了!"丽珠叫道,"我们来到沙塘县,她早晚嘘寒问暖,帮我们做饭做菜洗洗刷刷,我怎么能不管她……"

"你糊涂!你包庇她,就是爱护她了?你要等她变得大奸大恶,无药可救了,才明白吗?……"父亲怒道,"从现在开始,你只做你宣传部的工作。

其他,一概不许插手!"

丽珠泪如雨下,禁不住掩面进了自己房间。

公安局的同志来柳林镇采集观音山香炉的信息,顺便来到灸草堂,向叔公询问当年游击队的事情。当年游击队曾经有一份秘密名单,藏在明德围屋。后来李青松送情报出事以后,那份名单就被拿走了。然而,明德围屋的人也不知道名单哪里去了。

叔公想了想,公安局有了游击队的名单,是否就会放了春生呢? 于是说道:"那份名单,就在我们雁栖围屋。"

公安局的同志十分兴奋,马上说道:"哦? 快给我们看看!"

叔公带着公安局的同志来到雁栖围屋,沿着木质的楼梯,上了四楼。这是一个小小的阁楼。很矮,大家只得弯下腰,半蹲着身子进去。

阁楼里没有什么,只有一些以前使用过的制鞭炮的东西。据说,李青松还用硫黄和硝做过手雷。墙壁上有些小的枪眼,可以漏进一些光线。透过昏暗的光线,墙边有一块木板——那块小木板,也不知道是做什么用的,已经十分破旧,靠在墙壁上。叔公轻轻一叩,那块木板就破碎了。

木板后面,是一个小小的壁橱。里面放着油灯盏和一个小本本。他点亮油灯盏,打开本子,凑近油灯,里面记录着一些名字。他仔细地翻着,赫然发现了游击队员的名字! 再翻几页,有刘爱国祖父母的名字,还有明德围屋几个人的名字——他们都是当年的游击队员!

叔公送公安局的同志出了雁栖围屋的大门,问道:"同志,我们家春生,真的不可能拿走香炉,这个——"

"老人家,我们公安局是不会冤枉好人的。郑县长还专门做了指示,要是没有确凿的证据,不能拘押无辜的百姓。你就放心吧!"公安局的同志收好名单,坐上警车,径直离去。

所谓的秋老虎,也不过是白天折腾一下,晚上就偃旗息鼓了。雁栖围屋门前的河,叫桃花溪。虽然叫溪,其实河面还是很宽阔的。

我漫步在河边,任凭晚风习习。河岸的梧桐树,桐子儿沉甸甸地挂在枝头,那碧青的芦苇,也在孕育苇花。鸭子们在清凉的河里玩耍了一天,已经回去了。

以前,我很少跑到河边来玩,可能是猫怕水,生怕贪玩的小猫崽掉落水中的缘故吧!

在漆黑的夜幕下,我眺望远处的雁栖围屋,感受着那里的烟火气息,不禁叹了一口气。

我仿佛看见,在一个寂静的黑夜,围屋里的人们已经沉沉入睡,李青松手执油灯,怀中揣着那个小本本,轻手轻脚地走上了炮台楼。他一直走到四楼那个小阁楼,弯下腰进去了。等到他出来的时候,怀中的小本本已经没有了……

那个小本本,究竟是什么?

再后来,我看见一个陌生的影子时常出现在雁栖围屋。在人们都出去做事的时候,他悄无声息地拐进大门口,躲过孩子们的视线,轻轻走上炮台楼三楼——那是李青松临时住的屋子。他轻手轻脚地溜进去,过了老半天,才磨磨蹭蹭地出来——他的脸上,有好几回,都是沮丧。看来,他没有找到他想要的东西。

他的频繁来访,终于被李青松察觉。李青松就去跟联络员说了什么——然后,日本鬼子和伪军,就直扑敬德围屋和雁栖围屋。他嘴里含着烟斗,没有点燃——他怕烟味儿吸引别人的注意。他慢慢跟得紧了,李青松偶然一回头,差点看见了他。随后,他就把烟斗放进口袋,蹑手蹑脚地跟在李青松后面——我看不下去了,就故意往他身上扑去。他吃了一惊,以至于烟斗掉落地上。

烟斗掉落地上,他没有发觉。但是,围屋的人都齐聚到上厅,商议转移的事情。他怕被发现,赶紧溜了出去。

李青松叫大家转移之后,就急匆匆赶回敬德围屋。

他其实就等在路上,然后装作偶尔遇见李青松的样子……

几十年过去了,我也忘不了心中的忧伤,总是在这样幽静的路上徘徊,等待。

第七十七章

我一直在河边踯躅,像一个苦苦行吟的诗人。那浓浓的烟火气息,灼烧着我的苦痛。

他焦急地等待着我的音讯,我却不想去看他。因为,该去的不能早些去,该来的却始终会来。

河边的风越来越大,一阵寒意袭上心头。我似乎闻到了空中的一丝异味……

明天,他能回来吗?

中秋节的前一天晚上,黄立正携了妻子,去走亲访友,送一些礼物,聊表心意。

涵秋照例去找姐姐玩,天色渐渐黑下来,她得回家了。郑县长带回一些月饼,让两个姑娘先尝尝。郑丽珠就拿水果刀切了,摆在盘子里。

板栗月饼,是涵秋最爱吃的。她仔细尝了一块,真好吃!

郑县长喝了一口茶,问女儿:"丽珠,那个李春生,还待在公安局吗?"

郑丽珠回答道:"是吧!要判断那个香炉是不是文物,谈何容易!见过香炉的老百姓不能识别真假,没有见过香炉的公安局同志找不到香炉,你说,放人还是不放人?都中秋节了,家家户户要团圆,李春生何去何从,公安局正等着你发话呢!"

"唉!放了吧!一个小老百姓,也没有偷盗前科,老是放在公安局,也不是事儿。"郑县长喝着茶,说,"你也和李春生接触过,也知道他不是坏人。"

涵秋笑道:"姑父!画虎画皮难画骨,知人知面不知心。放还是不放,我认为让公安局去决定的好。公安局没有放,总有不放的理由。"

郑丽珠盯着涵秋,说道:"涵秋,你也说过,李春生就是呆子一个,怎么,你现在却认为他是坏人了?"

涵秋说:"我和李春生没有打过照面……"

丽珠严肃地说道:"既然没有打过照面,为什么要先入为主……"

涵秋不高兴了,说:"姐姐!你是被刘爱国蒙蔽了眼睛……"

丽珠也不高兴了,说:"李春生是李春生,刘爱国是刘爱国。李春生在柳林镇灸草堂,群众口碑不错,又没有前科,再说也没有确凿证据……"

"好了好了!明天就放了。"郑县长见她们姐妹俩争执起来,连忙打断她们的话。

涵秋委屈地说:"那,姑父,我回去了。姐姐,你不要送我。"

"还是叫门卫送你过去,我才放心。"郑丽珠说。

涵秋慢慢上了楼,掏出钥匙,开了门。屋子里一片漆黑,父母亲都还没有回来。

自从上次被王福惊吓之后,她至今心有余悸。她走进客厅,打开灯,首

先去阳台瞧了瞧。她特意叫父母亲每次离家的时候,把阳台的门关严实。咱们家的阳台,太不安全了,随便一个毛贼,就可以爬上来。父亲和母亲惊诧地看着她,咱们家的阳台也能潜进毛贼?!涵秋不敢说明,只好支支吾吾地过去了。

阳台的门严丝合缝,没有任何问题,她心中松了一口气。她又走进自己屋子,仔仔细细检查了一遍,甚至还俯下身子,低头检视了床底下,没有异样。她再走进厨房、卫生间,也没有发现什么。现在,只剩下父母亲的房间了。她轻轻推开门,走进去,也是里里外外检视了个遍,大衣橱,床底下,确定没有异常,才回到客厅,拿起水壶,筛了水,拿起杯子就要喝。

忽然,父母亲的屋子传出来一个极其轻微的"噗"的声音,她吓了一跳,连忙走过去。她反反复复巡视,里面却没有什么异常。

她俯下身子再次检视床底下,确实不可能藏着什么人。再打开衣橱,伸手撩开挂着的衣服,里面也确实不可能有人。她心中忐忑不安。难道,每天每夜都如同惊弓之鸟,里里外外都杯弓蛇影,一点点轻微的响动就草木皆兵,我这一辈子,都要这样战战兢兢地过了?想到这里,她气不打一处来!

她经过母亲的梳妆台前,忽然看见了镜子中的自己。

镜子中的自己,脸色苍白,眼睛里是满满的惊恐,她又是懊丧,又是气恼。

那苍白的脸色和惊恐的眼神,深深刺痛了她的心。她不禁伸手,在脸上摩挲了一下。就在她伸手摩挲的瞬间,镜子里忽然出现了王福的脸!那和记忆中一模一样的奸笑,清清楚楚地映在镜子里!她大惊,急忙回头,身后却什么都没有!

他像鬼魅一样纠缠着自己的灵魂!

她的心怦怦直跳,又在屋子里仔仔细细搜寻了一遍,还是没有可疑的人影。她怀着忐忑不安的心情走出屋子,坐在客厅,伸手抚摸了一下胸口,然后端起水杯,喝了几口。这水入口有些异样,她凝视着杯中水,却又看不出添加了什么东西。难道,自己快要得疑心病了吗?

王福,这个疯子!当初真不该去招惹他。——父亲威胁他了?威胁他什么了?

想起上次他从阳台潜进来,还溜进她的房间,把她压在身下强吻的情景——她不禁双手捂脸,想哭,却哭不出来。那阵恶心,一直挥之不去,以至于常常在梦中,还被他压在身下,他那丑恶的脸奸笑着,阴鸷的眼睛似乎洞穿她的雪白的身体,猪嘴似的双唇在她脸上猛蹭……

现在,再次想起这些,恶心的感觉极其强烈,胃里好像有什么东西浮泛上来,一阵恶臭直冲喉咙。她拿过垃圾桶,干呕了一阵,却什么都吐不出来。她赶紧把杯中水仰脖喝了个干净。随后,她哭了几声,没有眼泪,只能干号。屋子里静极了,她甚至听见了自己的心跳。她万分难过,晃晃悠悠地站起身,走进自己的屋子,瘫在床上,闭上了眼睛。

良久,好像痛苦的感觉渐渐消失,她身心渐渐舒泰,恍惚中进入了梦乡。

身子飘飘悠悠的,不知晃荡在何处。忽然,她听到身后似乎有人在叫她:"涵秋,涵秋,涵秋——"

她缓缓回过头,眼前有个模模糊糊的人影,却看不清楚是谁。她以为是王福,全身的鸡皮疙瘩都竖起来,她立刻厉声喝道:"王福!你一直以来阴魂不散,到底想干什么?"

那人却轻声说道:"涵秋!我是刘爱国呀!你看清楚,我是刘爱国,不是王福!你这么痛恨王福,他到底把你怎么了?啊?"

他的声音是那么绵软温柔,那磁性的声音似乎带着难以抗拒的魔性,轻轻地吹送在她的耳边。

她气恼道:"刘爱国?你来做什么?"

刘爱国轻声说道:"涵秋,我来陪你呀!你不是一直在想我吗?我现在就来陪你……"他说着,伸手来抱她。

她大怒,挣脱他的双臂,喝道:"刘爱国!你滚!你勾引了东方闻莺,害得她半死不活,现在又想祸害我姐姐!你还想祸害我?哼!看我不扒了你的皮!……"她双手乱挠,双脚乱蹬。

刘爱国并不介意,伸臂环住她的腰身,轻笑,低声说道:"你一直在想我,这我都一清二楚。其实,我也想你……只是,东方闻莺却费尽心机地要勾引我,我万般无奈,才上了她的当……我知道,你的心中,早已经柔情万种,只等着我……"说着,他伏在她身上,竟然吻上了她的面颊,把她的额头、眼睛、双唇,仔仔细细地吻了个遍。

她一开始还勉强挣扎,但是,他就像一块巨大无比的磐石,纹丝不动,压得她喘不过气来。他狂热地吻着,炽热的双唇所到之处,都在无情地摧毁她的意志。她渐渐失去了抵抗力,无奈地瘫软在他的身下……到了最后,她的心底似乎还升起了一股邪恶的欲望,浑身燥热,急得满脸通红。渐渐地,她竟然抵不住全身的燥热,也伸臂环住他的腰身,深情地回吻他,甚至想把自己的身心,融进他的身体里。

他得到了她热烈的回应,双臂更加有力,把她紧紧地箍在怀中。她感觉几乎喘不过气来,伸手要推开他,他却丝毫不肯松手,还加大了手上的劲。她感觉自己胸口的肋骨隐隐作痛,叫道:"你放开我!你弄痛我了!"

他淫笑道:"放开你?你舍得我放开你吗?嗯?"说着,他猛地吻向她的胸口,伸手解开了她前胸的衣扣。

她大惊!原本伸手要推开他,却不由自主地抱紧他,喃喃地唤道:"爱国,不——要,爱国,爱国……"

他轻笑道:"唔,我在……你怎么了?啊?"

"我好——难受……"她全身火烧火燎一般,想哭,却哭不出来。

"涵秋,你是喜欢我的,对不对?你是一直深爱着我的,对不对?"他一会儿吻着她的胸口,一会儿在她耳边吹送着热气。

"唔——唔——唔——我是喜欢你……我一直深爱着你……可是你,你,你——"她似乎听见了自己的哭声。

"我也喜欢着你,一直深爱着你……我做梦都和你在一起……好了,现在,我们真的在一起了……"他说着,伸手探向了她的腹部。

她一惊,急忙抓住他的手,叫道:"爱国!不要!你不能——我们还没有成亲呢!你不可以——"

"没有成亲?没关系。明天,我们就去成亲……没有关系的……"他反抓她的手腕,令她无力挣扎。他的双唇,已然吻向了她的腹部。

"不行啊!你不要——"她在做着最后的抵抗,伸手使劲推开他。

当她感觉仿佛有一把匕首插进自己的身体的时候,她顿时精神崩溃,全身的血液都喷涌而出!

她大脑一片空白,什么都不知道了。

这几天,明德围屋和雁栖围屋,仿佛在商量着什么。原本,两家因为雪融儿的事情,产生隔阂多年,现在却忽然冰释前嫌,不知道要搞什么名堂。

东方闻莺闲暇之时,就在灸草堂跟李叔公学艾灸,学习中医的医理。农历十四,卫生院就开始放假。张院长很担心,他想不回去,留在卫生院,免得又生意外。

东方闻莺说:"院长,没有关系,你回去吧!我可以去明德围屋,陪伴叔祖母。"

张院长想了想,说:"好吧!我不安排你值班了,你就去明德围屋陪伴叔祖母。想必,黑影再大胆,也不敢闯到明德围屋去。那可是人多势众又烈性的家族啊。"

每天能够和东方闻莺说说话,和她一起做事,满生倒是很开心,似乎忘记了春生还在县城。

刘爱国带着爱民,在农历十四的上午,就带着大包小包,回到了明德围屋。

才刚刚入秋,可是叔祖母咳嗽得厉害起来,她也不再像以往那样沉静,而是连连叹气,说:"爱国,爱民,我一直梦见你们叔公,在叫我去陪伴他——咳咳!……他总是说,他在那边好孤单……没有人给他洗衣服,没有人给他做饭,也没有人给他端茶送水,咳咳!——咳咳!……我老是看见他老泪纵横,咳咳!咳!……他从来不肯流泪的……他只是在自己的哥哥嫂子遇害的那会儿,红过眼睛……咳咳!咳咳咳!咳咳!……"

爱民拭着眼睛里的泪花,没有打断她的喃喃自语,只是轻轻地拍着她的肩背。

刘爱国拿杯子筛了水,慢慢地递给她。

叔祖母没有接水杯,而是继续唠叨:"爱国,爱民哪,你叔公在叫我去陪伴他了……他去了太久了。不知不觉,他离开有十七年了吧?那时候,你们俩还穿着开裆裤哪……咳!咳咳!叔公老是抱着爱民,爱民老是哭哇哭哇,整晚整晚都不肯睡……咳!咳!以至于他那些嫡亲的孙子孙女,都看着爱民哭……"

刘爱国的眼睛也潮红了。他把水杯递到她面前,轻声说:"叔祖母,你喝口水。"

叔祖母喝了一口水,说道:"爱国,爱民哪,你们的叔祖母不能再疼爱你们了。我不知道哪天就伸腿去了,有些话还是趁现在还有一口气,跟你们说清楚的好。"

爱国含着泪,说道:"叔祖母,你说,只要是你说的话,我和爱民都会听。你有什么心愿,就尽管说出来,我们一定会完成。"

叔祖母叹息一声,说道:"爱国,我的心愿,就是看一眼曾孙子。要是能看着爱民找个可靠的人家,也好哇。可是,我怕我等不到了。我要你们兄妹俩,转告你们的父亲,一定要答应我一件事。"

爱民和爱国说道:"我们会的,叔祖母。"

"好。爱国,爱民,你们俩给我跪下!"叔祖母努力坐起来。

第七十八章

爱国扶着叔祖母靠在椅背上,然后拉着妹妹跪下。

叔祖母昏黄的眼睛里含着泪,伸手抚摸着自己的胸口,等气息顺畅了一些,就一字一句地说道:"刘爱国,刘爱民,在我死后,咱们老刘家,任何时候都不能与雁栖围屋为敌。李青松是和你们的祖父辈一起战斗一起经历生死的人,任何时候,你们都是兄弟。无论世道怎样改变,断没有手足相残的道理。所以,你们要好好对待李春生,好好对待雪融儿……否则,我死不瞑目。咳咳咳咳咳——"她一口气喘不过来,差点儿背过气去。

爱国连忙拿了水,喂给她喝。爱民轻轻拍着她的肩背,泣不成声:"叔祖母,我听到了!我和哥哥,会做到的!我会告诉爸爸,你就放心吧!"

良久,叔祖母缓过气来,怔怔地望着爱国。爱国明白她的意思,说道:"叔祖母,你放心,我一定会告诉爸爸,我会按照你说的去做,我也一定会做到。"

叔祖母气若游丝,无力地说道:"爱国,这两天我的眼皮一直在跳,不知道要出什么事情……爱民,你回去跟你爸爸过节,爱国,你就留下来陪我过中秋节,啊?"

爱国点点头,说道:"叔祖母,你就是不说,我也会留下来陪你过节。上面我房间的床都铺好了,我就过完节再回去。"

爱民也说道:"叔祖母,我也留下来。爸爸他身体健康,一个人也可以过节。"

中秋节的早上,太阳刚刚在东山头露面,李春生就背着包袱,踏着秋露,走到了灸草堂的门前。他刚刚打开门,满生就迎了出来。他连忙高声叫道:"叔公!春生回来了!你快来看哪!"

叔公闻言,连忙疾步出来,看见春生,十分惊喜,说道:"哎哟!你这孩子!你要是再不回来,我们雁栖围屋和明德围屋,就要想办法了!"他连忙叫春生进后堂洗漱,对满生说:"满生,你快到雁栖围屋和明德围屋去,跟大家说一声,春生已经回来了。"

满生应了一声,连忙跑去了。

叔公看着春生,说道:"哎呀,你这孩子,好像清瘦了……听刘爱国说,你只是待在公安局……他们没有为难你吧?"

春生微笑,摇摇头,说道:"叔公,我没事。让你担心了,是我不好。"

叔公连忙说道:"哪儿的傻话!你是自己走回来的?饿了吧?满生还没有做早饭……"他走到灶边,要洗锅做饭,春生连忙说:"叔公,还是我来吧!"

"嗯,好。这么多年,我都是吃你做的饭。你一天不在,我还真是不习惯……"叔公拿着脸盆去洗脸了。

中秋节的晚上,雁栖围屋在村外的戏台搞了活动。算起来,应该还是新中国成立初期,这个破败的戏台得到大家的修整,演了几回戏,而后就多年没有动静了。劳动艰辛,生活困苦,大家都没有那个兴致。

现在,春生平安归来,有人就提议,在戏台玩耍一个晚上。这个提议立刻得到了大家的赞同。明德围屋听说有热闹了,也过来问,可不可以让明德围屋也来凑热闹。

于是,两个家族的年轻人很快就把戏台修复好了,并且弄得干干净净。当天晚上,戏台周围挤满了人。

以前,会选观音什么的,还会做好花车——当年,李青松就是接住了春儿的手帕,成就了一段良缘。

现在,有这么好的机会,年轻人就更加兴奋了。

爱国叫爱民去看戏,自己留下来陪叔祖母。

春生和东方闻莺也来了。春生带来了叔公亲自配的药材,东方闻莺则带来一些果子。

闲坐了一会儿,叔祖母叫大家都去看戏,难得热闹,不要干巴巴地陪着我一个老婆子。

春生和爱民去看戏了,爱国和东方闻莺留下来陪着叔祖母。

叔祖母对爱国说:"你扶我起来,我要办一件事情。"

叔祖母在爱国的搀扶下,艰难站起身。她进屋子里拿了一把紫香,去厨房带了一个碗,碗里盛一个饭团,要去河边。

爱国说:"我来吧。"

叔祖母却不肯。她叹息道:"上回我叫你们兄妹俩去观音山办事,你们

的父亲,把你们痛骂了一顿,是吧?唉!我也真是老糊涂了,差点就害了你们啊!你们都是公家的人,给公家办事,当然要说公家的话,我怎么能——咳咳咳……要是你们被单位处分了,我老婆子就成了老刘家的罪人!咳咳!……最近我心里头老是打鼓,每每抬头看天,老觉着要下暴风雨……老婆子这辈子,狂风暴雨也见多了,就怕这一次,要地动山摇,天崩地裂啊……扛不住,过不去呀……"

老人家絮絮叨叨,又咳个不停,每每一口气接不上来,爱国就轻轻地拍她的背。

在河边的一棵梧桐树下,刘爱国搀扶着叔祖母,叔祖母艰难地把碗放在地上,然后点燃紫香,望空而拜,拜了三下,然后把紫香插在土里。插好紫香,又望空拜了三下。

大家回到上厅的时候,叔祖母已经累了,爱国和东方闻莺就扶她去躺在床上了。刘爱国再叫她的时候,她应道:"爱国,我要睡了。你就不要管我,你带闻莺去看戏吧。"

刘爱国问道:"闻莺,你要去看戏吗?"

东方闻莺摇摇头。经历过这么多匪夷所思的事情,她已经没有心情去凑热闹了。她只想安安静静地待着。她站在天井,抬头仰望天空,但见一轮明月,格外皎洁;洁净的辉光洒落庭院,给明德围屋增添了许多宁静。她轻声说道:"爱国,我们去楼顶上坐会儿,好吗?"

刘爱国点点头。

两人慢慢上了三楼,然后走到炮台楼,弯下腰钻进阁楼,一股霉味直呛人鼻孔。东方闻莺禁不住打了一个喷嚏。

刘爱国转身看着她,关切地问道:"你没事吧?"

东方闻莺微笑着摇摇头。

刘爱国拿过一个矮矮的木梯子,踏上几步,然后伸手推开天窗,明亮的月光立刻扑进来。他下来,对她说:"我扶着你先上去。"

东方闻莺慢慢踏上木梯,一步一步踏上去。刘爱国伸手在下面保护她。看着她钻了出去,他才慢慢踏上木梯。

两个人站在楼顶的时候,环视整个明德围屋,十分静谧。除了叔祖母和他俩,其他人恐怕都去雁栖围屋看戏了。月华如水,包围住整个老围屋,如同一位慈祥的母亲,怀着满满的爱怜,把心中挚爱紧紧地拥在怀中。

低头俯视,天井里的桂花树越发碧青;连那口老水井,清冽的水面也泛着粼粼的银光。

远处,是一口一亩多大的池塘。池塘里的残荷败叶,还剩下一些绿意;池塘边的桃树、梨树,还有袅娜的垂柳,叶子已经开始凋零了。曾经满树的繁华,现在仿佛已经到了暮年,如同稀稀疏疏的发丝,只剩下对于过往的怀旧与叹息。

更远处,是那条永远不知疲倦的桃花溪。叔祖母叫刘爱国许的心愿,到底是什么?

她扭头凝视着他。自从省城回来,就发生了太多的变故。她始终相信,他的心中,仍然只装着她。但是,他却违背自己的心意,去做自己不愿意的事情——

刘爱国感受到她清冷的眸子里依然闪着灼热的光芒,心中不禁一痛。难道,已经诀别的旧情,要死灰复燃了吗?

他想起春生的话,始终不敢放肆自己的感情。

站得有些久了,腿有些酸痛。刘爱国坐下来,远望那明亮如白昼的原野。原野上是一望无际的金黄,再远就是依然苍翠的青山。

如果人的心,能穿透千山万水,能穿越所有来世今生,或许不会有那么多的遗憾。

人生短暂,青春华年更短暂,人生长河能激起的浪花,只有她的感情。她曾经真挚地爱着自己,却被自己硬生生地斩断了……

他扭头看着她。

她眉头紧蹙,轻轻地靠着他的肩膀。

想起在绿云水库的小棚屋,心中就只剩下伤痛。如果命中注定要天各一方,当初就不会开始。

她的眼睛里已满含泪珠。想当初,在省城的日日夜夜的思念,却换来他无情的背叛。多么恨他啊!她想哭。可是当她看见他眼睛里的泪水,却又轻易地原谅了他。

如今,自己就在他的身边,却感受不到他的心跳。她的泪珠,忍不住大颗大颗地落下来。

"闻莺。"他听到了她的哭声,低声唤道。他伸手拭去她脸颊上的泪痕,十分心痛。

"爱国,"她无力地说,"我不想离开你。"

刘爱国心中刺痛,说道:"我会想办法让你早点回去的,相信我。想起

你受的种种苦,我很难受……"

"你会想办法?"她含泪问道,"你想到的办法,就是跟郑丽珠做交易吗?"

刘爱国顿时感觉她冷艳的双眸,像两把利刃,插进自己的心脏,使得自己的心骤然紧缩!他叹息一声,说道:"闻莺,你不要这样想。叔公常常说,你来我们沙塘县,是和我们沙塘县有缘。叔祖母也常常说,你来到我们明德围屋,是和我们老刘家有缘。这都是十分珍贵的缘分,我很珍惜。你能回去,回到父母亲的身边,也是缘分。帮助你早日回去,这都是我们应该做的,是一个人做人的本分。"

"我明白了!你把我们的缘分毫不留情地斩断了,这就是你做人的本分!"她哭道,"当初,你鞍前马后那么不辞辛苦地为我所做的一切,又是什么?你把我带到绿云水库——那个晚上,你有多少真心?啊?你老老实实地告诉我!……"

提到绿云水库的那个晚上,他的脸禁不住一阵抽搐——如果持身守礼,如果那天不莽撞行事,或许自己就不会心意摇荡,或许她就不会有今天的这些磨难。——这是对我的人生的嘲讽吗?他的眼睛潮红,说道:"闻莺,人一辈子,总会遇到坎坷风浪。年轻的时候吃点苦不怕,怕的就是年轻的时候没有受到一点儿苦……"

"好!刘爱国!既然你不怕我吃苦,你又担心我做什么?你就让我自生自灭,任凭别人……"她的眼睛里,闪过一丝恨意。

他伸手要拭去她脸上的泪痕,她伸手挡开了。爱国十分心痛,猛地抓住她的手腕,把她揽在自己怀中。

月色清凉,让人的心意,也是这般寒凉。

刘爱国回到房间里,把自己画的水墨吊兰拿出来,挂在墙壁上。陈旧的墙壁和那墨色吊兰似乎并不搭配,但是,他不管那么多了。

我因为怕白天的热,就一直躲在梧桐树上贪凉。晚风大起来,摇晃着树枝,吹得树叶飒飒作响,我十分害怕会被秋风摇晃到河里去,就赶紧跃下来。

老人家的一片赤诚之心,真的能祈求到未来的安宁吗?观音山的菩萨,多久没有香火的飨祀了?

人不能操控自己的心,连我也一样。无数次对自己说,要远离红尘的是是非非,因为我习惯了懒散。可是,我的心就是管不住自己的脚步,总是不由自主地走到这边来。

我站在河沿,眺望老围屋那陈旧的窗户。厚重的围墙,自然是永远坚不可摧,可是那木质窗棂却仍然脆弱。似火骄阳暴晒着它,风霜雨雪剥蚀着它,它终究抵挡不住时光的炙烤和销蚀。我清楚地看见,那个窗棂已经换了。可是,从窗棂里折射出来的欲望,仍然是红尘的气息,没有丝毫改变。

月亮美丽明亮的千里辉光,穿透岁月,穿透灵魂,让两条爱恨纠缠的血脉,紧紧地胶着在一起。

我仿佛又回到了奈何桥畔。那生之彼岸红艳艳的烟火气息,和奈何桥下黑漆漆深不见底的浊浪,在我的眼前翻滚。原来生和死之间,只有那么窄窄的一根横木。

我也曾经那么热切地凝视着它。它黄绿色如同宝珠一般璀璨的双眸,亮晶晶地看着我,叫我的心始终忐忑不安。身陷红尘之时,总是那么纠结,那么计较,逃离红尘之时,又是那么惆怅,那么留恋……

我久久地凝视着那扇窗棂。满满的清辉,无声地倾泻进去,似乎照见了离人的眼泪。在那静谧深处,我似乎听到了一声呻吟,一丝叹息。

第七十九章

雁栖围屋的戏,一直唱到午夜过后。人们久久没有散去,大概是因为太久没有这样放纵过了——哦,不,今年元宵节的晚上,他们就闹了一个通宵。

春生送爱民回来的时候,鸡已经叫了三遍。他看着爱民走进了大门,才慢慢转身离去。

他回到炙草堂,轻轻推开木板门,蹑手蹑脚地走到后堂,歪在床上。月光仍然明亮如水,无声地倾泻进来,照见他沉静的脸。晨风从窗棂灌进来,有些寒凉。他拉了薄薄的被单,盖在身上。

没有疲倦,也没有睡意。那个身穿洁白衬衫、淡绿色裤子的她,一直在寻找她掉落在观音山的发夹。妈妈给她的念想,已经完全淡忘了吗?抑或是太过疲惫,需要温暖的胸膛依偎,需要结实的肩膀依靠?

入秋了，万物都在收获，到处黄灿灿的，一如金子般的阳光。作为灸草堂的衣钵传人，手艺也算不错了，可是自己的心，却始终空落落的。

属于自己生命中的金秋，会在哪里？

他就这么胡思乱想着，一直到月色渐渐淡去，窗户上暗了一会儿，又渐渐发白。

鸡已经叫起来了，那"喔喔喔"的长鸣，此起彼伏。隔壁已经响起了窸窸窣窣起床活动的声音。

春生终于有些困倦，就伸直了躯体，把被单卷住肚腹，沉沉睡去。

梦中，他恍惚又回到了儿时。儿时的中秋节，也是十分快乐的。天气渐凉，他却仍然打着赤脚，在雁栖围屋跑进跑出，跑上跑下。雪融儿跟着他，像一条快乐的尾巴。叔公蒸熟了板栗，拿刀子划开栗子坚硬的皮，递给他，让他自己去剥。

他把雪融儿抱在怀中，掰了栗子喂给它吃。它却扭头，不肯吃。他就一边伸手捋着它好看的毛毛，一边数落它。雪融儿温顺地伏在他怀中，并不计较他的絮叨。

晚上，家家户户都在月下摆了一方小桌，盛了一点糕饼、几个橘子，一边乘凉一边话着家常。

月色清凉如水，他像坐在一只小船上，慢悠悠地往睡梦深处漂去……

忽然，一阵急促的脚步声打乱了他的好梦。

他听着一阵杂乱的脚步声骤然至前，便勉强睁开蒙眬的双眼。他还没有看清楚是什么人，身上就被五花大绑，立刻被拖着到了前堂。

李叔公喊道："你们为什么抓人?! 啊?!"

满生挣扎着，大声质问道："你们为什么抓春生?! 他没有偷香炉！你们找不到香炉，就乱咬人！你们还讲不讲王法?! 啊?!"

春生这时候才惊醒，发现自己已经被一群保卫科的人控制住，连李叔公、满生，都被他们死死抱住。

保卫科的人没有理睬他们的叫喊，而是把灸草堂里里外外搜了个遍。不一会儿，有人叫道："队长！找到了！找到了！东西就在李春生的床底下！"

他们提着一个麻袋迅速跑出来，然后打开麻袋，里面赫然是一只香炉！

那个"队长"，是镇政府的保卫科长王富儿，王福走后，就由他担任保卫科科长的职务。他小心翼翼地接过香炉，轻轻倒过来，仔细瞧香炉的底部，自言自语道:"宣德年制——阿升,你去!叫雁栖围屋和明德围屋的群众统统到镇政府认一下,看这个是不是观音山的香炉!其他人,绑好这三个嫌疑人,带回去!走!"

没过多久,镇政府被围得水泄不通。人群吵吵嚷嚷,王富儿大声叫喊,可是,人群声浪太高,他几乎连自己的声音都听不见。王富儿就叫保卫人员把"犯人"押到学校的操场上。很快,人群蜂拥到了学校。

因为还是假日,学生和老师都没有来。操场上黑压压的都是雁栖围屋和明德围屋的群众,还有附近看热闹的百姓。保卫科的人已经从教室里搬出了桌凳,摆成了一字形,审判大会马上就要开始。

听说黄镇长去县里还没有回来,王福也不见人影。坐在上面主持审判的,就是王富儿。

"大家都来了,可以开始了吗?王队长?"有人问。

王富儿点头。

一个保卫人员双手抱着香炉,请雁栖围屋的族长李有德过目,问他是不是观音山的香炉?李有德审视良久,点头。

爱民搀扶着叔祖母,站在人群中。

香炉很快就抱到了她面前,请她过目。她看了许久,这确实就是观音山的香炉!她抬起满脸的皱纹,看着五花大绑的李春生、李志兴和满生。晨风吹乱了她稀稀疏疏的白发,她禁不住剧烈咳嗽起来。

王富儿对身边的一个保卫人员低声耳语了什么,那个人点头,随即拿了一张凳子,走过来,递给爱民,说老人家身体不好,请老人家赶紧坐。

叔祖母谢绝了,坚持站着。

阿升宣布审判大会开始。

王富儿问道:"李春生,你曾经在观音山住了两年,是不是?你一年四季,都要上观音山采药草,是不是?到现在,你的破棉被还在观音山放着,是不是?"

春生回答道:"是。"

王富儿说:"李春生,这只香炉,你再熟悉不过。我想以前,你也不知道它是文物。雁栖围屋和明德围屋的群众,都不知道它是明朝的文物。只有去年你带着东方闻莺在观音山采药草的时候,东方闻莺无意中发现香炉底部有'宣德年制'四个字,才知道它是文物。但是,这件事也就你、东方闻莺、刘爱国和刘爱民四个人知道。当时,你是带着东方闻莺上观音山采药草,而刘爱国是带着刘爱民替他们的叔祖母到观音山进香——刘爱民,当时,你和你哥哥刘爱国,确实是替你们的叔祖母上观音山进香吗?"

爱民看着王富儿,心中悲愤交加。她知道,强辩也没有用,只好随机应变了。她缓缓点头。

王富儿走到叔祖母面前,问道:"老人家,的确是这样吗?我能不能问一声,你让你的孙子孙女,向菩萨求的是什么呢?"

叔祖母朗声说道:"我一个老婆子风烛残年,身体衰迈,过了今天不知道还有没有明天。我去向菩萨求个保,死的时候干净些、痛快些,不行吗?"

王富儿点点头,说道:"我们念在你老人家年事已高,就不追究你的封建迷信思想问题了。至于刘爱国、刘爱民,也只是尽一点孝心,这都是人之常情。伦理纲常,是人都要遵守,我们也可以不追究他们的问题——但是,按理来说,一个政府工作人员,一个人民教师,怎么可以去干求神拜佛的事情呢?!简直是乱弹琴!你们拿着国家的薪资,脑子里却满满的封建糟粕,怎么能搞好工作嘛!真是不像话!不过,今天的重点是审问香炉的失踪之谜,这些封建迷信问题,就以后再说。好,继续传给群众辨认。"

香炉在人群中转了一圈,大家一致认定,是观音山菩萨的东西,确认无误。

王富儿说道:"好!现在,就让李春生老实交代,他是怎么样把香炉偷走的。"

李春生全身被捆得像粽子一样结实,丝毫动弹不得,胳膊都被勒得生疼。

他面容沉静,说道:"我没有偷香炉。我从来就没有偷过东西。这一点,在场的群众都可以作证。"

他话音刚落,人群里就一阵骚动。雁栖围屋的族长李有德,走到前面,大声说:"李春生从小就在咱们雁栖围屋长大,确实从来就没有偷过东西。你们口口声声说,他偷了香炉,谁会相信呢?!肯定是有人偷偷溜进灸草堂,把香炉塞在春生床底下栽赃!"

"就是啊!就是啊!"大家都说,不可能的呀。

"嘿嘿!"王富儿冷笑两声,说道,"李春生说,他没有偷。那么,是香炉自己飞到灸草堂的床底下去了?!笑话!或者,是李志兴偷了?是满生偷了?如果没有被保卫科发现,你们就可以把香炉据为己有;如果被人发现,你们就喊冤枉,说是被人栽赃陷害。我就问你们三个灸草堂的,到底是谁栽赃陷害？啊？有证据吗？或者，有证人？"

李叔公低声问："满生！你看见可疑人物带香炉进我们灸草堂了吗？"

满生苦着脸，说道："没有哇！我啥也没有发现！都是我粗心大意，害得春生被人家算计了！"

李叔公叹息一声，说道："唉！我也眼拙！我猜想，肯定是昨天晚上的事情。大家伙儿都去看戏，你也去了。我一个人坐在灸草堂，耳朵又有一点儿背……看来，人家机关算尽，是一定要置我们于死地了！……"

王富儿喝道："李志兴，满生！你们俩嘀嘀咕咕，是在串供吗？！"

李叔公说道："我们灸草堂，算起来也快满百年了。就是在战争时期，都没有丢过东西，所以，我们也从来不曾防备。是我们的大意，给了有心之人可乘之机。但是，天理昭昭，我们三个可以对天发誓，我们从来就没有偷过东西！我们要是做了违背良心的事情，天理不容！"

王富儿鼻子里冷哼一声，说道："发誓有用吗？如果发誓有用，国家就不需要法律了。你们要是不肯老老实实交代，我们只有采取非常手段了！"

叔祖母站得久了，身子有些乏，不禁摇晃了几下。爱民劝道："叔祖母，我们回去吧！欲加之罪，何患无辞。今天，春生是难逃一劫了。现在，站在这儿也不管用，我还是回家去找哥哥想办法。"

叔祖母不让。她对王富儿说道："王队长，这个香炉是我偷的。我身体一直不好，不能时常上观音山求保。爱国和爱民好歹也是国家干部，我也不能常常叫他们去干这样的事情。于是，我就想把菩萨的东西带回来，或许可以保佑我身体康健，延年益寿。你就法办我吧！别让大家站在这里受罪！你看李叔公，七十多岁的人了，还五花大绑捆得跟粽子似的，你们于心何忍啊！难道，你们家里就没有老人？你们将来就不会老去？啊？！"

王富儿沉下脸，说道："对于犯罪分子，不论年龄大小，都要严惩！难道，七十多岁做了坏事，就要网开一面吗？就可以逍遥法外吗？他自己为老不尊，怎么能埋怨我们呢？叔祖母你是一个妇道人家，我敬你一声老人家，是看在你知书达理的份上，看在老刘主任和刘爱国都是国家干部的份上。你要是这样胡搅蛮缠，影响我们审判，我可就对你不客气了！你不要倚老卖老，糊里糊涂，和那些盗贼瞎混！饭不能乱吃，话不能瞎说！还请你自重！"

叔祖母还要争辩，李志兴说道："春生是我的孙子，是我指使他去做的。他年轻人心性，只知道尊重长辈，长辈叫干什么就去干什么。所以，就请王

队长法办我好了！"

　　王富儿鼻子里一声冷笑，说道："刚才，是个个都说没有偷，现在，是个个都有份！真是奇了啊！好！如果你们都想进监狱，谁也不能不让你们去。你们都听着：还有谁想进去的？大声说！我成全他！"

　　李春生说道："王富儿，你就别瞎折腾了！香炉是我一个人偷的！你就法办我好了！跟在场的任何人都没有关系！"

　　王富儿脸上的肌肉，终于稍微舒展，说道："李春生！早该这样干脆嘛！一人做事一人当，是好汉的话，就不要连累别人，更不能连累妇孺！好了！这个香炉案件已经明了，就是灸草堂李春生偷的！马上把李春生带回镇政府，其余的人，统统回去！该干吗干吗去！"

　　"等等！"人群后面传来一阵清脆的喊声。东方闻莺出现了。她叫道："你们就是这样审判的吗？没有任何确凿证据，就凭一个不会说话的香炉，就说李春生是偷盗?！你们这样不是草菅人命吗？你们可以这样稀里糊涂地了结这个案子吗？连公安局都没有派人下来调查，就这样结案了?！"

　　王富儿笑道："东方闻莺，我可是一直在等你！你却迟迟不肯现身！我还以为，你会忘了李春生？你会眼睁睁看着李春生蒙受牢狱之灾，置之不理？哈哈！你总算来了！没有让我失望，很好！"

　　爱民叫道："姐姐！姐姐！"她冲着东方闻莺直摇头。这件事，如果没有父亲和哥哥出面，是解决不了的。

　　叔祖母叫道："闻莺，快过来！你就别瞎搅和了！"

　　东方闻莺没有听，继续说道："请问王队长，如果有人往你们保卫科偷偷放了一只香炉，是不是你们保卫科的工作人员，全都是小偷呢？公安局的同志都把李春生放了，你们却认定李春生偷盗，你们究竟是要干吗？"

第 八 十 章

　　王富儿冷笑道："东方闻莺，你是上海来的知青，只有你认得这只香炉是明朝的东西。如果当初，你能和李春生、刘爱国刘爱民兄妹，把这个香炉是明朝文物的事实跟政府讲一声，那么，政府肯定会记你的大功。可是，你们四个人为什么没有如实上报呢?！包括刘爱国和刘爱民，他们两个竟然也一声不吭！大概从一开始,你们就不想告诉国家,这个香炉有多大的价值！就是从一开始,你们四个人,就存了据为己有的私心！哼！别人看不出你们的狼子野心,我难道也看不出来吗？哼！"

东方闻莺辩解道:"你不要以小人之心,度君子之腹！我当时看见香炉底部有宣德年制四个字,想着是明朝的东西,但是,这到底是产自官窑还是民窑,它究竟是不是有研究的价值,我并不能够确定。我没有说出来,并不等于我就想据为己有。如果我想据为己有,当时我就可以带回去。我为什么没有拿走呢？因为这是老早的东西,它是属于当初的捐赠人的,任何人都不能拿走。"

王富儿点头,笑道:"我明白了。你没有私心,不等于其他人没有私心；你不想据为己有,不等于其他人也不想据为己有。现在,香炉是从灸草堂查获的,灸草堂的所有人都有嫌疑。当然,李春生的嫌疑最大。公安局放人？公安局只是让李春生暂时回家过中秋节,并没有判定他无罪。没有下达无罪释放的文件,他李春生随时都是戴罪之身。好了,现在事实清楚,证据充分,我不跟你们啰唆,带走！"

保卫科簇拥着五花大绑的李春生、李叔公和满生,迅速回到了保安室。

爱民急得直跺脚,她搀扶着叔祖母回到了明德围屋,说:"叔祖母,我得回县城。必须爸爸和哥哥出面,才能解决。"

叔祖母愁容满面,说道:"春生和满生还是年轻人,只怕都经不起折腾。你李叔公年纪大了,真是造孽呀！你快去快回,别耽搁了！"

"我知道。"爱民一溜烟回到学校,草草收拾了东西,就要回县城。

东方闻莺正在学校等她。爱民说:"姐姐！你放心吧！我一定叫爸爸和哥哥让他们马上放人！"

东方闻莺心生愧疚,说道:"爱民,都是我不好……如果不是我自作聪明,说穿香炉的秘密,就不会招来这么多是非了。"

爱民摇摇头,说:"姐姐！不是你的错。王福把春生关在保卫科的时候,我去看望他,我们低声说了香炉的事情,结果被王福听见了。都是我们不小心……王福真是精得跟鬼似的……"

东方闻莺说道:"爱民,现在埋怨谁都没有用。一开始,我还以为是王福在捣鬼。去年中秋节,他一直在诬蔑我和春生。现在,他竟然不在场,忽然哪里去了,真奇怪……"

保卫科的保安室,空气几乎要凝滞了。王富儿说道:"李志兴,李春生,

满生,现在这里没有外人,到底是谁指使你们拿走香炉,快快从实招来。你们不要存着侥幸心理,指望刘爱国会回来。这一次,没有人会来救,也没有人敢救。偷盗文物,这是何等的大罪?早点结束了,我也好早点交差,省得在这里干巴巴地耗着。"

李叔公抢着说道:"就是我偷的,跟孩子们无关,你就判我的罪。"

李春生说道:"不是的!叔公他一直待在灸草堂,多年没有上过观音山,他不可能拿走香炉。事情是我干的,我愿意签字画押。一人做事一人当,你们赶紧放了叔公和满生,你们就判我好了。要杀要剐,悉听尊便。"

王富儿笑道:"李春生,你说的这句话,倒是人话!李志兴多年没有上过观音山,他的寿木想必早已放在了雁栖围屋的门楼。他不缺棺材钱,都土埋脖颈了,也不需要多少钱。至于满生,一看就是傻了吧唧的,也认不出什么是文物。好了,李志兴和满生,无罪释放。阿升,把李春生单独关押,任何人不得探视。"

阿升连忙过来把绑着李叔公的绳子解了,又放了满生,说道:"快走吧!"

李叔公还待要分辩,满生急忙拉扯他的衣袖,低声说道:"快走吧!回去再说!"

李有德和雁栖围屋的人,都在灸草堂门口等候。大家七嘴八舌,都在议论是谁这么缺德,把香炉偷偷放进了灸草堂。大家掰着手指头数来数去,也想不出是谁。最后,大家说,肯定是王富儿的人干的。只有他们的人做了前脚,保卫科才会后脚就跟进来拿人。

"我要是知道是谁,我就把他吊在咱们雁栖围屋的炮台楼上,晒他个三天三夜!哼!欺负到我们李家头上来了!"李有德十分气愤。

但是,只有明德围屋刘家有人在县城,只有他们老刘家能有本事救人,真叫人泄气。

明德围屋的人也在街道上观望,一直在等候保卫科的消息。除了爱民去了县城,明德围屋还派了几个年轻人去县城。

叔祖母坐在上厅的竹椅上,不停地咳嗽,她看上去更加虚弱了。

当满生搀扶着叔公走出保卫科的大门,立刻有人禀报了李有德。大家连忙七手八脚地把叔公抬进了灸草堂。

满生去柜子内拿了药膏,给叔公擦手臂上的勒痕。

李有德把叔公的衣服轻轻解开,看见他手臂上、身上都是红肿的印子,十分气愤,一边骂着王富儿,一边叫满生赶紧擦药。

天气依然闷热。爱民径直去了县政府办公室,先找到父亲,把柳林镇发生的事情一五一十地告诉了他。刘建业十分震怒,急忙过来问儿子。

刘爱国听完爱民的哭诉,心中已经了然。他把手中的材料一摔,立刻冲进了郑丽珠的办公室,把门一关。

郑丽珠见他怒气冲冲,没有惊讶。她拿出一封信,递给他。

良久,刘爱国眼睛潮红,说道:"丽珠,你把李春生放了。你很清楚,他不是偷盗香炉的真凶。"

郑丽珠哭道:"这个你放心。我父亲已经和公安局的同志亲自去柳林镇了。……爱国,如果你能早点这样想,事情何至于如此?你总是觉得我别有用心,对你图谋不轨……我一个女人,能有多少坏心呢?我要是有心计对付你,你自然也会有心计对付我。你就是不肯相信!你看看,事情变成这个样子,是我愿意看到的吗?"

刘爱国走前两步,喉咙哽咽,嘶哑着嗓子,低声说道:"丽珠……"

丽珠眉头紧蹙,说道:"爱国,我知道你救人心切。我也希望李春生……"

"丽珠……"刘爱国低垂着头,没有看她的眼睛。

丽珠泪眼婆娑,说道:"爱国,我求了你多少回?你还记得吗?"

刘爱国抬起头,盯着她,说道:"丽珠,我这个人很笨。我原本是一个不会弯曲的男人,现在因为你弯曲了……"

丽珠凝视着他,良久,说道:"爱国,你是第一个让我动心的男人。我不需要自己心爱的男人对自己弯曲。我希望你依然快乐,随性,我不要你想方设法迁就我。我从来没有要凌驾于你之上,让你觉得憋屈。我从来没有要改变你,你仍然是你。你为什么就是不肯相信我呢?"

她把那个信封和信纸烧掉了。

镇政府的大门,紧紧地关着,任何外人都不能随意进出。郑县长和公安局的汽车就停在里面。

雁栖围屋和明德围屋的群众,一直在门口等候消息,然而,没有人告诉他们,李春生在里面是怎样煎熬。

终于,大门打开了,李春生出来了。

而令大家意想不到的是,王富儿和几个嚣张跋扈的保卫科人员,被塞进了警车。

随后,郑县长和公安局的同志亲自来到雁栖围屋,看望李叔公。他们

说了许久,然后去了灸草堂。郑县长叫镇长派人把灸草堂收拾好,破坏了的药柜子要重新补上,损毁了多少,要登记好,做好补偿。交代清楚完毕,他才离去。

春生顺利回来了,可是他却病了很久。

东方闻莺坐在值班室,心中如同千万个蚂蚁咬噬,爱民还没有回来。王福离奇失踪,据说镇政府也没有看见过王福,他跟这个事件有关系吗?她想起王福阴鸷的眼神,心里不禁打了一个寒噤。

入夜,一轮又大又圆的月亮,依然准时地升在东山头,默默地看着人间。它比任何时候都美丽明亮。整个柳林镇,沐浴在皎洁的月色中。

等到明月渐渐升至中天,我就慢慢来到雁栖围屋的楼顶。这里和明德围屋一样,炮台楼上的屋顶可以俯瞰整个围屋,也可以眺望远处的池塘,再远处的河沿,更远处的原野,和深黛的连绵起伏的群山。

我静静伫立。满满的清辉,落在我的身上。

我仿佛闻到,烟尘已经在空中弥散开来,皴染成一朵朵血色桃花。

这一朵朵血色桃花,纷纷扬扬地飘落下来,湮灭了一个曾经稚气的面影。

这事儿,应该有几年了吧。

在镇卫生院的某个病房,病床上躺着一个已经极其虚弱的中年男子。他的女人服侍了他好几个月。这天,她说:"我回家里一趟,收拾一下地里的东西,可能要三四天。这段时间我让香儿来照顾你,她是这里的护士,白天有她在我也放心。晚上就叫福儿陪你,可好?"

他低声说:"你去吧!我在这里一躺就是这么久,家事都荒废了。是我拖累你了……"

女人擦了一下眼睛,说道:"你这人,又说什么瞎话!都是一家人,还拖累不拖累的。只是福儿还小,有许多事情……"

他低声说道:"福儿还小,有许多事情,我才不让他知道。你去吧!别多想了。"

福儿带着一个护士模样的姑娘急匆匆来到病房。姑娘低声唤道:"姨父,我来了。"

他勉强睁开眼睛,说道:"好。香儿,辛苦你了。坐。"

姑娘随即叫来医生,问道:"我姨父的病情怎么样了?"

医生摇摇头,说:"不好说。你们就尽量往好处想吧!要是四五天内有起色,说不定就还有转机。"

姑娘大惊:"啊?!"

前两天,姨父的病情还算稳定,到了第三天,病情突然恶化,医生连忙采取了急救措施,打了强心针,病人才缓过气来。

姨父一缓过气来,见孩子母亲还没有回来,生怕自己一直藏着的话不能说出来,于是就叫福儿把门关上,他有话要说。

他断断续续地说着,时不时咳嗽,喉咙里的痰堵着,几回差点背过气去。

好半天,他才说完。"香儿,我给你的东西,你一定要好好藏着。福儿还小,你姨妈她一个农村妇女,没有见识……"

香儿点点头,说:"姨父,你就放心好了。"

他长舒了一口气,闭上了眼睛。

这时候,有人敲门。福儿去开了门,看见来人,吃了一惊,叫道:"黄——黄——叔叔,你来了?"

"嗯,王福啊,你爸爸怎么样了?瞧你脸色这么难看,是病情又加重了吗?"黄叔叔问道。

病人说道:"福儿,你到外面去玩,我跟你黄叔叔说说话。"

王福回头看着父亲,又看着黄叔叔,答应一声,慢吞吞地走出去了。

病人低声说:"香儿,你也出去,把门关上。"

姑娘深深凝视了黄叔叔一眼,然后走到门口,慢慢关上门。

良久,黄叔叔才打开门。王福和姑娘一直等候在门口,见他出来,连忙就要进去。

黄叔叔忽然说:"姑娘,你叫香儿?你进来。王福,你在外面玩儿,我有话要跟香儿说。"

第八十一章

香儿有些忐忑不安,但是,黄叔叔面色凝重,他的话不容置疑,她还是乖乖地进去了。黄叔叔等香儿进去后,就立刻关上了门。王福还听见"咔嗒"一声响,似乎黄叔叔把门反锁上了。王福心中一惊,立刻去拉门把手,但是,已经打不开了。"爸爸!爸爸!姐姐!姐姐!"但是,里面没有回应。

病人躺在床上,皱着眉头,吃力地问道:"老黄,你到底要做什么?啊?香儿只是我们家的一个亲戚,你不要为难她!"

"你们家亲戚?你为什么不肯遵守承诺,偏偏要把事情告诉孩子们呢?我都说了,我会好好照顾你的儿子!这还不够吗?你以为你抓着我的把柄,你就掐住了我的七寸了吗?"老黄十分愤怒,他抓住香儿的胳膊,使劲攥住。

香儿吃痛,拼命挣扎,奈何他力气大,她越是挣扎,他就抓得越紧。

病人无力地说道:"老黄,你是什么德行,我跟你共事这么多年,我还会不知道?你以前说得多好,要把女儿给我们王家做儿媳妇!眼看着我进了医院,就立马翻脸不认人!我现在还没有咽气,你就露出了豺狼本性!只要我一死,你就会对我的老婆孩子下手!我要是没有抓住你的七寸,他们——咳!咳!……"

"这世界上的许多事情,本来就是此一时彼一时。你以前的家境,配得上我们黄家吗?现在,你命在旦夕,就更加配不上了。我答应你照顾你儿子,已经是仁至义尽了。你为什么还要心存妄想呢?"老黄手上略微放松,香儿立刻挣脱,就要奔向门口。黄叔叔的手就像水蛇一般,骤然伸长,立刻把她拽了回来。

"你把香儿放了,她只是来照顾我的。你要是还有什么怨气,冲我来好了!……"病人气息奄奄,已经上气不接下气。

"哼!"老黄冷笑一声,说,"你已经到了阎王殿门前,我懒得理你。倒是你——"他抓住香儿的手腕,瞬间把她抱至胸前,眼睛像两只饿兽,慢慢地从她的面庞,一直游移到她的胸前——"唔,你这姑娘,长得还真俊……"

香儿十分惊骇,极力挣扎,却是不能挣脱!

病人十分震惊,又十分愤怒,他抬起手臂,指着他,大叫了一声:"黄——黄——哦啊……"随即手臂软绵绵地垂下,登时气绝!

老黄微笑,伸臂揽住香儿的腰身,立刻在她脸上狂吻起来!

香儿大叫:"福儿!福——"她随即被一只大手捂住嘴,很快就失去了意识!

王福一直蹲在门口,聆听着里面的动静。里面一声"福儿",把他吓了一大跳,他立刻捶门,把门捶得"嘭嘭"响,大声叫道:"姐姐!姐姐!你开门哪!"

可是里面再没有了动静!

王福大惊,就立刻奔去叫医生和护士。

医生和护士连忙奔跑过来,一起敲门。

过了许久,老黄才慢慢地开了门。王福冲进去,发现姐姐坐在病床前,身子歪在床沿,一动不动。"姐姐!姐姐!你怎么了?啊?"

医生和护士连忙把香儿扶起来,问道:"黄局长,这孩子怎么了?"

黄局长摇摇头,叹息道:"这孩子可能没有见过死人,一时之间吓得晕过去了。"

"我爸爸死了?"王福大惊,连忙去看父亲的脸色。

医生检查了一下病人的呼吸,又听了心跳,摇摇头。

"还是赶紧救香儿吧!"老黄说道,出去了。

大家七手八脚地把香儿抬到隔壁病床,给她打了针,她才慢慢醒过来。她睁眼看见王福,禁不住放声大哭。

王福见姐姐哭得这么伤心,反而安慰她:"姐姐,你别哭。父亲一直受着病痛的折磨,现在,他是解脱了!……"

香儿摇摇头,还是哭个不停。医生和护士摇摇头,叮嘱王福照顾香儿,就陆陆续续地出去了。

晚上,父亲的遗体就安置在停尸房,母亲来了,哭了一会儿,就要派人去通知其他亲戚。然后母亲去街上买一些烧殓的东西,王福和香儿就守在停尸房门口。

晚上七点多,母亲还没有回来。香儿和王福坐着,浓重的福尔马林药水的味道,直呛人鼻孔。停尸房没有关门——据说,是不可以关门的,偶尔望进去,里面阴森森的,叫人毛骨悚然。虽然是自己的至亲,但是,死亡的恐惧一样瘆人。

黑暗中,一个中等个儿慢慢地靠近,香儿瞥见那个黑影,鬼魅一般,心中顿时惊骇,她紧紧抱住王福,低声叫道:"福儿,你看那是谁?"

王福仔细看那个黑影,说道:"是黄——黄叔叔?"

不一会儿,黑影走到两人面前,递给王福一个纸包,说道:"这里有热腾腾的包子,你们俩快吃了。这里阴森森的,阴气太重,要吃饱了才好。"

说完,他凝视着香儿,问道:"香儿,你要是害怕,可以跟我回去。你可以跟我家的女儿一起睡觉。"

香儿把头摇得像拨浪鼓,"不去不去!我不去!你快走吧!"

黄叔叔鼻子里"嘿嘿"笑了两声,说道:"好吧!你们俩就好好守灵。"

香儿看着他远去的背影,从王福手中夺过纸包,狠狠地扔在地上,随即呜呜地哭起来。

王福似乎意识到,姐姐在病房里面关着的时候发生了什么事。他低声问道:"姐姐!黄——那个坏蛋,他恐吓你了?还是——"他不敢这样想。因为,他从小就跟涵秋一起玩耍,都是有女儿的人了,又怎么会……

但是,香儿哭得很伤心,王福不得不这么想。他一边安抚着她,一边低声问道:"姐姐!是不是那个黄——狗杂种,他欺负你了?!"

香儿再也忍不住,立刻放声大哭!

王福的眼睛里,在暗夜里喷射着火焰。他攥紧拳头,使劲地砸自己的腿。

安葬完父亲,王福就被送去了部队。

……

趁着明亮的月色,我慢慢地走近雁栖围屋。

夜深了,我踯躅在池塘边。不知道是不是树上的月露,悄悄地滴在我身上。我心中一凛!

灸草堂里里外外都挤满了人,大家都静静地等待。

叔公躺在床上,许久,才慢慢缓过神来,听说春生回来了,立刻挣扎着要坐起来。

李有德说:"人没事,张院长和东方闻莺正在给他治疗呢!你才刚刚醒转,就别去了!"

叔公摇摇头,不肯,坚持要去。他抹了一把老泪,说道:"当年,李青松把孩子交给我,我不能眼睁睁地看着孩子遭受这样的大罪……"

李有德无奈,只好说道:"你就别过去了!等春生好点儿,我就叫他过来看你。"

李叔公长叹一声,才缓缓躺下。

春生身子滚烫,整个人一直昏迷不醒。东方闻莺看着他,眼泪吧嗒吧嗒直往下掉。

她跑回明德围屋,想跟叔祖母说,又怕她受不了。

其实,叔祖母已经听到消息,只是身子太弱,几次挣扎着要走过去,都不行。现在,她看见爱民回来,就说:"爱民,我要去灸草堂看看。"

爱民只好搀扶着叔祖母,一起来到灸草堂。

叔祖母看着春生，伸袖擦了擦眼睛，低声自言自语："可怜的孩子！你为什么要遭受这么多的磨难呢！这是老天爷……"她摇摇头。

爱民扶着她走进李叔公的房间。叔祖母看着他脸色苍白，气息微弱，眼泪又止不住哗哗地往下流。

"老嫂子，你别哭。我没事。我这命啊，贱得很！阎王爷不会轻易收的。我就是心痛春生，好好的孩子，硬是被说成盗贼！叫老天爷听听，叫观音菩萨听听！我们雁栖围屋老李家，什么时候出过盗贼?！啊？……"

叔祖母哭道："志兴，是我太老了，积的福德还不够，孩子们才要遭受这些磨难……我早该去了……我找地下的祖宗去，我领罪罚去……"

叔公无力地说："老嫂子，你不要责怪自己。要怪，就怪我。其实，我早就知道，春生他有些特别……我是说，有时候他……所以，为了救人，他的胆子就大起来，不顾天道循环……现在，他遭到报应了！我要是能替他挡住这场灾厄，我死也瞑目了！……"

李叔公看着孙子病恹恹的，心情十分抑郁。而叔祖母的咳嗽，又加重了。

王福仍然没有出现在镇政府，他到底哪里去了？没有人知道。黄镇长也没有回来。

月渐缺，晚风也渐冷，我望着簌簌落下的黄叶，心里也渐渐凄凉。

他真的难逃此劫吗？我的灵力有限，我看不到他的未来。曾经，我梦见过他一瘸一拐，出现在上海的某次中西医交流会，还遇见了东方闻莺。——后来，东方闻莺还兴致勃勃地回到雁栖围屋，她是什么时候回去的呢？

第八十二章

天气渐渐回暖，下过几阵蒙蒙细雨之后，皲裂的土地已经潮润，于是，嫩嫩的小草儿就悄悄从地里钻出来，原野上就有了油润润的绿意。柳丝儿轻摆，鹅黄的芽儿嫩生生的，嫣红的桃花儿，素白的梨花儿，像梦幻一般，纷纷扬扬地落入了桃花溪。梧桐树上抽出了芽包儿，细小得几乎不能看见。雪融儿缓缓地在河沿漫步，它凝望着雁栖围屋，心中无限哀伤。

春生在迷迷糊糊之中，仿佛看见了自由自在溜达的雪融儿。他凝望着它，悄悄向它靠近。

可是春风煦暖，它吹皱了潺湲的溪水，河面就升腾起了乳白色的浓雾。雾气笼罩住了桃花溪，连那烟火缭绕的雁栖围屋，都不能再看见。他感觉自己的心，径直向溪水上方漂去。

不知道过了多久，他的心停止了。眼前出现了一条巨大的瀑布，挡住了他前行的路。

他抬头仰望，发现瀑布望不到顶，它是从碧落倾泻而下的吗？

他在浓雾里徘徊，束手无策。

良久，他回望来处，在浓雾的缝隙中，看见刘爱国白发苍苍，容颜衰老，坐在轮椅上，正微笑地慢慢地经过花市。他流连在吊兰专卖区，那细长柔美的叶子，青翠欲滴，小小的花苞，藏在茎叶之间，似乎已经散发着脉脉的香气。一个女孩子问他："老大爷，你要买吊兰吗？"

刘爱国微笑着摇摇头。

女孩子笑道："你买一盆试种一下吧！很好养的，不用施肥，只要浇水就可以了。"

刘爱国还是摇摇头，他见女孩子的脸上有些失望，就摇着轮椅走了。

不一会儿，一个扎着两条齐肩的小辫儿的小姑娘牵着一只小猫崽，蹦蹦跳跳地过来，叫道："爷爷，爷爷！奶奶叫你回去呢！"

刘爱国微笑着，伸手抚摸孙女的额头，说道："月儿，爷爷再玩一会儿，你先回去，好不好？"

小姑娘噘着嘴，说道："爷爷！你就是不肯听奶奶的话！奶奶说，你一辈子都不肯听奶奶的话，只会叫奶奶伤心！哼！"她眉头一皱，计上心来，笑着说："爷爷！雪融儿又跑到春生爷爷的灸草堂去了！三宝是不是又有弟弟妹妹了？"

刘爱国俯下身子，唤了一声"三宝"，把小孙女身后的小猫崽抱起来，爱怜地抚摸着它温软的毛毛。黄色的背部，雪白的肚腹，黄绿色如同宝珠一般的眼睛——它跟它的父母亲长得一模一样。

他对孩子说："雪融儿真好看。"

小姑娘又不乐意了，说："爷爷，爷爷！奶奶说，哪怕你对她有对雪融儿一半好，她也知足了！你为什么不喜欢奶奶呢？啊？你不喜欢奶奶，奶奶才不喜欢雪融儿。"

刘爱国想对孙女说,不是因为他不喜欢奶奶,奶奶才不喜欢雪融儿,是奶奶不喜欢雪融儿,他才不喜欢奶奶。他叹息一声,说道:"唉!月儿,你奶奶是人老了,净说胡话。"

小姑娘更加不高兴了,说:"爷爷!奶奶没有说胡话!她说,你肯定又是去花市看吊兰了!刚才我远远地一瞄,你就是在看吊兰呢!好像还跟售货员阿姨说了几句。奶奶说,你以前画的墨色吊兰可漂亮了!你现在为什么就不画了呢?"

刘爱国轻轻抚摸孙女稚嫩的面颊,轻声说:"爷爷中风之后,脑子就不好使了,老是犯傻,已经记不住吊兰的样子了。"

小姑娘盯着他,说:"爷爷不傻。爷爷不是中风以后才没有画墨色吊兰,而是很久很久以前,就没有画过墨色吊兰了。"

刘爱国微微一笑,没有再跟孙女争辩,问道:"你爸爸妈妈回来了没有?"

话音刚落,一个中年男子急匆匆走来,叫道:"爸!你又一个人出来了?怎么也不让妈陪你?"

"思语,你妈要做许多家务事,你不知道吗?"刘爱国收敛了笑容,脸上又浮现出一丝淡淡的忧伤。

刘思语抱起小女孩,心中叹息一声,脸上却不动声色,说:"爸,多少年过去了,你还不能原谅妈妈?其实,外公外婆早就回到了市里,妈妈很少去探望;舅爷爷舅奶奶那里,她也不肯去;你对她,总是爱理不理的,我们又工作忙——她也怪可怜的……"

刘爱国苦笑着说:"你妈妈她,以前在单位,一直位高权重,在家里也是说一不二。唉!她是不明白,一个人呀,占了一样,就会失去另外一样,不可能十全十美,应有尽有啊。"

刘思语低垂下头,说:"妈妈早就退居二线了,哪里还位高权重呢?我看她,这几年身体每况愈下,思义她一直在跟我唠叨,催我带妈妈她老人家去上海看看……"

"上海,上海……"刘爱国喃喃自语,眼睛禁不住潮红了。

刘思语见父亲黯然神伤,心中也不禁五味杂陈。于是他转了话题,说:"爸,我们单位对那两具骸骨,做了DNA检查,根据我们对全县的DNA的数据库的数据比对,发现……"

"发现什么了?"刘爱国蓦然一惊,连忙问道。

刘思语说:"当年鸡公山的那两具骸骨的DNA,和当年柳林镇副镇长王福家族的比较接近。还有,我们在检测的时候,还发现骸骨上仍然残留有麻风病毒。"

"哦?"刘爱国问道,"那么,你们能不能判断,那两具骸骨是死于麻风病,还是其他?"

刘思语摇摇头,说:"那两具骸骨十分残破,当年公安局都不能判断。现在又过了这么久,更加难以检测了。但是,据公安局的同志走访,王福的祖上并不会抽烟,所以,那个烟斗……"

"哦。"看起来有线索了,可是又增加了一重疑问,这个案子仍然扑朔迷离。刘爱国怅然,说:"你很久没有去灸草堂了吧?你姑姑去世之后,你姑父他——"

父亲提起姑姑和姑父,刘思语心中黯然神伤。他喃喃自语:"唉!当年姑姑被雪融儿抓伤,为什么没有及时打狂犬疫苗呢?唉!为什么连人民医院这样的大医院,都没有狂犬疫苗呢?我还记得我小时候,姑姑是多么疼我……"

姑姑,姑姑,姑姑……爱民最终被狂犬病夺去了生命?!

春生大惊!雪融儿!你怎么能——

他顿时感觉胸口紧窒,几乎无法呼吸!他头痛欲裂,使劲一挣——

"春生!春生!你怎么样?啊?"东方闻莺见春生猛地坐起来,急忙问道。

春生却双目呆滞,"噗——"一口鲜血喷出,染红了前襟。

东方闻莺大惊,连忙拿了帕子给他拭去嘴角血迹,伸手轻轻拍打他的背部,问道:"春生!李春生!你到底怎么样了?"

春生没有回答,身体僵直,突然后仰,翻倒在床上。

东方闻莺十分震惊,连忙伸手去探他的鼻息。

李叔公听到东方闻莺连连喊春生的名字,急忙挣扎着要过来。满生搀扶着他,慢慢走到春生的床前,焦急地问道:"东方医生,春生他,他,到底怎么样?啊?"

东方闻莺双手掩面,放声大哭!

满生见春生面如死灰,毫无生气,立刻意识到事态严重。他抖抖索索地伸手去探春生的鼻息,然后看着叔公。

叔公见满生眼睛里是满满的惊恐,再也支撑不住,顿时昏死过去!

满生大惊,连忙把叔公抱起来,放在床上。

东方闻莺哭着叫道:"满生!你快去卫生院把张院长叫来!快去呀!"

满生半天才回过神来,连忙点头,撒腿就往卫生院跑去。

不一会儿,张耿之挎着药箱,骑着自行车急匆匆赶来。他把自行车扔在灸草堂门口,径直奔进后堂。

刚刚下过一场秋雨,明德围屋到处都是湿漉漉的。屋檐还在滴水,井水涨了许多,还有些混浊。爱民戴着斗笠,提着水桶去井边汲水,然后给叔祖母煎药。

叔祖母半躺在竹椅上,时不时咳嗽。

浓浓的中药味道从小砂锅里飘出来,十分苦。

爱民进屋里拿了饼干糖果,要给叔祖母吃,忽然,门外一个人影急匆匆奔进来,叫道:"叔祖母!叔祖母!大事不好了!"

爱民问道:"什么事这样慌慌张张?难道,又有人去灸草堂滋事了?"

来人喘着气,说:"不是。是灸草堂出丧了!"

"啊?!"爱民大惊,手中的饼干糖果散落一地!

叔祖母惊问:"是……是……是谁?啊?春生他——"

那人摇摇头,说:"不是春生,是李叔公!"

叔祖母心中稍缓,胸口仍然疼痛,她连连咳嗽,一口气接不过来,几乎要背过气去。

爱民连忙伸手轻轻拍她的背部,问道:"李叔公不是好好的吗?只是那天晚上他守了春生一夜,着了风寒。他自己就是郎中,应该可以看好的呀!……"

那人说道:"听说是李春生突然坐起来,狂吐鲜血,然后直挺挺地倒在床上,就没有气息了……当时东方闻莺还在灸草堂,她没有办法,就叫满生去找张院长。张院长赶来的时候,发现李叔公已经气绝,李春生却还有一口气……"

"苍天!苍天啊!你开开眼吧!"叔祖母捶着自己的胸口,剧烈咳嗽。良久,她艰难地说:"你去叫族长,派人去一趟县城,把爱国父子俩找回来。我们明德围屋,派人去雁栖围屋看看,有什么需要帮助的……"

她喘息甫定,对爱民说:"你也去灸草堂看看,我没事。"

爱民答应一声,就急忙奔向灸草堂。

灸草堂里里外外,早已被围得水泄不通。李有德正和族人商量,如何操办老人家的丧事。

叔公最亲近的子孙把寿衣带过来了,先是烧水给死者擦洗身子,然后再穿上寿衣,给他的身体捆上白绳——叔公今年七十八岁,就捆七十八道。最后,他们给叔公戴好帽子,穿好鞋袜。

两个和尚(专门给丧事抬灵柩的人)抬着棺木进来,其他人就立刻回避——此时任何人都不能看见,他们把死者轻轻放进棺木,合上棺盖,抬到雁栖围屋的晒谷坪。

出了这样的大事,李春生虽然仍是在昏迷之中,但是,也不宜躺在灸草堂。于是,李有德就叫人把春生搬回雁栖围屋炮台楼三楼春生自己的房间,派专人看守。

爱民找到东方闻莺,询问春生的病情。

东方闻莺含着眼泪,拉着爱民的手,心中像千万只蚂蚁咬噬。人生无常,世事波诡云谲,又岂是自己能预料?这一系列动荡,都是因为自己吗?

书桌上放着好几张宣纸。墨汁已经调匀,刘爱国手执毛笔,踌躇片刻,轻轻落笔,熟稔地描出了吊兰的轮廓。嶙峋的怪石,墨色要浓淡适宜;兰花小小的花苞,墨色要若有若无……再画一只蝴蝶吗?他几次执笔,笔尖眼看就要落在纸上,都停住了。一只墨色蝴蝶,它在花丛中做什么呢?翩翩起舞?临时小憩?它是贪恋兰花的美丽幽香,还是钟情兰花的优雅圣洁?

迷恋,徘徊,爱不释手,深情缱绻,欲断不能断,就是死,也是葬身于花下的泥土。泥土浸润了兰花的芬芳,就是来世化身为兰花,也是不错。于是,他轻轻描出了蝴蝶的身骨。他正要给蝴蝶添上翅膀,忽然,父亲敲响了他的门——

第八十三章

春生仍然在桃花溪乳白色的浓雾中漂浮,看不见雁栖围屋,也看不见灸草堂。叔公呢?他还躺在竹椅上打盹吗?天气渐渐清凉,得在竹椅上垫床小棉毯。

满生不算聪慧,但是,他勤快,从来都不会偷懒。每天做这么多闲事杂事,他从来不计较。

东方闻莺哪里去了?

春生极目望去,穿过茫茫红尘,他终于看见,她挺着大肚子,正在艰难地晒药草。天气炎热,她戴着一项旧草帽,一下一下地翻动药草。那是刚刚种下的药草吗?看那新翻的黄土,像是刚刚垦出的荒地。这样的土地,能长好药草吗?他心中不禁一痛。

她伸袖拭去脸上豆大的汗珠,又下意识地叉了一下腰。她疲倦的眼神,透露出许多难言的无奈。

不一会儿,天边聚集了乌云。乌云渐渐堆积,十分厚重,黑压压地垂下来。

她可能还没有看见,仍然低垂着头翻动药草。风大起来,吹落了她的草帽,她才知道,天要下雨了。但是,她已经跑不了了。她就只好躲在一个破败的草寮,抬头看看天,眉头紧蹙。

暴风雨瞬间席卷了大地。雨帘呼啦啦挂满整个天地,风雨声灌满了耳朵,听不见远处的声音,也看不见远处的雁栖围屋。洪水从山上冲下来,滚滚滔滔,瞬间就把那新垦的地垄和药草冲得无影无踪,干干净净。

她看着自己辛劳了几天的药草没有了,禁不住号啕大哭!

雨水淋湿了她的衣服,她深一脚浅一脚,跌跌撞撞地往雁栖围屋走去。

一个时辰过去,暴风雨渐渐停歇,雁栖围屋的人陆陆续续走上炮台楼三楼,那个春生曾经住过的房间,去看东方闻莺。

她一直在痛苦地呻吟。胎儿剧烈地躁动,那强烈的疼痛,超出了自己的承受极限。

她哭叫道:"春生!春生!你救救我!快救救我!……"

春生大痛,极力挣扎,可是自己的身子僵硬,直挺挺地横在云端,就是无法降落下来。

已经有人去卫生院叫徐医生了。幸好,雁栖围屋离卫生院并不太远,徐医生可以在最快的时间里赶过来。

一直到了深夜,徐医生仍然没有来。去的人说,徐医生去市里学习了,可能还要在那里耽搁几天。

东方闻莺闻言,哭得更加厉害了。

阵痛一直持续到黎明,雁栖围屋和明德围屋都没有人会接生,医院的阿兰和阿青过来了,要把东方闻莺带到卫生院。李有德不愿意,说:"要去,就去县里。赶紧找辆板车,送到人民医院去……"

东方闻莺的哀号一阵紧接一阵,春生的心都碎了!他拼尽全身的力气,霍地坐起来,要奔去救人。

"春生!春生!你醒来了?你感觉怎么样?"东方闻莺急切地问道。

春生仍然双目呆滞,木木地坐了许久。东方闻莺盯着他,大气都不敢出。

春生突然伸手按住胸口,似乎十分疼痛。

东方闻莺轻轻拍着他的背,问道:"春生!你究竟怎么样?能说话吗?"

春生的手掌使劲按住胸口,脸上的肌肉开始扭曲,显然十分痛苦。他深深弯下背,然后猛地一声咳嗽,一口鲜血喷到了被单上!

东方闻莺大惊!她连忙伸手扶住他的肩膀,问道:"春生!李春生!你究竟哪里不舒服?你告诉我……"

春生没有回答,身子突然僵直,直挺挺往后倒下。

东方闻莺伸手去试探他的鼻息,已经气若游丝,几乎没有出的气。她再伸指搭在他的脉搏上,也是微弱得几乎没有了跳动。

她禁不住哭起来!她的手抖抖索索地去拿了针筒,吸了药水,缓缓注射进他的静脉。看着他面如死灰,她的肠子都悔青了!当初为什么要说,那只香炉是明朝的文物呢?!简直是祸害——不,你怎么能说菩萨的东西是祸害呢?春生在观音山住了这么久,寺庙里的一砖一瓦都十分熟稔,菩萨的东西向来都是敬重的,怎么能随意亵渎……

张院长说:"重伤病人以前卫生院也接触过几个,但是,像李春生这样久治不愈的,还真是少。一般来说,用药正确而且用量足够的话,四五天就可以见成效。当然,脏腑的损伤要修复的话需要更长的时间,但是,像他这样一直昏迷不醒,还真是第一次见。可能他还郁积心病,导致气血不通畅。唉!或许等他吐过几次血,气血通畅了,就能醒过来了。慢慢等吧!我个人认为,他不会有生命危险。满生不是会艾灸吗?要不,让满生试试艾灸?"

这算是一颗定心丸吗?还是仅仅是安慰的话?东方闻莺一直守着,爱民也会过来看看,但是,爱民不是医生,不能应付紧急情况。

雁栖围屋的祖厅里搭建了灵堂,案桌上安放着叔公的遗像,摆着各种祭品。灵柩上方还竖了白幡,棺盖半开,亲属才可以瞻仰遗容。

这两天,除了抬灵柩的和尚,雁栖围屋还请了两个和尚来主持法事。吹唢呐吹喇叭拉琴的,在有亲属前来吊唁的时候,必须一直奏着哀乐。

月已残,案桌上的油灯昏黄,清凉的晚风吹得火苗不停地摇摆,似乎随时都有可能熄灭。满生在棺木里放了一些药草,压住了遗体的异味。叔公的亲近血缘,必须披麻戴孝,跟着和尚绕棺木行走,自己多少岁就走多少圈。他们一边哭,一边听和尚唱经文超度,接连三天晚上,都在跟着和尚做法事超度。

爱民搀扶着叔祖母过来了。老人家看了一眼李叔公的遗容,伸手抹着眼泪,叹息道:"你这老家伙,就这样去了! 比我还先走! 你怎么就这样舍得! 唉! 志兴啊志兴! 你就这样走了,春生又这样半死不活,从今往后,雁栖围屋和明德围屋的人,再有个病痛灾难,可找谁去哟! ……"

李有德拿了凳子,请叔祖母坐下,劝她不要太难过,千万不要伤了身子。都是上了岁数的人,走了也没有办法,你老人家只有放宽心了。

叔祖母坐了一会儿,叫爱民扶着她,上炮台楼三楼去看了春生。

他的面如死灰,没有一丝血色,每天只能打葡萄糖和生理盐水,还有祛淤血的药水。

要说补药,灸草堂当然还有。

叔祖母坐在桌边,看着春生,自言自语:"李春生,你睁开眼睛看看,你看看哪! 把你从小带大的叔公,已经去了! 你就不肯去送他一程吗? 你这个不孝子! 要不是你病着,我恨不得打你一拐杖! 咳咳! 咳! ……"她情绪一激动,又咳嗽起来了。

东方闻莺刚好回卫生院拿药去了,屋子里只有满生在看着。

叔祖母问道:"满生,你在灸草堂也这么多年了,就没有好办法吗?"

满生苦笑,说:"叔祖母,张院长都五十多岁的人了,都没有办法……"

叔祖母点点头,又摇摇头,说:"这就是他的命! 命该如此,他逃不过。唉! 爱民,我原本想,叫你去观音山……"

满生说:"叔祖母,现在还去观音山干吗呢? 都是观音菩萨惹的祸! 如果不是那只香炉……"

"好吧! 不去。我活了一辈子了,都不知道哪里出了错。总归是我们李刘两家,积的福德不够……"叔祖母颤颤巍巍地站起身,"走吧! 我这把老骨头……咳咳……老天爷,观音菩萨,都不长眼睛了! ……"

刘爱国开着拖拉机,载着父亲急匆匆赶回柳林镇的时候,雁栖围屋的人已经等了很久了。

刘建业先去瞻仰了叔公的遗容,行了跪拜之礼,然后召集李刘两家的

族人,说:"这件事就这样吧!大事化小,小事化了,别再节外生枝了。春生是受了一点冤屈,但是,郑县长和公安局都亲自来了。王富儿等人也被法办了!春生这个样子,是他自己的命。算了吧!一个人不管他一生有多倔强,也倔强不过命运。安安静静地过日子,才能把日子过安稳哪。"

刘建业头疼。

刘爱国上了炮台楼三楼,看望春生,看着他仅仅剩下一丝微弱的气息,禁不住心脏揪紧。他一向身体强健——如果不是身体强健,此时,就怕是魂归九泉了。

春生一直感觉心中像是被什么东西紧紧堵塞,无法呼吸,全身的血流在胸口奔突,十分难受。吐过两次鲜血之后,他感觉稍微缓和一些了。梦魇不停地纠缠,让他身心俱疲。

霜风渐紧,外面一天比一天冷。刘爱国那个并不太宽敞的屋子里,添置了整套家具。新床、新被褥、大衣柜上,都贴着鲜艳的大红喜字。

可是刘爱国的脸上没有喜悦。他努力微笑着,迎接各方前来祝贺的宾朋。他的新郎服装十分得体,胸前的红花光彩夺目。一番推杯换盏的热闹之后,新娘被送进了新房。

入夜,一弯新月如锃亮的弯刀,闪着耀眼的寒芒;又如一弯好看的蛾眉,令人心醉。人们都渐渐沉睡,唯有刘爱国,因为酩酊大醉,歪在新床上,人事不省。

新娘叫了他好几回,他都没有动静。

刘建业进来看了几次,见儿子这样不成器,十分烦恼。于是,他叫爱民去弄一碗醒酒汤。

爱民只好走进厨房,拿了几颗杨梅干,放进锅里煮。等水烧开了,再放糖,搁几粒盐。

等到她把酸梅汤端进新房,刘爱国仍然躺在床上,不过已经睁开了眼睛。

新娘把酸梅汤端到他面前。他勉强喝了一口,说:"这是什么呢?味道怪怪的……"话音未落,肚子里像是有什么东西搅动,十分难受,他极力忍着。不一会儿,再也忍耐不住,顿时翻江倒海。

新娘皱皱眉,出去了。

爱民见她脸色难看,坐在客厅一言不发,只好拿了拖把,去把屋子收拾干净。

刘爱国又瘫倒在床上，呼呼大睡。

爱民把拖把拿到阳台，回到自己房间，关上了门。

新娘孤零零地坐在窗前，看着丈夫。

这一切的一切，都是自己的错吗？都是因为自己的私心？

当初王富儿在柳林镇中学开审判大会，百年老店灸草堂三个郎中被五花大绑，全柳林镇都震动了。接着，全沙塘县都震惊了，连周边的老百姓，都震惊了。

父亲大怒，立刻指示公安局侦办此事。

公安局在搜查王富儿的住处时，找到了王福的东西。

王福说要回趟老家，比较远，会耽搁十多天的样子。没想到他竟然失踪了！

在公安局强大的威慑面前，王富儿终于承认他和王福其实是堂兄弟的关系。

他们俩是堂兄弟？可是没有人知道。他们俩刻意隐瞒，看来是蓄谋已久。

舅舅和涵秋的事情，就这样水落石出了……

自己曾经泪如雨下，恳求父亲网开一面，只要把文物找回来，悄悄放回去，不就行了吗？刘爱国虽然是知情人，但是，他可以不说的。爸，你看看涵秋，她都快疯疯癫癫了！舅舅舅母一家人，都快疯了！……

父亲怒吼道："你可以让刘爱国闭嘴，但你能阻止悠悠众口吗？你只知道涵秋受了苦，可你和刘爱国也去衡塘看望阿香了，也看到了阿香的样子，你觉得你舅舅犯下的罪行能被饶恕吗？王福这样折腾，不就是要给小护士阿香讨一个公道吗？调包的事，别人知不知道、揭不揭发我不管，但法不容情，我郑德荣只能大义灭亲……你这样千方百计遮掩，你的心思我难道不知道？要我对自己的亲人痛下杀手，我的心就不苦吗？可是我不能让老百姓都看我的笑话，都对我们的政府寒心啊……"

公安局把王福带回来拘押的时候，郑丽珠还去过看守所。

王福蹲在地上，双手交叉在胸前，神色平静。

或许，他早就料到了会有这一天，只是他没有想到，自己失败的突破口，竟然是自己的堂兄弟。

王福看着郑丽珠不能笑不能哭不能怒的眼神，嘴角微微一哂，瞥向了别处。

两人沉默了一会儿。

郑丽珠极力抑制自己心中汹涌的波涛，平静地说："王福，当初，在鸡公山开矿的时候，你有很多机会可以告诉我。你大可不必用这样两败俱伤的方式……"

"哼，"王福鼻子里微哂，"郑丽珠，你来沙塘县也已经有些时日，你也有很多次机会制止黄涵秋。你只要愿意，就会有很多次机会发现你舅舅的秘密。可是，你没有。如果不是你的放纵，事情何至于此？"

郑丽珠喉头干涩："你只要当时告诉我们，文物局的东西被调包了，我父亲不管怎么样都会秉公办事的。你为什么要扯上涵秋？！她还是个孩子！……"

王福霍地站起身，疾步走到铁门边，吼道："你是怪我没有亲口说出来吗？你和刘爱国已经去了衡塘，见到了受害人，你居然还装作什么都不知道！黄涵秋还是个孩子？！当初，黄立正那畜生对我姐姐下手的时候，我们才多大？啊？！……"

郑丽珠不禁后退了两步。她喘息了一会，待气息安定，说道："好！好。现在，你算是报仇了！可是你付出了怎样的代价？本来，你年纪轻轻，能力出众，不用依靠谁，都会有无限的前途，但现在你身陷囹圄，什么都完了，值得吗？"

王福鼻子里哼了一声，不屑地说道："你以为人人都和你一样，眼里只有前途吗？我只要我的姐姐从此不再担惊受怕，平平静静地过上平常人的日子，就够了。我一个大男人，皮糙肉厚，什么苦不能吃，什么罪不能受？什么前途，但凡有恶毒的黄涵秋操纵，前途也不过是妖魔鬼怪的道场。我情愿待在这高墙，至少，不用怕遭算计，也不用绞尽脑汁去想怎样反算计……"

郑丽珠的脸上红一阵白一阵。

"难道，你就真的没有一丝后悔？"她不甘心。

王福脸色颓然，说道："后悔？后悔。我对不起东方闻莺，对不起王富儿。今生无法请求原谅，只有等来生了。希望来生，他们能给我偿还的机会。"

人生不能重来，自己犯下的错误，又如何补救？

从小到大，郑丽珠都对自己的家世引以为傲。她行得端，坐得正，何时有过这样狼狈这样屈辱这样龌龊？

但现在,就连对刘爱国的喜欢,也被旁人指责成"别有心机"。为了一点点打动刘爱国的心,为了证明自己不是"心机女",她从此要在沙塘县扎根了。

光阴荏苒,思语两岁了。他身子仍然有些瘦弱,但是,在东方闻莺的精心呵护下,孩子还是很快乐。人们曾经的指指点点,仍然时常飘进耳中。这孩子是姓李还是姓刘,连东方闻莺自己,都拿不定主意。就叫东方思语吧!这个孩子,将来总是要带回上海的。东方闻莺不想让孩子承受许多无谓的流言。

一个严冬的下午,霜风刺骨,异常寒冷。郑丽珠坐着小车,来到雁栖围屋。她从后备厢里拿出了许多孩子吃的用的东西,放在桌上。

东方闻莺出去了。爱民抱着孩子,正在喂食。

丽珠弯下腰,轻轻抚摸孩子的小脸。孩子却对她的手十分抗拒,不停地推搡。丽珠笑了:"思语,你还是这样认生吗?"

爱民说:"你坐吧!屋子里有茶水。"

"没事。她还是不肯松口吗?"丽珠幽幽地问。

爱民叹息道:"唉!有谁愿意把自己的亲生骨肉,送给别人啊?"

丽珠嗔道:"你又来了!我是别人吗?她是你姐姐,我是你嫂嫂,"她叹息一声,"我都说过多少回了,你哥哥他也舍不得孩子,爸爸他更想享受天伦之乐,只是不方便向她开口。我一定好好养着思语,我一定会视如己出。我郑丽珠什么人哪?我说过的话,还能不算数?还有啊,不管怎么说,县里条件总更好吧?你看看孩子的小脸,都成花蘑菇了!这小手,跟松树皮似的!你们怎么忍心呢?怎么就听不进去呢?"

春生正在天井里挑水,看见她身姿曼妙、袅袅婷婷地走进来,于是他去库房,拣了一些药材,拿黄纸包了。

"这个给你。"他把纸包递给丽珠。

丽珠微微皱眉,说道:"太苦了,我……"

春生平静地说道:"不管甜或苦,都是自找的,都得自己受着。"

巷子里吹过一丝冷风,吹乱了她耳边的头发。

第八十四章

"爱国,爱国……"春生喉咙里发出了极其微弱的声音。

"春生,你说什么?"刘爱国见春生的嘴唇动了动,似乎听到他在叫自己的名字,吃了一惊,连忙俯下身子,把耳朵贴到他的唇边。

"爱国,爱国……你有这样的女人,真好……真——好……"春生的嘴唇轻微地动,脸上似乎还露出了笑容。

刘爱国心中一怔。我有这样的女人,真好?闻莺——他回来之后,并没有看见她。她是回卫生院拿药去了——大家都这样说。他的心中,不禁一痛。她再好,我都要舍弃她了!这不是我人生中最大的讽刺吗?

"你醒了吗,李春生?"刘爱国坐在床前,低下头问道。

"唔。"他看上去十分虚弱。

"我去叫满生给你熬粥。你已经好几天没有吃过东西了。"刘爱国说。

"我不想吃……我的脚……"他低头看自己的脚,僵直,酸痛,使劲动了一下,然而没有能够挪动它。它仿佛不是自己的。他吃力地说:"爱国,你去灸草堂给我拿几根艾草来。"

刘爱国一怔,良久,才说道:"春生,灸草堂……已经没有了……不过,艾草哪里都是……我去给你找。"

春生怔怔地看着他,喃喃地说道:"没有了?没有——了?那么,叔公,他在哪里?"

刘爱国极力压住内心的澎湃,说道:"叔公,他去了!你昏迷太久,等不及……"

春生的泪珠,禁不住夺眶而出!他颤抖着声音问道:"什么?! 叔公,他去了?他在哪里?啊?!"

刘爱国轻轻拍着他的肩膀,说道:"就在这雁栖围屋的背后山上……等你好一些了,我们就带你去看看。"

春生握着拳头,问道:"除了叔公,还有谁?……"

刘爱国叹息一声,说:"还有我的叔祖母。叔公去后,叔祖母一直惦记着你。我怕她担心,就说你已经醒了,满生都熬了粥,你还吃了一碗。她才慢慢放下了心……她要去雁归崖,我们就送她去那里了。"

春生泪流满面,问道:"灸草堂的药草,真的一点都不剩了吗?"

刘爱国伸手摩挲了一下自己的脸,掩饰内心的难受。他摇摇头,说:"都没有了!春生,你别难过。山上药草年年长,你也还可以种。这些,都不要紧。现在,要紧的是你的身体,得尽快恢复。你不能一蹶不振啊!"

这时候,春生的房间里,陆陆续续进了几个人。

前任县长张国平,张耿之院长,还有东方闻莺和满生。

张国平坐在春生床前,劝道:"春生,你的脚废了,但是,你的心不能废。你没有了灸草堂,但是,你还有雁栖围屋;你没有了叔公和叔祖母,但是,你还有我们哪!你要继承叔公的遗志,把灸草堂的医术和医德发扬光大。毕竟,群众还很需要你……"

张院长也说:"是啊!你没有了叔公,还有我。我现在也住在雁栖围屋……"

春生惊讶,问道:"院长,你也……"

张院长点头,说:"我也在这里驻队了。卫生院那边,现在是张主任负责。我没事,你们大家都在,我有伴儿。你看张县长,在这里干了大半年了,不是挺好的?当然,还有闻莺……"

"闻莺,你也?……"春生看着东方闻莺,心中黯然。

东方闻莺微笑,点头,说:"我可能会住在叔公的屋子里……我没事……能够住在雁栖围屋,挺好……从今往后,再也不用担心什么黑影了!"

春生看着满生,满生苦笑道:"我早已无家可归,当然也是在这里了。房间不够的话,我就跟你挤一起……"

春生看着东方闻莺,叹息一声,说道:"满生,帮我把叔公的屋子收拾一下。我去那间住。我这间屋子,给闻莺……虽然叔公是自己人,毕竟,老人刚走,屋子里阴气较重,姑娘家住着不合适……"

刘爱国瞥了一眼站在身边的东方闻莺,心中万马奔腾。前几天,叔祖母气息微弱之时,爱民叫东方闻莺过去。她面如死灰,双目呆滞,颤抖着手要去拉东方闻莺的手,久久不能放下,嘴里一直念叨着:"孩子,孩子,我的心肝哪!我的痛心肝哪!……"然后,她的手缓缓垂下,溘然长逝!

雁栖围屋新丧才过,明德围屋接着办丧事。十几天的时间,大家都沉浸在悲痛之中。

刘爱国也就一直待在柳林镇,没有回县城。

春生稍微好一些的时候,鸡公山的一位妇女,带着一个七八岁的孩子找到雁栖围屋,要见他。

孩子身形瘦弱,脸色萎黄,耷拉着脑袋,两只手的鱼际穴周围都被纱布包着。春生坐在椅子上,问道:"这孩子怎么了?"

妇女说:"咱们孩子从去年到现在,都不吃不喝的,瘦得皮包骨头,眼睛还老是眨。咱们村的老人就说,怕是有疳积,才这样。听说灸草堂没有了,李叔公也不在了,春生你又病着……最近一些日子,这孩子老是哭,吵得叫人心烦。实在没有办法,就听了老人的话,拿玻璃片割开,挑出了一颗一颗饭粒一样白白的食积……"

孩子听母亲讲述拿玻璃片割开手掌的事情,禁不住满脸委屈,放声大哭。

春生说道:"如果仅仅是食积,做个艾灸就可以了,没必要让孩子受罪。"他摸了摸孩子的肚子,确实硬邦邦的,肩胛、前胸,棱角分明,几乎没有肌肉。而孩子的眼睛,似乎进了沙子似的很不舒服,一直不停地眨。

孩子手掌上还包着纱布,是因为伤口化脓了。刚才,母亲带他去了卫生院,让院长看了一下,还开了消炎药。

春生说:"等孩子手上的伤口好了,再来做艾灸吧!"

东方闻莺从地里回来的时候,春生说:"我们去外面看看,有没有什么药草可以采。"东方闻莺问道:"你能行吗?"

春生苦笑,说道:"我不能一辈子就这样困在雁栖围屋,我也不能一辈子就这样坐着,再也不能走路。我要站起来!"

东方闻莺就给他戴了草帽,自己拿了竹筐,搀扶着他,往原野走去。

走到河沿的时候,春生不让她搀扶,自己拄着拐杖,慢慢地走着。秋收后的原野十分空旷,河沿上到处是枯黄的落叶,满眼的萧瑟之意,自远而近,自近而远,充溢人的心房。

寒意袭人,但是没走多久,春生就感觉汗流浃背,双腿如同灌铅,十分吃力。身子似乎有千斤重,每迈开一小步,都要穷尽毕生的力量。他又想起了那个梦,梦里自己白发苍苍、一瘸一拐,虽然老迈,却没有老态龙钟,依然精神矍铄,从事中医行业,甚至还去上海参加了全国的中医交流会——这或许是六十年之后的事情?

东方闻莺见他的眼睛里,时不时笼上一层迷茫的烟雾,不知道他的心中,究竟在想什么。

许多植物的叶子落光了,只留下光秃秃的茎秆,东方闻莺本来认识的药草就不多,现在更加难以辨认。她无奈地看着春生。

灸草堂门口的封条,被日晒雨淋,已经破烂不堪。药柜子里的药草,也被付之一炬。

满生只好上山去采药草,以备不时之需。

累积了一个多月,采来的药草也没有多少。在熬药膏的时候,浓郁的中药味道四处弥散,东方闻莺忍不住恶心,捂着嘴,赶紧闪身走人。春生看着她,不禁皱起了眉头。

最近,她时常感觉精神萎靡,嗜睡,不由得想起了前阵子做的一个奇怪的梦。

在一个月色朦胧的夜晚,她独自来到一个陌生的地方。看起来似乎是一个公园,假山,高九层的八角亭子,曲曲折折的回廊,芬芳四溢的荷塘,荷塘岸边的轻轻飘拂的垂柳,碧绿幽深的大湖,远处郁郁葱葱的山峦,在她的眼前交替更迭。她只觉得心情从来没有像今天这样愉悦。她漫步在小径中,呼吸着沁人心脾的空气,感觉这里简直是人间仙境。

碧绿的大湖波光粼粼,在烟水茫茫之中,隐隐约约有一个湖心小岛。于是,她借了一条小船,慢慢地向那小岛划去。

看起来很远,但是,一点都没费力气。她很快就到了那座小岛。她搁了小船,走上那清幽的亭子。四处没有一个人,天地之间都是无限的静谧。她坐在亭子里,感受着舒爽的清风,忽然看见亭子上挂着的牌匾上赫然写着"回雁亭"。褐色的牌匾,青色的底字,漂亮的篆书,她不禁惊愕:曾经听春生提起过雁归崖,也叫回雁崖,为什么这个亭子,也叫回雁亭?

她正百思不得其解之时,身后忽然响起一个声音:"闻莺,你在干吗呢?"

她蓦然一惊!很久了,都不再听到他的声音,今天——

刘爱国缓缓从亭子外面走进来,问道:"闻莺,你怎么一个人在这里?"

东方闻莺眼睛里满是惆怅,她心底不由得升起幽怨:"我为什么一个人在这里? 这得问你呀!"

他没有回答,却问道:"叔祖母曾经给你一枚铜钱,你还戴着吗?"

她摘下脖子上挂着的红绳,把那枚"开元通宝"的铜钱递给他。

他接过铜钱,深情凝视着,这枚古老的铜钱,竟慢慢地变成了一朵金灿灿的莲花!

她十分惊异,刚想从他手心里拿过来,那枚铜钱却落入茫茫的烟水之中,倏忽不见!她急道:"爱国,你——"

她遽然惊觉,伸手去摸脖子间的铜钱,它却赫然还在。

以前在人民医院,跟随缪医生去巡视产房,产妇们会兴致勃勃地谈论起自己的怀孕经历。最神奇的,莫过于做了胎梦。

胎梦?什么样的才是胎梦呢?当时她觉得十分惊奇。

她把这个奇怪的梦告诉春生,春生怔怔地看着她,问道:"闻莺,最近你有没有感觉到自己的身体起了变化?"

变化?她蓦然一惊!去年中秋节受到惊吓之后,每月的"信使"确实不太正常。从省城回到沙塘县之后,就更加不正常了。难道……

身体不经意的变化,使她十分不安。好不容易熬过四十天,直到胃部老是饱胀恶心,她渐渐明了。她怕别人发现,总是小心翼翼地掩藏。

但是,细心的春生还是发现了。他伸指搭在她的手腕间,眉宇间紧蹙,疑惑地看着她。

"你打算怎么办?"他揪心地问。

东方闻莺低头不语。

"最起码,你要告诉他吧?你现在回到他身边,还来得及。早点成亲,别人是看不出来的。要是等月份大了,就更加不好了。"他说道,"咱们客家的风俗,未婚先孕,很没有光彩。如果孩子连父亲都没有,是很难……"

"我不想告诉他,我也不能回到他身边。而且,我也不想拿掉孩子。至于将来会怎么样,我也不知道。叔祖母临终时,一直紧紧地拉着我的手,叫着:'孩子,孩子,我的心肝哪,我的痛心肝哪!'或许那时候,老人家就知道,她会有重孙子……"东方闻莺低垂着头,低声说。

春生叹息一声,说:"闻莺,你真傻!刘爱国和郑丽珠结婚后,也会给叔祖母添上重孙子。而你,只会给自己添麻烦!要是郑丽珠知道你怀着刘爱国的孩子,又会掀起怎样的惊涛骇浪?你叫刘爱国怎么办?啊?还有,等孩子渐渐长大,他却连自己的亲生父亲都不能认,你叫他怎么办?啊?你想过没有啊?"

东方闻莺眼角溢出泪珠,伸手轻轻拭去,说道:"春生,我心意已决。孩子是母亲的心头肉,我怎么能轻易地……我来到柳林镇才一年多,我就感觉我这一辈子的苦,都已经受过了。没有什么困难能难倒我。我不怕。"

春生凝视着她,良久,说道:"闻莺,我愿意做孩子的父亲。当然,我知道,你的心中,只有刘爱国。所以,我也只是你名义上的夫君。将来你要回上海去,我决不阻拦。这样,或许更好一些。"

东方闻莺苦笑,说:"谢谢你。我在柳林镇欠着许多人的情分,而你,是给我最多帮助的人。我知道,我自己的人生要靠自己去走。而你,也应该有自己的人生。你不能一辈子都在为我着想,荒废最好的青春年华。"

她凝视着镜子里的自己,脸色发白暗淡,就像一朵鲜妍明媚的花朵,悄悄枯萎,瞬间失去了红润的光彩。

她低头看着自己的腹部,伸手轻轻摸了摸,心中不由得五味杂陈。将来,他会是怎样的孩子?他会怎样看待父母亲的这段感情?如果他不能幸福,又该怎么办?……

春生从小就失去父母双亲,或许,他的话是对的。

她禁不住愁肠百结。

第八十五章

叔祖母的丧事办完之后,刘建业曾经向郑县长提出,想回到柳林镇。离退休时间尚远,也不能说告老还乡,就回到家乡去工作吧!

郑县长不肯,说:"以前,老人家还在的时候,你没有回去,怎么老人家去了,你反而要回去?这不合情理嘛!再说,刘爱国在县政府——"

"我想把爱国带回去,父子俩一起在家乡工作,就挺好。"刘建业说。

"因为丽珠和爱国之间有一些小别扭,你就要带着儿子逃离了?"郑县长叹息一声,说道,"孩子大了,由不得父母亲。儿女都是父母前世欠下的债。以前,我还不想由着丽珠自己选择,但是,现在我想通了。儿孙自有儿孙福,随她去吧!我劝你呀,也不要去操这份闲心了。"

叔祖母病重之时,丽珠劝刘爱国:"是不是早点定亲,给叔祖母'冲冲喜',或许她老人家就可以好起来。"刘爱国笑道:"咱们客家人,没有这样的风俗。不但没有'冲冲喜'的说法,而且,重孝在身,一年之内,都不能谈喜事。"

冬天穿着厚厚的棉袄,东方闻莺的身子看不出来,但是,过了年春耕的时候,天气回暖,大家都要下地干活,人们还是发现了她身上的秘密。一时间,整个柳林镇都沸腾了。这个消息很快就传到了县里。

刘爱国专门赶了回来,来到雁栖围屋。他在她的屋子里等她。

虽然她已经在雁栖围屋干了几个月的农活,稍微适应了,但是,地里的水还是寒冷,她的脸色有些发白,疲倦也毫不掩饰地映在她的眉梢。

她慢慢挪上三楼自己的屋子,看见刘爱国正站在走廊等她。她看着他目光炯炯,紧紧盯着自己已经隆起的腹部,问道:"你来做什么?"

刘爱国眼神里又是爱怜,又是埋怨,问道:"你有了孩子,为什么不告诉我?"

"我为什么要告诉你?"东方闻莺微笑,反问道。

"你怀了我的孩子,当然要在第一时间告诉我!你却隐瞒了这么久!……"刘爱国心情激动,几乎失控。

"怎么就是你的孩子呢?你这人真好笑!"东方闻莺冷笑道。

刘爱国眼睛潮红,说道:"去年在水库棚屋的那天晚上,我们……我们既然已经在一起了,我就应该和你成亲的,但是,我却一直拖延……我承认,是我不好,是我的错。"他站起来,伸手要去抱她,她却躲开了。

"我们曾经在一起,但是,那一切都过去了,都结束了。所以,你也不要再提什么过去。你在县城过得挺好,我在雁栖围屋过得也挺好。咱们相安无事,都好。所以,我的一切都已经和你无关,你只管安心去过你的县城生活。你别来烦我,我也不会再去找你。就这样。"她冷冷地说。

"闻莺!你……"刘爱国顿时脸涨得通红。

"刘爱国,你就不用操心了!闻莺肚子里的孩子,是我的!我喜欢闻莺,比你还早!当初我还在观音山,我就知道,闻莺会在六月五日来到柳林镇,所以我专门下山来见她……"春生走上楼梯,对刘爱国说。

刘爱国冷笑,说:"李春生,你是不是喜欢过闻莺,这一点我不想知道,我也不去追究。但是,我和闻莺的感情,世人皆知。连叔祖母生前,都希望我跟闻莺在一起,所以才送给她铜顶针、针线笸箩,还有一枚辟邪的铜钱。就是叔祖母临走前,也一直拉着闻莺的手……我们的感情,不是你能理解的。你又瞎说什么?"

"刘爱国,瞎说的是你!以前的事情,早就结束了!你这样一直纠缠,也不能改变事实,相反,只会让事情变得更复杂。闻莺是医生,我是郎中,孩子的事情,我比你清楚。你只要回到郑丽珠身边去就好了!你也不要老出现在我们雁栖围屋,只会叫人心烦。"春生冷冷地说。

东方闻莺没有再理睬他,径直走进了屋子。

刘爱国看着她臃肿的背影,更加心痛。他盯着春生,说道:"李春生,我原本看在闻莺的份上,尽力不去想以前……"

春生凄然一笑,说道:"刘爱国,我们都已经没有了以前。所以,你也别再说什么以前。你走吧!……"

刘爱国冷笑,说道:"李春生,事实是无法抹去的。闻莺肚子里的孩子,就是以前……如果不是我听信你有什么异能的鬼话……"

春生凄然一笑,说:"我以前的确有异能。只是现在……我现在已经是一个废人,早就没有什么异能了。从今往后,我也是盲人一般,摸黑走着自己的人生路了。"

刘爱国刚刚回到县城,父亲就叫他回家。

刘建业的目光十分凌厉,他紧紧地盯着儿子,似乎要把儿子的下作看穿。刘爱国无奈地坐在父亲对面,任凭父亲发落。"你干的好事!咱们老刘家,就是这样教你做男人的吗?"父亲声音低沉,却夹带着雷霆万钧的怒气。

刘爱国没有不安,而是沉静地说:"爸爸——"

"啪!"刘建业把手中的杯子狠狠地摔在地上,喝道:"你去雁栖围屋了?你是去确认东方闻莺肚子里的孩子,是不是你的?!你现在这样做,只会丑上加丑!你真是丢尽了祖宗的脸!你要是真心喜欢人家,就要为人家的脸面尊严考虑!你叫人家情何以堪?!啊?!你要是敢做,当初就要勇于担当!你为什么没有早点把她娶回家中呢?嗯?!你胆大包天,和东方闻莺把生米做成熟饭,又不肯跟郑丽珠划清界限,你到底安的什么心思?啊?!……你叔祖母要是还活着,她——"

"叔祖母要是还活着,她知道了闻莺怀着她的重孙子,不知道会有多高兴!"刘爱国脸色紫涨,如果不是父亲一直不肯应允自己和东方闻莺在一起,事情至于这样吗?!是父亲太在意身在高位的利害关系和进退得失,才使得自己错失爱侣。如果不是父亲反对,自己用得着和郑丽珠虚与委蛇吗?!

她就是再不讲道理,也不至于把事情弄成现在这样。

前怕狼后怕虎,终于被无形的绳索套住了。

刘建业见儿子不肯承认错误,还一副死猪不怕开水烫的样子,更加生气,喝道:"刘爱国!你做事怎么从来都不为他人着想?你这一去害得东方

闻莺名声扫地,她未婚先孕且孩子父亲不明,为世俗所不容。你知不知道,你前脚刚刚离开柳林镇,保卫科后脚就去了雁栖围屋,把东方闻莺赶去了观音山,李春生跟着去照顾了!你的所谓爱情,就是一服十足的毒药,害得东方闻莺求生不能,求死不得!你想过没有?李春生一瘸一拐,你叫他怎么养活东方闻莺?!啊?!……"

刘爱国脸色铁青,准备摔门而出。

刘建业死死拽住儿子,骂道:"你去做什么?你还是这样有勇无谋!你就不能想想别的办法,让孩子顺利地生下来?你想害死东方闻莺,是不是?"

姜是老的辣,虎毒不食子,果然,父亲的考虑,从来都是冷静的。

刘爱国像平常一样,走进自己的办公室。

郑丽珠走进来,低声问道:"爱国,你昨天回柳林镇了?还去了雁栖围屋?"

刘爱国"唔"了一声,问:"怎么了?"

郑丽珠问道:"听说,东方闻莺怀孕了,你去看她了?"

刘爱国微笑,说:"你在鸡公山鹞子崖的时候,也听说过雁栖围屋和明德围屋之间的过去。我叔祖母临终之时,仍然念念不忘两家的恩怨,叫我们要学会放下,和李春生好好相处。他和东方闻莺——我喜欢过东方闻莺,一些事情,我不想……"

"你不要拐弯抹角,你就直接回答我,东方闻莺肚子里的孩子是不是你的?如果是你的,我可以把你还给她。"郑丽珠盯着他。

刘爱国并不打算回避她的目光。良久,他说道:"丽珠,我不知道你到底是怎样的人,但如果我们能走到一起,我希望这是天意。"

郑丽珠没有回话,她转身出门,泪水扑簌簌往下掉。

然后在十天半月的时间里,两个人再也不说话,和陌生人似的。

刘爱国心急如焚,毕竟,东方闻莺住在观音山,太不方便了。缺衣少食,日子苦寒,自己又不好明目张胆地接济他们。

丽珠的心被深深刺痛了。刘爱国去了一趟鸡公山,把矿山开采的资料交给郑县长的时候,郑县长恰好出去了,郑丽珠正在整理父亲的私人物品。她见刘爱国进来,也不搭话,十分不悦,问道:"刘爱国,你是打算跟我绝交吗?小肚鸡肠,你还算是一个男人吗?!"

刘爱国鼻子里一声冷笑,说道:"郑丽珠,我原本以为你和黄涵秋会不一样。其实,你们姐妹俩骨子里就是一类人!老话说得好:不是一家人,不进一家门!"

郑丽珠大怒,喝道:"刘爱国!你什么意思?"

"没什么意思。"刘爱国不想争辩,转身就走。

郑丽珠陡然闪身在门口堵住,问道:"你到底是什么意思?"

"没什么意思就是没意思。"刘爱国提高声音说。

"好!好!"郑丽珠眼睛里含着泪水,说,"刘爱国,我一直在说服我自己,忘了你,忘了东方闻莺。可是我做不到!因为你这样恶劣,我实在无法做到!"

"没错,我是恶劣。"刘爱国眼睛潮红。在东方闻莺面前,自己十分恶劣,在郑丽珠面前,也是恶劣。他低下头,要从她身边闪身出去。

"难道,你就不想想她肚子里的孩子吗?"郑丽珠声音哽咽,低声问道。

"那个孩子,李春生会看着办。"刘爱国没有看泪眼婆娑的她,低声说道。

第八十六章

东方闻莺的名字,已经顺利地申报上去了。刘爱国亲自在上海知青返城的名单上,端端正正地填上她的名字。然而,等到市里批下来的时候,却意外地没有她的名字。

不过,东方闻莺和春生回到了雁栖围屋,和大家一起生活。这时候,胎儿的月份已经很大了。外面的日头十分毒辣,晒得人仿佛要皮肤皲裂。东方闻莺就待在屋子里,给大家生火做饭,洒扫围屋的里里外外。

叔祖母周年忌日过了的时候,刘建业去请人看了生辰八字,给刘爱国和郑丽珠定了结婚的日子。两人八字合适,年底也有合适的喜日。

郑德荣看着女儿和刘爱国的感情,一直拧麻花似的拧着,就思忖着把她调回市里去。但是,丽珠在县里工作仅仅一年多,转正也没有多久,就调回市里,似乎不太合适。

郑丽珠坚持要待在沙塘县。她现在终于明白当初涵秋的心情了。刘爱国责备自己跟涵秋一样,自己还真无话可说。

为什么要这样？她自己也不明白。因为倔强吗？

父亲反对她跟刘爱国在一起，母亲就更加反对。东方闻莺不能顺利返回上海，她一度猜测是母亲的意思。母亲要她对刘爱国死心。母亲的脾气也是倔。就算将来跟刘爱国生米做成熟饭，恐怕母亲还会想方设法拆散。

孩子还不到六个月的时候，东方闻莺背着他，爱民挎着包袱，春生则背着竹筐，三人一起来到雁归崖。

叔祖母临终的时候，一直叫着"孩子"，难道，她已经知道了东方闻莺会给她重孙子？

在叔祖母坟前祭拜的时候，雁归崖的山脚下，停着一辆黑色的轿车。

分别也没有三秋，但是，已经恍如隔世。东方闻莺的脸上木然，她怔怔地看了刘爱国一眼，就扭头望向别处。

刘爱国的脸上，是许多的无奈和惆怅。"思语？"他怔怔地看着孩子，眼神呆滞了片刻，伸手要去抱孩子。

才半岁的孩子，已经会认人了，看见刘爱国伸过来的双手，顿时受到惊吓，哇哇大哭，哭声十分嘹亮。

东方闻莺不觉把孩子往自己胸前紧了紧，转过身去，安抚着他："思语不哭，不哭哦……"

爱民看着哥哥，又是痛惜，又是无奈。她伸手抱过思语，低声哄道："思语，来，姑姑抱抱。"思语乖乖地伏在她的怀中，止住了哭声。

刘爱国眼睛潮红，低声说道："闻莺，你辛苦了。"

东方闻莺看着他，说道："思语身体瘦弱多病，原本不该来这样的荒山野岭。但是，最近，我一直都梦见叔祖母……她一直在叫着孩子，孩子……我想，或许，叔祖母知道后，能在冥冥之中庇佑思语……"

刘爱国更加心痛。他低声说道："或许叔祖母临终前，就知道你有了孩子……是我太愚笨。孩子瘦弱多病，我和父亲给了那么多钱物，你为什么不肯收下？……"

东方闻莺冷冷地说："爱民的工资，都花在了我跟孩子的身上。孩子瘦弱多病，并不是没有吃好喝好。你就安安心心地度你的蜜月，又操这些闲心做什么？你新婚宴尔，跑来这里做什么？"

爱民看着哥哥，十分伤心，又十分狼狈，给东方闻莺骂几句，也是应该受着。她抱着孩子，让孩子面向刘爱国，说："思语，你看看爸爸，爸爸看看你呢！……"

东方闻莺撇过头去。

刘爱国眼泪夺眶而出。他从衣兜里拿出一根棒棒糖,小心地塞到孩子嘴里。孩子睁大眼睛看着他,嘴唇舔到了棒棒糖的香甜,又伸出小舌头再舔,发现味道真好,就不再哭泣,咂嘴吃起来。爱民趁机把孩子递给哥哥。

刘爱国抱着孩子,眼泪一颗一颗地滴落在孩子的身上。——这是自己去部队参军以来,第一次泪眼婆娑。

春生低着头,一句话都没有说。

东方闻莺在菜园子拔草的时候,曾经看见过一棵长得很像茄子的植物。它的茎秆和叶子是碧绿的,没有深紫色的脉络,花朵也不是深紫色。但是它的茎秆和叶子上都长着密密的刺,形状跟茄子一模一样。它开着金黄色的小花,花朵倒挂着,看上去十分漂亮。还有,它比茄子长得高一些。东方闻莺以为它是茄子的变种。春生说道:"这是曼陀罗,不是茄子。曼陀罗不能吃,它的花朵和果实都可以使人产生幻觉,你千万不要去碰它。"

爱民却对它产生了强烈的好奇。她挖了一株,带回县城,种在自家的阳台。父亲皱眉,说道:"这样满身利刺的东西,你带回家里来做什么?"

郑丽珠看着这株曼陀罗,心脏差点停滞。她愣愣地凝视着它,心想,当初涵秋出事,是否也跟曼陀罗有关系?

新婚宴尔,刘爱国却没有新郎应该有的幸福与激情。他时常三两杯薄酒浅酌,可是一喝就醉,醉得人事不省,清明节从雁归崖回来之后,心情更加低落。

起初,郑丽珠以为,男人结婚后就会把过去的种种丢之脑后,女子重前夫,男子爱后妇,可是,事实完全不是这样。他的冷漠,吞噬着她的期待和耐心。

她几回凝视着那株曼陀罗,眼泪吧嗒吧嗒掉下来。

当初,涵秋是那么执着,并不是多么喜欢他,或许她只是想报复他一下,打击他的骄傲,只等着他低头,就把他抛掉。

现在,自己却是骑虎难下,含着鸡肋一般,欲食不得,欲弃不能。这一步步走过来,受伤最深的,竟然是自己!

当初,自己要和刘爱国拧在一起,父母亲不肯;现在,自己要和刘爱国一拍两散,父母亲也是不肯。父亲说:"婚姻不是儿戏,咱们身份还不一般,怎么能说结婚就结婚,说离婚就离婚?你以为你是在戏台上唱戏呢?!"

农妇农夫的生活,当然十分辛苦。每天早晨五点多,天蒙蒙亮,家家户户就陆陆续续起床了。简单洗漱后,大家就到外面田野间干活去了。

晚上八九点钟,大家才回到家生火做饭,洗浴,吃完饭还要浆洗衣服,一直忙碌到十一点钟,才能够安寝。劳累是忘记痛苦的最佳法宝,身子一落在枕席上,就沉沉睡去,一梦到天亮。

她的皮肤很快就粗糙了,手掌上和脚底,早已长满了厚厚的茧。现在,美丽鲜嫩是如此奢侈,温柔多情更是与己无关。

叔祖母去了,刘建业和刘爱国父子,似乎便没有什么理由回到明德围屋。就是逢年过节,他们也是留在县城。无形之中,东方闻莺和刘爱国,已经是两个世界的人了。

郑丽珠几次提出要把爱民调回县城,哪怕是去沙塘县中学,也是可以的。至少,将来找对象的时候,认识的男孩子会多一些。现在,长年累月待在乡下,谁还认识你呢?

她要给小姑子介绍对象,来缓和与刘爱国的关系。毕竟,爱国与爱民兄妹情深,妹妹的话他总是会听的。爱民却婉言谢绝了。

爱民似乎已经有自己的打算。如果东方闻莺回了上海,孩子怎么办?这是一个棘手的问题。虽然刘建业心里也十分舍不得这个孙子,但是,他不能把孩子带回家中。

时光荏苒,又到了年关。郑丽珠发觉最近睡得好沉。以前总是偏头疼,一头疼就眼睁睁看着天花板,一直到天亮。现在她感觉睡好了,却总是身上疲倦,脸色也很不好。刘建业劝她去人民医院看看。

郑丽珠就挎了包,骑了自行车,去人民医院找缪医生。缪医生仔细询问了她的起居和月事情况,开了检查的单子,叫她去化验。等到她把化验单拿给缪医生的时候,缪医生笑眯眯地说:"要好好养着身子,多休息。最好开点保胎药,吃上一段时间。"

她拿着单子,强忍住眼泪,小心翼翼地骑着自行车回到了家中。——以后,自行车也不能骑了。

中秋过后,一辆黑色的轿车缓缓地驶进汽车站,稳稳当当地停在一辆正要出发的长途汽车旁边。

刘爱国帮助东方闻莺把大包小包放上汽车,然后凝视着她,说:"闻莺,路上小心。"

东方闻莺凝视着他,点头,然后微微一笑。

爱民抱着孩子,孩子看着母亲上了汽车,急忙伸手要母亲抱。东方闻莺走下车,伸手抚摸孩子红彤彤的小脸蛋,轻声说道:"思语,乖,妈妈……"

孩子似乎突然意识到母亲即将远离,忍不住放声大哭。爱国从衣兜里拿出棒棒糖,塞到孩子嘴里。孩子"噗"一声吐出来,继续放声大哭。爱民连忙哄着:"思语乖!思语乖乖!妈妈去学校学习了,很快就会回来的!啊!思语不哭!思语都三岁了,很快也要跟姑姑去学校了,是不是?"

"妈妈,妈妈,妈妈去学校了?"思语哭着问道。

爱民眼中含泪,点点头,说:"妈妈去上学了,等放学后就会回家。"

刘爱国伸手要抱孩子,孩子却始终不肯。

东方闻莺悄悄拭去泪水,在司机和乘务员的催促下,无奈上了汽车。

汽车缓缓驶离汽车站,最终消失在视线中。爱民拿出一包中药,说:"这是春生给嫂子的补药,你煎了给她喝。"

刘爱国仍然注视着那辆远去的长途班车,半天没有回过神来。他接过纸包,说道:"爱民,你和春生新婚宴尔,你嫂子也没有什么送你的……"

爱民说道:"哥哥,你和爸爸都给了这么多,我和春生已经知足了……姐姐走了,从今往后,大家都可以安安静静地过日子了……"

爱国苦笑:"大家都可以安安静静地过日子了……是啊!以后,都没有折腾的借口了。只是思语还要麻烦你和春生……"他看着孩子的小脸因为寒冷,冻得通红,又因为爱哭,脸颊的皮肤皲裂,就像一朵开了花的干燥的蘑菇。小小的手背上,也皲裂了,皮肤十分粗糙。

他紧紧地抱着孩子,轻轻地吻去孩子脸上的泪痕,听着孩子嘹亮的哭声,把孩子冰冷的小手握在自己的掌心,使他获得温暖。

爱一个人,是这样摧折一个人的心智;恨一个人,也是这样摧折一个人的心智。

寒蝉凄切,在雨后的黄昏,尤其触动人的愁肠。它在拼命地吟诵此生最后的辉煌。

天边的一层乌云像薄薄的黑纱,遮住了白天人间的辉煌。待到晚风渐渐把它揭去,天幕渐渐清明,月渐缺,像半块糕饼,静静地贴在渺远的苍穹。

我站在雁栖围屋的炮台楼的屋顶,俯视这个烟火缭绕的老屋。一切仍然井然有序,春生继续住在叔公的屋子,他收集的药草已经堆满了角角落落,这里俨然是另外一个灸草堂。满生住在厨房边,他腿脚方便,做饭麻利,熬出的药粥已经可以和春生的手艺相媲美。

张国平回到了县里,继续当县长——郑德荣则回到了市里。张耿之快退休了,他无心院长之位,就做了一名指导医生。

爱民很快就怀孕了,强烈的反应叫她吃了不少苦头。虽然刘爱国回到县城之后,就把那辆自行车给了她,但是,春生腿脚不好,也不能骑着自行车去接送她。思语是一个懂事的孩子,他才四岁,就安安静静地坐在一年级的教室,和大家一起学习了。但是,他等啊等啊,妈妈就是没有回来。他常常抬起明亮的大眼睛,问道:"姑姑,妈妈怎么还没有下课?她到底什么时候放学啊?"

爱民柔声说道:"妈妈去了很远的学校,坐车要很久很久……如果你想爸爸了,姑姑就叫他来看你。"

思语摇摇头,说道:"不想。思语只想妈妈。要是妈妈能早点回来,就好了。"一丝忧郁垂下他的眼睑,他没有哭,而是拿着铅笔,慢慢地画着画儿。

我跳到三楼的窗台,隔着玻璃窗望进去,看见里面空荡荡的,已经没有了一丝人气。

眺望远处的明德围屋,它在半明半暗的月色下,笼着一层薄薄的黑纱。月光透过那扇半掩的窗棂,照见陈旧的墙壁上的那幅墨色兰花。兰花叶子细长柔美,在嶙峋的怪石下生长葳蕤,似乎依然散发着脉脉的香气。那细小的花苞,藏在茂盛的茎叶间,芬芳洋溢,一直沁人心脾……

忽然,我听到了身后细碎的脚步声,极其轻微,如果不是我心思机敏,耳力极好,几乎发现不了。我缓缓回头,蓦然看见一只大猫,它黄色的背部,雪白的肚皮,身形修长健硕,眼睛像两颗黄绿色的宝珠——它深情款款,无限爱怜地凝视着我。

于是,月下传来一声叹息,一丝呻吟。

"你——你呀——"

后　记

刘爱国扫视了一眼墙壁上那一面面锦旗,然后再看着自己脚上做过艾灸的红印子,说道:"春生,我们很久没有去鸡公山和雁归崖了。听孩子们说,新辟的风景区不错。什么时候,我们一起去看看?"

春生微笑着说道:"去了又能怎样?反正也上不去了……莫非,你想坐缆车上去?"

这时候,思语和思义带着水果进来了。"姑父,爸爸,如果你俩想去,我们送你们去。"

春生说:"我是想去。我还想回一趟敬德围屋,那枚铜钥匙……"

思义说:"姑父,公安局已经鉴定出来了,说鹞子崖下面的铜钥匙和你们家的铜钥匙是同一种材质,同一样式。那两枚铜钥匙,应该就是你们家的。据档案局的同志说,这种钥匙,一般是锁大箱笼的,而不是锁门的。不过观音山案桌上的那个香炉,倒是鉴定出来了。它的确是明朝宣德年间的青花瓷,现在不能放回观音山去了。"

"哦?"春生笑道,"思义,你倒是遗传了你外祖父的基因,对于文物有特别的直觉。唉!这些都过去了,都是身外之物,我也不在意了。不过,当年文物局那些被调包的东西,有下落了吗?……"

思义摇摇头,说道:"当年涵秋小姨出事之后,王福带着文物逃窜,半路遗失了。公安局走访了几十年,也没有消息。要找那些文物,简直是大海捞针啊!"

春生问道:"你涵秋小姨,最近怎么样了?"

思义叹息道:"她呀,还是那个老样子……她不愿意别人叫她涵秋……她老是喊头疼。我跟她说,要不去上海的大医院看看?一提上海,她就大发雷霆……"

思语见姑父的眼睛里,又升起一丝伤感,说道:"姑父,自从姑姑去后,你就把一切都当作身外之物了。连雪融儿,你也不在意了。"

春生看着进进出出的几只小猫崽,说道:"雪融儿子孙香火兴盛,每年都送走好几只。我也不管它了。食物充足,它是越来越挑剔,也越长越肥……"

刘爱国笑道:"都是你们惯的。"

春生看了一眼刘爱国,问道:"爱国,我听思义说,她妈妈的身体每况愈下,想去上海看看。你打算什么时候去啊?"

刘爱国叹了一口气,说道:"她要去,就让思义陪她去。反正,我这个样子,是不想出远门了。"

春生叹息一声,说道:"我去上海参加全国中医交流会,看见东方闻莺了。你就不想知道,她过得怎么样了吗?我有她的电话号码,可以写给你。我觉得,你可以带思义妈妈到上海去找东方闻莺。我都原谅她了,你还不能原谅她吗?"

刘爱国苦笑,说道:"原谅谁呀?"他眼睛里掠过一丝伤感,说:"春生,时至今日,我最不能原谅的,是我自己。我以为自己很伟大,我要成全别人,保护大家。我以为,如果要下地狱,就让我一个人去好了,不要牵连别人。可是今天我忽然觉得,就是带着她一起下地狱,又有何妨?她也一定十分愿意的……"

春生微笑着说道:"因为没有跟你一起下地狱,你就连看她一眼,都不愿意吗?"他脸上掠过一丝忧郁,说:"说来说去,都是我的错。如果我不把梦到的那些说出来,或许就不会有这么多变故。"

思语问道:"姑父,别人都说雪融儿是一只灵猫,而你也不是凡人,是真的吗?为什么我从来就没有发现过呢?"

思义摇摇头,笑道:"妈妈说,姑父很可能是从石头里蹦出来的。"

春生笑道:"你妈妈是不是还知道,姑父是从哪块石头里蹦出来的呀?"

思义笑道:"当然是天上掉下来的陨石里蹦出来的呀!"

正说话间,门口一阵叽叽喳喳。小月儿蹦蹦跳跳地跑进来,叫道:"爷爷!爸爸,姑姑!老姑爷!奶奶来了!要带我们去雁归崖呢!"

春生笑道:"月儿,怎么,老姑爷也有份吗?"

小月儿说道:"当然啦!奶奶叫大家一起去!"

郑丽珠站在灸草堂门口,微笑着,花白的头发被风吹得有些乱。她的眼睛里,仍然满是忧伤。

春生看着她。算起来,她当年来求收养孩子的时候来过,后来就再也没有来过。她没有回过明德围屋,当然也没有到过雁栖围屋。现在,她再次纡尊降贵而来,又是为什么呢?

思语和思义都叫她进来,她只是摇摇头。

春生一瘸一拐地走出去,说道:"你气色不好,我给你开个方子,补一补。"

郑丽珠仍然微笑,摇摇头,说道:"我需要的不是补药。我想到处走走,或许舒活舒活筋骨,身体就好了。"

思语说道:"妈妈,你早该这么想了。爸爸,难得妈妈想开了,我们大家就一起去吧!听说雁归崖已经有缆车——就是没有缆车,我和思义抬,也能把你抬上去。"

刘爱国淡淡地说:"你们去吧!我好久没有和你们的姑父聊聊天,喝口茶,我们就在这里等你们好了。"

春生微笑着说道:"爱国,盛情难却,我们一起去吧!上不去的地方,我们哥俩就手挽着手上去。"

刘爱国笑了一声,说道:"多少年了,你就是不肯叫我一声哥哥。难道叫我一声哥哥,还委屈你了?"

春生笑道:"你就别矫情了!老早,我比你大,你什么时候叫过我哥哥?"

小月儿瞪着他俩,说道:"爷爷!老姑爷!你们俩有完没完啊?我跟小祥吵架后都和好了,你们一对老冤家,几十年的老账到现在还记着,到老了都没有算清!哼!"

笔直宽阔的大路,几辆小车很快就到了雁归崖。

春生慢慢从车上下来,一瘸一拐地向山道走上去。母亲的小坟,因为年年都会去收拾荒草,所以还能找到。而那个母亲生下自己的云岫洞,就作为当年游击队活动过的遗迹,政府做了修缮,还立了石碑,刻了碑文。

思语推着刘爱国,也向山道缓缓而上。刘爱国看着满眼的苍翠,和三三两两的游人,再抬头看那空中索道,禁不住感慨万千。

小月儿抬头仰望蓝天,叫道:"喔!看那只大鸟!它就是大雁吗?"

岁月悠远,伊人已去,只剩下明月清风,记得那些曾经的过往。祖祖辈辈关于雁归崖的美丽传说,也已经载入沙塘县县志。

据说,很久很久以前,我们李家祖先因为躲避战祸来到了这里。这里几座山崖连绵相望,山脚下还有一大片水塘。水塘里长了一些水草,也有一些小鱼。每年的深秋,就会有一群群的大雁,在回南方的时候,来这里歇脚。

我们的远祖父知道,鸿雁传书,鸿雁有信,大雁是有灵性的。那洁白的身影,在天地间翱翔,那绝美的英姿,仿佛是上天派下来的精灵。

有一回,一群大雁正在水塘边觅食。有一只母大雁受了伤,趴在水塘边飞不起来。另外一只公大雁待在它的身边,焦急而爱怜地看着它。而此时却有一只野狼发现了它们,正慢慢地向它们靠近。公大雁发现了危险,立刻伸长脖子"哦——哦——哦——"地示警,其他大雁听到警报,立刻振翅高飞,匆匆远去。

受伤的母大雁急切地"哦——哦——哦——"地叫着,啄着公雁,似乎叫它快跑。可是公雁却不肯走。当野狼向母雁蹿去的一刹那,公雁立刻伸着喙向野狼的眼睛啄去。野狼非常狡猾,头一撇,闪过公雁的攻击,反而爪子迅速一挠,抓住了母雁。公雁大惊,也是大怒,奋不顾身地向野狼猛啄。这时候,又一只野狼过来了。公雁如果不走,它一定会和母雁一样,成为野狼的美餐。

我们的远祖父见大雁夫妻情势危急,又见它们生死与共,患难情深,十分感动,于是张弓搭箭,射中野狼。

我们的远祖父救下了大雁,原本以为它们会跟着雁群一起离开,但是母雁张开翅膀扑棱了几下,还是坠落在地上。于是他走过去,轻轻抱起母雁,发现它的翅膀受了伤,还淌着血。那只公雁似乎知道人类不会伤害它的爱侣,没有向我们的远祖父发起攻击,但是一直伸长脖子,急切地"哦——哦——哦——"地叫着,它的喙还时不时去蹭母雁的肚子。

远祖父低头看了看母雁的肚子,感觉它是要下蛋了,于是把它带回山洞,给它的翅膀上了药。第二天,母雁就下了两个蛋,然后开始孵蛋,公雁则去下面的水塘找吃的。过了十多天,母雁的翅膀已经痊愈,它已经可以扇着翅膀走动了。但是它没有走。

小雁孵出来的时候,天气骤冷,大雁夫妇已经走不了了。

我们的远祖父和远祖母,就这样和大雁一起生活到来年春天。春暖花开,大雁夫妇带着刚刚会飞翔的小雁,振翅飞往北方。它们一家四口,对主人恋恋不舍,在山洞门口盘旋几回,最后消失在湛蓝的苍穹。

大雁夫妇情深义重,一方有难,另一方绝不逃离。它们不离不弃,生死相依。所以我们的远祖父,对这样有灵性的鸟儿就更加爱重,每年的秋天都在水塘附近看护它们。而大雁对人的友善,似乎也心领神会。

从此,每年秋天,那家大雁似乎还认得恩人,每次在水塘休整,都要飞到他们身边,"哦——哦——哦——"声声长鸣,十分亲热。

它们如此有情有义,我们的远祖父母,自然是十分喜欢。

我们的远祖父母,就这样住了下来。

可是这里山高林密,交通不便。山里飞禽走兽多,吃的不愁,可是没有食盐。想要弄点儿食盐,就要到外面的集市上去。有一年冬天,我们的远祖父打了一些猎物,去集市上卖,顺便换取食盐。临走的时候,他叮嘱妻子待在家里,不要出门,他很快就会回来。当我们的远祖父赶到集市,已经过午,集市已经散了。没有钱买盐,他十分着急。他看了看集市上的各家店铺,只好硬着头皮去问酒店老板,是否会收取猎物,给点散碎银子,或者就直接给点食盐。

他问了好几家酒店,人家都含含糊糊地把他赶出来了。他感到很奇怪。后来他见一个小二扛了一包草料,要去马厩喂马。那小二似乎腿脚不便,十分吃力。我们的远祖父心慈,就连忙走上前去搭了一把手,帮助小二把草料放进了马厩。小二淡淡地说了一声谢,正要走,我们的远祖父悄悄问他,能不能去跟酒店掌柜说用猎物换点食盐。因为吃不上食盐,老婆孩子的脸和手脚都已经浮肿,眼神无光,连头发都白得特别快。

小二叹息一声,说道:"最近食盐紧缺,官府控制得紧。只有几家和官府有牵连的,才有买卖食盐的门道。我们掌柜呀,小本生意,发不了这个财咯。不是我不肯帮你,实在是爱莫能助。我看你面善,想来也不是坏人,就指点你一下,哪几户人家可能有食盐匀给你。当然,能不能换到食盐,就得看你自己了。"

我们的远祖父顺着小二指点的路径,去了一家姓王的大户人家,上去敲了敲门。一个小厮出来看了看,见一个衣着破旧的乡下人站在门口,脸上一阵不屑,就要关门。我们的远祖父赶紧拦住他,说明来意,并说了一大堆央求的好话。小厮起先十分不愿意,后来忽然眼珠一转,闪烁了几下,说道:"这种事情我不能做主。你且等着,我去回了老爷,看看他愿不愿意。"

天气严寒,我们的远祖父在门口等了一盏茶的工夫,双脚冰冷,浑身哆嗦,那个老爷却迟迟没有出来。想想世态炎凉,哪里的老爷会心生慈善?想走,但是想想老婆孩子,多日没有吃上盐,自己也不能时常来这样的市集闲逛,又必须留下。正犹豫不决之时,小二带着一个管家模样的人出来了。他们二话不说,就把我们的远祖父五花大绑,嘴巴里塞块烂布,押进了他们的柴房。

再说我们的远祖母,久候丈夫未归,十分着急。山崖上人迹罕至,周围也鲜有人家,竟无处打听。等了好几天,她坐不住了,于是拾掇了一个小包袱下山去。她一路问到市集的所在,到处打听丈夫的下落。

但是人们对于这样一个鲜在集市上露面的人,几乎没有什么印象。

她十分焦灼,心想,丈夫带着猎物,如果卖不掉的话,唯一的可能就是送到酒店去了。她挨家挨户地问有没有见过一个带着猎物要换取食盐的中年男人。人们都说没有见过。再多问几句,人们就不耐烦了,掉头而去。

没有人理会这样一个平常的乡下妇女。

她想到官府。于是她奔到县衙,使劲敲打那面大鼓。县太爷皱着眉,叫衙役随便支吾了她几句,就把她轰走了。

她含着泪,万般悲怆地回到山洞里。她想死,又觉得不能死。万一哪天他回来了呢?她就这么安慰自己,或者说是欺骗自己。

后来她陆续又去集市上找,依然下落不明。

她就这样半死不活地住在山崖的山洞里。一直等到来年深秋,一群群的大雁又来到这水塘,做短暂的栖息,觅食,然后又向南方飞去。

那家大雁照例回到水塘。它们在水塘上空翱翔了一阵,只见我们远祖母一人,孑然一身,孤苦伶仃,似乎十分诧异,就又盘旋到山洞门口,一阵一阵长鸣。

远祖母含着泪看着它们,不停地以袖拭泪。

那只母雁停在远祖母身边,仰脖看着她,热切地叫着,似在问询,男主人哪里去了。

公雁和另外两只小雁也停在她身边,不住地长鸣。

远祖母虽然知道大雁听不懂人话,但是她抑制不住心中的悲怆,轻轻抱着母雁的脖子,又轻轻摸摸公雁洁白的羽毛,轻轻抚摸小雁的翎羽,含泪对它们诉说了丈夫失踪的经过。

大雁夫妇看着女主人泪眼婆娑,轻轻用喙蹭着她的衣襟。它们低声"哦——哦——哦——"了几声,就展开宽大的翅膀,轻盈地扇动了几下,掠过悬崖,然后就像箭一样凌空刺向苍穹。

雁群去了,秋天也去了。雁群去了,明年它们还会回来;秋天去了,接着就是冬天了。可是亲人还没有回来。生不见人,死不见尸。这种担心焦灼的思念,几乎要毁灭一个人的心志。

我们的远祖母,独自在山崖上等待,痛苦得几乎要崩溃。

等啊,等啊,等啊!等到来年秋天,那群大雁又出现在湛蓝的苍穹,我们的远祖母心里宽慰了一些,仿佛久别的亲人如期而至。

她走出山洞的木板门,仰头瞭望,寻找那熟悉的健美的身影。

它们来了!它们来了!它们从来没有爽约!

大雁一家径直飞到女主人身边,亲热地蹭着她的衣衫。

那只母雁一会儿伸着喙啄自己的脚掌,一会儿轻轻啄着我们远祖母的手。我们远祖母看着它,觉得它神情怪异,忽然看到它的脚掌上绑着一根布条!

那根布条的颜色和布质,竟然和丈夫的衣衫相似!

她急忙弯下身子,小心翼翼地取下布条,展开,上面赫然写着一行字:雁儿,我被抓在江浙盐场。我一切安好,勿念。

这是丈夫的血书!

她原本没有名字,后来和大雁一家有了一段情缘,于是,远祖父就给妻子取名雁儿。

原来他在江浙盐场做苦力!

如果不是大雁送信,自己就是到死,也不可能知道丈夫的下落了!

但是,大雁它们一家是如何找到他的呢?

她泪眼婆娑地问大雁,但是大雁只是"哦——哦——哦——"地长鸣,无法告诉她事情的经过。

她搂着母雁的脖子,问道:"你们带我去找他,好不好?我在这里,实在是活不下去了!……"

大母雁只是怔怔地看着她,头撇开了。她又抱着公雁的脖子,苦苦哀求它。它也是把头撇向一边,不能正眼看她。

两只小雁亲热地"哦——哦——哦——"地叫着,一会儿轻轻啄着她的衣襟,一会儿轻轻啄自己的脚掌。

她明白小雁的意思,于是撕了自己的衣襟,咬破手指,手指颤抖不已,却不知道要写什么……

再后来,我们的远祖母终于带着儿女,来到江浙盐场,找到了我们的远祖父。她看见他长年在盐场劳作,早已经老得不成样子:疾病缠身,面容枯槁,如废人一般。

于是她去求盐场主人,让自己顶替丈夫劳作。

她没日没夜地苦干,丝毫不逊色于那些男子。但是,她的身体,在急遽被摧毁。不到一年,她也和我们的远祖父一般。但是,为了一家人能吃上饭,她还是坚持每天早出晚归地去海边晒盐。然而,天有不测风云,有一天海风骤起,大家急忙收盐,结果盐还没有收完,台风就来了!它把整个盐场的食盐卷走,只剩下一些盐粒;也卷走了我们的远祖母,连尸骨都荡然无存!

远祖父受不了这样的打击,狂吐几口鲜血,也撒手人寰。

孩子们还未成年,干不了太重的活,但是吃得可比大人多。于是盐场主人就扔几个铜板给他们做路费,把他们赶走了。

在漫长曲折的返乡途中,孩子们没钱埋葬父母,甚至好几天吃不上一点东西。他们只好用草席裹着亲人的遗骸,一路行乞,艰难返回老家。

鸿雁传信的故事,随之被县衙知晓。那个每年秋天大雁都要在那里栖息的水塘,被填埋了。随后,大雁也就不再出现在这里。

有人听说了这件事情之后,收留了祖上的这几个孩子。

那几个孩子也争气,勤奋好学,渐渐独立;后来就经营了灸草堂,建了一栋大宅子,这就是雁栖围屋。

雁栖围屋的女儿嫁给刘姓儿郎之后,在离母家不远的地方,建了明德围屋。

时至今日,雪融儿和它的孩子们依然穿梭在雁栖围屋、明德围屋和灸草堂,再也没有离开过。